GRöLS Verlage

„Bücher sind wie Fallschirme. Sie nützen uns nichts, wenn wir sie nicht öffnen."

Gröls Verlag

Redaktionelle Hinweise und Impressum

Das vorliegende Werk wurde zugunsten der Authentizität sehr zurückhaltend bearbeitet. So wurden etwa ursprüngliche Rechtschreibfehler *nicht* systematisch behoben, denn kleine Unvollkommenheiten machen das Buch – wie im Übrigen den Menschen – erst authentisch. Mitunter wurden jedoch zum Beispiel Absätze behutsam neu getrennt, um den Lesefluss zu erleichtern.

Um die Texte zu rekonstruieren, werden antiquarische Bücher von Lesegeräten gescannt und dann durch eine Software lesbar gemacht. Der so entstandene Text wird von Menschen gegengelesen und korrigiert – hierbei treten auch Fehler auf. Wenn Sie ebenfalls antiquarische Texte einreichen möchten, finden Sie weitere Informationen auf www.groels.de

Viel Freude bei der Lektüre wünscht Ihnen das Team des Gröls-Verlags.

Adressen

Verleger: Sophia Gröls, Im Borngrund 26, 61440 Oberursel

Externer Dienstleister für Distribution & Herstellung: BoD, In de Tarpen 42, 22848 Norderstedt

Unsere „Edition | Werke der Weltliteratur“ hat den Anspruch, eine der größten und vollständigsten Sammlungen klassischer Literatur in deutscher Sprache zu sein. Nach und nach versammeln wir hier nicht nur die „üblichen Verdächtigen“ von Goethe bis Schiller, sondern auch Kleinode der vergangenen Jahrhunderte, die – zu Unrecht – drohen, in Vergessenheit zu geraten. Wir kultivieren und kuratieren damit einen der wertvollsten Bereiche der abendländischen Kultur. Kleine Auswahl:

Francis Bacon • Neues Organon • **Balzac** • Glanz und Elend der Kurtisanen • **Joachim H. Campe** • Robinson der Jüngere • **Dante Alighieri** • Die Göttliche Komödie • **Daniel Defoe** • Robinson Crusoe • **Charles Dickens** • Oliver Twist • **Denis Diderot** • Jacques der Fatalist • **Fjodor Dostojewski** • Schuld und Sühne • **Arthur Conan Doyle** • Der Hund von Baskerville • **Marie von Ebner-Eschenbach** • Das Gemeindekind • **Elisabeth von Österreich** • Das Poetische Tagebuch • **Friedrich Engels** • Die Lage der arbeitenden Klasse • **Ludwig Feuerbach** • Das Wesen des Christentums • **Johann G. Fichte** • Reden an die deutsche Nation • **Fitzgerald** • Zärtlich ist die Nacht • **Flaubert** • Madame Bovary • **Gorch Fock** • Seefahrt ist not! • **Theodor Fontane** • Effi Briest • **Robert Musil** • Über die Dummheit • **Edgar Wallace** • Der Frosch mit der Maske • **Jakob Wassermann** • Der Fall Maurizius • **Oscar Wilde** • Das Bildnis des Dorian Grey • **Émile Zola** • Germinal • **Stefan Zweig** • Schachnovelle • **Hugo von Hofmannsthal** • Der Tor und der Tod • **Anton Tschechow** • Ein Heiratsantrag • **Arthur Schnitzler** • Reigen • **Friedrich Schiller** • Kabale und Liebe • **Nicolo Machiavelli** • Der Fürst • **Gotthold E. Lessing** • Nathan der Weise • **Augustinus** • Die Bekenntnisse des heiligen Augustinus • **Marcus Aurelius** • Selbstbetrachtungen • **Charles Baudelaire** • Die Blumen des Bösen • **Harriett Stowe** • Onkel Toms Hütte • **Walter Benjamin** • Deutsche Menschen • **Hugo Bettauer** • Die Stadt ohne Juden • **Lewis Caroll** • *und viele mehr….*

Heinrich Mann

Im Schlaraffenland

Ein Roman unter feinen Leuten

Inhalt

I.
Der Gumplacher Schulmeister

Im Winter 1893 arbeitete Andreas. Er war fleißig wie ein armer Student, der nicht in alle Ewigkeit auf den Wechsel von zu Hause rechnen kann. Als es aber Frühling ward, ging eine Veränderung mit ihm vor. Während der Osterferien, die er aus Mangel an Reisegeld in Berlin verbrachte, mußte er immerfort an die Freunde denken und an die Fahrten, den Rhein zu Berge. Ein ausgiebiger Vorrat von des Vaters prickelndem Federweißen befand sich im Boot.

Das Heimweh veranlaßte den jungen Mann zum Nachdenken. Er überlegte sich die große Zahl der Geschwister und die schlechte Ernte des vorigen Jahres. Nun, mit dem Weinberg, der nur noch alle sieben Jahre einmal ordentlich trug, würde er nichts mehr zu tun haben. Sein zukünftiges Erbteil ging bei seinem Studium im voraus drauf. Merkwürdigerweise schloß Andreas hieraus nicht, daß er um so schneller auf das Examen loszuarbeiten habe, sondern daß seine Anstrengungen gar zu wenig lohnend seien. Als mittelloser Schulamtskandidat war alles, was er tun konnte: nach Gumplach zurückkehren und auf eine Anstellung am Progymnasium warten. War das eine Zukunft für ihn, Andreas Zumsee, dessen Talent, nach Ansicht aller, zu großen Hoffnungen berechtigt hatte? Mit achtzehn Jahren hatte er Gedichte gemacht, mit denen seine Freunde und sogar er selbst vollkommen zufrieden gewesen waren. Seitdem hatte der „Gumplacher Anzeiger“ eine Novelle von ihm gebracht, die ihm die Gunst des Mäzens von Gumplach eingetragen hatte. Es war der alte Herr, den es in jeder kleinen Stadt gibt, und der bei seinen Mitbürgern als harmloser Sonderling gilt, weil er sich mit Literatur befaßt.

Am Ostersonntag besuchte Andreas das Königliche Schauspielhaus, um den ersten Teil des Faust zu sehen. Auf der Galerie zog er sich hinter einen Pfeiler zurück. Er hatte keinen Bekannten in Berlin, schämte sich aber seines billigen Platzes. Seine Eitelkeit legte ihm Opfer auf. Im Zwischenakt stieg er, nicht weil es ihm Freude machte, sondern weil die Selbstachtung es ihm gebot, ins Parkett hinab und drängte sich auf dem Korridor in der guten Gesellschaft umher.

Einmal staute sich der Zug der Wandelnden, weil viele gaffend und horchend zwei bedeutend aussehende Herren umdrängten. Den größeren von ihnen erkannte Andreas sofort wieder; es war der Professor Schwenke, ein Akademiker, der sich eine Ausnahmestellung verschafft hatte dadurch, daß er alles Moderne protegierte. Er trug eine Künstlerlocke auf der Stirn, hielt die Hände in den Taschen seines hellen Jacketts und hatte so große Furcht, pedantisch zu erscheinen, daß er beim Sprechen den Oberkörper stets in einem burschikosen Schwunge erhielt. Sein Gegenüber war einen Kopf kleiner, bartlos, und sein borstiges schwarzes Haar hing über einem Halskragen von zweifelhafter Weiße. Er hatte eine Adlernase und gelblederne Gesichtshaut, und sein zu weiter Gehrock reichte bis unter die Knie hinab. Andreas war sehr begierig zu wissen, wer diese Persönlichkeit sei, die äußerlich zwischen Clergyman und Konzertvirtuosen ungefähr die Mitte hielt. Ein Herr, der von fern dem Kleinen winkte, rief:

„Herr Doktor Abell!"

„Sollte das Abell sein?" dachte Andreas, „der Kritiker des „Nachtkurier"?"

Er konnte es kaum fassen, daß man die großen Männer, die im Reich der Begriffe lebten, hier in der Wirklichkeit wiederfand. Sein Herz schlug höher, und er schaute sich argwöhnisch um, ob man ihm etwas anmerke. Denn er wollte um keinen Preis naiv aussehen.

Von seinem Galerieplatz suchte er die beiden Herren wieder auf; sie saßen dicht hinter dem Orchester. Andreas schielte mehrmals hastig nach seinem Nachbarn, einem blonden jungen Manne in bescheidenem schwarzem Röckchen. Endlich hielt er es nicht mehr aus:

„Entschuldigen Sie", sagte er, „ich bin kurzsichtig. Ich meine dort vorn den Doktor Abell zu erkennen?"

Er bemühte sich, ganz dialektfrei zu sprechen. Der junge Mann erwiderte höflich:

„Gewiß. Das ist Doktor Abell. Er sitzt neben Doktor Wacheles vom „Kabel". Zwei Reihen hinter den Herren sehen Sie auch Doktor Bär von der „Abendzeitung" und Doktor Thunichgut von der „Kleinen Börse"."

Neben ihnen machte man „Pst!", und der Vorhang ging auf. Andreas sah nichts anderes mehr als die Rücken der Kritiker. Sie nahmen Plätze ein, denen auch er sich gewachsen fühlte. Mit sanguinischer Phantasie malte er sich schon seinen Eintritt in den Saal aus. Er schritt gelassen, im Gefühl seiner Unentbehrlichkeit, auf den ihm reservierten Sessel zu. Er lehnte sich zurück, verschränkte die Arme und lauschte nachlässig mit mildem Lächeln den Künstlern, die mehr für ihn als für tausend andere sprachen. Einige Zeilen in der Redaktion, wohin er nach der Vorstellung fuhr, flüchtig auf das Papier geworfen, sicherten ihm Macht, Einfluß, ein gutes Einkommen und eine angesehene gesellschaftliche Stellung in Berlin. Der Gumplacher Schulmeister durfte diese Zukunft nicht durchkreuzen. Das berufene Talent brach sich Bahn.

Um sich selbst in seinen Hoffnungen zu bestärken, hätte er sie gern laut ausgesprochen. Er sah mehrmals schnell um sich und schnappte vor Erregung nach Luft. Sein Nachbar, der ihn durch einen schwarzumrandeten Kneifer still anblinzelte, sagte verbindlich:

„Wir sind wohl Kollegen?"

Andreas stutzte und besann sich.

„Sie sind auch Schriftsteller?" fragte er.

Der andere verbeugte sich.

„Friedrich Köpf, Schriftsteller."

Er sprach mit gespitzten Lippen, als sei es ihm eher peinlich, dies einzugestehen. Andreas wurde im Gegenteil rot vor Vergnügen, während er sich vorstellte. Es war das erstemal, daß er sich als Literat bezeichnete. Er meinte seine Laufbahn hiermit in aller Form zu beginnen.

„Ich mache allerdings gerade die ersten Schritte in meinem Beruf", setzte er hinzu.

„Oh, das berufene Talent bricht sich Bahn", versicherte der junge Mann.

Andreas richtete sich auf und sah ihn drohend an; aber er überzeugte sich, daß der andere ganz harmlos lächelte. Er versetzte darauf:

„Ich bin bisher bloß Mitarbeiter eines Provinzblattes gewesen."

„Ah, Sie sind bereits journalistisch tätig?"

„Ich habe am Feuilleton mitgearbeitet."

Andreas vermied es, das unberühmte Blättchen zu nennen, das seine junge Kraft gewonnen hatte, und sein neuer Bekannter war diskret genug, nicht danach zu fragen. Er sagte überhaupt nichts mehr, sondern hörte voll Teilnahme zu, wie Andreas die Gedichte zusammenrechnete, die der „Gumplacher Anzeiger" gebracht hatte, und von dem ermutigenden Erfolge seiner Novelle erzählte.

Das Gespräch ward unterbrochen. Nach Schluß des Aktes begann Andreas wieder:

„Aber in Berlin bin ich bisher ganz fremd."

„Wirklich?" sagte Köpf zweifelnd.

„Ich würde mich ja gern hier journalistisch betätigen, aber es ist so schwer, Anschluß zu finden."

„Oh, was das anbelangt, man wird überall mit offenen Armen aufgenommen."

„Wirklich?" fragte Andreas seinerseits.

Merkwürdig, er wußte niemals, was er aus den Worten des Kollegen machen sollte, obwohl alles, was dieser sagte, ungemein gutmütig klang. Köpf schien das Mißtrauen des jungen Mannes zu bemerken und es beseitigen zu wollen. Er versetzte:

„Ich kann Sie zum Beispiel in das „Café Hurra" einführen, wenn Ihnen daran liegt."

„„Café Hurra"?" fragte Andreas.

„Eigentlich Café Kühlemann, Potsdamer Straße. Sie treffen dort verschiedene Mitarbeiter angesehener Zeitungen."

„Ah!" rief Andreas dankbar und voll Hoffnung. „Das wäre ja außerordentlich freundlich von Ihnen."

„Also kommen Sie nächsten Donnerstag. Dann finden Sie mich wahrscheinlich dort."

Köpf empfahl sich gleich nach beendeter Vorstellung. Andreas suchte, höchst zufrieden und den Schlagring kampfesmutig in der Faust, seine Wohnung in der Linienstraße auf. Der Gumplacher Schulmeister lag weit hinter ihm, es begann ein neues Leben.

II.
Das „Cafe Hurra"

„Herr ...?" fragte Köpf zögernd.

„Andreas Zumsee."

Köpf stellte der Tafelrunde im „Cafe Hurra" den neuen Kollegen vor. Dieser ward mit Wärme aufgenommen. Der angesehenste der Herren ließ ihn an seiner Seite sitzen und zog ihn in die Unterhaltung. Als er den jungen Mann nach Studien und Absichten befragt hatte, sagte Doktor Libbenow mit einem vielleicht bescheidenen, vielleicht auch stolzen Seufzer:

„Ach ja, ich habe eigentlich seit zehn Jahren kein Buch gelesen."

Man schien dies als eine beachtenswerte Leistung anzusehen, und auch Andreas empfand, er wußte nicht warum, Bewunderung für Doktor Libbenow.

Es war die Rede von den mißlichen finanziellen Verhältnissen des Schauspielerpaares Beckenberger. Der Mann war in der Gunst des Publikums rapide gesunken, von seinem Direktor bekam er nur noch ein Taschengeld, und er verschwendete dasjenige, was sich die Frau in arbeitsamen Nächten, gleichfalls ohne Zutun des Bühnenleiters, verdiente. Vor sechs Jahren hatten sie jeder zehntausend Mark gehabt.

„I wo", sagte Doktor Pohlatz.

„Sie glauben das doch nicht?" fragte er Andreas.

Dieser lächelte verbindlich.

Pohlatz erläuterte:

„Die Weiber bekommen nämlich überhaupt nie was, darauf gebe ich Ihnen mein kleines Ehrenwort."

„Warum denn nicht?" riefen die anderen.

„Lizzi Laffé hat noch heute ihre zehntausend, und sie geht auf fünfzig."

„Reden Sie doch keine Makulatur!" versetzte Pohlatz schroff. „Was Lizzi hat, hat sie von Türkheimer."

Die Namen, die Andreas hörte, prägten sich ihm ein, alles, was gesprochen wurde, schien ihm bedeutend, am bedeutendsten aber Doktor Pohlatz. Er wußte alles, er widersprach allen, er kannte die Einnahmen jedes Schauspielers besser als dieser selbst. Aber als er endlich fortging, ward es noch gemütlicher. Andreas erlaubte sich die Frage:

„Welcher Zeitung gehört Herr Doktor Pohlatz an?"

„Doktor?" sagte jemand, „der Kerl ist ja zum Sterben zu dämlich."

„Einen Kognak und das Adreßbuch!“ rief Doktor Libbenow.

„Das ist untrüglich“, sagte er, indem er den Finger auf Pohlatz' Namen legte. „Hier sind dem Doktor seine Grenzen gesetzt.“

„Wer ist denn überhaupt noch Doktor?“ bemerkte ein dicker, schäbig aussehender Herr mit wolligem schwarzem Vollbart. „Wenn man nur sonst gesund ist“, fügte er hinzu.

„Doktor Buhl? Doktor Rebbiner?“

Ein Doktor nach dem anderen ward im Adreßbuch aufgeschlagen, und keiner vertrug die Stichprobe. Nur Doktor Libbenow verschonte man aus Höflichkeit.

Daß auch Doktor Wacheles vom „Kabel“ und der große Abell ihren Titel nur der Gefälligkeit der Kollegen verdankten, machte auf Andreas immerhin Eindruck, aber gewissermaßen brachte der Umstand sie ihm menschlich näher, indem er ihn mit ihrer Größe aussöhnte.

Köpf war bereits verschwunden, als die anderen aufbrachen. Doktor Libbenow sagte zu Andreas, der sich von ihm verabschiedete:

„Nehmen Sie sich vor Golem in acht; er will Sie anpumpen.“

Andreas bemerkte, wie der dicke Schäbige mit dem wolligen schwarzen Vollbart sich eilig nach der anderen Seite entfernte.

Zwei Tage später erschien der junge Mann wieder im „Café Hurra“, und von da an kam er regelmäßig. Es schmeichelte ihm, seine Abende in der Gesellschaft von Mitarbeitern angesehener Zeitungen zu verbringen, und das Urteil seiner neuen Freunde über ihn lautete günstig. Wie er einmal unbemerkt in die Tür trat, hörte er Doktor Libbenow sagen:

„Der junge Zumsee? Das ist so'n Bengel, der Talent zum Glückmachen hat.“

Er zeigte gerade genug Naivität, um der Eitelkeit der anderen zu schmeicheln, und gerade genug Scharlatanismus, um nicht durch Einfalt zu beleidigen. Er sagte: „Och, han ich'n Freud gehabt“, wenn er froh war, nannte „Knatsch geck“ jedermann, der ihm mißfiel, und nahm es nicht übel, wenn man seinen Dialekt belächelte. Zum Lohn dafür durfte er Meinungen, die er nicht einmal hatte, sogar dem strengen Doktor Pohlatz gegenüber vertreten. Einmal ließ er es sich einfallen, den Sozialismus, der ihm durchaus gleichgültig war, nur darum herauszustreichen, weil er dies für etwas Besonderes hielt. Er irrte sich, aber

Pohlatz, der jeden andern unsanft zurechtgewiesen hätte, begnügte sich damit, ihm zu erwidern:

„Das verstehen Sie nicht, junger Mann, das verstehe ich ja kaum, und ich habe studiert.“

Bei dieser Gelegenheit erfuhr Andreas den Grund, weshalb das „Cafe Hurra“ diesen Namen führte. Die Herren von der Tafelrunde hatten früher staatsumwälzenden Grundsätzen gehuldigt, bis im März 1890 sich die Sozialdemokratie als nicht mehr zeitgemäß herausstellte. Damals hatten alle einem Bedürfnis der Epoche nachgegeben, sie waren ihren freisinnigen Prinzipalen ein Stückchen Weges nach rechts gefolgt und bekannten sich seither zum Regierungsliberalismus und Hurrapatriotismus. Der Name des Lokals bewahrte die Erinnerung an diese Evolution.

Andreas bewegte sich den ganzen Sommer in diesem Kreise, voll des heiteren Bewußtseins, nunmehr der Berliner Literaturwelt anzugehören. Seitdem er sein Studium aufgegeben hatte, wartete er die Ereignisse ab, um eine neue Arbeit zu beginnen. Bei seinen jetzigen Verbindungen konnte es ihm auf die Dauer gar nicht fehlen. In Vertretung des dicken Golem, der unmäßig faul war, hatte er bereits mehrmals im Gerichtssaal als Berichterstatter fungiert. Wenn er spät abends nach dem Genusse von zwei Tassen schwarzem Kaffee und zwei Kognaks heimging, blickte er in eine glänzende Zukunft gerade hinein. Früher hatte er „geochst“, ohne an etwas zu denken, jetzt tat er nichts und war dabei von hohem Ehrgeiz beseelt.

Wohl blieben auch trübere, weniger zuversichtliche Stunden nicht aus. Andreas konnte manchmal ein Gefühl der Leere nicht verleugnen, wenn er den Tisch verließ, an dem von zehn bis zwölf Schauspielergehältern und schlecht zahlenden Verlegern gesprochen worden war. Golem verschwand einmal auf acht Tage, und bei seiner Rückkehr erzählte er den erstaunten Kollegen, daß er sein erstes Feuilleton geschrieben habe. Seit zehn Jahren machte er nur Gerichtsberichte, jetzt aber hatte ihn seine Zeitung nach Bayreuth geschickt. Dies hatte nichts Auffälliges an sich, über Wagner schrieb nachgerade jeder. Aber Andreas meinte, im „Gumplacher Anzeiger“ zuweilen weniger schlechte Artikel gelesen zu haben.

Dieser Golem erfüllte ihn überhaupt mit Besorgnis. Doktor Libbenows Voraussicht, daß der Dicke ihn anpumpen werde, war nicht unerfüllt geblieben, und Andreas wagte bisher keine abschlägige Antwort zu geben. Er fürchtete noch zu sehr, das Wohlwollen der Kollegen zu verscherzen. Vielleicht war er nicht kräftig genug der öffentlichen Meinung entgegengetreten, die ihn für einen begüterten Dilettanten zu halten schien. Vorläufig erhielt nun Golem bald fünf bald zehn Mark. Und in letzter Zeit ging der Unglückliche, den der Gerichtsvollzieher überallhin verfolgte, mit dem Plane um, ein Zimmer zu beziehen, das in Andreas Wohnung freistand.

Auch in anderer Beziehung stellte sich das neue Leben als kostspieliger heraus, als Andreas vorausgesehen hatte. Die Gesellschaft aus dem „Cafe Hurra“ speiste häufig zusammen zu Abend, hier und da ließ sich jemand, der seine Börse vergessen hatte, von dem jungen Freunde bewirten. Im Theater wäre Andreas jetzt um keinen Preis mehr auf die Galerie gegangen. Aber alle diese Verpflichtungen, die ihm seine gesellschaftliche Stellung auferlegte, überstiegen die Kräfte eines armen Studentenwechsels. So kam es, daß Andreas sich um die Mitte des Monats gewöhnlich in ein vegetarisches Restaurant schlich. Einige Tage später bildete dann der schwarze Kaffee sein hauptsächliches Ernährungsmittel. Das Mittagessen mußte nur zu häufig, wie Pohlatz sich ausdrückte, durch stramme Haltung ersetzt werden.

Andreas schuldete seit geraumer Zeit die Zimmermiete, und es war ein Glück für ihn, daß es auch mit der Entlohnung der Wäscherin nicht eilte. Er hatte Kredit erlangt dadurch, daß das junge Mädchen, das ihm seine frischen Hemden brachte, sich durch seine Liebe bestechen ließ. Sie bat nur um Freibilletts für das Theater, die ein Schriftsteller wie Andreas ihr doch wohl verschaffen könne. Andreas erklärte, daß nichts leichter sei, aber Libbenow sowohl wie Golem, der ihm doch vielfach verpflichtet war, vertrösteten ihn. Als nach vierzehn Tagen noch keine Freikarte zur Stelle war, verließ ihn die junge Wäscherin mit dem Ausdruck ihrer Geringschätzung und nicht, ohne die Rechnung auf seinen Tisch zu legen.

Im Oktober machte Andreas, entgegen seiner Gewohnheit, einsame Spaziergänge im Tiergarten, wo die Blätter fielen. Das „Café Hurra“ vernachlässigte er. Mochten sie doch merken, daß er sie verachtete! Denn nachgerade fühlte er sich hierzu versucht. Waren sie denn eigentlich ein würdiger Verkehr für ihn, diese Leute, die meistens nicht einmal richtig Deutsch schrieben – soweit sie überhaupt etwas schrieben. Es ward ihm immer klarer: ihre Blasiertheit, die ihm anfangs als Überlegenheit gegolten hatte, war im Grunde nur der Ausdruck von Unwissenheit und Impotenz. Aber der ganze Berliner Ton kam schließlich bloß von Mangel an Tiefe. Sie ulkten, weil sie zu faul waren, auf die Dinge einzugehen. Er hatte genug davon. Das „Café Hurra" war für ihn eine Sackgasse, die niemals zu irgendeinem Ziele führen konnte. Keiner der dort kennengelernten Herren schien genug Einfluß zu besitzen, um ihn journalistisch zu fördern. Am Ende fehlte auch der gute Wille. Außer Golem, dessen schlechter Ruf seine Empfehlungen gefährlich machte, ließ keiner einen Neuling an seine Zeitung herankommen. In sechs Monaten hatte Andreas genau vierzehn Mark und fünfundsechzig Pfennig verdient, was ihm nicht hinreichend zur Begründung einer Zukunft deuchte. Das erste Studienjahr war darüber hingegangen, sein Wechsel lief jetzt noch zwei Jahre. Innerhalb des gegebenen Zeitraumes mußte er es zu etwas bringen. Von dieser Notwendigkeit herausgestört, tauchte das Gespenst des Gumplacher Schulmeisters noch einmal vor ihm auf. Er wehrte es entrüstet ab. Aber was dann? Andreas vermochte auf diese Frage nur mit einem Seufzer zu antworten, und er hätte sich zweifellos seiner leichtsinnigen Untätigkeit aufs neue überlassen, wenn nicht eine kränkende Erfahrung ihn vollends aufgerüttelt hätte.

Er betrat am selben Abend das „Café Hurra" früher als die anderen und das Haupt um so höher erhoben, je tiefer ihm der Mut stand. Er machte die Runde um das fast leere Lokal und begrüßte das Fräulein am Büfett. Es war eine fade Blondine, Andreas hatte noch nie das Bedürfnis gefühlt, einen Angriff auf sie auszuüben. Heute aber glaubte er, dies seiner Würde schuldig zu sein. Kurz entschlossen legte er ihr den Arm um die Hüften. Das Mädchen, das sich hierdurch nicht angesprochen fühlen mochte, verzog den Mundwinkel in böse, scharfe Falten, sie versetzte dem jungen Mann einen heftigen Stoß gegen die Schulter und sagte mit Nachdruck:

„Jüngling, wie kommen Sie mir vor?"

Andreas sah sie eine Sekunde lang an, er war außerordentlich blaß geworden. Darauf pfiff er durch die Zähne, drehte sich auf den Absätzen um und verließ gemessenen Schrittes den Raum.

Gleich den folgenden Morgen ging er zu Köpf, um sich mit ihm über seine nächsten Schritte zu beraten. Das „Café Hurra" war ebenso abgetan wie der Gumplacher Schulmeister. Wenn selbst jenes Mädchen, das ein halbes Jahr lang Zeuge seines vertrauten Umganges mit den Mitarbeitern der angesehensten Zeitungen gewesen war, ihm mit solcher empörenden Nichtachtung begegnen konnte, dann mußte seine gesellschaftliche Stellung weniger glänzend sein, als er gewähnt hatte. Dies aber war dasjenige Bewußtsein, das er am wenigsten zu ertragen vermochte.

Er mußte in Köpfs Zimmer, in der unteren Dorotheenstraße, einige Zeit warten und bemerkte darin eine gewisse Wohlhabenheit. Der breite Schreibtisch von Mahagoni und der bequeme, mit rotem Maroquin überzogene Lehnsessel wäre in keinem möblierten Zimmer anzutreffen gewesen. Die Wände wurden von hohen Büchergestellen verdeckt, angefüllt mit einem unglaublichen Plunder, vor dem Andreas staunend stand. Zerfetzte Pappbände und angefressene Lederrücken verbreiteten den Duft aller möglichen Trödlerbudiken. Eine alte Geschichte Ludwigs XIII. von Le Vassor füllte mit den Denkwürdigkeiten von Saint-Simon ein ganzes Fach. Weiterhin standen sogar die Kirchenväter. Andreas begriff nicht, welchen Zweck diese Dinge für jemand haben konnten, der Romane schrieb. Köpf beschäftigte sich, wie Libbenow wissen wollte, mit der Anfertigung von Romanen, die jedoch kein Mensch zu sehen bekam. Weiter wußte man von ihm schlechterdings nichts. Er erschien wöchentlich kaum einmal im „Café Hurra“, und dieser Umstand flößte Andreas in seiner jetzigen Lage Vertrauen ein, obwohl er es in letzter Zeit Köpf stark verdachte, daß er ihn überhaupt in jenen Kreis eingeführt hatte.

Es fragte sich jetzt nur, was er eigentlich von Köpf wollte. Andreas, den das Warten nervös machte, baute im voraus einige schöne Sätze.

„Sie haben an der Entwickelung eines Ihnen völlig Unbekannten gleich anfangs so freundlichen Anteil genommen, daß ich, von neuen Zweifeln bedrängt, es nochmals wage, Sie um Ihren Rat und Ihre Hilfe zu bitten.“

Als die Periode fertig war, fand er sie albern. So sprach man nicht, besonders nicht in Berlin. Außerdem klang es falsch; er wollte Köpf doch nicht anpumpen.

Dieser erschien plötzlich in der Tür und begrüßte den Gast sehr erfreut.

„Ah, lieber Kollege!“

Andreas hatte einen Einfall:

„Wissen Sie, von dem „Kollegen“ hab' ich schon bald genug“, sagte er und drehte sich halb um.

Köpf lächelte.

„Sie haben im „Café Hurra“ wohl ein Haar gefunden?“

„Mehrere.“

„Ich hätte Ihnen das voraussagen können. Aber es freut mich, daß Sie selbst dahintergekommen sind."

Köpf blinzelte unschuldig. Andreas fand trotzdem, daß es eine Dreistigkeit sei, ihn in dieser Weise auf die Probe gestellt zu haben und es ihm jetzt ganz offen zu sagen. Der andere suchte seinen Unmut sofort zu beschwichtigen.

„Sie brauchen es nicht zu bereuen, diese scherzhafte Seite des Lebens unter Kollegen kennengelernt zu haben. Man muß dies tun, bevor man zu ernsteren Dingen übergeht. Nun wollen Sie aber Ernst machen?"

„Aber wie?" fragte Andreas ohne große Zuversicht.

„Oh, da gibt es verschiedene Wege, nämlich die Presse, das Theater und die Gesellschaft."

„Sie vergessen die Literatur."

„Durchaus nicht. Ich habe gesagt: das Theater, und eine andere Literatur gibt es bei uns nicht."

Andreas nahm eine überlegene Miene an, denn er ertappte Köpf auf dem Ärger eines, der keinen Erfolg hat.

„Sie selbst schreiben doch wohl Romane?"

„Oh!" machte der andere mit gespitzten Lippen. „Ich schreibe für meinen Privatbedarf, es fällt mir nicht ein, das Unglück eines armen Verlegers herbeiführen zu wollen, der mir nie etwas zuleide getan hat und der etwa auf meine Werke hineinfiele."

„Atem holen!" dachte Andreas, dem es Spaß machte, Kopfs Schwäche zu beobachten.

„Inmitten eines Volkes", fuhr dieser fort, „das durch alle Prügel der Welt nicht dazu bewogen werden könnte, ein Buch in die Hand zu nehmen, werden Sie also am besten tun, sich an das Theater zu halten."

„Aber ich habe noch kein einziges Stück geschrieben!"

„Ist auch gar nicht nötig", versicherte Köpf leichthin. „Das Theater hat zweifellos auch eine literarische Seite, aber die gesellige ist wichtiger. Beim Theater hat man es stets mit Menschen zu tun, in der eigentlichen Literatur doch schließlich nur mit Büchern. In der eigentlichen Literatur braucht man eine Menge Ernst, Abgeschlossenheit und Rücksichtslosigkeit; alles Eigenschaften, die beim Theater nur schaden können. Hier kommt es vor allem auf die gesellschaftlichen Verbindungen an. Sie aber, mein Lieber, sind ein Gesellschaftsmensch. – Soll ich Ihnen sagen, welches sichere Zeichen ich hierfür habe?“

„Bitte!“

„Man hat Sie im „Café Hurra“ nicht ernst genommen.“

Köpf sah mit seinem harmlosen Lächeln zu, wie Andreas zusammenzuckte.

„Seien Sie nicht böse!“ bat er darauf. „Ich werde Ihnen dafür noch manches Schmeichelhafte zu sagen haben. Was Ihre Freunde im „Café Hurra“ betrifft: hat Pohlatz Ihnen jemals Grobheiten gesagt?“

„Nein, warum denn?“

„Nun, sehen Sie wohl. Wenn er sie ernst genommen hätte, würden Sie alle Tage etwas an den Kopf bekommen haben. Sie glauben nicht, wie fein die Witterung dieser Leute ist, sobald sich ein Konkurrent blicken läßt. Sie, mein Lieber, sind keiner. Man hat gleich erkannt, daß sie eine viel zu heitere, offene Natur sind, um sich mit Ingrimm und Püffen durch Literatur und Presse hindurchzuschlagen.“

„Ich glaube beinahe selbst“, bemerkte Andreas, der sich bemühte, blasiert auszusehen.

„Sie haben so etwas Glückliches an sich, das Sie beim Theater, das heißt in der Gesellschaft ungemein rasch fördern wird. Man braucht dort nämlich nur glücklich zu erscheinen, um es sehr bald wirklich zu werden. Auch Ihre Harmlosigkeit, oder sagen wir, wenn Sie es lieber hören, Ihre scheinbare Harmlosigkeit wird Ihnen dort gut zustatten kommen. Man wird Sie in den reichen Salons ebensowenig ernst nehmen wie im „Café Hurra“, und es ist für Ihren Erfolg besonders wichtig, daß die Frauen Sie nicht ernst nehmen! Diese werden alles mögliche, was sie andern nicht bewilligen würden, bei Ihnen für harmlos und ungefährlich halten. Sie sind dafür geschaffen, viel Glück bei den Frauen zu haben, mein Lieber!“

Diesmal blickte Andreas den andern mit offenem Argwohn an. Aber aus Kopfs freundlichem Gesicht, das allerdings eine verdächtig spitze Nase zierte, war niemals klug zu werden. Für alle Fälle zeigte Andreas sich übellaunig, um nur nicht zuzugeben, daß er sich geschmeichelt fühle. Sein Glück bei Frauen, das er sich übrigens zutraute, schien ihm doch noch bewiesen werden zu müssen. Er gedachte der herben Enttäuschungen, die er dem Wäschermädchen und dem Büfettfräulein verdankte.

„Sie sagen mir eine Menge angenehme Dinge“, bemerkte er ziemlich trocken, „aber ich weiß noch immer nicht, wie Sie sich meine Karriere nun eigentlich denken. Was habe ich zu tun, wohin soll ich mich wenden?“

„Nehmen wir hinzu“, fuhr Köpf ohne zu antworten fort, „daß sie als Rheinländer eine mehr heitere und ungezwungene Geselligkeit gewohnt sind. Inmitten der Furcht, sich lächerlich zu machen, die in Berlin Ursache aller Dummheit und Langeweile ist, werden Sie zunächst wohlwollend belächelt werden. Die Hauptsache ist, daß Sie auffallen.“

„Was habe ich zu tun, wohin soll ich mich wenden?“ wiederholte Andreas ungeduldig.

„Wie? Das habe ich Ihnen noch nicht gesagt? Nun, ganz einfach: Sie gehen zum „Nachtkurier“, verlangen den Chefredakteur Doktor Bediener zu sprechen, und läßt er sie vor, so gehen sie nicht früher wieder weg, als bis er Ihnen unaufgefordert eine Empfehlung an Türkheimers gegeben hat.“

„Ah, Türkheimer! Das ist doch der mit Lizzi Laffé.“

„Sie kennen bereits die Verhältnisse?“

„Natürlich“, sagte Andreas stolz.

„Also Sie wissen Bescheid?“ fragte Köpf, indem er dem jungen Manne zum Abschied die Hand schüttelte. „Unterrichten Sie mich doch vom Erfolge!“

Andreas versprach dies, fragte sich aber im geheimen, warum er alle die zweifelhaften Komplimente eigentlich angehört habe. Es konnte wohl sein, daß Köpf sich seit dem Augenblick, wo er ihn kennengelernt hatte, fortwährend über ihn lustig machte. Es war Andreas unmöglich, dies zu erfahren. Übrigens war es ja gleichgültig, sobald nur auch sonst niemand davon wußte. In seiner Lage, bei seinen mannigfachen inneren Zweifeln und der geringen Aussicht, es auf eine andere Weise zu etwas zu bringen, war es nun wohl das beste, Köpfs Rat blindlings zu befolgen. Er ging schon am nächsten Morgen, mit einem kalten Gefühl im Unterleibe, doch hocherhobenen Hauptes, zum Doktor Bediener.

III .
Die deutsche Geisteskultur

Auf der Treppe, die er zur Redaktion des „Berliner Nachtkurier“ hinaufstieg, blendete den jungen Mann der ganz neue und doch bereits arg besudelte Teppich. Alles im Hause war reich und durch den regen Geschäftsbetrieb mitgenommen. Jünglinge mit kotbespritzten Beinkleidern, sonst sehr elegant, hasteten an dem Besucher vorüber. Droben in dem großen Wartezimmer schob sich eine beträchtliche Menschenmenge durcheinander. Andreas, der gegen die Wand gedrängt wurde, blickte durch eine Glasscheibe in einen langen, kahlen Saal hinein, wo ungefähr dreißig junge Leute an Pulten saßen. Einige lasen Zeitungen, andere plauderten, indes sie Bleistifte spitzten oder ihre Nägel pflegten.

Eine Flügeltür ward aufgestoßen, und ein reich aussehender Herr mit rasierter Oberlippe und rotblonden Koteletten, den Hut in der Stirn, rief ins Vorzimmer hinein:

„Kommt denn der Chefredakteur nicht?“

Der herbeieilende Redaktionsdiener verbeugte sich:

„Muß sofort da sein, Herr Generalkonsul!“

„Endlich, mein lieber Doktor!“ rief der Herr und streckte die Hand mit matter Anmut einem großen, eleganten Manne entgegen, der von der Treppe her eintrat und dem Diener Hut und Paletot zuwarf. Bevor die beiden hinter der Flügeltür verschwanden, hörte man den Generalkonsul fragen:

„Sie waren im Auswärtigen Amt? Nun, was sagt unser Minister?“

Andreas erschauerte vor Ehrfurcht, während er bedachte, welche Unendlichkeit von Macht und Ansehen diese Worte ahnen ließen. Wer hier im Vorzimmer des „Nachtkurier“ stand, war gewissermaßen in den Bereich einer Organisation eingetreten, die es an Ausdehnung und Festigkeit selbst mit der des Staates aufnahm. Doktor Bediener ging im Palais der Wilhelmstraße aus und ein wie der Staatssekretär selbst. Sein Kollege war ein Minister des Innern, dem kein Wille im Lande leichtfertig zuwiderhandelte. Die Ämter waren verteilt genau nach dem Vorbilde des Staates, von den Botschaftern in allen Hauptstädten der Welt bis hinab zu jener Schar von überschüssigen kleinen Beamten, unbezahlten Referendaren, die ihre Bleistifte spitzten und sich die

Nägel pflegten. Hoch über dieser unpersönlichen Verwaltungsmaschine aber, hinter dem Gehege der Gesetze und gedeckt durch die Verantwortlichkeit seiner Minister, die er berief und entließ, thronte der große Jekuser, der Besitzer des „Nachtkurier", ein konstitutioneller Monarch. Von den Tagesmeinungen unabhängig wie andere gekrönte Häupter, bewahrte er dennoch einen unbeschränkteren Einfluß als diese, da er sogar die Volksvertreter vermöge seines „parlamentarischen Büros" zu zensieren und zu maßregeln vermochte. Und er war reicher als sie, denn von den Abgaben seines Volkes, von den fünfzehn Pfennigen, die Hunderttausende von Lesern täglich erlegten, blieb der größere Teil in seiner Tasche zurück.

Die Flügeltür öffnete sich halb, ohne daß jemand sichtbar wurde. Aber in der wartenden Menge pflanzte sich sogleich ein Stoß fort, den schließlich der gegen die Wand gedrückte Andreas vor die Brust erhielt. Er griff hastig in die Tasche, die seine Papiere enthielt. Glücklicherweise fand sich der Brief des Herrn Schmücke noch vor. Seit einem Jahre hatte der junge Mann nicht mehr des Empfehlungsschreibens gedacht, das ihm der alte Herr in Gumplach, der sich mit Literatur befaßte, an den Doktor Bediener mitgegeben hatte. Andreas kam mit zu großer Ehrfurcht vor den Mächtigen der Erde nach Berlin, um sich gleich anfangs bis zu einem von ihnen vordrängen zu wollen. Herr Schmücke war gewiß ein braver liberaler Bürger, aber ob der Chefredakteur des „Nachtkurier" auf seine Empfehlung großes Gewicht legen würde, war mehr als zweifelhaft. Um den Brief nicht unbenutzt zu lassen, übergab Andreas ihn einem vorübergehenden Diener, der mit einer Handvoll Depeschen das Erscheinen des Chefs erwartete. Gleich darauf verabschiedete sich der Generalkonsul, den Doktor Bediener bis zur Treppe begleitete. Andreas verfolgte mit scheuem Blick jede Bewegung des Mannes, von dem sein Schicksal abhing. Er sah ihn mit einigen jungen Leuten, die zunächst an seinem Wege standen, leise Worte wechseln und nachdenklich, die Hand, auf der ein großer Brillant blitzte, an seinem grauen Spitzbart, in seinem Kabinett verschwinden. Welche betäubende Fülle von Geschäften und wie wenig Hoffnung für einen bescheidenen Neuling, hier ans Ziel zu gelangen! Doch schon nach wenigen Minuten trat ganz unerwarteterweise derselbe Diener, dem Andreas seine Empfehlung anvertraut hatte, auf den jungen Mann zu, um ihn zum Eintritt in das Büro des Herrn Chefredakteurs aufzufordern. Andreas durchschritt blutübergossen die Reihen der Wartenden. Er meinte, die Bevorzugung, die ihm zuteil ward, müsse jedermann auffallen.

Und dann führte er eine möglichst korrekte Verbeugung vor Doktor Bediener aus, der ihm lächelnd die Hand mit dem Brillanten entgegenstreckte.

„Sie sind mir als ein sehr aussichtsreiches Talent empfohlen, Herr – re ...“

„Zumsee“, ergänzte Andreas.

„Herr Zumsee“, wiederholte Doktor Bediener.

Er wies auf einen Sessel, und Andreas, der dem Leiter des „Nachtkurier“ gegenüber Platz nahm, sagte sich, daß der Empfang gar nicht günstiger hätte sein können. Doktor Bediener begann wieder:

„Die Empfehlung, die Sie geltend machen, ist mir besonders wertvoll, weil sie von einem langjährigen, lieben Freunde kommt. Ich hoffe, es geht meinem alten Schmücke gut?“

Andreas erteilte befriedigende Auskunft über die Gesundheit des alten Herrn. Aber er erfuhr mit Erstaunen die nahen Beziehungen des Chefredakteurs zu Schmücke, der sich deren nie gerühmt hatte.

„Ich meine sogar, Ihren Namen schon irgendwo gefunden zu haben, Herr, Herr – re ...“

„Zumsee“, ergänzte Andreas.

„Herr Zumsee“, wiederholte Doktor Bediener, und er strich mit zwei gespreizten Fingern suchend über seine hohe Stirn. Dachte er an den „Gumplacher Anzeiger“? Andreas hätte gern von seinen Erfolgen und Hoffnungen, von den Gedichten, der Novelle, Köpf, dem „Cafe Hurra“ und Türkheimer des längeren gesprochen. Aber durch die ungeahnte Liebenswürdigkeit des mächtigen Mannes ward in ihm ein solches Entzücken erregt, daß er, minutenlang stumm und rot vor heftiger Schwärmerei, den Doktor Bediener ansah.

Nie im Leben hatte Andreas solche ausgesuchten Manieren kennengelernt, solche weltmännische Haltung, solche natürliche Glätte in jeder Bewegung, jedem Blick und jedem Worte. Doktor Bediener saß ein wenig seitwärts über die Lehne geneigt, auf die er einen Arm stützte. Mit dem andern beschrieb er zuweilen eine flüchtige, doch unnachahmlich runde Geste, die alles zu erklären schien, was er andeuten wollte. Sein Lächeln war offenbar so ganz für sein Gegenüber bestimmt, daß dieses sich nicht denken konnte, er werde je einem andern soviel Aufmerksamkeit schenken. Er sprach zögernd, mit leicht verschleierter Stimme und ließ das „R“ weit hinten im Halse verschwinden, was distinguiert klang. Er mochte mit einem armen jungen Manne noch so familiär tun, ohne es zu wollen, bewahrte Doktor Bediener in seinem ganzen Wesen stets eine so vornehme Zurückhaltung, daß es Andreas vorkam, als steige er aus einer höheren Diplomatensphäre hernieder, wohin er jeden Augenblick entrückt zu werden drohte.

Er ließ die Frage, wo er Andreas' Namen schon gefunden haben mochte, auf sich beruhen, um sich zu erkundigen:

„Haben Sie schon literarischen Anschluß gefunden?“

„Es ist mir als ganz unbekanntem Anfänger sehr schwer gefallen“, erwiderte Andreas bescheiden.

„Ich kenne ein paar Redakteure, zum Beispiel Doktor Pohlatz.“

„Oh, Pohlatz“, sagte Doktor Bediener mit einer Handbewegung, die nicht viel Hochachtung auszudrücken schien. Doch setzte er hinzu:

„Ich schätze Pohlatz persönlich hoch, ich kann sogar sagen, daß wir recht gute Freunde sind.“

„Schon wieder jemand, mit dem ich verkehrt habe, ohne zu wissen, daß er mit dem Chefredakteur des „Nachtkurier“ befreundet ist,“ dachte Andreas.

„Nur möchte ich Ihnen davon abraten“, fuhr Doktor Bediener fort, „an seinem Blatte mitzuarbeiten. Es würde für Sie wenig Wert haben – dies unter uns.“

Andreas verbeugte sich, voll Vergnügen über die vertrauliche Mitteilung, deren er gewürdigt wurde. Wie gut, das Pohlatz gar nicht daran gedacht hatte, ihn beim „Kabel“ einzuführen! Er lauschte atemlos auf Doktor Bedieners Belehrung.

„Alle diese Blätter mit strenger Parteirichtung taugen nichts für ein aussichtsreiches Talent“, sagte der Chefredakteur. „Sie würden sich dort kompromittieren, ohne für den Verlust Ihrer Selbständigkeit entschädigt zu werden. Bei uns dagegen, wissen Sie wohl, behält jeder Mitarbeiter seine Eigenart. Der „Nachtkurier“ hat vor allen anderen erkannt, daß die Parteipresse sich überlebt hat. Daß man eine gesunde liberale Wirtschaftspolitik vertritt, versteht sich von selbst; wir wären verrückt, wenn wir es nicht täten. (Hier vollführte Doktor Bediener eine Armbewegung, die einer längeren Parenthese gleichkam.) Im übrigen betrachten wir uns als ein Organ der deutschen Geisteskultur.“

Doktor Bediener hielt an; er war beinahe warm geworden. Aber er erlangte sofort sein vornehmes Gleichgewicht wieder, dessen augenblickliches Abhandenkommen Andreas in seiner Hingerissenheit gar nicht bemerkt hatte. Der Chefredakteur betrachtete den Eindruck, den er auf den jungen Mann machte, mit Wohlwollen. Er lächelte sogar, denn er hatte die Bemerkung gemacht, daß Andreas' Blick, der zwischen dichten und langen Wimpern hervorkam, in seiner Treuherzigkeit merkwürdig einschmeichelnd sei, und daß die bedingungslose Verehrung, die er ausdrückte, einer Dame überaus angenehm sein müsse. Flüchtig dachte er sogar an Frau Türkheimer. Er zögerte noch, denn der mißlungene schwarze Rock, der dem gut gewachsenen Jüngling etwas Ungeschicktes gab, forderte zur Vorsicht auf. Das Haar war erbärmlich geschnitten, doch trug Andreas den Kopf recht gut. Dann entschloß sich Doktor Bediener.

„Sie sollten sich vor allem beim Theater einführen, ich meine in den Kreisen, die dem Theater nahestehen.“

„Schon wieder das Theater,“ dachte Andreas. „Es muß doch etwas damit los sein.“

Er öffnete den Mund, aber Bediener schnitt seinen Einwand ab.

„Sie werden noch nichts für die Bühne geschrieben haben, das tut nichts zur Sache. Man erobert die Welt nicht mehr von der Schreibstube aus. Auch der Schriftsteller muß heutzutage mit seiner Person eintreten. Sie werden sich in der Gesellschaft umsehen müssen.“

„Kommen jetzt Türkheimers?“ fragte sich Andreas.

Aber der Chefredakteur zögerte wieder.

„Halten Sie sich vorläufig an uns“, sagte er. „Unsere Sonntagsbeilage „Die Neuzeit“ steht den jungen Talenten offen. Schicken Sie uns etwas, und nach zwei, drei Versuchen rechnen wir Sie zu unseren Hausdichtern, die bei den Bühnen natürlich einen Vorsprung haben. Das ist das, was ich Ihnen versprechen kann.“

Die letzten Worte sprach er langsamer, er schien auf etwas zu warten. Aber Andreas sah schon die Spalten des „Nachtkurier“ zu seinem Empfange weit geöffnet. Seine sanguinischen Hoffnungen wurden alle wieder wach. Es ward ihm ganz heiß, und ohne sich zu bedanken, versetzte er:

„Herr Doktor, ohne die große unverdiente Güte, die Sie mir entgegenbringen, würde ich nie gewagt haben, Sie darum zu bitten, verzeihen Sie, daß ich es jetzt wage: würden Sie mich als Volontär aufnehmen?“

Doktor Bedieners Miene drückte plötzlich tiefe Besorgnis aus.

„Sie irren sich“, sagte er. „Ich meine es mit den jungen Leuten, die mir empfohlen sind, zu gut, um sie auf die von Ihnen bezeichnete Art kaltzustellen. Haben Sie die dreißig Unglücklichen gesehen, die dort drüben die Zeit totschlagen?“

Andreas begriff, daß das Fenster im Wartezimmer zu seiner und seinesgleichen Abschreckung angebracht sei.

„Wen Herr Jekuser dort hinsetzt, das geht mich nichts an“, fuhr Doktor Bediener fort. „Aber ich sehe, daß man dort durch das viele Herumlungern faul und unbrauchbar wird. Wer es am längsten ausgehalten hat, bringt es schließlich zu einer kleinen Anstellung bei einem Provinzblatt. Beschränken sich Ihre Träume darauf? – Nein, mein Lieber“, so schloß der Chefredakteur, „wir haben es besser mit Ihnen im Sinn. Was wir Ihnen versprechen können, habe ich schon gesagt. Sie wissen ja, welcher wirksamen Empfehlung Sie unser Wohlwollen verdanken.“

Bei jedem der vom Doktor Bediener gebrauchten, geschäftsmäßig kühlen „wir“ überrieselte es Andreas kalt. Er ward sich bewußt, daß seine persönliche Unterredung mit einem hohen Gönner beendet sei, und daß er sich nur noch als namenloser Bittsteller einem Mächtigen gegenüber befinde. Und dies bloß infolge seiner plumpen Ungeschicklichkeit; weil er durch eine dumme Bitte den ganzen schönen Erfolg des bisherigen Gespräches zerstört hatte! Nun fühlte er Doktor Bedieners Blick mit der deutlichen Ankündigung auf sich ruhen, daß die Audienz beendet sei. Und nun wandte sich der Chefredakteur ganz unverhohlen der Stutzuhr auf dem breiten Schreibtische zu. Der arme junge Mann biß sich auf die Lippen. Er war bleich und verwirrt, doch fest entschlossen, sich lieber vom Redaktionsdiener hinaussetzen zu lassen, als unverrichteterdinge freiwillig zu gehen.

„Ich habe nichts mehr zu riskieren“, sagte sich Andreas. „Gehe ich jetzt, so hinterlasse ich den denkbar schlechtesten Eindruck.“ – „Ich muß die

Empfehlung an Türkheimer haben“, wiederholte er sich hartnäckig und starrte auf den hellgeblümten englischen Teppich, der den Boden des Zimmers bedeckte. Er wollte ein niedrig hängendes Ölgemälde betrachten, doch versagte ihm der Mut. Sein Blick wagte sich nicht höher als bis zu Doktor Bedieners Lackschuhen und den weißen Gamaschen, über die das graue Beinkleid mit unsäglicher Eleganz herabfiel. Wäre der Chefredakteur nur ein beliebiges großes Tier gewesen, vor dem ein armer junger Mann wie Andreas im Staube kriechen mußte! Aber er gebot ihm Achtung als Persönlichkeit: darin lag das Demütigende. Vor Erregung ward Andreas von Ohrensausen befallen. Dazwischen hörte er Doktor Bediener auf den Rand des Schreibtisches trommeln. Er warf einen ängstlichen Blick von unten herauf, die Situation war nicht länger haltbar. Aber zu seiner Verwunderung drehte der Chefredakteur Herrn Schmuckes Brief in der Hand. Er sah sogar mit einem halben Lächeln darüber hinweg auf den jungen Mann, dessen Standhaftigkeit ihm schließlich vielleicht Achtung abgewann. Der schwarze Rock mußte allerdings mit in den Kauf genommen werden. Dennoch überwog das Empfehlende in Andreas' Erscheinung. Auch war Herr Schmücke Gumplachs gewichtigster liberaler Wähler.

„Die gesellschaftlichen Verbindungen“, sagte Doktor Bediener, „betrachte ich, wie gesagt, als eine Hauptsache. Ich bin auch gern bereit, Ihnen den Anfang zu erleichtern. Warten Sie, ich werde Sie an ein Haus empfehlen, wo die aussichtsreichen Talente stets mit Wohlwollen aufgenommen werden. Die Hausfrau sammelt die Blüte unserer kunstsinnigen Gesellschaft um sich, Sie werden einflußreichen Leuten begegnen. Profitieren Sie von dem Ton, der bei Türkheimers herrscht, lieber Freund!“

Damit übergab er Andreas die Visitenkarte, die er während des Sprechens mit ein paar Zeilen beschrieben hatte. Der junge Mann sprang auf. In dem Stolz, den er über die Erreichung seines Zieles empfand, steckte er den kostbaren Umschlag so flüchtig in die Brusttasche, als käme es ihm gar nicht darauf an. Dieser Zug mochte den Beifall des Chefredakteurs finden, der die Hand auf Andreas' Schulter legte und ihn sehr freundlich zur Tür geleitete. Im Vorzimmer konnte jedermann hören, wie Doktor Bediener zu dem sich Verabschiedenden sagte:

„Auf Wiedersehen, lieber Freund!“

„Merkwürdig“, dachte Andreas, der blind vor Glück die Treppe hinabeilte, „ich meinte schon, es ganz mit ihm verdorben zu haben, und jetzt bin ich gar sein lieber Freund, wie Schmücke und Pohlatz. Nur nicht ängstlich!“ sagte er sich triumphierend, aber auf dem Treppenabsatz rannte er mit einem heraufstürmenden Menschen so heftig zusammen, daß beide sich aneinanderklammern mußten, um nicht umzufallen.

„Warum sagen Sie das nicht gleich?“ versetzte der Fremde, während sich umarmt hielten. Dann hob er die Blume auf, die seinem Knopfloch entglitten war.

Trotz ihrer stürmischen Begegnung empfing Andreas einen günstigen Eindruck von dem andern. Es war ein mittelgroßer, untersetzter junger Mann, der einen Zylinder trug. Seine Kleidung war ziemlich elegant, von einer Allerweltseleganz, die nirgends auffallen konnte. Sein Gesicht zeigte ebenfalls nichts Hervorstechendes, er konnte einen mit seinem forschenden Hundeblick ansehen und einem gerade unter der Nase umherschnüffeln, ohne daß man dies unverschämt fand. Er hatte etwas so Heiteres und Gutmütiges an sich, daß man ihn gewiß anstandslos überall einließ, ihm alles mögliche anvertraute und dabei gar nicht auf ihn achtete. Was wäre für einen Reporter wünschenswerter? Schon wie er Andreas liebenswürdig beiseite schob, um sich Platz zu machen, war es deutlich, daß er überall durchkommen und alles erfahren mußte, was er wollte, ohne auf Hindernisse zu treffen. So unpersönlich wie er aussah, war ein Zusammenstoß mit ihm eigentlich gar keiner.

Er stieg zwei Stufen höher, kam aber eilig zurück und sagte:

„Ach, Pardon, hörensemal! Da wir nun doch Bekanntschaft gemacht haben, können Sie mir vielleicht sagen, ob der Chef guter Laune ist. Sie kommen doch vom Chef.“

„Ich war beim Doktor Bediener“, bestätigte Andreas.

„Können Sie mir sagen, was Sie da gemacht haben?“ fragte der andere, und er schlug dabei einen so freundschaftlich zusprechenden Ton an, daß Andreas sofort die Überzeugung gewann, er könne im eigenen Interesse nichts Besseres tun, als dem Fremden sagen, was er beim Doktor Bediener gemacht habe.

„Nun, ich war an den Chefredakteur empfohlen“, versetzte er.

„Aha, Sie sind wohl ein neuer Kollege. Sehr erfreut!“

Er schüttelte Andreas die Hand, verbeugte sich und sagte:

„Kaflisch, vom „Nachtkurier“.“

„Andreas Zumsee."

„Volontär, was?"

„Doch nicht", sagte Andreas stolz ablehnend, als habe er nie den Wunsch gehegt, als Hilfsarbeiter in die Redaktion einzutreten.

„Dann hat er Ihnen wohl die Mitarbeit an der „Neuzeit" angeboten?"

Andreas sah den schlau lächelnden Journalisten an. Kaflisch nahm die Überraschung des Neulings für eine Antwort und fragte weiter:

„Sagensemal, hat er Sie auch an Türkheimers empfohlen?"

„Na, herzlichen Glückwunsch!" sagte er, als Andreas bejahte. „Ein feines Haus und 'ne schöne Frau."

Er schmatzte dabei so stimmungsvoll, daß Andreas plötzlich allerlei dunkle Begierden empfand.

„Und besten Dank, sehr geehrter Herr. Wenn der Alte einen zu Türkheimers schickt, dann ist er unfehlbar guter Laune. Dann kann ich ihm mit meinen Geschichten kommen. Es ist ja 'n Elend, nie mehr als zehn Pfennige für die Zeile und dabei noch den Staat erhalten! Jetzt will ich vor den Gerichtsvollziehern nach Breslau flüchten, wissense, wo jetzt der Lustmordprozeß anfängt. Bediener gibt mir die Berichterstattung, passense mal auf. Wenn er zu Ihnen so nett ist und Sie zu Türkheimers schickt, dann tut er mir auch 'ne Liebe. Na, Mahlzeit, und viel Vergnügen! Auf Wiedersehen!"

Er war schon droben im Vorzimmer verschwunden, als Andreas ihm noch nachschaute. Dieser Kaflisch befremdete ihn zwar etwas, aber sein Wesen war nicht gerade abstoßend. Er versöhnte mit seiner zudringlichen Neugier dadurch, daß er auch in seinen eigenen Angelegenheiten keine Diskretion, kannte.

Auf der Straße wandte sich Andreas um und sah zur Fassade des Hauses empor, über die die Inschrift „Berliner Nachtkurier" in mächtigen Reliefletten quer hinüberlief. Der Augenblick schien ihm feierlich, er fühlte, daß hier die ihm vorgeschriebene Laufbahn begann.

Zu Hause ging er sofort an die Sichtung seiner Garderobe. Es hatte seine Schwierigkeit, einen passenden Visitenanzug zusammenzustellen, da jedes der hellen Beinkleider den einen oder anderen Mangel aufwies. Seufzend entschloß sich der arme junge Mann zu der Frackhose, die zusammen mit dem verunglückten schwarzen Rock schon dem Doktor Bediener unvorteilhaft aufgefallen war. Andreas hatte dies wohl bemerkt. Er besaß ein angeborenes Verständnis für gute Kleidung, das sich in Berlin rasch ausgebildet hatte. Sooft er über die Friedrichstraße ging, fing er den wohlwollenden Blick irgendeines hübschen Mädchens auf, den sie aber eilig zurückzog, sobald sie den Rock des jungen Mannes abgeschätzt hatte. Diese schlanken, blonden Mädchen, die am Arm kleiner geschniegelter Herren mit blanken Zylindern auf schwarzgelockten Häuptern dahinwandelten, ahnten nicht, wie tief sie Andreas verwundeten. Heute, wie schon oft, studierte er lange in seinem Rasierspiegel, und er sah besser als jeder andere, warum der Anzug, der doch wenig getragen war, ihm so etwas traurig Ungeschicktes verlieh. Der Gedanke, daß in ganz Berlin kein Schneider auf sein Glück und Talent vertrauen und ihm Kredit geben würde, drückte ihn tief danieder und hielt ihn zwei Tage von dem Besuche bei Frau Türkheimer ab.

Mit dem Mute der Verzweiflung schlug er endlich den Weg in die Potsdamer Straße ein. Er ging die Königin-Augusta-Straße entlang und bog entschlossen in die Hildebrandt-Privatstraße ein, eine stille mit Sand bestreute Allee, die an beiden Enden durch ein Gitter abgeschlossen war. Das Palais Türkheimer fiel als das großartigste unter den Gebäuden jedem Passanten auf. Es war in einem deutschen Renaissancestil erbaut, den man auf seine Echtheit nicht näher ansehen durfte. Andreas schellte an dem reichen bronzenen Gartentor, und es öffnete sich ohne das Erscheinen eines Menschen. Einsam wie der Märchenprinz, der ein verwunschenes Schloß erobert, schritt der junge Mann über eine Art von Burghof, betrat eine majestätische Freitreppe und stand vor der eleganten Glastür, die in die Wölbung des kunstvoll gemeißelten Portals von profanen Händen eingefügt schien.

Die Tür ging auf, doch der grün-silberne Lakai, der Andreas entgegentrat, besaß die Macht, den mutigen Eroberer von der Schwelle seines Paradieses zurückzuscheuchen. Er sagte, daß die gnädige Frau nicht zu Hause sei. Unter dem ersten Eindruck dieser Nachricht übergab ihm der junge Mann seine Karte und das Billett des Doktor Bediener. Gleich darauf fiel ihm ein, daß er dies nicht hätte tun sollen. Er blickte bleich vor Wut dem Diener in das unverschämte Gesicht und stand im Begriffe, einen Schlag hineinzuversetzen. „Wenn es nicht meinem Interesse zuwiderliefe“, sagte er sich, „würde ich es tun. Übrigens kann ich ihm seine Unverschämtheit nicht nachweisen, sie ist versteckt wie immer bei solchen Menschen.“

Er ging mit der Last seiner vernichteten Hoffnung auf der Brust die Straße zu Ende und befand sich am Tiergarten. Zwei Stunden lang trieb ihn sein enttäuschter Ehrgeiz in den entlaubten Wegen umher. Er fühlte sich so leer und wie an dem Tage, als er mit dem „Café Hurra“ zu brechen beschloß. Aber inzwischen hatte er Schritte getan, die nicht so leicht zu wiederholen waren. Wenn nun der freche Lakai, der ihn wie einen stellungsuchenden Kandidaten gemustert hatte, die Karte des Chefredakteurs nicht abgab?

Aber schon am folgenden Morgen erhielt Andreas mit der Post eine Einladung zum Abend des zehnten November von Frau Adelheid Türkheimer.

IV.
Türkheimers

Andreas Zumsee erschien, weil er dies für vornehmer hielt, sehr spät auf der Soiree in der Hildebrandtstraße. An dem bronzenen Gatter, das diesmal weit aufstand, stieß ein majestätischer Portier seinen Stab auf den Boden. Andreas blickte ihm ins Gesicht, er drückte aber nur imposante Kälte aus. Der Lakai, der ihm seinen Mantel abnahm, war zufällig derselbe, den er kannte. Andreas sah ihn nicht einmal an. „Du hast mich nicht hindern können, herzukommen“, dachte er.

Das Selbstbewußtsein, mit dem er seinen Eintritt vollführte, erstickte seine geheime Verlegenheit, machte ihn aber auch unvorsichtig. Alsbald stieß ihm ein kleines Unglück zu. Neben der Garderobe lag ein Vorzimmer, das Andreas auf den ersten Blick für leer hielt. Er betrat es, ohne sich anzukündigen, aber schon nach zwei Schritten stand er auf der Schleppe eines Abendmantels. Es war ein Mantel aus gelber Seide mit Brokatstickerei, gefüttert mit Satin-Duchesse. Und Andreas konnte sich nicht schnell genug zurückziehen, um nicht mehr zu bemerken, daß die Besitzerin des Mantels von dem jungen Manne, der ihn ihr abnahm, einen Kuß empfing. Es war eine große starke Blondine, und das wütende Gesicht mit der aufgestülpten Nase, das sie Andreas zuwandte, erfüllte ihn mit solchem Schrecken, daß er unter gestammelten Entschuldigungen recht kläglich beiseite schlich.

Gleich darauf, wie er die Treppe zum ersten Stock hinanstieg, fielen ihm die geistreichsten Wendungen ein, mit denen er sein Ungeschick hätte gutmachen können. Ganz zerschlagen von dem Bewußtsein, der Lage nicht gewachsen gewesen zu sein, ließ er sich durch zwei Säle von einem Strom von Gästen fortziehen, der ihn an das Büfett führte. Im Gedränge stieß er einem distinguiert aussehenden alten Herrn heftig gegen die Schulter und brachte nicht einmal mehr ein Wort der Abbitte hervor, ganz entsetzt über sein neues Mißgeschick. Indes sagte der alte Herr verbindlich „Pardon“ und reichte Andreas Teller und Besteck. Der arme junge Mann gewahrte jetzt die seidenen Strümpfe des Haushofmeisters und wandte sich mit blutrotem Gesicht hinweg.

Vor ihm standen Kübel mit Sektflaschen. Ein Diener wartete auf seinen Wink, um ihm einzuschenken. Aber Andreas befürchtete, man möchte ihm ansehen, daß er noch niemals Champagner genossen habe. Er wollte einen Wein wählen, als man hinter ihm lachte. Die verschiedenen Demütigungen, die er in so kurzer Zeit erlitten hatte, brachten ihn außer sich, er war im Begriffe, seine Zukunft durch einen Skandal zu verderben. Sehr bleich, drehte er sich nach zwei Herren in seiner Nachbarschaft um; er war entschlossen, den ersten, der ihn schief anzusehen wagte, zu ohrfeigen. Als die beiden jedoch sein Gesicht bemerkten, schienen sie es gar nicht gewesen zu sein. Der eine von ihnen sprach Andreas an, und auch das stärkste Mißtrauen konnte in seiner Stimme nur ruhige Höflichkeit entdecken.

„Ich rate Ihnen zu dem Chablis dort“, sagte er. „Es ist das Feinste, was hier zu haben ist.“

Andreas dankte und trank mit wiedergewonnener Fassung mehrere Gläser. Da der Wein in einen nüchternen Magen gelangte, brachte er bald die freundlichste Wirkung hervor. Als Andreas den letzten Tropfen getrunken hatte, triumphierte er. „Die beiden Jobber haben vor meinem Gesicht Furcht gehabt“, sagte er sich.

Er empfand das Bedürfnis, zu sprechen; man schien sich hier ja unbekannterweise anzureden.

„Da ist ja Kaflisch!“ rief er plötzlich, als begrüßte er einen lange vermißten Freund. Der Journalist zeigte sich am Arm eines korpulenten Herrn mit kurzem schwarzem Spitzbart, schweren Lidern und von dem Aussehen einer bedeutenden Persönlichkeit. Andreas meinte ihn zu erkennen.

Kaflisch musterte den Fremdling. Als er ihn in seinem Gedächtnis untergebracht hatte, schüttelte er ihm die Hand.

„Freut mich, Sie wiederzusehen. Nu sehnsewoll, wie 'ne Empfehlung von unserm Alten hier wirkt?“

„Famos!“ sagte Andreas. Er fühlte sich unternehmungslustig. Er erkundigte sich:

„Wissen Sie nicht, wo die Hausfrau ist?“

„Kommen Sie von Ratibohr?“ fragte der korpulente Herr. Der junge Mann stutzte.

„Nein, von Gumplach“, erwiderte er.

Der Herr lächelte ihn wohlwollend an. Kaflisch brach in Gelächter aus.

„Goldherz meint, ob Sie der Hausfrau von Herrn Ratibohr was zu sagen haben. Sie wollen sich ihr wohl nur vorstellen? Hat ja gar keinen Zweck.“

Der korpulente Herr folgte gelangweilt dem Ruf eines Bekannten. Kaflisch nahm Andreas' Arm wie den eines Jugendfreundes.

„War das der berühmte Verteidiger?“ fragte der junge Mann.

„Ihn selbst haben Ihre sterblichen Augen gesehen. Wissense, den müssen Sie kennenlernen.“

Im Mentorton setzte Kaflisch hinzu:

„Von denen, die hier sind, kann keiner sagen, daß er ihn nicht eines Tages nötig haben wird.“

„Wie geht es Ihnen sonst?“ fragte er gleich darauf. „Ist Bediener nett zu Ihnen?“

„Sehr“, sagte Andreas. „Vorigen Sonntag ist was von mir erschienen.“

„Aha, das Gedicht in der „Neuzeit“.“

„Haben Sie es gelesen?“

„Das können Sie nicht verlangen. Aber von jedem aussichtsreichen Talent, das an den Alten empfohlen ist, bringt die „Neuzeit“ ein Gedicht. Auf das zweite können Sie lange warten. – Da haben Sie Asta“, setzte er schnell hinzu, stieß Andreas an und wandte sich unverfroren nach einer vorübergehenden Dame um.

„Wer, Asta?“ fragte Andreas, der Kaflischs Beispiel folgte. Aber seine weinselige Aufgeräumtheit rächte sich sofort, er trat der Dame auf die Schleppe, und sie zeigte ihm ein Gesicht voller Verachtung.

„Nu haben Sie sie doch mal angesehen“, sagte Kaflisch freundlich. Die Dame ging weiter, einem langen, blonden Herrn mit schütterm Bart entgegen, der ihr über den Köpfen der Menge, hinten an der Tür, zuwinkte.

Andreas war jetzt nicht mehr so leicht aus der Fassung zu bringen. Er fragte, übermütig lachend:

„Sagen Sie doch, wer ist denn die Asta?“

„Die Tochter vom Hause, mein junger Freund. Und wenn die hier spazierengeht, so können Sie glauben, daß die Mutter ganz wo anders ist.“

„Warum?“ fragte Andreas. Er war doch leicht erschrocken.

„Warum? Die liebe Unschuld! Asta ist 'n Mädchen mit Grundsätzen, das heißt, sie geht à la Ibsen frisiert, modernes Weib, mehr intellektuell als Geschlechtswesen, verstehnse mich, sehr geehrter Herr?“

Kaflisch sprach mit der Nase dicht an Andreas' Mund und sehr laut. Es lag ihm offenbar nichts daran, sein Licht unter den Scheffel zu stellen. Um sie her fing man an zu lachen. Andreas fühlte die Aufmerksamkeit auf sich gerichtet, was ihm schmeichelte.

„Und die Mutter?“ fragte er mit erhobener Stimme, während sie weiterschlenderten.

„Die ist 'ne gute Frau“, erklärte Kaflisch leichthin. „Sogar zu gut gegen uns junge Leute.“

„Ich verstehe“, sagte Andreas mit einer Betonung, die er für vielsagend hielt.

„Kommt dort nicht Lizzi Laffé?“ fragte er. Der Name jener Dame, die er schon im Vorzimmer durch seine Indiskretion beleidigt hatte, war ihm zu seinem Schrecken eingefallen. Er kannte sie von der Bühne her, der sie angehörte, und Lizzis Beziehungen zu Türkheimer waren im „Café Hurra“ des öfteren erörtert.

„Abend, Lizzi“, sagte Kaflisch, der ihr im Vorübergehen die Hand schüttelte. Sie bemerkte Andreas gar nicht, der voll Ehrfurcht feststellte, daß ihre Toilette, seit sie den gelbseidenen Mantel abgelegt, an Prunk noch nichts verloren hatte. Er schaute ihr vorsichtig nach, wie sie in ihrer alle einschüchternden Üppigkeit, mit Brillanten übersät, am Arm desselben Herrn dahinschritt, mit dem er sie überrascht hatte. Es war .ein geschniegelter junger Mann, mit bartlosem, doch herausforderndem Gesicht, breitschultrig, beleibt und von der Haltung eines Korpsstudenten.

„Also Lizzi ist auch da!“

Andreas bemühte sich, recht harmlos zu sprechen. Die Begegnung mit dieser Frau, die einer beleidigten Herzogin glich, hatte ihn völlig ernüchtert. Auch sah ihr Begleiter gefährlich aus.

„Na, sie gehört hier ja zum Inventar“, setzte Andreas hinzu. Kaflisch grinste.

„Solange es dauert, heißt das. Türkheimer soll sie satt haben. Komisch, gerade jetzt, wo seine Frau den Edelberg los ist, wissense?“

„Hab ich auch gehört“, log Andreas, der sich vornahm, ohne weiteres alles zu begreifen.

„Es ist aber nicht schön von Lizzi“, sagte er vertraulich, „was ich vorhin zwischen ihr und dem jungen Mann gesehen habe, mit dem sie eben vorbeikam.“

Kaflisch horchte auf.

„Mit dem, der so staatserhaltend aussieht?“ fragte er. „Nun, was machten sie denn?“

„Sie küßten sich.“

„Mehr nicht?“

Kaflisch war enttäuscht. Andreas suchte sich zu entschuldigen.

„Na, hier im Hause –“ meinte er.

„Unsinn. Diederich Klempner ist ja ihr Schoßhündchen. So 'n Posten sollten Sie sich auch suchen, mein Lieber. Klempner ist ein Streber, aber ohne Lizzi wäre er nichts geworden.“

„Was ist er denn?“ fragte Andreas.

„Das wissen Sie nicht? Dramatiker doch!“

„Klempner? Ich habe ihn nie auf dem Theaterzettel gesehen.“

„Die liebe Unschuld! Ist ja gar nicht nötig, er schreibt nie was, aber Dramatiker ist er doch.“

„Wieso?“ fragte Andreas ziemlich kurz. Er fand den Ausdruck „Die liebe Unschuld“ etwas zu herablassend. Kaflisch erläuterte:

„Wenn er was schreiben würde, dann würde es vielleicht ein Drama werden. Verstehnse mich?“

Sie betraten jetzt den ersten der drei großen Salons, in deren Tiefe man hineinsah. Er war blaßgrün, der zweite purpurrot und der dritte bleu mourant und Rokoko. Eine erstaunliche Menschenmenge erschwerte das Weiterkommen, aber Kaflisch besaß das Talent, überall Platz zu finden. Andreas wunderte sich über die Menge von Händedrücken, die er rechts und links austeilte. Er schob die Leute mit einem freundschaftlichen Scherz beiseite und wand sich hindurch.

Man hörte schon von weitem eine Gruppe von Herren streiten, die Börsenbesucher sein mußten, denn sie sprachen von einem Herrn Schmeerbauch, der die Gewohnheit hatte, jeden Tag mit einer neuen Hose zur Börse zu kommen. Heute hatte er eine schon bekannte angehabt, was allerlei Zweifel erregte. Man rief einen untersetzten, behäbigen Herrn an, der mit einer schlanken jungen Blondine vorüberging.

„Blosch! Wissen Sie was über Schmeerbauch?“

„Ist ja alles nicht wahr!“ sagte Blosch phlegmatisch.

„Das mit der Hose?“ fragte jemand.

„Ein Anfall von Melancholie“, versetzte Blosch. „Schmeerbauch hat eine unglückliche Liebe.“

Schmeerbauchs Kredit war wiederhergestellt.

„Der Glückliche!“ seufzte ein schlanker junger Mann mit feinem schwarzem Schnurrbart und mandelförmigen dunklen Sammetaugen, denen gewiß noch keine widerstanden hatte.

„Duschnitzki, wenn Sie renommieren, möchte man Sie prügeln, so dumm sehen Sie aus“, sagte ein anderer. Duschnitzki entgegnete sanft:

„Süß! Die liebe Unschuld!“

„Schon wieder die liebe Unschuld“, bemerkte Andreas für sich.

„Da ist ja Kaflisch!“ riefen die anderen.

„Kaflisch, wissen Sie was von „Rache!“?“

„Durch!“ antwortete der Journalist. „Türkheimer hat es durch seinen Schwiegersohn in spe beim Polizeipräsidenten durchgesetzt.“

„Ja, wenn man einen Schwiegersohn im Ministerium hat. Hochstetten ist doch Geheimer Rat?“

„Und nicht zu seinem Vergnügen. Vorläufig muß er Türkheimer einen Orden verschaffen. Man weiß nicht welchen, aber irgendeiner soll im Heiratskontrakt inbegriffen sein. Der Sonnenorden von Puerto Vergogna tut es nicht mehr. Und dann muß er „Rache!" aufführen lassen."

„Ganz und gar?"

„Mit lumpigen Änderungen", erklärte Kaflisch. „Der Barrikadenkampf, die Ermordung des Verwaltungsrats durch die empörten Proletarier, die Auspeitschung der Bankiersfrau auf offener Straße, alles darf bleiben. Bloß das bißchen Kirchenschändung und die Benutzung der geweihten Gefäße zu unsauberen Zwecken muß weg."

„Zustand!"

„Frechheit!"

Man rief durcheinander.

„Darf man nur uns auf der Bühne vergewaltigen und die Pfaffen nicht? Was haben die vor uns voraus?"

„Die Religion ist doch eine Sache für sich", sagte die schlanke junge Frau, die mit Blosch gekommen war. Einer der Herren bemerkte:

„Die liebe Unschuld!"

Andreas wunderte sich nicht mehr, daß man ihn selbst mit dem Ausdruck anredete, da er auch einer Dame an den Kopf geworfen wurde. Übrigens kehrte das Wort immer wieder. Jeder, der nur zwei Sätze sprach, war es sich schuldig, es zu gebrauchen. Indes fühlte Andreas die Verpflichtung, für die junge Frau Partei zu nehmen. Auch fürchtete er albern dazustehen, wenn er noch länger schwieg.

„Die gnädige Frau hat recht", sagte er mit Entschiedenheit. „Die Religion muß aus dem Spiel bleiben."

„Kann sein", meinte einer zögernd, aber Duschnitzki ergriff eifrig die umschlagende Stimmung.

„So ist es. Sie haben recht, gnädige Frau, und Sie, Herr, Herr –"

„Andreas Zumsee", sagte Andreas.

„Schriftsteller", setzte Kaflisch hinzu. Duschnitzki fuhr fort:

„Heutzutage, bei den Zuständen kann man alles verulken und mit Füßen treten, die Ehre des Bürgertums –"

„Und unser ruhmreiches Heer!" rief Süß.

„Die allerhöchsten Personen!" meinte ein anderer.

„Den Ruf einer Frau!" der nächste.

„Sogar die Börse", schlug leise einer vor.

„Aber den lieben Gott!" sagte Duschnitzki nachdrücklich. „Das geht nicht!"

„Das muß die Polizei verbieten!" schrie Süß. „Es erregt Ärgernis!"

„Und es ist geschmacklos", setzte Duschnitzki geringschätzig hinzu.

„Stimmt!" versetzte Kaflisch unter allgemeinem Beifall. „Wir haben das überwunden! Man muß schon 'n bißchen veralterter Würdengreis sein wie der große Mann da hinten."

Die Gesellschaft begann zu lachen. Andreas, der den Blicken der anderen folgte, bemerkte am Eingang zum zweiten Salon einen langen Greis mit kleinem, lächelndem Vogelkopf. Ein wenig Flaum tanzte auf seinem kahlen Schädel. Er redete emphatisch auf einen großen Kreis von Damen und Herren ein, aus dem er hoch aufragte. Andreas erhaschte abgerissene Worte: „Dunkle Gestalten erheben heute wieder ihr Haupt ..." Er meinte, den Greis schon gesehen zu haben.

„Ist das nicht Waldemar Wennichen?" fragte er Kaflisch.

„Natürlich! Sie kennen doch unseren großen Dichter. Wollen wir uns dem Kreise seiner Verehrer anschließen?"

Kaflisch suchte Andreas loszuwerden. Er hatte gehofft, der junge Mann werde zu lachen geben, was für ihn, seinen Mentor, schmeichelhaft gewesen wäre. Da Andreas augenblicklich sogar Beifall geerntet hatte, langweilte er Kaflisch.

Der Neuling, aufmerksam und beflissen, nach Doktor Bedieners Weisung von dem hier herrschenden guten Ton zu profitieren, merkte sich, daß man mit Aufklärung nicht prahlen durfte. Während sie ihren Weg fortsetzten, erkundigte er sich bei dem Journalisten, wer jene schlanke junge Frau gewesen sei. Kaflisch erklärte sogleich:

„Die wird nicht gereicht. Es ist Frau Blosch. Lassen Sie sich ihre Geschichte mal erzählen, zum Beispiel von Diederich Klempner, der versteht es als Dramatiker."

Sie traten an die Wennichensche Gruppe heran.

„Seien Sie mir gegrüßt, mein Liebling!" redete Kaflisch einen. ersten Herrn mit tadellosem Frack und schwarzem Vollbart an.

„Darf ich die Herren bekannt machen?" setzte er hastig hinzu. „Herr Schriftsteller Andreas Zumsee, Herr Liebling, Zionist."

Indes Andreas sich verbeugte, war Kaflisch schon verschwunden. Andreas stand Herrn Liebling gegenüber, der ihn ernst ansah, ihm kräftig die Hand schüttelte und, ohne etwas zu sagen, sich Wennichen wieder zuwandte.

Da der Dichter in der Fistel sprach, verstand man bei der im Zimmer herrschenden Unruhe nur die Schlagwörter, die er mit einem eigentümlichen Ruck seines langen, sehnigen Halses hervorbrachte: „Ehre des Handelsstandes – freche Übergriffe von gewisser Seite – arbeitsame Kaufleute – Abwehr – Errungenschaften der bürgerlichen Revolution ..."

Andreas verbarg ein überlegenes Lächeln. Er hatte im „Café Hurra" allerlei über das Privatleben des berühmten Dichters erfahren. Wennichen bezog nur noch halbe Honorare, da er seit fünfzig Jahren immer dieselben Romane verfaßte, die niemand mehr las. Er hatte Unglück mit seinen Kindern gehabt, seine Frau war ihm nach unzähligen Liebschaften endlich ganz und gar durchgegangen. Er hatte das alles kaum bemerkt. Er sah nichts von den Veränderungen der Zeit seit achtundvierzig, als er sein erstes Buch schrieb von dem braven jungen Kaufmann, der sich Eintritt in die gänzlich verrottete Adelsfamilie erzwingt, deren Tochter er merkwürdigerweise heiratet. Auch heute noch lebte Wennichen unter braven freisinnigen Kaufleuten, die mit übermütigen Junkern und pfäffischen Finsterlingen in edlem, uneigennützigem Kampfe lagen. Der arme Greis dauerte Andreas, dem es Genugtuung bereitete, einen Dichter aus der Nähe beurteilen zu können, den er früher in Gumplach als einen Stern der Literaturgeschichte angestaunt hatte.

Wennichens Ausfall gegen die Feinde des Lichtes erntete einige Beifallsrufe, doch neben Andreas begann plötzlich Liebling mit wohltönender, kräftiger Baritonstimme zu sprechen. Er sagte:

„Wollen wir die Freiheit, ich meine die wohlverstandene Freiheit erhalten, so müssen wir das Volk zu regieren wissen. Das Volk ist in seiner Wehr- und Urteilslosigkeit leider stets bereit, sich den verführerischen Werbungen der Reaktionäre zu ergeben. Wir müssen es gegen sich selbst verteidigen, und dies kann nur geschehen mittelst forca, farina e feste!"

„Aha! Aus dem Effeff!" bemerkte ein witziger Herr.

Man rief lachend durcheinander.

„Ist das Ihre neue Erfindung, Liebling?"

„Sie Scherzbold!"

„Er hat aber recht", erklärte jemand, der offenbar italienisch verstand. Geben wir dem Volke nicht Brot und Feste, so kommen wir selbst früher oder später an den Galgen."

„Meine Herren!" fuhr Liebling fort. „Die eben ausgesprochene Überzeugung ist längst fest in mir begründet. In ernster Überlegung habe ich sie an demjenigen Volke erprobt, das meinem Herzen am nächsten steht. Wenn es mir und Gleichgesinnten je gelingen sollte, dieses Volk in das ihm zugehörige und ihm noch immer gelobte Land heimzuführen, glauben Sie, daß wir es durch Parlamente und Presse unglücklich machen würden? Die europäische Korruption soll von unserem Boden verbannt sein!"

„Bravo!" erscholl es einstimmig unter Lachen.

Man schüttelte dem Redner die Hände. Andreas kam es so vor, als würde Lieblings „Zionismus" nicht recht ernst genommen, während er ihm doch eine besondere Stellung verschaffte. „Es könnte also nichts schaden, ebenfalls irgendeine Marotte zu haben", sagte sich Andreas.

Indes hob sich ganz hinten ein nachlässig gekleideter Herr auf die Zehenspitzen. An dem stupiden Bullenbeißergesicht und dem nicht ganz reinlichen Klappkragen erkannte Andreas den Abgeordneten Tulpe.

„Unsinn!" rief murrend dieser Politiker. „Wenn das Bürgertum die Prinzipien von achtundvierzig aufgibt, so gibt es sich selbst auf!"

Liebling schickte sich zu einer Erwiderung an, aber ein jeder bemühte sich, seine Meinung zur Geltung zu bringen, die Damen am lautesten. Nur Wennichen stand lächelnd und kopfschüttelnd dabei. Liebling hätte seine ausschweifenden Überzeugungen auf chinesisch äußern können und er wäre für Wennichen nicht unverständlicher geblieben.

„Aber ich bitte Sie, meine Herrschaften", sagte plötzlich mit schriller Stimme ein herzutretender Herr.

„Ratibohr ist da", raunte man sich zu. „Er setzt heute abend den Fuß hier herein? Doch mal einer, der nicht an Schüchternheit leidet!"

Unwillkürlich machten die Nächststehenden ihm Platz, man schien Ratibohr zu fürchten. Er war hager, mit nervöser Kraft in den Bewegungen und von galliger Gesichtsfarbe. Seine Habichtsnase und sein scharfer Blick forderten jeden heraus, der irgend etwas gegen ihn einzuwenden haben sollte. Seine Eleganz erinnerte an Börse und Fechtsaal. Ratibohr hatte gleichviel vom Duellanten und vom Jobber und machte einen um so gefährlicheren Eindruck. Auch ließ er achtunggebietende Geheimnisse hinter seinem Namen ahnen. Er sagte:

„Vertragen wir uns doch, meine Herrschaften! Es ist ja Nebensache, wie regiert wird. Die Geschichte wird schon noch 'n bißchen zusammenhalten."

Er vollführte eine rasche, alles entscheidende Handbewegung, wobei sein silbernes Armband um das Gelenk klirrte. Seine Meinung fand den größten Beifall. Andreas blickte auf Ratibohr voll Neid und Bewunderung. Den Leuten schon durch sein Erscheinen Respekt einflößen wie er, welch ein Traum! Doch setzten diese Leute ihn in Erstaunen. Seit er auf dem Berliner Pflaster spazierenging, sah er sie als die herrschende Klasse an, und nun fand er sie so wenig einig über die Grundlagen ihrer Herrschaft. Der bürgerliche Absolutismus, den Liebling vorschlug, lag wohl in ihrem Interesse. Gleichzeitig mochte ihr Vorteil erfordern, so zu tun, als teilten sie noch die fünfzig Jahre alten Ansichten Wennichens. Ihre innere Neigung dagegen schien Ratibohr ausgesprochen zu haben: es war Nebensache, wie regiert wurde. Andreas beschloß, sich diese Überzeugung anzueignen, die ihm eines Weltmannes würdig erschien, und der Entschluß ward ihm nicht schwer.

Indes begann der junge Mann nach dem langen Umherdrängen und Stillstehen seine Müdigkeit zu fühlen. Das unnütze Gerede, das ihn in seinen Absichten nicht vorwärtsbrachte, ward ihm auch zu viel. Er suchte erfolglos nach einem passenden Sitz. Es standen dort breite Stühle aus braunlackiertem Holz mit zart bemalten Seidenpolstern, aber ihre Lehnen waren steif und schmal wie Leitern. Andere Sessel hatten einen dreieckigen Rücken, oder es fehlten ihnen die Armstützen. Noch andere waren so niedrig, daß er seine Beine nicht ohne Verlegenheit unterbringen konnte. Kein Sitz gewährte Andreas die Möglichkeit, sich eine zwanglose und der persönlichen Würde angemessene Haltung zu geben.

Höchst unzufrieden irrte er umher, unter dem Vorwande, die Einrichtung zu betrachten. Der dritte Salon, in bleu mourant und Rokoko, zog ihn an. Vor den üppigen Plauderecken, in denen sich Damen aufhielten, standen niedrige spanische Wände, mit buntbesticktem Atlas bespannt und mit geschliffenen Glasscheiben in verschnörkelten Rahmen. Sie sahen aus wie die herausgebrochenen Wände einer alten Staatskutsche. Der Vortrag einer Sängerin, die sich nebenan hören ließ, ging unter in den lauten Gesprächen. Als man nach einiger Zeit merkte, daß sie fertig war, ertönte frenetischer Beifall. Drüben auf dem Kamin aus rosigem Porzellan schlug die Stutzuhr, Schildpatt mit eingelegtem Kupfer, halb zwölf.

Andreas setzte sich endlich, er lehnte den Kopf zurück und versuchte sich betäuben zu lassen von der funkelnden Decke, deren vergoldete Kassetten elektrische Birnen bargen. Dies hinderte ihn nicht, von neuem in eine verzweifelte Mutlosigkeit zu verfallen. Was hatte er bisher erreicht? Kein ernsthafter Bekannter stand ihm bei, es war zu klar, daß die Leute, die er kennenlernte, ihn nur daraufhin ansahen, ob sich ihm eine heitere Seite abgewinnen lasse. Gelang es ihm heute abend nicht, ein Lächeln von der Hausfrau zu erhalten, so war es aus mit seinem Eintritt in diese Welt. Und jetzt, da er einen Blick hier herein getan hatte, fanden seine Begierden erst ihren Gegenstand. Er sandte seine schüchternen Eroberungsblicke im Kreise der geschmückten Frauen umher. Manche waren üppig, schwer und weich wie Odalisken. Andere, hagere, hoben langgestielte Lorgnons vor die umränderten, pervers blickenden Augen. Wer von einer von ihnen in Gnaden aufgenommen wurde, so als Schoßhündchen wie Diederich Klempner bei Lizzi Laffé, der war sein Lebtag versorgt. Das Geld rollte hier unter den Möbeln umher. Gewiß tat keiner etwas anderes, als sich die Taschen zu füllen. Welch ein Wohlleben in diesem Schlaraffenland!

Eine häßliche Falte seines Fracks, die ihm noch nie so aufgefallen war wie in dieser Beleuchtung, entriß den armen jungen Mann seinen Träumen. Er verglich seine dürftige Kleidung mit den tadellosen Anzügen, die an ihm vorüberwandelten, und bei jedem Vergleiche stieg seine Wut. Endlich befand er sich in der erforderlichen Stimmung, um mit sich selbst va banque zu spielen.

Wenn er in einer halben Stunde noch keinen Schritt auf seiner Laufbahn vorwärts getan haben würde, so schwur er sich zu, wegzugehen und nie wiederzukommen.

Er wollte sich erheben, als zwei junge Leute dicht vor ihm stehenblieben. Sie sahen hinüber nach der Palmengruppe, vor der in einer Pompadour-Bergere eine große, starke Dame saß. Sie war nicht gerade jung, aber ihr weißer Teint hatte nichts verloren, und so prachtvolle Schultern konnte sie nach Andreas' Meinung in ihrer Jugend kaum besessen haben. Ihre zu starken Gesichtszüge erhielten etwas Charakteristisches durch den hohen schwarzen Helm von Haaren über der engen Stirn. Sie war in weiße Seide gekleidet, mit tief über die Büste fallenden Spitzen, worauf Brillantagraffen blitzten.

Der eine der jungen Leute bemerkte:

„Sie ist doch noch immer schön."

„Die Hausfrau?" sagte der andere. „Selbstredend. Zwar 'n bißchen schwere Nahrung, aber es tut nichts. Je mehr, desto besser, nach der Taxe der Wüstenstämme."

„Welche Taxe?"

„Als Schönste gilt diejenige, die nur auf einem Kamel fortbewegt werden kann. Nach ihr kommt die, die sich auf zwei Sklavinnen stützen muß. – Aber warum macht sie denn so 'n leidendes Gesicht?"

„Frau Türkheimer? Das wissen Sie nicht? Wo kommen Sie denn her? Ratibohr hat ja mit ihr gebrochen."

„Der Esel! Und warum?"

„Wegen des Gatten, sagt man."

„Türkheimer? Der wird sich doch nicht lächerlich machen? Er läßt doch seit bald einem Menschenalter seine Frau tun, was sie will. Was hat er denn gegen Ratibohr?"

„Ja, Ratibohr soll kein dankbarer Kunde sein. Durch die Vertraulichkeit mit Frau Adelheid ist er hinter allerlei Geheimnisse gekommen. Türkheimer hat gemerkt, daß ihm, seit seine Frau mit Ratibohr zusammensteckt, öfter was vor der Nase weggeschnappt ist. Das hat ihn entrüstet."

„Wirklich?"

„Türkheimer ist ja ein sehr verständiger Mann, um die Privatangelegenheiten seiner Frau kümmert er sich nicht. Aber wenn die Geschäfte ins Spiel kommen, dann wird er strenge.“

„Und da hat er dem Ratibohr Krach gemacht?“

„Sie kennen ihn nicht. Er hat ihm die Beteiligung an einem Coup angeboten, mit der Bedingung, seine Frau aufzugeben.“

„Und Ratibohr hat eingeschlagen?“

„Was dachten Sie denn?“

In diesem Augenblick sah Andreas den eleganten Doktor Bediener, das Glas im Auge, in der Tür erscheinen. Der junge Mann stürzte jäh auf den Chefredakteur los.

„Herr Doktor!“ sagte er hastig. „Gestatten Sie mir eine Bitte, würden Sie die Güte haben, mich der Dame des Hauses vorzustellen?“

„Comment donc, mon cher!“ rief Doktor Bediener, der früher Korrespondent in Paris gewesen war. Er sah Andreas starr an und setzte hinzu:

„Ich suche Sie seit zwei Stunden, mein lieber Herr, Herr-re ...“

„Andreas Zumsee“, ergänzte Andreas.

Der Chefredakteur ergriff seinen Schützling leicht am Arm, trat mit ihm vor Frau Türkheimer und sprach:

„Schöne Frau, ich mache mir das Vergnügen, Ihnen einen talentvollen jungen Mann zuzuführen, Herrn Andreas Zumsee, den ich der kunstsinnigen Güte der gnädigen Frau empfehle.“

Alsbald war Doktor Bediener verschwunden.

Andreas verlängerte seine Verbeugung so sehr, als hypnotisierten ihn seine eigenen, nicht sehr blanken Stiefelspitzen. Ein mitleidiges Lächeln hatte Frau Türkheimer schon wieder unterdrückt, als der junge Mann aufsah. Sie redete ihn sehr freundlich an.

„Unsere jungen Dichter finden hier stets ein offenes Haus, und die von Doktor Bediener empfohlenen Talente sind uns besonders willkommen, Herr Zumsee.“

Andreas verbeugte sich abermals. Er nahm das Taburett ein, auf das Frau Türkheimer deutete.

„Widmen Sie sich schon lange der Literatur?“ fragte sie.

„Erst seit ganz kurzer Zeit“, erklärte Andreas, „und ich durfte nicht hoffen, seitens der gnädigen Frau einen so wohlwollenden Empfang zu finden, der mich unendlich glücklich macht. Das Interesse an der Literatur ist im Lande so gering, daß wir jungen Anfänger von vornherein eine tiefe Dankbarkeit den wenigen Häusern entgegenbringen, in denen ein modern verfeinerter Geschmack gepflegt wird.“

Ein junger Mann, der schon etwas mehr als Andreas den Ernst seiner Provinz abgeschüttelt hätte, würde anders gesprochen haben. Jedenfalls hatte Frau Türkheimer etwas anderes erwartet, sie wurde erst jetzt auf den jungen Mann aufmerksam. Seine zu Hause ersonnene Rede schien sie nicht übel zu finden. Sie lehnte sich in die Bergere zurück, einen Augenblick lächelte sie sogar geschmeichelt. Andreas, der die Lorgnons der rechts und links sitzenden Damen fürchtete, sah Frau Türkheimer unverwandt in die Augen, und sein Blick, den dichte, vorn aufwärts gebogene Wimpern beschatteten, machte den von Doktor Bediener vorausgesehenen Eindruck. Sie fand ihn angenehm, ganz frei von Dreistigkeit und voll jugendlicher Hingebung. Da Andreas sich geprüft fühlte, errötete er, was seinem knabenhaften Blondkopf mit dem leichten Flaum auf der Oberlippe sehr gut stand. Sie fuhr fort, ihn zu betrachten. Der geheime Schmerz, der über ihr Gesicht einen Schleier geworfen hatte, geriet in Vergessenheit. Es blieb nur eine sanfte Schwermut übrig, genährt durch den Anblick des jungen Menschen, der auch des Anteils einer mitleidigen Seele zu bedürfen schien. Andreas ahnte etwas Ähnliches. Er fand sich in seiner Ungeschicklichkeit selbst bedauernswert, aber es kränkte ihn, sich von einer schönen Frau bemitleiden lassen zu müssen. Er ward noch röter. Sie erkundigte sich:

„Und wie befinden Sie sich in Berlin? Denn Sie haben doch wohl erst kürzlich Ihre Heimat verlassen?“

„Ich komme vom Rhein, gnädige Frau.“

„Ich glaubte es an Ihrer Aussprache zu hören. Ah! Der Rhein!“ hauchte Frau Türkheimer. Sie sann einen Augenblick, ließ sich indes auf eine Beschreibung der Stimmungen, die ihr der Rhein eingeflößt hatte, nicht ein.

„Sie müssen sich hier wohl recht wie in der Fremde fühlen?“ fragte sie unwillkürlich leiser. Schwermut, Mitleid und Träumerei zogen eine Hecke um sie und diesen jungen Mann, sie wußte selbst nicht wie.

„Kommt Ihnen hier das Leben nicht viel kälter vor als in Ihrer Provinz? Bei Ihnen kennt man Fröhlichkeit, glaube ich, hier aber nur Spottlust. Und dann das Geld! Merken Sie sich für Ihren hiesigen Aufenthalt: es gibt hier nichts, was man nicht um eines guten Geschäftes willen verraten würde!“

Andreas meinte, bei den ruhig gesprochenen Worten der Dame doch dem Schrei einer wunden Seele zu lauschen. Er fühlte sich geschmeichelt durch die Andeutung, die sie selbst ihm von ihrem Unglück machte. Sie setzte nachlässig hinzu:

„Haben Sie schon einen Schneider, Herr Zumsee?“

Andreas glaubte mißverstanden zu haben.

„Sie brauchen Freunde, die Sie anleiten. Warum sollte ich es nicht tun?“

Andreas verbeugte sich.

„Gehen Sie doch zu Behrendt in der Mohrenstraße. Ich erlaube Ihnen, sich auf mich zu berufen, dann wird man Ihnen eine tadellose Ausstattung besorgen. Ich schicke Ihnen meine Karte.“

Sie reichte ihm ihre wohlgeformte Hand, die sich unter dem Handschuh ein wenig fett, aber nicht zu fett, anfühlte.

„Übrigens vergessen Sie uns nicht, ich bin jeden Freitag zu Hause.“

Andreas sprang auf, küßte die Hand und entfernte sich langsam, mit verhaltenem Atem. Infolge des Erlebten waren seine Sinne förmlich erstarrt. Als sie wieder frei wurden, hörte er hinter sich jemand sagen:

„Donnerwetter! Dem gibt er's im Schlaf! Sie kennen doch den Trick mit dem Schneider? Wenn der Frau Türkheimers Karte sieht, so liefert er den jungen Leuten Anzüge für fünfzig Mark, die uns dreihundert kosten.“

Ein wenig weiter bemerkte Andreas jenen Generalkonsul mit kleinem Spitzbauch und rötlich gefärbten Koteletten, den er im Vorzimmer des „Nachtkurier“ getroffen hatte. Dieser Herr lächelte, wie der junge Mann vorüberging, so freundlich, und er schien so bereit zu einer Begrüßung zu sein, daß Andreas sich vor ihm verneigte. Der Generalkonsul erwiderte eifrig seinen Gruß.

Ein Unbekannter trat auf Andreas zu und schüttelte ihm ohne Umstände kräftig die Hand.

„Sind Sie schon lange in Berlin, mein Herr?“ fragte er.

„Dreizehn Monate“, sagte Andreas.

„Nun sehnsemal“, bemerkte jener. „Ich bin schon dreizehn Jahre in Berlin, und Frau Türkheimer hat mir noch keinen Schneider empfohlen.“

Damit entfernte der Unbekannte sich wieder.

Unter der Tür des zweiten Salons, in den Andreas zurückkehrte, holte ihn Diederich Klempner ein, der ihm eine formelle Korpsstudentenverbeugung machte.

„Diederich Klempner mein Name“, sagte er kurz und schneidig.

„Andreas Zumsee.“

„Wir sind ja wohl Kollegen“, bemerkte Klempner. „Donnerwetter, Sie haben aber Glück!“ setzte er sofort hinzu. „Das muß man übrigens haben, sonst ist in unserer Branche nichts zu wollen.“

Andreas drehte sich um und zeigte Klempner den Herrn mit den gefärbten Favoris.

„Entschuldigen Sie, wer ist der Herr dort drüben?“

„Der? Na, das ist doch Türkheimer!“

Andreas versank in Sinnen. In seiner Überraschung war ihm zunächst nur eine Kleinigkeit eingefallen. Generalkonsul war ein so vornehmer Titel, und auf der Einladungskarte hatte nur „Frau Adelheid Türkheimer“ gestanden! Diederich Klempner grinste.

„Es kommt Ihnen wohl komisch vor, daß er Sie so auffordernd angelächelt hat? Na, natürlich, Sie haben doch seinen Konkurrenten Ratibohr bei seiner Frau ausgestochen!“

V.
Ein demokratischer Adel

„Warten Sie mal, ich glaube, es wird gegessen“, sagte Diederich Klempner.

Der alte feine Herr, dem Andreas bald nach seinem ersten Erscheinen in diesen Räumen gegen die Schulter gestoßen hatte, schritt würdevoll mitten durch die gefüllten Salons. Man machte Platz, und er näherte sich der Hausfrau. Gleich darauf begann die Menge der Gäste ihren Durchzug durch das getäfelte Zimmer mit den Gobelins, wo das Büfett stand. Andreas, der mit Klempner neben der Tür stehenblieb, um dem Vorbeimarsch zuzusehen, ging nicht mehr unbeachtet im Strome unter. Er hatte im Verlauf der letzten Viertelstunde Namen und Geltung erlangt. Mit Stolz hielt er die prüfenden Frauenblicke aus, und jedesmal, wenn einer der Herren auf ihn zutrat, sich verbeugte und einen Namen nannte, schlug ihm das Herz höher. Es war ein Triumph, und Andreas fand, daß er ihn verdient habe. Die Laune einer mächtigen Herrin zog eine allen sichtbare Glorie um sein Haupt. War es nur eine Laune? Er mußte sich wohl so betragen haben, daß sie ihn treffen konnte!

Einer der ersten, die vorüberkamen, war ein ungewöhnlich starker Herr mit schwarzer Perücke und einem glattrasierten Gesicht, das aussah wie das eines abgeschminkten Schauspielers. Er führte Lizzi Laffé am Arm. Klempner merkte, wie Andreas in Erregung geriet.

„Gefällt sie Ihnen?“ fragte er mit merklicher Genugtuung.

Andreas hatte Lizzi gar nicht beachtet. Er erkundigte sich:

„Ist das nicht Herr Jekuser?“

„Wer denn sonst?“ sagte Klempner. „Sie kennen wohl Ihren Verleger noch nicht?“

Beinahe überwältigt sah Andreas dem Besitzer des „Nachtkurier“ nach, einem Despoten der Literatur, einem der Beherrscher der öffentlichen Meinung, einem Mächtigen, gegen den der große Chefredakteur Doktor Bediener nur ein Sklave war, und der nun gleich der Masse der anderen Sterblichen über die Galerie des Treppenhauses den Weg zum Speisesaal wanderte.

Türkheimer kam mit der jungen Frau Blosch, Herr Liebling führte die russische Weltreisende Fürstin Bouboukoff, auf die Klempner Andreas aufmerksam machte. Die Dame hatte Schlitzaugen, die wie zwei Kohlenstriche aussahen, und sie hielt eine Zigarette im Munde, auf die Liebling mit leicht mißbilligender Nachsicht herabblickte. Hinterher schlürfte der wie immer entzückt lächelnde Wennichen, mit Frau Adelheid am Arm.

Die Paare folgten endlos einander, untermischt mit jungen Leuten, Börsenbesuchern, Journalisten oder Herren von unbekannter Beschäftigung, die sich ohne Dame zu Tisch zu setzen dachten.

„Das sind unsere Leute“, sagte Diederich Klempner.

„Wir sind natürlich übriggebliebene Herren. Türkheimers sorgen dafür, daß man seine Bequemlichkeit hat. Aber Süß hat vielleicht – Sie bleiben doch an unserm Tisch?“ fragte er.

„Mit Vergnügen!" erklärte Andreas.

„Sehn Sie mal, Süß hat die kleine Bieratz. Das gibt 'nen Hauptspaß.“

Süß näherte sich mit einem wunderbar schlanken und zarten jungen Mädchen, das in seinem lichtblauen, schmucklosen und durchsichtigen Kleidchen aussah wie eine Sylphe. Das schmale, feine Gesicht wurde von schwerem aschblondem Haar madonnenhaft eingerahmt, und die großen blauen Augen blickten voll Unschuld geradeaus. Aber da kam Ratibohr, glatzköpfig und nervös, an ihr vorüber. Er wandte sich um und lächelte der kleinen Fee auffordernd zu. Und sogleich, mit einer Bewegung, die Andreas entzückend harmlos und kindlich fand, ließ sie den Arm ihres Begleiters los und ergriff den Ratibohrs.

„Nanu, das war doch früher nicht!“ rief Klempner halblaut.

Einen Augenblick stand Süß mit merkwürdig blödem Gesicht da, dann schien er den beiden nachstürzen zu wollen. Aber Duschnitzki, der herbeieilte, legte ihm eine Hand auf die Schulter.

„Keine Dummheiten, Süß!“ sagte er.

Er trat mit seinem noch ziemlich verstörten Freunde auf Klempner und Andreas zu, und die vier Herren begaben sich ihrerseits über die Galerie, inmitten einer Doppelreihe von Lakaien, in den Speisesaal.

Andreas blickte erstaunt durch den ungeheuren kahlen Raum, den Dutzende von Tischen füllten, und den er mit den übergroßen Räumen eines Monstre-Restaurants verglich. Die Wände waren glattweiß, nur hier und da mit Goldrosetten verziert. Die Decke, mit dunkelrotem Stoff ausgeschlagen, trug einen sehr hoch angebrachten Kronleuchter. Im übrigen war das elektrische Licht verpönt, es standen Kerzen, mit roten Schirmen versehen, auf allen Tischen.

Teller und Gabeln klapperten bereits, auf allen Seiten wurde laut gesprochen, aber Andreas' Tischgenossen schwiegen noch. Es lag etwas in der Luft. Plötzlich brach Süß los:

„So' ne Kanaille!“ rief er laut. Andreas sah sich um, aber im wachsenden Lärm hatte niemand es gehört.

„So 'ne Kanaille! So 'ne –“ Süß gebrauchte ein noch härteres Wort, so daß Andreas vor Schreck auf seinem Sitz aufhüpfte. Klempner lachte.

„Wen meinen Sie denn?“ fragte er.

„Frage!“ schrie Süß. „Die Bieratz doch!“

Andreas fand im stillen, daß die Ungezogenheit, die Süß so sehr aufbrachte, weniger der Kleinen als Ratibohr zuzuschreiben sei.

„Fräulein Bieratz hatte sich wohl Herrn Ratibohr schon früher verpflichtet?“ vermutete er bescheiden.

Süß kicherte giftig, Duschnitzki schlug sein weiches melodisches Lachen an, bei dem seine mandelförmigen Sammetaugen mitlachten. Klempner belehrte freundlich den jungen Mann.

„Ratibohr hat acht Millionen.“

Andreas zuckte zusammen.

„Hier liegen wohl mehr Millionen auf dem Fußboden umher, als ich Markstücke in der Tasche habe?“ fragte er, und er glaubte zu scherzen.

„Hier sind wir Millionäre oder Schubbejacks“, erklärte Duschnitzki, und Klempner setzte hinzu:

„So ist es. Der Mittelstand stirbt aus.“

Andreas fand die von Duschnitzki beliebte Unterscheidung nicht sehr schmeichelhaft, denn er traute seinen Tischgenossen gerade so viele Millionen zu wie sich selbst. Da der gute Ton es aber zu erfordern schien, lachte er herzlich. Klempner suchte Süß zu trösten.

„Die Bieratz ist doch schließlich nur ein schlechter Abklatsch der Pariser falschen Engel mit den falschen Haar-Bandeaus“, bemerkte er.

„Wem sagen Sie das?“ erwiderte Süß, der sich aufheiterte.

„Ist egal“, wandte Duschnitzki ein. „Für 'ne junge Schauspielerin ist doch Tugend das Modernste.“

„Gegen die gepumpte Tugend will ich nichts sagen“, versetzte Klempner. „Das Widerliche ist für mich die falsche Anspruchslosigkeit. Haben Sie wohl bemerkt, daß Werda Bieratz auf ihrem billigen Kleidchen kein einziges Schmuckstück trägt? Nicht mal in den Ohren hat sie Brillanten nötig, sie ist so schlau, die Ohren unterm Haar zu verstecken."

„Sagen Sie mal", so unterbrach ihn Süß, „ist es wahr, daß Lizzi Brillanten an ihren Strumpfbändern hat?"

„Warum denn nicht?" entgegnete Klempner nicht ohne Genugtuung. „Sie können sich noch mehr Stellen ausdenken, wo Lizzi Brillanten trägt, und es wird immer stimmen."

„'s ist aber 'ne abgelegte Mode", sagte Duschnitzki. „Auf totes Kapital, wie Brillanten, gibt keiner mehr was, und für ein junges Mädchen, wie Werda Bieratz, ist es der höchste Schick, Geld auf der Bank zu haben."

„Werda soll 'ne halbe Million besitzen", bemerkte Süß voll Achtung.

„Das ist ja, was ich meine!" rief Klempner und schlug mit der flachen Hand auf den Tisch.

„Es macht Ihnen Spaß, meine Herren, mir zu verstehen zu geben, daß Lizzi älteres Genre ist. Meinetwegen, ich habe nichts dagegen. Aber ich will Ihnen sagen, worin der Unterschied der Generationen eigentlich besteht."

„Kennen wir", bemerkte Duschnitzki. „Lizzi hat lange Zeit einen Grafen gehabt, bis der unter die Notleidenden ging."

„Und als Lizzi zur Bühne kam", fuhr Klempner fort, „war es Sitte, nicht zu rechnen. Lizzi hat von den Millionen, die ihr durch die Hände gegangen sind, nichts übrigbehalten als ihre Brillanten."

„Und jeder einzelne ist ein Verdienstzeichen!" rief Süß begeistert.

„Die neue Generation dagegen", sagte Klempner, „hat das fröhliche Ausgeben nicht gelernt, weil sie es immer nur mit Jobbern zu tun hat, denen die armen Mädchen jeden lumpigen Tausendmarkschein mühsam abkämpfen müssen."

Andreas ward rot und sah auf seinen Teller. Er meinte, Klempner müsse das Standesbewußtsein seiner beiden Nachbarn beleidigt haben. Aber Süß und Duschnitzki lachten höchst belustigt.

„Die armen Mädchen!" wiederholten sie.

„Eine glückliche sozial-psychologische Hypothese!" sagte Duschnitzki. „Prost!"

„Und so gibt es in der Generation der kleinen Bieratz eine Menge schmutziger Geizhälse und Wucherer. Ich habe gehört, der Engel leiht zu zwanzig Prozent an arme Beamte!“ so schloß Klempner triumphierend.

Andreas fand Klempners Prahlerei mit Lizzi Laffé indiskret und wenig ruhmvoll. Lizzi war ja noch ganz passabel, etwas schwer zwar, und ihre blonde Korpulenz machte sich nicht so gut wie bei Frau Türkheimer die brünette. Aber unter dem Puder zeigten sich doch schon rote Flecken in Lizzis Gesicht, und was für einen tadellosen Teint hatte Adelheid!

Er begann, sie in der Menge aufzusuchen, doch der Nachbartisch stand ihm im Wege. Dort saß Rechtsanwalt Goldherz mit der Fürstin Bouboukoff, Liebling, einer anderen, sehr tief ausgeschnittenen Dame und einem jungen Manne, der ein merkwürdig bewegliches Clowngesicht hatte. Süß erzählte Andreas ins Ohr eine äußerst schmutzige Geschichte über die ausgeschnittene Dame, die Fürstin und den jungen Mann, der der Sohn der Fürstin sein sollte. Augenblicklich führte die Bouboukoff mit den beiden anderen einen Prozeß, bei dem der große Goldherz als Vertreter der Fürstin mitwirkte. Die Parteien schienen, da sie miteinander soupierten, einen fröhlichen Waffenstillstand abgeschlossen zu haben.

Andreas hörte unaufmerksam zu. Er blickte zwischen dem korrekten Rücken Lieblings und dem bloßen Nacken der ausgeschnittenen Dame hindurch. Dort hinten saß Jekuser, breit in seinen Stuhl zurückgelehnt, daß die wuchtige Wölbung seiner weißen Weste weithin glänzte. Die schwarze Perücke des mächtigen Mannes war ein wenig in den Nacken geschoben, er goß still und heiter ein Glas Wein nach dem andern hinab. Sein Gesicht – war es das eines Schauspielers oder eines Cäsaren? – lachte voll breiten Behagens, aber die beweglichen kleinen Augen straften, wie Andreas meinte, seine Harmlosigkeit Lügen. „Das ist einer, für den es hier keine Geheimnisse gibt“, dachte der junge Mann voll Bewunderung. Duschnitzki, der sanft seinen Arm berührte, redete ihn an.

„Sie irren sich. Die schöne Hausfrau sitzt auf der anderen Seite.“

„Ist doch 'n großartiger Kopf!“ sagte Andreas.

„Wer?“

„Jekuser.“

Anfangs schwiegen die anderen. Dann äußerte Süß kurz und abweisend:

„Wer ist denn schließlich der Jekuser?“

„Ist doch auch nur 'n ganz gewöhnlicher Hausierer“, erklärte Klempner. Duschnitzki setzte mit liebenswürdigem Lächeln hinzu:

„Er sammelt Annoncen, wie andere Lumpen sammeln.“

Andreas wurde sich bewußt, eine gewisse peinliche Stimmung erregt zu haben. Was hatten seine drei Nachbarn gegen Jekuser? Offenbar gar nichts. Aber es war schlechter Ton, irgend jemand oder irgend etwas offen zu bewundern. Andreas nahm sich vor, dieses Gesetz nicht wieder zu verletzen, in Gesellschaft wenigstens niemals. Frau Türkheimer gegenüber war es vielleicht etwas anderes? Da, wo er einen ungewöhnlichen Eindruck machen wollte, durfte er doch nicht den Allerweltsgeschmack nachahmen. Dort war es vielleicht hohe Politik, sich so zu zeigen, wie er wirklich war?

Das frugale Abendessen bestand aus einem Hummersalat und einer kalten Kalbsschnitte. „Nur gerade der gesunde Nährwert, das ist das Feinste“, erklärte Duschnitzki. Aber am Hummersalat war ungeheuer viel Senf, der Andreas zum Weinen brachte, während ihm die scharfe Kräutersoße, die man zum Kalbsbraten aß, die Eingeweide verbrannte. Er mußte deshalb mehr trinken, als ihm eigentlich lieb war, denn es stand ihm als Schreckbild vor Augen, was daraus werden würde, wenn er sich in betrunkenem Zustande kompromittierte. Er beneidete die andern, die sich ihrem Leichtsinn hingeben durften, falls sie welchen hatten, denn sie befanden sich hier gewissermaßen in gesicherter Stellung. Er, Andreas, aber wagte gerade seine ersten, tastenden Schritte.

Während ein paar geeiste Ananasscheiben herumgereicht wurden, schlug drüben jemand ans Glas. Gleich darauf erhob sich Waldemar Wennichens kleines lächelndes Haupt mit dem tanzenden weißen Flaum auf der kahlen Stirn, hoch über seine Umgebung. Der berühmte Dichter sprach jetzt nach dem Essen mit noch mehr erstickter Fistelstimme als vorher, auch war die Stille im Saal nicht mustergültig. Man verstand soviel, daß es sich um die Verbindung zweier Patrizierhäuser, um einen demokratischen Adel und um ähnliche Dinge handelte. Als Wennichen in die Menge zurückgetaucht war, sprach es sich herum, daß dieses Fest eigentlich eine Art Vorfeier sein sollte für die Hochzeit der Tochter des Hauses, Fräulein Asta Türkheimer, mit dem Freiherrn von Hochstetten.

Alsbald suchten viele Blicke das Brautpaar auf. Andreas bemerkte, daß Fräulein Asta ein recht unzufriedenes Gesicht machte. Wennichens Rede mußte ihr gar nicht gefallen haben. Asta war hübsch, litt aber für Andreas keinen Vergleich mit ihrer Mutter. Ihre Figur, in der sich die Fülle auch schon anzeigte, schien doch mehr zur Untersetztheit zu neigen, ihr brünetter Teint war nicht so rein, die zusammengewachsenen Brauen verfinsterten das Gesicht, und der große Mund hatte etwas Willkürliches, das Andreas bange machte.

Der Bräutigam, der Asta gegenübersaß, war eben der Herr mit spärlichem Haar und schütterm weißblondem Spitzbart, dem Fräulein Türkheimer entgegenging, als Andreas ihr bald nach seinem Erscheinen auf die Schleppe getreten hatte. Hochstetten hielt eine schmale, unendlich lange und bleiche Hand an die Schläfe gelegt. Er saß schläfrig über den Tisch geneigt und sprach mit seiner Braut, ohne daß sein Gesicht sich bewegte. Lange, hängende Kiefer und eine feine, gebogene Nase gaben ihm ein durchaus edles Pferdeprofil. Seine großen mattblauen Augen träumten, man mochte Hochstetten beobachten, wann man wollte, immer nur vor sich hin, woran wahrscheinlich bloß Blutleere schuld war. Andreas ward dies klar, als am Nebentisch, wo Rechtsanwalt Goldherz saß, die laute Bemerkung fiel:

„Müde Rasse!“

Der junge Mann bewunderte im stillen den großen Verteidiger. „Müde Rasse!“ In einem solchen Worte lag die abgeschlossene wissenschaftliche Weltanschauung, für die Goldherz so häufig praktisch Verwendung fand, und die vor Gericht seine Überlegenheit über den Staatsanwalt begründete.

Andreas hatte inzwischen mehr Sekt getrunken, als ihm lieb war. Etwas anderes kam nicht auf den Tisch, denn Klempner hatte erklärt, daß es bei dieser rapiden Abfütterung nicht der Mühe wert sei, sich in einen Wein zu vertiefen, der Verständnis und Sorgfalt erfordere. Die Gedanken des jungen Mannes begannen zu vagabundieren. Von Asta, Hochstetten und Rechtsanwalt Goldherz kehrten sie, ehe er es sich versah, zu Frau Türkheimer zurück. Der leichte Champagnerrausch half seinem sanguinischen Temperament, die Schüchternheit des Neulings zu besiegen, und plötzlich, zu seiner eigenen Überraschung, sagte er sich rundheraus, daß er Adelheid besitzen wolle. Er erblickte augenblicklich gar kein Hindernis. Denn er stellte sich mit stiller Genugtuung eine lange Reihe von Liebhabern vor, die sie vor ihm gehabt haben mußte. War es nicht ganz natürlich, daß jetzt auch er an die Reihe kam? Eben noch hatten alle durch ihre plötzliche Beachtung ihn merken lassen, daß die Königin ihm, dem armen Pagen, das Taschentuch zugeworfen habe. Auch fand er sich ja im denkbar günstigsten Augenblick ein, gerade als Ratibohr die vierzigjährige Dame in einsamer Trauer zurückgelassen hatte. Wie viele Tröster würde sie wohl noch finden? Sich von ihr in Gnaden auf nehmen zu lassen, war eigentlich eine zu leichte Aufgabe und nicht besonders ruhmvoll. Aber als erste Stufe zum ferneren Emporkommen mochte man es mitnehmen. Denn dies war kein Idyll, und es handelte sich nicht darum, Frau Generalkonsul Türkheimer auf eine Liebesinsel zu entführen. Es hieß ein moderner junger Mann sein, wie zum Beispiel Asta ein modernes junges Mädchen war. Ja, auch Asta war bei der Sache zu bedenken und daneben Türkheimer, der Schwiegersohn, wer weiß, vielleicht die Eifersucht anderer Bewerber, das Übelwollen vieler, die Meinung einer ganzen Gesellschaft. Asta vor allem flößte ihm eine unbestimmte Furcht ein. Ohne es zu wissen, hatte Andreas sich mehrmals nach ihr umgesehen.

„Der sollten Sie den Hof machen“, sagte plötzlich Duschnitzki, der ihn teilnahmsvoll prüfend betrachtete.

„Dem Fräulein Asta? Warum denn?“ fragte Andreas.

„Um ihre wohlwollende Neutralität zu erlangen.“

„Sehr richtig“, bemerkte Klempner. „Sie wissen wohl nicht, daß Asta die Liebhaber ihrer Mutter als ihre persönlichen Feinde betrachtet? Dem Ratibohr hat sie einen Streich gespielt.“

„Ein bösartiger Charakter, sage ich Ihnen!“ rief Süß mit Tränen in der Stimme. Der reichliche Sektgenuß machte ihn weich und melancholisch. Andreas erkundigte sich:

„Ist Asta eifersüchtig auf ihre Mutter?“

„I wo! Sie verachtet die Mama!“

„So moralisch?“

„Moralisch aus Snobismus“, erklärte Klempner. „Asta fühlt das Bedürfnis, ihre soziale Stellung zu verbessern. Ihre Mutter könnte drei alte Grafen auf einmal haben, und sie würde sie ihr nicht übelnehmen. Aber gegen die jungen Talente hat sie nun einmal ein Vorurteil.“

Andreas dachte an Kaflisch und sagte mit Betonung:

„Sie ist eben ein modernes Weib, mehr intellektuell als Geschlechtswesen.“

„Modern besonders im Geldausgeben“, versetzte Duschnitzki. „Sie kostet Türkheimer soviel wie seine Maitressen.“

„Und das sollte eine Tochter doch nicht!“ fügte Süß aufs höchste bekümmert hinzu. Duschnitzki fuhr fort:

„Und dabei verachtet sie auch Türkheimer mitsamt seinen Geschäften, und sie sagt es jedem, der es hören will!“

„Die Unglückliche! Sie ist aus der Art geschlagen!“ jammerte Süß.

„Sie kauft sich einen Namen! Was ist denn so 'n abgetragener Name heute wert?“

„Kunststück!“ meinte Klempner. „So 'nen Baron und gar 'nen Geheimrat vom neuen Kurs kann sich doch jetzt schon der gute Mittelstand leisten, seit der Adel sich den Liberalismus anschafft, den wir abgelegt haben!“

Es wurden Schalen mit Zigarren und Zigaretten auf den Tisch gestellt. Andreas, der Feuer brauchte, ließ sich den silbernen Kandelaber herüberschieben. Dieser bestand aus einer fein ziselierten Säule, an der Kolombine lehnte, die sich von einem Herrn küssen ließ. Pulcinello stand dabei und hielt den Leuchter, den er auf den Rand der Säule schob. Andreas sah die Welt rosenfarbig und verspürte Lust, sich für irgend etwas zu begeistern, erinnerte sich aber noch rechtzeitig, daß dies für unpassend galt. Er sagte daher einfach:

„Eine recht nette Arbeit!“

Duschnitzki bestätigte dies:

„Nichts dagegen einzuwenden!“

Klempner begann sogleich seine weinselige Beredsamkeit über die Bedeutung zu verbreiten, die der Pulcinellofigur in der Geschichte der Menschheit zukam. Er sah in ihr den komisch aufgefaßten Typus des reinen Naturkindes, das ohne moralisches Vorurteil an die Dinge herantritt, zu Niederträchtigkeiten in seiner Unschuld ebenso geneigt wie zu Heldentaten, und er verglich sie mit Parsifal und Siegfried, die denselben Charakter von der tragischen Seite darstellten. Sein Blick glitt verschleiert und unsicher zu Andreas hinüber, er schien plötzlich eine Entdeckung zu machen und rief aus:

„Sie, mein Lieber, haben eigentlich was davon!“

Andreas war zu versöhnlich gestimmt, um auf die Anzüglichkeit einzugehen. Er fragte: „Wer ist der Künstler?“

Süß belehrte ihn mit rührseliger Entrüstung.

„Menschenskind, Sie kommen aus Gegenden, wo man Claudius Mertens nicht kennt? Blicken Sie mal dorthin, und Ihr Auge wird einem großen Manne begegnen!“

In der bezeichneten Richtung entdeckte Andreas einen breitschultrigen Herrn mit gutmütigem Gesicht, blondem Vollbart und nachlässig gebundener Krawatte. Er hielt das Bein übergeschlagen und eine Hand daraufgelegt, die ungewöhnlich kräftig aussah und so breite, gedrungene Finger hatte, daß Andreas zweifelnd das zerbrechliche Kunstwerk vor sich auf dem Tische betrachtete.

„Wie hat er das gemacht?“ fragte er sich. Er äußerte:

„Claudius Mertens? Ich habe den Namen nie gehört.“

„Sie sind entschuldigt“, erklärte Duschnitzki. „Claudius ist über einen gewissen Kreis hinaus fast unbekannt, und das ist sein Ruhm. Er stellt nichts aus und arbeitet nur für ein paar Häuser wie Türkheimers, die ihn kolossal dafür bezahlen, daß er die Modelle seiner Werke vernichtet.“

„Merkwürdig!“ meinte Andreas.

„Das ist das Feinste!“ jammerte Süß. „Was für 'n großer Mann!“

„Wollen Sie das Claudius-Kabinett sehen?“ wurde Andreas von Klempner gefragt.

VI.
Die Mittel, mit denen man was wird

Man stand vom Tische auf, der Tabakrauch fing an, sich im Saale zu verbreiten. Alle Welt rauchte, am Nebentisch hatte die Fürstin Bouboukoff zwischen den Gerichten ihre Zigarette wieder angezündet.

Duschnitzki und Süß verloren sich inmitten der Gäste, die über die Treppengalerie in die Salons zurückkehrten. Klempner führte Andreas seitwärts in ein kleines Spiegelkabinett. Durch eine Glastür betrat man von dort das geräumige Gewächshaus. Die fortwährend springende Beleuchtung setzte Andreas in Erstaunen, er beobachtete die Damen und Herren, die, mit transportablen Drähten in der Hand, von einer Pflanzengruppe zur anderen gingen und hier und da das elektrische Licht aufblitzen ließen. Auf schlanken Sockeln, unter duftlosen Blumen halb versteckt, standen Bronzen, Terrakotten und silberne Statuetten, die alle einer Familie angehörten, einer Familie hagerer Faune und mondsüchtiger Sylphen, begehrlicher Ziegenböcke und rätselhaft lächelnder Knaben.

Auf den Diwans unter den Palmen verdaute eine Anzahl älterer Herren, die Wandelgänge waren voll lorgnettierender Damen. Die beiden jungen Leute, die am Eingang lehnten, konnten die Kunstwerke in den überall angebrachten Spiegeln betrachten. Eine zerbrechliche kleine Nymphe, die eine entfernte Ähnlichkeit mit Werda Bieratz hatte, neigte sich über die Quelle, die am Fuß einer Palme in ein gemeißeltes Becken floß. Sie hatte sich der burlesken Angriffe eines marmornen Silens zu erwehren, dessen Bauch und dessen feistes Lächeln Andreas heute abend ebenfalls schon gesehen zu haben meinte. Zwei Knaben, süß und zart wie die Grazie, die nicht leben darf, scherzten unschuldig miteinander, indem sie bei einer privaten Verrichtung über den Wandelgang hinüber einander bewässerten.

„Das ist Claudius Mertens' Kunst!" rief Klempner mit düsterer Feierlichkeit aus.

Andreas nahm sich zusammen, um die Befangenheit zu verbergen, die ihm weniger Claudius Mertens' Schöpfungen einflößten als die Damen, die sie mit so vorurteilsloser Kennerschaft betrachteten.

„Und was anderes macht der Künstler nicht?" fragte er.

Klempner lächelte schmerzlich.

„Verurteilen Sie Claudius nicht, er ist auch einer, den die Welt erzogen hat!" versetzte er, sich an die Brust schlagend.

„Ich kann Ihnen sagen, daß Claudius in seinen jungen Jahren Marmorblöcke unter den Händen gehabt hat, mit denen sich Michelangelo begnügt hätte, als er nach ausreichendem Material für das Grabmal seines Herrn suchte. Was fängt aber die moderne Gesellschaft mit solchen Schwärmern an? Als Claudius noch der großen Kunst frönte, lebte er in einer Steinmetzbaracke von trocknem Brot. Seit er aber entdeckt hat, was die zahlenden Kunstfreunde verlangen, hat er wöchentlich zehn Einladungen, man reicht ihn sich herum, beim Essen empfängt er Bestellungen und verdient, während er verdaut."

Klempner war in Emphase geraten.

„Wir Künstler sollten allen voran die Revolution einläuten!" rief er so laut, daß zwei glatzköpfige Bankiers, die nebenan auf dem Diwan gähnten, aufblickten und die jungen Leute erheitert anblinzten.

Andreas waren diese Ansichten nicht fremd, aber Klempner, der es gewiß nicht böse meinte, schrie zu laut für die feierliche Stille des Kunstkabinetts. Er kehrte mit seinem Begleiter in den Saal zurück, der sich langsam wieder füllte. Die Tische waren entfernt, eine ganz neue und reine Luft ließ alle aufatmen. Türkheimer, der eben eintrat, näherte sich einem Kreis von Leuten, die mit erhobenen Nasen schnupperten.

„Gebirgsluft, was?" sagte er. „Noch ein bißchen zu dünn, aber es wird schnell besser werden."

Und er erklärte, daß er hier, wie schon früher in den Salons, einige Schläuche mit Oxygen habe leeren lassen.

„Ein ganz neues technisches Verfahren, die Wissenschaft macht doch kolossale Fortschritte. Für kaum tausend Mark hat man den ganzen Abend die reinste klimatische Höhenkur im Hause."

„Für tausend Mark Luft!" rief Lizzi Laffé entzückt.

„Tausend Mark sind für mich Luft, wenn es sich um das Behagen meiner Gäste handelt", versetzte Türkheimer mit einer galanten Verbeugung.

Die Gäste kehrten jetzt zahlreicher zurück, und als der Saal sich so weit angefüllt hatte, daß man sich nur in geschickten Wendungen fortbewegen konnte, entstand das Gerücht, man wolle tanzen. Ein kleiner, rundlicher Herr, der jetzt plötzlich bemerkt ward, schwänzelte lächelnd und sich die Hände reibend bis zu dem Klavier, das in einer Ecke des weiten Raumes aufgestellt war, und begann sofort energisch einen Walzer zu spielen.

Vier oder fünf Paare fingen an, sich unter dem Kronleuchter zu drehen, wo sie dadurch, daß sie den Umstehenden auf die Füße traten, allmählich einen mäßigen freien Raum gewannen. Andreas fand im allgemeinen, daß man auf der Kirchweih in den Dörfern bei Gumplach besser tanze. Doch fielen ihm die anmutigen Bewegungen der jungen Frau auf, die Kaflisch vom „Nachtkurier" ihm als die Gattin des Herrn Blosch bezeichnet hatte. Er sah sie mit ihrem Manne tanzen und erstaunte darüber, wie sie es fertigbringe, den Plumpsack im Takt zu erhalten. Aber er hatte was Gutmütiges, er freute sich gewiß, ihr gefällig zu sein. Sie sah wahrhaftig aus, als ob sie hier bloß ihn gekannt hätte, so fremd und schüchtern, mit ihrem schlichten graublonden Haar und ihrem zwei Finger breit ausgeschnittenen Kleidchen!

Andreas erinnerte sich, daß Kaflisch ihm geraten habe, er solle sich von Klempner etwas über Frau Blosch erzählen lassen. Klempner fuhr noch immer fort, im Anschluß an Claudius Mertens' Werke über Kunst und Gesellschaft zu perorieren. Andreas unterbrach ihn mit der Frage:

„Herr und Frau Blosch sind wohl jungverheiratet?"

Klempners Redseligkeit warf sich eifrig auf das neue Kapitel.

„Weil sie zusammen tanzen? Oh, die können unter vier Augen achtzig Jahre alt werden und sind doch nie länger als vier Wochen verheiratet gewesen. Die Ehe Blosch, soll ich Ihnen sagen, was die ist? Nun wohl, sie ist ein Veilchen unter Klatschrosen und ein Idyll im Schwurgerichtssaal. Wissen Sie, wer Blosch ist?"

Andreas verneinte.

„Ihnen gehen die Grundbegriffe ab, nehmen Sie's nicht übel. Blosch ist einer der verrufensten Spekulanten an der ganzen Börse, er ist Türkheimers verdammte Seele. Er nimmt die Praktiken auf sich, die das alte und vornehme Haus Türkheimer nicht ohne Skandal auf eigene Rechnung ausführen kann. Türkheimer weiß seine Diskretion so gut zu schätzen, daß er dem Blosch durchschnittlich fünfzigtausend Mark im Jahr zu verdienen gibt. Trauen Sie jetzt einem Manne wie Blosch so 'n Ding zu, das man ein frommes Gemüt nennt? Nun hören Sie mal!

Vor beiläufig fünf Jahren will Türkheimer mit einem seiner Opfer, irgendwo in der Provinz, liquidieren und schickt Blosch hin. Es handelte sich um einen kleinen Industriellen, der sich kindisch gefreut hatte, sich mit dem berühmten Bankhaus Türkheimer an einer Terrainspekulation beteiligen zu dürfen. Um die feine Gelegenheit nicht zu verpassen, hatte der Mann seine Fabrik mit Hypotheken über und über belastet, seinen Anteil an den Terrains halb bezahlt und den Rest von Türkheimer kreditiert bekommen. Die Terrains waren gestiegen, und Türkheimer hatte sich beeilt, seinem Partner den Kredit zu kündigen. Er brauchte bloß noch die Liquidation abzuwarten und dem Manne seinen Anteil an den Terrains für ein Butterbrot abzunehmen. Das Geschäft war so klar, daß man es in aller Freundschaft abmachen konnte. Blosch kommt also mit den besten Absichten angereist, macht sich auf eine Gläubigerversammlung gefaßt und hat nichts gegen einen gütlichen Ausgleich, vorausgesetzt, daß Türkheimer die Terrains zufallen. Statt dessen erfährt er, daß der Mann wirklich einfach Pleite macht, aber ich sage Ihnen, eine Pleite, so ehrlich, wie kein Mensch es für möglich hält. Es war rührend, er hatte sogar die Schmucksachen seiner Tochter mit zur Masse geschlagen.

Ob Blosch nun aus der Unterredung mit dem Manne irgendeine innere Erschütterung davongetragen hatte? Wer weiß es? Ich kenne aber den unheimlichen Elan der Geschäftsleute länger als Sie, und ich versichere Sie, die Gutmütigkeit dieser Leute ist mit ihren Raubtierinstinkten gerade so verquickt wie ihre allgemein menschliche Dummheit mit ihrer geschäftlichen Schlauheit. Einmal im Leben kann ein Blosch einen sentimentalen Streich begehen, und da ein Blosch immer Glück hat, so bekommt ihm auch der recht gut.

Genug, als Blosch sein Opfer nach der ihn durchaus verblüffenden Unterredung verläßt, sieht er im Vorzimmer, wo kaum noch Möbel stehen, die Tochter am Fenster sitzen. Gleich darauf tritt er wieder bei dem Bankrottierer ein, zupft sich den Schnurrbart und sagt leicht verlegen:

„Herr Müller, es tut mir leid, wenn ich Ihnen lästig falle, aber ich muß Ihnen etwas sagen, daß Sie mich nämlich glücklich machen könnten, wenn Sie mir die Hand Ihrer Tochter geben wollen."

Der ruinierte Mann, der plötzlich für seine Tochter einen Millionär vom Himmel fallen sieht, greift sich an die Stirn, dann kommen ihm die Tränen, und dann fällt er vor seinem Retter auf die Knie. Stellen Sie sich die Szene auf der Bühne vor! Ein Leckerbissen, was?"

„Erstaunlich!" sagte Andreas.

„Und Sie müssen wissen, daß es Türkheimers ausgesprochene Absicht war, Blosch mit Asta zu verheiraten und ihn in die Firma aufzunehmen!"

„Erstaunlich!" wiederholte Andreas. „Und Blosch ist glücklich mit seiner Frau?" fragte er.

„Noch besser!" sagte Klempner, „er hat sie noch nie betrogen. Eine Musterehe sage ich Ihnen, wie sie nur in Kreisen vorkommen kann, wo die Ehe eigentlich als vorsintflutliche Einrichtung gilt!"

Andreas hätte Klempner gern noch lange so fortreden lassen. Er blickte von der Schwelle, wo sie standen, mit einem unbestimmten Bangen in den Tanzsaal hinein. Es kam ihm vor, als ob hier eine Gefahr lauere, die den ganzen Erfolg seines Abends in Frage stellen könne.

„Wenn man mich zwänge, eines von diesen vielen tanzlustigen jungen Mädchen aufzufordern“, so sagte er sich, „was sollte ich mit ihr anfangen, was würde dann passieren?“

Die mageren unter den jungen Mädchen waren nur wenig ausgeschnitten, die dickeren beträchtlich weiter. Ihre Gesichter waren meistens keck, ihr Lächeln nicht immer anmutig, aber ausnahmslos recht aufgeweckt. Sie schienen Andreas prätentiös wie Prinzessinnen und kritisch wie Gassenjungen. Wie das kleine unscheinbare Wesen dort dem gewichtigen, reich aussehenden Herrn mit den X-Beinen doch so rücksichtslos ins Gesicht lachte!

Andreas hatte das sichere Gefühl, daß er bei den jungen Mädchen gar nichts zu suchen habe. Er betrachtete sie, wie sie in einer regenbogenfarbenen Reihe beieinander saßen und sich ganz unverhohlen über die Männer lustig machten, und er nannte sie „Puten“. Aber es waren ihm unheimliche Wesen. Wenn er hier jemals sein Glück machte, so konnte es nur mit Hilfe jener reifen Frauen geschehen, die durch eine reifere Erfahrung gütig und nachsichtig gemacht waren und die vertrauensvolle Hingebung eines jungen Mannes zu schätzen wußten. „Für ein junges Mädchen bin ich zu naiv“, so überlegte Andreas ausdrücklich.

Er stellte sich Adelheids teilnehmendes Lächeln vor, wie sie ihn gefragt hatte, er müsse sich in Berlin wohl recht wie in der Fremde fühlen.

Türkheimer, der hier und da einen jungen Mann, der sich unvorsichtig vorwagte, einer Tänzerin zuschleppte, erfüllte ihn mit Besorgnis. Glücklicherweise verschwand er mit mehreren anderen Herren in einem Nebenzimmer. Andreas dachte schon daran, allen möglichen Unglücksfällen aus dem Wege zu gehen und still die Gesellschaft zu verlassen, aber da kam die Hausfrau, von ein paar älteren Damen herbeigewinkt, dicht an ihm vorüber. Ihr stolzer, wiegender Gang gefiel Andreas noch besser als ihre müde Ruhe in dem Sessel, wo er sie zuerst gesehen hatte. Ihre Büste und die vollkommen runde Taille kam so besser zur Geltung, dazu fand er die Haltung ihres Kopfes, mit dem schweren Helm schwarzer Haare über der engen Stirn, geradezu faszinierend, ungeachtet des zu kurzen Halses. Er verbeugte sich ehrfurchtsvoll.

„Ah, da findet man Sie wieder, Herr Zumsee!" sagte sie; flüchtig und wie zufällig blieb sie vor ihm stehen.

Klempner, der noch immer sprach, hörte plötzlich mitten im Wort auf. Er redete einen vorübergehenden jungen Mann an und entfernte sich mit einer Diskretion, die er sich Mühe gab merken zu lassen.

Andreas beachtete, daß Frau Türkheimer seinen Namen behalten habe.

„Sie haben noch nicht getanzt?" fragte sie ihn.

„Noch nicht, gnädige Frau."

„Nein, diese jungen Leute! Aber warum denn nicht?"

Andreas fuhr fort, ihr in die Augen zu sehen, aber er wurde rot. Wie dumm, eine Lüge zu erfinden, die sie schon hundertmal von anderen gehört haben mußte. Würde es nicht einen viel günstigeren Eindruck machen, wenn er einfach zugab: „Ich bin schüchtern?"

„Gnädige Frau werden mich auslachen", begann er.

„Nun?" Frau Türkheimer lächelte auffordernd.

„Ich habe nämlich in Berlin noch nie getanzt", sagte Andreas mit blinder Entschlossenheit, „und gnädige Frau müssen wissen, daß ich noch nicht zwei Worte mit einem Berliner jungen Mädchen gewechselt habe."

Er bekam einen leichten Fächerschlag auf den Arm.

„Sie fürchten sich, gestehen Sie es nur!" sagte Adelheid.

„Was ist da zu gestehen?" erklärte er seufzend. „Können gnädige Frau sich vorstellen, was ich einer von diesen jungen Damen noch zu sagen hätte, nachdem ich das große Glück gehabt habe, von Ihnen, gnädige Frau, so gütiger Worte gewürdigt zu werden?"

Sie lächelte wieder, ein wenig nachdenklich. Seine kleine Rede, die diesmal improvisiert war, schien sie abermals etwas ungewöhnlich und nicht ganz übel zu finden. Ihr Fächer war schon zu einem neuen Schlage erhoben, senkte sich jedoch wieder. Sie nickte dem jungen Manne schnell und freundlich zu und sagte im Weitergehen:

„Also unterhalten Sie sich gut! Auf Wiedersehen!"

Kaflisch vom „Nachtkurier“, der plötzlich neben Andreas stand und ihm die in elegantem Bogen erhobene Hand reichte, mußte der Szene zugesehen haben. Er schob sein schlau grinsendes Gesicht dicht unter Andreas' Nase, um zu bemerken:

„Sie Schäker!“

„Es warten übrigens noch mehr schöne Augen auf Sie“, setzte er hinzu, indem er den Arm des jungen Mannes ergriff. „Der Frau Mohr muß ich Sie vorstellen, Sie hat nach Ihnen gefragt.“

Ehe Andreas sich zu sträuben vermochte, befand er sich einer hübschen Frau gegenüber, die zwischen Ballmüttern in einem niedrigen Sofa lehnte. Sie trug eine dunkelviolette Seide, die auch einer älteren Dame angestanden hätte. Ihr volles braunes Haar war sehr schlicht geordnet. Sie hielt kein Lorgnon in der Hand, was Andreas beruhigte, und sie erwiderte seine Verbeugung mit einem reizend gütigen, fast mütterlichen Lächeln. Ihr Wesen hatte etwas ungemein Friedliches, von Eitelkeiten und Leidenschaften Unberührtes. Sie bot das Bild einer anständigen Frau, die gerade in ein gewisses Alter eintritt.

„Ah, Herr Zumsee“, sagte sie, „ich muß Ihnen danken, Sie haben mir eine sehr freundliche Stunde bereitet. Ihr Beitrag in der „Neuzeit“ ...“

Andreas traute seinen Ohren nicht, Frau Mohr hatte sein Gedicht im Beiblatt des „Nachtkurier“ gelesen. Oder hatte nur Kaflisch, der so abscheulich grinste, sie davon unterrichtet? Man wußte hier ja nie, was man glauben durfte. Er stammelte einige Dankesworte. Neben ihnen begannen mehrere Paare zu walzen. Andreas fühlte sich verpflichtet, Frau Mohr zu bitten.

„Ich tanze eigentlich nicht“, versetzte sie, indem sie sich erhob.

Andreas glaubte, ein recht guter Tänzer zu sein, aber er befand sich auf fremdem Terrain. Das Parkett war zu glatt und die Schleppe zu lang. Als er seine Dame auf ihren Platz zurückgeleitete, sah er sich beschämt. Bei zwei Runden unter dem Kronleuchter war er dreimal aus dem Takt gekommen. Frau Mohr blieb dennoch ganz erstaunlich liebenswürdig, Andreas konnte sich nicht früher von ihr verabschieden, als bis eine Dame sie in die Unterhaltung zog.

Kaflisch, der ihn erwartet hatte, ergriff sogleich wieder von ihm Besitz. Da Andreas plötzlich eine Art von Berühmtheit erlangt hatte, benutzte Kaflisch gern ihre alte Freundschaft, um sich mit ihm zu zeigen.

„Was wollte denn die Frau Mohr?“ fragte Andreas unwillkürlich. Das einschmeichelnde Benehmen der hübschen Frau beunruhigte ihn tief. Er fühlte sich umworben und glaubte, mit seiner Gunst sparsam sein zu müssen. Frau Türkheimer mußte der Überzeugung bleiben, daß sie die einzige sei, der er zu huldigen wünschte.

Kaflisch grinste.

„Glauben Sie, daß das Ihnen gilt? Nur nicht ängstlich, mein Bester. Die Mohr macht nur der schönen Hausfrau den Hof. Sie sind der neue Günstling, also muß Frau Mohr Ihre Freundin sein.“

„Warum denn?“ fragte Andreas, nun doch ein wenig enttäuscht.

„Sie ist 'ne nachsichtige Frau, wissense. Sie nimmt Adelheid ihre Schwächen nicht übel. Unter Frauen, von denen jede ihre Schwächen hat, ist das manchmal so. Man gründet ein Konsortium behufs gegenseitiger Versicherung des guten Rufes. Verstehnse mich, sehr geehrter Herr?“

„Frau Mohr macht so 'nen anständigen Eindruck“, bemerkte Andreas. Kaflisch erklärte:

„Tut sie auch. Und sie hat auch 'ne förmliche Leidenschaft für Anständigkeit, wenn sie nur nicht Geld brauchte! Sehn Sie mal, unter allen denen, die hier herumwimmeln, kann ihr kein einziger was zu seinem eigenen Vorteil nachsagen. Was sie braucht, holt sie sich aus anderen Kreisen, noble Fremde oder Herren vom Hof, wissense. Kommt sie dann hierher, so ist sie in 'ner ganz anderen Welt. Hier kramt sie so viel gute Sitte aus, daß sie uns allen noch was davon abgeben könnte.“

„Komische Passion“, meinte Andreas.

„Gar nicht so übel“, versicherte Kaflisch. „Sie hält sich an Adelheid, weil die natürlich zu reich ist, als daß man sie belächeln könnte.“

Andreas zweifelte.

„Das scheint mir eine ganz unnötige Anstrengung zu sein“, bemerkte er.

„Junger Mann!“ rief Kaflisch feierlich, „Sie kennen nicht die Willensstärke gewisser Frauen! Diese hier will nun mal für anständig gelten, und sie weiß es durchzusetzen, daß jeder, der ihre Lebensweise ganz genau kennt, sie so behandelt, als glaubte er an ihre Tugend, 's ist eigentlich 'ne ungeheure Leistung von so 'ner Frau, wissense, und ganz ohne Profit, bloß der Ehre wegen. Sie mimt die Tugend, wie andere das Laster mimen."

„So was gibt es auch?" fragte Andreas.

„Und ob! Sie werden hier im Hause die Frau Pimbusch kennenlernen."

„Die Frau des großen Branntweinfabrikanten?"

„Dem Schnapsfeudalen seine Frau. Da werden Sie sehen, wie das Laster aussieht. Aber verbrennen Sie sich nicht die Finger, rate ich Ihnen! Sie ist unschuldig, nicht mal von Pimbusch hat sie sich ihre Unschuld rauben lassen. Er soll übrigens gar nicht dazu imstande sein."

„Eine Frau muß sich doch recht sehr langweilen, wenn sie auf solche Dinge verfällt", meinte Andreas. Kaflisch zuckte die Achseln.

„Was wollen Sie? Wir haben Nerven. Müde Rasse! wie Goldherz sagt. Alte Kultur! Gott, wie sind wir müde!"

Kaflisch versuchte, die Schultern tief zu senken. Er ließ die Mundwinkel herabhängen und begann mit mattem Blick vor sich hinzuträumen. Andreas befürchtete, man möchte die Nachahmung des Freiherrn von Hochstetten erkennen. Er suchte Kaflisch fortzuziehen, doch dieser blieb stehen. Sie befanden sich bei der Tür, hinter der früher der Hausherr mit einigen Gästen verschwunden war. Kaflisch machte eine Armbewegung, als setzte er eine eifrige Unterhaltung fort.

„Wissense was?" sagte er leise. „Nebenan wird gejeut. Sehnse sich das mal an!"

Er schob Andreas hastig vor sich her über die Schwelle und beeilte sich, den Vorhang hinter ihnen zufallen zu lassen.

Sie durchschritten ein Spiegelkabinett, ganz ähnlich dem, das als Vorzimmer des Claudius-Museums diente. Dann betraten sie ein weites Gemach, das zu zwei Dritteln leerstand. Auf den Diwans an den Wänden nickten zwei oder drei alte Herren, eine große Anzahl Gäste umdrängte dagegen das kreisrunde Geländer, das in geringem Abstände den gleichfalls runden Spieltisch umgab. Andreas bemerkte auf dem Tische ein äußerst sinnreiches horizontales Rad, dessen sieben Sprossen durch elfenbeinerne Pferdchen bezeichnet wurden. Es saßen kleine Reiterinnen, aus Silber, mit Perlmutter eingelegt, in meistens durchaus intimen Stellungen darauf. Nur Claudius Mertens konnte sie geschaffen haben.

„Haben Sie schon mal gespielt?" fragte Kaflisch.

Andreas hatte Lust zu lügen, fürchtete aber, darauf ertappt zu werden.

„Nein“, sagte er.

Kaflisch erhob plötzlich die Stimme, er rief schrill und triumphierend in die stille Versammlung hinein:

„Meine Herren, Sie ahnen es nicht! Hier ist ein Herr, der noch nie gespielt hat!“

Ein Gemurmel, das Andreas nicht verstand, ging durch die Reihen der Gäste. Ein langer, hagerer Mensch trat sofort auf ihn zu und berührte mit einer Hand, die leicht zitterte, Andreas' Arm.

„Wenn ich mir die Frage erlauben darf, wie alt sind Sie, mein Herr?“ fragte er höflich.

„Dreiundzwanzig“, antwortete Andreas ebenso höflich.

„Ich bitte um fünf!“ rief der Hagere, ohne Andreas auch nur zu danken, einem Dicken mit weißen Haaren auf dem blassen fetten Gesichte zu, der hinter dem Geländer stand, das Geld des Hageren in Empfang nahm und ihm mehrere Papierstreifen überreichte.

Die Menge der Spieler begann zu murren. Es sei keine Kunst zu gewinnen, wenn man einen Neuling für sich habe. Das Spiel sei ungültig, sie verlangten ihre Einsätze zurück. Aber der blasse, dicke Herr protestierte lebhaft. „Fertig!“ rief er und schickte sich an, das Rad zu drehen. Man wollte ihn daran hindern, Türkheimer, der unter die Aufgeregten trat, suchte sie liebenswürdig zu beschwichtigen.

„Ordnung vor allem, meine Herren!“

„Voyons, messieurs!“ versetzte auch der Chefredakteur Doktor Bediener, der sich an den Herrn hinter dem Geländer wandte.

„Einen Augenblick, bitte, Herr Stibitz!“

„Wollen Sie nicht setzen?“ fragte er Andreas.

„Natürlich! Setzen Sie doch!“ sagte Türkheimer, der dem jungen Manne wohlwollend zunickte.

„Setzen Sie doch, Herr, Herr – re ...“

„Zumsee“, ergänzte Andreas.

„Fünf!“ verlangte er sodann mit lauter Stimme, wie er es von dem Hageren gehört hatte.

„Wieviel?“ fragte Herr Stiebitz.

Andreas sah auf dem grünen Bezug des Geländers ganze Goldhaufen vor den Spielern aufgebaut, es ward ihm ein wenig unheimlich zumute. Er fürchtete schon, gezögert zu haben und griff schnell, aber so ruhig wie es ihm möglich war, in die Tasche. Er öffnete das Portemonnaie, ohne es hervorzuziehen, weil er dies für eleganter hielt, und warf nachlässig die beiden Zwanzigmarkstücke, die darin gewesen waren, auf das grüne Tuch.

Stiebitz gab ihm zwei Nummern, dann schnurrte das Rad inmitten der allgemeinen Stille. Andreas ließ sich von dem kreisenden Ring hypnotisieren, in dem anfangs alles zusammengeflossen war. Allmählich waren die einzelnen Pferdchen wieder zu unterscheiden. Es deuchte ihm eine Ewigkeit, bis das Rad stand. Die Spieler neigten sich über das Geländer und riefen durcheinander.

„Fünf gewinnt!“ sagte Stiebitz ruhig.

Er begann die Gewinne auszuzahlen und legte vor Andreas zweihundertundachtzig Mark hin.

Andreas sah das Geld flüchtig an und ließ es liegen. Er fürchtete, vor Freude rot zu werden, und blickte möglichst gleichmütig nach dem fünften Pferdchen hin, das am Ziel stehengeblieben war. Die silberne Dame, die darauf saß und die durch ihre Haltung den Anstand mehr verletzte als sie wußte, schien ihm aufmunternd zuzulächeln. Er hörte einen Spieler, der gewonnen hatte, ausrufen:

„Na, warum geht's denn nu?“

„Pst! Nichts verderben!“ mahnte der hagere Herr, dem Andreas Dank zu schulden meinte, weil er die Fünf zuerst genannt hatte.

Man hörte nur das Geld klappern, in dem Herr Stiebitz herumrührte. Dieser wandte sich an den zunächststehenden Spieler.

„Ich passe!“ rief man ihm entgegen, scharf und kurz nacheinander, wie ein Schnellgewehrfeuer.

Als Stiebitz bei Andreas angelangt war, fühlte dieser alle Blicke auf sich gerichtet.

„Die Leute sind abergläubisch", sagte Andreas sich, während er ruhig Stiebitz anblickte.

„Das Rad kann stehenbleiben, wo es will. Welchen Zweck hat es, eine Nummer besonders auszuwählen. Mit Fünf habe ich Glück gehabt."

„Fünf!" sagte er und schob Stiebitz die zweihundertachtzig Mark zu, die vor ihm lagen.

Eine kurze, zögernde Bewegung ging durch die Versammlung, dann rief alles durcheinander:

„Fünf!"

Als Stiebitz alle Einsätze eingesammelt hatte, verlangte Türkheimer ruhig lächelnd:

„Sieben!"

„Fünf!" sagte gleich darauf noch ein herzutretender Herr mit schönem schwarzem Vollbart. Andreas erkannte den Zionisten Liebling.

Wieder der kreisende Ring, aus dem langsam die Pferdchen auftauchten. Als das Rad stand, neigten sich abermals alle gierig über das Geländer.

„Fünf gewinnt!"

Diesmal war es unbestritten, alle außer Türkheimer gewannen, Stiebitz zahlte aus. Er legte vor Andreas einen Tausendmarkschein, neun Hundertmarkscheine und drei Zwanzigmarkstücke hin. Andreas kam es vor, als ob das blasse Fett in Stiebitz' Gesicht mit den weißen Haaren darauf sichtlich zitterte.

Türkheimer trat auf den jungen Mann zu und reichte ihm eine Hand, während er sich mit der anderen wohlgefällig über die gefärbten rötlichen Koteletten strich.

„Ist mir ein wahres Vergnügen, mein Geld an Sie zu verlieren", sagte er. „Ich halte schon den ganzen Abend die Sieben, mal muß sie doch herauskommen."

Andreas konnte ihm nur kurz danken. Er blickte verstohlen und mit heimlicher Besorgnis von Stiebitz auf sein gewonnenes Geld, das er zählte: neunzehnhundertundsechzig Mark, und dann wieder auf Stiebitz, der diesmal gleich an ihn herantrat.

Was sollte er ihm sagen? Zum drittenmal gewinnt man nicht, dachte er, während der Besitz von so viel Geld und die Angst, es zu verlieren, ihm

Herzklopfen verursachte. Er hielt den Atem an und erhob die Hand zu einer möglichst kühlen, langsamen Bewegung, um Stiebitz abermals die ganze Summe zuzuschieben. Aber in der Sekunde, während seine Hand sich dem Geländer näherte, arbeitete sein Gehirn mit unerhörter Schnelligkeit.

Mußte es denn sein? Offenbar war es wenig vornehm, den Gewinn sogleich in die Tasche zu schieben und davonzugehen. Es konnte ihn hier unmöglich machen oder doch sein Ansehen vernichten. Alle würden darauf aufmerksam werden. Es mußte also wohl sein.

Aber das Ganze? Unsinn! Plötzlich kam eine große Nüchternheit über ihn, seine Familiennüchternheit gewann rechtzeitig die Oberhand, die Nüchternheit seines Vaters, des Weinbauern, der jeden Groschen dreimal umgewendet hatte, bevor er ihn ausgab, und der froh gewesen war, wenn die Reben, die er gepflegt hatte wie Säuglinge, alle sieben Jahre einmal gut trugen. Zweitausend Mark gutes erworbenes Geld auf eine Nummer setzen, das heißt es zum Fenster hinauswerfen! So dumm mochten die Berliner sein. Da hörte jede gesellschaftliche Rücksicht auf. Ehe Andreas seine ruhige Bewegung vollendet und die Banknoten berührt hatte, war er entschlossen, nur fünf Hundertmarkscheine zu opfern. Er ergriff aber bloß drei Hundertmarkscheine und reichte sie Stiebitz.

Er hatte doch nicht gezögert? Nein, es machte niemand ein spöttisches Gesicht, aber alle sahen gespannt aus.

„Sie spielen?“ fragte Stiebitz.

„Fünf“, sagte Andreas, ohne nachzudenken. Das Spiel kümmerte ihn nicht mehr, die dreihundert Mark waren verloren, ein Ehrenopfer, das nur dazu dienen sollte, ihm einen guten Abgang zu verschaffen.

Diesmal empörten sich die Spieler gegen den Neuling, sie fanden seine Waghalsigkeit zu stark. Es äußerten sich sarkastische Zweifel. Jemand sagte:

„Mit *die* Beene will er angeln gehn?“

Der lange, hagere Herr zuckte geheimnisvoll die Achseln und verlangte dennoch Fünf. Aber es folgten ihm nur wenige.

Die Sieben lief ins Ziel. Andreas schob ruhig den ihm verbleibenden Gewinn in die Hosentasche, richtete den Kopf auf und blickte kurz um sich, mit dem Entschluß, demjenigen recht fest ins Auge zu sehen, der zu lächeln wagte. Aber sein Benehmen schien im Gegenteil etwas wie Bewunderung hervorzurufen. Als er vom Geländer zurücktrat, blinzelte ihm der Hagere, der verloren hatte und weiterspielte, neidisch nach.

„Bravo!" hörte er hinter sich jemand sagen. Er gewahrte Türkheimer, der endlich gewonnen hatte, und der ihn wieder, wie am Beginn des Abends, zu einer Begrüßung aufzufordern schien. Sie wechselten eine höfliche Verbeugung.

Als Andreas schon die Portiere ergriffen hatte, fühlte er eine Hand auf seiner Schulter. Herr Liebling sah ihm ernst und feierlich in das Auge, sein schwarzer Bart zitterte ein wenig, bevor er sagte:

„Halten Sie mich nicht für aufdringlich, mein lieber Herr, Herr – re ..."

„Zumsee", ergänzte Andreas.

„Halten Sie mich nicht für aufdringlich, wenn ich Ihnen sage: Spielen Sie niemals wieder! Diese Mahnung hätte manchen vor Schaden bewahrt, wenn sie ihm rechtzeitig zuteil geworden wäre. Sie haben vielleicht bemerkt, daß dem Neuling besonderes Glück zugeschrieben wird. Welch alberner Aberglaube!"

„Du hast doch auch ein bißchen davon profitiert", dachte Andreas.

„Ich gebe zu, daß man einmal gespielt haben muß", sagte Liebling milde. „Aber nie zum zweitenmal. Hier fängt die Sünde an", setzte er eindringlich hinzu, indem er dem jungen Manne warm und kräftig die Hand schüttelte.

Bevor Andreas den Türvorhang hinter sich fallen ließ, hörte er ein paar Stimmen.

„Alle Achtung, der kann so bleiben!"

„So 'n Bengel, der hat die Mittel, mit denen man was wird!"

„Warum sollte ich mir das Spielen angewöhnen?" sagte sich Andreas, während er durch den Ballsaal schlenderte. „Halten sie das Spiel für eine Leidenschaft? Ich sehe nicht ein, warum ich mein Geld wagen sollte, solange ich genug habe. Wenn es auf die Neige geht, dann – sage ich nichts."

Er ließ den Blick über die Menge der Damen gleiten, ohne Frau Türkheimer zu finden. Dann trat er auf die Galerie hinaus und zog heimlich, ganz heimlich seine silberne Uhr. Es war kurz nach drei.

Langsam stieg er ins Vestibül hinab. Er brauchte jetzt nicht um seine Haltung zu sorgen, wie damals, vor fünf Stunden, als er diese Stufen emporstieg. Seine Sinne waren frei, er prüfte in den wandhohen, geschliffenen Spiegeln seine

Miene und stellte fest, daß es diejenige eines Triumphators sei. Er vermochte jetzt den Duft und die Augenweide der hohen Heliotropsträucher, der Orchideen und der purpurnen Kaktusarten zu genießen, die an dem Geländer, aus durchbrochenem Schmiedeeisen entlang von Stufe zu Stufe sich türmten und die breite Treppe in einen hängenden Garten verwandelten. Auf dem Stiegenabsatz standen Ruhebänke, die in gepunztem Leder das Wappen des Hauses trugen: einen Türken, der den Säbel schwang. Andreas nahm hier einen Augenblick Platz und sah zwei Damen, die den Ball verließen, vorüberhuschen. Er verfolgte das Blitzen ihrer Brillanten und die gleißenden Reflexe des durch das Blättergeflecht fallenden Lichtes auf dem Atlas ihrer Kostüme, und er sprach leise vor sich hin: „Ich habe euch!" Er wußte übrigens nicht genau, was er sich bei diesem großen Worte dachte.

Im Weitergehen gab er sich vernünftigeren Erwägungen hin. In so einem Berliner Hause ließ sich an einem einzigen Abend eine Menge erleben. Er entfernte sich anders, als er gekommen war, um viele Erfahrungen und Kenntnisse bereichert, die er doch nicht allzu teuer bezahlt hatte. Er war mit Lizzi Laffé in einer unpassenden Situation zusammengerannt, und er hatte Asta Türkheimer auf die Schleppe getreten. Merkwürdig, sie kamen ihm wie zwei Feindinnen vor. Er hatte ferner im Gespräch mit den jungen Leuten hier und da ein peinliches Schweigen hervorgebracht, und er hatte vor den jungen Mädchen Furcht gehabt. Dies war der negative Teil seiner Erfolge. Der positive bestand darin, daß er von Frau Türkheimer gnädig behandelt worden war, so gnädig, daß es vielen zu denken gegeben hatte und daß man nicht wissen konnte, was daraus werden würde.

„Ich habe wohl Glück gehabt", sagte sich Andreas, „aber wenn ich nicht auch Vorsicht und Überlegung besäße, und wenn ich nicht wüßte, was ich will, hätte ich dann wohl das da in der Tasche?"

Und er tastete nach dem Tausendmarkschein.

Drunten in der Garderobe sprangen mehrere verschlafene Lakaien auf. Andreas konnte sich irren, aber er meinte zu bemerken, daß sie ihn diesmal mit einem gewissen Respekt behandelten. Vielleicht besaßen sie Übung darin, den Gewinner zu erkennen?

Nachlässig überreichte er dem, der ihm seinen Kragenmantel aus Loden umlegte, eine Doppelkrone, indem er heimlich bedauerte, kein Fünfmarkstück zu besitzen.

Als er unter dem Portal stand, rief ihm jemand nach:

„Sie! Sehr geehrter Herr, hörensemal!“

Kaflisch, vom „Nachtkurier“, kam im Laufschritt, lächelnd und winkend herbei. Er schob seinen Arm unter den des jungen Mannes.

„Gehen Sie schon nach Hause?“ rief er. „Ich auch, das trifft sich ja reizend. Köstliche Sommernacht, was? Höchstens zwanzig Grad. Nehmen wir 'nen Wagen?“

In der ganzen Hildebrandtstraße erglänzte der Schnee von den Lichtern der Wagen, die in einer Doppelreihe von einem Gitter zum andern standen. Es waren meistens herrschaftliche Fuhrwerke. Als sie ganz hinten eine freie Droschke erster Klasse gefunden hatten, fragte Kaflisch:

„Wo wohnen Sie denn?“

Andreas rief seine bescheidene Adresse, die ihm jetzt mit seiner sozialen Stellung in schreiendem Widerspruch zu stehen schien, voll Ingrimm dem Kutscher zu. Der Journalist bat sich eine Zigarette von Andreas aus. Während er sie anbrannte, erkundigte er sich:

„Nun, wie gefallen Ihnen Türkheimers?“

„Ein recht nettes Haus“, meinte Andreas.

„Nicht wahr? Man ißt, spielt und mopst sich nicht mehr als unbedingt nötig. Ungeniert, mit freiem Eingang vom Flur, das ist die Hauptsache. Das übrige kann uns doch gleich sein.“

„Wieso“?' wollte Andreas fragen, doch besann er sich. Es fiel ihm wieder ein, was er über sein Verhältnis zu Adelheid mit sich ausgemacht hatte. Frau Türkheimer war nicht auf eine Liebesinsel zu entführen. Sie würde aus der Umgebung des Tiergartens schwerlich herauszuheben sein, man mußte durchaus das Terrain kennen. Andreas machte sogar schon auf eine Stellung im Hause Anspruch, die ihm gewisse Pflichten und Rechte auferlegte. Dabei wußte er aber noch kaum, was das für ein Haus war.

„Türkheimer muß schauderhaft viel Geld haben“, bemerkte er. Kaflisch hüllte sich in Rauchwolken.

„Na, es geht“, sagte er. „Was er der Regierung von Puerto Vergogna nicht abgegeben hat, das hat er selbst behalten.“

„Puerto Vergogna?“ fragte Andreas.

„Die liebe Unschuld! Soll ich Ihnen was zu Gefallen tun? Ich will Türkheimer bei nächster Gelegenheit erzählen, Sie hätten sein Geschäft mit Puerto Vergogna nicht gekannt. Das wird ihm unendlich wohltun, denn so einem ist er noch nicht begegnet.“

„Natürlich“, log Andreas, „habe ich davon gehört. Aber die Einzelheiten habe ich nicht ganz begriffen.“

„Ist auch nicht so leicht, wie Sie glauben. Mancher begreift's nie. Türkheimer ist eben ein großer Mann, das ist alles. Stellen Sie sich mal vor, daß Türkheimer mit dem Präsidenten oder Diktator der Republik Puerto Vergogna, der übrigens ein ausgebrochener Sträfling sein soll, dahin übereinkommt, das schöne warme Ländchen mit Eisenbahnen zu beglücken. Der Präsident macht Türkheimer zu seinem Generalkonsul und erteilt ihm die Konzession, Lose auszugeben. Diese wurden an der Berliner Börse nicht zur Quotierung zugelassen. (Türkheimer hatte damals noch keinen Hochstetten zum Schwiegersohn. Merkwürdig, wie weit wir es im Schutz der Dummen gebracht haben!) Aber in Wien ließ die Regierung mit sich reden. Na, Deutschland war doch der Hauptabnehmer der Stradas ferradas de Puerto Vergogna. Das deutsche Publikum hat nun mal 'ne rührende Vorliebe für wohlklingende Wertpapiere. Die ersten Prämien und Treffer sollen von der tropischen Republik sogar ausbezahlt worden sein. Aber als der Präsident von dem Ertrag der Emission, der auf siebzig Millionen geschätzt wurde, keinen Pfennig zu sehen bekam, merkte er, daß Türkheimer auch erfahrenen Sträflingen über sei, und sagte die Partie ab. Er fand die Eisenbahnen zum sittlichen und wirtschaftlichen Fortschritt seines Landes nicht mehr nötig, Puerto Vergogna stellte sich überdies als gänzlich pleite heraus, wofür Türkheimer doch offenbar nichts konnte, und das Deutsche Reich macht seitdem Vorstellungen bei der Republik. Es soll nächstens wieder mal ein Kreuzer hingeschickt werden, der deutschen Gläubiger wegen, und um der Welt zu zeigen, wie weit Deutschlands starker Arm reicht. Verstehnsemich, sehr geehrter Herr?“

„Also siebzig Millionen“, sagte Andreas nachdenklich.

„Nicht wahr?“ rief Kaflisch begeistert. „Was für'n großer Mann! Ich sagte es ja immer, für uns moderne Literaten geht nichts über das Genie der Tat. Napoleon, Bismarck, Türkheimer!“

Er bat um eine zweite Zigarette und verfiel in Schweigen. Andreas' Gedanken blieben, ein wenig müde, bei Kaflischs letztem Wort stehen. Der Mann entdeckte also gelegentlich auch etwas wie ein literarisches Ideal in sich. Nun ja, das hatten die von der Tafelrunde im „Café Hurra“ auch besessen, bevor sie sich irgendeinem Jekuser verdungen hatten, und gelegentlich des Nachts um drei, wenn sie gratis zu trinken erhalten hatten, kam es wieder zum Vorschein. Andreas ruhte nach allen Aufregungen des Abends wohlgefällig in der Überlegenheit des freien Dichters über den schreibenden Tagelöhner aus.

Kaflisch wischte die Scheiben ab; der Wagen bog in die Linienstraße ein.

„Ich muß wieder umkehren“, bemerkte er, „ich wohne Albrechtstraße.“

„Fabelhaft“, so begann er wieder, „was für'n Glück Sie heute abend gehabt haben! Sie haben wohl 'nen hübschen Batzen eingesackt, und ich bin doch nett zu Ihnen gewesen, daß ich Ihnen das Spiellokal gezeigt habe. Bitte, gern geschehen. Unter Kollegen tut man sich so was zuliebe, ohne Prozente zu verlangen. A propos, können Sie mir bis zum Ersten hundert Mark pumpen? Wenn Sie wüßten, wie schäbig der Jekuser zahlt. Es ist nicht zu sagen, daß ich seit sechs Jahren, daß ich mir bei ihm die Nägel kurz schreibe, immer bloß zehn Pfennig für die kleine Zeile bekomme. Und die weißen halben Zeilen zieht er ab!“

Andreas griff in die Tasche, bevor Kaflisch zu Ende war. Er reichte den Schein seinem Nachbar, der einen Augenblick verstreichen ließ, bevor er sich bedankte. Vielleicht hatte er nur zwanzig Mark erwartet.

Der Wagen hielt, und Andreas verabschiedete sich. Als er den Schlag hinter sich geschlossen hatte, ließ Kaflisch das Fenster herunter und rief ihm nach:

„Sie! Einen Moment! Mein kleines Geld langt nicht, Sie bezahlen wohl den Kutscher!“

VII.
Eine Marotte

Der Gedanke, mit dem Andreas gegen Mittag erwachte, galt dem Schneider Behrendt in der Mohrenstraße. Sollte er hingehen? In diesem Falle nahm er ein Geschenk von einer Dame an, mit dem erschwerenden Umstande, daß er diese Dame als seine zukünftige Geliebte ansah. Besonders schlimm war es, daß alle

Adelheids Trick mit dem Schneider zu kennen schienen. Brauchte die Geschichte denn aber wahr zu sein? Er war fast berechtigt, nicht daran zu glauben. Und wenn er den Betrag seiner Rechnung bezahlte, war er keineswegs verpflichtet, sich darum zu bekümmern, ob sein Schneider von anderer Seite, etwa von Frau Generalkonsul Türkheimer, noch mehr Geld erhielt. Übrigens ließ sich gar nicht darüber streiten, es handelte sich um einen notwendigen Schritt auf seiner Laufbahn. Wer den Zweck wollte, mußte die Mittel wollen.

Erst als diese Betrachtungen erledigt waren, zog er den gestrigen Gewinn aus der Tasche seiner Frackhose. Er glättete die Banknoten auf dem Tische und ließ die Goldstücke klingeln. Aber er packte bald alles wieder zusammen und schob es nachlässig in den Rock. Denn er sagte sich, daß der Besitz dieses Geldes etwas durchaus Natürliches, ihm schon längst Zukommendes sei, über das er sich nicht aufregen dürfe. Das Leben, für das er geboren war, fing jetzt erst an.

Wie er ausgehen wollte, brachte ihm ein Lakai Frau Türkheimers Karte. Sie war an Herrn Behrendt, Mohrenstraße, adressiert. „Schon?“ dachte Andreas. „Flotter könnte es gar nicht gehen!“ Er stieg pfeifend die vier Treppen hinab, winkte einer Droschke erster Klasse und verließ sie Unter den Linden. An der Ecke der Friedrichstraße kaufte er für sieben Mark eine Krawatte, die er sofort anlegte, ein Paar gelbe Handschuhe, einen Hut und ein Batisttaschentuch. Diese vorläufigen Erwerbungen machten ihm Mut, bei Aimé zu frühstücken. Er bestellte Austern und eine Flasche Chablis, zur Erinnerung an das Büfett bei Türkheimers.

Mit einer Zigarre schlenderte er sodann in die Dorotheenstraße. Köpf empfing ihn neugierig.

„Nun? Sind Sie zufrieden?“

„Es geht“, versetzte Andreas mit stolzer Bescheidenheit. „Ich habe zweitausend Mark gewonnen, und nächstens hoffe ich Ihnen aus eigener Anschauung sagen zu können, was für Hemden Frau Türkheimer trägt.“

„Sie gehen aber forsch vor“, bemerkte Köpf mit seinem zweideutigen Zwinkern.

„Wollen Sie Beweise?“ fragte Andreas. Er war pikiert und griff schon nach der Brusttasche. Schließlich hielt er die an den Schneider gerichtete Visitenkarte doch für ein nicht hinreichend schmeichelhaftes Dokument und ließ sie stecken.

„Im Ernst, Sie können mir glauben, daß ich Glück gehabt habe. Von meinem Verdienst will ich Ihnen nicht reden."

„Tun Sie es nur!" bat Köpf.

„Es ist übrigens nicht schwer, in solch einem Hause Erfolg zu haben, bei dem angenehmen freien Ton, der dort herrscht. Man kommt wildfremd hin und verkehrt doch gleich wie mit alten Bekannten. Die Weiber sehen sich sehnsüchtig um und warten bloß, wer sich von ihnen glücklich machen lassen will. Dann bekommt man auch noch Geld, ohne zu wissen, woher. Ja, woher stammt überhaupt all das Geld, das in dem Hause unter den Möbeln umherrollt?"

„Rollt es wirklich?" fragte der andere belustigt.

„Nun, mir kommt es vor, als brauchte ich mich bloß danach zu bücken. Die Leute dort tun sicher den ganzen Tag gar nichts. Was die Geschäfte machen nennen, weiß ich nicht, aber es nimmt gewiß nicht viel Zeit in Anspruch. Die einen haben schauderhaft viel Geld, die anderen gar nichts. Aber was macht das? Gutes Essen, feine Weine, Weiber, Witze, Kunst und Vergnügen, es ist alles da. Man langt eben zu, wie im Schlaraffenland."

„Bravo! Das ist doch mal ehrliche Begeisterung", versetzte Köpf. Andreas stutzte, er fürchtete zu weit gegangen zu sein, und sagte: „Wenn unsereiner hinkommt, so legt er natürlich einen literarischen Maßstab an. Wir wissen diese feine Gesellschaft zu beurteilen."

„Oh!" machte Köpf mit gespitzten Lippen. „Sie nehmen sich ganz gut aus, so wie Sie sind, mein Lieber. Machen Sie nur nicht aus Ehrgeiz den grämlichen Beurteiler! Wie ich Ihnen schon sagte, Sie haben so was Glückliches an sich, das gefällt."

Andreas dachte an Klempners Definition des Pulcinello mit seiner glücklichen Naivität. „Sie haben was davon", hatte Klempner gesagt, und Köpf schien dasselbe zu meinen. Warum auch nicht? Er begann wieder:

„Was mir wirklich imponiert, ist die Vorurteilslosigkeit der Weiber. Kaum ist man vorgestellt, so behandeln sie einen so, als ob sie Arm in Arm mit einem nach Hause gehen wollten. Es ist eigentlich zu wenig Ruhm dabei."

Köpf wiegte bedenklich das Haupt.

„Stellen Sie sich das lieber nicht zu einfach vor. Ich habe zwar nur bescheidene Erfahrungen, aber die Damen bei Türkheimers sind doch wohl keine Marquisen aus dem vorigen Jahrhundert. Sie geben sich nicht leichten Herzens einem jungen Abbé hin, sie folgen niemals einer Laune, die zu nichts verpflichtet. Man muß ihnen mit Gründen kommen."

„Wieso?"

„Vergessen Sie nicht das Moralische! Bei Türkheimers steckt man, so viel Zynismus der gute Ton auch vorschreibt, im Grunde doch voll moralischer Bedenken. Es sind schließlich nur Bürgersfrauen."

„Das habe ich auch schon bemerkt", sagte Andreas, der an Frau Mohr und ihren Fanatismus für gute Sitte dachte.

Köpf nickte und sah seinen jungen Freund von unten blinzelnd an. Er nahm ehrlichen Anteil an Andreas' Schicksal, es hatte für ihn den Reiz eines interessanten Experimentes, den Jüngling auf seiner schlüpfrigen Bahn zu leiten und mit Verhaltungsmaßregeln zu versehen. Was würde dabei herauskommen? Wie würde dieser unschuldige Streber und Genießer, dieser unbewußte Spekulant, wie sein skeptischer Freund ihn nannte, sich in dem fetten Boden entwickeln, wohin er nun verpflanzt war? Hierauf war Köpf ungemein neugierig. Er wiederholte langsam und nachdenklich:

„Man muß Ihnen mit Gründen kommen. Das heißt, Sie haben die Frau, mit deren Liebe Sie zum Zweck Ihres Fortkommens rechnen, davon zu überzeugen, daß ein Verhältnis mit Ihnen ein besonders gutes Werk oder etwas Neues und Interessantes, auch etwas Schmeichelhaftes wäre. Sie muß sich zu Ihnen herablassen oder von Ihnen emporgezogen werden, am besten beides abwechselnd. Sie machen einen doppelten Eindruck, wenn Sie sich voll Hingebung und Demut zeigen und dabei eine heimliche Überlegenheit ahnen lassen."

„Das meine ich auch", sagte Andreas, dem es indes schwer fiel, sich Frau Türkheimer überlegen zu fühlen.

„Die schöne Frau, an die wir denken, steigt zu dem armen Dichter hinab, sie bringt ein verborgenes Talent durch das Licht und die Wärme ihrer Liebe zur Blüte."

„Tut sie auch!" rief Andreas lachend. Er war doch unangenehm berührt von Kopfs Ausdrucksweise. Dieser fuhr fort:

„Nach dieser Seite ist das Verhältnis klar. Ihre Überlegenheit können Sie mit Leichtigkeit darin finden, daß Sie Rheinländer sind.“

„Wirklich?“ fragte Andreas überrascht.

„Bedenken Sie nur Ihre ältere Kultur! Jeder seßhafte Bauer bei Ihnen zu Hause ist ein Aristokrat gegen die Landstreicher aus dem wilden Osten, die hier in Palästen wohnen.“

Andreas schlug sich auf die Knie vor Vergnügen. Er sprang auf, drehte sich zweimal um sich selbst und begann mit langen Schritten hin und her zu wandern.

„Selbstverständlich!“ rief er. „Daran hätte ich doch denken müssen. Türkheimers sind natürlich auch aus Posen oder Galizien eingewandert. Was die Leute unter ihrer allgemeinen Wurstigkeit verbergen, das sind bloß ihre Dummheit und ihre schlechten Manieren. Von Kaflisch will ich nicht reden, Sie kennen ihn wohl? Dann ist da einer, der immer mit solchen Beinen herumgeht. Er heißt Süß.“

Und Andreas watschelte mit einwärts gestellten Füßen quer durch das Zimmer.

„Die Weiber sind eigentlich lächerlich, besonders so eine fette Matrone wie Adelheid. Es scheint bei den Leuten so zu sein, wie bei den Wüstenstämmen. Die Schönste kann nur auf einem Kamel weiterbefördert werden, nach ihr kommt eine, die sich auf zwei Sklavinnen stützt.“

Triumphierend sah er Köpf an, der mit sich selbst wettete, Andreas habe diese Wissenschaft erst in der vergangenen Nacht erworben. Der junge Mann lachte ausgelassen, er hatte einen Einfall.

„Der Allerkomischste ist aber Türkheimer selbst. Er muß eine Hautkrankheit haben. Passen Sie mal auf!“

Und Andreas begann durch fingierte Koteletten zu streichen und sich am Kinn zu scheuern. Er setzte sich einen Klemmer, den er vom Tisch nahm, vorn auf die Nase und ging mit kleinen, unsicheren Schritten, den Bauch vorgeschoben, auf Köpf zu.

„Mein Name ist Ausspuckseles“, sagte er mit Türkheimers schleppender, leicht näselnder Stimme, „Generalkonsul Ausspuckseles, und hier ist meine Frau, geborene Rinnsteiner.“

Er stand atemlos, rot im Gesicht, und hielt sich die Seiten. Köpf kicherte leise, er blinzelte so verräterisch, daß Andreas bei näherer Betrachtung nicht gewußt hätte, ob der andere über seinen Scherz oder über ihn selbst lachte. Der junge Mann ging schon zur Tür, kehrte aber eilig zurück.

„Ach, ehe ich's vergesse! Hier in der Wohnung ist doch ein Zimmer frei. Bitte, belegen Sie es für mich, ich ziehe nächsten Ersten ein. Dies ist wenigstens eine Gegend, wo eine Dame sich nicht gleich kompromittiert. Wenn sie schon arme Dichter glücklich machen wollen, darf man ihnen doch nicht zumuten, es in der Linienstraße zu tun."

„Sehr richtig!" bestätigte Köpf. „Solche weise Voraussicht ehrt Sie. Sie scheinen wirklich die Mittel zu besitzen ...."

„Mit denen man was wird! Das sagt mir jeder!" rief Andreas, schnalzte mit den Fingern und verließ, sehr zufrieden mit sich, das Haus. Er hatte sich gehütet, Köpf etwas von Ratibohr zu erzählen und von Türkheimers Neigung, seine Frau mit einem harmlosen jungen Mann glücklich werden zu lassen. Auch die Geschichte mit dem Schneider hatte er für sich behalten. Doch war er mittlerweile in der richtigen Stimmung, um sich in die Mohrenstraße zu begeben.

Der Angestellte, dem Andreas Frau Adelheids Karte übergab, holte sogleich Herrn Behrendt herbei. Der Inhaber des Ateliers für feine Herrenbekleidung sah aus wie ein Botschafter. Er führte den jungen Mann in einen mit vornehmem Geschmack möblierten Salon, nötigte ihn, auf einem seidenen Puff Platz zu nehmen und bat Andreas, ihm zu sagen, womit er sich ihm gefällig erweisen könne. Andreas glaubte schon, er werde hinzusetzen: „Unter Ehrenmännern verpflichtet man einander gern."

Der Neuling fürchtete sich eine Blöße zu geben, wenn es an die Wahl der Stoffe und an die Äußerung seiner Wünsche in betreff des Schnittes ging. Doch war nicht die Rede davon, Herr Behrendt unterbrach ihn nach den ersten Worten:

„Ich verstehe, mein Herr, es handelt sich um eine vollständige Ausstattung, die dem Geschmack der allervornehmsten Häuser adäquat sein und zugleich Ihre individuelle Eigenart berücksichtigen muß. Ich meine, es darf nichts nach der Seite des rein modischen Schicks übertrieben, dagegen soll ein diskreter künstlerischer Schwung hinzugefügt werden."

Andreas bewunderte höchlich den Scharfblick des Mannes. Herr Behrendt setzte hinzu:

„Gestatten Sie mir, Ihr Genre näher zu studieren."

„Wie?" fragte Andreas.

Aber Herr Behrendt war schon in sein Studium vertieft. Er kniff ein Auge zu und umschritt in weitem Kreise den seidenen Puff.

„Machen Sie mir das Vergnügen, bis zu jenem Spiegel zu gehen!" bat er sodann.

Als Andreas zurückkehrte, äußerte Herr Behrendt:

„Ich bin befriedigt, mein Herr."

Er schellte, worauf der Zuschneider mit seinen Maßen erschien. Sogleich empfahl sich Herr Behrendt mit einer Verbeugung, da das profane Geschäft des Anmessens seine Gegenwart nicht erforderte.

Andreas verließ das Atelier mit dem erhöhten Gefühl der eigenen Würde. Er hatte noch mehr Geschäfte, und er bestellte zwei Dutzend feiner Hemden, nach Maß anzufertigen, außerdem eine Menge anderer Leibwäsche. Auch hielt er die Anschaffung einiger koketter Nachthemden für sehr wichtig, mit Stickerei am Kragen und mit seidenen Schnüren. Dann begab er sich in ein Fußbekleidungsatelier, und er drang überall auf Eile.

Am Freitag, dem ihm von Frau Türkheimer bezeichneten Empfangstage, hatte er die Genugtuung, seine neuen Herrlichkeiten vor sich auf dem Sofa ausgebreitet zu sehen. Herrn Behrendts vollständige Ausstattung bedeckte alle übrigen Möbel des Zimmers, die, so alt sie waren, solche Pracht sicher noch nie gesehen hatten. Die aus dem Atelier der Mohrenstraße hervorgegangenen Werke erwiesen sich für den lernbegierigen Neuling als eine illustrierte Anleitung zum feinen Auftreten, so sorgfältig waren sie auf sämtliche Lagen des gesellschaftlichen Lebens abgestimmt. Jedem Anzuge war ein Schild mit einer Inschrift angeheftet: „Visitenkostüm" oder „Soireekostüm" (petit comité), „Promenadenkostüm", „smoking-dress" (Herrengesellschaft) und manche andere Erläuterung, die Andreas vor Irrtümern bewahrte. Er dankte dem großen Schneider diese Vorsicht wie einen zartfühlenden Freundschaftsdienst. Er sah sich nun im Besitz von zwei Gehröcken ungleicher Länge, zwei Fräcken, einem Frackjackett, drei Schwalbenschwänzen von verschiedenen nuanciertem Grau, drei kurzen Sakkojacketts, einem Abendmantel und zwei Paletots. Es waren fünf zartgemusterte Extrabeinkleider vorhanden, und der Schnitt der Westen legte von einer künstlerisch geschulten Phantasie Zeugnis ab.

Andreas wählte den Gesellschaftsrock aus, den Herr Behrendt mit der Empfehlung „five o' clock“ versehen hatte. Als er nach Beendigung seiner Toilette vor den Spiegel trat, begrüßte ihn dasjenige Bild, das er seit einem Jahre als traumhaftes Ideal im Kopfe trug. Der schwarze Tuchrock reichte bis über das Knie. Sein leicht aufgeschlagenes Atlasfutter legte sich harmonisch auf die lichtbraune, diskret geblümte Weste. Die perlgraue Hose fiel in weichem Fluß über die Lackschuhe. Andreas probierte mehrmals, sich in der Weise hinzusetzen, daß die Hose unauffällig hinaufgezogen ward und die schwarzseidenen Strümpfe sehen ließ. Als ihm dies zu seiner Zufriedenheit gelungen war, erfreute er sich an dem milchigen Schimmer des plissierten Hemdes. Er zog die Handschuhe an, indes er nachlässig verschiedene Stellungen übte.

In einer Tasche seines neuen Paletots fand er Herrn Behrendts Rechnung. Sie belief sich für elf Kostüme nebst vielen Extrastücken auf rund vierhundert Mark, was für den kompletten Anzug kaum dreißig Mark ausmachte, beträchtlich weniger, als der Gumplacher Schneider für seine Leistungen beanspruchte. Im Fortgehen warf Andreas einen verächtlichen Blick seinen abgelegten Kleidungsstücken zu, die als elendes Häuflein in einem Winkel trauerten. Es war eigentlich sein alter Mensch, der dort in sich zusammengesunken lag. Er mußte laut ausrufen:

„Zu denken, daß ich je so ausgesehen habe!“

Der Rock saß gut unter den Achseln, die Hose bequem im Schritt, und das Bewußtsein, daß ihm niemand einen Fehler oder eine Ärmlichkeit vorwerfen könne, machte den Gang des glücklichen Jünglings elastisch. Da ein klarer Frost herrschte, begab er sich zu Fuß in die Mohrenstraße, wo er mit überlegener Miene seine Schuld beglich. Dann fuhr er zu Türkheimers.

Diesmal schritt er in ruhigem Selbstvertrauen auf die Tür zu, die ihm der Diener öffnete. Es gab, wie er meinte, in diesem Hause, unter diesen Menschen kaum noch Überraschungen für ihn. So beraubte es ihn beinahe seiner Fassung, als er einen ganz fremden Raum betrat. Die Wände des Zimmers waren mit gelbem Satin ausgeschlagen. Bizarr verteilt hingen daran nur wenige kleine Gemälde, die einen kostbaren Eindruck machten, vielleicht wegen der breiten, schwarzen, mit Perlmutter eingelegten Rahmen. Schwarze Lackmöbel mit winzigen goldenen Figuren und von zierlichen exzentrischen Formen, standen zu zweien oder dreien launisch weit voneinander entfernt. Zwischen ihnen dehnte sich die grünliche Fläche des gewirkten Teppichs, durch die sich weiße Wasserrosen schlangen.

Es war einen Augenblick still geworden, als Andreas eintrat. Er fühlte die Lorgnons auf sich gerichtet. Nur Fräulein Asta, die mit ihrem Verlobten sich in einer Fensternische aufhielt, fuhr fort, laut zu sprechen. Die Hausfrau begrüßte den jungen Mann sehr gütig, sie schien seine allzu neue Kleidung nicht zu beachten. Sie führte ihn zu den Damen Mohr und Pimbusch, die mit Herrn Liebling plauderten, worauf sie zu Herrn Pimbusch zurückkehrte. Dieser erkundigte sich, ohne seine Stimme zu mäßigen, nach der Herkunft des Fremdlings. Nachdem Frau Türkheimer ihn bedeutet hatte, Herr Zumsee sei Schriftsteller, erklärte er:

„Ich begreife nicht, wie'n Mensch jetzt noch Bücher schreiben kann“ – ohne eine Begründung seines Ausspruches für nötig zu halten.

Frau Mohr sah Andreas mit reizender Vertraulichkeit an. „Ich bin vom ersten Augenblick an Ihre Freundin gewesen,“ schien sie zu sagen. Sie bemerkte:

„Ich habe gehört, daß Sie neulich viel Glück im Spiel gehabt haben?“

„Hüten Sie sich, daß Ihnen das bei uns nicht schadet“, sagte Frau Pimbusch mit ihrer hohen, gebrochenen Stimme und mit einer Betonung, daß es Andreas fast unheimlich ward. Ihr grünlicher Blick schoß glitzernd auf ihn zu.

Herr Liebling protestierte gegen den Aberglauben, und die sittliche Würde, mit der er es tat, stand ihm gut. Andreas verglich Lieblings Gehrock mit seinem eigenen und bewunderte im stillen die feinsinnige Unterscheidungsgabe, die Herr Behrendt an den Tag gelegt hatte. Lieblings Eigenart erforderte einfache Korrektheit, ein Hervortreten des Moralischen sogar im Schnitt der Weste. Sein eigener Anzug trug dagegen ein nicht näher zu bestimmendes künstlerisches Gepräge, das mit dem Charakter seines Kopfes übereinstimmte. Andreas trug das Haar ein wenig länger im Nacken als üblich. Der Schnitt seines Rockes, leicht ausgebuchtet, erinnerte wohl an 1830, aber wie Herr Behrendt vorausgesagt hatte, war nichts nach der Seite des rein modischen Schicks übertrieben. Dies war jedoch dasjenige, was das Äußere des Herrn Pimbusch bemerkenswert machte.

Andreas, der Lieblings Diatribe gegen den Aberglauben ein zerstreutes Gehör schenkte, betrachtete aufmerksam Pimbuschs vor Altertümlichkeit übermoderne Tracht und die Art, wie er sie zur Geltung brachte. Pimbusch vollführte keine noch so unbedeutende Bewegung, die ihm nicht durch ein Gesetz der Mode vorgeschrieben war. Wie er die Rockschöße aufhob, um sich zu setzen, wie er seinen Hut auf die Etagere stellte, den Kopf wandte, seinen Schnurrbart drehte und die Zigarette zwischen die Finger nahm, so mußte es im Jahre 1894 jeder machen, der auf guten Ton Anspruch erhob, und so würde es zwei Jahre später niemand mehr tun. Die Gemessenheit, mit der er die Riten der Eleganz beobachtete, gab ihm etwas Sakramentalisches, wie wenigstens Kaflisch behauptete, nach dessen Ansicht übrigens ein Mystiker in Pimbusch steckte. Denn er hätte sich als verloren angesehen, wenn sein Zylinder nicht sieben Glanzreflexe und die Tuberose in seinem Knopfloch nicht dreizehn Blätter besessen hätte.

Pimbusch trat als ein vollendeter Bewohner jenes Schlaraffenlandes auf, wie Andreas es sich vorstellte. Doch stand er, wie dem jungen Manne nicht unbekannt war, tätig mitten im öffentlichen Leben. Er war der Sohn und Nachfolger jenes großen Pimbusch, der dem durch ihn eingeführten Spezialkartoffelfusel seinen, vom Berliner Volke verehrten Namen gegeben hatte. Heute ging das Geschäft von selbst, der Sohn hatte sich nicht um den Betrieb zu bemühen. Doch arbeitete er auch dann noch, wenn er seine Nägel betrachtete oder den neuesten Börsenwitz wiederholte. Sooft nachts die Destillationen ihren Schein auf die Straßen hinauswarfen, war Pimbusch an der Arbeit. Der träge Zug der Proletarier quoll durch die weit offenen Tore der Kneipen aus und ein. Sechs Gläser des Spezialfusels genügten, um den Stumpfesten in das Reich seiner Ideale zu versetzen. Die Seligsten träumten in den Rinnsteinen. Ein giftiger Duft zog durch die Stadt, die in einem Meer von Schnaps zu ertrinken trachtete. Dann war Pimbusch, der in einem Salon das Problem der neuesten Kragenhöhe erörterte, an der Arbeit.

Begreiflicherweise verachtete Pimbusch das Volk, das seinen Schnaps trank. Aber auch von Geschäften sprach er nur mit fremder Miene, wie jemand, der nicht dazu gehört. Kaflisch nannte ihn den Schnapsfeudalen und begriff ihn unter der größeren Familie der Feudaljobber. Denn es war Pimbuschs zehrender Ehrgeiz, als letzter einer an Überfeinerung zugrunde gehenden Gesellschaft zu gelten. Den Baron Hochstetten hatte er sich, seit er ihm bei Türkheimers begegnete, zum Vorbild genommen zwecks Einübung einer feudalen

Physiognomie. Seine Anstrengungen wurden erleichtert durch einen flachen Schädel, über den dreißig erfreuliche Jahre verheerend dahingegangen waren, durch die glasige Blässe seiner Augen und durch eine Haut, fahl und durchlöchert wie Pergament. Nur seine mächtigen Kiefer, die beim Sprechen gefräßig auf- und zuklappten und eine Art großer spitzer Raubfischzähne sehen ließen, erzählten noch von den starken Erwerbsinstinkten seiner Väter. Aber indem er sie kraftlos auf die Brust herabhängen ließ, wußte er auch sie seinen Absichten dienstbar zu machen. Und obwohl er von der Herkunft seines Großvaters durchaus nichts wußte, kam dieser Sproß des kräftigen Bürgertums dem Ideal des vollkommenen Kretinismus mindestens ebenso nahe wie der Freiherr von Hochstetten, dessen Vorfahr mit dem Burggrafen von Nürnberg in Brandenburg eingezogen war.

Die Persönlichkeit, der Andreas so viel Aufmerksamkeit schenkte, stieß unvermutet einen Entsetzensschrei aus. Pimbusch starrte schreckensbleich der Hausfrau ins Gesicht und stotterte: "Was sagen Gnädigste? Das Haus für „Rache!" ist ausverkauft? Unmöglich, Gnädigste, es würde mich zur Verzweiflung treiben!

„Ciaire!" rief er, „hörst du es nicht? „Rache!" ist ausverkauft, und wir haben keine Loge!"

Er erhob sich, schob die Schultern weit vor und machte zwei müde Schritte über den Teppich. Seine Frau richtete das Lorgnon auf ihn.

„Dann mußt du eben darauf verzichten", bemerkte sie herablassend. Er sah sie fassungslos an.

„Aber das ist doch unmöglich! Wie kannst du so etwas sagen?"

„Warum hast du also nicht früher daran gedacht, uns Plätze zu besorgen, mein armer Freund?"

Frau Mohr legte sich ins Mittel.

„Liebste Claire, du weißt doch, daß man „Rache!" sehen muß! Alle Welt geht hin, es ist ein Ereignis!"

„Man bringt die Revolution auf die Bühne, alles wird kurz und klein geschlagen!" rief Asta höhnisch herüber.

„Welch eine Abgeschmacktheit!" äußerte Liebling.

„Der Verfasser ist unbekannt?" fragte Andreas. Pimbusch rang die Hände.

„Es soll jemand aus unseren Kreisen sein! Bei der Premiere erfährt man vielleicht den Namen. Und wer bei der Premiere nicht dabei ist, zählt überhaupt nicht mehr mit. Bedenke es doch, Claire!"

Seine Gattin zuckte ungeduldig die Achseln. Sie wandte sich an Frau Türkheimer.

„Haben Sie eine Loge, gnädige Frau?"

Die Hausfrau sprach mit Hochstetten, sie schien dem wichtigen Tagesereignisse wenig Interesse entgegenzubringen. Sie erwiderte ausweichend:

„Ich weiß noch nichts Bestimmtes, liebe Claire. Ich habe selbst nicht geglaubt, daß alles so rasch weg sein würde. Doktor Bediener will an uns denken. Behalten wir einen Platz, so gehört er natürlich Ihnen."

„Gnädigste mögen meines unauslöschlichen Dankes gewiß sein!" rief Pimbusch.

„Aber ich kann nichts versprechen", sagte Frau Türkheimer lächelnd.

Pimbusch war also noch nicht aller Zweifel überhoben. Er zog die Uhr, blickte unruhig nach der Tür, aber es war ihm unmöglich, ohne Hochstetten wegzugehen. Er pflegte sich mit dem Freiherrn überall zu zeigen, wo man ihn sehen konnte, und ihn bis ins Ministerium zu begleiten. Denn Pimbusch hegte den wahnwitzigen Ehrgeiz, durch Vermittelung von Türkheimers Schwiegersohn in den hocharistokratischen Jeuklub aufgenommen zu werden.

„Sie müssen doch wissen, wer der Verfasser ist?" wurde Andreas von Frau Claire Pimbusch gefragt.

„Warum?" erwiderte er naiv.

„Nun, weil Sie Schriftsteller sind."

Frau Mohr setzte hinzu:

„Sie stecken natürlich alle zusammen und wollen uns nur neugierig machen dadurch, daß sie den Namen geheimhalten!"

„Ich weiß nichts", beteuerte Andreas.

„Und Sie können uns auch nichts Näheres über das Stück erzählen?"

„Ich bedaure es unendlich."

Frau Pimbusch sah ihm in die Augen, als wollte sie ihn hypnotisieren.

„Aber Sie gehen doch hin?“ fragte sie.

„Nein“, sagte Andreas ganz verwirrt.

„Warum nicht?“

Er wußte es selbst nicht. Irgendein Stehplatz fand sich wohl immer noch für ihn. Warum sollte er nicht hingehen. Er hatte aufs Geratewohl nein gesagt. Nun machte er ein verlegenes Gesicht, dem er, um nicht albern dazustehen, etwas Geheimnisvolles zu geben suchte.

„Sie können sich trösten, Herr Pimbusch“, sagte Frau Mohr. „Herr Zumsee geht auch nicht hin.“

Frau Türkheimer sah sich flüchtig nach Andreas um.

„Ach, lassen wir doch endlich das alberne Stück! Was liegt denn daran?“ meinte Frau Pimbusch.

„Nehmen Sie doch wieder Platz, Herr Zumsee!“

Mit ihrem Fuße, den sie unter dem Kleide hervorstreckte, zog sie Andreas' Stuhl näher heran. Er saß nun zwischen den Kleidern der Damen Mohr und Pimbusch. Die Gattin des Schnapsfabrikanten streifte zuweilen mit ihrem rätselhaften Blick sein Gesicht, doch es war ihm zumute, als verließe dieser Blick ihn nie. Er schien ihm, wohin Andreas sich auch wandte, immer zu folgen wie die Augen eines alten Bildes. Frau Pimbusch kam ihm unmenschlich vor wie ein Symbol. Sie war geradezu das verkörperte Laster, er meinte von ihr träumen zu müssen.

Claire Pimbusch trug auf dem Gipfel ihrer kunstvollen Frisur einen großen Amethyst, und der violette Stein schrie grell inmitten ihres karminroten Haares. Die blauschwarzen Wölbungen der Augenbrauen bildeten zwei Wulste, in deren Mitte, über der Nasenwurzel, eine tiefe Einsenkung, umgeben von kleinen senkrechten Fältchen, die Stirn durchquerte. Diese niedrige Stirn sah aus wie zerarbeitet von unzüchtigen Gedanken. Es lag über ihr ein künstlicher grüner Schimmer, wie über der schlecht aufgeklebten Stirnhaut einer Theaterperücke. Ein roter Kreis zog von den oberen Lidern bis an die Backenknochen um die grünlichen, verquollenen Augen. Das Gesicht schien aufgeblasen, ohne daß Fettpolster zu entdecken waren, und an seine rosige Farbe war schwer zu glauben, weil die lange scharfe Nase mit ihren weit offenen, gierigen Nüstern und das spitze Kinn kreideweiß, gleich der Maske eines Clowns, daraus hervorragten. Die blutroten Mundwinkel krümmten sich mit merkwürdiger

Beweglichkeit. Die zu kurze Oberlippe legte die weißen spitzigen Zähne frei, zwischen denen ein wenig Flüssigkeit glitzerte. Eine scharfe Falte schloß die knochige Ecke des Kinnes ein, und darunter bauschte sich die schlaffe Haut des Doppelkinns über dem engen, langen Halskragen. Der Kopf saß wie eine farbenprächtige, gedunsene Giftblume auf einem zu dünnen Stengel.

Der aufmerksame Andreas fand alle Einzelheiten dieses Kopfes häßlich, nicht aber Frau Pimbusch selbst. Es war ihm, als habe er, zum erstenmal in seinem Leben, die Ehre, einer großen, sehr teuren Kokotte gegenüberzusitzen, nach deren Loge die jungen Leute auf ihren Parkettplätzen sich erblassend umwenden. Man sah bei näherer Prüfung, daß ihr Gewerbe jedem ihrer Züge seine Häßlichkeit aufgeprägt hatte, und doch peitschte ein Blick in ihr freches Gesicht das Fleisch aus seiner Ruhe.

Als die Dame ihn unvermutet ansah, erschrak Andreas. Er mußte sich erst daran erinnern, daß er sich im Salon Frau Türkheimers befand. Welch eigentümliche Phantasie war es aber auch von einer Bürgersfrau, durchaus einer Hetäre gleichen zu wollen! Frau Pimbuschs Arme kamen mädchenhaft mager aus den großen, mit Fischbein gesteiften Ärmeln hervor. Ihre Finger, mit kleinen rosigen Nägeln, legten sich weiß wie Lilien um das Lorgnon. Sie hatte die Taille einer Jungfrau, und war sie nicht eine? Kaflisch behauptete es. Andreas sandte Herrn Pimbusch einen mitleidigen Blick zu. Vielleicht hatte sie ihm angemerkt, wofür er sie einen Augenblick hielt? Aber es war ja ihr Ehrgeiz, dafür zu gelten!

Liebling berichtete Einzelheiten über den Zusammenbruch des jungen Jessel, dem es gelungen war, das ererbte väterliche Vermögen, drei Millionen, in anderthalb Jahren durchzubringen, und der Zionist sprach sich mißbilligend über den sittlichen Verfall der modernen Jugend aus.

„Ah bah! Nur wenige machen es wie der junge Jessel!“ meinte Frau Pimbusch.

„Verschwendung und Ausschweifung, wohin man sieht!“ erklärte Liebling feierlich. Frau Pimbusch wandte dagegen ein:

„Die meisten sind zu schwächlich, um ihre Bequemlichkeit zu riskieren, irgendeiner Leidenschaft zuliebe. Und wie wird man sonst zum Verschwender?“

„Und die Ausschweifungen?“ fragte Andreas, dem es Vergnügen machte, eine Dame über solchen Gegenstand reden zu hören.

„Oh, sie fürchten alle für ihre liebe Gesundheit. Wir Frauen sind sicher vor diesen jungen Leuten“, erwiderte sie.

Frau Mohr stieß ein gutturales, gutmütiges Lachen aus, wie eine ehrbare Matrone, die ein gewagtes Wort einer jüngeren Frau nachsichtig vertuscht.

„Und dabei bist du beinahe das, was sie sein möchte," sagte sich Andreas, stolz auf seine Menschenkenntnis. Er beschloß durch die Subtilität seiner Ansichten zu verblüffen und bemerkte:

„Gnädige Frau müssen bedenken, daß unsere Generation, die übrigens von überarbeiteten Vätern stammt, allen Grund zur Vorsicht hat. Alles Bestehende ist heutzutage unsicher, und kein Mensch weiß, ob er nicht eines Tages wird arbeiten müssen."

„Oh!" machte Frau Mohr, und Frau Pimbuschs Miene sah angewidert aus. Liebling sprach laut seine Überzeugung aus, daß nichts so sehr zur Moralisierung der Menschheit beitragen werde, wie das fortwährende Fallen des Zinsfußes. Hier erschließe sich eine bessere Zukunft. Andreas fuhr fort:

„Wir sind durch die Verhältnisse vielleicht vor der Zeit weise gemacht. Ein moderner junger Mann kennt den Wert des Geldes, und er spart seine Kräfte. Abenteuer aufzusuchen, ist er meistens zu skeptisch oder zu vorsichtig. Er nimmt wohl meistens nur diejenigen an, die sich ihm mühelos darbieten."

Frau Pimbuschs Mundwinkel krümmten sich verächtlich.

„Er nimmt allerdings, was er kann, aber ich will Ihnen sagen, wie einer Ihrer Skeptiker das erst neulich gemacht hat!"

„Dein neuestes Abenteuer, Claire?" fragte Frau Mohr mit milden Lächeln. „Bitte, geniere dich nicht!"

„Eine Freundin hat es mir erzählt, die ich natürlich nicht nennen kann."

Sie zwinkerte den beiden Herren zu, so ausdrucksvoll, als sagte sie jedem ins Ohr: „Ich bin es nämlich selbst!" Dann berichtete sie:

„Meine Freundin merkt also, wie sie durch die Behrenstraße geht, daß ein Herr ihr fast auf die Absätze tritt. Sie geht langsamer, er auch. Sie bleibt vor der Kunsthandlung stehen und betrachtet ihn in der Spiegelscheibe: ein sehr hübscher Mann, mit schwarzem Schnurrbart, breiten Schultern, sehr brünett und kräftig."

Bei diesen Worten verfiel Frau Pimbusch in ein kurzes Sinnen. Sie fuhr fort:

„Er gefällt ihr sehr, und in solchen Fällen ist meine Freundin kurz entschlossen. Er steht zwei Schritte hinter ihr und rührt sich nicht. Da läßt sie ihr Armband fallen, weißt du, meine Liebe, gerade so eine goldene Schlange mit einem Türkis und fünf Perlen, wie ich noch kürzlich eins trug."

„Du hast es wohl nicht mehr?" fragte Frau Mohr.

„Das tut nichts zur Sache. Also, sie läßt es hinfallen und biegt schnell um die Straßenecke. Nun muß er sie doch wohl anreden. Als sie zehn Schritte gemacht hat, hört sie ihn noch nicht kommen. Sie bleibt stehen, aber er zeigt sich nicht. Da laufe ich zurück, nein, da läuft sie zurück an die Ecke. Der Herr ist verschwunden, das Armband auch. Was sagen Sie zu der Geschichte?"

„Bravo!" bemerkte Liebling sarkastisch.

Frau Mohr zuckte die Achseln.

„Sie sieht dir ähnlich, Claire. Du hast Talent."

„Talent?" dachte Andreas. Frau Pimbusch hatte ihre Geschichte so überzeugend vorgetragen, daß er sie ihr beinahe glaubte. Übrigens war ihr Kopf, dieser ausdrucksvolle Kopf, eine so glaubwürdige Illustration zu allen anstößigen Neuigkeiten, die sie erzählen mochte. Er sagte voll Bewunderung:

„Warum schicken Sie so etwas nicht an die Blätter, gnädige Frau?"

„Ah bah!" machte sie. „Die schönsten Erlebnisse werden niemals aufgeschrieben, mein Lieber."

„Das ist wahr! Was hätte sonst ein Mann wie Herr Türkheimer alles zu verraten!"

„Lassen Sie sich von ihm etwas erzählen!" sagte Frau Mohr.

„Und benutzen Sie's!" setzte Frau Pimbusch hinzu.

„Wozu?" fragte Andreas.

Sie lächelte boshaft.

„Zu einem Festspiel für die Hochzeit seiner Tochter."

„Ach ja!" rief Andreas harmlos begeistert, „die muß doch gefeiert werden! Gibt es denn noch kein Programm?"

Er saß so eng zwischen den Kleidern der beiden Damen, daß die Falten um seine Beine raschelten. Die Gattin des Schnapsfabrikanten hatte ihren Fuß dicht neben den seinigen gestellt, durch den Schuh hindurch fühlte er ihre Wärme. Frau Mohr lullte ihn mit der zärtlichen Freundschaft ihres Blickes ein, indes aus Frau Pimbuschs grünlichen Augen ein magischer Bann über ihn hinzog. Ein Odem von Weiblichkeit, wie der Duft von Eisenkraut und Veilchen, umhüllte ihn ganz.

Wenn dies alles noch nicht hingereicht hätte, um den Jüngling zu berücken, so genügte das Bewußtsein, im Reiche seiner Wünsche nun schon fast heimisch geworden zu sein. Heute verlor er sich nicht in einem namenlosen Strom von Gästen, sondern er gehörte einem halben Dutzend Auserwählter an, die sich nicht scheuten, ihn etwas von ihrem Leben, von ihrer Eigenliebe und ihren kleinen Bosheiten merken zu lassen. War das wirklich er selbst, der, umgeben von aller Üppigkeit eines reichen Lebens, mit pikanten, geistreichen Frauen vertraulich plauderte? Seine Erfolge berauschten ihn leichter als Wein. Er empfand eine weichherzige Sympathie für alle Anwesenden. Es waren offene, liebe Menschen, deren jedem er gern etwas Angenehmes gesagt hätte.

Die Stutzuhr auf dem größten der schwarzen Lacktischchen schlug fünf, wobei der goldgrüne Drache, der sie bewachte, fünfmal den Rachen aufsperrte. Sogleich ward die Flügeltür geöffnet, und zwei Lakaien trugen den fertig hergerichteten Teetisch herein. Die Hausfrau füllte die Tassen, und Fräulein Asta reichte sie den Gästen dar. Pimbusch belegte sich mit studierter Anmut einen ganzen Teller voll petits fours und Pistazienkuchen, während Liebling diese Leckereien kühl verschmähte.

Als Asta zu ihm trat, wiederholte Andreas freundlich lächelnd:

„Gewiß, die Hochzeit des gnädigen Fräuleins muß doch mit etwas Außergewöhnlichem begangen werden. Wollen wir sie nicht durch ein Festspiel feiern?“

Eine dicke Falte erschien über Astas zusammengewachsenen Brauen, die ziemlich hohen Schultern zuckten verächtlich.

„Mit wem wollen denn Sie feiern?“ sagte sie nachlässig, ohne Andreas anzusehen.

Dem armen jungen Mann, der die stumme Feindseligkeit der Tochter des Hauses endlich zu besiegen gehofft hatte, erstarb das Lächeln auf den Lippen. Er fühlte, wie er blaß ward. Der Zorn dieser untersetzten Brünette rief plötzlich das Bild jener faden Blondine in ihm wach, die ihn übellaunig angefahren hatte:

„Jüngling, wie kommen Sie mir vor?“ Es war ihm klar, daß Asta ganz dasselbe gemeint hatte, und er fühlte sich so völlig erdrückt durch ihre Verachtung, daß er nicht wußte, wohin den Blick wenden. Frau Pimbusch lächelte ihm boshaft zu, aber Frau Mohr, die eine Hand auf seinen Arm legte, flüsterte voll aufrichtigen Bedauerns:

„Ich hätte Ihnen vorher sagen sollen, daß Fräulein Türkheimer von einer Feier nichts wissen will.“

Sie wandte sich an das junge Mädchen.

„Liebe Asta, es ist eigentlich gar nicht hübsch von Ihnen, daß Sie an Ihrem schönsten Fest niemand von Ihren Freunden teilnehmen lassen.“

„Oh, eine stille Hochzeit ist das modernste“, erklärte Pimbusch, der herzutrat. Asta wandte hochmütig den Kopf.

„Wozu soll man alle Welt mit seinen Privatangelegenheiten behelligen?“ versetzte sie. „Solche Massenfreuden haben sich überlebt.“

Liebling, dessen schwarzer Bart merklich zitterte, ließ ein leises Murren vernehmen, doch wagte selbst er dem entschlossenen jungen Mädchen nicht laut zu widersprechen. Andreas meinte etwas sagen zu müssen, ohne zu wissen, was. In seiner Angst flüsterte er vor sich hin:

„Fräulein Asta empfindet eben als modernes Weib.“

Fast hätte er hinzugesetzt: „Mehr intellektuell als Geschlechtswesen.“

„Überlebt?“ wiederholte endlich Frau Pimbusch, auf deren lasterhafter Stirn die Fältchen sich bewegten. „Ich finde sogar, daß eine Hochzeit etwas Unpassendes an sich hat.

Beinahe etwas Unanständiges“, setzte sie nach kurzem Nachdenken hinzu, und sie blickte im Kreise umher, daß allen peinlich zumute ward.

Asta, blutrot im Gesicht, starrte einen Augenblick finster vor sich hin. Dann drehte sie sich plötzlich um und ging zur Tür, ohne sich von jemand zu verabschieden oder auch nur ihren Verlobten anzusehen. Frau Pimbusch und Frau Mohr tauschten ein schnell unterdrücktes, verständnisvolles Lächeln aus.

Hochstetten folgte halb im Schlaf, aber dennoch ein wenig verwundert, seiner Braut, und sofort schloß sich Pimbusch dem Freiherrn an. Er nahm seinen Hut von der Etagere und ließ die spiegelnde Fläche eines seiner Fingernägel behutsam darübergleiten. Dieser Nagel, am kleinen Finger der linken Hand, war ungewöhnlich lang, sein Schliff und seine Erhaltung hatte Pimbusch die Arbeit eines halben Jahres gekostet. Bevor er der Hausfrau die Hand küßte, drehte er beim Schein der Spiritusflamme, über der das Teewasser kochte, seinen Zylinder einmal um die Achse, um das Vorhandensein der sieben Reflexe festzustellen. Dies alles vollführte Pimbusch mit genau abgezirkelten Bewegungen, die Ellenbogen weit vom Leibe entfernt.

Andreas war sich der Verpflichtung bewußt, hinter den anderen das Zimmer zu verlassen. Nach der ihm von der Tochter des Hauses zugefügten Beleidigung hätte seine persönliche Würde dies erfordert. Aber sollte er seine Zukunft aufs Spiel setzen? Er blieb, von seiner Feigheit tief gedemütigt, sitzen. Niemand schien ihn mehr zu beachten. Die Damen sprachen mit Liebling, Andreas schwieg und zerbiß sich die Lippen.

Es war ein Glück für ihn, daß eine neue Besucherin eintraf, eine kleine elegante Dame, die wie ein Vögelchen zur Tür hereinflatterte. Die Federn nickten auf ihrem Hute, ihre lockere Frisur wippte um das Köpfchen. Wie sie sich hinsetzte, wehte eine Spitzenwolke unter ihrem seidenen Kleide hervor. Sie sprang sofort wieder auf und flog im Zimmer umher, mit ununterbrochenem Gezwitscher. Auch sie war in höchster Unruhe wegen „Rache!". Man fand entschieden keine Plätze mehr.

„Ich habe selbst noch keine", wiederholte Frau Türkheimer. „Ich muß mich auf Doktor Bediener verlassen."

Sie goß Tee ein und sah sich nach Asta um, deren Verschwinden sie erst jetzt zu bemerken schien.

„Meine Tochter ist fortgegangen? Ach, dann muß ich Sie in Anspruch nehmen, Herr Zumsee!"

Andreas eilte herbei, und er befleißigte sich, während er den Damen die Tassen reichte, eines so ausgesuchten Anstandes, daß die neu ankommende Kleine ihn durch ihr Glas mit sichtlicher Anerkennung musterte. Sofort fühlte er sich moralisch gehoben.

„Sie vergessen Fräulein von Hochstetten", bemerkte Frau Türkheimer.

„Wo?" fragte er erstaunt.

Sie wies lächelnd nach der Fensternische, wo Asta und ihr Bräutigam sich aufgehalten hatten. Dort saß das Fräulein, hinter dem gelbseidenen Vorhang fast versteckt. Wenn ihr Bruder vor lauter Blutarmut nur wenig sprach, so schwieg sie ihrerseits aus Stolz. Sie geriet in dem Winkel, wo sie Platz nahm, alsbald in Vergessenheit und blieb bis zuletzt da, die feinen kritischen Augen hinter den Gläsern ihres Lorgnons verborgen. Die Hochstettensche Nase erlaubte ihr keinen Anspruch auf Schönheit zu machen. Mit dreißig Jahren stand der endgültige Verzicht in ihrem mageren, vornehm umrissenen Gesicht. Der Mund, schmal und gepreßt, ließ Spöttereien befürchten, die die Frauen von ihr fernhielten. Sie schien zu sagen:

„Ich mißbillige die Heirat meines Bruders, aber da er euch die Ehre erweist, euer Geld anzunehmen, will ich an dem Pakte beteiligt sein. Ich bin verkümmert, weil der Geheime Rat unsere kleinen Einkünfte zu seiner Repräsentation verbrauchte. Jetzt lasse ich es zu, daß ihr mir das meinige zurückgebt. Zu dem Zwecke muß ich allerdings euch selbst hin und wieder ertragen. Ich nippe manchmal von eurem Sekt, aber nur so mit gespitzten Lippen, wie hier an der Teetasse. Ich finde, daß in euren Salons ein unauslöschlicher Duft von alten Kleidern, Trödelläden und Hinterhäusern liegt. Was hieran erinnert, die falschen Töne und die Niedrigkeiten, die ihr euch entschlüpfen laßt, seid nur gewiß, daß mir nichts davon entgeht. Eure Männer mögen nach Geschäftsschluß sich vor mir spreizen und radschlagen, so entdecke ich doch mühelos die Spuren, die ihre unfeinen Beschäftigungen, das Feilschen und Geldzählen, in ihrer Figur, ihrem Gang und ihrer Miene hinterlassen haben. Eure Frauen mögen sich abmühen, große Damen oder Kokotten zu äffen, so bleiben sie für mich doch gerade das, was sie beileibe nicht sein möchten: kleine Puten aus dem Bürgerstande. Ihr hängt eure Zimmer voll echte Gobelins und verrostete Waffen, ihr speist von altem Meißner Porzellan, kleidet euch in moire antique und prahlt mit diesen und anderen historischen Erinnerungen, als ob ihr Erinnerungen haben könntet, und als ob in den Zeiten, als jene Herrlichkeiten erfunden wurden, euresgleichen existiert hätte!“

Fräulein von Hochstettens impertinenter Blick, der ihn von Kopf bis Fuß maß, schüchterte Andreas beträchtlich ein. Er ärgerte sich über seine linkische Verbeugung, errötete und zog sich schleunigst in den Bereich des Teetisches zurück.

Die kleine flatternde Dame empfahl sich bereits wieder. Unter der Tür stieß sie einen niedlichen Vogelschrei aus, denn sie war gegen den Bauch des Rechtsanwalts Goldherz angelaufen, den dieser atemlos hereinschob. Die Damen betrachteten den berühmten Verteidiger mit spöttischem Mitleid. Der

Ärmste hatte sich durch die Launen seiner kleinen Frau niemals sein seelisches Gleichgewicht beeinträchtigen lassen, solange, bis nach gütlicher Übereinkunft ihre Ehe geschieden worden war. Jetzt war Goldherz von einer postumen Eifersucht befallen. Er verdarb sich langsam seinen Ruf und konnte bald nicht mehr ernst genommen werden. Das winzige Geschöpf flog wie ein Bündel Spitzen und Federn an ihm vorbei, die Treppe hinab, er hastete korpulent und keuchend hinterher, und das Paar verschwand, um in dem nächsten Salon, wo die Kleine ihr Gezwitscher hören zu lassen wünschte, wieder in der gleichen Weise aufzutreten.

„Sie haben Ihre Pflicht erfüllt", sagte Frau Türkheimer zu Andreas. „Jetzt sorgen Sie für sich selbst. Chartreuse oder Benediktiner?"

Sie wies auf einen Stuhl, legte Gebäck auf seinen Teller und reichte ihm die Tasse. Er schob die Kuchen, die ihre Hände berührt hatten, mit Befriedigung in den Mund. Die Damen Mohr und Pimbusch wandten ihnen den Rücken zu, Liebling war von zu hoher Gesinnung, um etwas zu sehen. So befand sich Andreas mit Adelheid, die an der anderen Seite des Teetischchens Platz nahm, endlich allein. Er hatte diesen Augenblick, seit er sich heute in der Nähe seiner künftigen Geliebten befand, noch gar nicht ersehnt, sondern mit Ruhe die Entwicklung der Dinge abgewartet, was er als eine Probe seiner diplomatischen Kaltblütigkeit gelten ließ. Er wollte sich doch nicht etwa in sie verlieben, in eine fünfundvierzigjährige beleibte Bankiersgattin! Sobald er merkte, daß sie ihn ansah, schlug er seine mädchenhaft klaren Augen mit den langen, vorn zurückgebogenen Wimpern schwärmerisch zu ihr auf, und sie vermochte dieser Verführung, die nur von Hingebung sprach, nicht zu widerstehen. Allmählich stieg über ihr Doppelkinn in ihr Gesicht eine schwache Röte, die Andreas mit Siegesfreude erfüllte. Er bemerkte, wie ihre Brust unter den blauseidenen Plisseefalten ihres tea-gown sich stärker hob, und er seufzte leise.

„Sie sind melancholisch?" fragte sie voll Teilnahme.

„Ich bin nur erstaunt, solche Naturkinder hier in dieser Umgebung zu sehen."

Und er wies auf einen Strauß ländlicher Blumen, der in einem bemalten Glase zwischen den silbernen Teegeräten stand.

„Sie haben recht, es ist eigentlich eine Geschmacklosigkeit. Aber was wollen Sie, Bauernblumen sind nun einmal das Neueste, Georginen, Levkojen und Astern, Phlox, Schneebälle, Skabiosen, und besonders diese gefleckten Papageientulpen stellt man jetzt in jedes Zimmer."

„Seltsam, wie solche Mode plötzlich auftaucht", meinte Andreas, um nur etwas zu erwidern.

„Sie wird wohl von den Malern aufgebracht sein. Solche Blumen sollen viel auf alten Bildern vorkommen", erklärte Adelheid achselzuckend.

„Ich sehe, Sie lassen sich gern belehren", setzte sie hinzu.

„Von Ihnen, gnädige Frau!" sagte er leise und innig.

„Ach ja, ich habe Ihnen versprochen, Sie anzuleiten. Übrigens haben Sie sich schon sehr gelehrig gezeigt."

Das Lächeln, mit dem sie seine neue Kleidung betrachtete, war so gütig, und es enthielt eine so reizende Herausforderung, daß der junge Eroberer einen Augenblick seine Haltung zu überlegen vergaß. Adelheids weiße Finger, etwas zu kurz, aber immerhin vorn zugespitzt, lagen auf dem Rande eines silbernen Präsentiertellers. Er ergriff sie und drückte mehrere leichte Küsse darauf, die ihm Appetit machten. „Fräulein Hochstetten könnte aus ihrem Versteck zusehen", dachte er, aber die Berührung mit Adelheids schöner, fetter Hand erwärmte ihn, und er fuhr fort, mit den Lippen immer noch ein wenig höher zu gleiten. Erst das Armband, ein beträchtliches Stück über dem Gelenk, hielt seinen begehrlichen Mund auf. Frau Türkheimer zog die Hand zurück und fragte vollkommen ruhig:

„Sie gehen also nicht zur Premiere von „Rache!"?"

„Ich weiß nicht", antwortete Andreas, der nur langsam aus seinem Rausch erwachte. Er hatte von Adelheids Fleisch gekostet.

„Den Damen haben Sie vorhin gesagt, sie gingen nicht?"

„Wahrscheinlich nicht."

„Aber warum? Das haben Sie nicht sagen wollen?"

„Ich habe nicht gewollt?"

„Nun, Sie machten ein geheimnisvolles Gesicht."

Andreas besann sich. „Es ist vielleicht gut, ein Geheimnis zu haben!" dachte er.

„Ich kann nicht", versetzte er zögernd.

„Aber es ist doch am Sonntag. Falls ich eine Loge bekomme, was noch ungewiß ist, rechne ich auf Ihren Besuch. Hören Sie?"

Der junge Mann schwieg.

„Was hält Sie denn ab, bei einer Matinee zu erscheinen? Die Vorstellung findet doch Sonntagvormittag statt."

„Ich kann nicht", wiederholte er, doch diesmal mit bewußtem Nachdruck. Frau Türkheimer wurde ungeduldig.

„Sie sind langweilig! Sehen Sie nicht, wie neugierig ich bin? Warum können Sie nicht ins Theater kommen?"

„Weil ich zur Kirche gehe", sagte Andreas leise.

„Zur Kirche?"

Sie sah ganz bestürzt aus. „In welche Kirche?"

„In die katholische Hedwigskirche."

Frau Türkheimer verstummte. Andreas hatte eine Idee, eine weittragende Idee, die langsam in ihm reifte. Er war noch niemals zu einer Matinee ins Theater gegangen. Wie Adelheid vom Sonntag sprach, hörte er in der Ferne die Gumplacher Glocken läuten. Infolge einer natürlichen Gedankenverbindung sagte er sich, daß man am Sonntagvormittag eher in die Kirche pilgere, als zur Aufführung von „Rache!".

Andreas war aufgeklärt, und noch dazu so fanatisch aufgeklärt, wie man es nur in katholischen Ländern sein kann, wo noch zuweilen ein Luther aufsteht. Seit seiner Firmung hatte er kaum noch eine Messe gehört, aber er fühlte doch, daß er hier in eine Welt eingetreten war, der die religiösen Gewohnheiten noch beträchtlich ferner lagen als ihm selbst. Es war seine Aufgabe, diese Leute durch seine ältere Kultur als Rheinländer zu verblüffen, das hatte schon Köpf behauptet. Aber an den Katholizismus hatte er nicht gedacht, dieser war Andreas' eigenster Genieblitz. Nichts konnte in Berlin W unerhörter anmuten als ein strenggläubiger, praktizierender Katholik. Andreas brauchte nur die eingeschüchterte, fast ehrfürchtige Miene der Frau Generalkonsul Türkheimer zu betrachten, um zu erkennen, daß seine Marotte, die zu seinem Fortkommen so wichtige Marotte nun gefunden sei. Es war für jemand, der sich auszuzeichnen wünschte, dringend erforderlich, eine kleine Eigenheit anzulegen, die zwar nicht von allen ernst genommen ward, aber doch den Leuten zu denken gab, und die dem Neuling den Stempel der Persönlichkeit aufdrückte. Andreas schmeichelte sich, selbst Liebling und seinen Zionismus durch seine frisch erfundene Marotte in den Schatten zu stellen.

„Sie gehen jeden Sonntag dorthin?“ fragte Adelheid endlich, vorsichtig und voll Zartgefühl. Er nickte.

„Und Sie könnten nicht ein einziges Mal davon abweichen? Nehmen Sie die Frage nicht übel!“

Sie sprach leise, mit reizender Vertraulichkeit. Er erwiderte ebenso.

„Gnädige Frau, was würde ich auf Ihr Geheiß nicht tun! Wäre es nur nicht gerade der kommende Sonntag!“

„Sie haben eine besondere Verpflichtung?“

„Bedenken Sie, gnädige Frau, daß ich an einem wichtigen Abschnitt meines Lebens stehe. Sie glauben nicht, wie wenig ich von der Welt bisher gewußt habe. In unserer Provinz lebt man nur halb, und so viel, wie ich hier in Ihrem Hause in wenigen Tagen gelernt habe, erfährt man dort in Jahren nicht. Das macht verwirrt, und man fühlt das Bedürfnis, sich in der alten Weise, wie man es von Kind auf gewöhnt ist, zu sammeln.“

Er schöpfte Atem. Adelheid legte die Hände im Schoß zusammen und lauschte.

„Das ist noch nicht alles“, fuhr er fort. „Ich muß Kraft suchen, um einer Leidenschaft zu widerstehen, die mich zu überwältigen droht. Was ich am sehnlichsten wünsche, wäre eine große Sünde. Aber ich wünsche es dennoch mit der ganzen Gewalt meiner starken Liebe“, flüsterte er, und er schlug seine beredten Augen zu ihr auf. „In solchen schweren Gewissensfragen beraten wir uns mit unserem Priester.“

„Sie gehen zur Beichte!“ murmelte Adelheid beinahe ängstlich. Er sah verwirrt vor sich nieder.

„Ich weiß nicht, warum ich Ihnen das alles sage. Gerade Ihnen!“ seufzte er.

„Es ist vielleicht nicht so schlimm?“ wagte Adelheid zu bemerken. Sie fand den jungen Mann eigenartig und höchst poetisch, aber er durfte seine religiösen Pflichten nicht gar zu ernst nehmen, sonst verdarben sie das Spiel.

„Wenn nun ich Ihnen – das heißt, falls Sie mich gelten lassen – ohne Beichte die Absolution erteilte und Ihnen Ihre große Gedankensünde vergäbe? Aber ich weiß natürlich gar nicht, woran Sie eigentlich denken“, setzte sie mit einem bezaubernden Lächeln hinzu. „Also Sie kommen am Sonntag?“

Er antwortete nicht, und sie sah, daß er blaß geworden war, was sie für ein Zeichen seines inneren Kampfes hielt. Es war aber eine Wirkung der heftigen Freude, mit der ihn der Erfolg seiner Marotte erfüllte.

„Mir zuliebe?“ bat Adelheid fast zärtlich.

Die Tür wurde geöffnet. Andreas sah sich genötigt, ein Ende zu machen. Er erhob sich.

„Ich habe der gnädigen Frau nichts abzuschlagen“, sagte er mit einer tiefen Verbeugung.

Doktor Bediener erschien mit den Billetts für „Rachel“.

„Sie glauben nicht, was für eine Menge Leute ich mir verfeindet habe, um den Damen gefällig sein zu können. Oh, bitte, es hat mir sogar Vergnügen gemacht“, versicherte er und ließ das Glas aus dem Auge fallen. Nach ihm trat Türkheimer zusammen mit einigen jungen Leuten ein. Gleich unter der Tür zuckte es spaßhaft in seiner Miene auf, wie er seine Gattin auf der einen, Andreas auf der anderen Seite zurücktreten sah. Als er geübten Blickes den Stand der Dinge geprüft hatte, ging er auf den jungen Mann zu und drückte ihm warm die Hand.

„Freut mich, Sie wiederzusehen“, sagte er schlau lächelnd.

Andreas begrüßte Süß und Duschnitzki, aber es schien ihm an der Zeit, Frau Türkheimer seiner Gegenwart zu berauben. Ihre Phantasie, der er Nahrung gegeben hatte, würde nur um so tätiger sein. Als er draußen war, kam ihm ein unbehaglicher Zweifel:

„Falls Sie mich nicht doch ein bißchen lächerlich findet?“

Die Szene, die er soeben herbeigeführt hatte, verblüffte ihn nachträglich selbst. Doch kehrte seine Zuversicht sofort zurück.

„Bah! Sie liebt mich, sonst hätte sie mir meine Marotte nicht geglaubt. Wenn sie mich nach allem, was ich ihr erzählt habe, nicht für ganz verrückt hält, wie muß sie mich dann lieben!“

VIII.
„Rache!“

„Großartiges Haus!“ sagte eben Herr Pimbusch, als Andreas die Türkheimersche Loge betrat.

Frau Türkheimer und Frau Pimbusch saßen auf den Vorderplätzen, Asta mußte hinter ihnen vorliebnehmen. Sie wies mit dem Fächer auf den üppigen Nacken ihrer Mutter und bemerkte zu Liebling, der neben ihr stand:

„Ich werde durchaus gar nichts zu sehen bekommen. Um so besser, wenn man nur auch mich nicht sieht. Was für eine abscheuliche Wirtschaft!“

Liebling widersprach vorsichtig.

„Man muß abwarten. An sich begrüße ich es als erfreuliches Anzeichen einer sozialen Wiedergesundung, daß wir auch einmal die Stätte kennenlernen, wo das Volk sich sein Vergnügen und seine Belehrung holt.“

Das junge Mädchen antwortete nur durch einen entrüsteten Blick auf die Bretterwand neben ihr, von deren Papiertapete große Fetzen herunterhingen.

Der stillose, kahle Saal vermochte in seiner spärlichen Beleuchtung selbst heitere, gut gesättigte Menschen trübe zu stimmen. Eine Erinnerung an Dürftigkeit und Sorge schien grau in der Luft zu liegen.

„Finden Sie nicht, daß wir uns ausnehmen wie in einer Leichenbitterversammlung?“ fragte Andreas Herrn Pimbusch.

Aber der Schnapsfabrikant war für Stimmungen weniger empfänglich.

„I wo!“ rief er. „Wir sind doch in allerbester Gesellschaft. Es ist ja schick, hier zu sein. Was glauben Sie denn? Passen Sie mal auf!“

Im Orchester brach unvermutet ein barbarischer Lärm los, der die nichtsahnenden Trommelfelle so jäh zerriß, daß die Damen erschreckt von ihren Sitzen aufschnellten. Frau Pimbusch sank sogleich auf den ihrigen zurück. Sie lachte nervös.

„Ah! Das war nur der Anfang vom Vergnügen! Ich finde es reizend!“

Gleichzeitig ward es ein wenig heller im Saal, und Pimbusch stieß Andreas an.

„Habe ich es Ihnen nicht gesagt? Großartiges Haus!“

Zu seiner Verwunderung sah der junge Mann sämtliche Logen mit vornehmen Damen besetzt. Noch hoch oben unter der Decke blitzten Brillanten auf, Atlasreflexe von Theatermänteln schimmerten aus den Hintergründen der schmutzigen kleinen Bretterbuden. Auf die unsauberen Logenbrüstungen stützten sich nackte Frauenarme, es lagen echte Spitzen darauf, und durch die Fächerschläge der Damen in Bewegung gesetzt, schwebte von einer Loge zur anderen eine Wolke von Wohlgerüchen und Staub.

Frau Türkheimer verneigte sich.

„Frau Mohr hat uns begrüßt", bemerkte sie.

„Ach, und die kleine Blosch sitzt neben ihr", sagte Frau Pimbusch. „Die liebe Unschuld in ihrem weißen Kleidchen! Ob auch die Mädchenpensionate sich „Rache!" ansehen wollen?"

Frau Türkheimer hob die Achseln.

„Liebe Claire, Sie erwarten zu viel. Es wird nicht so schlimm sein."

„Halb so schlimm!" sagte eine Stimme. „Es heißt, daß die Vorstellung vom Männerbunde für Sittlichkeit veranstaltet ist."

Herr Stiebitz beugte sich aus der Nachbarloge herüber und ließ sein weißes Gesicht sehen, dessen schlaffes Fett Andreas mit Freude wiedererkannte. Er war dem Bankier am Spieltisch unter so freundlichen Umständen begegnet. Auch Frau Stiebitz und die Kommerzienrätin Bescheerer begrüßten die Damen.

„Das Stück soll ja 'n bißchen kräftig sein?"

„Sagen wir, leicht gemein."

„Man muß es nicht übelnehmen, wir sind hier bei kleinen Leuten", bemerkte Stiebitz.

Pimbusch drängte sich, trotz der entrüsteten Abwehr seiner Gattin, bis an die Brüstung vor, um Bekannte im Parterre zu begrüßen. Man mußte sehen, daß er da war. Die Unterhaltung griff von einem Rang zum andern über, im ganzen Saal schienen alle einander zu kennen. Unter den Frauen beobachtete Andreas vielfach eine gewisse Familienähnlichkeit. Frau Pimbusch war durchaus keine vereinzelte Erscheinung, denn zahlreiche Damen zeigten eine ausgesprochene Neigung, die Kokotten zu kopieren. Mochte dies nun das letzte Raffinement bedeuten oder ein vom weiblichen Instinkt ihnen eingegebenes Mittel sein, um die Konkurrenz zu schlagen.

Die Lorgnons klapperten, und die Toiletten wurden kritisiert. Frau Bescheerer war pfirsichfarben mit Ekrüspitzen, Frau Mohr in reseda Foulardseide, und ihr Rock fiel über rosa Atlas. Frau Türkheimer trug eine dunkle Moirérobe, am Hals mit durchsichtigen Spitzen durchbrochen, unter denen die Haut mattweiß schimmerte. Andreas hatte gar nichts gegen sie einzuwenden, er empfand, wenn er ihren Nacken betrachtete, sogar etwas Kaltes im Magen, ein Vorgefühl künftiger Leidenschaften.

Man nannte einander die berühmten Männer. Die Kritik war vollständig anwesend, darunter der große Doktor Abell vom „Nachtkurier" neben Professor Schwenke, dem künstlerisch emanzipierten Akademiker. Wennichen, der keinen eigenen Platz zu besitzen schien, zeigte bald hier bald dort seinen lächelnden Vogelkopf mit dem tanzenden Flaum. Er erwies soeben Lizzi Laffé die Ehre seines Besuches. Sie thronte in ihrer Loge, Frau Türkheimer schräg gegenüber, neben Werda Bieratz. Diederich Klempner hielt sich bescheiden im Hintergründe.

Das diplomatische Korps war durch mehrere seiner Mitglieder aus entlegenen Republiken vertreten, gebräunte Herren mit bunten Ordensbändern. Türkheimer, in seiner Eigenschaft als Generalkonsul von Puerto Vergogna, weilte unter ihnen.

Einige Angehörige der besten Gesellschaft, die nur noch schlechte Stehplätze bekommen hatten, brachen in schrilles Pfeifen aus und veranlaßten hierdurch die wütenden Lärmmacher im Orchester, endlich zu schweigen. Der Vorhang hob sich, und unter feierlicher Stille des ganzen Hauses nahm das soziale Drama „Rachel" seinen Anfang.

Die Szene war im preußischen Osten, in einem kleinen Industrieort, den ein Fabrikdirektor und seine Gattin beherrschten. Links auf der Bühne lag das Herrenhaus, rechts die Kirche. Die Exposition erfolgte einfach und energisch. Die hungernden Arbeiter zogen auf. Es war Sonntag, der Schnapswirt, dem sie auf Monate hinaus ihren Lohn schuldeten, verabfolgte nichts mehr. Daher kamen sie auf den Gedanken, Rache zu nehmen für alles, was die Gesellschaft an ihnen verschuldet hatte. Sie hantierten täglich mit Schwefel, Quecksilber oder ähnlichen Giften. Sie waren Greise mit vierzig Jahren, und viel älter wurde keiner. Die meisten waren tuberkulös. Dann kam die Sittenverderbnis hinzu, die ebenfalls von oben ausging, denn man wußte nicht, wer schlimmer war, der Direktor oder seine Frau. Es traten unförmliche und fahle, betrunkene junge

Mädchen auf, die alle von dem Herrn ins Unglück gebracht worden waren. Seine Frau beanspruchte die Dienstleistungen der wenigen noch kräftigen unter den jungen Leuten, denen sie überdies eine abscheuliche Krankheit mitteilte.

Die Enthüllung dieser Zustände rief im Publikum tiefe Bewegung hervor. Die hohläugigen Gestalten der Proletarier stampften im Schnee umher, ihre eingefallenen Brüste kämpften mit Fieberschauer und Atemnot. Vor verzweifelter Wut hatten viele roten Schaum vor dem Munde, und es ward auf der Bühne mehr gehustet als gesprochen. Hier und da klappte in einer Loge ein Fächer zu, und ein Schluchzen ließ sich vernehmen.

Darauf begannen zwei junge Leute den Genossen ihr Leid zu klagen. Das Mädchen mußte den Direktor hinter der Kirche erwarten, der Bursche war von der Frau in den Garten des Herrschaftshauses bestellt. Im Weigerungsfalle wurden sie weggejagt, und ihre arbeitsunfähigen Eltern waren brotlos. Sie mußten sich also wohl fügen, aber die Schande hatte lange genug gewährt, und die Rächer folgten ihnen in einiger Entfernung. Die Wartezeit, bis weitere Ereignisse eintraten, ward von dem Röcheln der Kranken ausgefüllt. Plötzlich ertönte ein gellender Schrei, dem wüstes Gejohle folgte, und die Messalina ward von den Männern auf die Bühne geschleppt. Die Weiber warfen sich auf sie, brachten ihre Röcke in beträchtliche Unordnung und begannen die nicht mehr bekleideten Körperteile lebhaft zu bearbeiten. Eine nach der anderen sagte ihr sodann die Wahrheit ins Gesicht, worauf die Dame, vor Zorn und Angst in den Naturzustand zurückgefallen, mit der gleichen schmutzigen Beredsamkeit entgegnete.

Es war eine Szene, der niemand widerstand. Der Racheschrei des ausgesogenen, geschändeten Volkes ging durch das ganze Haus. Er durchschüttelte die Damen, daß ihre Brillanten klirrten. Frau Pimbusch stieß unverständliche Laute aus, während sie auf ihrem Stuhl auf- und niederflog. Sie mußte von Frau Türkheimer beruhigt werden. Die Millionäre auf den Stehplätzen schrien da capo. Ihre weißen Handschuhe klafften bereits, und infolge ihres minutenlang anhaltenden Beifallssturmes war man genötigt, den Vorhang herabzulassen. Ein Herr in schmierigem Frack trat davor und entschuldigte die Darstellerin der Fabrikdirektorsgattin, wenn sie die Szene nicht wiederholen könne. Sie müsse fürchten, durch ihre arg beschädigte und lückenhaft gewordene Kleidung das Schamgefühl des geehrten Publikums zu verletzen. Aber einige Parkettbesucher bestanden darauf, ihr einen riesigen Lorbeerkranz zu überreichen, und um ihn entgegenzunehmen, streckte sie einen

Arm in zerfetztem Ärmel hinter dem Vorhange heraus. Erst jetzt konnte das Spiel fortgesetzt werden. Der lüsterne Direktor war seinem gefährlichen Stelldichein rechtzeitig ausgewichen und in das Haus entkommen. Er erschien in Begleitung mehrerer bewaffneter Helfershelfer am Fenster und wagte es von hier aus, den abscheulichsten manchesterlichen Anschauungen Ausdruck zu verleihen. Auch feuerte er mit dem Mute seiner Verworfenheit in den wehrlosen Haufen der Proletarier. Diese zielten mit Steinen nach ihm, und endlich gelang es einem der Schleuderer, den Unhold niederzustrecken. Die Menge stürmte ins Haus, die Möbel und Kostbarkeiten flogen zertrümmert auf das Pflaster. Gleichzeitig vernahm man das Geläute von Schlitten. Höchst erwünscht trafen die Herren vom Verwaltungsrat aus der Provinzhauptstadt ein, um an einer Sitzung beim Direktor teilzunehmen. Vor dem verzweifelten Steinhagel der Aufrührer entflohen sie ebenso wie die herbeigeeilte Gendarmerie. Ihre Schlitten wurden zertrümmert, und mit dem Holze schickten die Männer sich an, Feuer an das Herrenhaus zu legen. Indes die halbnackte Gattin des Ermordeten, im Kreise der tanzenden Weiber verborgen, ein Pfauengekreisch ausstieß, senkte sich langsam der Vorhang.

Einige Sekunden, während derer das Haus den Atem anhielt, vergingen, bevor sich der Beifall entlud. In den Augen der Damen, die schwer atmend über den Logenbrüstungen lagen, glänzten Tränen des Triumphes, und manche Herren waren bleich geworden. Die edelsten unter den sittlichen Trieben hatte das Gehörte und Geschaute mächtig aufgerüttelt, und auch als literarisches Ereignis konnte „Rache!“ schon jetzt für unbestritten gelten. Es lag Elektrizität in der Luft, wie an großen Theaterabenden. Niemand verließ den Saal, und ein ununterbrochenes Gesumme bekundete die verhaltene Erregung aller Anwesenden. Der Ausspruch einer Autorität machte die Runde. In der Türkheimerschen Loge war es Pimbusch, der mit seinem ausgeprägten Sinne für das, was man meinen und sagen mußte, das Wort auf rätselhafte Weise irgendwoher aufgriff.

„Michelangelesk!“ verkündete et plötzlich. „Rache!“ ist michelangelesk. Schwenke hat es gesagt.“

Liebling mußte zugeben, daß das Drama einen großen Zug habe, den er mit einer feierlichen Armbewegung anzudeuten versuchte. Asta zog die Brauen zusammen.

„Ich finde, es ist ein ganz geschmackloses Machwerk“, erklärte sie verächtlich. Sofort fiel alles über sie her. Pimbusch stöhnte laut auf, so sehr schmerzte ihn ein solches Urteil. Er begriff es nicht, wie man anderer Meinung sein könne als der große Schwenke, und ratlos starrte er das junge Mädchen an. Aber seine Gattin entrüstete sich laut.

„Asta, Sie dauern mich! Sie haben kein Gefühl für das Höchste! Oh, wir haben noch die höchsten Genüsse zu erwarten!“

Ihre grünlichen Augen glitzerten unter den breiten, geröteten Lidern. Sie zitterte so, daß das Fläschchen mit Riechsalz, woran sie mit weit geöffneten Nüstern sog, ihren Händen entfiel.

Frau Türkheimer, heimlich mit süßeren Gedanken beschäftigt, blieb von den Aufregungen der Vorstellung ziemlich unberührt. Sie sagte begütigend:

„Aber liebe Claire, was erwarten Sie denn noch mehr? Das Volk hat sich doch gerächt.“

„Oh, es wird sich noch ganz anders rächen!“ flüsterte die Frau des Schnapsfabrikanten, vor Leidenschaft heiser.

Andreas war unzufrieden. Er stand gegen die Tür gelehnt und hatte nur flüchtig einmal einen Blick auf die Bühne werfen können. Liebling und Pimbusch versperrten ihm die Aussicht auf Frau Türkheimers Nacken. Übrigens hatte sie sich noch gar nicht nach ihm umgesehen.

Man machte „Sst!“, und Andreas hörte das Rauschen des Vorhangs. Jetzt schienen die Aufrührer sich in der Kirche zu verbarrikadieren. Aber er gab es auf, peinlich vorgebeugt nach einem Ausblick zu trachten. Wozu hatte Adelheid ihn herbestellt? Machte er heute keinen Fortschritt in ihrer Eroberung, so glich dies einer Niederlage. Er mußte dann wahrscheinlich von vorn beginnen. Das wünschte sie vielleicht? Oder hatte sie ihn nur darum hier aufgepflanzt, damit er durch seine Anwesenheit bezeuge, daß sie noch immer neue Verehrer an sich fessele? Jetzt beachtete sie ihn nicht einmal, und er fürchtete, sich lächerlich zu machen, was sie offenbar beabsichtigte. Der arme junge Mann war voll Mißtrauen, und eine vollständige Mutlosigkeit kam ebenso rasch über ihn, wie sonst seine sanguinischen Hoffnungen.

Ein heftiges Knattern und Poltern erweckte ihn aus seinen Betrachtungen. Ah! Jetzt waren die Truppen angelangt, sie schossen in die Kirche hinein. Aber die Proletarier hatten sich Gewehre verschafft, sie erwiderten das Feuer von der

Höhe ihrer Barrikaden aus, die mit umgestürzten Altären, Kirchenbänken und Beichtstühlen errichtet waren. Die Weiber standen zuvorderst, sie foppten das Militär so lange mit obszönen Gebärden, bis sie, von einer Kugel getroffen, kopfüber hinunterpurzelten. Im Vordergrunde der Bühne ward der kriegsgefangenen Messalina mit Gewalt ein Chorhemd übergezogen. Man führte sie auf die Kanzel und stieß sie hinab, daß das Hemd aufgebauscht um sie her flatterte. Unten ward sie von emporgestreckten Armen aufgefangen, und die Männer setzten den Spaß fort, indem sie mit der halbtoten Gattin des Bourgeois Fußball spielten. Dann tauchten sie die Unglückliche in ein großes Weihwasserbecken, um sie schließlich ganz durchnäßt auf die Barrikade zu stellen, dorthin, wo die meisten Schüsse fielen. Ein feiner Zug war es, daß auch die Soldaten beim Anblick der so zugerichteten Dame das Lachen nicht zurückhalten konnten. Diese Episode hatte einen starken Heiterkeitserfolg. Das Parterre krümmte sich, viele von den Inhaberinnen der Logen, darunter Frau Pimbusch, schluchzten leise vor Vergnügen.

Die Inszenierung wäre einer größeren Bühne würdig gewesen. Die fahlen, todkranken Menschen, die mit von Haß ersticktem Geschrei und mit seltsam verzerrten Gesichtern im flackernden Licht der Altarkerzen auf ihrer Verschanzung und in der zertrümmerten Kirche umhersprangen, brachten eine phantastische Wirkung hervor. Doch fühlte sich das Publikum nicht ganz befriedigt. Die Polizeiverordnung, die den Mißbrauch der Kirchengefäße zu unsauberen Zwecken untersagt hatte, machte einen reinen Eindruck der Vorgänge unmöglich. Und obwohl die Proletarier schließlich durch ihren siegreichen Ausfall das Militär vertrieben, hinterließ der Akt eine ziemlich flaue Stimmung.

Pimbusch beunruhigte sich wegen der Meinung, die man hiernach über „Rache!“ haben mußte.

Seine Frau erklärte:

„Man fühlt doch nicht genug dabei.“

Liebling setzte streng abweisend hinzu:

„Ich kann so etwas nicht als Kunst anerkennen. Wo ist hier der sittliche Gedanke?“

„Oh, der liegt doch im Plan des Ganzen. Übrigens kommt er vielleicht noch“, sagte Frau Türkheimer milde. Aber der Zionist war schwer zu besänftigen.

„Das Stück hatte von Anfang an etwas Brutales", bemerkte er.

„Kunststück!" rief Kaflisch, der an der Tür erschien: „Das ist doch gerade der Witz von dem sozialen Drama! Kräftige volkstümliche Instinkte, Wollust und Grausamkeit, die sonst eher im Panoptikum befriedigt werden, in 'ne gewisse höhere Sphäre erheben, das will unser sinniger Dichter."

Er schnupperte in der Luft umher.

„Es riecht hier ordentlich nach der Volksseele! Wissense, woran „Rache!" mich erinnert?"

„Nun?" fragte Pimbusch.

„An allerlei handfeste Dichtwerke, wie sie das Volk liebt, zum Beispiel an die Memoiren eines Dienstmädchens: „Haß, Rache und Verzweiflung treiben mich auf die Bahn des Lasters"."

Die Damen rümpften die Nasen. Die Ankunft des Freiherrn von Hochstetten beraubte den Journalisten weiterer Erfolge. Astas Verlobter schien weniger ermüdet als gewöhnlich. Er blickte ängstlich und erregt umher, bevor er sich zu äußern wagte.

„Ich habe den Schluß des Aktes von unten mit angesehen. Das Machwerk ist doch viel krasser, als ich geahnt habe. Wenn man erfährt, daß ich die Aufführung befürwortet habe – ich habe nämlich das Polizeiverbot verhindert – dann –. Mit Seiner Exzellenz ist nämlich nicht zu spaßen", schloß der geängstete Beamte mit einer mutlosen Handbewegung.

Seine Schwiegermutter und Frau Pimbusch sahen ihn unbestimmt lächelnd an. Da er den Trost, den er suchte, hier nicht fand, schickte er sich unsicheren Schrittes zum Weitergehen an.

„Hätte das Stück wenigstens Erfolg!"

Mit diesem tiefen Wort öffnete er die Tür. Aber Asta war erbittert über den kläglichen Eindruck, den ihr Bräutigam machte, und sie beschloß, ihn zu rächen.

„Gib mir meinen Mantel!" rief sie so laut, daß aus der Nebenloge Stiebitz seinen Kopf hereinsteckte.

Hochstetten gehorchte, und rauschend entfernte sie sich. Er folgte gesenkten Kopfes. Die zurückbleibenden Herren fühlten sich ein wenig verlegen.

„Gar nicht so dumm!“ sagte Kaflisch. „Wenn wir dem Beispiel der Vorredner nachkämen und unter Protest das Lokal verließen?“

Frau Pimbusch zuckte die Achseln.

„Übrigens munkelt man allerlei über den anonymen Dichter.“

„Nun, wer ist es?“ riefen die Damen. Aber der Journalist tat geheimnisvoll.

„Das möchten Sie wohl wissen? Ätsch, ich sag es aber nicht! Sehnsemal, wie da unten die Kritik ihre Köpfe zusammensteckt. Abell und Bär, Wacheles und Thunichgut sind ganz närrisch vor Neugier. Nu gehn sie hinaus, und ich gehe auch mit der Erlaubnis der Damen. Draußen muß man allerlei erfahren.“

„Warten Sie, ich komme mit!“ rief Frau Pimbusch sofort. Die Herren schlossen sich an.

„Gnädige Frau bleiben im Saal?“ fragte Andreas. Frau Türkheimer fächelte sich Luft zu.

„Oh, es wird hier weniger heiß sein als draußen. Es drängt jetzt alles auf den Korridoren umher.“

Sie gab ihm mit den Augen einen Wink, den er ausgezeichnet verstand. Er ging mit den anderen hinaus, verlor sie schnell im Gewühl und kehrte in die Loge zurück.

„Sie sind schon wieder da?“ fragte Adelheid, schalkhaft, lächelnd.

„Sehen Sie, das Licht dort an der Wand blendet mich“, setzte sie hinzu.

Der gelehrige junge Mann begriff auch diese Andeutung. Er nahm Frau Türkheimers mit Pelz gefütterten Umhang und spannte ihn von der Logenwand so geschickt bis über die Brüstung aus, daß in den Winkel, wo die Dame saß, kein indiskreter Blick einzudringen vermochte. Sie lehnte sich zurück und sagte:

„Sie bekümmern sich also gar nicht darum, was man draußen über den Verfasser munkelt?“

Andreas reckte sich auf, er suchte sich Mut zu machen.

„Oh, ich bin nicht deswegen hier“, versetzte er.

„Nicht? Aber das Stück gefällt Ihnen doch?“

„Ich habe immerfort an Sie gedacht, gnädige Frau.“

Er wurde, sobald dies Geständnis heraus war, sehr rot, doch nahm er sich zusammen.

„Sie wollen mir weismachen, daß sie die ganze Zeit gar nicht gesehen haben, was gespielt wurde?“

„Darf ich sagen, was ich gesehen habe?“

„Bitte?“

„Aber Sie werden nicht böse sein?“

„Diesmal noch nicht.“

„Zwischen den Rücken von Pimbusch und Liebling hindurch habe ich fortwährend die Veilchen gesehen, die Sie am Halse tragen, und zuweilen, wenn ich besonders glücklich war, auch ein Stückchen von Ihrem Nacken, unter dem Spitzeneinsatz, gnädige Frau.“

Adelheid wiegte lächelnd den Kopf.

„Was für Dinge lernen Sie in Berlin!

Setzen Sie sich doch hierher!“ sagte sie leiser.

Sie zog den Stuhl, auf dem Frau Pimbusch gesessen hatte, ganz nahe zu sich heran, so daß die Knie des jungen Mannes tief in die Falten ihres Kleides, zwischen ihre Knie eindrangen. So, aus nächster Nähe, sah sie ihm mit einer zärtlichen Frage in die Augen. Dann begann sie wieder:

„Nun sind Sie also doch hergekommen, anstatt zur Beichte zu gehen. Hoffentlich haben Sie meinetwegen nicht Ihr Seelenheil verscherzt. Aber es war wohl gar nicht so ernst damit?“

Andreas war im Gegenteil außerordentlich ernst geworden. Er senkte die Lider und biß sich auf die Lippen. Adelheid erschrak heftig über ihre Unvorsichtigkeit. Sie hatte ihn gekränkt! Wie sollte sie ihr Unrecht abbitten? Sie hatte Lust, ihn auf seine langen, weichen Wimpern zu küssen, die sein Gesicht tief beschatteten. Er schlug plötzlich die Augen auf, voll eines klagenden, hingebenden Gefühls.

„Sie hätten mich daran nicht erinnern sollen“, flüsterte er.

Sie entgegnete ebenso tonlos:

„Verzeihen Sie mir!“

Er neigte sich noch weiter zu ihr hinüber.

„Sie wissen nicht, Adelheid, was ich alles Ihnen opfern würde! Glauben Sie mir!“

„Ich glaube Ihnen, mein lieber Andreas“, entgegnete sie voll Innigkeit. Er erfaßte ihre Hand, die sie zu einer bittenden Gebärde erhoben hatte, und sogleich fühlte er sich zu ihr hingezogen, fast unmerklich und doch mit unwiderstehlicher Gewalt. Sie fing ihn rechtzeitig in ihren Armen auf, sonst wäre er allzu heftig gegen ihre Brust gesunken.

„Wie du mich liebst!“ flüsterte sie, den Kopf weit zurückgelehnt.

Er suchte nach einem der Lage entsprechenden Ausdruck und stotterte:

„Oh, Adelheid! Laß mich dich immerfort so lieben, hier sind wir endlich glücklich!“

Gleich darauf schienen ihm diese Worte schlecht gewählt. In einer Theaterloge in Frau Türkheimers Armen zu ruhen, war ein Glück, das offenbar nicht von Dauer sein konnte.

Er hielt eine Hand an ihrer Hüfte, und ihre schweren Glieder schauerten unter seiner Berührung. Sie atmete mit Anstrengung, ihre Brust wogte unter dem Druck der seinigen. Sein Gesicht lag dicht über dem der Geliebten, und aus halbgeschlossenen Lidern hervor sah sie ihm in die Augen, mit einem Blick, in dem der Wille schmolz. Ihr Atem wehte ihm warm ins Gesicht, sie hatte die Lippen halb geöffnet. Weich und rot inmitten ihres mattweißen, breiten Antlitzes verführten sie Andreas, der seinen Mund darin vergrub, wie in ein Polster von sammetüppigen Rosenblättern. Er fürchtete, den Kopf zu verlieren, und fragte sich mit Beklemmung, wie dieses den peinlichsten Störungen ausgesetzte Schäferstündchen enden werde. – Adelheid mochte dieselben Bedenken hegen. Sie hob den Kopf, sah um sich, als kehrte sie zur Besinnung zurück, und seufzte:

„Nicht hier, Andreas!“

Im gleichen Augenblick fuhren sie auseinander, heftig erschreckt durch den Krach eines Paukenschlages, dem ein wirrer Lärm von Mißtönen folgte. Das Orchester hatte seine Tätigkeit wieder aufgenommen.

Andreas, der hastig seine Kleidung ordnete, glaubte zu bemerken, wie dort hinten, wo tiefe Dämmerung lag, die Logentür leise geschlossen wurde. Ja, es war ihm, als sei in dem Spalt, nur während einer Sekunde, Türkheimers wohlgelauntes Gesicht erschienen. Vermutlich war dies eine Sinnestäuschung, eine Folge seines Schreckens. Gleichwohl lagen ihm die rötlichen Koteletten sehr deutlich im Gedächtnis.

Er fürchtete, daß die kostbaren Minuten ihres Alleinseins ohne ein sicheres Ergebnis verstreichen möchten, und ergriff noch einmal, bittend über sie geneigt, Adelheids weiche Hand. Sie entzog sie ihm zögernd, voll Bedauern. Im Vorüberstreifen berührten seine Lippen ihren Hals und die Veilchen an ihrem Kragen.

„Nicht hier, Andreas!“ wiederholte sie ein wenig träumerisch. „Warte, laß mich nachdenken. Morgen Mittag habe ich die Schneiderin, später ist der Bazar für die Kinder der Sträflinge. Dienstag früh – nein, das geht nicht, aber den ganzen Nachmittag mußt du zu Hause bleiben, hörst du?“

Sie lächelte reizend.

„Du sollst mir deine Poesien vorlesen. Übrigens wirst du auch ein Drama schreiben, wie dieses hier, eines, das einen großen Erfolg hat. Ich will, daß du berühmt wirst!“

„Köpf hat recht“, dachte Andreas. „Schon verlangt sie von mir, davon überzeugt zu werden, daß ich ihrer Protektion würdig bin.“

Inzwischen aber gehörte sie ihm bereits, er besaß ihr Versprechen! Und dankerfüllt verübte er noch einen Angriff auf Adelheids Nacken, dort, wo er unter den Spitzen hervorschien. Sie wurde ungeduldig.

„Wirst du jetzt aufhören! Es ist hier auch zu heiß, weißt du, und die Veilchen sind mir lästig. Hilf mir doch!“

Sie wandte den Hals hin und her, der zu kurz war für den großen Strauß. Sie riß ihn herunter, Andreas half ihr hastig und ungeschickt.

„Darf ich sie behalten?“ fragte er.

„Meinetwegen. Man wird es zwar bemerken.“

Er preßte die an Adelheids Körper erwärmten Blumen gierig gegen sein Gesicht. Dann versenkte er sie in der inneren Brusttasche seines Rockes. Die Tür ward geräuschvoll aufgerissen. Andreas stand in bescheidener Haltung drei Schritte von Frau Türkheimer entfernt. Sie bemerkte, indem sie den Mantel, der sie gegen das Licht schützte, von der Brüstung zurückstreifte:

„Diese Pause währt unerträglich lange.“

Frau Pimbusch rief atemlos:

„Wissen Sie schon, wer „Rache!“ gemacht hat? Nein? Es ist zum Auswachsen. Ein Jüngling, den wir alle kennen!“

„Nicht möglich!“

„Ein Mitglied der besten Gesellschaft“, sagte Liebling, die Stirn in Falten gelegt.

Pimbusch lächelte bedeutsam.

„Na? Sie ahnen es noch nicht? Ein bekannter Dramatiker, sage ich Ihnen. Sie können ihn von Ihrem Platze aus sehen! Na? Diederich Klempner, natürlich!“ verkündete er triumphierend, unfähig, die Neuigkeit länger bei sich zu halten. Frau Türkheimer schüttelte ungläubig den Kopf.

„Er hat doch noch nie etwas geschrieben? Warum sollte er sich plötzlich seinen Ruf durch solch ein Stück verderben!“

„Er sieht doch so staatserhaltend aus!“ setzte Andreas höchst verwundert hinzu. Liebling nickte bekümmert.

„Aber er predigt den Umsturz!“

„Wie pikant!“ bemerkte Frau Pimbusch. Sie richtete ihr Lorgnon auf die Loge des Dichters, der abwechselnd der großen Lizzi Laffé und der kleinen Werda Bieratz etwas ins Ohr flüsterte.

„Er tut, als ob er's nicht gewesen wäre! Aber jetzt rückt ihm die Kritik zu Leibe.“

Man sah die Herren Abell und Thunichtgut bei Klempner eintreten, der auf alle ihre Fragen mit lebhaftem Protest zu antworten schien.

„Es gehört doch Energie dazu, so etwas zu dichten“, meinte Frau Türkheimer, ein wenig nachdenklich.

„Übrigens wird uns auch Herr Zumsee nächstens ein Drama schreiben.“

„Ah!“

Andreas wurde beglückwünscht. Pimbusch schüttelte ihm die Hand, den Ellenbogen im rechten Winkel vom Leibe entfernt.

Sie wurden durch Zischen zum Schweigen veranlaßt. Der letzte Akt hatte bereits begonnen. Andreas nahm diesmal einen günstigen Platz ein, er war aber noch eifriger als vorher mit seinen eigenen Gedanken beschäftigt. Adelheids Ehrgeiz, ihn zum Dramatiker zu machen, beunruhigte ihn. Im Schlaraffenland erschienen ihm solche lästigen Verpflichtungen ganz überflüssig. Hatte er ihr denn durch seine Marotte, die von seinem Genie ihm eingegebene Marotte, noch nicht hinreichend imponiert? Er mußte sie vielleicht noch auffälliger hervorkehren? Das war zu überlegen. Aber mit Diederich Klempner in Wettbewerb zu treten, mit diesem feisten Korpsstudenten, der die Leute, bei denen er schmarotzte, nachher auf der Bühne von seinem Pöbel totschlagen ließ, diese Aussicht verlockte Andreas keineswegs. Überhaupt mißfiel ihm „Rache!“, das Stück war gar zu viehisch und gehässig. Kaflisch hatte recht, es roch nach der Volksseele. Im Besitz von Frau Türkheimers süßem Versprechen fühlte Andreas sich als Eigentümer, und jeder Angriff auf die besitzende Klasse berührte ihn in diesem Augenblicke durchaus feindlich.

Er ward erst aufmerksam, als die lebhaftesten Zeichen der Erregung ringsumher bekundeten, daß der Erfolg des Dramas entschieden sei. Durch eine einsame Winterlandschaft fuhr ein Eisenbahnzug. Die Lokomotive pfiff ängstlich, es ging langsam vorwärts, denn die Schienen waren von Schnee bedeckt. Aber unter dem Schnee mußte sich ein Hindernis befinden, denn plötzlich trat eine Katastrophe ein. Die Lokomotive machte einen Sprung, als wollte sie vornüberschlagen. Die Wagen bäumten sich auf, jeder kletterte mit den Rädern auf den Rücken des vor ihm befindlichen, um gleich darauf im jähen Sturz zerschmettert zu werden. Einige Sekunden blieb alles still, dann schlich aus den Gräben und hinter den Büschen die fahle, zerlumpte Schar der Proletarier herbei, erstaunt über ihr eigenes Werk. Aber sobald der erste heilgebliebene Reisende aus den Fenstern der auf der Seite liegenden Wagen herauszuklettern wagte, fanden sie ihre Wut wieder. Die Weiber machten den Anfang, indem sie eine mit Gewalt hervorgezogene Frau mit ihren Fäusten erdrosselten. Der den Männern in die Hände Gefallene war ein Mitglied des entflohenen Verwaltungsrates. Sie schlitzten ihm mit ihren Messern den Bauch auf. Beim Anblick des Blutes standen sie wie gebannt. Die Wollust ihrer Rache schien sie blödsinnig zu machen, sie streckten die Zungen aus den Hälsen, rollten die glasigen Augen, und ihre hohlen Brüste zuckten in Krämpfen. Erwacht, stürzten sie sich mit Geheul auf ihre Opfer, auf die Bourgeois, ihre Quäler, ihre Aussauger und Mörder, die endlich in ihre Gewalt gegeben waren. Sie rissen sie, schon halb zermalmt, unter den Trümmern hervor, fielen mit Zähnen und Nägeln über sie her und wälzten sich mit ihnen im blutigen Schnee. Sie schnitten einander gräßliche Fratzen zu, um sich ihr Vergnügen mitzuteilen, sie schnalzten mit der Zunge, knirschten und stießen heisere Flüche aus. Dies alles geschah mit so hinreißender Echtheit, daß die Zuschauer erbebten in einem ungemein reizvollen Grausen. Ein mürrischer Herr wagte laut zu behaupten, daß die ganze Szene gestohlen sei, während ein Witzbold sich erkundigte, wieviel Hektoliter Ochsenblut für die Vorstellung angekauft seien. Aber beide wurden genötigt, den Saal zu verlassen.

Denn es galt hier nicht zu scherzen, diesmal ward es ernst. Mehrere Proletarier, im letzten Stadium der Tuberkulose, schleppten zwei unverletzte Frauen unter viehischem Brunstgebrülle hinter das nahe Gebüsch. Die Damen in den Logen erhoben sich von ihren Sitzen, um über die Sträucher wegzusehen, vollständig überzeugt, daß hinter der Szene weitergespielt werde. Die Illusion war so stark, daß einige Empfindliche sich das Taschentuch vor die Nase hielten. Aber die meisten der fleischigen Brünetten auf den Rängen preßten, weit vorgebeugt, mit nervösen Händen die schwer arbeitende Brust. Sie schlossen die Augen in der Hingebung des Genusses, und ihre leidenschaftlichen Nüstern öffneten sich weit und schwarz in den von matter, feuchter Blässe bedeckten Gesichtern. Sie sogen, halb betäubt, den faden Blutgeruch ein, der warm durch das Haus zu schwimmen schien. Als endlich das Zeichen zum Applaus gegeben wurde, hatte die Wut ihrer aufgepeitschten Instinkte sie bereits so entkräftet, daß sie kaum noch die Hände zu erheben vermochten. An Hälsen und Nacken perlten große Tropfen, der säuerliche Duft ihrer Transpiration vermischte sich mit den schweren Wohlgerüchen, die den erhitzten Kleiderstoffen und den Blumen entströmten. Hier und da tönte ein schrilles, gläsernes Auflachen mit dem Klirren der Brillanten zusammen. Junge Mädchen, die hinter den Rücken der Mütter lüstern hervorlugten, kreischten laut auf. Zwei oder drei von ihnen fielen in Ohnmacht.

Nur die große Kunst konnte solche Wirkungen hervorbringen. Im ganzen Hause gab es höchstens zwei Personen, die sich ihnen entzogen. Die junge Frau Blosch, immer noch jene schüchterne Fremde, die sich der berüchtigte Zutreiber Türkheimers aus ihrem stillen Provinzneste geholte hatte, begriff nichts von allem, was sie sah. Sie lächelte, rümpfte auch wohl die Nase und verhielt sich still und dezent, in ihrem weißen Kleidchen in ihren Winkel gelehnt. Es fehlte ihr noch immer der innere Anschluß an die Genüsse der Welt, der sie angehörte. Der große alte Wennichen aber benahm sich kaum weniger verständnislos als sie. Auch er lächelte unausgesetzt, indes er mit kleinen erstaunten Bewegungen seines Vogelkopfes im Publikum umhersah. Er fragte vielleicht, warum eigentlich die arbeitsamen Kaufleute mit ihren Hausfrauen, die Vertreter von

Bildung und Besitz, die doch an der Abwehr übermütiger Junker und finsterer Pfaffen genug zu tun gehabt hätten, sich hier herbeiließen, gemeinen Pöbelexzessen Beifall zu spenden?

Die meisten waren aufgesprungen, völlig überwältigt von der Apotheose des Proletariats, die das Stück beschloß. Am düsteren Schneehimmel flammte ein bengalisches Rot auf, der Widerschein von Feuersbrünsten, die die Stätten bourgeoiser Gewaltherrschaft zerstörten. Hinter sich das Werk seiner Rache, den zerbrochenen Bahnzug und die verstümmelten Leichen seiner Feinde, zog das Volk in verschlungenen Paaren, die Arme selig ausgebreitet, dem Morgenrot der Menschengüte und Brüderlichkeit entgegen. Liebende Paare fanden einander in Freiheit und Natürlichkeit. Das Mädchen und der Bursche, die geretteten Opfer der niederträchtigen Fabrikdirektorsgatten, sanken einander in die Arme und versprachen sich die Ehe. Denn im Grunde genommen war das Volk moralisch. So dürfte auch Liebling, des sittlichen Gedankens versichert, sich zufrieden geben.

Als die Darsteller, durch alle überstandenen Strapazen erheblich geschwächt, elfmal vor der Rampe erschienen waren und das Haus sich leerte, begannen die Herren im Parterre, deren weiße Handschuhe in Fetzen hingen, leidenschaftlich die Arbeitermarseillaise zu verlangen. Die noch anwesenden Orchestermitglieder mußten endlich dem Wunsche genügen, und das Publikum stimmte voller Hingebung ein. In der Loge der exotischen Diplomaten sah man Türkheimer wohlgefällig lächelnd den Takt schlagen.

Auf der Treppe ward Andreas von seiner Gesellschaft getrennt. Es gelang ihm noch, sich Frau Türkheimer bemerklich zu machen, wie sie in ihren Wagen stieg. Er erhielt einen Gruß, der ihm aufs neue verhieß: „Übermorgen!"

Im Vestibül schien ein Unfall geschehen zu sein. Eine Dame wurde von ihrem Kutscher und ihrem Lakaien herausgetragen und in den Wagen gehoben. Andreas erkannte Frau Pimbusch, die infolge ihres allzu leidenschaftlichen Kunstgenusses von einem Lachkrampf befallen war. Ihr Gatte irrte um sie her, ratlos und in großer Angst vor einer möglichen Lächerlichkeit.

Wie der junge Mann weitergehen wollte, reizte eine Ansammlung weiblicher Zuschauer seine Neugier. Es entstand große Aufregung unter ihnen, der Dichter Diederich Klempner trat in den Kreis seiner Verehrerinnen. Er leugnete nicht länger, zu dem nun berühmten Drama im Verhältnisse des Urhebers zu stehen, er zuckte nur geheimnisvoll die Achseln und ließ es gnädig geschehen, daß die jungen Mädchen seine feisten Hände ergriffen. Einige suchten sie zu küssen, doch diesen wehrte Klempner. Um sich Haltung zu geben, rückte er, über die Damenherde hinwegblinzelnd, an seinem schwarzumränderten Klemmer, und ein skeptisches Lächeln, das er seinem forschen, runden Gesicht aufprägte, verbarg das Vergnügen, das ihm die Huldigung bereitete.

Andreas nahm dieses Bild eines von Frauenhänden duftig umräucherten Dichters mit nach Hause. Das Unbehagen, das ihm begreiflicherweise der Erfolg eines andern einflößte, ward bald besiegt durch seine lebhafte Phantasie, die unversehens ihn selbst an Klempners Stelle schob. Er selbst hatte, wie Adelheid es wünschte, ein Stück geschrieben, dem ganz Berlin zujauchzte. Alle Blicke richteten sich auf die Loge, wo er neben ihr saß. Es war das maßgebende Berliner Premierenpublikum, das er eben erst kennengelernt hatte, das seinen Geschmack den geistig weniger fortgeschrittenen Schichten des deutschen Volkes mitteilte, und das den Ruf einer Dichtung für ganz Deutschland entschied. Nun zog Andreas' Name in trunkenem Triumph durch alle Gaue.

Als er seinen Traum eine Weile fortgesponnen hatte, fehlte nicht viel daran, daß er sich selbst für den Verfasser von „Rache!" hielt. Die Begeisterung, die es hervorrief, hatte ihn das Stück erst verstehen gelehrt. Allmählich begannen auch in ihm die wildesten Instinkte zu gären. Er wußte nicht genau, ob er sich als Proletarier fühlen sollte, den nach Bourgeoisblut dürstet. Vielleicht waren es uralte Bauerntriebe, die ihn gegen den verhaßten, überfeinerten Stadtbürger aufbrachten. Daß er von Frau Türkheimer Besitz ergreifen sollte, kam ihm wie eine tragische Rache vor. Er rächte sich und ein ganzes Volk an ihr und ihresgleichen. Weiter war kein Vergnügen bei dieser bejahrten Bankiersgattin zu suchen. Er mußte sich, sobald sie ihm gehörte, kalt und unzugänglich zeigen. Sie sollte einen harten Herrn an ihm finden.

Neben dieser Gedankenarbeit füllten eine Menge anderer, mehr praktischer Beschäftigungen die Wartezeit aus, ehe er Adelheid in seine Arme schließen durfte. Er siedelte nach der Dorotheenstraße, in das Zimmer neben Köpf über, was ihm wesentlich erschwert wurde durch die Rücksicht, die er auf die wertvolle Ausstattung des Herrn Behrendt zu nehmen hatte. Von diesem Umzuge setzte er Frau Türkheimer durch ein Billett in Kenntnis, das mit folgenden Sätzen schloß:

„Es ist mir nicht leicht geworden, meiner stillen, fernab gelegenen Arbeitsklause Lebewohl zu sagen, aber was täte ich nicht, um dir, meiner

Heißersehnten, ein paar hundert Meter näher zu sein und um dir einige Treppenstufen zu ersparen? Ich wohne jetzt im zweiten Stock. Oh, komm nun schnell, um meine Dürftigkeit durch die Zärtlichkeit deines Lächelns zu verklären! Gib mir Befehle, ich suche nach etwas, was ich dir opfern könnte!"

Andreas verzichtete darauf, seine neue Wohnung durch Anschaffung von Luxusgegenständen zu verschönern. Wie hätte er der reichen Frau damit imponieren sollen. Nur seine fromme Marotte, deren Wirkung er noch zu erhöhen hoffte, mußte auch äußerlich in seiner Behausung zur Geltung gelangen. Er stöberte bei mehreren Trödlern Dinge auf, die eine Dame aus der Hildebrandtstraße möglichenfalls verblüffen konnten.

Am Dienstagmittag begab er sich gleich nach dem Essen auf sein Zimmer. Er hatte Dichtungen zu sichten und durchzuarbeiten, die er ihr vortragen wollte. Zuweilen sah er voll freundlicher Gedanken von seiner Arbeit auf. Würde sie um drei hier sein oder um vier? Vielleicht war sie schon unterwegs? Wahrscheinlich verließ sie ihren Wagen am Brandenburger Tor und kam zu Fuß in die Dorotheenstraße. Im ersten Stock würde sie verschnaufen müssen, sie war so steile Stiegen nicht gewohnt. Die Vorstellung der korpulenten Dame, die atemlos zwei Treppen erklomm, eigens um ihm in die Arme zu sinken, versetzte Andreas in lebhafte Heiterkeit. Er schlug sich auf die Knie und lachte, daß es von den kahlen Wänden widerhallte.

Plötzlich meinte er ein Geräusch draußen auf dem Korridor zu hören. Er stürzte an die Tür. Nein, es blieb alles still. Es war indes gleich halb vier Uhr, sie hätte nicht nötig gehabt, ihn warten zu lassen. Eine ganz neue Möglichkeit fiel ihm ein. Wenn sie nun ausblieb? Daran hatte er noch gar nicht gedacht, aber wie leicht konnte sie verhindert sein oder keine Lust haben. Das Abenteuer schien ihr wahrscheinlich schon nicht mehr der Mühe wert, sie zog irgendeine andere Zerstreuung vor. Er bereute es, sie in der Zwischenzeit nicht nochmals aufgesucht zu haben, um sich ihr persönlich in Erinnerung zu bringen. Sein Brief war viel zu sehnsüchtig und zu zart gewesen, er beschloß, sie dieses Versehen entgelten zu lassen – falls er sie bekam. Aber sie konnte sich ihm nicht mehr entziehen, sie liebte ihn viel zu sehr. Übrigens hatte sie sich seinetwegen bereits kompromittiert. Er hatte genau bemerkt, wie aufmerksam Frau Pimbusch, während des dritten Aktes von „Rache!", Adelheids Schulter betrachtete, wo der Veilchenstrauß fehlte. Ah! den hätte er bald vergessen. Er holte die arg zerdrückten Blumen aus der Rocktasche hervor, gab ihnen Wasser und stellte sie auf den Tisch. Im selben Augenblick klingelte es an der Flurtür. Er hielt den

Atem an. Nein, diesmal war es keine Täuschung, er vernahm ein Rauschen von Seide.

Frau Türkheimer war fast gar nicht erschöpft. Ganz leicht war sie die Treppen hinangeeilt, sie hatte sie mit dem Herzen erstiegen. Sie trug einen einfachen braunen Tailormade-Dreß in Covercoat. So gekleidet, konnte sie, ohne gerade ihren Stand zu verleugnen, unauffällig jede Wohnung betreten.

„Ist nicht ein Herr Andreas Zumsee bei Ihnen eingezogen?“ fragte sie die Wirtin. Die alte Mecklenburgerin zeigte sich übellaunig.

„So'n Namen kenn ich nich. Muß mal mein Tochter nach fragen. Zafie!“ rief sie in die Küche hinein.

Es lag Frau Türkheimer wenig daran, auch noch von Sophie gesehen zu werden. Sie sagte hastig:

„Nun, er wird wohl zu Hause sein.“

„Denn sehn Sie man mal zu!“ erwiderte trocken Frau Levzahn. Sie setzte die Fäuste auf die Hüften und entfernte sich langsam unter dem Geschlapp ihrer Filzpantoffeln, höchst unzufrieden mit dem Damenverkehr des neuen Mieters.

„Er wird doch zu sprechen sein, wenn er Familienbesuch bekommt“, rief Adelheid ihr nach, indes sie im Dunkeln nach dem Türgriff tastete. Ihr Klopfen blieb ohne Antwort. Sie öffnete.

Aber auf der Schwelle fuhr sie erschreckt zurück. Sie hielt sich am Pfosten fest und unterdrückte einen Aufschrei, denn in diesem Zimmer saß ein Mönch! Er saß, den Rücken gegen ein eisernes Feldbett gelehnt, auf einem hölzernen Schemel an einem rohen fichtenen Tisch. Ein abschreckend häßliches, geschnitztes Kruzifix sah mit verzerrter blutiger Miene auf den braunen Kuttenträger hinab, der, das Gesicht in die Hände vergraben, in tiefes Sinnen versunken schien.

Frau Türkheimer fand diesen einsamen Mönch fürchterlich wie eine Erscheinung. Bei seinem Anblick wickelte sich eine rasche Folge von Schreckensvorstellungen in ihr ab, die sie der langjährigen Lektüre des „Nachtkurier“ und des „Kabel“ verdankte. Denn ihr und den aufgeklärten Lesern dieser Zeitungen war es nicht genau bekannt, ob es noch Mönche gäbe, und sie hielten die katholische Kirche für ein Gespenst des finsteren Mittelalters, das dann und wann aus verschütteten Gräbern aufstand, um gräßlich mit Ketten zu rasseln. Sobald sie sich daher ein wenig erholt hatte, dachte Adelheid daran, ungesehen zu entkommen. Sie mußte ein verkehrtes Zimmer betreten haben, vielleicht befand sie sich auch in einem falschen Hause. Aber der Anblick einer Locke, die über die braune Kapuze fiel, hielt sie in ihrem Rückzüge auf. Das war doch Andreas' Haar? Der Mönch hob langsam den Kopf. Sein Auge war geschlossen, aber sie erkannte sein Profil, das sich blaß aus der Dämmerung heraushob. Ganz leise, noch ein wenig zitternd, schlich sie zu ihm hin und legte weich ihre Hand auf seinen Kopf. Er schlug die Augen auf, noch immer in Gedanken.

„Wie hast du mich erschreckt!“ flüsterte sie.

„Dich erschreckt? Wodurch?“ fragte er lächelnd. Er stand auf und schob ihr einen Stuhl hin.

„Du meinst, mit meinem Gewand? Aber das ist ja mein Arbeitskleid.“

„Trägst du immer solchen Schlafrock?“ fragte Adelheid unschuldig. Er war gekränkt.

„Das könnt ihr natürlich nicht begreifen, wie wichtig für uns der Rock ist, in dem wir am Schreibtisch sitzen. Meinst du, daß ich im Frack dieselben Gedanken habe, die mir in der Kutte kommen?“

„Gewiß nicht!“ beteuerte Adelheid. Andreas' Benehmen befremdete sie ein wenig, aber es war doch recht interessant. Bedeutende Menschen mußten solche Marotten haben, und die seinige war eigentlich schick.

„Ich verstehe dich, Andreas“, sagte sie, „und ich kann mir jetzt schon denken, wie du dichtest.“

„Ich dichte katholisch“, erklärte er in bestimmtem Ton, den Blick auf die matterhellte Fensterscheibe gerichtet. Adelheid sah von dem blutigen Christus, der aus der Dunkelheit immer beängstigender hervorschien, auf Andreas' braune Kutte, und ein Schauer von Grauen und von Wohlbehagen durchrieselte sie. Sie war sehr zufrieden damit, daß sie unter den vielen jungen Leuten, die in ihrem Hause verkehrten, gerade diesen auf den ersten Blick ausgewählt hatte. Weder Frau Mohr noch Frau Bescheerer noch Lizzi Laffé noch irgendeine hatte je so etwas gekannt. Er war würdig, von ihr geliebt zu werden. Übrigens stand ihm seine Kutte gut, sie gab ihm etwas Schwärmerisches.

Sie neigte sich zu ihm, legte ihren Arm auf den seinigen und sah ihm zärtlich in das Gesicht, das von Denken und Askese gebleicht schien. Das gute Leben der letzten Tage hatte die Folgen der billigen vegetarischen Ernährung zur Zeit des

„Café Hurra“ und der zahlreichen durch stramme Haltung ersetzten Mittagsessen noch nicht beseitigt. Adelheid sagte:

„Du fragst gar nicht, warum ich mich verspätet habe? Ich konnte nichts dafür. Wenn du wüßtest.“

„Du kannst zu jeder Stunde kommen, die dir gefällt. Ich muß immer dafür dankbar sein“, versetzte er, doch in einem Ton, aus dem sie heraushörte: „Wenn es sein muß, verzichte ich auch ganz darauf.“

„Du hast es hier aber heiß“, sagte sie, und sie warf ihre Büste herausfordernd zurück. Ihre Finger nestelten an den Knöpfen. Er ließ einen gleichgültigen Blick über ihre Brust gleiten, die den Stoff zu sprengen drohte, doch damit begnügte er sich. Adelheid fühlte sich verschmäht, und sie empfand solchen Schmerz über seine Kälte, daß sie aufseufzend nach ihrem Herzen griff.

„Mir wird unwohl“, flüsterte sie.

Andreas fing sie auf, doch ließ er sie sofort aus seinen Armen zurück in den Sessel gleiten. Er sah sich nach dem Sofa um, aber er fand es unmöglich, Frau Türkheimers Last bis dorthin zu tragen. Adelheid sah dies selbst ein, sie richtete sich auf. Um seine Haltung zu bewahren, zündete Andreas die Lampe an.

„Soll ich das Fenster öffnen?“ fragte er.

„Ach, laß nur, wir wollen plaudern. Hast du noch an „Rache!“ gedacht? Wie dir der dritte Akt gefallen hat, weiß ich noch gar nicht. Und die Kritiken, die Klempner bekommen hat! Hast du Abell gelesen?“

Sie redete hastig, um ihre Angst zu betäuben. War sie zu alt, wirklich zu alt für ihn? Verschmähte er sie?

„Nun ja, Abell! Ich finde, er schwatzt Unsinn“, erklärte Andreas. Er holte den „Nachtkurier“ herbei und las die Schlagwörter heraus, die er in aller Eile ein wenig parodierte:

„Ein neuer Stern ist aufgetaucht, der manchen unserer dramatischen Epigonen aus dem Felde schlagen dürfte ... Geniale Synthese einer differenzierten Gesellschaftspsychologie ... Napoleonische Bewegung der Massen ... Überlegener sozialer Gerechtigkeitssinn ...“

Andreas setzte sich in Positur und ahmte die elegante Handbewegung des Doktor Bediener nach.

„Daß wir im politischen Teil 'ne gesunde liberale Wirtschaftspolitik pflegen und auch für den niederträchtigsten Fabrikdirektor voll und ganz eintreten, versteht sich von selbst. Wir wären verrückt, wenn wir es nicht täten. Aber im Feuilleton nehmen wir Stellung für die Unterdrückten, wegen unseres überlegenen sozialen Gerechtigkeitssinnes, wissen Sie wohl. Wir betrachten uns nämlich als ein Organ der deutschen Geisteskultur."

Er hob die rechte Braue, als ob er ein Glas aus dem Auge fallen ließe, und die Sprechweise des Chefredakteurs war gar nicht zu verkennen. Adelheid zeigte sich entzückt, sie klatschte in die Hände.

„Du kannst aber auch alles", sagte sie zärtlich.

Andreas war geschmeichelt. Abells Kritik hatte ihm zwar eigentlich ungemein wohlgefallen, weil er sie mit Gefühlen las, als sei es schon die Rezension seines eigenen, zukünftigen Werkes. Aber einen Lobgesang auf Klempner in Adelheids Gegenwart angestimmt zu hören, das widerstrebte ihm durchaus.

„Es ist wahr", meinte sie. „Man muß so etwas nicht ernst nehmen. Die Blätter ulken eigentlich alle."

„Und Klempner?" fragte Andreas. „Findest du ihn besonders nobel? Er hat die ganze Zeit an deinem Tisch und an den Tischen anderer reicher Häuser gesessen, während er heimlich damit beschäftigt war, die besitzende Klasse verächtlich zu machen und in den Schmutz zu zerren. Was sagst du dazu? Ich sage pfui!"

„Und das mit Recht! Oh, du bist edel!"

In ihren Kreisen hatte noch niemand an das gedacht, was Andreas aussprach. Sie sah ihn ganz erstaunt an. Sein sittliches Feingefühl erfüllte sie mit aufrichtiger Bewunderung.

„Du bist edel!" wiederholte sie, und sie dachte:

„Ah! Er wäre nicht imstande, mich zu verkaufen, wie Ratibohr es getan hat."

Dieser Erfolg entwaffnete Andreas. Er verzieh Adelheid den allzu flehentlichen Brief, den er ihr geschrieben, und die Stunde, während der er sie erwartet hatte. Sie würde es nie mehr als eine Gnade ansehen, wenn sie ihn besuchte, er hatte sie gestraft und durfte jetzt von seiner Zurückhaltung schon ein wenig ablassen. Er rückte ihr daher auf seinem Stuhl so nahe, daß seine Knie sich eng gegen die ihrigen preßten, er legte eine Hand um ihre Taille und flüsterte:

„Wie lieb kannst du sein! Sei immer so mit mir, bitte!"

„Du bist edel“, wiederholte sie, hingerissen von den Liebkosungen seines Mädchenblickes und seiner weichen Stimme.

„Ist dir jetzt nicht mehr heiß?“

„Nein.“

„Wirklich nicht?“

„Wirklich nicht.“

„Ich glaube doch, ein kleines bißchen?“

Sie tat, als wehrte sie ihm, wie er sich an ihren Knöpfen zu schaffen machte, aber vor Wohlbehagen ließ sie ein leises Gurgeln hören. Seine Hände besaßen einige natürliche Geschicklichkeit. Ihre ungeübten Zärtlichkeiten waren wohl etwas täppisch, aber so spaßhaft, daß man sie ihr schwer verübeln konnte. Er machte sich ganz klein vor Adelheids üppigen Reizen und sah so ungefährlich aus wie ein kleiner lasterhafter Junge, der frühzeitig mit seiner Amme Scherz treibt.

„Oh, Andreas“, seufzte sie, als sie bereits schwer in seinen Armen lag, ganz verwundert, daß es nun schon so weit gekommen sei.

„Ich liebe deinen Hals“, sagte er, und seine Küsse zwangen sie, den Kopf immer weiter zurückzulegen, bis seine genußsüchtigen Lippen von unten her über die breite Fläche ihres fleischigen Doppelkinns glitten, dessen weiße, zarte Haut ihnen schmeichelte. Zu innig ihren Gefühlen hingegeben, um an etwas zu denken, sagte sie nochmals:

„Du bist edel.“

„Du hast eine schöne Kinnlinie“, sagte er, indem er sie weiter auf seinen Schemel herüberzog, der umzuschlagen drohte.

„Du bist edel“, wiederholte sie, und damit glitten sie, ein wenig heftig, so daß es fast ein Sturz war, auf das schmale Schülerbett, das die ungewohnte Last nicht ohne beträchtliches Ächzen empfing. Das war alles. Andreas hatte es sich nicht so einfach gedacht.

Als sie einen Augenblick zur Besinnung kamen, wollte er die Kutte abwerfen. Adelheid hielt seinen Arm fest.

„Laß das!“ befahl sie, und sie meinte, er müsse ihr die teuflische Lust ansehen, vor der ihr selbst beinahe graute. Denn sie fand ein ungeahntes Vergnügen daran, den Mönch zu lieben. Noch nie war sie von einer solchen verheerenden Leidenschaft erfüllt gewesen. Jetzt begriff sie den Satanismus und die Magie, den Sadismus und noch andere Perversitäten, von denen sie hatte erzählen hören. Keine ihrer Bekannten, nicht einmal Frau Pimbusch, die doch mit allen möglichen Infamien prahlte, konnte je so etwas erlebt haben. Sie stützte den Kopf in die Hand und betrachtete Andreas mit der entsetzensheißen Begehrlichkeit einer Sphinx.

Er war weit davon entfernt, sie zu verstehen. Doch war auch sein Vergnügen unerwartet groß, und er sank in Adelheids Arme zurück, noch bevor sie ihn riefen. Das erste, was aber aus der vollständigen Hingabe seines Willens an die geliebte Frau wieder emportauchte, war seine Eitelkeit. Er setzte sich im Bette auf.

„Ich habe dir noch gar nicht meine Gedichte vorgelesen", sagte er.

„Ach ja!"

Sie unterdrückte ein Gähnen, indem sie ihn gewähren ließ. Doch dann ward die ausschweifende und verderbte Phantasie, die sie erst heute in ihrer Seele entdeckt hatte, von neuem genährt durch den Anblick des bleichen Dichters im Mönchsgewand, der sie, die in Sünden Geliebte, mit den Rosen seiner Poesie überschüttete. Er las mit schneidender Stimme und feierlicher Gebärde. Dann stellte er Fragen.

„Wie gefällt dir diese Nuancierung der Gefühle? Empfindest du nicht die behutsamen Schauer dämmernder Düfte, Farben und Töne?"

Adelheid zeigte sich gelehrig. An der richtigen Stelle warf sie ein Lob dazwischen.

„Sehr nett!" sagte sie. „Schick! Ganz reizend!"

Endlich zog sie ihn, wie ein Kind, das lange genug gespielt hat, wieder an sich. Er fiel so ungeschickt, daß seine Dichtungen, wie matte Schmetterlinge, hinab und über den Fußboden flatterten.

Dann erklärte er alles, was er bisher gelesen habe, für überwunden.

„Es ist nicht immateriell genug, wir kehren zum ganz Einfachen und Idealen zurück", sagte er.

„Oh, du bist ein Sonnenkind, du siehst alles durch eine goldene Brille an."

Er begann eine Ode „An die Reue“ vorzutragen. Sie bemerkte:

„Es erinnert an Schiller.“

„Soll es auch“, erklärte Andreas.

Sie lauschte. Aber allmählich wurde das Wogen ihrer Brust angstvoller, und sie seufzte.

„Oh, du machst mich ganz traurig!“

Die hehren Klänge seiner neuesten Poesie hatten ihr Herz erschüttert. Sie kniete, den Kopf in die Kissen vergraben, so daß ihre Hüften unter der Decke berghoch aufragten, und sie schluchzte krampfhaft. Er bemühte sich, die Magdalena zu trösten; ihre Buße, die ein Werk seines Dichterwortes war, rührte ihn.

„Adelheid, wir lieben uns doch!“ sagte er.

„Unsere Liebe ist Sünde!“ stöhnte sie, von großen Tränen erstickt.

Die Stimmung überwältigte ihn, ihre Reue teilte sich auch ihm mit. Er vergaß Ratibohr und die lange Reihe ehemaliger Liebhaber, die er sich sonst im Schatten von Frau Türkheimers Vergangenheit vorgestellt hatte. Nur seinetwegen war sie vom rechten Weg abgewichen, und in diesem schmeichelhaften Bewußtsein weinte er mit der Geliebten. Die Schauer ihres sittlichen Pathos waren bestimmt, in einer neuen Umarmung auszuzittern.

Adelheid verspürte sodann Appetit auf eine Zigarette, und nach allen ihren Herzensergießungen in Schweigen versunken, rauchten sie, auf dem Rücken liegend, mit dem Blick an der Decke.

Eine Uhr schlug halb sechs. Adelheid sprang auf.

„Da haben wir was Schönes gemacht“, sagte sie. „Ich komme viel zu spät nach Hause.“

Sie lief im Hemd und in schwarzen Strümpfen an den Toilettentisch, löste ihr reiches dunkles Haar und begann es zu ordnen. Andreas, der zurückblieb, blinzelte zu ihr hinüber, arg entkräftet. Aber seine Müdigkeit war ehrenvoll, und die Erfolge und Leistungen dieses Nachmittags erhöhten seine Selbstachtung. Er betrachtete Adelheid mit Stolz und Dankbarkeit. Nun besaß er also eine schöne Geliebte. Wer ihm das vorher gesagt hätte! Er hatte doch das Verhältnis mit der beleibten Bankiersgattin nur zum Zweck seiner Karriere erstrebt und heimlich gefürchtet, es könne ihn lächerlich machen. Er hatte ihre Eroberung für leicht und wenig ruhmreich gehalten, aber nun, da sie ihm geglückt war, blähte er sich vor befriedigtem Ehrgeiz. Noch heute hatte er von irgendeiner düsteren Rache geträumt, die er ausüben würde, wenn er sich Adelheids bemächtigte. In Wirklichkeit aber verursachte ihm ihr Besitz, wider alles Erwarten, ein leidenschaftliches Vergnügen. Ihre Gliedmaßen, die alle seine Vorstellungen übertrafen, entzückten ihn heftig.

Der arme junge Mann war so lange zu einem Leben ohne Fülle verurteilt gewesen! Wie die billige vegetarische Kost, mit der er sich vergebens zu sättigen trachtete, so sahen auch die dürftigen Mädchen aus, an deren magerer Brust er zuweilen gegen eine geringe Vergütung ausruhen durfte. Sie vermochten die fleischliche Lust, die sie keinesfalls hätten befriedigen können, nicht einmal zu erwecken. Jetzt kam er sich wie neugeboren vor. In Adelheids Armen hatte er erst sein Temperament gefunden, und eine unbändige, bäuerische Freude an der riesenhaften Fülle, an einer Menge Fleisch, wie er sie noch nie auf einmal zu sehen gekriegt hatte, war über ihn gekommen. Er meinte, er müsse für alle Zeit daran genug haben, er fühlte sich unersättlich. Schon begann er unter den Falten der Röcke, die sie anlegte, aufs neue nach den Formen zu spähen, die er eben erst in Händen gehalten hatte.

Sie sandte ihm aus dem Spiegel, vor dem sie stand, ein kokettes Lächeln. Wäre sie weniger eilig gewesen, und hätte sie nicht Haarnadeln zwischen den Zähnen gehabt, so würde sie ihm Schmeichelworte zugerufen haben. Denn auch sie war von befriedigtem Stolz und Dankbarkeit erfüllt. Es war also doch ihr und keiner andern gelungen, die Keuschheit des idealen, frommen, jungen Mannes zu besiegen. Jetzt, da er ihr gehörte, spottete sie ein wenig über seine Marotte, sie kannte ihn jetzt von einer mehr natürlichen Seite. Aber er blieb doch recht apart, und dabei frisch und kräftig! Sie träumte davon, wie sie Frau Mohr oder Frau Pimbusch ihr neues Glück zu verstehen geben könne. Er würde wohl diskret sein, er war so edel. Ah! An Ratibohr hatte sie sich nun gerächt. Wie dumm war sie nur gewesen, als sie befürchtete, sie möchte schon zu alt sein. Andreas fand sie schön, das hatte er ihr reichlich bewiesen, und er würde sie noch lange, lange schön finden. Wie Madame de Chaulnes meinte auch sie: Eine Herzogin bleibt für einen Bürgerlichen immer dreißig Jahre alt.

Er würde niemals daran denken, sie zu verlassen, denn er hatte kein Geld! Dies war der praktischen Frau eine angenehme Bürgschaft. Sie hatte seine Zukunft in Händen, sie konnte für ihn sorgen, Ehrgeiz für ihn haben und sein Herzchen sich ausschütten lassen. Es war ihr Traum, solch ein dauerndes Verhältnis auf der Grundlage liebevoller Vertraulichkeit. Alle ihre Schicksale kamen eben daher, daß sie eine so gute Frau war, gar zu nett mit den jungen Leute, wie Kaflisch sagte. Mit fünfundvierzig Jahren hoffte sie, trotz aller Enttäuschungen, noch immer auf die ungestörte, lebenslängliche Freundschaft eines Geliebten. Sie war, mit jugendlicher Energie des Herzens, jedesmal wieder bereit, sich in das Leben eines neuen Freundes zu betten, seine Empfindungs- und Ausdrucksweise anzunehmen, seine Wünsche und seine Abneigungen zu teilen und sich ihm anzupassen, als sei es für immer. So blickte sie auf eine Zeit zurück, wo sie, mit einem Sportsmann, an nichts als an Turf und Pferde gedacht hatte, und auf eine andere, wo sie in Begleitung eines Musikers so viele Konzerte besuchte, bis ihr der Kopf weh tat und sie an Gehörshalluzinationen litt. Dem Bankier Ratibohr zu Gefallen war sie zur Spekulantin geworden und hatte ihren Gatten nicht nur im Schlafzimmer, sondern, was schlimmer war, an der Börse betrogen. Sobald sie mit Andreas in Berührung kam, hatte ihre Phantasie einen bis dahin unbekannten Schwung erhalten. In seinen Armen fielen ihr geistige Raffinements ein, die sie selbst in Erstaunen setzten. Sie brauchte ihren frommen Dichter nur anzusehen, und ihre Gefühle wurden sanguinisch, und sie begann zu schauspielern wie er, und seine Marotte ging in sie über. Sie war zu allem imstande; führte ihr Schicksal sie einem Manne wie Liebling zu, so ergab sie sich dem Zionismus.

Ehe sie das Korsett anlegte, ließ sie sich Zeit, ihm im Spiegel eine Kußhand zuzuwerfen. Er sprang plötzlich auf und lief herbei. Es tat ihm leid, ihre Büste hinter dem Fischbeinmieder verschwinden zu sehen.

„Warte noch ein bißchen“, bat er. Sie sagte nur:

„Du Kind!“

Er strich mit den Händen über ihren seidenen Unterrock, auf den er stolz war. Er wollte sogar wissen, was er gekostet habe.

„Du Kind!“ wiederholte sie.

„Und dein Parfüm, hier im Korsett?“

„Crab apple.“

„Ah! Wo sitzt es eigentlich?“

Er suchte, schnüffelte und beruhigte sich nicht eher, als bis er die eingenähten Täschchen fühlte.

„Du hast Talent zum Damenschneider.“

„Das wäre ein schönes Brot.“

Er schlich um sie herum, schmiegte sich an, trachtete ganz in ihren Röcken zu verschwinden und machte vor Wohlbehagen einen Buckel wie ein Kätzchen. Sie lachte.

„Hast du dich nun lange genug lästig gemacht? Ich komme ja niemals fort. Hilf mir doch die Taille anziehen!“

Er begann demütig zu bitten.

„Noch nicht schließen! Du duftest so gut. Ich muß etwas von dir in der Nase behalten für später, wenn du nicht mehr da bist.“

Sie sah ihn aus halbgeschlossenen Augen an, den Kopf zurückgelegt.

„Du findest mich schön, nicht?“

„Frage!“

Er sprang ihr an den Hals, aber sie setzte sich zur Wehr.

„Mein Haar! Es ist gerade zerzaust genug.“

„Was tut es?“ fragte er harmlos.

„Ah! Ihr merkt so etwas nicht. Aber die erste Frau, der ich begegne, sieht mir an, woher ich komme.“

„Wirklich?“

„Die liebe Unschuld!“

Sie liebkoste ihm die Wange, aber er durfte sie nicht berühren. Dann trat sie wieder vor den Spiegel, um den Hut aufzusetzen.

„Schrecklich, wie meine Frisur zugerichtet ist, ich werde zum Coiffeur müssen. Ohne Brennschere geht es nicht.“

Sie sah über die Schulter nach ihm hin.

„Ich habe nämlich keine Brennschere mitgebracht.“

„Warum nicht?“

„Weil ich nicht dachte, daß du gleich so heftig sein würdest.“

Er lachte geschmeichelt.

Endlich hatte sie sich behandschuht und den Schleier über die Augen gezogen. Er machte ein Gesicht, als ob er weinen wollte.

„Wer zwingt dich denn eigentlich, schon wieder wegzugehen?"

„Er fragt noch! Und dabei sitzt vielleicht schon seit einer Stunde mein Teezimmer voll von Leuten. Wenn Asta wenigstens da ist!"

Merkwürdig, eben noch hatte sie ihm ganz allein gehört, und plötzlich wollte sie wieder unter all die fremden Menschen gehen. Daß sie sich, mit dem Geheimnis ihrer Liebe im Herzen, den kritischen Blicken aussetzen mochte!

Adelheid hatte Mitleid mit seiner Miene.

„Nicht traurig sein, Schatz! Wir können uns alle Tage sehen. Übrigens kannst du ja gleich mitkommen."

Da er sie groß ansah, verbesserte sie sich.

„Oder du kommst eine halbe Stunde nach mir. Was macht das?"

„Was das macht?"

Er sprang zwei Schritte zurück, er fand keinen Ausdruck für sein Entsetzen. Was denn? Noch eben hatten sie zusammen – das getan, und eine halbe Stunde darauf schlug sie ihm vor, in ihrem Salon zu erscheinen, sie als Hausfrau zu begrüßen und mit den Gästen Tee zu trinken. Das war ihm zu stark! Seine ganze Gumplacher Moral geriet in Aufruhr. Eine solche Vorurteilslosigkeit begriff er nicht, aber sie flößte ihm eine gewisse Achtung ein.

Adelheid bemerkte seine Betroffenheit, ohne recht zu wissen, was ihm einen so starken Eindruck machte. Aber sie benutzte den Augenblick, um ihm zu entwischen. Unter der Tür holte er sie ein. Sie streifte mit den Lippen sein Ohr.

„Morgen um drei", flüsterte, sie.

Er wollte ihr folgen, aber sie drängte ihn zurück, einen Finger auf dem Munde. Aus der Küche spähte das dreiste Gesicht des Fräuleins Levzahn, der hübschen Tochter der Wirtin. Adelheid schloß die Tür vor Andreas' Nase. Er fiel auf einen Stuhl und lauschte, wie das seidene Rauschen ihres Unterrocks sich verlor. Jetzt klappte die Flurtür zu.

Aber er hatte sie nun doch! Diese erstaunliche Tatsache erregte sein Kopfschütteln. In seiner tiefen Betrachtung des Unglaublichen, das jetzt eingetreten war, sprach er mehrmals und immer lauter vor sich hin:

„Frau Generalkonsul Türkheimer!“

Dieser Titel klang ihm besonders fabelhaft, es war wie eine Rangerhöhung, die ihm selbst widerfahren wäre. Er wußte nicht, welche der beiden Hälften, der General oder der Konsul, ihm mehr imponierte. Das Ganze war jedenfalls phantastisch.

„Frau Generalkonsul, und noch dazu von Puerto Vergogna. Wenn sie das in Gumplach wüßten!“

Bei dem Gedanken an seine Landsleute schnellte er plötzlich vom Stuhl empor, vollführte einen Luftsprung und begann durch das Zimmer zu tanzen, einen unbändigen und rastlosen Freudentanz, wie ein triumphierender Kannibale, den der Sieg noch nicht genug Kräfte gekostet hat, und der nicht weiß, wie er seinen Überschuß ausgeben soll. Als er endlich Rast machte, stand sein Nachbar Köpf an der Tür.

„Hier ist wohl Kirchweih?“ fragte er, und er lächelte dem fröhlichen Mönch wohlwollend zu.

„Jawohl, Kirchweih!“ erklärte Andreas, der nach Atem rang. „Und wenn Sie wüßten, was für 'ne Kirche, 'ne feine, große Kirche, sage ich Ihnen. Und 'ne reiche Kirche! Sie heißt Adelheid Türkheimer!“

„Ah! Ich gratuliere!“

Köpf war ehrlich überrascht.

„Das ist wirklich schnell gegangen.“

Andreas warf sich in die Brust.

„Kleinigkeit!“ stieß er hervor.

„Sind Sie denn zufrieden?“

„Danke, es geht!“

Er brach in Gelächter aus und begann vor Erregung im Dialekt zu sprechen.

„Kütt mir in mingem Huus die schönste Frau, die ich je gesehen han, und er fragt, ob ich zufrieden bin! Och, han ich 'n Freud gehabt!“

„Jawohl, die schönste Frau, Verehrtester“, wiederholte er. „Wollen Sie Einzelheiten?“

Er wartete nicht auf Köpfs Aufforderung.

„Brüste hat sie so groß wie Mehlsäcke, das kann ich Sie versichern. Aber wie volle, harte Mehlsäcke! Und ihre Schenkel, so was gibt es überhaupt gar nicht!“

Er sammelte sich, um zu deklamieren:

„Diese schönen Gliedermassen Kolossaler Weiblichkeit
Sind jetzt ohne Widerstreit
Meinen Wünschen überlassen.“

„Das ist von Heine“, setzte er stolz hinzu.

Er drehte sich einmal um sich selbst, sprang über den nächsten Stuhl hinweg und schwang sich aufs neue im Triumphtanz des siegreichen Kannibalen.

IX.
Politik und Volkswirtschaft im Schlaraffenland

Sie lebten in einem Rausch, zehn Tage lang lebten sie in einem Rausch.

Adelheid verbrachte den ganzen Morgen und den ganzen Abend auf den Kissen ihres Diwans in ihrem Schlafzimmer, Träumen der Wonne hingegeben, die jeden Nachmittag, gleich nach dem Lunch, zur Wirklichkeit wurden. Sie kleidete sich eilig an, stets denselben Tailormade-Dreß in Covercoat, und sie verließ das Haus, indem sie wider besseres Wissen ihre Rückkehr in spätestens einer Stunde verhieß. In der Droschke, die sie unterwegs bestieg, legte sie einen Schleier um, dicht wie eine Maske. Sie hielt den Fahrpreis abgezählt in der Hand, und sie beschenkte den Kutscher, den sie am Eingang der Dorotheenstraße entließ, mit einem Trinkgeld, so groß wie ihre Seligkeit. Wie sie mit hochgerafftem Kleide, wiegenden Schrittes dahineilte, tanzte vor ihr her im nassen Asphalt das Spiegelbild ihrer formenreichen Gestalt. Der Schirm, der Kopf und Büste gegen unzarte Blicke geschützt hatte, klappte rauschend zusammen, und Adelheid verschwand im dunkeln Flur.

Frau Mohr und Frau Pimbusch erwarteten sie bereits im gelbseidenen Teezimmer, wenn sie endlich heimkehrte, atemlos und in heiterster Laune. Oh, sie hatte nicht nötig, durch versteckte Worte den Neid der Freundinnen zu erregen! Die glänzende Blässe ihres Gesichtes verkündete ihren Triumph, und das Auge, in das Liebesblicke statt der Atropintropfen geflossen waren, schimmerte feucht, mit erweiterter Pupille. Frau Mohr, die gestern erklärt hatte, Adelheid sei nur noch fünfundzwanzig, meinte heute: „Liebste, du bist wieder fünf Jahre jünger!“ Frau Pimbusch erkundigte sich mit einer Miene voller Hintergedanken:

„Was nehmen Sie eigentlich ein, gnädige Frau?“

„Verraten Sie uns, was für eine Kur Sie gebrauchen!“ bat auch Frau Bescheerer, eine jugendlich geputzte Sechzigerin, die Wohlgerüche verbreitete. Frau Türkheimer antwortete nur durch ein Achselzucken. Sie glitt gemächlich, mit dem Teebrett in den Händen, von einer zur anderen, unzugänglich für ihre Anzüglichkeiten. Ihre Hüften wiegten sich voll Kraft, und sie lächelte, im Bewußtsein, jung zu sein und begehrt zu werden.

Auch Andreas fand vorläufig, daß ihm seine Leidenschaft, so große Ansprüche sie an ihn stellte, doch recht gut bekam. Er vermochte der Geliebten keine neuen Reize mehr abzugewinnen, da Adelheid, auch hierin eine zu gute Frau, ihm vom ersten Tage an nichts vorenthalten hatte; doch genoß er die seinem Freunde Köpf gerühmten Schönheiten nach Kräften. Er schien sogar aufzublühen. Seine Gesichtsfarbe ward rosig, die Backen rundeten sich, und Adelheid stellte, indem sie ihn umarmt hielt, nicht ohne Wehmut fest, daß sein Leibesumfang um zwei Zoll zugenommen haben müsse. Auch entwickelte er eine ungewöhnlich starke Eßlust. Dreimal am Tage speiste er in verschiedenen Weinrestaurants nahe bei seiner Wohnung, da ihm die Bewegung beschwerlich zu fallen begann. Während er sich mittags, gleich nach dem Aufstehen, und zur Nacht mit einer kräftigen bürgerlichen Mahlzeit begnügte, hatte er am Frühabend, sobald die Geliebte ihn verließ, einen Heißhunger zu stillen, dem zwei Dutzend Austern, ein blutiges Roastbeef und etwas Geflügel mit Mühe genügten. Er trank dazu eine Flasche Château Lafitte, zuweilen auch ein wenig Sekt. Wenn der schwarze Kaffee und das Gläschen fine champagne vor ihm standen, überkam ihn ein wohliger Seelenfriede. Er sank langsam immer tiefer in seinen roten Plüschsitz hinein, der Kopf, mit Blut überfüllt, fiel schwer auf die Brust, und der junge Mann entschlummerte. Einmal fuhr er mit einem leisen Aufschrei in die Höhe. Die Zigarre, die ihm aus dem Munde hing, hatte sein Vorhemd durchsengt und verbrannte ihm die Haut am Halse. Oh, mit wie weichen Lippen Adelheid am nächsten Tage diese wunde Stelle wieder heilküßte! Wenigstens versuchte sie es.

Als eine Woche bei solcher Lebensweise verstrichen war, sagte sich Andreas, daß es ihm noch nie so wohl ergangen sei. Indes dehnte die Schläfrigkeit, die ihn nach dem Essen befiel, sich allmählich über den ganzen Tag aus. Sein Kopf blieb schwer, soviel Ruhe er sich auch gönnte, und kaum daß er Adelheid seine Liebe bewiesen hatte, so verfiel er an ihrer Brust in Schlaf. Sie nahm ihm nichts übel, nicht einmal, als er ihr am zehnten Tage den stärksten Grund zur Unzufriedenheit gab. Sie begriff es, daß er die übertriebenen Ansprüche, die sie an ihn gestellt hatte, auf die Dauer nicht zu befriedigen vermochte. Anstatt ihm zu zürnen, benutzte sie seine augenblickliche Schwäche, um ihm Zärtlichkeiten neuer Art zu erweisen. Sie preßte seine heißen Wangen zwischen ihren Händen, nannte ihn „Kleinchen", „Schlankchen" und ihr „armes Kindchen", und dabei wiegte sie ihn auf ihrem Schoße. Andreas empfand diese Schmeichelworte wie ebenso viele Demütigungen. Es verdroß ihn, daß sie eine vorübergehende Eklipse seiner Männlichkeit dazu mißbrauchte, ihn ihre Überlegenheit fühlen zu lassen. Sie tat es gewiß nicht in böser Absicht. Auch sah er ein, daß das Unrecht auf seiner Seite sei; er hatte seinen Verbindlichkeiten nicht genügt. Aber seine Eitelkeit empörte sich. Beim Abschied bemerkte sie seine Verstimmung.

„Schätzchen", sagte sie, „du bist zu viel allein, du mußt wieder unter Menschen gehen."

Sie streichelte ihm das Kinn, aber er warf den Kopf zurück.

„Kann ich nicht", stieß er hervor.

„Aber warum denn nicht? Die Leute müssen dich in meinem Teezimmer treffen."

„Würde ich unanständig finden."

Er war hiervon eigentlich nicht mehr voll überzeugt.

„Halb so schlimm!" rief Adelheid. „Gerade weil sie dich nicht mehr sehen, kommen sie auf unpassende Gedanken. Meinst du, daß sie zwischen uns nicht schon allerlei gemerkt haben?"

Andreas stutzte.

„Sollten sie so schlau sein?" dachte er. Sie nahm einen neuen Anlauf.

„Du bist es mir schuldig, mein Zartchen! Du mußt meinen guten Ruf verteidigen. So viel Ritterlichkeit darf eine schöne Frau wohl von dir verlangen! Bin ich nicht schön?"

Sie gefiel ihm, wenn sie, den Kopf im Nacken, die Nüstern weit offen, aus halb geschlossenen Augen ihn ansah. Er nahm sich zusammen, um nicht gleich nachzugeben.

„Ich will mir's überlegen", sagte er.

Sie warf plötzlich den Arm um seinen Hals und flüsterte ihm ins Ohr:

„Ich muß dich ihnen doch zeigen. Du glaubst nicht, wie neidisch sie sind!"

Dieses Wort versöhnte den Stolz des jungen Mannes, und sie trennten sich unter Liebkosungen.

Adelheid gewann es über sich, dem Geliebten eine dreitägige Erholung zu gönnen. Als sie zurückkehrte, fand sie ihn allen Anforderungen aufs neue gewachsen, aber gegen Ende ihrer Zusammenkunft fühlte sie seine Küsse kälter, seine Miene fremder werden. Er hatte sich in der Zwischenzeit beträchtlich gelangweilt und, noch zu kreuzlahm, um Zerstreuungen aufzusuchen, sich unfreundlichen Betrachtungen hingegeben. Jetzt war er fast geneigt, ihr die Schuld an seiner zeitweiligen Erschöpfung zuzuschieben. Sie war gar zu einfach; der Genuß, den sie gewährte, ermangelte der Abwechslung. Es gelüstete ihn nach Extravaganzen, und da ihm nichts Besseres einfiel, versprach er sich ein Vergnügen davon, an Adelheids Seite mit erhobener Stirn unter die in ihrem Salon versammelte Gesellschaft zu treten. Er war es überdies seiner Stellung schuldig, als Hausfreund öffentlich anerkannt zu werden und womöglich mit Türkheimer Freundschaft zu schließen. Doch wartete er ihre Aufforderung ab.

Sie ächzte ein wenig, während sie das Korsett zu schließen suchte. „Hilf mir doch", bat sie.

Er beeilte sich nicht sehr.

„Nun, wie ist es? Hast du es dir überlegt?"

„Was denn?"

„Du weißt schon. Daß du dich bei mir sehenläßt?"

„Wenn dir so viel daran liegt? Meinetwegen."

„Ich wußte doch, was du für ein Herzchen bist!"

Er ließ sich den Hals küssen, das Gesicht ungeduldig abgewendet.

„Komme morgen, ja? Dann sehen wir uns doch wenigstens."

„Warum nicht heute?“ versetzte er in gleichgültigem Tone.

„Nun sieh mall Warum geht's denn jetzt?“ rief sie lachend, und sie schob den Kopf so weit zurück auf den Pelzkragen, den er ihr umlegte, daß das Doppelkinn fleischig aufgebauscht ward. Er widerstand der Versuchung nicht. Ganz wie sie erwartete, sagte er:

„Du hast eine schöne Kinnlinie.“

Sie gestattete ihm, die Lippen auf diese Linie zu pressen, und sie fragte:

„Dann kommst du also in einer halben Stunde nach?“

„Lieber gleich“, sagte er leichthin.

Sie sah ihn verwundert an.

„Ich darf doch gleich mit dir kommen?“ bat er, wieder sehr zärtlich geworden.

Sie schüttelte den Kopf, ihr Lächeln war ein wenig nachdenklich.

„Warum denn? Das geht doch nicht“, bemerkte sie.

„Bitte, bitte!“

Er verdoppelte seine stürmischen Werbungen, schmeichelte sich an sie, bis er in ihren Röcken beinahe verschwunden war, und brachte sie zum Lachen. Er war wieder der unwiderstehliche kleine Junge, dessen etwas täppische Liebkosungen sie so sehr entzückten. Aber sie blieb bei ihrer Weigerung.

„Wir dürfen doch nicht zusammen eintreten“, murmelte sie. „Was fällt dir denn ein!“

Er ließ sie plötzlich los, drehte sich auf den Absätzen und sagte:

„Dann lieber gar nicht.“

„Wie?“

„Dann lieber gar nicht.“

„Nun willst du gar nicht kommen? Was hast du denn?“

Er sprach über seine Schulter hinweg:

„Du liebst mich nicht.“

„Nein aber!“

Sie schrie ganz erschreckt auf.

„Wie kannst du das sagen!“

„Du liebst mich nicht“, wiederholte er ruhig und hartnäckig.

Sie machte, die Hand bittend ausgestreckt, zwei Schritte auf ihn zu, doch schnell schob er ihr einen Stuhl in den Weg. Und so hurtig sie das Hindernis zu umgehen trachtete, er war, behende wie eine Eidechse, immer schon wieder auf die andere Seite geglitten. Sie geriet vor Anstrengung außer Atem, und er zog mühsam die Stirn in Falten, denn die Turnübungen der beleibten Dame erregten seine Heiterkeit. Erschöpft blieb sie endlich stehen.

„Nun?“ fragte er.

Sie versuchte zu lachen.

„Was willst du denn eigentlich?“

„Mit dir zusammen in die Hildebrandtstraße gehen.“

„Dann komm nur. Es ist ja schließlich gleich, ob man uns sieht.“

„Na also!“

Er war sofort wieder bei ihr, schob ihr voll ritterlicher Aufmerksamkeit den Kragen zurecht und küßte ihr die Hand. Sie blickte auf ihn nieder mit leisem Kopfschütteln und mit einem Lächeln, sehr zärtlich, aber auch erstaunt und bekümmert.

„Dann gehe ich ein paar Schritte voraus“, sagte sie unter der Tür. „Du holst mich wohl ein.“

Aus dem Waschbecken, in das er den Kopf gesteckt hatte, rief er ihr nach:

„Aber wenn du mir davonläufst, weißt du –“

„Nur nicht ängstlich!“ gab sie lachend zurück, aber ihr selbst war ängstlich zumute. Warum bestand er darauf, sie mehr zu kompromittieren als nötig war? Sie hatte ihn für so diskret und edel gehalten. Oder liebte er sie vielleicht gar nicht so, wie sie gehofft hatte?

Andreas trocknete sich das Gesicht und pfiff dabei unter dem Handtuch einen Gassenhauer. Das, was er erreicht hatte, erfüllte ihn mit Genugtuung. Es war nur Laune und Langeweile gewesen, aber jetzt kam es ihm vor, als habe er sich politisch klug benommen. Denn jetzt hatte er Adelheid die Vorstellung beigebracht, daß ihre Liebe, die nachgegeben hatte, heftiger sei als seine. Und es ahnte ihm, daß, wer heftiger liebt als der andere, sich immer im Nachteil befinde.

Wie schade, daß ihm solche Einfälle nicht auch dann kamen, wenn er eine Novelle zu schreiben hatte!

Da es in Strömen regnete, mußte er zulassen, daß ein Wagen genommen ward. Adelheid zog eigenhändig die Vorhänge herab. Kaum waren sie vor dem Türkheimerschen Hause angelangt, als von der anderen Seite her ein Kupee vorfuhr. Frau Pimbusch sprang heraus und lief ihrer Freundin entgegen. Sie rief lebhaft:

„Ah, gnädige Frau, Sie sind es! Und fast hätten meine Räder Sie bespritzt vor Ihrer eigenen Tür! Ich würde das ebenso komisch wie unpassend gefunden haben, wissen Sie."

Andreas, völlig unbeachtet, hielt den Damen von hinten zwei Regenschirme über die Hüte. Frau Türkheimer drängte Claire Pimbusch durch das Portal. Mehrere Diener, die herbeistürzten, nahmen ihre Mäntel in Empfang, und sie stiegen die Treppe hinan. Aber auf dem ersten Absatz flatterte ihnen etwas in den Weg wie ein aufgescheuchter Vogel. Die kleine Frau Goldherz hüpfte an Adelheid empor, küßte sie hastig auf beide Wangen und zwitscherte aufgeregt.

„Glücklich, daß ich Ihnen noch begegne, gnädige Frau. Ich muß schon wieder fort, es ist schrecklich."

„Bleiben Sie doch einen Augenblick, meine Liebe", bat Frau Türkheimer. „Was ist denn so schrecklich?"

„Ja, es ist gar nicht zu sagen, jetzt will er mich verführen!"

„Wer?"

„Ferdinand doch!"

„Ihr Mann?"

„Mein Ex-Mann, bitte."

„Ferdinand ist gar nicht so dumm, ich finde seine Idee ausgezeichnet", bemerkte Frau Pimbusch.

„Auf Wiedersehen, er muß jede Minute hier sein."

Frau Goldherz winkte den Freundinnen zum Abschied. Ihre Hutfedern, der Pelzbesatz ihres Golf-Capes, ihre Röcke, alles an ihr wippte und schwankte; sie schien mit den Flügeln zu schlagen. Da fiel ihr Blick auf den im Hintergrund harrenden Andreas. Sie stutzte, das Lorgnon, das von ihrem Gürtel herabhing, schnellte ganz von selbst bis zur Höhe des Auges empor, und sie sagte, plötzlich beruhigt:

„Übrigens kann ich noch ein bißchen warten."

Im Teezimmer trafen sie Frau Mohr und Frau Bescheerer. Dieser wurde Andreas von Frau Türkheimer vorgestellt, und er nahm sich heraus, eine zarte, bleiche Hand zu küssen, die sie entblößt über die Stuhllehne hängen ließ. Doch zog er die Lippen mit einem fettigen Geschmack eilig zurück; die Hand war geschminkt. Trotz seines angeekelten Gesichts zeichnete ihn die Kommerzienrätin durch ein gnädiges Kopfnicken aus. Sie musterte ihn wie eine Persönlichkeit, die seit kurzem Bedeutung gewonnen hatte, und die man nicht übersehen durfte. Andreas fand seinerseits die magere Sechzigerin in ihrem jugendlichen Aufputz einfach grauenerregend. Eine entfärbte blonde Haarlocke war über eine grünliche, wie mit Moos bewachsene Stelle auf ihrer Stirn gelegt. Die Dame glich einer in Crême Simon konservierten Mumie. Wenn die berauschenden Düfte, die sie ausströmte, sich etwa verflüchtigt hätten, so wären ganz andere Gerüche von ihr zu befürchten gewesen.

„Man sieht Sie ja gar nicht mehr, Herr Zumsee", äußerte Frau Mohr.

Frau Pimbusch sah sich plötzlich veranlaßt, die Anwesenheit des jungen Mannes zu bemerken.

„Ja, wo haben Sie denn gesteckt, Herr Zumseel" rief sie laut. Sie schüttelte ihm kräftig die Hand, indem sie ihren lasterhaften Kopf mit einer Grimasse, die ihn erschreckte, dem seinigen näherte. Dann setzte sie hinzu:

„Sie machen ja ein Gesicht, na, ein Gesicht wie der Tannhäuser!"

Andreas errötete. Er wußte nichts zu erwidern, und ärgerte sich darüber. Frau Bescheerer und Frau Goldherz drückten einander durch Blicke ihr Verständnis aus. Die kleine flatternde Dame hielt ihr Lorgnon dem jungen Manne ganz dicht unter die Nase.

„Natürlich!" verkündete sie erfreut. „Wie Tannhäuser. Aber woran liegt das nur?"

Frau Mohr stieß ihr gutmütiges Lachen aus.

„Warum lassen Sie uns im Stich, Herr Zumsee? Unterhalten Sie sich besser anderswo?"

„Gnädige Frau tun mir Unrecht –“ versetzte Andreas, doch Adelheid, die sich am Teetisch zu schaffen gemacht hatte, schnitt ihm das Wort ab.

„Hoffentlich tun Sie ihm Unrecht, liebe Bertha. Das heißt, wenn es nicht bloße Ausreden sind, so sitzt er zu Hause bei der Arbeit, Tag für Tag, vom Morgen bis zum Abend.“

„Nein, diese Dichter!“ rief Frau Pimbusch. „Es ist erstaunlich, was sie manchmal leisten!“

Sie ließ ihren grünlichen, verquollenen Blick, der vieles sagte, zwischen Adelheid und Andreas hin und her wandern, während sie sich erkundigte:

„Wollen Sie Ihre täglichen Anstrengungen noch lange fortsetzen?“

„Tun Sie des Guten nicht zu viel – beim Dichten!“ warnte Frau Bescheerer. „Sie sehen ziemlich angegriffen aus.“

Sie wandte sich an Frau Türkheimer.

„A propos, Sie, liebe Adelheid, sind heute tatsächlich *noch* jünger.“

In einem unbeobachteten Augenblick überzeugte Andreas sich davon, was Adelheid zu dem allen für ein Gesicht machte.

Sie hatte den Kopf zurückgelegt, stolz, wie er sie liebte, und das Lächeln in ihrer ruhigen Miene sagte den Freundinnen ihre nachsichtige Verachtung. Neid und Bosheit der andern, das zweideutige, fast obszöne Lächeln von Claire Pimbusch, wie das ohnmächtige Übelwollen der alten Frau Bescheerer, die, ohne das Verzichten gelernt zu haben, allmählich in Fäulnis überging, das alles waren Weihrauchwolken, die zu der üppigen und wohlerhaltenen Frau emporstiegen. Sie verkündeten ihr, daß keine hoffen durfte, so zu lieben und so geliebt zu werden wie sie selbst.

Andreas fühlte sich dagegen nicht sehr behaglich inmitten des Damenkreises. Angesichts so vieler Doppelsinnigkeiten, die er wenig geistreich fand, aber auf die er nicht gefaßt war, hatte er das Gefühl, eine unvorteilhafte Figur zu machen. Besonders lästig fiel ihm die Ausgelassenheit der kleinen Frau Goldherz, die mit erhobenem Lorgnon, huschend und die Flügel schlagend, einen wahren Freudentanz um ihn und Adelheid vollführte. Auf ihrem rosigen Puppengesichte wurden Mißgunst und Schadenfreude wohltuend gemildert durch das innige Vergnügen an dem kitzligen Gesprächsstoff, den sie hier erhaschen durfte, mit der Aussicht, ihn von Salon zu Salon weiterzutragen.

In seiner wachsenden Verlegenheit fand der arme junge Mann nur einen Ruhepunkt, wohin sein Blick sich flüchtete; es war das gütige Lächeln der Frau Mohr. Sie saß mit zusammengelegten Händen in ihrem Sessel, ohne Hut, behäbig wie im eigenen Heim, und sie nickte abwechselnd Frau Türkheimer und dem beklommenen Andreas zu, voll mütterlicher Nachsicht, als wollte sie sagen: „Genießt euer Glück mit Muße und ohne Überanstrengung! Inzwischen bin ich da, um den Tee zu besorgen und die Hausfrau zu entschuldigen. Die verfänglichen Anspielungen prallen an meiner verständnisvollen Milde ab; ich bin euer Schutzengel und verlange nichts dafür als ein bißchen Nachsicht auch für meine eigenen Schwächen. Wenn wir anständigen Frauen uns nicht gegenseitig mit Nachsicht behandelten, was sollte dann aus uns werden!"

„Eigentlich ist es etwas Schönes", äußerte sie. „So ein Dichter, der sonst vielleicht ein ganz normaler Mensch ist, zieht sich plötzlich von aller Welt zurück und schließt sich ein, ganz allein, oder doch nur mit seinen Idealen."

„Mit einem geliebten Schatten", verbesserte Frau Pimbusch. „Sage nur, mit einem geliebten Schatten. Aber wie hält er das aus? Was meinen Sie, Herr Zumsee, wie halten Sie es aus?"

Das Erscheinen Lizzi Laffés machte Andreas' Antwort überflüssig. Sie trug einen weiten violetten Samtmantel und füllte die Tür in ihrer ganzen Breite aus, so daß die Herren Klempner und Kaflisch, die sie begleiteten, hinter ihr zurückbleiben mußten. Einige Sekunden lang maß sie die Gesellschaft wie von der Höhe eines Thrones herab, bevor sie mit gewinnendem Lächeln und dem Gang einer Königin, die die Bühne betritt, rauschend und pomphaft auf die Hausfrau zuschritt.

Aber Frau Mohr war ins Schwärmen geraten; sie erklärte:

„Oh, ein richtiger Dichter erträgt noch Schwereres als die Einsamkeit. Ich kannte einen, es war ein netter junger Mann, der saß immer bei verhangenen Fenstern und bei Kerzenlicht. Er fastete dreimal in der Woche."

„War er so unbemittelt?" fragte Frau Pimbusch.

„Nein, der Inspiration wegen. Ich finde das poetisch. Und er ist auch an der Schwindsucht gestorben."

„Das kommt davon", sagte Kaflisch, der herzutrat. Er faßte in der Unterhaltung sofort festen Fuß.

„Ich kannte auch einen", erzählte er, „der ähnlich ums Leben gekommen ist. Es war eines der aussichtsreichen jungen Talente von unserem Beiblatt „Die Neuzeit". An reichliche Nahrung war er wohl auch nicht gewöhnt, denn als er einmal bei uns einen Taler verdient hatte, kaufte er sich so viel Wiener Würstchen, wie es für einen Taler gibt, und starb an einer Indigestion."

„Wissen Sie nicht etwas noch Dümmeres?" fragte Frau Pimbusch mitleidig. Frau Mohr war entrüstet.

„Nein, wie widerwärtig!"

Da Lizzi Laffé sich den Damen näherte, entzog sich der Journalist, mit seinem Erfolge zufrieden, weiteren Beifallsäußerungen. Er ergriff Andreas am Arm und führte ihn auf die andere Seite des Zimmers, vor den Kamin, der mit Blumen angefüllt war. Dahinter lag das Ventil der Luftheizung, und ein warmer Wind umspielte ihre Beine.

„Was sagen Sie zu Lizzi?" fragte Kaflisch.

Andreas zuckte die Achseln. Lizzi konnte ihm nicht mehr bange machen, einen so niederschmetternden Blick er bei ihrem Eintritt von ihr erhalten hatte. Sein Debüt, den Tritt auf ihre Satin-Duchesse-Schleppe, hatte sie ihm gewiß noch immer nicht verziehen. Aber was wollte sie eigentlich mit ihrem brutalen Bulldoggengesicht, und wer war sie denn? Eine mittelmäßige Schauspielerin, der bloß ihre Brillanten einige Geltung verschafften. Er äußerte wegwerfend:

„Sie sollte ihren Teint pflegen, er verdirbt immer mehr. Um die Nase herum ist er fleckig."

„Na, sie hat doch Formen", meinte Kaflisch gutmütig. Andreas war unerbittlich.

„Sie scheinen mir beweglich, ihre Formen. Im selben Genre gibt es doch noch Besseres."

Und er sah mit dem zufriedenen Kennerblick des Eigentümers zu Adelheid hinüber. Der andere seufzte.

„Sie Glücklicher! Sie wissen, wovon Sie reden. Das meine ich übrigens nicht. Lizzi hat heute so was Gehobenes, merken Sie das nicht? So was Großes? Nu sehnse wohl, das muß man doch merken. Sie spielt hier nämlich ihre Abschiedsrolle, unwiderruflich letztes Auftreten, wissense. Mit Türkheimer hat es nun bald geschnappt, und da verschafft sie sich einen guten Abgang."

Andreas wurde aufmerksam.

„Was sie sagen! Türkheimer läßt sie wirklich laufen? Und wen macht er denn jetzt glücklich?“

„Problem. Allseitig erschöpft man sich in Vermutungen, sehr geehrter Herr. Es sind schon Wetten eingegangen. Aber mit Türkheimer ist nicht mehr viel los, er fällt ab. Er soll sich nach was Magerem sehnen, sagt man.“

„Nach was Magerem?“

„So'n kleines Mädchen, wissense? Aber wer damit erst anfängt, das is 'n schlimmes Zeichen, besonders wenn einer siebzig Millionen hat wie Türkheimer. Auf die Börse hat es Eindruck gemacht, gestern ist sie flau gewesen, weil der große Mann erklärt hatte, Sekt vertrage er nicht mehr. So was beunruhigt doch den Platz, verstehnse mich, sehr geehrter Herr?“

„Komisch!“ bemerkte Andreas.

„Komisch nennen Sie das? Bös ist es!“

„Und Lizzi, was macht sie jetzt? Begnügt sie sich mit Klempner?“

„Klempner? Der gehört zu ihrer Passiva, das wissen Sie doch.“

„Natürlich. Dann schafft sie ihn also ab?“

„Dafür ist es doch 'ne zu haltbare alte Liebe, und wird noch immer zärtlicher, besonders seit „Rache!“ Sehnse, so'n Erfolg fördert 'nen jungen Menschen auf alle Weise. Sie sollten auch mal 'n Stück schreiben.“

„Kleinigkeit“, versetzte Andreas leichthin. „Stücke schreibt ja jetzt jeder.“

„Nicht wahr?“ rief Kaflisch. „Die dramatische Form ist doch die höchste und schwierigste wo man hat; wenigstens sagen es alle. Und gerade die kann jetzt jeder, wenn er auch weiter rein gar nichts kann. Es ist eigentlich 'ne hohe Blüte!“

„Und wegen „Rache!“ ist sie so in ihn verliebt?“

„Und wegen seiner sonstigen Tugenden. Er hat doch so was Männliches. Es ist übrigens rührend, wie sie ihn überall mit hinschleppt, sogar hierher zu ihrer Abschiedsvorstellung. Ich sage ja nichts, aber so 'nen Posten wie Klempner seiner kann sich jeder wünschen.“

Andreas lächelte verächtlich.

„Na, na. Und wenn der Zukünftige ihn nun nicht mit übernehmen will?“

„Muß er. Ohne Klempner ist bei Lizzi nichts zu wollen."

„Hat sie denn schon wieder einen?"

„'nen Prätendenten? Und ob. Sie bleibt doch immer Lizzi mit den Brillanten. Einer, der so 'n gewissen historischen Ehrgeiz hat und ihn sich 'n Stück Geld kosten läßt, findet sich allemal. Jetzt soll es sogar ein Herr von Rcszscinski sein, Kollege Hochstettens, und noch nicht lange in Berlin."

„Hä?" machte Andreas unwillkürlich. Kaflisch fragte:

„Kennen Sie ihn vielleicht?"

Aber Andreas war nur von der Erwähnung Hochstettens überrascht worden. Die Erinnerung an Asta fiel ihm schwer auf das Gewissen, es war ihm gar nicht wohl bei dem Gedanken, daß er sie hätte antreffen können, als er mit Adelheid in einer Droschke hierhergekommen war. Aber sie blieb unsichtbar, und er atmete auf, wie nach einer überstandenen Gefahr. Der Platz in der Fensternische, hinter dem gelbseidenen Vorhang, flößte ihm noch einige Besorgnis ein, doch überzeugte er sich sofort davon, daß auch Fräulein von Hochstetten fehlte.

„Fräulein Türkheimer zeigt sich ja gar nicht. Ist ihr nicht wohl?" fragte er.

Kaflisch brach, dem jungen Manne dicht unter der Nase, in Gelächter aus.

„Nicht wohl? Sind sie besorgt um Asta? Daß sich das man legt! Dem guten Mädchen ist wohler als je, schon darum, weil sie gar nicht mehr Türkheimer heißt."

„Ah!"

Andreas war so erstaunt, daß er sich von dem laut meckernden Journalisten mit fortziehen ließ.

„Meine Damen!" rief Kaflisch. „Sehn Sie mal die liebe Unschuld! Er weiß es nicht."

„Was weiß er nicht?" fragte Frau Goldherz.

„Daß Asta sich verändert hat!"

„Und woher soll er es auch haben?" meinte nachsichtig Frau Mohr. „Wir wissen es ja alle bloß vom Hörensagen, sie haben sich doch sozusagen inkognito verheiratet."

„Weil das dies Jahr das Feinste ist“, bemerkte Frau Bescheerer. „Und ob sie wirklich in Norwegen sind, ist auch nicht mal sicher.“

„Doch!“ erklärte Claire Pimbusch. „Norwegen gehört zu Astas Grundsätzen.“

„Norwegen jetzt im Winter?“ fragte Andreas. „Was machen sie denn da?“ Kaflisch belehrte ihn:

„Sie laufen Schlittschuh auf den Fjorden.“

„Wer das nicht kennt, kennt gar nichts“, sagte Frau Bescheerer, und ihre Miene blieb unbewegt, dank der dicken Schminke, die die Falten ihres Gesichtes ausfüllte.

Fast hätte Andreas sich erkundigt, ob die gnädige Frau auch ihrerseits diesem Sport huldige; denn er besorgte ernstlich, Frau Bescheerers mürbe Knochen möchten solchen Anstrengungen nicht gewachsen sein. Doch hielt ihn ein heftiges Erstaunen befangen über all das Ungewöhnliche, das seit seinem Verschwinden geschehen war, ohne daß er darum wußte. Adelheids leibliche Tochter konnte Hochzeit machen, und die Geliebte sagte ihm nichts davon, so tief waren sie beide in ihrer Leidenschaft untergegangen. Frau Pimbusch hatte recht gehabt, er kam geradeswegs aus dem Venusberg und mußte sich in der bürgerlichen Gesellschaft wieder zurechtfinden. Er sah sich um, kniff die Augen ein wenig zusammen, legte den Kopf leicht auf die Seite und schritt ganz plötzlich, als setzte ihn jemand von hinten durch einen Stoß in Bewegung, auf Frau Türkheimer zu. Er verneigte sich und sagte mit gemessener Herzlichkeit:

„Gnädigste Frau, ich bin beschämt, Ihnen erst heute meinen Glückwunsch abzustatten. Ich hatte von der Verheiratung des gnädigen Fräuleins tatsächlich noch nichts erfahren.“

Sie erwiderte:

„Aber werter Herr Zumsee, natürlich sind Sie entschuldigt. Wir wissen ja, daß Sie wochenlang ganz ihrer Arbeit gelebt haben.“

Vielleicht hatte Frau Türkheimer, während sie Andreas' Huldigung entgegennahm, nicht alle Zärtlichkeit in ihrem Blicke unterdrückt. Wenigstens war dies die Ansicht einiger Zuschauerinnen. Aber die Sicherheit des jungen Mannes, der sich der Lage über Erwarten gewachsen gezeigt hatte, verblüffte allgemein. Diederich Klempner kam hinter den Röcken der Damen Laffé und Türkheimer hervor, um dem Kollegen die Hand zu schütteln. Er trug einen ernsteren Gehrock als früher und hatte seit der Aufführung von „Rache!“

sichtlich an Reife und Würde gewonnen. In seinem humoristischen Gesicht trat der staatserhaltende Zug kräftiger hervor.

Sogar Lizzi gönnte dem unwillkommenen Neuling ein herablassendes Lächeln. Adelheid wandte sich an die Schauspielerin:

„Unser Freund ist Ihnen wohl noch unbekannt? Herr Andreas Zumsee."

„Dramatischer Dichter", setzte Kaflisch hinzu. „Wird nächstens mit einem Stück hervortreten."

„Natürlich Frauenkomödie!" rief Frau Pimbusch. „Mit unbefriedigter Heldin!"

„Wirklich?" fragte Lizzi ziemlich trocken.

„In der Tat mein gnädiges Fräulein", erklärte Andreas voll Siegeszuversicht. Man hätte ihm sagen können, sein Stück spiele auf den Fidschi-Inseln, im zwölften Jahrhundert, und er würde es bestätigt haben. Er ließ sich auch durch Kaflisch nicht beirren, der ihn in den Arm kniff und ihm zuraunte:

„Sie hört nicht auf Fräulein, nennen Sie sie Frau!"

Die allseitige Achtung, von der er sich in diesem Augenblick umgeben fühlte, stieg ihm zu Kopf, und er versetzte mit ritterlicher Leichtigkeit:

„Ich habe bei meiner Hauptrolle gerade an Sie gedacht, gnädiges Fräulein, und ich würde mich glücklich schätzen –"

„Ach so", äußerte Lizzi gedehnt.

Keineswegs gewillt, seinen Ton gelten zu lassen, maß sie den vorlauten Jüngling vom Wirbel bis zur Sohle, bevor sie ihn niederschmetterte.

„Ich habe doch gleich so was vermutet. Verkannte Frauenrollen wirft einem ja jetzt jeder an den Kopf."

Als sie die Wirkung ihres Verweises auf seinem Gesichte wahrnahm, setzte sie milder und im Tone einer Belehrung hinzu:

„Wissen Sie, so was wie Sie vorzuhaben scheinen, ist verbrauchter Zauber."

„Ach gehn Sie doch, Lizzi!" äußerte Frau Mohr.

Frau Türkheimer verriet durch eine unwillkürliche Handbewegung ihre innere Erregung. Aber Lizzi war Vorstellungen unzugänglich.

„Ich kenne doch das Theater!“ sagte sie lauter. „Was jetzt Mode wird, ist das Volk, und mit der Mode muß man gehen. Die napoleonische Bewegung der Massen –“

„Das hat schon in Abells Kritik gestanden“, bemerkte Adelheid.

„Na also!“ rief Lizzi, durch diese Einmischung gereizt. „Das Volk, die Masse, das zieht jetzt. Passen Sie mal auf, „Rache!“ wird Schule machen!“

„Schule vielleicht“, erwiderte Frau Türkheimer, „aber Kasse macht sie wohl nicht mehr? Oder wird sie noch gegeben?“

Die Gegnerinnen erklärten sich. Sie sagten einander ihre Eifersucht geradezu ins Gesicht. Andreas, froh, daß man ihn nicht in Anspruch nahm, zog sich vorsichtig hinter Adelheids Stuhl zurück. Klempner wurde von Lizzis Rücken gedeckt. Die Schauspielerin zuckte mitleidig die Achseln.

„Kasse machen! Solche Händler-Anschauungen, meine gnädige Frau, sind uns Künstlern fremd. Als ob es aufs Kassemachen ankäme, wenn es sich um eine neue große Kunst handelt wie bei „Rache!“. In Posemuckel und in Meseritz –“

„Ah, Posemuckel und Meseritz.“

„Gewiß. Dort hat „Rache!“ Erfolg gehabt, und die wahre Bildung, meine gnädige Frau, findet sich vielleicht häufiger in der Provinz als bei unserem dünkelhaften Berliner Publikum. Ein Stück wie unseres ist natürlich nur für die Elite der Bildung, während die Frauenrechte, na, die liegen doch schon in allen Gossen.“

„Meinen Sie wirklich? Wenn wir von Gossen reden wollen, so kommen in „Rache!“ wohl mehr Dinge vor, die nach der Gosse riechen. Überhaupt werden Sie mir erlauben, solche Angriffe auf die besitzende Klasse sehr wenig sauber zu finden, wenn sie von einer gewissen Seite ausgehen, von Leuten, meine ich, die zu allerletzt berechtigt wären, sich über uns zu beklagen!“

Adelheid schöpfte Atem. Sie stand im Begriffe, die von Andreas erlernten Einwände gegen Klempners Sittlichkeit zu wiederholen und dem Verfasser von „Rache!“ jedes Abendessen vorzuwerfen, das er von der besitzenden Klasse angenommen hatte, indes er heimlich an ihrem Untergang arbeitete. Doch Lizzi kam ihr zuvor.

„„Die verkannte Frau“, so kann das Stück ihres Protegés ja heißen, oder es bekommt einen nordischen Namen, Ebba oder Hedda oder so ähnlich. Aber ich bitte Sie, was wollen Sie damit noch anfangen? Von allen Frauenrechten macht auf der Bühne eigentlich bloß das Recht auf Liebe Effekt. Das soll es vielleicht sein?“

Sie sah triumphierend im Kreise umher, bevor sie bedeutungsvoll hinzusetzte:

„Vielleicht das Recht auf Liebe – in einem gewissen Alter?“

„In Ihrem Alter, mein liebes Fräulein“, entgegnete Adelheid, mit beleidigender Betonung, „sollte man solchen Scherzen wohl entwachsen sein.“

Ihre Stimme zitterte, obwohl Frau Türkheimer, der aufgeregten Schauspielerin gegenüber, eine immer kühlere Ruhe zur Schau trug. Sie war, während Lizzi sich um die Nase herum beträchtlich rötete, im Gegenteil sehr blaß geworden, was ihr gut stand. Aber das Wogen der Brust vermochte sie ebensowenig zu besänftigen wie jene. Lizzi hatte alle Fesseln gesprengt. Sie saß, den violetten Mantel wild zurückgeschlagen und eine Hand auf der Brillantagraffe an ihrem Gürtel, vorgebeugt und jeden Augenblick bereit, der Gegnerin ins Gesicht zu springen.

„Löwinnen, ihre Jungen verteidigend“, bemerkte Kaflisch halblaut zu seiner Nachbarin.

Klempner und Andreas verhielten sich ganz still hinter der sicheren Deckung, die ihnen Adelheids und Lizzis Rücken gewährten. Sie maßen einander heimlich, verlegen und sehr im Zweifel darüber, ob man eine Stellungnahme zum Streite ihrer Beschützerinnen von ihnen erwarte. Andreas meinte es sich schuldig zu sein, dem andern einen offen herausfordernden Blick zu senden, aber er begegnete auf Klempners forschem Gesicht nur einem skeptischen Lächeln. Und nachdem sie sich schweigend darüber verständigt hatten, daß dieses Weibergezänk keine männliche Einmischung wert sei, sahen beide diskret beiseite.

Die Damen ringsumher aber hingen an den Lippen der Rivalinnen. Als sie sich gegenseitig an ihr Alter erinnerten, war Frau Pimbusch einer Ohnmacht nahe infolge des Zwanges, den sie sich antun mußte, um ihre Wonne nicht laut zu verkünden. Frau Bescheerer, reglos und wie durch mechanische Mittel in ihrem Sessel aufrecht erhalten, versuchte wenigstens eine krause Stirn zu machen, wobei jedoch der grünliche, moosartige Fleck gleich einem lebenden Tiere zwischen den Falten hervorkroch. Frau Mohr lächelte begütigend, während

Kaflisch jedem, der zufällig an ihm vorübersah, eine scheußliche Fratze schnitt, die sein Vergnügen bezeugen sollte.

Die kleine Frau Goldherz, die unruhig umhergeflattert war, verschwand plötzlich mit einem leisen Aufschrei hinter den Röcken ihrer Freundinnen. Andreas fühlte einen heißen, keuchenden Atem im Nacken, und als er sich umwandte, sah er dem Rechtsanwalt in das schwitzende, apoplektische Gesicht. Dieser Herr riß verstört die zwischen Fettpolstern eingeengten Augen auf, unfähig zu begreifen, wo seine Gattin schon wieder geblieben sei. Sein schwerer Bauch wankte, enttäuscht und traurig, hin und her. Türkheimer stand daneben und wiegte schalkhaft den Kopf. Er erkundigte sich:

„Die Damen haben eine kleine Meinungsdifferenz? Ich bin so frei und biete meine Dienste an als ehrlicher Makler, ganz wie unser großer Kanzler."

„Oh, es ist eine literarische Streitigkeit", erklärte Adelheid in gleichgültigem Tone. Kaflisch fügte hinzu:

„Wegen der deutschen Geisteskultur, wissense, Herr Generalkonsul."

„Wenn es sonst nichts ist –" sagte Türkheimer.

Adelheid gab, über ihre Schulter hinweg, dem Gatten einige nachlässige Andeutungen.

„Es handelt sich um neue Dramen. Du weißt, mein Lieber, wir müssen unseren Gästen einmal einen dramatischen Abend bieten. Die Geselligkeit wird sonst jedes Jahr monotoner, finden Sie nicht auch, meine Damen? Und woher soll es auch kommen?"

Türkheimer bestätigte höflich:

„Adelheid, du hast recht wie immer. Wir müssen was für die Kunst tun, wer soll es sonst? Immer bloß Abfütterung, das ist ja wie beim Mittelstand."

„Ist es auch", äußerte Frau Pimbusch. Frau Mohr erklärte: „Die besitzende Klasse ist den Rittern vom Geiste so vieles schuldig."

„Das sagen Sie nur noch einmal!" rief Kaflisch, indem er sich auf die Brust schlug.

„Der König muß mit dem Dichter gehen, das ist doch 'n Gemeinplatz."

Und er verbeugte sich vor Türkheimer. Dieser lächelte gnädig und reichte Klempner und Andreas seine beiden Hände hin.

„Herr Klempner und Herr Zumsee, Sie werden uns doch das Vergnügen machen und bei unserer kleinen Veranstaltung mitwirken? Was?"

Aber ein Blick seiner Frau belehrte ihn darüber, daß er zu schweigen habe. Adelheid sagte:

„Oh, Herr Klempner ist berühmt, und Berühmtheiten können wir doch für unser Haustheater nicht in Anspruch nehmen. „Rache!" wird jetzt schon in Posemuckel und in Meseritz gegeben."

„Aber ich bitte Sie, meine gnädigste Frau", so fiel Lizzi ein, mit einer Stimme, die sanft und süß geworden war.

„Posemuckel und Meseritz haben hierbei wohl nur wenig zu sagen. Übrigens beendet Herr Klempner gerade jetzt ein neues Stück, von dem man behaupten kann, daß so etwas noch nicht dagewesen ist. Es hat einen noch größeren Zug als „Rache!" und wirft alles andere um, wenn ich so sagen darf. Der Verfasser würde sich gewiß glücklich schätzen, Ihrem Hause, meine gnädige Frau, die primeur zu bieten. Die Creme der Gesellschaft, die hier zusammenkommt, hat gewiß das Recht, solch ein epochemachendes Werk zu allererst und noch vor den breiteren Schichten des Publikums kennenzulernen."

Adelheid lächelte glücklich in dem Genusse, die Rivalin in bittender Stellung, schon fast zu ihren Füßen zu erblicken. Sie fand es unnötig sich zu verstellen, und sie drückte ihr Bedauern, das Anerbieten der Schauspielerin ablehnen zu müssen, mit sichtbarem Entzücken aus.

„Wie schade, es trifft sich schlecht, daß Herr Klempner uns nur so etwas Großes, Abendfüllendes anzubieten hat, Wäre es ein Einakter! Ich habe mir nämlich unser Programm schon zurechtgelegt. Es soll aus Kleinigkeiten bestehen, einzelne Akte und Szenen aus den Stücken unserer Jüngsten, verstehen Sie, damit jeder Gelegenheit hat, sein Können zu zeigen."

„Aber ich bitte Sie, ohne Klempner geht das doch nicht!"

„Erst recht! Und die Gründe, weshalb wir auf Herrn Klempners Mitwirkung verzichten müssen, sind für ihn so schmeichelhaft, daß er es uns gewiß nicht verübeln wird."

„Schmeichelhaft, selbstredend!" bestätigte Türkheimer. „So'n genialer junger Mann!"

„Nun?" fragte Lizzi. Adelheid erklärte:

„Es ist ganz einfach. Diederich Klempner überragt, wie man jetzt schon in den entlegensten Gegenden weiß, alle sein Zeitgenossen so sehr, daß es ungerecht wäre, die kleineren Dichter mit ihm in Wettbewerb zu stellen. Sein Drama würde, wie Sie selbst, liebes Fräulein, zugegeben haben, alles andere umwerfen. Gestehen Sie nur, das wäre schlimm für unser Programm."

„Schlimm, schlimm!" wiederholte Türkheimer.

„Aber ohne Klempner bleibt ihr Programm unvollständig!" rief Lizzi halb verzweifelnd.

„Wir müssen eben auf Vollständigkeit verzichten", entgegnete Adelheid gelassen.

Klempner, den Lizzi durch häufige Stöße mit dem Ellenbogen zur eigenen Vertretung seiner Interessen aufforderte, verhielt sich schweigend. Er wehrte Adelheids falsche Komplimente durch eine bescheidene Verbeugung ab, und er lächelte mit heiterem Phlegma. Er überließ es seiner unglücklichen Fürsprecherin, sich noch tiefer zu demütigen.

„Meine gnädige Frau", begann sie wieder, „wie können Sie die Stellung eines jungen Anfängers nur so überschätzen! Klempner hat es so nötig wie jeder andere, daß etwas für seinen Ruhm geschieht. Der Erfolg von „Rache!" ist viel, aber er ist noch nicht alles. Kasse macht das Stück nicht mehr, wie Sie wissen, und die Aufführung seines zweiten Werkes wird vielleicht auf Schwierigkeiten stoßen –"

„Oh!" machte Adelheid.

Sie hatte den Kopf zurückgelehnt, und ihre Nüstern, schwarz und weit geöffnet, atmeten sichtlich einen köstlichen Duft ein, den Duft von Lizzis Sorge und peinlicher Erniedrigung. Die Schauspielerin zwang sich zu einer letzten Anstrengung.

„Aus dem Gedächtnis des Publikums verschwindet der Name eines jungen Autors nur zu schnell. Ein Mißerfolg, eine Ablehnung, und es ist vorbei mit ihm. Daß Klempner Förderung verdient, hat er wohl bewiesen, und niemand ist so sehr imstande, ihn zu fördern, wie Sie und Ihr Haus, meine gnädige Frau!"

Adelheid hob ungläubig die Achseln.

„Ich täte Herrn Klempner sehr unrecht, wenn ich das glauben wollte, was sie sagen. Unser armes Haus sollte für eine anerkannte Berühmtheit Reklame machen! Aber liebes Fräulein, Sie können gerade so gut von uns verlangen, daß wir den Ruhm des großen Wennichen unterstützen. So bescheiden ist das Genie doch nicht!"

Türkheimer führte das Echo aus.

„I wo, so bescheiden ist doch das Genie nicht!"

„Nur die Lumpe sind bescheiden!" verkündete Kaflisch mit Nachdruck. Klempner, der tat, als ginge das alles ihn nur sehr entfernt an, brach in Lachen aus, und die anderen stimmten ein.

Lizzi mußte ihre Sache verlorengeben. Sie ward plötzlich hochrot im Gesicht, setzte sich stramm aufrecht im Stuhl zurecht und bemerkte schroff:

„Es ist doch sonderbar, daß man da, wo es sich bloß um die Kunst handeln sollte, überall auf Cliquen und Koterien stößt!"

„Meinen Sie wirklich?" fragte Adelheid, die mit kalter Neugier Lizzis ohnmächtige Erbitterung betrachtete.

„O ja, meine gnädige Frau, das ist leider so! Gewisse Leute geben vor, etwas für die Kunst tun zu wollen, und wenn man näher zusieht, so ist es bloß, weil sie irgendeinen persönlichen Pflegling in bengalischer Beleuchtung zeigen möchten."

„Nein, ich sage!" rief Frau Mohr ganz erschreckt dazwischen. Adelheid begnügte sich damit, mitleidig und erstaunt den Kopf zu schütteln. Die Damen kicherten, richteten die Lorgnons auf Lizzi und schoben ihre Stühle ein wenig zurück.

Aber Türkheimer zeigte sich merkwürdig beweglich. Er rieb sich, schwänzelnd und grinsend, die Hände, verbeugte sich mit ironischer Unterwürfigkeit vor der Schauspielerin und begann munter zu scherzen.

„Persönlicher Pflegling in bengalischer Beleuchtung! Famos gesagt, verehrteste Frau Laffé, famos gesagt! Persönliche Pfleglinge haben wir ja alle, das muß man zugeben, dabei ist nichts zu machen. Persönlicher Pflegling ist wirklich gut!"

„Und wir lassen sie uns auch was kosten, die persönlichen Pfleglinge!" sagte er mit erneuter Heiterkeit. Er ergriff Klempners Hand, gab ihm einen vertraulichen Schlag auf den Bauch und lachte ihm schallend gerade ins Gesicht. Klempner nahm sich die Freiheit, in derselben Tonlage mitzulachen, wodurch

Türkheimers Fröhlichkeit verstärkt wurde. Sofort verdoppelte auch der andere die seine, und minutenlang standen sie mit weitoffenem Mund einander gegenüber, atemlos, ganz durchschüttelt, tränenden Auges und beinahe blödsinnig. Am Ende machte ihre in Krampf übergehende Ausgelassenheit ihnen bange. Sie sahen einander verwundert an und ließen sich los.

Lizzi erhob sich mit einem Ruck. Sie sandte über die Versammlung hin einen Blick voll Hoheit und Verachtung, dann wandte sie sich zur Tür, rauschend, pomphaft und mit dem tragischen Schritt einer entthronten Königin. Klempner ging hinterher, den Kopf ziemlich tief zwischen den Schultern.

Die Gesellschaft löste sich auf. Andreas, dem diese ganze Szene keinen durchaus wohltuenden Eindruck hinterlassen hatte, wollte still davonschleichen. Aber Türkheimer, der ihm plötzlich in den Weg trat, ergriff seinen Arm, klopfte ihn fast zärtlich und erkundigte sich:

„Gehen Sie schon, mein Lieber? Na, wenn Ihnen der Betrieb hier gefällt, kommen Sie doch nur recht bald wieder. Meine Frau, daß weiß ich zufällig, hat viel für Sie übrig."

Er lächelte schlau und fügte hinzu:

„Und ich auch."

Auf der Treppe stieß Kaflisch zu Andreas.

„Denken Sie über Ihre Taten nach?" fragte er.

„Nein, warum?"

„Er weiß es nicht!" rief frohlockend der Journalist. „Da geht er hin und weiß es wieder mal nicht! Aber ich sage es ja immer, den Seinen gibt er's im Schlaf."

„Was meinen Sie, bitte?"

„Na, seien Sie nur nicht unfreundlich zu mir, sehr geehrter Herr. Jetzt muß man Sie mit Vorsicht anfassen. Sie haben Türkheimer 'nen Liebesdienst erwiesen, und so was vergißt er nicht. Sie sind jetzt so gut wie versorgt und stehen fein da."

„Nun erklären Sie aber mal, was Sie eigentlich meinen!"

„Soviel haben Sie jetzt doch wohl heraus, daß Sie unsere Lizzi total verkannt hatten. Mit schönen Rollen, so gern sie welche kreiert, ist sie doch nicht einzufangen, wenigstens dann nicht, wenn ihr ein Konkurrent ihres Diederich damit kommt. Das ist eben der heroische Zug in ihrem Charakter. In Ihrer Unschuld haben Sie das gute Mädchen schwer gereizt, mit Ihrer „Verkannten Frau“, wissense. Dafür ist sie gegen Adelheid grob geworden, und die hat sich natürlich gleich gerächt, indem sie Klempnern auf die Zehen trat. Haust du meinen Juden, hau ich deinen Juden, wie das Sprichwort sagt, – ohne Sie irgendwie kränken zu wollen, sehr geehrter Herr.“

„Werden Sie heute nachmittag noch viel zitieren?“

„Egal weg. Was ich sagen wollte, und die feine Gelegenheit hat dann Türkheimer benutzt, um Lizzi hinauszusetzen, was er sonst nie gewagt hätte. Ich bitte Sie, was hatte er ihr denn vorzuwerfen? Doch nicht etwa Diederich, der ist obligatorisch und vertragsgemäß. Jetzt ist er sie los, und das dankt er bloß Ihnen. Darum war er auch so vergnügt mit Klempner. Sehnse woll, nu machen Sie 'n nachdenkliches Gesicht, und das mit Recht. Vergessen Sie nur nicht, daß ich Ihnen das alles erzählt habe, ich, Kaflisch vom „Nachtkurier“, und nehmen Sie's nicht übel, wenn ich Sie mit Ihren Träumen allein lasse. Ich muß machen, sonst habe ich Krach mit Bediener.“

Er enteilte in großen Sätzen, indes er fortfuhr zu reden.

„Unschuld ist besser als Politik, das kann jeder sehen. Wer und was sagt doch –“

Und er verschwand, ohne das Zitat zu vollenden.

Andreas, der sinnend auf dem Treppenabsatz zwischen den Orchideen und den purpurnen Kaktusarten stehenblieb, vernahm droben die fette Rednerstimme des Rechtsanwalts Goldherz.

„Sagen Sie mal, was ist das eigentlich für ein junger Mensch, den Sie sich jetzt angeschafft haben?“

Türkheimer erwiderte:

„Gefällt er Ihnen auch? Das ist ja der persönliche Pflegling meiner Frau. Spaßmacher und Zeitvertreib, wissen Sie.“

„Magerer Zeitvertreib“, meinte Goldherz.

„Noch 'n bißchen mager. Aber er wird schon Fett ansetzen.“

Diese Aussprüche entschieden Andreas' Urteil über das soeben Erlebte. Indes er mißmutig heimging, erklärte er Türkheimers Zynismus für widerwärtig und

Adelheids Auftritt mit der Schauspielerin für geschmacklos und unanständig. Sie hatte vielleicht gemeint, ihm einen Gefallen zu erweisen, indem sie ihn gegen die Rivalin und deren sogenannten Pflegling mit dem Gezeter eines Marktweibes verteidigte? Aber sie hätte sich diskreter verhalten sollen. Eine Frau hatte es wirklich zu leicht, sich für einen Geliebten bloßzustellen, wenn niemand es ihr verübelte und der Mann darüber lachte. Was waren das überhaupt für Sitten! Türkheimer, das war doch klar, fürchtete nichts so sehr, als daß seine Frau ihren harmlosen jungen Menschen verlieren und zu Ratibohr, dem Bankier, zurückkehren könnte. Darunter würden seine Geschäfte leiden, und das war die einzige Angelegenheit, in der er keinen Spaß verstand.

„Woher denn sonst das herzliche Wohlwollen, das er mich fortwährend fühlen läßt. Er spricht mit mir in einem Tone, als ob er mir jeden Augenblick Schmollis anbieten wollte. Er kann mich nicht ansehen, ohne zu schmunzeln, schlau zu lächeln und sich die Hände zu reiben, gerade als ob er einen feinen Coup gemacht hätte. Vielleicht glaubt er mich mit Adelheid angeschmiert zu haben."

Im übrigen hatte Türkheimer sich jetzt der Laffé entledigt, und das mit seiner, Andreas', Hilfe. Er, Andreas, machte sich am Ende all diesen Leuten nützlich, er diente ihnen als Spaßmacher und Zeitvertreib. Dies waren Türkheimers Worte. Klempner hatte ihn früher mit Pulcinello verglichen, und Köpf schrieb ihm eine glückliche Naivität zu. Bei alledem fühlte man sich ja schließlich als der Gefoppte.

„Wen betrüge ich denn eigentlich?" fragte er sich mit ehrlicher Entrüstung.

In ähnlichen Liebesgeschichten mußte dem Herkommen gemäß jemand hintergangen werden, und konnte es nicht Türkheimer sein, so mußte Adelheid herhalten. Aus solcher übelwollenden Stimmung heraus vollführte Andreas eine heftige Bewegung gegen das junge Fräulein Levzahn, das ihm die Tür der Wohnung öffnete. Sie gab in der Dunkelheit des Flurs einen als zart beabsichtigten Schrei von sich, der sauersüß klang, und entschlüpfte in die Küche.

„Mutter", fragte sie, „ist mein Gesicht geschwollen? Der junge Mensch hat so 'n forschen Griff, wenn er einen in die Backe kneift."

„Ne, nu soll aber doch –" rief die Alte.

„Wer is es denn? Doch nich der Köpf?"

„I wo, so 'n stilles Kaninchen. Der andere selbstredend."

„De lütte Schriewer? Na, denn büll di man nix in, Zaffie. Dat is man 'n Putschinell."

Das junge Mädchen machte ein böses Gesicht.

„Mutter, rede doch bloß 'ne gebildete Sprache! Der Jüngling scheint übrigens gar nicht von schlechten Eltern", setzte sie gleichgültig hinzu. „Er hat doch so 'n großes Portemonnaie."

„Hat er bloß von die dicke Olsche, die ihm immer besucht, mien Döchting, un die schenkt uns nix."

„Ach, so meinst du das", bemerkte Sophie harmlos naiv. Die Mutter erklärte:

„Is doch 'ne Schande, so 'ne Ollsche, die noch auf Freiersfüßen geht und sich 'nen jungen Mann käuft."

„Glaubst du wirklich, daß sie ihn heiraten will? Das is wohl auch man so 'n fauler Kram, wie sie's in der vornehmen Welt alle machen, Mutter, das laß man gut sein."

„Na, wenn sie ihn auch nich heiratet, 'ne Schande is es doch", behauptete Frau Levzahn hartnäckig.

Nach einer nachdenklichen Pause schien das junge Mädchen einen Einfall zu haben.

„Aber wenn sie den jungen Menschen nachher losläßt, muß sie ihm doch wenigstens 'ne Mitgift und 'ne Aussteuer schenken. Das is doch nich mehr als recht."

Sie schwiegen wieder. Die alte Mecklenburgerin stemmte die knochigen Arme auf die Hüften. Ihr weit vorragender, mit Wasser angefüllter Bauch warf einen ungeheuren Schatten auf die Wand. Sie betrachtete ihre aufgeweckte Tochter mit ungeheuchelter Bewunderung, und sie wiederholte schwerfällig:

„Tje, dat is denn woll nich mehr as rech is un as man verlangen kann."

Das Mädchen wandte sich errötend ab.

„Auf was für Gedanken du aber auch kommst, Mutter!" sagte sie im Tone eines Theaterbackfisches.

Der Gedanke, den sie meinte, ging der Alten erst jetzt vollends auf. Sie rief der Tochter, die die Küche verließ, eifrig nach: „Nu wart aber erst 'n büschen, ob hei süst noch was van di will, Zaffie!"

Wirklich fuhr Andreas in seinen Angriffen auf Sophie Levzahn fort. Nach dem Abendessen erschien er unter einem hinfälligen Vorwand im Zimmer der beiden Frauen und setzte sich zu dem jungen Mädchen unter die Hängelampe. Er staunte die Randmuster und die Monogramme an, mit denen sie Rückenkissen und Portefeuilles bestickte, er erkundigte sich eingehend nach den Preisen, schalt heftig auf die Ausbeuter, die ein armes Mädchen die Nächte hindurch für Hungerlohn arbeiten ließen, und erstand ein Kartentäschchen, für seine Tante, wie er angab.

„Tante ist gut", bemerkte Sophie mit einem verräterischen Senkblick, der Andreas wohltat. Er sagte sich triumphierend, daß er bereits anfange, an Adelheid Rache zu nehmen.

Dann entzückte er sich über die weißen Finger der Stickerin. Sie habe wahrhaftig eine Prinzessinnenhand. Sie schmollte:

„So was sagen die Herren alle. Das kostet keinen Groschen."

Die Alte schlich auf Filzpantoffeln hin und her, und Andreas ward die Empfindung nicht los, als habe er einen Wärterblick im Rücken. Endlich entschloß er sich doch, einen Kuß auf Sophies Haar zu drücken, übrigens ohne Überzeugung, denn ihr Haar war graublond und dünn. Sie kreischte diesmal nur ganz leise, aber wenn es süß klingen sollte, so klang es doch falsch. „Sie kann nichts dafür", dachte der junge Mann. „Sie ist unmusikalisch."

Im ganzen reizte ihre Eroberung ihn nur wenig, obwohl er sie ziemlich hübsch fand. Ihr Gesicht war noch frisch, sie konnte höchstens zwanzig Jahre alt sein; aber vom Hals abwärts schien sie ein wenig schwammiges Fett angesetzt zu haben, wahrscheinlich in dem schlecht gelüfteten Hinterzimmer ihres Vaters, des verstorbenen Budikers Levzahn. Übrigens hatte ihre Koketterie etwas Erzwungenes, man bemerkte zu viel von verlorenen Illusionen und von Berechnung. Trotz aller Mühe, die sie sich gab, um dem jungen Manne zu schmeicheln, blickten ihre scharfen grauen Augen abschätzend, gierig und mißtrauisch wie die eines Wucherers.

Andreas, der ein gutes Herz hatte, empfand schließlich Mitleid mit dem unbefriedigten Geschöpf. Aber er war zu sehr auf Heiterkeit und Sattheit angewiesen, um es lange bei ihr auszuhalten. Er gähnte ein paarmal heimlich, fand nichts mehr zu sagen und empfahl sich etwas kleinlaut. Mutter und Tochter wußten sein Betragen nicht zu deuten; Sophie überließ sich ihrer Übellaunigkeit. Endlich meinte die Alte:

„Sallst di dat nich tau Harten nähmen, Döchting. Hei is man 'n beten düsig, son jungen Minschen!"

Sophie zuckte die Achseln.

„Du kommst heute den ganzen Tag auf schlechte Gedanken, Mutter. Was glaubst du denn? Daß ich hinter so 'n Bengel soll herlaufen und warten bis seine Alte so gut is und ihn mir rausgibt? Vater war doch 'n ehrlicher Mann, und arm aber anständig hab ich immer gesagt –"

„Is all gut. Aber Ferdienen wird mit n' großen F geschrieben."

Frau Levzahn kratzte sich den grauen Scheitel mit einer hölzernen Stricknadel, indes sie auf Mittel sann, um ihr Tochter zu überreden, die weiter nichts verlangte, als überredet zu werden.

„Un denn, Zaffie, wissen wir ja auch noch nich, ob es wirklich so schlimm is."

„Was soll nich schlimm sein?"

„Das mit die Ollsche. Es kann je doch 'ne ganz honette Person sein, kann es je doch, un auch wirklich dem jungen Menschen seine Tante."

„Das müssen wir erst rauskriegen."

„Tje, rauskriegen müssen wir das woll erst."

Die Alte verfiel wieder in Ratlosigkeit und wurde wieder durch die kluge Tochter daraus erlöst. Man redete, schwerfällig und voller Bedenken, noch eine Zeitlang hin und her, aber schließlich erreichte Sophie es, daß die Mutter ganz von selbst auf den richtigen Gedanken verfiel. Das nächstemal, wenn die fremde Dame zu dem Mieter kam, sollte das Mädchen drunten im Hausflur auf sie warten und ihr heimlich nachgehen. Stieg sie in eine Droschke, so mußte Fräulein Levzahn auch eine nehmen, die Sache war es wert. Als dies beschlossen war, setzte die Alte hinzu:

„Un is doch auch, daß wir man wissen, wer hier immer aus un ein geht. Sonst könnt uns hier ja woll jeder kommen. Eine Witwe mit erwachsene Tochter muß auf ihren Ruf sehen."

Sophie erwiderte:

„Nu sagst du doch auch mal 'n vernünftiges Wort, Mutter."

Andreas, der mit dem Verlauf seines Abstechers zu den Levzahns unzufrieden war, bereitete sich vor, Adelheid sehr kalt zu empfangen. Doch ließ sie ihm gar keine Zeit, seinen Unmut zu äußern. Sie betrat am folgenden Nachmittag mit einem Sprunge sein Zimmer, jugendlicher und elastischer als je. Ihre Wangen waren vom Froste gerötet, und das Glück strahlte auf den Lippen, die sie ihm bot. Aus der herzförmigen Öffnung ihres Handschuhs zog sie ein Stückchen Zeitungspapier und hielt es ihm unter die Augen.

„Da, lies! Eben habe ich es mit Rohrpost bekommen, es ist eine Druckprobe und soll heute abend in den „Nachtkurier!““ Er überflog die Zeilen, erst argwöhnisch, dann immer lüsterner, und sie entwaffneten ihn. Sie lauteten:

„In hiesigen literarischen Kreisen spricht man zur Zeit viel von einer dreiaktigen Sittenkomödie von Andreas Zumsee. Herr Zumsee, ein Protegé einer der glänzendsten Damen unserer vornehmen Gesellschaft, ist den Lesern unseres Blattes als eines der aussichtsreichsten jungen Talente längst bekannt. Wie verlautet, wurde das Stück, das den Titel „Eine Verkannte“ tragen wird, von einer hiesigen ersten Bühne bereits zur Aufführung angenommen, und dürfte die Erstaufführung noch in laufender Saison stattfinden. Man sieht diesem hochliterarischen Ereignisse allseitig mit Spannung entgegen. Der Erfolg wird zweifellos ein großer sein.“

„Was sagst du jetzt?“ fragte Adelheid. Sie lächelte erwartungsvoll. Er ergriff, in einer stürmischen Wallung, ihre Hand, die er streichelte und preßte; dann schlug er die langen, vorn zurückgebogenen Wimpern auf, um sie mit einem Liebesblick zu umfangen, seelenvoll wie seit langem nicht mehr.

„Du bist doch die Beste von allen“, sprach er herzlich.

„Nicht wahr?“

„Wie hast du es nur angefangen?“

„Oh, Kaflisch weiß schon allein, was er zu tun hat.“

„Ah, Kaflisch!“

Es enttäuschte ihn, daß Adelheid nicht eigenhändig für seinen Ruhm gesorgt hatte.

„Er hat es vielleicht nötig, sich lieb Kind zu machen?“ vermutete er.

„Wohl mehr aus guter Freundschaft. Er ist ein zuvorkommender Mann.“

„Aber das mit dem „Protegé““, wandte Andreas ein, „das ist nicht hübsch, das hat er von Lizzi.“

Er ward plötzlich rot vor Vergnügen, weil ihm einfiel, wie schmeichelhaft gerade diese Wendung in Kaflisch' Entrefilet für seinen Ruf sei.

„Nun stehen wir also schon zusammen in den Blättern!“ sagte er mit unterdrücktem Jubel. Sie warf den Kopf zurück.

„Was ich mir daraus mache!“

So viel selbstbewußte Unabhängigkeit gewann ihm Achtung ab.

„Dann hättest du's auch der armen Lizzi nicht so sehr verübeln sollen“, meinte er milde. Sie entrüstete sich sofort.

„Wie? Du willst doch die Person nicht in Schutz nehmen?“

„Das gerade nicht. Aber was hat sie eigentlich verbrochen? Du bist doch sonst solche gute Frau!“

Er hätte fast hinzugesetzt: „Und immer so nett zu den jungen Leuten!“

„Bin ich auch“, bestätigte Adelheid. „Aber diese Person hat mich in meiner Liebe angegriffen, und das verzeihe ich nie!“

„Oh!“ äußerte er leichthin, um sie zu reizen, denn das Tragische in ihrer Haltung gefiel ihm. Sie schritt erregt bis zur Tür, dann trat sie wieder vor ihn hin.

„Türkheimer kann in sein Haus einführen, wen er will, und wenn er seine Maitressen bei uns verkehren lassen will, was geht es mich an? Besonders bei solch einem Mann, und wie es mit ihm steht, da wäre es lächerlich, sich aufzuregen. Außer mit Diamanten hat er sie nicht oft glücklich gemacht, das kann ich am besten wissen!“

Andreas begann zu lachen, halb aus Verlegenheit, weil es ihm auffiel, daß er selbst eigentlich unter ähnlichen Bedingungen in der Hildebrandtstraße auftrete wie Lizzi. Aber Adelheid fuhr fort:

„Nur das kann man nicht verlangen, daß ich ruhig bleibe, wenn diese käufliche Person –“

Er zuckte zusammen, plötzlich ernst geworden. Nein, der Vergleich stimmte glücklicherweise nicht, denn er war nicht käuflich.

„Käufliche Person!“ wiederholte Adelheid eindringlich. „Wenn sie sich herausnimmt, meinen heiligsten Gefühlen zu nahe zu treten!“

Sie erfaßte seinen Arm und sank schwer gegen seine Schulter, so daß er ein wenig taumelte. Schluchzen stieg in ihrer Stimme auf.

„Es ist ja nur deinetwegen, mein geliebter Andreas! Deinetwegen bin ich zu allem fähig, und ich könnte ihr Blut sehen!“

Er glaubte es ihr fast, wie er ihr bebendes Gesicht betrachtete, das bleich schimmerte unter dem schwarzen Haarkamm, mit halbgeschlossenen, dunkel umränderten Lidern und weit geöffneten Nüstern. Er begann, durch diese Szene lebhaft angeregt, feurige Küsse auf ihre Lippen zu drücken, aber sie richtete sich auf, sie war noch nicht fertig.

„Was sie mir sonst gesagt hat, und daß sie mir mein Alter vorwirft, das verzeihe ich ihr! Wer in ihrem Alter schon so aussieht, wie sie, der kann mir höchstens leidtun. Ich bin vierundvierzig, du darfst es gerne wissen. Und ob ich alt bin, das kannst du besser sagen als alle andern. Da, ist das alt?!“

Mit einem jähen Ruck riß sie ihre Bluse auf, daß ein paar kleine Perlmutteragraffen durch das Zimmer rollten. Das Kleidungsstück flog zu Boden, Andreas bestaunte mit offenem Munde ihre Behendigkeit. Sie nestelte bereits am Mieder, es war immer nur lose gebunden, wenn sie hierher kam; und als es fiel, wies sie mit einer beinahe feierlichen Gebärde auf ihre Brust, die fest, glänzend und hoch gewölbt über ihre Jahre triumphierte.

„Ist das alt?“ wiederholte sie, und er fand sie großartig in ihrer Schamlosigkeit. Ihre Leidenschaftlichkeit überwältigte ihn, er hatte Lust, ihr zu Füßen zu sinken. Aber sie breitete die Arme aus.

Es war bedauerlich, daß sie nach Beendigung der Liebesfeier sich jedesmal so sehr veränderte. Sobald sie ihn erschöpft sah, war alle Größe ihres Wesens dahin, und sie ärgerte ihn von neuem mit ihren kindischen und mitleidigen Kosewörtern: „Mein Schätzchen“, „Mein Kleinchen“, „Mein Herzchen“. Er entwand sich mürrisch ihren Zärtlichkeiten, und wenn er noch nicht wagte, seine üble Laune zu zeigen, so hätte er ihr doch gern zugerufen: „Warum entstellst du dich so? Siehst du nicht ein, daß eine vierundvierzigjährige Naive lächerlich ist? Vorher warst du eine schwere und gierige Sultanin, jetzt bist du nur noch eine dicke Amme!“ Sie verstand keinen seiner wütenden Blicke und fuhr fort zu schäkern.

„Mein Puttchen muß jetzt fleißig sein. Wann schreibst du denn dein Stück?“

„Ach ja, bald.“

„Mach doch, Liebling! Ich will es schon im Januar bei uns aufführen lassen. Im Februar bringen wir's dann auf eine große Bühne, das besorge ich dir."

„Wir haben ja schon Dezember."

„Tut nichts. Halt dich nur dazu, du kannst alles."

Er sprang erbittert auf.

„Ich kann doch ein dreiaktiges Drama nicht aus dem Ärmel schütteln! Hast du denn gar keine Ahnung, was dazu gehört?"

„Sei wieder lieb, bitte! Ich meine es ja nicht so. Ich weiß schon, die Inspiration –"

„Und die Dokumentierung, bitte sehr."

„Und die Dokumentierung, ich verstehe dich ja. Sei nur wieder lieb!"

Er ließ sich oberflächlich besänftigen. Aber ihre Mahnungen zur Arbeit, die häufig wiederkehrten, fielen ihm äußerst lästig. Die Notiz im „Nachtkurier" genügte vorerst, und es war so gut, als sei das Stück schon geschrieben. Was wollte sie eigentlich noch mehr. Sie fing abermals an:

„Hör zu, Schätzchen! Wenn ich mir's überlege, so hat es auch bis Februar Zeit. Bis dahin kannst du noch viel dichten. Denk nur, acht Wochen!"

Er hob gleichgültig die Schultern und ließ sie weiterreden.

„Dann lieben wir uns schon drei Monate. Was für eine lange Zeit! Und dann wirst du berühmt und reich."

Sie flüsterte süß und träumerisch nahe an seinem Ohr.

„Sag mir das eine, mein Püppchen, bist du auch mit allem versorgt? Hast du noch Geld?"

Er trat heftig von ihr weg und sah sie an. Seine Augen waren ganz bleich vor Wut. Dann drehte er ihr den Rücken zu, hob die lange Kutte empor und begann, die Hände in den Hosentaschen, laut zu pfeifen. Sie versuchte, sich ihm zu nähern, doch wehrte er ihr durch einen brutalen Stoß mit der Schulter. Er machte einige lange, erregte Schritte und sprach durch die Zähne:

„Es ist zu stark! Das ist wirklich zu stark!"

„Du verwechselst mich mit Lizzi Laffé!" schrie er ihr plötzlich zu.

Sie murmelte, starr vor Schrecken:

„Ich bitte dich, beruhige dich, es ist doch nichts geschehen!“

„Nichts geschehen?!“

Er lachte ihr gehässig ins Gesicht und setzte seinen wilden Spaziergang fort. Käufliche Person! Wenn sie nur nicht gerade vorher von der käuflichen Person gesprochen hätte! Und jetzt –

Adelheid sammelte sich. Sie flog auf ihn zu, mit flehentlicher Gebärde die Arme ausgestreckt.

„Du glaubst doch nicht, daß ich dir Geld anbiete!“

„Etwa nicht?“

Er blieb verwundert stehen, fast enttäuscht, denn ihre Ableugnung störte ihn in einer edlen Charakterrolle. Sie verdoppelte ihre Beschwörungen.

„Glaube doch das nur nicht! Wie sollte ich dich so verkennen! Ich meinte bloß –“

Sie spähte voll Angst im Zimmer umher. Plötzlich hatte sie etwas gefunden, sie zerrte Andreas bis vor den Spiegel.

„Ich meinte bloß deinen Toilettentisch! Siehst du, ohne dich kränken zu wollen, aber er ist zu primitiv, und in dem Spiegel sieht man sich immer ganz gelb.“

„Nun, und?“ forschte er mißtrauisch.

„Und neulich habe ich irgendwo ein so wunderhübsches Möbel gesehen, in der Leipziger Straße glaube ich. Ganz passend für dich, Rokoko und mit Aufsatz, und dabei ein Gelegenheitskauf, nur hundert Mark. Darum fragte ich ja, ob du Geld übrig hättest!“

„Ah! Das ist etwas anderes.“

„Siehst du wohl. Und wegen solcher Kleinigkeit wirst du gleich wild, böses Herzchen! Ich hatte gedacht, daß ich ja nachher eben vorbeifahren kann und das Ding bestellen, aber ich habe kein Geld bei mir.“

„Sehr freundlich von dir. Bitte.“

Er zog die Brieftasche hervor und reichte ihr den Schein mit einer vornehmen Verbeugung. Adelheid bemerkte deutlich, daß das Portefeuille nichts weiter enthielt.

Er empfand die Verpflichtung, sich zu entschuldigen.

„Ah! ich bin froh, mich geirrt zu haben“, versetzte er leichthin.

„Nicht wahr? Wie man einander mißverstehen kann! Menschen, die so ganz ineinander leben, wie wir! Oh, unser armes Herz!“

Die Stimmung überwältigte sie. Wenn die Stunde nicht gedrängt hätte, würde sie gerne länger Versöhnung gefeiert haben. Ihre Liebe ging aus diesem Zwischenfall womöglich noch größer hervor; sie mischte sich mit einer weihevollen Scheu vor der sittlichen Stärke des Geliebten. Der bloße Gedanke, ein Geschenk von ihr annehmen zu sollen, hatte ihn außer sich gebracht. So etwas gab es ja gar nicht! Noch in der Tür flüsterte sie unter Küssen:

„Du bist edel!“

Als Andreas sich allein sah, kamen ihm doch Bedenken. Hätte er die Gelegenheit benutzen und Adelheid um ein Darlehen angehen sollen? Nicht jeder würde, im Besitz einer reichen Geliebten, soviel Selbstverleugnung bewiesen haben wie er. Und wer sich etwas lieh, war schließlich noch lange nicht käuflich. Überhaupt waren Vergleiche zwischen ihm, Andreas

Zumsee, und Leuten wie Klempner oder die Laffé ganz unstatthaft.

Eine hohe Gesinnung ließ sich ihm nicht absprechen; aber um sie sich ohne Unbequemlichkeit gestatten zu können, mußte man eigentlich in entsprechender Vermögenslage sein. Und er suchte seufzend aus allen Taschen das Silbergeld zusammen, das ihm blieb: einundzwanzig Mark fünfunddreißig Pfennig. Es war der Rest seines Spielgewinns bei Türkheimer. Der Hundertmarkschein aber bildete den vollen Betrag des Monatswechsels von zu Hause. Den hatte er nun hingegeben, wofür? Damit Adelheid sich im Spiegel nicht mehr gelb sah!

Auf einen so ausschweifenden Edelmut mußte natürlich der Katzenjammer folgen. Schon lag es wie die sieben mageren Jahre vor seinem geistigen Auge. Die Zeiten des „Café Hurra“ kehrten zurück; er würde wieder wie damals das Mittagessen durch stramme Haltung ersetzen müssen, und doch hatte er eine reichliche Ernährung jetzt viel nötiger als früher! Er würde jeden Pfennig zählen müssen, während er in Kreisen lebte, wo das Geld unter den Möbeln umherrollte. Es war ein schöner Vorzug, in das Schlaraffenland eingedrungen zu sein, wenn man hier, wo alle sich um die Wette vollstopften, durch Enthaltsamkeit glänzen wollte. Er fühlte sich gewissermaßen geschädigt und nahm es Adelheid nachträglich übel, daß sie ihm nicht vernünftig zugeredet hatte.

Und dabei hielten ihn seine Bekannten höchstwahrscheinlich für reich. Es war sogar gewiß, denn Pohlatz und Doktor Libbenow, denen er kürzlich in der Potsdamer Straße begegnet war, hatten seine feine Kleidung mit Blicken gemustert, als ob sie ihm Glück wünschten. Auch erinnerte er sich eines Zusammentreffens mit dem dicken Golem, der zielbewußt auf ihn zugetreten war, mit seinem vertraulichen Lächeln, das stets auf Anleiheabsichten hindeutete. Kaum daß Andreas sich noch um die Ecke gerettet hatte. Alle waren der Meinung, daß seine Verbindung mit dem Hause Türkheimer ihm ein hohes Einkommen verschaffe, und bei dem Gedanken, wie sehr sie irrten, kam er sich gedemütigt und betrogen vor.

Wer mochte sie über seine Verhältnisse so falsch unterrichtet haben? Vielleicht Köpf, der etwas Hinterlistiges an sich hatte. Vermutlich aber Kaflisch, und dieser hätte sich schämen sollen, denn er hatte die hundert Mark, die er von Andreas' Spielgewinn entliehen hatte, noch immer nicht zurückerstattet. Die Unanständigkeit eines Menschen, der ihm Geld schuldete und inzwischen Klatsch über ihn verbreitete, erbitterte Andreas. Mit kalter Entschlossenheit kleidete er sich an und verließ das Haus.

Es war seine Absicht, den Journalisten in der Redaktion des „Nachtkurier“ aufzusuchen, doch traf er ihn bereits Unter den Linden, inmitten einiger Kameraden, von denen er kaum zu unterscheiden war. Sie gefielen sich sämtlich in derselben Allerweltseleganz, und ihre Beinkleider waren mit Kot bespritzt.

Kaflisch wollte freundlich winkend vorübergehen, aber Andreas erfaßte ihn am Arm.

„Auf ein Wort, bitte“, sagte er bestimmt.

Der Reporter schnüffelte ihm neugierig ins Gesicht.

„Nu, was bringen Sie Schönes? Ist bei Türkheimers was los?“

„Was soll los sein?“

Andreas hatte sich vorgenommen, ein hartes Wort zu sprechen, aber im letzten Augenblick hielt ihn eine Verlegenheit zurück, und er fragte ziemlich höflich:

„A propos, bekomme ich nicht noch hundert Mark von Ihnen?“

„Und?“ meinte Kaflisch harmlos.

„Vielleicht geben Sie mir die Summe jetzt wieder?“

„Ist das alles, was Sie wissen? Und wegen solchem alten Witz halten Sie mich von meinen Geschäften ab? Das ist nicht nett von Ihnen, sehr geehrter Herr!“

Er versuchte, sich zu befreien, um den Freunden nachzueilen. Aber Andreas ließ ihn nicht los.

„Ich brauche das Geld“, versetzte er kaltblütig. Kaflisch tat ernstlich erzürnt.

„Machen Sie doch keine Wippchen! Sie wollen wohl Vogtländer spielen? Bei uns zieht das nicht, mein Lieber! Sie verderben sich bloß Ihren Kredit, wenn Sie so 'n paar elenden Groschen nachlaufen.“

„Elende Groschen!“ wiederholte Andreas vorwurfsvoll. Hundert Mark bedeuten ihm jetzt ein Vermögen. Kaflisch behauptete:

„Sie haben doch Geld wie Heu und brauchten 'nen armen Menschen nicht so zu bedrängen.“

„Wieso?“

„Nu, wer mit Adelheid Türkheimer zusammensteckt, hat immer Geld wie Heu.“

„Sie wollen mir also nichts wiedergeben?“

„I, wo werde ich denn!“

Der Reporter schlug den wohlwollenden Ton an, durch den er die Leute stets davon überzeugte, daß sie im eigenen Interesse am besten täten, ihm zu verraten, was er wissen wollte.

„Sagense mal ganz unter uns, hat sie Ihnen noch kein Geld angeboten?“

Andreas versuchte, ein hochmütiges Gesicht zu machen.

„Ich kann soviel haben wie ich will!“

„Aber?“ forschte Kaflisch.

„Sie leiden doch nicht an falschem Schamgefühl, armer Freund? Ne wirklich, jetzt wird er rot!“

Er lachte, bis ihm die Luft ausging.

„Wenn mir das nur bekommt", sagte er, „es ist zu gut! Sie kennen den Betrieb noch nicht, das merkt man, und ich muß Ihnen mal was erzählen. Mein Geschäft ist nun doch verpaßt."

Sie betraten das Café Bauer und stiegen in den ersten Stock hinauf. Der Journalist schüttelte sich noch immer vor Fröhlichkeit.

„Es ist zu gut, die liebe Unschuld!"

Die Stimme versagte ihm fast, während er „zweimal Nußschale braun" bestellte. Er winkte nach links und nach rechts, teilte einige Händedrücke aus und kehrte zu Andreas zurück.

„Also Sie lassen sich nichts schenken?" fragte er.

„Als Ehrenmann –" versetzte Andreas kalt.

„Kunststück! Ehrenmann ist jeder. Und schenken lassen sollen Sie sich auch gar nichts."

„Sondern?"

„Sie sollen sich bloß beteiligen."

„Beteiligen?"

„Natürlich. Man gehört nämlich dazu, oder man gehört nicht dazu. Verstehnse mich? Und wenn man dazugehört, nu, dann beteiligt man sich auch."

„Woran?"

„An dem Türkheimerschen Nationalvermögen!"

„Ich begreife nicht."

„Und ist doch so allgemeinverständlich! Man muß bloß wissen, wer Türkheimer ist. Sehnsemal, stehlen ist ganz gut, aber wenn ein einzelner Mann so blödsinnig viel gestohlen hat wie Türkheimer, dann kann er keinem mehr weismachen, daß ihm das wirklich alles alleine gehört. Und er will es auch gar nicht! Leben und leben lassen, denkt er. Türkheimer ist nämlich ein ziemlich aufgeklärter Mann, er sieht ein, daß der jetzt so beliebte Kommunismus tatsächlich einem Bedürfnis der Neuzeit entspricht. Natürlich bloß der gesunde Kommunismus, der sich in seinen berechtigten Grenzen hält. Über die Familie darf die Politik der offenen Hand nicht hinausgehen, das wäre gewissenlose Vergeudung des Nationalvermögens. Aber die Familie ist weitverzweigt und reicht am einen Ende bis zu den fürstlichen Personen, die im Türkheimerschen

Garten hier und da einen Baum zu pflanzen pflegen. Das dachten Sie wohl gar nicht? 's ist 'n einträgliches Gärtnergeschäft. Und am andern Ende reicht sie bis zu unsereinem, der diesen oder jenen Fünfzigmarkschein aus der Luft wegfängt, mit Rührigkeit und Geschick. Verstehnse mich, geehrter Herr?"

„So ziemlich. Aber man muß was dafür tun, scheint mir?"

Kaflisch riß die Augen auf.

„Und tun Sie etwa nichts? Sie Schäker!"

„Ach so", versetzte Andreas, und er lächelte geschmeichelt.

„Es ist wirklich das reine Schlaraffenland", bemerkte er, sichtlich aufgeheitert.

„Stimmt, Schlaraffenland. Was sind Sie für 'n begabter Mensch! Na, und jetzt bin ich dabei, Sie in das volkswirtschaftliche System einzuweihen, das im Schlaraffenland die Grundlage alles wohltätig Bestehenden bildet. Bloß nicht rühran! In das System passen nämlich alle hinein, die Sie kennen. Von uns will ich gar nicht reden, ich meine uns vom „Nachtkurier". Was ist denn der Jekuser? Sie werden sagen, er handelt mit den Weltbegebenheiten; aber die wichtigsten sind für ihn die, die er sich auf Türkheimers Bestellung aus seinen Fingern saugt, oder aus Bedienern seinen, was dasselbe heißt. Und wenn Türkheimers Emissionen nicht wären, dann hätte ich nicht mal mehr die schäbigen zehn Pfennig für die kleine Zeile."

„So mächtig ist er?"

„Immer noch mächtiger. Meinen Sie, daß irgendein Theater irgend was aufführen würde, wozu er auch bloß sagen könnte „Nanu!"? Majestätsbeleidigungen und Gotteslästerungen kann sich bei dem Fortschritt heutzutage der Ärmste leisten; aber haben Sie schon mal jemand gekannt, der an Türkheimer klingelt? Sehnsewoll! Das ist nämlich beträchtlich kitzliger. Wer so anfängt, der fliegt hinaus, und niemand sieht ihn wieder. Passen Sie mal auf, wie es jetzt mit der armen Lizzi bergab geht, es soll ihr schon gekündigt sein. Und mit Klempner auch! Kein Hund nimmt ein Stück von ihm. Und wie hatten sie es früher gut, als sie noch im Schlaraffenland wohnten. Wenn Klempner sich von Lizzi erholte und 'n kleines Mädchen mit Hausschlüssel anschaffte, wer bezahlte es schließlich? Na? Türkheimer natürlich. Davon lebte dann 'ne ganze Familie. So tief ins Volk dehnt das Schlaraffenland seine Grenzen aus, sehr geehrter Herr, und alle wollen hinein. Das ist das Freiherrliche Haus Hochstetten, das Asta mit der Persönlichkeit sich jetzt gekauft hat. Nu, das

Fräulein von Hochstetten zeichnet in allen Kirchenbaulisten und schickt wollne Strümpfe nach Palästina, zur Bekehrung armer Judenkinder. Und womit tut sie es? Mit dem Türkheimerschen Mammon. Nein, Sie glauben gar nicht, wieviel Versorgungen und sicheres Brot es bei uns gibt. Zum Beispiel Liebling –"

„Liebling? Solch ernster Mann!"

„Und warum auch nicht? Andere machen es mit Ulken, er macht es mit Ernst und persönlicher Würde."

„Meint er es denn nicht so?"

„Warum soll er es nicht so meinen? Das ist ja gerade das Feine an ihm, und weshalb er es so weit gebracht hat, daß er nämlich alles auch so meint. Felix Liebling ist als das Kind reicher, aber ehrlicher Eltern zur Welt gekommen. Früh entwickelte sich in ihm ein Hang zur Philanthropie, womit es ihm aber anfänglich nicht glücken wollte. Einmal hat er ein Blatt ins Leben gerufen, es hieß: „Der Bucklige, Zentralorgan zur Vertretung der Interessen sämtlicher Krüppel, physischer wie moralischer". Als er hiermit merkwürdigerweise nicht den verdienten Anklang fand, faßte er die Gründung eines Instituts ins Auge, das den schönen Namen „Muttermilch" tragen und der künstlichen Züchtung von Ammen dienen sollte, wobei er von der Überzeugung ausging, daß diese wertvolle Gattung von Mädchen, den Bedürfnissen der modernen Gesellschaft entsprechend, immer noch viel zahlreicher vertreten sein müsse. Leider vereitelte die Polizei das Zustandekommen seines so menschenfreundlichen Unternehmens. Darauf wandte sich Liebling, wenn auch mit schwindender Kapitalkraft, den verschiedensten Spekulationen zu, aber immer mit dem gewissen sittlichen Etwas, das ihm eigen ist; bis seine Lage ihn veranlaßte, sich ganz auf den Zionismus zurückzuziehen. Damit hat er sich endgültig Anerkennung und Stellung erworben."

„Und Geld?"

„Wo Stellung ist, ist auch Geld. Das wissen Sie nicht? Liebling ist ja Türkheimers Vertrauensmann. Wie Blosch es für das Geschäftliche ist, so ist er es für das Diplomatische und für das rein Menschliche. Will Türkheimer eine alte Maitresse verabschieden oder eine mit Diamanten besetzte Zigarrenspitze anschaffen für einen exotischen Prinzen oder für einen Geheimrat, immer ist Liebling der rechte Mann. Sein moralischer Zug hilft über das Schwierigste hinweg. Er hat das ganze Palais in der Hildebrandtstraße möbliert und hat Claudius Mertens entdeckt und sorgt immer für Neues. Die Damen vertrauen sich ihm sogar in Toilettefragen an, er macht alles. Komisch, er hat sein gutes Auskommen dabei, und trotzdem bezahlt Türkheimer gegen früher nur noch die Hälfte. Er sagt es selbst."

„Nun, dann sind ja alle zufrieden."

„Im Schlaraffenland sind immer alle zufrieden", erklärte Kaflisch. Seine eigene Beredtsamkeit versetzte ihn in Entzücken, er rückte voll Wohlwollen noch näher zu Andreas heran, schlug ihn auf die Schulter und sagte:

„Wissense was? Sie haben heut so 'nen vorteilhaften Tag. Wir müssen noch 'n bißchen zusammenbleiben."

Während sie hinuntergingen, verkündete er triumphierend:

„Ich lade Sie zum Essen ein."

Auf der Straße gab er weitere Erläuterungen.

„Wir haben nämlich jetzt den Schwindel mit den Texas Bloody Bank Gold Mounts, wobei so schauderhaft viel verdient wird. Türkheimer steckt auch dahinter, man weiß nur noch nicht, wo? Wir vom „Nachtkurier" tun alle mit und paddeln bloß so im Gelde."

Und er begann, ohne Rücksicht auf die Vorübergehenden, Schwimmbewegungen auszuführen.

„Wenn Sie jetzt so wohlhabend sind", meinte Andreas, „dann könnten Sie mir doch vielleicht meine hundert Mark wiedergeben?"

„Warum denn?" rief Kaflisch aufgeräumt. „Kommen Sie bloß nicht wieder damit! Aber 'n feines Abendbrot sollen Sie haben. Was meinen Sie zu Hiller?"

Von Hiller begaben sie sich zu Renz, dann zu Kempinski, wo sie Porter mit Sekt genossen, dann ins Café Keck und dann mit einer Begleiterin, die Kaflisch für sich gewonnen hatte, in die Probierstube von Lukas Bols. Als der Journalist, gegen drei Uhr, an einen Straßenkandelaber gelehnt, den Freund zum Abschied umarmte, sagte er mühsam:

„Heute abend, Bruderherz, kosten Sie mich schon lange hundert Mark. Macht nichts, Se sind mer gut. Nu, bin ich nich 'n Ehrenmann? Kunststück, Ehrenmann is jeder!"

X.
Das Vergnügen, die Menschen zu durchschauen

Die nächsten vierundzwanzig Stunden verbrachte Andreas mit dumpfem Kopf, trübe in die Zukunft blickend und in nervöser Erwartung Adelheids. Sie kam erst am Tage darauf, eine verlegene Freude auf dem Gesicht, die sich noch nicht zu äußern wagte.

„Denke dir“, versetzte sie, ihre Wange dicht an der seinigen, „wie ich mich geängstigt habe.“

„Geängstigt?“

„Ja, und wegen deines Geldes.“

„Ah!“

Er hatte diese Angelegenheit ganz vergessen, nun ärgerte sie ihn aufs neue.

„Du wolltest mir doch einen Toilettentisch bestellen?“

„Einen Tisch? Ach ja –“

Sie mußte sich erst besinnen.

„Jawohl, der Tisch war schon verkauft, und einen anderen passenden habe ich nicht gefunden. Weißt, Herzchen, für dich bin ich wählerisch. Da habe ich denn gedacht, ob ich deine hundert Mark nicht besser anlegen könnte.“

„Nun?“ fragte Andreas mißtrauisch.

Aber Sie war im Zuge und sagte ihre Sätze her; als habe sie sie auswendig gelernt.

„Und schließlich habe ich auch was gefunden, wenn ich es mir auch sehr überlegen mußte. Denn es war gefährlich, und dein Geld konnte dabei verlorengehen. Ich habe es also Türkheimer gegeben.“

„Türkheimer?“

„Ja, Türkheimer. Ich gebe ihm nämlich mitunter was von meinem Eigenen, wenn ich gerade für etwas keine Verwendung weiß. Er spielt dann damit an der Börse. Manchmal gewinne ich, manchmal verliere ich auch. Da habe ich denn deine hundert Mark dazu gelegt und mir von ihm eine Texas Bloody Bank-Aktie besorgen lassen. Die kauft jetzt jeder.“

„Kenne ich schon. Es wird schauderhaft viel daran verdient.“

„Na, siehst du! Da sind nämlich wieder Goldminen entdeckt. Und heute stand das Papier richtig schon so viel höher, daß ich lieber verkauft habe, aus Vorsicht, und um gleich bar Geld in die Hand zu bekommen, weißt du."

Sie drückte, so oft sie zu sprechen aufhörte, eine Menge kleiner weicher Küsse auf sein linkes Ohrläppchen.

„Es eilt ja nicht", sagte er mit vornehmer Handbewegung.

„Nun hat deine Banknote Junge gekriegt. Natürlich hattest du nur ein Fünftelanteil von der Aktie, und du hättest ja auch alles verlieren können. Oh, ein Dichter kann von solchen Dingen nichts verstehen, sie sind zu tief unter ihm. Aber mit Goldminen ist es immer man so, und Friedrich Wilhelm Schmeerbauch, der hier der Hauptmacher ist, verkracht doch noch mal, sagt Türkheimer, aber es darf noch keiner hören. So lange wie's dauert, steigen Texas Bloody Gold Mounts immer lustig weiter."

„Ein schöner Name!" meinte Andreas. „Ist der Berg ganz aus Gold?"

Adelheid zuckte die Achseln.

„Türkheimer meint, über so was müsse man sich den Kopf nicht zerbrechen. Texas ist so weit weg. Aber gefährlich war das Geschäft, das kannst du glauben. Du hast keine Ahnung, wie sie einen manchmal hineinlegen. Ich gehe mit Türkheimers Informationen ja ziemlich sicher, aber es hätte dich trotzdem dein Geld kosten können, weißt du."

Sie sagte immer wieder dasselbe und sah ihn zärtlich bittend dabei an. Als sie ihm die überstandene Gefahr genügend klargemacht zu haben glaubte, wagte sie es, aus ihrem Pelzmuff eine kleine lederne Brieftasche hervorzuziehen. Sie brachte sie ihm mit schüchternen Zickzackbewegungen unter die Augen, und erst nachdem er an den Anblick des Gegenstandes gewöhnt schien, legte sie dieselbe am Rande des Schreibtisches nieder. Andreas sah leicht errötend zur Seite.

„Die Bekanntschaft mit dir kann einem schlecht bekommen", versetzte er. „Wenn ich mein bißchen Geld losgeworden wäre –"

Er ließ das Schreckliche unausgesprochen. Die Eintracht und Vertraulichkeit, in der ihre Zusammenkunft verlief, ward mehrere Wochen lang durch nichts gestört. Die wichtigste Frage war erledigt, Andreas besaß ein gesichertes Einkommen, dessen er sich nicht zu schämen brauchte. Das Börsenspiel warf genug ab, daß man sorgenfrei davon leben konnte. Anfänglich wunderte er sich wohl, wenn aus einem Hundertmarkschein, den er Adelheid anvertraut hatte, im Laufe einer Woche vier oder fünf geworden waren. Er vertiefte sich in die Lektüre der Börsenblätter, doch verwirrte sie ihn, und er verzichtete bald auf das Verständnis von Dingen, die seiner unwürdig waren, wie die Geliebte ihm wiederholt versicherte. Fortan begnügte er sich damit, die gewonnene Summe, die sie ihm unter diskretem Verschluß überreichte, mit geschäftsmäßiger Leichtigkeit in die innere Tasche seines Jacketts gleiten zu lassen. Woher das Geld kam, mochten die wissen, die im Schlaraffenland das Regiment führten. Hier, wo die Goldstücke auf unbegreifliche Weise unter den Möbeln umherrollten, trug niemand eine persönliche Verantwortlichkeit; man lebte unter der Hand einer höheren Fügung.

Eine leise Verstimmung war nur dann zu fühlen, wenn Adelheid sich nach seinem Drama erkundigte. Sie fand ihn in seinem härenen Kleide an seinem fichtenen Tisch, unter dem blutigen Christus, den Kopf in die Hände gestützt.

„Das Personenverzeichnis ist nahezu fertig“, verkündete er.

„Ah!“

„Die Heldin heißt Hildegard Trentmönichen, auch nach ihrer Verheiratung verlangt sie, so genannt zu werden. Es ist ein ausdrucksvoll romantischer Name, findest du nicht?“

„Wunderhübsch! Wie kommst du nur auf so was?“

„Es hängt so viel von stimmungsvollen Namen ab. Der Mann ist roh materialistisch, ein Bierhuber. Er heißt Alois Pfaundsteißler.“

„Und die große Szene, von der du mir neulich erzählt hast?“

Andreas griff sich mit gespreizten Fingern in die Haare.

„Es ist ein Verhängnis. Diederich Klempner hat sie schon irgendwo gemacht.“

„Dieser Klempner ist ja ein unausstehlicher Mensch!“

„Was willst du? Die Leute aus Schlesien und Posen sind einem überall im Wege. Sie machen heutzutage das Ganze.“

Er zuckte die Achseln.

„Die neudeutsche Kultur hat nun mal was Ostliches.“

Auf diesen Gedanken kam er häufig zurück, in einsamen Stunden, wenn er an seinem Werke zu zweifeln begann. Lizzi Laffé hatte im Grunde recht gehabt, die verkannte oder die befreite Frau lag beinahe schon im Rinnstein, so tief war sie infolge des Mißbrauchs gesunken, den die Leute aus Posen und Schlesien mit ihr getrieben hatten. Diese besaßen eben die Schwerfälligkeit und den Fanatismus niedriger Kulturstufen; auf den höheren galt eine leichte Skepsis. Man nahm nichts ernst, und am wenigsten greinende Weiber, bei denen es am Ende nur auf das Eine, Bewußte ankam. Ein gewichtiges Drama waren sie nicht wert, er beschloß, sie von obenherab zu behandeln. Er wandte sich um und beobachtete im Spiegel ein Siegerlächeln auf seinen Lippen.

Dann schrieb er in einem Rausche jäher Begeisterung das poetische Selbstgespräch eines Gatten nieder, der sich über die bei seiner Frau plötzlich eingetretene seelische Leere wundert und sie vergebens zu begreifen sucht. Der Refrain lautet:

„Wer möchte sie denn auch entwirr'n,
Die Rätsel in dem kleinen Hirn!"

Die letzte Strophe war ausgesprochen unanständig, was Andreas vorübergehend beunruhigte. Doch erinnerte er sich daran, daß er auf das Publikum von „Rache!" zu wirken habe. Wirklich nahm Adelheid, der er sein Werk mitteilte, nicht den geringsten Anstoß daran. Sie zeigte sich stürmisch bewegt von den Schönheiten des Gedichtes, prophezeite dem Dichter die höchsten Ehren und eine strahlende Zukunft und entfaltete, angefacht durch die Bewunderung seines Genius, eine so heiße Leidenschaft, daß sie ihn mit sich riß wie in den ersten Tagen ihrer Liebe.

Dann fiel ihr ein, daß ein Darsteller beschafft werden müsse, um die von Andreas erdachte Idealgestalt zu verkörpern. Es würden einige Proben nötig sein. Sie bestimmte den kommenden Freitag als Tag der Aufführung. Während ihres eiligen Abschiedes ermahnte sie den jungen Mann, den die so nahe Aussicht auf ein erstes persönliches Zusammentreffen mit dem Publikum in Erregung versetzte:

„Bleibe ganz ruhig, mein Schätzchen, kümmere dich rein um gar nichts, ein Dichter muß vornehm sein! Ich werde schon alles besorgen. Komme morgen um drei in die Hildebrandtstraße!"

Er gewann es über sich, spät zu erscheinen. Es hatten sich bereits sechs junge Dichter eingefunden, deren Namen er überhörte, in einer Fassungslosigkeit, die er hinter einer unzugänglichen Miene zu verbergen suchte. Außerdem fand er einige Freunde des Hauses vor, Herrn und Frau Pimbusch, Frau Bescheerer und Frau Mohr. Adelheid machte ihn sogleich mit der Hauptperson des Kreises bekannt, mit Herrn Direktor Kapeller. Andreas erkannte ihn wieder: es war der runde, bewegliche Mensch, der sich damals auf der großen Soiree so gefällig durch die tanzlustige Menge und bis ans Klavier vorgedrängt hatte. Gefälligkeit schien in Kapellers Wesen der Hauptzug zu sein. Er war überall zugegen, wo man ihn möglichenfalls gebrauchen konnte. Er horchte aufmerksam und dennoch diskret umher, lauschte der öffentlichen Meinung ihre Launen ab und verstand es, sich ihr unentbehrlich zu machen. Unaufdringlich, aber unwiderstehlich wußte er sich den Mächtigen stets aufs neue in Erinnerung zu bringen, einfach durch seine Gegenwart. Falls einmal irgendein einträglicher Posten an den ersten, der sich einfand, eilig zu vergeben sein sollte, so mußte Kapeller ihn bekommen; denn er war immer bei der Hand.

Wie sein Titel zu verstehen gab, hatte er, vermutlich in weiter Ferne, einmal ein Theater geleitet. Was man hier von ihm verlangte, schlug in sein Fach; er bemächtigte sich sofort mit großer Sicherheit der Lage.

„Meine sehr geehrten Herrschaften", sagte er mit fetter, sanfter Stimme. Er sächselte leicht und schien sich selbst darüber lustig zu machen.

„Wenn es Ihnen recht ist, übernehme ich die Regie, und die von Herrn Zumsee so schön gedichtete Rolle kann ich auch befingern, ich meine kreieren. Ich habe nämlich von früher her, als ich in Leitmeritz einer Spezialitätenbühne vorstand, Übung in dem Genre. Das heißt, wofern –"

Er unterbrach sich, da er Frau Pimbusch kichern sah.

„Worüber lacht denn die sehr geehrte Dame? Über die Spezialitätenbühne? Dann darf ich wohl sagen: Lachen Sie nicht! Die Spezialitätenbühne ist nämlich in halbwilden Gegenden ein Kulturfaktor ersten Ranges, und wird dieselbe mit Erfolg zur Hebung von Sittlichkeit und Kunstgeschmack benutzt. Ich habe also Übung in dem Genre, das heißt, wofern hier überhaupt von Genre die Rede sein kann, denn das von dem Herrn Andreas Zumsee Geschaffene scheint mir in der Tat etwas ganz Einzigartiges, und wenn ich so sagen darf, noch nie Dagewesenes zu sein. Ein Meisterwerk, das von so neuen und so ungeahnten Schönheiten wimmelt, dürfte wohl nur schwer und auch dann noch unvollkommen auszuschöpfen sein."

Er blähte sich in breitem Behagen, vollführte eine runde, gewinnende Armbewegung und klappte mit seiner kleinen, fettigen Hand ein paarmal durch die Luft, als angelte er nach noch greifbareren Lobeserhebungen. Plötzlich schob er seine wulstige Unterlippe hinter die Zähne zurück, legte den Kopf auf die linke Schulter und umschlang Adelheid und Andreas, die nebeneinander standen, mit einem unverschämt zärtlichen Blick. Nunmehr war Kapeller seines Erfolges gewiß. Er hatte die beifällige Heiterkeit der Damen erregt, Frau Türkheimers zartesten Gefühlen wohlgetan, und Andreas' Autoreneitelkeit, so anspruchsvoll sie sein mochte, hatte er dennoch befriedigt. Mehr konnte man von ihm nicht verlangen. Die sechs Dichter, die sich scheu in einen Winkel drängten, kamen nicht in Betracht, er behandelte sie mit milder Verachtung und schob ihre Manuskripte achtlos in seine weiten Taschen. Er wußte wohl, wozu man ihn gerufen hatte, und indes er sich hinter ein paar niedrigen Stühlen wie vor einer Rampe aufstellte, begann er bereits das Selbstgespräch des verwunderten Ehemannes herzusagen. Er skandierte behäbig die Verse, unterstrich bedeutsam die verwegenen Gedanken des Dichters und stieß wie jemand, der den Beschwerlichkeiten eines verwickelten Ideenganges entflieht, mit Trompetenstimme den Refrain aus:

„Wer möchte sie denn auch entwirr'n,
Die Rätsel in dem kleinen Hirn!“

Zugleich rannte er mit jäher Behendigkeit zwei-, dreimal um den als Bühne gedachten Raum. Der runde Körper schien sich auf den kurzen Beinchen zu überkugeln; es wirkte verblüffend. Kapeller schmunzelte ins Publikum, er wiederholte jene gewinnende Geste, die die Damen schon einmal entzückt hatte, und er winkte ihnen im Laufen mit der Hand. Sie war unwiderstehlich, diese Hand. Sie glich einem rötlichen Weichtier, das nach Luft schnappt. Plötzlich stand Kapeller wieder an seinem Platze und fuhr fort, sanft und bedächtig, als sei nichts geschehen, seine Einwände gegen eine zu weitgehende Emanzipation der Frauen vorzutragen.

Andreas hatte sich anfangs der einzigen Sorge hingegeben, man möchte seine klägliche Verwirrung bemerken. Der Wert seines Werkes, an den er bisher so fest geglaubt hatte, war ihm unvermutet zweifelhaft geworden. Er erkannte seine Verse in Kapellers Munde nicht wieder, er lauschte ihnen wie fremden Klängen; doch mußte er sich gestehen, daß sie allmählich immer hübscher wurden. Alle Anwesenden schienen derselben Meinung zu sein, und ihre Stimmung teilte sich, ohne daß sie noch Beifallszeichen von sich gaben, dem feinfühligen Autor mit. Als Kapeller, atemlos, seine dritte Schnelläuferübung beendet hatte, empfand Andreas deutlich, daß der Erfolg der Dichtung gesichert sei. Nur noch die ausgesprochene Unanständigkeit der letzten Strophe konnte ihm verhängnisvoll werden, besonders in der von dem Vortragenden beliebten Auffassung. Anstatt nämlich über die gefährlichen Stellen leicht hinwegzugleiten, ruhte Kapeller sich auf ihnen mit seiner ganzen Schwere aus. Er vergrub die Hände in die Hosentaschen, er schob den Bauch vor, er legte den Kopf zurück, daß die niedrige Stirn verschwand und das Doppelkinn, in voller Breite entfaltet, die Stelle des Gesichts einnahm. Zwischen den Sätzen streckte er die Zungenspitze heraus und ließ sie von einem Mundwinkel in den anderen wandern. Nach Andreas' Ansicht verkörperte Kapeller den schmutzigsten, abstoßendsten Zynismus. Dennoch erfüllten gerade die Verse, die ihm dazu Gelegenheit gaben, ihren Schöpfer mit besonderem Stolze.

Er sah gespannt im Kreise umher; nur zwei unter den sechs Dichtern waren errötet. Frau Pimbusch schlug sich mit den Handschuhen auf die Knie, daß es schallte. Sie hatte die Augen geschlossen und wand ihren langen, dünnen Hals beängstigend hin und her in dem engen Kragen, über dem der Kopf gleich einer zu farbenprächtigen, gedunsenen Giftblume schwankte. Die kleine Frau Goldherz hüpfte leise zwitschernd durch das Zimmer, Frau Bescheerer, reglos, versuchte die Miene zu verziehen. Wie gewöhnlich bewegten sich nur die Falten ihrer Stirn, zwischen denen der grünliche Moosfleck wie lebend hervorkroch. Frau Mohr lächelte gütig, und Pimbusch überließ sich, in abwartender Haltung, der Betrachtung seiner Fingernägel. Der Gesamtanblick des Publikums war beruhigend.

Kapeller war zu Ende. Er wiederholte nochmals den Refrain, diesmal nicht im Trompetenton, sondern mit versagender Stimme und mit einer Miene, durchgeistigt von müder Weltweisheit, die ihm niemand zugetraut hätte. Dann nahm er, bescheiden auf den Dichter deutend, die Glückwünsche entgegen. Unter den Anwesenden verbreitete sich blitzschnell die Meinung, daß man soeben zwei große Künstler entdeckt habe. Pimbusch, in den erst jetzt Leben kam, lief erregt von einem zum andern, um überall nachzuforschen, ob man die Leistung des Rezitators ultrasmart und die Poesie des Herrn Zumsee copurchic und vollkommen auf der Höhe finde. Nachdem er sämtliche Stimmen eingesammelt und seine eigene Überzeugung gebildet hatte, trat er feierlich auf die Künstler zu, schüttelte ihnen in seiner sakramentalen Weise die Hand und versetzte:

„Meine Herren, Sie sind vollkommen auf der Höhe! Herr Direktor, Ihre Leistung ist ultrasmart! Herr Zumsee, Sie dichten copurchic, nichts dagegen einzuwenden, vollkommen auf der Höhe!"

Andreas wandte sich ab; er fühlte sich plötzlich am ganzen Körper feucht werden. Nach überstandener Gefahr brach seine nervöse Erregung auf. Er suchte Adelheid auf und war glücklich, sie einen Augenblick allein zu treffen am Teetisch, der eben hereingetragen ward. Sie berührte im Vorüberstreifen seine zitternde Hand und lächelte ihm heiter besänftigend zu. Sie war während der Probe vollkommen ruhig geblieben; ihr Gesicht bewahrte die üppige Blässe, die ihm das Kerzenlicht verlieh. An der alles besiegenden Wirkung des Werkes, das seinen Urheber noch vor kurzem mit ernsthafter Sorge erfüllt hatte, war der liebenden Frau niemals ein Zweifel aufgestiegen, und sie empfing die Komplimente, die ihr noch zahlreicher und lebhafter dargebracht wurden als ihm, mit freundlicher Gelassenheit. Jede ihrer Bewegungen sagte den Leuten: „Mir gehört nicht nur die Dichtung, sondern der Dichter!" Andreas fand sie prächtig anzuschauen und liebte sie für ihren Stolz.

In seinem Glücke verdroß ihn nur Kapeller, mit dem er sich, wie es schien, in den Erfolg zu teilen hatte. Er fand dies unwürdig und wandte sich an Adelheid:

„Meinen gnädige Frau nicht auch, daß Direktor Kapeller einen gar zu fleckigen Frack trägt? Man könnte es ihm vielleicht zu verstehen geben, ohne ihn zu verletzen?"

Sie schlug vor:

„Wir lassen ihm einfach einen neuen machen."

Aber Frau Pimbusch, die sich näherte, flüsterte eifrig:

„Liebste, verderben Sie nichts! Sehen Sie nicht, daß Kapeller und sein Frack unzertrennlich sind? Einer ist so fettig wie der andere."

„Natürlich", bestätigte Frau Mohr. „Kapeller ist ein denkender Schauspieler, und sein Frack gehört zur Rolle. Er macht ja gerade den größten Eindruck –"

„Besonders hier in deinem Salon", setzte die kleine Frau Goldherz hinzu. Frau Bescheerer berührte Andreas' Schulter:

„Mit dem fettigen Frack steht und fällt Ihre Poesie, mein Lieber", erklärte sie mit boshaftem Grinsen.

Er zuckte zusammen und erblaßte; doch Kapeller selbst kam ihm zu Hilfe. Der Schauspieler hatte sich scheinbar in dem Winkel zu schaffen gemacht, wo die sechs Dichter sich drängten. Aber so leise die Damen ihre Bemerkungen austauschen mochten, er besaß ein zu gut geschultes Ohr für das, was die Mächtigen sannen und planten. Sein Instinkt sagte ihm, daß etwas Feindseliges sich gegen ihn aufrichte, und er ging mit harmlosem, beinahe demütigem Lächeln auf Andreas zu; das war der Feind, der beschwichtigt werden mußte. Mit gewinnender Offenheit begann er:

„Verzeihen Sie, werter Herr, wenn ich Sie beleidigt habe."

Als der junge Mann ihn erstaunt betrachtete, erläuterte Kapeller:

„Ich habe nämlich ein sehr schlechtes Gewissen, weil die Herrschaften so gütig sind und so tun, als hätte ich mitgeholfen zu dem selten imponierenden Erfolge Ihrer Dichtung. Dies beruht jedoch, wie ich gleich bemerken muß, auf einem Irrtum; ich bin, wenn ich so sagen darf, nur ein gemeiner Handlanger und fühle mich gewissermaßen ohnmächtig gegenüber all den Schönheiten, von denen Ihr Werk, wie ich schon einmal erwähnen durfte, förmlich wimmelt. Alle kann ich sie unmöglich herausquetschen, mein werter Herr, ich kann es nicht, Sie müssen mich schon entschuldigen."

Er legte treuherzig die Hand auf die Brust. Andreas, ganz entwaffnet, wollte alles entschuldigen und winkte ihm freundschaftlich zu. Aber Kapeller war noch nicht beruhigt.

„Ein Mensch allein kann es nicht, und ist auch gar nicht zu verlangen. Ja, wenn wir zwei wären! Ich habe mir schon gedacht, meine Frau, das heißt die unverstandene Gattin, die doch Hauptperson in dem Drama ist, müßte mitspielen. Zu reden braucht sie ja nicht; sie muß bloß pikant angezogen sein, ein freches Gesicht machen und Rad schlagen. Ist es den werten Herrschaften recht, dann besorge ich ein nettes junges Mädchen, das die Rolle befingern kann, ich meine kreieren."

Andreas hatte plötzlich einen Gedanken, er sagte sich:

„Der fette Mensch hat ganz recht. Wenn zwei Personen auf der Bühne sind, dann ist es eigentlich kein Monolog mehr, sondern ein Drama. Ich habe also ein Drama geschrieben!"

Das verblüffte Gesicht, das er bei dieser Entdeckung machte, gab Kapeller sein gutes Gewissen zurück. Nachdem er sich der Erlaubnis der Damen versichert hatte, empfahl er sich bescheiden und geschäftig. Die nächste Probe war auf den folgenden Tag angesetzt.

Zur selben Stunde waren abermals alle versammelt. Kapeller hatte Werda Bieratz mitgebracht, die sofort von Frau Pimbusch in Anspruch genommen wurde. Die Gattin des Schnapsfabrikanten entführte das junge Mädchen in eine Plauderecke, sie legte den Arm um die Schulter der hübschen Hetäre und machte ein Gesicht, das jedem sagte: „Wir sprechen von Schlafzimmergeheimnissen." Die kleine Bieratz schlug die Augen nieder, sie raffte mit einer keuschen Gebärde ihr Kleid enger zusammen. Andreas dachte:

„Und dabei wäre sie, wenn ein kapitalkräftiger Unternehmer es verlangen würde, sofort bereit, unbekleidet Unter den Linden spazieren zu gehen."

Endlich konnte Kapeller beginnen, die Schauspielerin in ihre Aufgabe einzuführen. Er tat es mit breitem Humor:

„Während ich deklamiere, müssen Sie Fratzen schneiden und hin und wieder ihre Beine zeigen. Sonst haben Sie nichts zu tun. Bloß die Bandeaus müssen Sie sich ein bißchen von den Ohren wegkämmen, man sieht von Ihnen ja bloß die Nasenspitze. Und ein rotseidenes Kleid müssen Sie sich leisten."

Er wandte sich an die Damen.

„Da das Fräulein ein ziemlich unschönes Organ besitzt, ist es nur gut, daß sie in der Rolle nichts zu sagen hat."

„Wenn Sie nur sonst nichts Unschönes an sich hätten als das Organ, Herr Kapeller!" entgegnete die kleine Bieratz, doch versuchte sie liebenswürdig dabei zu lächeln. Sie war zu klug, um sich hier in der Welt der Salons einen Feind zu machen, dem sie in der Welt der Bühnen überall wieder begegnen konnte.

Bei ihrer gemeinsamen Probe zeigte sich Kapeller gegen seine Partnerin tyrannisch. Er unterbrach seinen Vortrag, um sie zu belehren:

„Jetzt biegen Sie die Taille zurück und strecken mir die Zunge raus! Die linke Hand an die Hüfte und das Kleid hochziehen! Sie schämen sich wohl, Ihre Beinchen zu zeigen? Sind allerdings man stöckrig.

Haben die werten Damen schon mal eine Schauspielerin mit schönen Beinen gesehen?" fragte er. „Ich niemals!"

Sein feiner Sinn für die Gefühle der Mächtigen klärte Kapeller darüber auf, daß er den Damen nicht geschickter schmeicheln könne, als durch die Demütigung der Schauspielerin. Es ahnte ihm, daß er dadurch in Frau Pimbusch, in Frau Bescheerer und in den anderen einen uneingestandenen Rachetrieb befriedigte. Die Niederlage Lizzi Laffés im Streite mit Adelheid hatte ihnen einiges Vergnügen bereitet; aber eine wieviel stärkere Genugtuung war doch der Triumph über Werda Bieratz, die sie um ihre Laster beneideten, und mit der sie in Wettbewerb lagen behufs Ausbeutung derselben Männer. Die Sonne der kleinen Bieratz war erst kürzlich aufgegangen, sie versengte und verschlang einen ansehnlichen Teil von Kraft und Einkommen der Männer im Schlaraffenland. Je mehr sie gewünscht hätten, ihr zu gleichen, desto seliger betrachteten die Damen des jungen Mädchens peinliche Folter. Frau Pimbusch, die vor einer Viertelstunde ihre Brust leidenschaftlich gegen die der kleinen Bieratz gedrückt hatte, geriet jetzt in wollüstige Zuckungen, tief in ihren Sessel versunken. Wie Andreas zufällig an dem Winkel vorüberging, wo die sechs Dichter sich drängten, fiel in dem Haufen der Namenlosen eine Bemerkung:

„Nein, diese Weiber! Das grenzt ja an Sadismus!"

Er begab sich zu Adelheid, die, ein wenig abseits von der Gesellschaft, den Dingen mit Gleichmut zusah, und er fragte sie:

„Haben Sie schon einmal so etwas gesehen, gnädige Frau? Wie die Damen sich weiden an den Gemeinheiten, die Kapeller dem armen Mädchen zufügt – ich weiß nicht, das grenzt ja an Sadismus!"

„Oh!" flüsterte sie, und sie blickte ihm mit banger Bewunderung in die Augen:

„Wie bist du grausam scharfsichtig!"

Den lieblichen Klang dieses Wortes im Ohr, verließ Andreas das Haus. Er meinte über den guten Ausgang seines theatralischen Abenteuers beruhigt zu sein, doch am nächsten Morgen ergriffen ihn neue Zweifel, und sie wuchsen während der drei Tage, die es abzuwarten galt, bis ins Unleidliche. Er begann damit sich zu fragen: „Bin wirklich ich es, dessen Drama in Szene gehen soll? Es ist unglaublich! Ganz im Ernst habe ich an so etwas doch niemals gedacht!" Und schließlich fühlte er bestimmt, daß ihm ein Mißgeschick zustoßen werde. „Es muß schiefgehen, solche Geschichten gehen immer schief!"

Plötzlich übermannte ihn die Verzweiflung. „Was bin ich nur für ein Tropf! Ich habe das schönste Leben und eine sichere Stellung im Schlaraffenland, um die mich alle beneiden, und nun muß mich der Teufel reiten, daß ich ein Stück aufführen lasse. Aber dadurch stelle ich ja alles in Frage! Ein Mißerfolg macht mich zur lächerlichen Figur, dann bin ich verloren. Wird Adelheid der öffentlichen Meinung Trotz bieten? Nein, sie wird mich fallenlassen!"

Er sann fieberhaft darüber nach, ob er die Aufführung der „Verkannten" verhindern könne. Er wollte zu Adelheid, um sie auf das Schlimmste vorzubereiten. Aber in der Hildebrandtstraße lagen die sechs Dichter umher, mit deren Werken Kapeller sich jetzt notgedrungen beschäftigte. Der fette Mime erheiterte durch die Indiskretionen, die er sich gegen die kleine Schauspielerin erlaubte, den Kreis der Damen. Welch ein abscheuliches Lächeln würde Frau Pimbuschs blutige Lippen verzerren, wenn Andreas mit verstörter Miene das Zimmer betrat. Er wagte sich nicht dorthin und bat Adelheid mit Rohrpost, ihn zu besuchen. Sie antwortete, es sei ihr unmöglich. Ihr Haus werde auf den Kopf gestellt, „wegen der Vorbereitungen auf *dein* Fest".

Da ergab Andreas sich in das Unvermeidliche. Er stand am Freitag sehr spät auf, speiste reichlich zu Abend und trank eine Flasche Champagner. Um zehn Uhr sollte Kapeller das erste Wort seines Monologes sprechen; erst zwanzig Minuten später betrat der junge Mann den ungeheuren, weißgoldenen Festsaal, an dessen oberem Ende die Bühne errichtet war. Die Gesellschaft saß wie bei jenem ersten Souper, dem Andreas im Türkheimerschen Hause beiwohnte, an kleinen Tischen. Es standen diesmal nur Biergläser und Sektkübel darauf, und alle rauchten. Die Luft war schwer von Ausdünstungen, die von überallher zusammenströmten; aus den parfümierten Toiletten der Damen, aus der Transpiration ihrer Achselhöhlen, aus ihrer mit stark riechenden Wassern vollgesogenen Kopfhaut, aus dem Krem, mit dem ihr Gesicht und ihre Brust getränkt waren, aus den erhitzten, welkenden Blumen an ihrer Korsage; aus den pomadisierten Häuptern der Männer, ihren Schnurrbärten, deren Spitzen mit Brillantine an den Augen festgeklebt waren, und aus den Tropfen Opopanax auf ihren Krawatten. Der durchdringende Duft ägyptischer Zigaretten vermischte sich mit diesen Dämpfen. Statt des Kerzenlichtes, das früher den Raum erhellt hatte, fiel von drei großen Kronleuchtern ein grellweißer Schein. In den Frisuren und auf den Schultern tanzte der Strahl von Edelsteinen, ein schrilles Kichern sprang irgendwo auf, inmitten des Klingelns der Gläser, die nervöse Finger aneinanderstießen. Ein Knistern von Seide ging unablässig hin und her in der Schwüle, und hier und dort schien in einem Frauenblick ein Flämmchen aufzuzüngeln, eine matte, überreizte Begierde, die schnell in sich zusammensank. Was sie flüchtig geweckt hatte, war die phlegmatische Stimme des beleibten Menschen im fettigen Frack, dessen Hand gleich einem rötlichen

Weichtiere, das nach Luft schnappt, den Zuschauern winkte, während er ein letztes Mal im Laufschritt seiner kurzen Beinchen die Bühne umkreiste.

Als er stehenblieb, wankte sein schwerer Bauch, aus aller Fassung geraten, im Takte seines keuchenden Atems auf und ab. Das Tragband mußte sich gelöst haben: zwischen Hose und Weste hing ein Stück nasses, graues Hemd heraus, und das Beinkleid rutschte in jämmerlichen Falten herunter. Die Halsbinde saß ihm unter dem rechten Ohr; er griff sich angstvoll an den Kragen, der ihn bedrängte. Sein Gesicht, auf dem die Schminke zerfloß und in das triefende Haarsträhnen hineinhingen, hielt ein überlegenes Lächeln fest, und Kapeller fuhr fort zu winken mit der Hand, die die Damen begeisterte. Aber er gewährte nach Andreas' Meinung einen widerlichen, beängstigenden und elenden Anblick. Gleich darauf bemerkte der Schauspieler von seinem erhöhten Standpunkte das bleiche Gesicht des Dichters. Die geblähte Genugtuung verschwand sofort aus seiner Miene, und es erschien eine leidselige Selbstverleugnung darin, die alles Verdienst ablehnte.

Der Beifall wuchs fortwährend. Werda Bieratz, die noch immer in ihrer Rolle dem Publikum verächtliche Grimassen schnitt, wandte ihm plötzlich den Rücken. Sie warf sich in der Taille so geschickt zurück, daß das rotseidene Babykleid aufleuchtend bis über die Schenkel emporflatterte. Es kamen nur Spitzenwolken zum Vorschein, was einige Ausrufe der Enttäuschung veranlaßte. Doch Liebling, nicht weit von Andreas' Platze, äußerte laut:

„Brava! Die Sittlichkeit muß immer gewahrt bleiben."

„Brava!" wiederholte er mit kraftvoller Stimme.

Die Umstehenden stutzten; das Gerücht verbreitete sich, es sei das Feinste, brava zu rufen, mit einem a anstatt des o. Und als Kapeller von der Bühne in den Saal hinabstieg, umringten ihn Scharen von Verehrern, die aus voller Kehle brava schrien.

Andreas erhielt plötzlich einen leichten, liebevollen Schlag auf den Magen. Türkheimer, den Kopf wiegend und auf den Absätzen wippend, lächelte ihm aufmunternd ins Gesicht. Er sagte nachdrücklich und mit schleppender Stimme:

„Na, nu weiß man doch, wozu man seine – na, seine persönlichen Pfleglinge eigentlich hat. Hab ich Ihnen nicht immer gesagt, daß ich viel für Sie übrig habe? Ebensoviel wie meine Frau –"

Er kraute sich am Kinn, zwischen den rötlichen Koteletten.

„In meiner Art natürlich", setzte er hinzu. „Alle Achtung mein Lieber, Sie haben's raus. Alle Achtung!"

Andreas bekam ein wenig Farbe vor Freude über die Anerkennung dieses Mannes, der sich wie wenig andere auf Massenerfolge verstehen mußte.

„Alle Achtung, mein lieber Herr Zumsee!" wiederholte Türkheimer fortwährend, eindringlich und näselnd. Wer war der hübsche junge Mann, dem ein Türkheimer fünf Minuten lang Komplimente sagte?

Man begann aufmerksam zu werden, von einem Tisch zum andern setzte sich eine Bewegung fort.

„Das ist der Dichter!"

Ein Unbekannter löste sich aus einer Gruppe, er trat vor Andreas hin, schlug die Hacken zusammen und nannte einen Namen. Andere folgten, dann war es eine Menschenmenge, die vorüberzog. Türkheimer rieb sich die Hände; er schmunzelte, wie ein philosophisch veranlagter Machthaber schmunzelt, wenn ihm zu Ehren Niedrigkeiten begangen werden. Er machte den Dichter mit einigen Verehrern seiner Muse bekannt:

„Herr Doktor Klumpasch, unser berühmter Arzt, Herr Baumeister Kokott, Madame Teifèles, Frau Stiebitz, Herr Blosch, Herr Ratibohr –"

Vor diesem verneigte Andreas sich tiefer als vor den übrigen. Denn selbst auf der steilen Höhe des Ruhmes, wo er sich in dieser Stunde sonnte, bewahrte er eine scheue Ehrfurcht vor der erlauchten Abkunft, die man dem Bankier nachsagte, vor dem gefährlichen Rufe, der ihn von Börse und Fechtsaal her begleitete, und vor der besonnenen, sicheren Art, wie Ratibohr Frau Türkheimer an ihren Gatten verkauft hatte.

Türkheimer hatte sich erschöpft aus dem Gedränge zurückgezogen, doch behielt er ein wachsames Auge dafür, ob man dem persönlichen Pflegling seiner Frau die schuldige Reverenz erweise.

Andreas nahm mit unbewegter Miene, gütig und zeremoniell die Huldigungen entgegen. Er bemühte sich, jedem nach Verdienst zu begegnen, und dachte an nichts anderes, als daß es eine gleichmütige, durch keinen noch so trunkenen Sieg erschütterte Haltung zu zeigen gelte. Er drückte Duschnitzki, Süß und Goldherz als alten Bekannten die Hand, er ehrte Claudius Mertens durch die Anrede „Lieber Meister", und dem Professor Schwenke, dem akademischen Gönner der modernen Literatur, der aus Furcht, pedantisch zu erscheinen, mit den Armen schlenkerte und den Oberkörper beim Sprechen hin und her warf, versicherte der glückliche Dichter:

„Was ich kann, verdanke ich nur Ihnen, meinem verehrten Lehrer!"

Doktor Bediener begrüßte ihn mit eleganter Herzlichkeit. Er ließ das Glas aus dem Auge fallen.

„Nun, mein lieber Freund, wer hat Ihnen das alles am ersten Tage vorausgesagt? Habe ich Sie nicht gleich als unser aussichtsreichstes junges Talent entdeckt?"

„So schlimm ist es nicht", dachte Andreas, der sich einiger, in der „Neuzeit" noch immer nicht abgedruckter Gedichte erinnerte. Doch erkannte er an, daß die Empfehlung des Chefredakteurs ihm das Türkheimersche Haus geöffnet habe, und so beschloß er, Gnade für Recht ergehen zu lassen.

„Wo wäre ich ohne Sie, Herr Doktor?" versetzte er leichthin. Aber er zuckte zusammen, da die spitzen Knöchel einer Faust seine Schulter trafen, daß es schmerzte. Die russische Weltreisende, Fürstin Bouboukoff, sah ihn mit weichen slawischen Augen an und sagte:

„Vous n 'y allez guère de main morte, mon ami."

„Äh?" machte er unwillkürlich. Sie ergänzte:

„Vous n'avez pas froid aux yeux, mon coco."

Als auch dies unverstanden blieb, erteilte sie ihm einen zweiten freundschaftlichen Schlag und ging weiter. Ihr Sohn, der Fürst, der seine zu weit dekolletierte Geliebte hinter sich herzog, wünschte ebenfalls das Wort an Andreas zu richten. Aber der junge Mann, dessen Clowngesicht alle erheiterte, hatte eine schwere Zunge, und die Nachdrängenden ließen ihm keine Zeit, ihren Widerstand zu besiegen.

Liebling, der, wie jedermann wußte, die gewählteste Gesellschaft bevorzugte, weilte gern im Gefolge der Fürstin. Er hatte es eilig, sie einzuholen und begnügte sich damit, einen kräftigen und verständnisvollen Händedruck mit dem Dichter auszutauschen. Doch hielt er sich verpflichtet, im Vorüberwandeln Zeugnis abzulegen für den sittlichen Gedanken der Dichtung. Wenn die Bestrebungen, denen er sein Leben geweiht habe, jemals durchdrängen, so werde es in dem von ihm erträumten Lande sicher keine emanzipierten Frauen geben.

Andreas konnte ein überlegenes Lächeln nicht unterdrücken. Er nannte den ernsthaften Liebling innerlich einen alten Schäker. „Noch immer bei deiner Marotte?“ dachte er. „Und sie wird dich doch niemals dahin bringen, wo ich jetzt dank der meinigen stehe!“ Er sagte laut:

„Sie haben recht. Und dann auch das Ästhetische! Die Emanzipierten sind alle mager. Ich lobe mir den Geschmack der Wüstenstämme. Als die Schönste gilt die Frau, die nur auf einem Kamel weiterbefördert werden kann. Dann kommt diejenige, die sich beim Gehen auf zwei Sklavinnen stützen muß.“

Inmitten der geräuschvollen Fröhlichkeit, die seine Worte entfesselten, unterschied er ein trockenes Meckern, das ihm bekannt deuchte. Gleich darauf stand ein kleiner, bartloser Mann mit Adlernase und gelblederner Gesichtshaut vor ihm, dessen struppiges schwarzes Haar über einen Halskragen von zweifelhafter Weiße fiel, und der mit seinem zu langen und zu weiten Gehrock ein Clergyman oder ein Konzertvirtuose sein konnte. Beim Anblick des Doktors Abell gewann Andreas alsbald Ernst und Fassung zurück.

„Das nenne ich mir doch einen gesunden Witz!“ rief der Kritiker. „Man sieht, Herr Zumsee, daß Ihnen die Einfälle nicht bloß am Schreibtisch kommen. So soll es sein. Instinkt und Feuer, das ist das Wahre!“

Das Lächeln, mit dem der einflußreiche Theaterreferent seine Worte begleitete, entblößte seine schwarzen Zähne und zerknitterte sein Gesicht in tausend schmutzige Fältchen; doch fand Andreas es gewinnend.

„Herr Doktor, Ihr Wohlwollen beschämt mich“, versetzte er höflich. Aber Abell nahm die Sache ernst.

„Von Wohlwollen sprechen Sie? Von Wohlwollen meinerseits? Aber verehrter Herr! Was heißt Wohlwollen, was bedeutet Wohlwollen angesichts des Dichters, dem wir die kostbarsten Anregungen dieses dramatischen Winters verdanken? Wahrhaftig, vermessen dürfte man solch ein Wohlwollen nennen!“

„Aber Herr Doktor!“

„Die Frucht dieser Anregungen werden Sie im Nachtblatt des „Nachtkurier“ finden. Ich sende sie sofort in die Druckerei. Ihre „Verkannte“ bietet mir erwünschte Gelegenheit zu vergleichenden Literaturstudien mit Bezug auf die Bühnendichtung im leichteren Gewande. Ich meine unsere nationale deutsche Tingeltangelpoesie und die verwandten Hervorbringungen des Auslandes. Mit letzterem halte ich gründliche Abrechnung. Welch ein Mangel an Tiefe in den französischen Chansons!"

Abell brach jäh ab, denn Pimbusch schob ihn, unter Mißachtung aller feinen Form, unsanft beiseite. Der Schnapsfabrikant war außer sich vor Erregung. Er kam spät, und doch hatte er, um früher als andere vor den gefeierten Dichter hintreten zu können, inmitten des hastenden Getriebes seine Gardenie eingebüßt und seinem Vorhemde Beulen zugezogen. Nun starb er fast vor Furcht, den Augenblick verpaßt zu haben, wo man noch auf der Höhe war, wenn man den Vortrag des Monologes ultrasmart, ihn selbst copurchic nannte. Hatte diese Erkenntnis bereits weitere Kreise ergriffen, dann war es so gut, als sei Pimbusch heute gar nicht dabei gewesen, dann mußte er sich als entehrt betrachten! Er keuchte:

„Herzlichen Glückwunsch, Bester! Na, nun sagen Sie selbst, habe ich recht gehabt, als ich meinte, Kapeller spielte ultrasmart und Sie dichteten copurchic? Sehen Sie? Nichts dagegen einzuwenden, ich habe es gleich gesagt, schon auf der ersten Probe."

Er wandte sich erläuternd an die Umstehenden.

„Wir waren nämlich acht, zehn Personen auf der ersten Probe. Ich, meine Frau, ein paar andere. Aber keine Frage, ich hab es sofort gesagt."

Die Nachbarn trennten ihn von Andreas, dem er noch von fern mit der im Bogen erhobenen Rechten geschäftig winkte. Und während er immerfort dieselben Sätze wiederholte, ging Pimbusch im Strom der Weiterziehenden unter.

Aber Abell vollführte unversehens einen kraftvollen Stoß gegen die Nachdrängenden, wodurch er nochmals an die Oberfläche gelangte. Er durchschnitt mit einer trockenen, fanatischen Armbewegung die Luft, bevor er wieder begann:

„Welch eine Untiefe in den französischen Chansons! Haben Sie jemals wahrgenommen, daß eines von ihnen, gleich Ihrer „Verkannten", eine Zeitfrage zu lösen unternimmt? Niemals! In Deutschland dagegen dringen sozialer Ernst und wissenschaftliche Tiefe bis in die Tingeltangelpoesie! Auch auf diesem Gebiete scheidet sich von der romantischen Frivolität die solide deutsche Bildung, – Bildung, ein Begriff und eine Sache, die bekanntlich den anderen Völkern völlig fremd ist!"

„Was will er von mir?“ dachte Andreas, ein wenig befremdet, indes Abell Kinn und Unterlippe weit vorschob, um durch eine napoleonische Miene sein autoritäres Urteil zu unterstützen. Aber zugleich ward er von einer heranrollenden Welle endgültig hinweggespült. Frau Pimbusch nahte unwiderstehlich. Sie schüttelte dem Dichter kameradschaftlich die Hand.

„Heute imponieren Sie mir! Man fällt ja dreimal in Ohnmacht, bevor man Ihnen was ins Ohr sagen kann.“

Sie brachte ihm ihr Gesicht so nahe, daß er in ihren gekrümmten blutroten Mundwinkeln, zwischen den spitzen Zähnen, ein wenig Feuchtigkeit glitzern sah, und sie flüsterte mit ihrem heiseren Lachen:

„Sie gefallen mir heute wirklich, wissen Sie! Sie halten hier Hof wie ein Botschafter!“

„Wie ein Botschafter der Kunst“, sagte er feierlich, aber seine Stimme zitterte leise. „Sie hat mich zu ihrem hiesigen Botschafter ernannt.“

Ein Luftzug wehte ihm ein paar Flocken ihres karminroten Haares gegen die Stirn. Ihre lange, scharfe Nase berührte fast die seinige; sie ragte kreideweiß aus ihrem rosigen, unnatürlich aufgeblasenen Gesicht hervor, dessen Duft sein Fleisch aus seiner Ruhe peitschte. Sein Kopf rötete sich plötzlich. Sie schnitt ihm eine höhnische Grimasse, dicht unter seinen Augen.

„Bravo! Wenn Sie öfter einen so guten Tag haben, dann dürfen Sie mich mal besuchen.

Ich rechne sogar darauf“, sagte sie noch über die Schulter hinweg, bevor sie verschwand.

Für einen Augenblick vergaß er Ort und Stunde, so sehr hatte ihn die Begegnung mit Claire Pimbusch in Erstaunen versetzt. Sie war ja unmenschlich, wie ein Symbol, sie war das verkörperte Laster; man meinte von ihr träumen zu müssen, – aber konnte man sie begehren? Das war ihm noch niemals eingefallen bis zu dieser Minute. Jetzt erst hatte ihr grünlicher, verquollener Blick ihm ein tief beunruhigendes Rätsel aufgegeben, denn er war offen herausfordernd gewesen, und Andreas nannte ihn sogar verzehrend.

Er hatte, ohne daran zu denken, ein Dutzend Verbeugungen erwidert. Da sagte eine bekannte Stimme:

„Nanu, sehr geehrter Herr und Meister, ich glaube gar, Sie kennen Ihre alten Freunde nicht mehr."

„Ah, Kaflisch!"

„Also doch", meinte der Reporter, indem er ein abgegriffenes Notizbuch hervorzog.

„Nu machen Sie, los!"

„Wieso, los?"

„Stellen Sie sich doch nicht, als ob Sie von gestern sind, Meister, ich habe Eile. Geboren, wann? Wo? Eltern? Erblich belastet? Ihr Lieblingsgericht? Gefällt Ihnen Berlin? Was zahlen Sie für Ihre Wohnung?"

„Ah, so", bemerkte Andreas, und er machte die gewünschten Angaben. Kaflisch wiederholte:

„Der Dichter ist bekanntlich in dem rheinischen Städtchen Gumplach geboren. Ich setze „bekanntlich", das macht immer Effekt und kostet nichts. Jetzt diktieren Sie mir auch noch die Titel Ihrer Bücher."

Andreas zögerte.

„Ich habe noch keine herausgegeben."

„Natürlich. Wer sagt denn das? Aber ein paar suggestive Titel werden Sie sich doch ausdenken können? Nein? Ich bitte Sie, das kann doch jeder. Wollen Sie es denn mir überlassen? Na schön, Sie sollen was erleben. Aber daß Sie uns nachher nicht mit Berichtigungen kommen! Oder wenn schon, dann wenden Sie wenigstens mir den Verdienst zu von den paar Zeilen. Sie sitzen ja jetzt in Ihrem werten Fett und können 'n bißchen nett sein mit 'nem armen Menschen."

Der Journalist wandte sich bereits zum Gehen, aber plötzlich klappte er zusammen, so daß sein Gesicht seinen Magen berührte. Zwei Schritte vor ihnen stand Jekuser. Andreas hatte ihn an einem entfernten Tische, eine Hand in der Hosentasche, behaglich verweilen gesehen. Indes der Saal sich zu leeren begann, war der Besitzer des „Nachtkurier" mit einer letzten Flasche Sekt fertig geworden, und jetzt nahte er, die schwarze Perücke im Nacken, erhaben lächelnd. Gehörte seine Miene einem Schauspieler oder einem Cäsaren? In Andreas' Kopfe vereinigten sich in einer jähen Vorstellung die hunderttausend Abonnenten des „Nachtkurier" mit den Millionen seiner lesenden Untertanen, mit den Ministern dieses Staates im Staate, denn das war der „Nachtkurier"; mit dem Heer seiner kleinen Beamten, mit der Gewalt, Steuern einzutreiben und der politischen Machtfülle, über die Jekuser, ein konstitutioneller Monarch, gebot. Und so sehr ihn heute die Huldigungen eines ganzen Volkes abgestumpft hatten, vermochte er sich eines ehrfürchtigen Schauers nicht zu erwehren, als der mächtige Mann die Lippen öffnete, um ihn anzureden. Jekuser sprach aber einfach:

„Wissen Sie was? Geben Sie uns Ihr Gedicht zum Abdruck."

„Ich werde mich geehrt fühlen, Herr Jekuser –"

Andreas stotterte; aber der Verleger winkte ihm gut gelaunt, ohne sich länger aufzuhalten. Er erkundigte sich flüchtig:

„Sie begnügen sich wohl mit der Reklame, die wir Ihnen machen, und verzichten auf Honorar?"

„Sehr gern."

„Sehr gern ist kühn gesagt", bemerkte Kaflisch, als Jekuser außer Hörweite war. „Der Alte hat nun mal 'n Vorurteil gegen Geldausgaben. Sonst ist er 'n Engel – aber eher der Engel Bezechiel als der Engel Bezahleel. A propos, was haben Sie denn dem Abell versprochen?"

„Wieso?"

„Nu, er schreibt Ihnen doch 'nen Artikel."

„Und?"

„Aber Meister, Sie sind auch wirklich zu neu. Sie wissen doch, daß man Abelln immer was versprechen muß. Das begeistert die gute Seele so, daß er einen Panegyrikus gegen Sie losläßt. Nachher geben Sie ihm dann bloß die Hälfte, er nimmt alles. Er hat doch so was Einnehmendes. Aber ich verplaudere mich. Seien Sie mir gegrüßt, mein Meister."

Kaflisch enteilte. Andreas, den seine Gliedmaßen schmerzten, ward von einem Gähnen befallen. Er sah nach der andern Seite des Saalausganges hinüber und bemerkte, daß auch Türkheimer soeben den Mund öffnete. Es traten ihnen beiden gleichzeitig die Tränen in die Augen. Türkheimer lächelte ermüdet dem jungen Manne zu, und Andreas sagte sich mit Stolz:

„Wir verstehen einander."

Die Reihen der Glückwünschenden lichteten sich. Türkheimer, des Schauspiels der freien Schweizer, die Geßlers Hut grüßen, überdrüssig, wandte ihnen gelangweilt den Rücken. Sie hasteten nur um so eifriger herbei, um sich, Andreas gegenüber, in einem schwarzen, schwitzenden Haufen zu drängen. Jeder reckte den Hals daraus hervor, jeder fuchtelte mit den Armen in der Luft, rücksichtslos die anderen auf die Füße tretend und von ihnen in die Seite gestoßen. Jeder warf, bevor er vor dem gefeierten Dichter den Kopf senkte und seinen Spruch hersagte, nach der Tür, wo Türkheimer lehnte, einen furchtsamen, erwartungsvollen Blick hinüber, der zu flehen schien: „Mächtiger! Wolle nur eine halbe Sekunde lang darauf achten, daß ich auf der Welt bin! Nimm Kenntnis davon, daß ich meine Pflicht erfülle und dem Individuum, das du berühmt zu machen geruhst, alle menschlichen und göttlichen Ehren erweise. Statt dieses jungen Mannes könntest du mir ebensowohl dein Hündchen zur Anbetung in diesen Winkel stellen, oder auch nur den Unrat deines Hündchens: vor jedem Geschöpf deiner Laune werde ich gläubig und mit gekreuzten Armen im Staube liegen. Aber wenn du wieder einmal einen goldenen Regen auf dein gesegnetes Land herniedergehen läßt und den deinigen allen davon zu trinken verstattest, dann, o Mächtiger, erinnere dich gnädig, daß ich dein Knecht und der Untertänigsten einer bin!“

Der Abgeordnete Tulpe, als Politiker gewohnt, Mehrheiten zu achten und nie dem Stärkeren seine Unterstützung zu versagen, sprach auch seinerseits dem Helden des Abends seine Anerkennung aus. Doch erstaunte er einigermaßen, als Andreas ihm hell ins Gesicht lachte. Der große alte Wennichen schüttelte seinen Vogelkopf, daß der weiße Flaum zu tanzen begann; er ließ sich vernehmen:

„Brav gedichtet, junger Mann! Ich begrüße Sie als wackern Mitkämpfer für die Ideale der Freiheit und des Fortschritts!“

Andreas aber maß die verjährte Berühmtheit vom Kopf bis zu den Füßen mit einem Blick voll kalten Mitleids.

Es verdroß ihn nachträglich, von Jekusers Majestät auch heute noch eingeschüchtert worden zu sein. „Was ist denn der Jekuser?“ fragte er sich. „Was anders als ein Koloß auf tönernen Füßen? Ein Tritt von Türkheimer, und er fällt auf den Bauch. Ich bin heute mächtiger als er; würde er sich sonst um mich bekümmert haben?“ Jekuser war genau soviel wert wie die anderen: Bediener, der sich zu Andreas' Protektor aufwarf, Liebling, der aus seiner sittlichen Würde Kapital schlug, Pimbusch mit seiner Angst, übersehen zu werden, und seine

Frau, die den erfolgreichen Dichter durchaus verführen mußte; Abell, der keinen Frack trug, weil er zu unscheinbar darin aussah, und in seinem lächerlichen Pastorenrock auf die Suche nach gutzahlenden Bestellern von feuilletonistischen Lobeshymnen ging; Goldherz, Wennichen, Schwenke und die ungezählte Schar der Namenlosen, die unter Türkheimers Blick den Rücken krümmten, Klienten, Mitesser, gieriges und feiges Gesinde, das gelegentlich ein paar von den Goldstücken erraffen durfte, die hier unter den Möbeln umherrollten. Sie alle waren weit verächtlicher als Kaflisch, der auf Überzeugungstreue keinen Anspruch erhob und harmlos eingestand, daß er sich von Trinkgeldern ernähre. Und wenn sie sich weniger offen auslebten als Kapeller, so besaß im Grunde doch jeder von ihnen die ganz hündische Natur des fetten Mimen, der demütig wedelnd um Verzeihung bat, sobald ein Mächtiger ihn von der Seite ansah, und der, um seinen Gebietern zu gefallen, eine kleine Schauspielerin bis zu Tränen quälte.

Hoch über diesem dunkeln Gewühl, der Sphäre, wo man um zu leben Niedrigkeiten begehen mußte, weit entrückt, standen nur zwei Männer: Türkheimer und Andreas selbst. Hier wandelte wirklich einmal der Dichter mit dem König auf der Menschheit Höhen, wie es sein Beruf war. Denn um das Leben ganz zu fassen, mußte er von der Macht gekostet haben, die ein Türkheimer in Händen hielt. Es war eigentlich ein tragisches Geschick, hier oben zu stehen. Man war satt, man hatte nichts mehr zu erkämpfen von dem, was drunten alle Leidenschaften in Bewegung setzte. Welche olympische Langeweile! Denn das Glück zu herrschen ward beträchtlich abgeschwächt durch die abgrundtiefe Verachtung, die man für die Beherrschten hegte. Und das einzige, was dem Mächtigen auf seiner kahlen Höhe übrigblieb, war das wehmütige Vergnügen, die Menschen zu durchschauen.

Unter der Last seiner Gedanken wandte sich Andreas müde zum Gehen. Türkheimer war verschwunden, der Saal leerte sich, es lagerte darin eine übelriechende Wolke von abgestandenen Ausdünstungen. Draußen begegnete Andreas der jungen Frau Blosch, die seinen Gruß ein wenig scheu erwiderte; seine Dichtung mußte die arme kleine Provinzlerin erschreckt haben. Fräulein von Hochstetten, die vorüberkam, musterte ihn durch ihr Lorgnon, fremd und hochmütig. Das Claudius-Kabinett lud ihn ein, es schien menschenleer; aber bei seinem Eintritt regte es sich hinter einer Palmengruppe, und die Baronin Asta rauschte am Arm eines ungewöhnlich langen, blassen Brünetten von verführerischer Geschmeidigkeit an Andreas vorüber und zur Tür hinaus. Ihren

Blick voll wütender Verachtung nahm er gelassen entgegen, er sah ihr achselzuckend nach:

„Zurück von der Hochzeitsreise? Herzlichen Glückwunsch! Daß du und ihr alle mich nicht sehr lieb habt, will ich euch glauben, aber was könnt ihr gegen mich ausrichten? Ohnmächtige Sklavenranküne!"

Er sog aus vollen Lungen den kühlen Atem der Blattpflanzen ein, dehnte die Arme und sank, durch die Ehren des Triumphes angenehm erschöpft, auf einen Polstersitz. Vor ihm stand die zerbrechliche kleine Nymphe, die, über eine Quelle geneigt, sich der burlesken Angriffe eines marmornen Silens zu erwehren hatte.

„Das ist Claudius Mertens' Kunst!" sagte er vor sich hin, aber ein leises Hüsteln unterbrach seine Betrachtung. Er sprang vor Überraschung auf, denn Diederich Klempner, derselbe, der einst eben dieses Wort an eben dieser Stelle zu ihm, dem Neuling gesprochen hatte, stand hinter ihm. Auf Klempners forschem Gesicht lag ein Schatten von Verlegenheit. „Und er hat Grund!" meinte Andreas im stillen. „Wie haben wir uns beide verändert! Ich war damals ein ungeschickter Fremdling voller phantastischer Hoffnungen, und er durfte gegen mich die Güte selbst sein; seine feine Stellung im Schlaraffenland erlaubte ihm das. Jetzt hat man ihn mitsamt seiner Lizzi hinausgefeuert. Er stellt gar nichts mehr vor, und ich – oh, wie das Leben mit uns spielt!" Im Glücke galt es, sich edelmütig zu zeigen, und so beschloß er, den andern wie seinesgleichen zu behandeln. Er streckte ihm die Hand entgegen.

„Lieber Kollege –"

„Sie beneidenswerter Herr! Nun, wie bekommt Ihnen der Ruhm?" fragte Klempner. Andreas gähnte.

„So, so. Er macht müde."

„Sage ich auch."

„Überhaupt –"

„Nicht wahr?"

Sie saßen einander gegenüber. Klempner faltete die Hände über dem Magen und drehte die Daumen umeinander.

„Alle diese gesellschaftlichen Pflichten – wenn wir's nicht so nötig hätten!"

„Wenn wir's nicht so nötig hätten!“ wiederholte Andreas.

„Aber sie kosten uns unsere besten Kräfte.“

„Und wozu?“

„Das frage ich ja grade. Wenn man nur loskommen könnte! Ganz zur Arbeit zurück! In einem fünften Stockwerk, mitten in einem Proletarierviertel Berlins, oder in irgendeiner fernen Waldeinsamkeit – gleichviel, nur Arbeit, nichts als Arbeit!“

„Oder aber man müßte die Energie eines Claudius Mertens besitzen“, schlug Klempner vor. Andreas ließ einen zärtlichen Blick ringsum über die Kunstwerke gleiten:

„Ah, der! Den stört nichts in seiner Arbeit. Er hat wöchentlich zehn Einladungen. Beim Essen nimmt er Bestellungen an und verdient, während er verdaut.“

Klempner unterdrückte ein Lächeln; er erinnerte sich, daß der andere diese Sätze einst von ihm selbst gehört habe. Aber Andreas hatte es vergessen. Er träumte zur Decke hinan.

„Ah, Claudius!“

„Kennen Sie das Neueste von ihm?“ fragte Klempner.

„Was ist es?“

„Arazzi.“

„Bitte?“

„Arazzi, Teppichmuster, symbolistisch, piekfein. Große dekorative Blumen, von Arabesken umzogen. Sieht man aber genau hin, so sind es gotische Lettern, und man entziffert mit einiger Anstrengung den schönen Spruch: „Ehrlich währt am längsten“.“

„Nanu! Und der Teppich ist vielleicht gar für –“

„Ganz recht, für – Türkheimer.“

„Ah! Ah!“

„Und stellen Sie sich vor, daß der Teppich zehn Quadratmeter bedecken soll. Es werden ungefähr hundertfünfzig Blumen hineingewirkt, und alle mit der Umschrift: „Ehrlich währt am längsten“.“

„Hören Sie auf! Ich habe keine Luft mehr!“

„Der Teppich soll für Türkheimers Privatkontor bestimmt sein.“

Andreas lag mit dem Kopfe auf der niedrigen Lehne seines Sessels. Sein ganzer Körper war in Zuckungen geraten, er hielt sich die Seiten, die ihn schmerzten. All das Glück, das unvorhergesehene, übermenschliche und traumhafte Glück, das sich heute abend in der Brust des jungen Mannes angehäuft hatte, und das bisher unterdrückt worden war, tobte sich plötzlich aus in einer unbändigen, unerschöpflichen Lache.

Klempner lachte schallend mit, doch wandte er dazwischen den Kopf zur Tür, aufhorchend bei jedem Geräusch ferner Schritte. Er faßte sich zuerst und begann wieder, noch immer durch die laute Heiterkeit des glücklichen Dichters unterbrochen:

„Claudius macht sich über den ganzen Zimt lustig, er kann es sich erlauben. Und eigentlich muß einem die Bande, mit der man hier verkehrt, doch mehr Mitleid einflößen als sonst was. Ich bitte Sie, die Sitten!“

Andreas richtete sich auf, er kehrte aus seiner Besinnungslosigkeit zurück.

„Was für Sitten?“

„Zum Beispiel die Baronin Hochstetten. Haben Sie sie nicht mit ihrem Liebhaber hier herauskommen gesehen?“

„Asta? Gewiß, und ich habe mir schon gedacht, das Stelldichein hinter den Palmen sei ein bißchen verfrüht.“

„Ich frage einen Menschen! Acht Wochen nach der Hochzeit! Und gar noch als Tochter des Hauses sich hier so zu benehmen!“

Andreas betrachtete verwundert sein Gegenüber. Er überlegte: „Was ist denn mit Klempner? Warum regt er sich über Astas Liebesleben so auf?“ Klempner war wieder ganz Männlichkeit und Komment. Er saß in strammer Haltung, sein gestärktes Vorhemd wölbte sich, achtunggebietend, über der Brust, sein humoristisches Gesicht war in strenge Falten gelegt. Er machte einen hochgradig staatserhaltenden Eindruck.

„Wissen Sie denn so genau, daß das ihr Liebhaber war?“ forschte Andreas. Klempner zuckte unwillig die Achseln.

„Oder wenn er's nicht ist, kann er's jeden Augenblick werden.“

„Wie heißt er denn?“

„Das ist auch ein erschwerender Umstand. Er heißt von Rcszscinski und ist Kollege Hochstettens im Ministerium.“

„Rcszscinski?“ wiederholte Andreas sinnend. „Wo habe ich den Namen schon mal gehört?“

„Ah!“

Er schnellte vor Überraschung halb von seinem Sitze auf. Kaflisch hatte ihm doch schon vor einiger Zeit erzählt, daß ein Herr von Rcszscinski sich der verlassenen Lizzi Laffé angenommen habe! Also darum gewann Klempner es über sich, dieses Haus, das er das letztemal unter so kränkenden Umständen verlassen hatte, nochmals zu betreten. Es waren Nahrungssorgen, die ihn hertrieben! Asta beging unlauteren Wettbewerb! Warum mußte die reiche Frau den armen Leuten ihre Existenzmittel entführen: der alternden Lizzi, die trotz ihres immer fleckiger werdenden Teints eine letzte Stütze gefunden zu haben glaubte, und dem unglücklichen, von aller Welt vergessenen Klempner, dessen „Rache!“ nicht einmal mehr in Posemuckel und Meseritz aufgeführt wurde, und von dem kein Hund mehr ein Stück Brot nahm! O die armen Leute! Wieviel Elend verbarg sich unter Klempners schneidiger Miene und in seiner Heldenbrust! Er spielte übrigens eine gelungene Komödie, jeder andere hätte sie ihm glauben können. Aber Andreas war bereits zu sehr gewöhnt an das wehmütige Vergnügen, die Menschen zu durchschauen.

Es galt jetzt nur abzuwarten, in welcher Absicht Lizzis Schützling gerade ihn mit seiner Angelegenheit vertraut machte. Klempners kleine Augen zwinkerten ein wenig hinter dem schwarz umrandeten Klemmer, und der Schmiß auf seiner linken Wange färbte sich dunkler. Doch fuhr er mit großer Sicherheit fort:

„Sehn Sie, ich verstehe ja manches. Es ist hier nun mal nicht wie auf dem Lande. Wir leben unter feinen Leuten, und hohe Kultur macht unanständig. Aber es gibt doch noch einiges, was zu weit geht. Wenn zum Beispiel die einzige Tochter des Hauses Türkheimer ausgerechnet acht Wochen nach der Hochzeit öffentlich Anstalten macht, um ihren Mann zu betrügen, und noch dazu mit seinem intimsten Freunde, dann muß ich doch sagen, das grenzt an – an –“

„An?“ fragte Andreas gespannt.

„Ich stelle anheim, woran es grenzt. Aber minderwertig ist es jedenfalls, und wenn ich die Mutter wäre, ich würde das verhindern!“

Das letzte verkündete er mit erhobener Stimme. Andreas sagte sich mit Genugtuung, daß er Klempner kommen höre. Er erkundigte sich:

„Und meinen Sie, daß ich etwas bei der Sache tun könnte?"

„Als einer, der nächsten Hausfreunde – warum nicht? Sie verstehen, ich spreche zu Ihnen im Namen unserer gemeinsamen Ehre. Die Türkheimersche Ehre ist doch gewissermaßen auch die unsrige. Wenn es hier allmählich gar zu gemischt zugeht, dann müssen wir als der Familie Nahestehende uns ja schließlich selbst getroffen fühlen."

„Ich verstehe vollkommen", erklärte Andreas. Aber der andere glaubte noch deutlicher werden zu sollen.

„Somit ist es Ihnen ohne weiteres klar, Herr Kollege, in die Existenz wie zahlreicher Menschen Astas schlechte Aufführung eingreift."

Andreas bestätigte es:

„Und überdies ist nicht einzusehen, warum die Türkheimerschen Intimen immer zahlreicher werden sollen. Wir müssen zusammenhalten gegen Eindringlinge!"

Klempner erhob sich, sichtlich erfreut über soviel Entgegenkommen.

„War mir wirklich ein Vergnügen, verehrter Kollege, ein Stündchen so angenehm mit Ihnen zu verplaudern", sagte er mit einem kräftigen Händedruck.

„Ihre Bemühungen, um die junge Frau auf dem Wege der Ehre festzuhalten, werden sicherlich nicht erfolglos bleiben. Heil!"

Andreas sah nachdenklich zu, wie Klempner würdevoll durch die Mitte abging.

„Er will, daß ich mit Adelheid rede. Die Geschichte ist zwar brenzlig, aber was kosten mich die paar Worte? Ich verderbe Asta den Spaß, es ist eigentlich nicht schön. Aber warum soll ich sie schonen? Würde sie mich schonen?"

Niemand hatte ihn so schmerzhaft verwundet wie Asta, niemand, außer dem Büfettfräulein im „Café Hurra". Jetzt konnte er ihr seine Macht zeigen. Auch verdiente die bedrängte Lizzi einige Teilnahme.

Indessen verließ Klempner nicht ungehindert das Kabinett. Unter der Tür geriet er in eine unvermutet hereinbrechende Schar junger Mädchen und wurde, ohne die geringste Beachtung zu finden, gegen die Wand gedrückt. Andreas gedachte bei diesem Anblick mit klopfendem Herzen jenes Bildes nach der

Erstaufführung von „Rache!“: Der Dichter von Verehrerinnen umringt, die ihm die Hände zu küssen versuchten. Wie hatte sich damals in ihm der Ehrgeiz aufgebäumt, eine sengende Sehnsucht, angebetet zu werden wie jener. Und jetzt stürzten dieselben jungen Mädchen an dem vergessenen Klempner vorbei, auf ihn, auf Andreas zu. Es war ein wirres, aufgeregtes Gezwitscher:

„Sagen Sie es, bitte, nicht zu Mama, daß wir hier sind!“

„Ach was, wegen meiner darf er es. Meister, Sie dichten entzückend.“

„Himmlisch, Meister. Sagen Sie, denken Sie sich eigentlich was dabei, wenn Sie so was Unmögliches aufschreiben?“

„Wieso unmöglich?“ fragte eine kleine Bewegliche, die aufgeweckt aussah.

„Das meiste verstehen wir natürlich gar nicht, das können Sie sich doch denken, Meister.“

Andreas erwiderte bescheiden:

„Es freut mich, Ihren Geschmack getroffen zu haben, meine Damen.“

Eine blasse Brünette mit vorzeitig entwickelten Formen, von denen sie mehr sehen ließ als die andern von ihren dürftigeren Reizen, bemerkte träumerisch:

„Sie sehen eigentlich gar nicht so aus, wie Sie dichten.“

„Sondern?“

„Ganz nett.“

„Geben Sie mir Ihre Adresse, Meister“, sagte plötzlich eine Weißgekleidete, die mit herabhängenden Armen dastand und den jungen Mann kritisch musterte. Er zuckte zusammen und errötete. Sollte sie –? Dies gehörte entschieden zu den Dingen, die Klempner als zu weitgehend bezeichnet hatte! Aber sie lächelte spöttisch:

„Ich will Ihnen nämlich mein Stammbuch schicken. Sie dichten mir doch was hinein?“

„Ach ja, Meister, mir auch, aber was recht Passendes.“

„Wo kriegt man Ihre Photographie zu kaufen, Meister?“

„Schenken Sie mir eine, aber mit Unterschrift und Motto!“

„Schenken Sie mir einen alten Handschuh, Meister, einen, den Sie recht lange getragen haben. Ich will ihn auf Butterbrot essen!“

Andreas sah ratlos im Kreise umher, was seine Verehrerinnen zu erheitern schien. Er wußte ihnen nichts zu entgegnen und befand sich keineswegs wohl inmitten dieser Herde von Puten, wie er sie nannte. Aber obwohl er sie verachtete, blieben sie ihm unheimlich, sogar heute noch. Selbst auf der Menschheit Höhen fühlte er die Überlegenheit dieser rätselhaften Geschöpfe mit den hellen, neugierigen und nichtssagenden Blicken, die sich hinter ihre Unschuld wie hinter eine Schanze zurückzogen, herausfordernd und unzugänglich. Kaum hatten sie durch eine Zweideutigkeit den Mann in Erstaunen versetzt, so fügten sie irgend etwas Harmloses hinzu, das ihn über sein Mißverständnis aufklärte, und weideten sich boshaft an seiner Enttäuschung. Er konnte nicht einmal herausbekommen, wie weit in den Huldigungen, die sie ihm darbrachten, die Bewunderung ging, und wo der Hohn anfing! Ängstlich entzog er ihnen seine Hand, nach der sie haschten. Wie sie immer stürmischer auf ihn eindrangen, dünkte ihre Berührung ihn erdrückend schwer, obwohl es nur Gazekleider, Tüllfähnchen, Blumengirlanden waren, die ihm entgegenflatterten. Der Kopf wurde ihm benommen von dem herben, säuerlichen Duft, den diese Ansammlung von Jungfräulichkeit ausströmte, und von ihrem planlosen Gezwitscher und Gekicher. Im Hintergrunde flüsterte eine:

„Ist er nicht süß? Stell ihn dir vor als Amor, in rosa Trikots!“

Sie kreischte laut auf:

„Und mit Flügeln!“

Die anderen ließen sich von ihrer ausgelassenen Laune anstecken, und es erfüllte den jungen Mann mit peinlichem Unmut, diese dalberigen Wesen vor verhaltenem Lachen fast ersticken zu sehen, ohne daß er begreifen konnte warum. Eine Lange, die sich schlecht hielt, ließ plötzlich eine kleine Schere vor seinen Augen aufblitzen:

„Eine Locke, Meister!“

Da ward Andreas von einem Entsetzen gepackt, das ihm Mut verlieh. Mit einem jähen Ruck brach er sich Bahn. Inmitten der Stille der ersten Überraschung zog er seine Uhr, denn er besaß jetzt eine goldene, und rief mit Leidenschaft:

„Ach! Aber ich vergesse ja das Wichtigste!“

Gleich darauf war er zur Tür hinaus, immerfort laufend, bis das Lachen und Geschrei hinter ihm verhallte. Er erfrischte sich am Büfett und warf beim Kauen stolze und drohende Blicke umher, um Rache zu nehmen für die Verlegenheit, in die ihn die jungen Mädchen versetzt hatten. Aber wen hätten sie nicht aus der Fassung gebracht. Er durfte sich trösten, denn was sollte er mit ihnen anfangen, da sie einen Dichter keinesfalls zu inspirieren vermochten. Von den Bändern, Spitzen und Firlefanz, womit sie sich behängten, borgten sie manchmal einige Poesie; aber poetisch war höchstens ihre Schneiderin, nicht sie selbst. Auch hatten sie meistens zu wenig Fleisch. Es fiel ihm ein, daß er Adelheid heute abend noch nicht begegnet war. Ein Verlangen überkam ihn, sich in ihrer zärtlichen Nähe von den jungen Mädchen zu erholen. Doch suchte er sie vergeblich in allen drei Salons. Im blaßgrünen wollten Bekannte ihn in ein Gespräch ziehen, aber er sah fremd an ihnen vorbei. Im purpurroten bearbeitete jemand den Flügel. Andreas wußte jetzt, daß die Türkheimerschen Hauskünstler mit fünfhundert Mark für den Abend honoriert wurden, und die Achtung vor der hohen Summe bewog ihn, zwei Minuten lang zu lauschen. Aber der Lärm war zu groß. Im dritten Salon, bleu mourant und Rokoko, wurde die Pompadour-Bergere, Adelheids gewöhnlicher Platz, von der entsetzlichen Frau Bescheerer eingenommen. Erschreckt zog der junge Mann sich zurück, um in einem unbewachten Augenblick hinter eine jener spanischen Wände zu schlüpfen, die mit ihren geschliffenen Glasscheiben in verschnörkelten Rahmen geradeso aussahen wie die herausgebrochenen Wände einer alten Staatskutsche. Dort ließ sich, wie er wußte, die Stofftapete zurückschieben wie eine Kulisse. Er betrat ein kleines, mit dicken Teppichen belegtes Kabinett und näherte sich vorsichtig einer zweiten, halb geöffneten Tapetentür; nur wenige Intime kannten diesen Zugang zum gelbseidenen Teezimmer, das an großen Empfangsabenden geschlossen blieb. Andreas spähte hinein. Da lehnte sie über einem der schwarzen Lackstühle mit den goldenen Figürchen, das Knie auf das zart bemalte Kissen gestützt, und träumte leicht gesenkten Hauptes in die Flamme der einzigen Kerze hinein, die auf dem von bronzenen Drachen getragenen Kandelaber zu ihren Füßen brannte. Er sagte sich mit Genugtuung, daß sie ein seltenes Bild gewährte in der Korsage aus Silberstoff, das ihre mächtige Büste wie ein matt schimmernder Panzer umschloß, und über dem ihr Nacken voll und weiß in sattem Glanze ruhte; in der Robe aus weißem Seidentuch mit den daraufgestickten großen blauen Lilien und unter dem Feuer jener andern Lilien, die, in farbige Steine geschnitten, den Helm von schwarzen Haaren über ihrer engen Stirn bekränzten. Dämmerung und Stille hielten sie tief gefangen.

Andreas räusperte sich, und sie sah auf, ohne Überraschung.

„Da bist du“, sagte sie einfach.

„Nun?“

Aus dem einzigen Worte waren eine Menge Fragen herauszuhören: „Bist du jetzt zufrieden? Freut dich dein Ruhm? Oder hat man dich mit Huldigungen übersättigt? Willst du dich von all den banalen und unwahren Redensarten, die auf dich eingedrungen sind, durch den Hauch echter Liebesworte reinigen lassen? Komm nur!“

Wie er sie ansah, fühlte er sich, ohne zu wissen warum, ein wenig beschämt, was ihm einiges Unbehagen verursachte. Er sagte schnell, mit einer flüchtigen Liebkosung seiner von dichten, vorn aufwärts gebogenen Wimpern beschatteten Mädchenaugen:

„Uff! Es ist eigentlich mehr Strapaze als Vergnügen, weißt du. Diese sündige Menschheit, die mir über die Füße weggelaufen ist! Diese Verbeugungen! Ich bin ganz kreuzlahm und muß mich massieren lassen. Ja ja, kaum hat man einen Ruhm, muß man ihn pflegen und begießen. Was werde ich alles zu tun haben! Da ist zum Beispiel dieser Abell, der mir Sorge macht. Er will geschmiert werden für ein Feuilleton im „Nachtkurier“.“

„Er macht dir einen Artikel? Wie schön!“

„Ganz schön. Aber das Geld! Ich habe im Augenblick keines und wollte dich gerade bitten, mir die zweihundert Mark zurückzugeben, für die du mir gestern Gold Mounts kaufen wolltest. Oder hast du sie schon bezahlt?“

„Ich bitte dich, zweihundert sind zu wenig, bei solcher wichtigen Gelegenheit. Sie stehen ja übrigens schon wieder soviel höher, du hast gewonnen. Ich schicke dir morgen gleich das Geld.“

„Wieviel?“

„Tausend.“

Er stutzte, er kam sich doch übertrieben glücklich vor. Von einem Tag zum andern achthundert Mark zu verdienen! Aber schließlich war es abgemacht, daß ihn diese Dinge nichts angingen.

„Um so besser“, versetzte er leichthin. „Das wird genügen.“

„Du gibst ihm vierhundert und sollst sehen, wie er dich besingt.“

Er schöpfte Atem.

„Und dann muß ich noch wegen einer anderen, etwas delikaten Sache mit dir Rücksprache nehmen, wegen deiner Tochter nämlich."

„Asta?"

„Leider verkennt sie ihre Pflichten."

„Ach so. Ich habe auch schon davon gehört."

„Und du gedenkst, einzuschreiten?"

„Ich? Sie ist ja eine verheiratete Frau, nicht wahr?"

Soviel Duldsamkeit empörte Andreas. Er sagte:

„Aber du als Mutter! Ich verstehe ja manches, aber es gibt doch noch einiges, was zu weit geht. Acht Wochen nach der Hochzeit! Und mit dem intimsten Freunde ihres Mannes! Hast du eine Idee davon?"

Sie zögerte.

„Du hast natürlich recht, mein Schätzchen. Aber anderseits bedenke mal, was würde sie dazu sagen, wenn gerade ich ihr davon spräche. Ich meine, wir selbst – kurz, wie würde ich ihr vorkommen?"

Diese Anspielung auf seine eigene Stellung verstimmte ihn vollends. Er hatte beschlossen, Asta seine Macht fühlen zu lassen und der armen Lizzi mit ihrem Klempner als ein Retter zu erscheinen; und nun störten ihn Adelheids Einwände. Er fand sie geradezu gewissenlos und versetzte hart:

„Ich meine, eine Mutter muß unter allen Umständen ihre Autorität ausüben. Überdies ist es für mich eine Ehrensache. Die Türkheimersche Ehre ist doch gewissermaßen auch die der Hausfreunde. Wenn es hier allmählich gar zu gemischt zugeht, dann müssen wir uns ja schließlich selbst getroffen fühlen – und unsere Konsequenzen daraus ziehen."

Sie begriff nur allmählich und sah ihn entsetzt an. Er wollte sie verlassen! Und bloß aus sittlichem Feingefühl wollte er's!

„Oh!"

Ihre Stimme erbebte in Angst und Zärtlichkeit.

„Wie kannst du nur so reden! Hätte ich gewußt, daß dir etwas daran liegt, – du weißt doch, daß ich alles tue, was du willst. Ich mache ihr nötigenfalls einen

Skandal, verlaß dich darauf, Herzchen, ich drohe ihr mit Enterbung! Nun, ist es so recht?“

„Ich hoffe, daß die junge Frau sich auf den rechten Weg besinnen wird“, erwiderte er, noch ein wenig strenge, doch halb besänftigt.

Sie legte einen Arm um seine Schulter.

„Sag, Herzchen, bist du eigentlich bloß wegen dieser – Geschäfte zu mir gekommen? Wir stehen schon die ganze Zeit so steif einander gegenüber, als wären wir unter lauter fremden Menschen. Und ich hab dich doch erwartet, hier, wo uns niemand sieht. Denn ich wußte, Liebling, daß du kommen würdest.“

Sie flüsterte heiß:

„Heute ist ja ein Freudentag für unsere Liebe. So schön war es noch nie wie heute. Denke nur, jetzt bist du berühmt, und wir sind zusammen glücklich. Wie bin ich glücklich, ich halte meinen großen Dichter ganz fest.“

Er fühlte, daß er etwas tun müsse, und drückte seine Lippen auf ihren Hals.

„Du hast eine schöne Kinnlinie“, bemerkte er.

Dankbar legte sie ihre Wange gegen die seinige. Aus den wogenden Spitzen ihrer Korsage stieg ihm ein schwerer Duft ins Gesicht. Er überließ sich einer süßen Betäubung, froh, die Erholung gefunden zu haben, die ihm nach allen Aufregungen und Beschwerden des Abends not tat. Aus der Ferne glitt von den Kunstübungen des Pianisten zu fünfhundert ein weiches, versagendes Echo bis in ihre Versunkenheit, wie die letzte Erinnerung an eine düster verlodernde Melodie.

„Er spielt ganz hübsch“, sagte Andreas aus einem Traum heraus.

„Stimmungsvoll“, setzte Adelheid hinzu. „Es ist ein Notturno von Chopin, ich glaube das zwölfte.“

Dann schwiegen sie wieder.

Er überlegte, daß mit dem heutigen Tage sein Verhältnis zu Adelheid eine wesentliche Veränderung erfahren habe. Bisher mochte man ihn ihren Protegé nennen, ihren persönlichen Pflegling, wie der geschmacklose Titel lautete; ein Autor aber, dessen Name mit Posaunenschall über alle deutschen Gaue hinflog, bedeutete für das Haus, in dem er gastlich verkehrte, eine ungeheure Reklame. Fortan schuldete man ihm Dank. Adelheid nannte ihn zwar „ihren“ Dichter und glaubte ihn „festhalten“ zu dürfen; dies war aber eine völlig verfehlte Auffassung. Welche Rechte besaß sie? Sie liebte ihn, nun ja. Aber wenn er selbst eines Tages ganz und gar aufgehört haben würde, sie zu lieben? Dann, daran war nicht zu zweifeln, würde er das weinende Weib, das sich sträubte, von sich abschütteln mit dem herrischen Egoismus des Künstlers, der keine Fessel duldet. Eine erloschene Liebe, in deren Asche das Weib herumstocherte, war keine gültige Verbindlichkeit für einen Künstler, dessen erste Pflicht ihn seine Persönlichkeit frei entfalten und seine Individualität ausleben hieß!

Indessen ließ sie, an seine Schulter gelehnt, es sich durch den Sinn gehen, welche Erfolge sie nun schon für ihn ertrotzt habe, wie sehr sie ihn liebe und was sie ihm noch erkämpfen und was ihm hingeben wolle.

Ein sich näherndes Geräusch schreckte sie beide gleichzeitig empor. Adelheid mußte sich darauf besinnen, wo sie sich befand; dann huschte sie mit der Grazie, die sie ihrer schweren Figur zu geben wußte, und die Andreas neuerdings ein wenig lächerlich fand, zur Tapetentür und legte lautlos den Riegel vor. Gleich darauf versuchte jemand die Kulisse zurückzuschieben. Astas Stimme wurde vernehmlich:

„Es ist abgeschlossen. Übrigens gestehe ich, daß ich etwas eilig bin. Darf ich nun fragen, was Sie mir so geheimnisvoll zu sagen haben?“

Eine andere erwiderte:

„Sie wissen es selbst, liebe Asta, und ich möchte eben Sie um eine Aufklärung bitten über das zweideutige Betragen, in dem Sie sich heute abend gefallen haben. Muß ich es Ihnen sagen? Sie sind im Begriffe, sich zu kompromittieren.“

„Wenn das nun meine Absicht wäre?“ entgegnete Asta scharf.

„Asta?“

„Liebe Griseldis?“

„Griseldis?“ fragte Andreas leise. Adelheid war zu ihm zurückgekehrt und hielt ihm ängstlich die Hand vor den Mund.

„Fräulein von Hochstetten“, erklärte sie. Er bemerkte:

„Der Name wird wohl nur bei großen Gelegenheiten genannt? Er hat auch was Dramatisches.“

„Erklären Sie mir doch nur“, wurde draußen gesagt, „was haben Sie gegen meinen Bruder. Sie gehen auf einen Skandal aus?“

„Auf Scheidung, liebe Griseldis.“

„Ich begreife nicht, warum?“

„Man muß für gewisse Dinge eben ein Feingefühl haben, das in Ihrer Familie nicht genügend ausgebildet zu sein scheint.“

„Was wissen Sie von Familien wie die unsrige, liebe Asta.“

„Mehr als mir lieb ist. Übrigens, wollen Sie mich anhören, liebe Griseldis?“

„Ich bitte.“

„Erst gestern habe ich Ihren Bruder – meinen Mann will ich ihn aus gewissen Gründen gar nicht nennen, er verdient diesen Namen nicht – erst gestern beim Diner habe ich ihn darauf aufmerksam gemacht, daß er in meinem Salon, zumal abends, stets in Lackschuhen zu erscheinen habe. Schon während der ganzen Reise hat er mir durch seine unnobeln, wie soll ich sagen – bürgerlichen Gewohnheiten das Leben unmöglich gemacht. Und was glauben Sie? Heute kommt er hierher, auf einen großen Rout meiner Eltern, in gewöhnlichen Straßenstiefeln! Ich muß es für eine offene Herausforderung halten.“

„Das ist alles? Und Sie bilden sich ein, daraufhin ein Recht auf Scheidung zu besitzen?“

„Gewiß. Ich kenne zwar eure Gesetze nicht, aber ich bin überzeugt, es muß irgendwo stehen, daß eine Frau sich von einem Manne scheiden lassen darf, der keine Lackschuhe trägt.“

„Das hat sie aus „Nora““, flüsterte Andreas an Adelheids Ohr. Asta begann wieder:

„Überdies gebricht es Herrn von Hochstetten an den nötigen persönlichen Eigenschaften. Über gewisse Dinge pflegt man mit jungen Mädchen nicht zu sprechen; aber Sie, liebe Griseldis, sind wohl in den Jahren, wo man sie hören darf. Genug, ich habe bei meinem Gatten nur das gesucht, was jede Frau, auch die ärmste, bei dem ihrigen zu finden gewohnt ist.“

„Angenommen, daß ich Sie richtig verstanden habe“, erwiderte das Fräulein sehr kühl, „so könnte ich auch dies für keine berechtigte Klage halten. Sie waren als junges Mädchen gewiß nicht ganz unerfahren, liebe Asta. In der Umgebung, unter der Sie aufgewachsen sind, gibt es keine Unerfahrenheit. Wenn Sie einen Mann aus altem, sehr altem Hause heirateten, so mußten Sie wissen, daß Sie bei ihm nicht das, wie soll ich sagen – gewalttätige Naturell eines Emporkömmlings, eines Menschen aus Ihren eigenen Kreisen zu suchen hatten."

„Oh, gewalttätig! Sie überschätzen mich, liebe Griseldis. Das habe ich von Ihrem Herrn Bruder nicht verlangt. Aber wäre es nicht seine Pflicht, mir einen Erben zu geben?"

„Sprechen Sie doch nicht von einem Erben Ihres Geldes, liebe Asta, sondern von einem Stammhalter des Hauses Hochstetten!"

„Sie verachten das Geld wohl sehr, liebes Fräulein? Ich tue es ebenfalls, aber spiele auch nicht an der Börse, nicht einmal mit meinem eigenen!"

„Bitte, was wollen Sie sagen?"

„Daß ich mir recht wohl denken kann, warum er keine Lackschuhe trägt. Ihm fehlen ganz einfach die Mittel. Denn das Taschengeld, womit ich ihn so reichlich versehe, das lassen Sie, liebe Griseldis, sich aushändigen, um Gold Mounts dafür zu kaufen."

„Ah! Das ist schändlich! Schändlich!"

„Sie wollen doch nicht leugnen, liebe Griseldis? Hätten Sie sich noch damit begnügt, für mein Geld wollene Strümpfe nach Palästina zu schicken, zur Bekehrung von Judenkindern. Aber neuerdings müssen es Gold Mounts sein!"

„Wie ist das schändlich!"

In ihrer Verzweiflung schrie Fräulein von Hochstetten laut auf. Andreas krümmte sich vor unterdrücktem Lachen, er versteckte sein Gesicht an Adelheids Hals. Es war zu gut. Also diese Griseldis, die ihn noch heute mit einem Blick voll eisigen Hochmuts gemessen hatte, die hier so fremd und säuerlich umherwandelte, als habe sie genug damit zu tun, den Ekel zu verschlucken, den ihr diese Welt einflößte, und könne weiter nichts genießen: diese vornehme alte Jungfer stand genau so niedrig wie zum Beispiel Kapeller oder Diederich Klempner! Auch sie griff unter die Möbel, wo die Goldstücke umherrollten!

„Wenn ich es geahnt hätte!" jammerte das Fräulein. „Wenn ich eine Ahnung gehabt hätte von den Zuständen in der Familie, in die mein Bruder hineingeriet. Nie, niemals würde ich es zugegeben haben!"

Asta entgegnete ruhig:

„Eine Ahnung, liebe Griseldis? Sie sind bescheiden. Sie waren ja über alles Wissenswerte genau unterrichtet. Aber den kleinen Renten zuliebe, auf die Sie sich Hoffnung machten, sind Sie über die anstößigsten Dinge glatt hinweggekommen. Unter anderem war da meine Frau Mama, die liebe Matrone. Sehen Sie, auch ich wahre mir das Recht meiner Persönlichkeit. Eine moderne Frau schuldet es ihrer Selbstachtung, einen Mann zu betrügen, der sie nicht versteht, keine Lackschuhe trägt und seine ehelichen Pflichten versäumt. Öffentlich betrügt sie ihn, ohne beschämende Ausflüchte und in Schönheit! Sie wählt einen Liebhaber, gegen den der Gatte nichts einzuwenden haben kann, einen aus seinem eigenen Stande, meinetwegen seinen Freund. Er würde es mit Recht geschmacklos finden, wenn ich ihm meinen Kutscher zum Rivalen gäbe. Dies aber tut meine Frau Mama, oder doch etwas Ähnliches, und Ihnen, liebe Griseldis, war es seit langem bekannt. Sie wußten so gut wie ich und wie jeder, der hier im Hause verkehrt, daß Frau Türkheimer unwürdige Beziehungen unterhält zu jungen Leuten von unnennbarer Herkunft, in zweifelhafter Stellung und mit nicht nachweisbaren Einnahmen. Der letzte dieser fragwürdigen Charmeurs –“

Andreas verlor den Schluß von Astas Rede. Er fühlte Adelheid an seiner Seite schwer atmen, und er verstand ihren flehenden Blick. Zum Abschied flüsterte er ihr zu:

„Verzeihe, daß ich es dir sage, aber deine Tochter hat eine unfeine und pietätlose Seele.“

Als sie ihm traurig zunickte, fand er noch ein zärtliches, beglückendes Wort:

„Oh, du bist anders! Ich danke dir für alles!“

Dann schritt er geräuschlos, aber voll Würde, dem Hauptausgang des Gemaches zu. Astas Anzüglichkeiten, in denen die Ohnmacht greinte, berührten ihn gar nicht. Er fühlte sich zu innig befriedigt durch die Entlarvung der den Versuchungen des Schlaraffenlandes erlegenen Griseldis. Sie vervollständigte ihm das wehmütige Vergnügen, die Menschen zu durchschauen.

Im Treppenhause blendete ihn die Lichtflut. Er wollte sich auf einer der Ruhebänke niederlassen, auf denen in gepunztem Leder ein Türke den Säbel schwang; doch zwischen den hohen Heliotropsträuchern, den Orchideen und purpurnen Kaktusarten erschien das blasse, fette Gesicht des Herrn Stiebitz, der ihn freundschaftlich begrüßte.

„Na, wir wußten auch gar nicht, wo Sie steckten, werter Meister. Was meinen Sie zu einem Jeuchen? Sei'n Sie so gut und bringen uns 'n bißchen Betrieb in die Bude! Was? Keine Meinung? I, ich sage, reden Sie doch nicht von den Pferdchen! Was heißt Pferdchen? Was sind Pferdchen? Kinderei sind sie. Kommen Sie, wir machen 'n kleines, kleines Bakkarat. Kennen Sie wohl noch nicht? Gehört aber zur Bildung, und mit Ihrem bestens bekannten Glück können Sie diebisch dabei gewinnen."

Aber Andreas war schon halb die Stiege hinab. Er sagte sich:

„Solange die Börse genug abwirft, brauche ich keinen Bakkarat."

Er verließ zu Fuß das Haus und ging elastischen Schrittes, mit schlenkerndem Stöckchen, den Mund zum Pfeifen gespitzt. Am Potsdamer Platz trat er in das Telegraphenamt und entwarf in geläufigen, eleganten Zügen eine Depesche, die den „Gumplacher Anzeiger" von dem phänomenalen, überwältigenden Erfolge der „Verkannten" unterrichtete, „der neuesten dramatischen Dichtung eines hochbegabten Sohnes Ihrer Stadt, des Herrn Andreas Zumsee, der sich im Fluge die Sympathien der Reichshauptstadt erobert hat".

Dann begab er sich zur Ruhe, und mit dem Gedanken, daß bis zu seinem Erwachen Draht und Presse seinen Ruhm ins Riesenhafte angeschwellt haben würden, entschlummerte der glückliche Dichter.

Morgens um zehn Uhr brachte ihm ein Kommissionär ein Paket ans Bett. Er fand eine blauseidene Bonbonniere darin und stopfte sich gleich beim Ankleiden, in heiterster Laune, den Mund voll Pralinen. Sein Jubel erstickte ihn, er mußte ihn jemand mitteilen; doch war sein Nachbar Köpf bereits ausgegangen. Auf dem Korridor begegnete ihm Fräulein Levzahn, der er seit jenem unbefriedigenden Besuch im Zimmer der beiden Frauen beständig ausgewichen war. Sie wollte ohne Gruß an ihm vorbei, aber ihr mürrisches Gesicht beeinträchtigte seine Stimmung. Er empfand das Bedürfnis, das verbitterte Mädchen aufzuheitern und kniff sie unvermittelt so stark in die Backe, daß sie laut aufkreischte. „Sie ist wirklich sehr unmusikalisch", dachte er, legte ihr aber gleichwohl den Arm um die Taille.

„Was haben Sie denn heute verschluckt?" fragte sie, indem sie ihm mit erzwungener Koketterie zu wehren suchte.

„Verschluckt? Ja, zum Frühstück schicken mir gleich die Damen was Delikates. Sie verstehen, Fräulein Sophie, man macht hier und da eine kleine Eroberung."

„Bei Ihnen heißt es wohl auch: Dicketun ist mein Reichtum?"

„Bewahre! Lauter Tatsachen! Wollen Sie mal probieren?"

Sie griff mit zierlicher Zurückhaltung in das Beutelchen. Aber das zweite Mal spreizten sich ihre Finger viel weniger, und beim dritten verschwand die ganze Hand. Ihm wurde bange.

„Genieren Sie sich nur nicht", sagte er. „Wie schmeckt es denn?"

„Süß", lispelte sie und versuchte schelmisch den Mund zu spitzen, aus dem ein wenig Schokoladenbrei hervorquoll. Aber plötzlich hörte sie auf zu kauen, und ihre Augen wurden groß. Sie zog ein Papier aus der Bonbonniere und hielt es ihm dicht unter die Nase. Er errötete; es war ein Tausendmarkschein.

„Ach, das muß von Tante kommen", stotterte er, nach Fassung ringend.

„Von Tante Adelheid, nicht wahr?"

„Sie wissen?"

Sie feixte anzüglich:

„Na, man erfährt doch auch einiges, hat doch auch seine Konnexionen."

Er hob die Achseln:

„Wenn es Sie glücklich macht –"

„Nu natürlich, Sie sitzen in Abrahams Wurstkessel, Ihnen kann es gleich sein, was die Leute dazu sagen, 'ne feine alte Tante, die ihrem kleinen Herzken so was Süßes schenkt!"

Sie winkte ihm noch immer mit der Banknote vor dem Gesicht umher. Er besann sich und riß sie ihr aus der Hand.

„Sie haben ja schon 'ne geübte Revolverschnauze", bemerkte er kalt und wandte ihr den Rücken.

Ihr böses Lachen verfolgte ihn bis in sein Zimmer. Er begriff, daß er sie enttäuscht haben müsse; daher ihre Entrüstung. Aber was wollte sie ihm anhaben?

Er ging aus, kaufte den „Nachtkurier" und ließ sich während des Mittagessens von Abells weichen Schmeicheleien wie von Hurihänden streicheln. Dann stattete er dem Kritiker auf der Redaktion einen Dankbesuch ab und schob, wie in Gedanken, vier Hundertmarkscheine unter einige Papiere auf seinem Schreibtisch.

Kurz nach seiner Heimkehr, um halb vier Uhr, ging die Flurglocke, und er vernahm das wohlbekannte Rauschen von Adelheids Kleidern. Doch trat sie noch nicht bei ihm ein. Frau Levzahn schien sie aufzuhalten. Die grobe, schleppende Stimme der Alten drang bis zu Andreas.

„Gnädige Frau müssen entschuldigen, ich habe mal 'n Wörtken zu reden. Denn gnädige Frau werden doch eine arme Frau wie mich nicht schädigen wollen, und der Vizewirt weiß schon, daß bei meine Herren Damenbesuch kommt."

„Ich verstehe nicht", erwiderte Adelheid.

„Oh, gnädige Frau werden woll verstehen, wenn't auch 'n bißken dauert. Damenbesuch ist doch natürlich gegen die Hausordnung. Der Vizewirt kann mich ja jeden Tag hinaussetzen. Und tut er es nich, dann steigert er mich. Man muß doch die Leute kennen, wie sie immer gleich sind, und wie sie alle jiepern."

„Also ein Erpressungsversuch", dachte Andreas. „Das ist bei den sittlichen Bedenken der Levzahns herausgekommen." Mit größter Behutsamkeit öffnete er die Tür ganz wenig und sah durch den Spalt. Sophie stand kampfbereit hinter ihrer Mutter; sie tat ihrer Miene keinen Zwang mehr an, ihre Augen durchsuchten abschätzend, gierig und mißtrauisch wie die eines Wucherers, Adelheids Gesicht und ihren Anzug, sie hefteten sich an ihre Brillantohrringe und schienen ihr den Schirm mit dem goldenen Knopf aus der Hand reißen zu wollen. Sie kam der Alten zu Hilfe:

„Die gnädige Frau wird sich gewiß nicht weigern, Muttern anständig zu entschädigen."

„Ich soll Sie entschädigen?" fragte Adelheid, mehr verwundert als erzürnt. „Aber wofür denn? Was geht es mich an, wenn Ihr Wirt Sie steigert?"

Aber Frau Levzahn verlor die Geduld.

„Stellt sei sick man so düsig, oder is sei 't würklich?" fragte sie ihre Tochter. Sophie versetzte:

„Wir können ja leicht zu unserm Gelde kommen, wenn wir uns an den Herrn Gemahl wenden."

Diese Drohung fand Adelheid unverschämt.

„Mein Mann kennt meine Schritte", sagte sie kühl abweisend.

„Nee, nu süll doch –!" schrie die Alte, und die ehrliche, volkstümliche Entrüstung der Levzahns brach über Adelheid herein.

„So was geht einen ja durch Mark und Fennig! Die feine Dame besucht möblierte Herren, und der Gemahl kennt ihre Schritte! Gott, was für 'ne Schande! Na, ich sage, wenn das die vornehmen Herrschaften tun! Man is ja sonst nich haberig, aber so was is doch, um graulich zu werden."

„Schweigen Sie doch!" rief Adelheid.

„Nu schlag einer lang hin! Schweigen soll ich, wenn in meinem eigenen Hause so 'ne Geschichten passieren? So was is ja von der Polizei verboten. Sehn Sie denn nich, wie blaß und mikrig der junge Mensch schon is? Er sieht ja aus wie ausgelutscht. Wenn Sie ihn noch 'n bißken weiter kaputt machen, denn stirbt er mir am Ende noch hier im Haus unter de Hände. Denn kann ich sehen, wo ich mit ableibe. Denn sind die feinen Damen weg, und ich arme Frau hab noch die Kosten von und den Schaden und den Ärger!"

Die Tochter sprach mit scharfer Stimme dazwischen:

„Geben Sie uns hundert Taler, Frau Generalkonsul, oder wir machen Ihnen einen Skandal, den soll'n Sie sich besehn!"

Adelheid fühlte, daß sie mit diesen Leuten ein deutliches Wort in ihrer eigenen Sprache reden müsse, sonst würde sie sie niemals loswerden. Sie nahm sich zusammen und versetzte mit Betonung:

„Sie können mir 'n Buckel lang rutschen."

„Und Sie mich blasen, wo es warm is", scholl es pünktlich zurück.

Ein Aufschrei, die Tür wurde weit aufgerissen, und Adelheid flog schluchzend in Andreas' Arme. Er bewies viel Kaltblütigkeit, drehte den Schlüssel um, schleuderte seine Zigarette vor den Ofen und versuchte die in Scham und Schmerz Aufgelöste zu beruhigen. Es war nicht leicht; sie jammerte, von Tränen erstickt:

„Hast du es gehört? Oh, dies infame Wort! Alles andere hätte ich ertragen, aber dies infame Wort! Warum müssen wir im Leben so vielen Niedrigkeiten begegnen!"

„Tröste dich“, bat er. „Diese Menschen werden mit schmutzigen Instinkten geboren. Wir verstehen sie nicht, sie sind von einer anderen Rasse. Wenn sie uns einmal in den Weg treten, so ist es, als habe ein widerliches Tier, eine Kröte oder eine Ratte uns berührt. Man wäscht sich die Hände und denkt nicht mehr daran. Denke nicht mehr daran!“

Er verblüffte sich selbst durch seine geistreiche Skepsis. Sie flüsterte unter dem Taschentuch, das sie sich vor das nasse Gesicht drückte:

„Oh, du bist edel.“

„Nicht als ob ich einen moralischen Maßstab anlegte“, so fuhr er fort, „aber dieses Volk ist ästhetisch gar zu minderwertig. Gaunereien können Schönheit und Größe haben. Jemand, der ganze Menschenmassen zugrunde richtet, um ungezählte Millionen in seine Tasche zu stecken, wie –“

Andreas besann sich, ob er den Namen Türkheimers nennen solle, doch unterließ er es.

„Nun, so einer wäre moralisch auch wohl anfechtbar, aber ästhetisch hat er einen gewissen großartigen Zug. Er geht öffentlich auf Raub aus, am hellen Tage, und macht dem Gesetz eine lange Nase. Die kleinen, lichtscheuen Gaunereien dagegen, die von bedürftigem Pack in muffigen Hinterstuben ausgeheckt werden, wie sind die widerlich! Stell dir einmal vor, wie lange diese armen Leute untereinander beraten und gefeilscht haben werden, ob sie sich mit achtzig Talern begnügen müßten oder es wagen dürften, dir hundert abzuverlangen! Und welche geheime Angst werden sie bei ihrem lumpigen Erpressungsversuch ausgestanden haben! Sie verdienen, daß man ihnen dafür eine Kleinigkeit schenkt.“

Er durchmaß mit großen Schritten triumphierend das Zimmer.

„Eigentlich ist es ein Spaß“, sagte er. „Das Vergnügen, die Menschen zu durchschauen, sollte uns in dieser Welt mit allen Erbärmlichkeiten versöhnen.“

Adelheid sprang plötzlich vom Stuhl auf.

„Du darfst hier nicht bleiben!“ rief sie leidenschaftlich. Sie warf die Arme um seinen Hals.

„Keinen Tag länger darfst du hierbleiben. Vorläufig ziehst du in ein Hotel garni, wo wir ungestört sind, und dann mietest du dir eine eigene Wohnung.“

„Aber das Geld?“ wandte er ein.

Sie stampfte mit dem Fuß. Wie sollte sie ihm diesmal über sein Zartgefühl in Geldsachen hinweghelfen. Es würde ihn vielleicht allzusehr überraschen, wenn er unversehens die standesgemäße Einrichtung von drei, vier Zimmern an der Börse gewänne? Sie nahm ihren Mut zusammen und sah ihm fest in die Augen. Ihr Gesicht war blaß, die Nüstern bebten, schwarz und weit geöffnet. Sie hatte den Kopf in den Nacken gelegt, majestätisch, wie er sie liebte.

„Was ziehst du vor", sagte sie mit unsicherer Stimme. „Ein paar tausend Mark Schulden zu machen, oder die Frau, die du liebst und die dich liebt, den gemeinsten Beleidigungen auszusetzen?"

„Wie kannst du so fragen?" erwiderte er und drückte einen Kuß auf ihr Kinn. Sie fühlte, daß sie ihn im Sturm besiegt habe.

„Ich suche dir eine hübsche Parterrewohnung und sorge für alles Nötige. Sage nur, wo? Aber es darf nicht weit von uns sein."

Er sagte zögernd:

„Lützowstraße meinetwegen."

XI.
Die kleine Matzke

Der Preis mancher zur Ausstattung seines neuen Heims unerläßlichen Ankäufe stimmte Andreas nachdenklich. Adelheid sah es ungern, wenn er die an ihn adressierten Rechnungen erbrach. Sie nahm sie ihm weg und beglich alles. Aber wie lange sollte das dauern? Die gepreßten Maroquinmöbel, ohne die er sein Arbeitszimmer nicht zu denken vermochte, waren unbegreiflich teuer, und obwohl das geschnitzte und vergoldete Louisquinze-Bett zweitausend Mark kostete, mochte Adelheid nicht darauf verzichten. Wo würde er je diese Unsummen hernehmen? Das Börsenspiel sicherte ihm vorläufig ein behäbiges Auskommen, aber einem ausschweifenden Luxus vermochte diese gutbürgerliche Erwerbsquelle noch nicht zu genügen. Zuweilen träumte er heiß und sanguinisch von einem unerhörten Coup, einem Coup in Türkheimerscher Manier, ohne sich jedoch etwas Genaueres darunter vorzustellen. Seufzend nahm er die in sorgloseren Tagen vernachlässigte Lektüre der Börsenblätter wieder auf.

Dabei erregte es seine Verwunderung, wie geteilt die Ansichten über den Wert der Texas Bloody Gold Mounts waren. Das hartnäckige, wilde Reklamegeheul der dem deutsch-amerikanischen Bankhaus F. W. Schmeerbauch ergebenen „Kleinen Börse“ ward lebhaft unterstützt durch die Anstrengungen von „Kabel“ und „Abendzeitung“; der „Nachtkurier“ jedoch verhielt sich vorsichtig abwartend. Dies schien unbegreiflich, da ja auch Türkheimer hinter dem Geschäft stecken sollte. Sein Leiborgan gab zu verstehen, daß die Ausbeute an Gold sich bisher auf eine einzige, inzwischen versiegte Ader beschränkt habe. Einen schon ausgegrabenen Schacht habe man verlassen müssen. Überdies sei die Umgebung der Gold Mounts ein stinkender Morast mit Fieberluft, ohne Trinkwasser, und für Europäer unbewohnbar. Seit kurzem war das Papier nur noch langsam gestiegen; an dem Tage, wo der „Nachtkurier“ solche deutliche Sprache geführt hatte, trat eine Stockung ein. Andreas widmete diesem Umstände seine ernste Aufmerksamkeit, er beschloß, Adelheid kein Geld mehr zu Erwerbung von Gold Mounts anzuvertrauen.

Vierundzwanzig Stunden später aber veröffentlichte das Blatt Jekusers an hervorragender Stelle einen begeisterten Artikel des berühmten Forschungsreisenden Herrn von Birkenbusch-Fellenthien. Es hieß darin, die Gold Mounts glichen ebenso vielen Attrappen; man brauche sie gleichsam nur aufzuklappen, um sie von oben bis unten mit dem gelben Metall angefüllt zu finden. Das Auswaschen erspare man sich meistens, denn viele Goldstücke zeigten bereits die fertige Form von Münzen, wenn auch leider noch ungeprägten. Überdies sei die Gegend eine der gesundesten der bekannten Erde, von blühender Romantik und paradiesischer Fruchtbarkeit.

„Was soll man nun glauben?“ fragte Andreas. „Ein so berühmter Gelehrter wird doch nicht lügen?“

„Hoffentlich nicht“, meinte Adelheid. „Soviel ist sicher, daß man sich um Gold Mounts heute rauft. Türkheimer war bisher zurückhaltend, heute aber engagiert er sich beträchtlich. Er hat es mir selbst gesagt.“

„Nun, dann –“

Er zögerte.

„Hier ist alles, was ich im Augenblick erübrigen kann.“

Und er blickte mit gelinder Wehmut den zweitausend Mark nach, die sie in ihren Pelzmuff schob: der Preis des Prunkbettes.

Er schlief unruhig und griff am nächsten Morgen mit einer ahnungsvollen Hast nach dem „Nachtkurier“. Da stand, fett gedruckt, ein Telegramm des Herrn von Birkenbusch-Fellenthien, mit der bündigen Erklärung, er sei nicht der Verfasser des Aufsatzes über die Gold Mounts. Er behalte sich weitere Schritte vor. In ihrem Nachwort zeigte sich die Redaktion empört über den frechen Fälscher, der die Schrift des berühmten Forschungsreisenden auf das raffinierteste nachgeahmt habe. Leider habe sie das Manuskript, nach ihrer langjährigen Gepflogenheit, bereits vernichtet. Weitere Schritte aber behalte auch sie sich vor.

Ein Schmerz, wie er lange, lange keinen mehr empfunden hatte, warf Andreas mit dem Kopf auf seinen Arbeitstisch. Er vergrub das Gesicht in die Hände und stöhnte hinter seinem verlorenen Gelde her. Er hatte es gerade so lieb gehabt, als klebte derselbe Schweiß daran wie an den Groschen seines Vaters, des Winzers, der seine Rebstöcke wie Säuglinge pflegte und froh war, wenn sie alle sieben Jahre einmal gut trugen. Endlich richtete er sich auf, strich sich über die Stirn und beschloß, kalt zu überlegen und rücksichtslos zu handeln. Adelheid war ihm für alles verantwortlich, was geschah! Wie lagen die Dinge im Augenblick? Infolge des Attrappen-Artikels waren Gold Mounts gestern von neunzig auf hundertsiebzig über Pari hinaufgeschnellt; zu diesem Preise hatte Türkheimer sie vermutlich gekauft. Mußte man nun den Kurssturz abwarten, der infolge des „Nachtkurier“-Telegrammes unvermeidlich geworden war? Konnte man nicht vorher realisieren? Adelheid mußte Mittel und Wege kennen. Allerdings würden Gold Mounts heute von allen Seiten auf den Markt geworfen werden, und bis zur Börsenstunde waren sie vielleicht schon wertlos geworden. Gleichviel! Andreas fuhr, unter Versprechung eines Extratrinkgeldes, in die Hildebrandtstraße, doch traf er Adelheid nicht zu Hause, was ihm von schlimmer Vorbedeutung schien. Er hinterließ die schriftliche, in strengen Worten abgefaßte Anweisung, sofort alles zu verkaufen. Nach einem ohne Appetit genossenen Frühstück fand er sich blaß und zornig erregt in der Burgstraße ein.

Hier nahm ihn ein dichter Haufe von Gesinnungsgenossen auf. Die Stimmung erhitzte sich durch das Warten in Nässe und Schmutz. Betrogene Spieler reckten, mitten aus dem Gedränge heraus, ihre Fäuste gegen den Börsenpalast. Sie stießen Drohungen aus gegen Jobber und Ausbeuter; andere, die nicht beteiligt waren, ulkten. Und von eifrigen Schutzleuten sorgfältig zusammengetrieben, gewann die Ansammlung an Umfang und Stärke.

Ein jäher Stoß pflanzte sich in der Menschenmasse fort. Droben war eine Tür aufgegangen, dahinter sah man, inmitten einer Staubwolke, ein Gewirr fuchtelnder Arme und geschwungener Stöcke. Ein gellendes Kriegsgetöse näherte sich, es verfolgte einen stolpernden, verstörten, unkenntlichen Menschen, einen Menschen mit eingetriebenem Zylinder, offener Weste, zerrissener Krawatte und einer Hose, die die Spur von Fußtritten trug. Er flog, wie ein weicher, schmutziger Packen alter Kleider, die Stufen hinab und in einen bereitstehenden Wagen. Die Pferde scheuten, der Kutscher peitschte sie in die gestaute Menge hinein, die mit wütenden Drohungen um sich biß.

„Nieder mit Schmeerbauch!"

„Haut ihn tot, den Hund!"

„Knickt ihm die Eisbeene!"

„So was muß mit 'n Knüppel auf 'n Kopf geschlagen werden!"

„So 'n Ekelmatz!"

Die Ulker riefen in das Fenster des Coupés hinein:

„Machste öfter so 'ne Scherze, Kleiner?"

„Sie Luder uf de Kartoffel!"

„Kaufen Sie sich 'n Krawattengeschäft!"

Dann tobte der Sturm der Hineingefallenen, von berittenen Wachmannschaften mit gezücktem Säbel dahingescheucht, dem fliehenden Gefährte nach. Als Andreas Unter den Linden vor den Büros des Bankhauses anlangte, waren an den Fenstern die eisernen Rolläden herabgelassen. Das dumpfe Murren und Fluchen der Belagernden legte sich: man wollte einen Schuß gehört haben. Es verging eine Viertelstunde, ehe die Autorität, in Gestalt eines Bezirkskommissars, in das Lokal eindrang. Nach weiteren zwanzig Minuten erschien ein Sanitätswagen, und endlich wurde, von lebhaftem Pfeifen und Johlen begrüßt, der herausgetragen, der Friedrich Wilhelm Schmeerbauch gewesen war. Das Volk, vor dessen Erbitterung er aus der Welt geflohen war, blieb ungerührt.

„Hops gehen kann jeder!" rief man der Leiche zu.

„Angst, aber keene Besserung!"

„Un ick schnappe Rooch!"

Der vor der Ladentür aufgestellte Schutzmann zeigte sich jovial. Er erklärte schmunzelnd den Nachdrängenden, daß Schmeerbauch, während er den Revolver in seinen Mund hinein abfeuerte, gleichzeitig mit einem Rasiermesser sich den Hals durchgeschnitten habe. Diese Kunde, die rasch um sich griff, fand überall freudige Aufnahme. Die Menge schüttelte sich vor Lachen, die Kutscher, hinten auf dem Fahrdamm, klatschten sich mit den Händen auf die Schenkel und mußten sich festhalten, um nicht vom Bock herunterzufallen; die Schuljungen sprangen feixend umher.

Aber Andreas bedachte, daß Schmeerbauchs Tod, der auf alle versöhnend einwirkte, ihm dennoch sein verlorenes Geld nicht zurückbringe. Im allgemeinen schienen die Gutgekleideten im Publikum derselben Ansicht zu sein. Ein kriegerisch und achtunggebietend aussehender alter Herr in grauem Zylinder äußerte sehr laut:

„Ist denn diesen Leuten alles erlaubt? Durch bewußte Irreführung der öffentlichen Meinung plündern sie ganze Bevölkerungsmassen aus, um sich darauf der Verantwortlichkeit zu entziehen! Und zum Schutze des anständigen Spekulanten geschieht gar nichts!“

Unter dem aufreizenden Eindruck dieser Worte begab Andreas sich nochmals nach der Hildebrandtstraße. Er sprang, ohne das bedenkliche Lächeln des Dieners zu beachten, in großen Sätzen die Treppe hinan und stand, ehe er sich recht besonnen hatte, vor Adelheid. Sie stieß einen Schrei aus.

„Was ist geschehen? Wie siehst du aus!“

Er sah an sich entlang und bemerkte, daß jeder seiner Tritte eine breiartige Flüssigkeit auf dem Parkett zurückließ. Seine Hose war unten abgetreten, sein Rock durchnäßt und unschön zerknittert. Diese Entdeckungen erbitterten ihn noch mehr.

„Ich bin mit dem Volke in Berührung gekommen! Aber darum handelt es sich nicht. Wer ist denn schuld an dem Ganzen, und daß ich in dem Wetter meinem Gelde nachlaufen muß?“

„Andreas! Deinem Gelde?“

„Sie wünschen die Naive zu spielen, meine Gnädige. Sie haben natürlich keine Ahnung, daß es mit Gold Mounts vorbei ist.“

„Kein Wort! Ich habe den ganzen Morgen Anprobe gehabt.“

„Ah!“

Er pfiff durch die Zähne und durchmaß tragischen Schrittes das Zimmer, dessen Boden unter seinen Füßen allen Glanz verlor. Plötzlich blieb er, hoch aufgerichtet, stehen; er traf die geängstete Frau mit einem durchbohrenden Blick und begann zu skandieren:

„Der Attrappen-Artikel – war eine Fälschung. Gold Mounts sind heute bloß – noch Makulatur! Schmeerbauch – hat sich den Hals abgeschnitten, und ich – bin meine – zweitausend – los!“

Sie antwortete nicht, erschrocken und nachdenklich.

„Türkheimer kann doch nicht auch verloren haben?“ meinte sie schließlich. Der matte Erfolg seiner dramatischen Erzählung enttäuschte ihn.

„Das ist wohl die einzige Frage, die dich in der Sache interessiert? Und so was nennt sich Liebe! Ich danke! Was kümmert mich Türkheimer? Wenn sie ihm eine halbe Million abknöpfen oder auch eine ganze, so geschieht ihm nur recht, denn es ist ja doch alles gestohlen, entschuldige, daß ich es sage. Es gibt Lagen, in denen ein offenes Wort befreiend wirkt.“

Tatsächlich hatte er sich ein wenig Luft verschafft. Er fuhr, ohne ihrer bittenden Augen zu achten, erbarmungslos in seiner Deklamation fort:

„Von Wichtigkeit wäre es wohl nur, zu erfahren, ob eigentlich diesen Leuten alles erlaubt ist. Dürfen sie durch Irreführung der öffentlichen Meinung ungestraft ganze Bevölkerungsmassen ausplündern? Und zum Schutze der anständigen Spekulanten geschieht gar nichts?“

Sie zog die Stirn in schmerzliche Falten, fieberhaft suchend nach einem Mittel, um den Geliebten zu besänftigen. Die Verzweiflung verhalf ihr zu einer Erfindung.

„Denke nur, ich habe selbst erst heute morgen meinem Manne zwanzigtausend Mark zu Gold Mounts gegeben. All mein Erspartes.“

„Zwanzigtausend –“

Er stockte; die Größe der Summe brachte ihn um seine Sicherheit. Adelheid griff rasch ein, um ihm eine Beschämung zu ersparen.

„Ob zwei- oder zwanzigtausend, es ist natürlich gleich ärgerlich.“

„Das meine ich ja. Was gehen mich im Grunde die zweitausend an? Ob zwei- oder zwanzigtausend, ich sehe kaum einen Unterschied. Mein Himmel, in der Welt des Gedankens, wo ich mich zu bewegen gewohnt bin, spielen Zahlen eine so untergeordnete Rolle. Aber sich betrogen zu fühlen, das ist das Unerträgliche! Der gemeinen Schlauheit von Leuten zum Opfer zu fallen, die man tief, tief unter sich weiß, in einem uns fremden Element. Ah, was für unschöne Erfahrungen! Sie verstimmen uns für viele Tage."

Er nahm seine stimmungsschwere Wanderung wieder auf, aber sie war sofort an seiner Seite, sie ergriff voll Leidenschaft seinen Arm.

„Du ahnst gar nicht, wie sehr du recht hast. Du sprichst das Leiden meines Lebens aus. Denn in welcher Welt habe ich leben müssen? Und ich habe doch immer einen Zug zum Höheren gehabt. Mit Dichtern und Künstlern bin ich von jeher so gut gewesen. Natürlich hätte es mir noch schlechter gehen können. Türkheimer hat wenigstens was Kulantes, und was er nicht sehen soll, das sieht er nicht. Aber andererseits –"

Sie zögerte unmerklich, bevor sie auch ihren Gatten dem Zorn des Geliebten opferte. Doch kostete es sie nur geringe Überwindung.

„Aber was für einen Charakter hat der Mann, sobald Geld in Frage kommt! Wenn er mich an der Börse im Stich läßt, das ist nicht das Schlimmste. Ich traue ihm zu, daß er unser Geld noch in Gold Mounts anlegt, während er selbst schon auf den Krach hofft. Man muß ihn kennen, das kommt ihm vor wie ein Witz. Meinetwegen. Aber daß ihm alles und alles nur soviel wie ein Geschäft wert ist: Treu und Glauben und das Familienleben und der ganze Klimbim und ich selbst – oh! Du ahnst es nicht, wie oft er mich, sein Weib, verkauft und wieder zurückgekauft hat."

Es trat Schweigen ein. Beide dachten, ein wenig peinlich berührt, an Ratibohr. Andreas fragte sich:

„So etwas ist also noch öfter vorgekommen?"

Adelheids Geständnisse rächten den Verlust, den ihm die Leute von ihres Mannes Art beigebracht hatten. Türkheimer und seinesgleichen konnten nicht tief genug herabgewürdigt, nicht mit hinreichend satten Worten gezeichnet werden.

„Tröste dich", bemerkte er wegwerfend. „Er und die anderen, es sind eben Vertreter einer atavistischen Gaunermoral. Sie stehen nicht beträchtlich über den Affen. Übrigens mußte ich dich ja erst kürzlich auf die gänzlich mißglückte Seele deiner Tochter aufmerksam machen."

„Und doch habe ich nur ihretwegen bisher auf eine Scheidung verzichtet."

Sie seufzte tief auf, das Gesicht gegen seine feuchte Schulter gepreßt. Sie fühlte ihn nur halb beschwichtigt, seine üble Laune nur abgelenkt. Seine Stimme behielt den harten Klang, den Adelheid jetzt regelmäßig vernehmen mußte im Verlaufe der erregten Auftritte, die neuerdings zwischen ihnen immer häufiger wurden. Sie konnte es nicht länger verhehlen, daß er Streit suchte. Warum sprach er so grausam zu ihr, wie ein Gegner, der seine Interessen vertritt? Er mußte doch auf ihrer Miene die Furcht und die Pein bemerken, die ihr jedes böse Wort verursachte. Fing denn seine Liebe zu ermüden an? Zum erstenmal beschlich sie dieser Gedanke; er griff eiskalt an ihr warmes Herz, daß es entsetzt zusammenschauerte.

Sie umklammerte fester seinen Arm und rief mit plötzlicher Eingebung:

„Aber wozu all die Rücksichten auf eine hohle Konvention! Wenn ich es nun doch täte!"

„Was?"

„Mich scheiden ließe?"

„Bist du –?"

Er trat erschreckt einen Schritt zurück. Aber als er ihren Einfall ganz erfaßt hatte, wurden seine Augen größer, und sein Gesicht rötete sich.

„Willst du, so laß uns fliehen!" sagte sie dringend.

„Mit dir fliehen? Warum nicht gar?"

Sie lächelte.

„Du glaubst mir nicht? Aber du unterschätzt mich, ich bin zu allem imstande."

„Es scheint so."

Die Adern an seinen Schläfen waren geschwollen; er lachte, erst ganz leise, aber unaufhaltsam stärker, unfähig die Heiterkeit zu meistern, die ihm der Gedanke an eine Flucht mit Adelheid einflößte. Am Abend seines ersten Auftretens im Schlaraffenland, damals als er mit unbeholfenen und sanguinischen Eroberungsträumen umging, hatte er da nicht mit sich ausgemacht, daß dies kein Idyll sei, und daß er Frau Generalkonsul Türkheimer nicht auf eine Liebesinsel zu entführen habe? Und jetzt wollte sie dennoch entführt sein, anders tat sie es nicht mehr! Er sah sie bereits, wie sie mit der Grazie der Fetten in einen winzigen Nachen hüpfte. Darin sollten sie beide über das blaue Meer dahinschwimmen nach jenem Eiland schwärmerischer Herzen. Es war köstlich.

Sie sah verwundert und ein wenig betrübt seine Fröhlichkeit immer ausgelassener werden. Doch tröstete es sie, endlich seinen Unmut ganz verscheucht zu haben. Wie hübsch war er, wenn seine Augen lachten, und die gesunden weißen Zähne unter dem blonden Bärtchen! Und Adelheid stimmte ein, erst resigniert, dann von Herzen.

Gleichzeitig erschien Türkheimer in der Tür des Nebenzimmers. Er kam lendenlahm, mit kleinen Schritten herein und ließ sich behutsam in einen Sessel nieder.

„Nun hat die liebe Seele Ruh'. Daß es doch noch harmlose Menschen gibt, die sich angeregt unterhalten können. Mir ist an der Börse ganz mau geworden."

Er prüfte, pfiffig den Kopf wiegend, den Anzug des jungen Mannes und die feuchten Spuren am Boden.

„Ach, Sie waren wohl auch dabei? Blödsinniger Betrieb was?"

„Ich habe ihn mir von außen angesehen", erklärte Andreas.

Türkheimer empfand die Zurückhaltung in seiner Stimme.

„Gefällt Ihnen wohl nicht?" fragte er vertraulich.

„So so. Wenn die Bekanntschaft mit der Börse nicht so kostspielig wäre, hätte ich ja weiter nichts gegen das Institut."

„Sie sind zu gütig. Wahrscheinlich haben Sie auch 'n bißchen geblutet?"

„Ich dachte, Sie wüßten es am besten, Herr Generalkonsul."

„Nanu? Sie wollen wohl krummer Hund schimpfen?"

Adelheid mischte sich ein.

„James, Herr Zumsee hat dir doch durch mich verschiedene Beträge geschickt, um Gold Mounts zu kaufen. Herr Zumsee ist doch nicht der einzige von unseren Hausfreunden, dem du darin gefällig bist."

Türkheimer strich sich durch die rötlichen Koteletten. Er grinste, voll Bewunderung für den scharfsinnigen Kunstgriff seiner Gattin. Also auf diese Weise versah sie die jungen Leute mit Mitteln. Die klugen Frauen! Er drückte sich den goldnen Klemmer vorn auf die Nase und zog ein Taschenbuch hervor.

„Stimmt“, sagte er. „Ihr werter Auftrag ist prompt effektuiert.“

„Danke bestens“, erwiderte Andreas kühl. „Gestatten Sie mir indes eine indiskrete Erkundigung, Herr Generalkonsul: Haben Sie gestern auch für eigene Rechnung Gold Mounts gekauft?“

„Frage! Selbstredend. Aus lauter Gutmütigkeit habe ich mitgemacht, um den andern den Spaß nicht zu verderben.“

„Na, dann sind auch Sie damit sitzengeblieben!“

Er seufzte vor Genugtuung. Aber Türkheimer lächelte ihn an, den Kopf auf die Schulter gelegt.

„Das könnte Sie wohl so freuen? Sie Böser! Nun will ich Ihnen gerade mal was verraten. Alle Gold Mounts, die ich mir gestern zugelegt hatte, die habe ich ganz sachte immer gleich wieder abgegeben.“

„Aha!“ bemerkte Andreas, tief verstimmt. Er wandte sich kurz ab. Der andere erwischte ihn am Rockschoß.

„Sie meinen, ich will Sie betimpeln, Freund und Meister, ich sehe es Ihnen von hinten an, daß Sie das meinen. Aber ich frage Sie einfach, wozu? Liegt mir etwa nichts an Ihrer Freundschaft? Einen berühmten Dichter wie Sie, den muß man sich warmhalten, das wissen Sie doch? Nu also.“

„Was heißt hier Freundschaft, Herr Generalkonsul, wenn Sie schon gestern gewußt haben, daß der Birkenbusch-Fellenthiensche Artikel eine Fälschung war, und daß es heute einen Krach geben mußte – und mir haben Sie nichts davon gesagt.“

„Regen Sie sich nicht auf, Meister, es steht Ihnen nicht. Immer nobel, wenn's auch fünf Pfennig kostet! Sie sind böse mit mir, weil ich Ihnen noch gestern Gold Mounts gekauft habe. Soll ich Ihnen aber was erzählen? Ich habe Ihnen gar keine gekauft.“

„Ach nein? Sie sind ja – das ist ja –“

„Reizendschön“, ergänzte Türkheimer.

Andreas ergriff in einer freudigen Wallung seine von der Rückenlehne des Sessels schlaff herabhängende Rechte. Innig sagte er:

„Sie sind zu liebenswürdig, Herr Generalkonsul.“

„Nicht wahr? So bin ich den ganzen Tag. Nun hören Sie aber zu Ende.“

„Oh bitte, es eilt nicht mit der Rückgabe meiner zweitausend.“

„Was ich sagen wollte: gestern, als sie auf hundertsiebzig über Pari standen, habe ich Ihnen keine gekauft, aber heute, wo sie einem nachgeworfen werden, da habe ich Ihre ganzen zweitausend darin angelegt.“

„Nicht möglich!“

Der jähe Schreck drückte Andreas auf einen Stuhl nieder. Er fühlte kalten Schweiß ausbrechen. Türkheimer redete weiter, jovial näselnd, mit vorsichtigem Wiegen des Hauptes und kleinen bedeutungsvollen Pausen, durch die er die Wirkung seines Vortrages erhöhte, als berichte er eine scherzhafte Anekdote.

„Schmeerbauchs Schicksal ist nämlich wohlverdient und außerdem lehrreich. Der faulste Macher hat manchmal das feinste Geschäft in Händen, er weiß es bloß nicht. Gewohnheitsmäßig macht er den Leuten was vor und schwindelt, wo gar kein Schwindel nötig ist. Ich frage einen Menschen, wozu werde ich schwindeln, wenn ich doch mit der Ehrlichkeit viel weiter kommen kann. Nu, Schmeerbauch hat Gold Mounts künstlich aufgekitzelt mit seinen albernen Lügen, wo sie doch von selbst viel stetiger und besser gestiegen wären. Da kommt der große Unbekannte, der hat Mitleid mit dem schönen Geschäft und überbietet Schmeerbauch und lügt noch mehr als er. Was geschieht infolge des angeblich Birkenbusch-Fellenthienschen Artikels? Gold Mounts schnellen auf hundertsiebzig hinauf. Und was geschieht infolge des Dementis unseres großen Gelehrten? Sie fallen unter Pari. So mußte es kommen. Was haste, was gibste schneidet Schmeerbauch sich den Hals ab. Und sagen Sie selbst, warum sollte er sich *nicht* den Hals abschneiden? Hat er es besser verdient? Denken Sie bloß an all die Dummen, die er durch seine Schwindelmache um ihr Geld gebracht hat, meist kleine Leute, die ihre Groschen in ihrem saueren Schweiß aufbewahren, wie Rollmöpse in Essig. Heutzutage muß man schließlich 'n paar soziale Gefühle haben, anders geht es in unserer Zeit nicht mehr, und Dumme sind auch Menschen.“

Andreas vollführte eine mutlose Gebärde, aber Türkheimer fuhr mit lächelnder Überlegenheit fort:

„Jetzt meinen Sie, die Geschichte ist zu Ende. Ist sie aber nicht. Der Krach hat eine Sanierung der Verhältnisse bewirkt. Der große Unbekannte des „Nachtkurier“ hat das Geschäft wieder auf eine solide Basis gestellt, schon morgen wird die Börse das zu würdigen wissen. Gold Mounts werden sich aufnehmen und fest werden.“

„Das sagen Sie, Herr Generalkonsul.“

„Tun Sie mir die Liebe und machen 'n vergnügtes Gesicht! Sie haben so was Glückliches an sich, das gefällt uns allen, nicht wahr, Adelheid? Wenn Sie Trübsal blasen, fallen Sie aus der Rolle. Mut, junger Mann! Morgen haben Sie mit Ihren Papierchen schon was verdient, wetten? 'ne Flasche Selterwasser?“

Andreas raffte sich aus seinem Schmerze auf, er sagte möglichst unbefangen:

„Lieber um den Preis der Flasche. Ich kann jetzt jeden Pfennig brauchen.“

„Auch gut.“

Türkheimer schüttelte ihm die Hand; er kicherte lange und herzlich, indes er ihm kleine freundschaftliche Schläge auf den Bauch erteilte. Adelheid, die, unaufmerksam und besorgt, fortwährend ihren Platz gewechselt hatte, wollte sich beim Abschied vergewissern, daß er versöhnt und beruhigt sei. Aber er vermied ihren furchtsam flehenden Blick.

Auf der Treppe begegnete ihm Griseldis von Hochstetten, die ihre hochmütige Ruhe eingebüßt hatte. Ihr halblanger, altjüngferlicher Peluchemantel stand offen; sie hastete die Stufen hinauf, mit abwesender Miene, in ihren Tiefen aufgerüttelt, atemlos und verängstet. Andreas, den sie zu übersehen trachtete, grüßte sie mit Nachdruck. Er sagte im Vorübergehen:

„Gold Mounts stehen unter Pari, mein gnädiges Fräulein.“

Er atmete höher im Genuß dieser Rache; sein Gemüt klärte sich auf. Es kam ihm angenehm zum Bewußtsein, daß er soeben ein recht eigenartiges Gespräch geführt habe. Wer konnte sich rühmen, gegenüber dem Generalkonsul James L. Türkheimer die Töne angeschlagen zu haben, deren er, Andreas Zumsee, sich bedient hatte? Er war ja beinahe frech geworden.

Abends genoß er mehr Rotwein als gewöhnlich. Den wirksamsten Trost aber gewährte ihm das Nachtblatt des „Nachtkurier“. Was eine ganz unwahrscheinlich verruchte Freveltat in sonst milden Seelen an sittlicher Empörung erregen konnte, das kam in dem Jekuserschen Organe zum Ausbruch.

Erst jetzt begriff die Redaktion die Scheußlichkeit der Fälschung, deren Opfer sie geworden, in ihrem ganzen Umfange. Also darauf lief es hinaus, daß die vertrauensvollen Spekulanten, die ihr ehrlich erworbenes Vermögen in einem soliden Geschäft anzulegen glaubten, als sie Gold Mounts kauften, durch derartige verwerflichste Machenschaften um das Ihrige gebracht werden sollten. In der Tat mußte man gerade im Namen der anständig denkenden Geschäftswelt energischen Protest einlegen gegen derartige verwerflichste Machenschaften, die geeignet erscheinen dürften, das Ansehen der Börse und des ganzen Kaufmannsstandes zu untergraben und dieselben in der öffentlichen Meinung herabzusetzen. Übrigens verlautete bestimmtest, daß an Allerhöchster Stelle eine mißliebige Äußerung betreffs des Vorkommnisses gefallen sei. Was den Täter anlangte, so hatte er sich augenscheinlich selbst gerichtet! Offenbar hatte Schmeerbauch sich in seinen verbrecherischen Berechnungen getäuscht. Das Dementi unseres geschätzten Weltreisenden kam für seine Pläne um einen Tag zu früh, bevor er realisiert und seinen Raub in Sicherheit gebracht hatte. Vollständig ruiniert und mit dem Fluch eines ganzen Volkes beladen, hatte er, der berufsmäßige Halsabschneider, nichts Besseres zu tun gewußt, als auch an die eigene Gurgel das Messer zu setzen. Habeat sibi. Wenn, wie der Lateiner empfahl, über Tote nur Gutes gesprochen werden sollte, so schwieg man am besten über Friedrich Wilhelm Schmeerbauch.

Am folgenden Vormittag aber las Andreas in der Morgenausgabe ein neues fettgedrucktes Telegramm des Herrn von Birkenbusch-Fellenthien. Wenn in dem unter Mißbrauch seines Namens erschienenen Aufsatze die Behauptung aufgestellt werde, die Gold Mounts glichen ebenso vielen Attrappen, die man gleichsam nur aufzuklappen brauche, um sie von oben bis unten mit fertigen Münzen angefüllt zu finden, so stelle sich dies naturgemäß als eine an das Komische streifende Übertreibung dar. Damit solle indes keineswegs gesagt werden, daß das fragliche Unternehmen nicht ein wissenschaftlich sehr wohl fundiertes sei. Wenn seine erste Depesche eine Börsenpanik zur Folge gehabt habe, so bedaure er dies. Tatsächlich habe man bisher zwei Hauptschächte und fünf Querschächte ausgegraben, und seine wissenschaftlich begründete Ansicht gehe dahin, daß man auch noch weitere wertvolle Erfolge erzielen werde. Die Annahme, das Klima sei eines der fruchtbarsten der bekannten Erde, entbehre zwar eines wissenschaftlichen Nachweises, auch könne die angeblich „blühende Romantik“ und „paradiesische Fruchtbarkeit“ des Landstriches vor einer wissenschaftlichen Kritik nicht bestehen. Doch gebe es wissenschaftliche Belege dafür, daß mit Anwendung von viel Flanell sowie unter Vermeidung von Alkohol das Leben in fraglicher Gegend sich auch für Europäer zu einem erträglichen gestalte.

Gegen Schluß der Börse begab der junge Mann sich abermals in die Burgstraße. Unter dem Publikum, das weniger zahlreich und viel leidenschaftsloser als gestern umherstand, war das Ergebnis des Tages schon bekannt geworden. Infolge von beruhigenden Pressenachrichten hatten Gold Mounts sich aufgenommen. Bei dreißig über Pari wurden sie, durch Realisationen veranlaßt, etwas nachgebend; aber wiederholte Käufe befestigten sie wieder. Im ganzen besaßen sie steigende Aussichten.

Das Geschäft, das jetzt als streng solide, als eine Anlage für Familienväter galt, befand sich überraschenderweise ganz in den Händen des Hauses James L. Türkheimer. Andreas, der zwei Herren über diese Tatsache ihre Meinungen austauschen hörte, konnte nicht umhin, sich in das Gespräch zu mischen.

„Ich weiß zufällig, wie er's gemacht hat", sagte er, vor Stolz errötend. „Vorgestern, als Gold Mounts schwindelnd hoch standen, hat er nur Scheinkäufe gemacht, gestern aber, wo sie nichts mehr kosteten, hatte er alles an sich gebracht, was auf den Markt geworfen wurde. Nun beherrscht er das Ganze."

„Dann muß er die Fälschung im „Nachtkurier" gekannt haben", meinte sein Nachbar.

„Natürlich, oder vielmehr höchstwahrscheinlich", erwiderte Andreas, geheimnisvoll lächelnd. Er dachte sich nichts dabei; aber gleich darauf kam ihm ein verblüffender Einfall. Wenn nun Türkheimer selbst der große Unbekannte war, von dem er immerfort gesprochen hatte. Von ihm war der verhängnisvolle Artikel in den „Nachtkurier" lanciert, von ihm der Krach herbeigeführt, der Schmeerbauch das Leben kostete, und von ihm das Geschäft saniert. Das alles lag auf der Hand, wie hatte Andreas es solange übersehen können! Er trat von einem Fuß auf den andern, in der Ungeduld, sein Wissen merken zu lassen. Endlich begann er:

„Diese Finanzleute! Apokryphe Nachrichten in die Blätter bringen, Tausende von Existenzen vernichten, und vermittels des Kraches das ganze Unternehmen an sich reißen, das alles kostet sie gar nichts. Es sind doch Herrenmenschen, wir anderen kommen gegen sie nicht auf. Jetzt behaupten sie, Schmeerbauch sei es gewesen. Liebe Güte, der arme Tote hat einen breiten Rücken. Hoffentlich glauben Sie kein Wort davon? In Wirklichkeit ist es natürlich Türkheimer ganz allein."

Es hatten sich einige Zuhörer eingefunden; Andreas sah erhobenen Hauptes, voll der eigenen Wichtigkeit, im Kreise umher.

„Das wäre ein bißchen stark", bemerkte jemand. „Wissen Sie denn die Geschichte so genau?"

„Oh, ich bin sehr intim im Türkheimerschen Hause."

Mit diesen nachlässig hingeworfenen Worten entfernte er sich. Droben im Vestibül erschienen einige Herren, allmählich entstand eine Ansammlung, dann bildeten sie Spalier: im Hintergrunde zeigte sich Türkheimer. Zwischen den gekrümmten Gestalten verstummender Trabanten durchschritt er, ein machtsattes Lächeln auf den Lippen, dieselbe Tür, durch die in einer tragischen Stunde Friedrich Wilhelm Schmeerbauch ins Freie gelangt war. Sein ungeheurer Nerzpelz fiel von den Schultern schwer und gradlinig, seinen Gang behindernd, bis auf die Füße und hüllte ihn in die unmenschlich steife Majestät eines byzantinischen Gebieters. Die rötlichen Koteletten leuchteten, von einem Sonnenstrahl getroffen, wie ein weithin erkennbares Abzeichen seiner furchtbaren Würde. Auf der Straße umflüsterte ihn nur scheue Hochachtung. Niemand unter den Ausgeraubten dachte daran, einen jener aufrührerischen Rufe, die den unglücklichen Schmeerbauch empfangen hatten, gegen Türkheimer, den Sieger, zu erheben. Er schien, mit kaiserlicher Brutalität, über die Nacken seiner Zeitgenossen hinwegzuschreiten; mochten sie ihn hassen, wenn sie ihn nur fürchteten. Man wollte wissen, er habe heute sechsmalhunderttausend Mark verdient. Einige glaubten nur an achtzigtausend, aber andere sprachen, ohne sich beirren zu lassen, von fünf Millionen.

Türkheimer entfernte sich zu Fuß, er kam nur ganz langsam von der Stelle in seiner schwerfälligen Pracht. Ein eleganter Landauer, mit einem säbelschwingenden Türken in grün-silberner Livree auf dem Wagenschlag, folgte in gemessener Entfernung. Der grün-silberne Lakai ging drei Schritte hinter ihm.

Andreas bemühte sich vergebens, einen Blick des großen Mannes zu erhaschen; aber einige ihm bekannte Börsenbesucher begrüßten ihn. Er drückte Süß und Duschnitzki die Hand.

„Ein großartiger Coup!" sagte er. „Echt Türkheimer!"

„Heißt 'n Schmu", versetzte Süß mit saurer Miene, aber Duschnitzki, der gewonnen hatte, lächelte selbstgefällig.

„Schmeerbauch mit seiner nichtswürdigen Fälschung ist doch nicht ohne", meinte er.

„Sie glauben doch nicht an so was?" rief Andreas.

„Diese Finanzleute! Apokryphe Nachrichten in die Blätter bringen –"

Er gab wiederum seine Überzeugung kund, daß Türkheimer und kein anderer der große Unbekannte sei. Dann ließ er die erstaunten Zuhörer stehen. Kaflisch vom „Nachtkurier" lief ihm in den Weg:

„Mahlzeit, Meister. Auch 'n guten Tag gehabt?"

„Was denn sonst? Man mußte doch wissen, daß Türkheimer heute das Geschäft sanieren würde."

„Sie Schlauberger!"

„Er hat es mir gestern selbst gesagt."

„Nein, aber Sie!"

Kaflisch riß Augen und Mund auf. Andreas fragte:

„Haben denn Sie etwa auch an die Fabel von der Schmeerbauchschen Fälschung geglaubt, die Jekuser seinen harmlosen Lesern auftischt?"

Er sagte nochmals seinen Spruch her:

„Diese Finanzleute! Apokryphe Nachrichten – –"

„Also Türkheimer ist selbst das Karnickel?" bemerkte der Journalist; er zögerte noch.

„Na, mir kann's ja recht sein."

Und er öffnete sein Taschenbuch. Andreas wurde ängstlich.

„Was machen Sie da? Ich hoffe doch nicht –"

„Nu, was denn?"

Kaflisch schrieb bereits.

„Daß Sie verraten, was ich Ihnen im Vertrauen erzähle?"

„Im Vertrauen is gut. Wozu erzählen Sie es mir, wenn ich es nicht verraten soll? Und wozu hat Türkheimer es Ihnen erzählt? Natürlich hat er Ihnen angesehen, daß Sie es nicht bei sich behalten können, und das paßte ihm gerade. Sie kennen ihn nicht, er ist eitel wie alle großen Männer und will, daß man seine Taten ahnt, ohne sie ihm beweisen zu können. Und Sie, Meister, haben sich eingebildet, er verrät Ihnen aus lauter Gutmütigkeit seine innersten Geheimnisse? Nein, aber über euch Dichter! Wenn ihr euch nicht gerade zufällig mit Inspiration vollgesogen habt – die übrige Zeit seid ihr gänzlich ahnungslos!“

Kaflisch war verschwunden. Andreas sah sich nach Türkheimer um; sein gesellschaftlicher Instinkt sagte ihm, daß er nicht versäumen dürfe, dem Sieger in der Stunde des Triumphes unter die Augen zu treten. Beim Denkmal Friedrichs des Großen holte er ihn ein und ging über die Straße im Bogen auf ihn zu, sorgsam bemüht, den Augenblick abzupassen, wo sein Gruß bemerkt werden mußte. Türkheimer winkte ihn leutselig heran.

„Sie schulden mir 'ne Flasche Selterwasser“, sagte er.

Der junge Mann vermochte nicht gleich zu antworten; Stolz und Glück erstickten ihn. Er blinzelte mit steifem Hals hochmütig den Vorübergehenden zu, die ihn Seite an Seite mit einem der Machthaber des Jahrhunderts dahinwandeln sahen.

„Bloß eine Flasche Selterwasser?“ stieß er endlich hervor. „Oh, Herr Generalkonsul, ich schulde Ihnen viel, viel mehr, als Sie selbst wissen können. Was die Bekanntschaft eines Genies der Tat wie Sie für einen Dichter wert ist, das läßt sich gar nicht ausrechnen! Von gefälschten Pressenachrichten, Irreführung der öffentlichen Meinung und ausgeplünderten Bevölkerungsmassen zu faseln, das überlasse ich den Moralisten. Für mich überwiegt in Ihrer Individualität und in Ihrer Wirksamkeit das Ästhetische. Sie vergönnen uns geschwächten Modernen, einen Eroberertypus, einen Renaissancemenschen zu schauen!“

„Na, na“, erwiderte Türkheimer bescheiden, doch schob er, angenehm berührt, den Spitzbauch ein wenig weiter vor. Andreas war ehrlich begeistert.

„Niedrige Schmeichelei liegt mir fern, aber gestatten Sie mir, es Ihnen ausdrücklich zu sagen, Herr Generalkonsul: Sie sind ein großer Mann!“

„Schon lange! Aber Meister, das feine Geschäft, das Sie heute machen, hat Ihren Dichtergeist wohl 'n bißchen berauscht? Sie kommen mir schon teilweise nach oben entrückt vor.“

„Ist es denn so viel?“ fragte Andreas mit zitternder Stimme.

„Was?“

„Was ich – nun, was ich an Gold Mounts verdiene?“

„Für mittlere Ansprüche genügt es. Wenn Sie noch ein paar Tage warten, dann verspreche ich Ihnen – na, sagen wir –“

„Sagen wir?“

Andreas hielt den Atem an. Türkheimer schnippte mit den Fingern; launig und aufs Geratewohl warf er hin:

„Sagen wir dreißigtausend.“

„Dreißigtausend!“

Andreas tat einen Sprung. Um nicht laut aufzujubeln, biß er sich auf die Lippen, daß es schmerzte. Dann sagte er sich, mit sehr ernst gewordener Miene, daß hier eine bemerkenswerte Epoche eintrete. Dies war kein Taschengeld mehr; er fing nun also an, sich im Börsenspiel ein Vermögen zu erwerben. Die Einrichtung in der Lützowstraße, die gepreßten Ledermöbel, das geschnitzte und vergoldete Louisquinze-Bett wurden in diesem Augenblick gleichsam aus einer höheren Sphäre an Fäden zu ihm herabgelassen: er durfte sich ihrer mit gutem Gewissen bemächtigen. Der ausschweifendste Luxus würde allmählich aufhören ein Traum zu sein. Andererseits mußte er kapitalisieren. Da er bei seinen Spekulationen fortan mit größeren Summen operieren konnte, würde das erste Hunderttausend schnell erreicht sein. Nach Zurücklegung einer halben Million beschloß er eine Reise in seine Heimatstadt zu unternehmen, um durch den Anblick seiner Herrlichkeit die Gumplacher zu blenden.

Ein Kotklümpchen, das sein Beinkleid traf, riß ihn aus seinem hochgemuten Sinnen. Ärgerlich schaute er sich nach der Hofkutsche um, die lärmend vorbeirasselte. Zugleich sah er über Türkheimers Gesicht ein leises Lächeln huschen. Andreas meinte es zu verstehen, er versetzte:

„Es ist heutzutage natürlich unfein, demokratische Ansichten zu äußern; aber abgesehen davon: mit was für seltsam altertümlichen Institutionen haben wir in unserer modernen Welt es doch immer noch zu tun. Eine Hofkutsche! Ein Hof!“

„Kommt Ihnen das so komisch vor?“

„Ich stelle mich nur auf den sozialphilosophischen Standpunkt. Was tun eigentlich jene Leute? Sie stellen etwas vor, was sie gar nicht sind, und ziehen sich Furcht und Haß der Menge zu vermittels des Glaubens an eine Macht, die sie längst nicht mehr besitzen. Wo befindet sich denn jetzt die Macht? Wo wird denn über die höchsten Interessen der Nation entschieden, wo regen sich die echten Leidenschaften, wo schwingt man sich auf den sozialen Gipfel oder sinkt in den Abgrund? Es ist doch klar: in einer halben Stunde, die ich auf dem Pflaster der Burgstraße vor der Börse zubringe, habe ich mehr wirkliche Macht zu fühlen bekommen als während einer ganzen großen Haupt- und Staatsaktion.“

„Was Sie da erzählen, hat was Großartiges“, meinte Türkheimer schmunzelnd, „und es braucht gar nicht mal Unsinn zu sein.“

„Es sind doch einfache Tatsachen. Von Diplomaten und Würdenträgern will ich gar nicht reden, aber denken Sie sich irgendeinen Fürsten, der irgendeinem Privatmanne, oder einem Gewerbe, einer Bevölkerungsklasse wenig wohlwill. Er möchte die Betreffenden strafen; seine Brauen verfinstern sich, er schlägt an die Säbelscheide, und meinetwegen stößt er Drohungen aus. Aber was weiter? Ihm fehlen ja alle Mittel, seine Drohungen zu verwirklichen. Er steht ja in gar keiner Verbindung mit uns und unserem bürgerlichen Leben. Auf mich könnte er eine ganz besondere Pieke haben und vermöchte mir doch kein Haar zu krümmen. Sie dagegen, Herr Generalkonsul, können mich einfach totmachen.“

„Ich werde mich hüten. Wie käme ich denn dazu?“

„Eine Laune, ein Wink von Ihnen, und der oder jener ist ruiniert, eine Unmasse Familien geraten ins Elend oder werden glücklich, je nachdem es Ihnen gefällt; notleidende Stände gehen ganz zugrunde oder dürfen ihr Dasein fristen, und die soziale Unzufriedenheit nimmt ab oder wächst. Wenn Sie eine ausgestopfte Uniform tragen würden, Herr Generalkonsul, mit vielen goldenen Tressen, Schnüren, Knöpfen und Quasten, und einen Helm mit wild wehendem Federbusch auf dem Haupte, dann würden alle sehen, wo die Macht sich befindet. So aber traut der blöde Pöbel sie noch immer jenen anderen, Buntgekleideten zu, die bloß Theater spielen. Reden halten, Orden verleihen, feierlich frühstücken und Ehrenjungfrauen auf die Stirne küssen, öffentlich beweihräuchert und hinterrücks verulkt, von der Presse geärgert und von Anarchisten ermordet werden: das alles käme tatsächlich Ihnen zu, Herr Generalkonsul!“

„Nanu!“ rief Türkheimer erschreckt. „Von Anarchisten – Was sagen Sie von Anarchisten! Jetzt haben Sie den Mund aber zu voll genommen, ein so liebenswürdiger Plauderer Sie sonst auch sind. Kommen Sie hier herum, mein Lieber, ich zeige Ihnen mein neues Geschäftshaus.“

Sie bogen in die Friedrichstraße ein. Andreas, durch die Beredsamkeit, die das Glück in ihm entfesselt hatte, süß berauscht, rannte heftig gegen einen Herrn an, der stehenblieb, um Türkheimer zu begrüßen. Dieser sagte:

„Da sind Sie ja, Kokott, Sie können gleich mitkommen.“

Andreas erinnerte sich des Baumeisters; er hatte bei dem Huldigungsmarsch nach der Aufführung der „Verkannten“ unter den ersten den Dichter beglückwünscht. Es war ein engbrüstiger Mensch mit ungewöhnlich langen Gliedmaßen; sein Kopf saß hoch auf einem sehnigen Halse, der in knotigen Windungen aus dem zu weiten Klappkragen ragte. Ein schütterer schwarzer Bart stand ihm um Backen und Kinn, die Nase lag, nach innen gebogen, tief in dem hageren braunen Gesicht, die Augen blickten boshaft, scheu und tierisch haltlos. Kokott trug keinen Überzieher, und aus den zu kurzen Ärmeln seines fadenscheinigen Röckchens hingen die Hände, lang behaart, groß und erstaunlich gekrümmt, bis über die Knöchel heraus. Er machte den Eindruck, als sei er unglücklich, widerspenstig und voll unbedachter Instinkte.

„Wo bleiben Sie denn?“ fragte Türkheimer im Weitergehen. „Warum lassen Sie sich bei mir im Kontor nicht mehr blicken?“

„Ich weiß nicht, ich bin da nicht gern“, sagte Kokott heiser und sanft, mit einem schiefen Blinzeln. Türkheimer kicherte.

„Hat der Mensch 'ne Ahnung von Geschäften? Sie haben ja Ihre fälligen Wechsel nicht bezahlt. Was fange ich denn mit Ihnen an? Sie müssen neue schreiben.“

Der Baumeister wandte sich an Andreas.

„Herr Kollege Zumsee, ich will mich nun lieber auch als Schriftsteller auftun.“

„Warum?“

„Na, wer so viel quer schreibt –“

„Der war gut, Kokott“, bemerkte Türkheimer. „Für den sollen Sie wieder 'ne Kiste haben. Sie wissen doch, fein, fein. Haben Sie noch welche?“

„Ich werde bald das Hemd auf dem Leibe nicht mehr haben. Was tue ich mit all den Zigarren?“

„Sie brauchen sie ja nicht im Hemd zu rauchen.“

Andreas lachte herzlich. Kokott meinte wehmütig:

„Der war noch besser, Herr Generalkonsul.“

Von Zeit zu Zeit sah Türkheimer den Baumeister schmunzelnd von der Seite an. Er schien ihn hinter sich her zu schleppen wie einen großen, bösartigen Affen, der auf seine Kette beißt und dessen Zähnefletschen beunruhigt, aber doch Spaß macht.

Das Gedränge der Vorübereilenden trennte sie. Andreas blieb mit Kokott einige Schritte zurück; er erkundigte sich:

„Also Sie bauen das neue Geschäftshaus?“

Der andere hob die Achseln.

„Ist auch was Rechtes. Ein eiserner Kasten, amerikanisch, zwölf Stockwerke, bloß für Kontore. Wo bleibt da die Kunst? Aber so muß es kommen, wenn wir Künstler in die Sklaverei der Jobber und Volksausbeuter geraten.“

„Oh, oh!“ machte Andreas, dem solche harten Worte heute wie grober Undank vorkamen. Aber Kokott sprach einschmeichelnd und mit großer Geläufigkeit weiter.

„Wir können ja ohne sie nicht auskommen. Ich zum Beispiel, ich habe viel Talent, aber kein Geld. Daher habe ich mich von dem da –“

Er wies mit seinem breiten, gelben Daumen auf den vor ihnen herwandelnden Türkheimer.

„Von dem da habe ich mich als Baulöwe frisieren lassen.“

„Aha, als Baulöwe“, sagte Andreas, ohne Verständnis.

„Man weiß ja, wie sie das machen. Er hat mir einen Haufen Geld geliehen, wie ich noch keinen gesehen hatte; davon mußte ich mir das Haus bauen. Natürlich reichte es nicht, und als die Lieferanten mich wegen der rückständigen Zahlung bedrängten, mußte ich Pleite machen. Sie fragen mich, warum ich, ein Künstler, mich auf solche faulen Sachen einlasse, aber man will doch leben.“

„Wovon leben Sie denn?“

„Nun, vom Schweigegeld, das er mir gibt.“

„Ah, Schweigegeld! Erzählen Sie doch weiter!“

„Bei meiner Pleite kam für meine Gläubiger begreiflicherweise nichts heraus, da ich ja leider mittellos bin. Der Bau ging in seinen Besitz über, denn natürlich hatte er sein Darlehen als erste Hypothek eintragen lassen. Die Handwerker haben rein gar nichts bekommen; Rechte hatten sie selbstredend keine. Aus besonderer Menschenfreundlichkeit hat er ihnen erlaubt –, nu, raten Sie mal!“

„Was denn?“

„An dem Neubau weiterzuarbeiten. Das tun sie denn auch von Herzen gern.“

„Großartig!“ rief Andreas halblaut, von Bewunderung hingerissen: Kokott schnitt in Türkheimers Rücken eine rachgierige Fratze. Er zeigte sein ganzes Gebiß.

„Das können Sie sich wohl ausrechnen, daß ich von meinem Honorar noch keinen Pfennig gesehen habe. Und ist auch gar keine Aussicht, denn ich bin ja schon, seit ich denken kann, bei ihm in der Kreide. Nachgerade wird alle Tage ein Wechsel fällig, ich muß froh sein, wenn ich ihm zeit meines Lebens gratis Häuser bauen darf. Kriege ich ihn aber mal zufällig mit auf ein Gerüst hinauf, dann soll er bedeutend plötzlicher unten wieder ankommen, als ihm lieb ist!“

So schloß Kokott, dumpf und verhängnisvoll. Gleich darauf versetzte er eifrig:

„Hier herein, verehrter Meister, wir sind schon angelangt.“

Er eilte Türkheimer nach, der vor ihnen die Markgrafenstraße betreten hatte. Er führte ihn in den Neubau hinein und die Treppe hinauf, behende, unter fortwährenden Körperverrenkungen und mit einem Mienenspiel voller Demut. Im ersten Stock rafften eben die Parkettleger ihr Handwerkszeug zusammen.

„Das Parkett haben wir aus der Konkursmasse von Bohmke & Piep“, sagte Kokott. „Es ist umsonst, ganz wie Herr Generalkonsul befohlen haben.“

Ein Arbeiter, der noch beschäftigt gewesen war, erhob sich beim Erscheinen der Herren aus seiner knienden Stellung.

„Nu jrade nich!“ äußerte er, indem er an ein Fenster trat. Türkheimer, kurzluftig und darniedergebeugt unter dem Gewicht seines fabelhaften Pelzes, begab sich an ein anderes. Er spähte schalkhaft nach dem Proletarier hinüber, einem glatzköpfigen Manne in gestrickter Weste, fahl, mit lebhaft gefärbter Nase und wüstem, rotem Bart. Unter dem peinlichen Eindruck, den eine gelegentliche Berührung mit der niederen Klasse neuerdings seinem verfeinerten Gefühle beibrachte, schaute Andreas auf die Straße hinab. Ein paar Droschken klapperten vorüber. Plötzlich hörte er den Arbeiter murren:

„Dicket faulet Aas, dhut 'n janzen Dag nischt, *fährt uff Jummirädern*. Wat ick mir jifte!"

Gleichzeitig sah man Adelheid, in die seidenen Kissen ihres offenen Landauers gelehnt, schattenhaft schnell vorübergleiten. Schon verhallte das Getrappel ihrer Pferde.

Andreas fühlte sich verlegen; er machte ein angewidertes Gesicht. Türkheimer wiegte den Kopf, höchlich belustigt. Aber Kokott geriet in Aufregung. Er beteuerte, unter verzweifelten Verzerrungen seines Gesichtes, sein Bedauern über den Zwischenfall, doch meinte Türkheimer:

„Das ist ja bloß die gesunde Derbheit unseres Volkes."

Sie stiegen hinab, indes der Proletarier eine runde Flasche an die Lippen setzte. Kokott fuhr fort, sich zu entschuldigen.

„Der Mann ist ein Säufer und ein gefährlicher Revolutionär. Wir hätten ihn längst entlassen, aber er hat zu viel Einfluß bei den Genossen."

„Wie heißt er denn?" fragte Türkheimer.

„Matzke heißt er."

Am Haustor vergnügten sich einige Kinder. Sie stoben auseinander, als sich von oben die Stimme des Arbeiters vernehmen ließ:

„Achnes, verdammte Rotztulpe, wat haste mang die Bengels rumzuaasen, wart, zu Hause soll dir aber wat Saures uffstoßen!"

Das lang aufgeschossene Mädchen von siebzehn Jahren, mager, frech, lymphatisch und voll zerlumpter Ansprüche, feixte giftig nach ihrem Vater hinauf. Dann schnitt sie den vorübergehenden Herren einen schiefen Mund und blinzelte einen nach dem andern herausfordernd an mit ihren halb zugekniffenen, wässerigen Äuglein. Aber bei Türkheimer verweilte sie schließlich.

Er kam, ein wenig stärker schnaufend, mit ganz kleinen Schritten herbei, mächtig angezogen durch ihre Schulter, wo ein Stückchen ihres in Kellerluft gebleichten Fleisches aus der zerrissenen Jacke hervorstarrte. Sie ließ ihn, um seine Neugier zu befriedigen, einen kleinen Umweg beschreiben. Ohne eine Regung, aus den Ecken der Lider hervor, verfolgte sie ihn. Die rosigen Nüstern ihrer kurzen, aufgeworfenen Nase und die grellroten, engen Lippen bildeten kecke Flecken in dem Käseweiß ihres Gesichts. Und das Haar, von der Farbe des väterlichen Bartes, zottelte ihr locker, wie brennendes Werg, um den Kopf.

Alle mußten das kitzlig Verlockende in ihrer Erscheinung herausfühlen. Auch empfand man undeutlich, daß sie, schon so reizvoll, das Maß von Gemeinheit, für das sie bestimmt schien, noch lange nicht erreicht habe.

Türkheimer versuchte, sie mit tastender Hand unter das Kinn zu fassen, da drehte sie sich so heftig um, daß er einen Stoß ihres Ellenbogens vor den Magen erhielt. An ihm und Kokott vorüber, einen Arm auf der Hüfte, den Kopf zurückgeworfen und den Mund verführerisch geöffnet, blinzelte sie Andreas zu.

„Die kleine Matzke, sieh mal an, die kleine Matzke“, murmelte Türkheimer, während er an seinen gerade vorgefahrenen Wagen trat.

„Ich muß sagen, Kokott, sie gefällt mir. Sie hat so was Taufrisches. Das Volk ist doch das einzig Wahre. Was meinen denn Sie dazu, Meister?“

Andreas zögerte.

„Wie man's nimmt.“

„Versteht sich, Ihr Geschmack ist das nicht – glücklicherweise. Sie sind noch gar nicht reif dafür. So'n junger Mensch, was dem noch alles abgeht!“

Der lebhaftere Klang in Türkheimers Stimme fiel Andreas auf. Über den Backenknochen hatte die Haut sich schwach gerötet, und in dem erloschenen Blick des großen Mannes züngelte eine kleine Flamme empor. Offenbar bemerkte auch Kokott dies alles; geschmeidig nahm er sich der Sache an:

„Herr Generalkonsul haben ganz recht. Das junge Mädchen verdient alle mögliche Teilnahme. *Der* Vater! Na, und auch der Vater ist schließlich nicht so schlimm, er hat mehr Unglück, als ein einzelner Mensch haben sollte. Seine Frau haben sie ihm in der Charité verhungern lassen. Da begreift man denn manches.“

„Tut man auch. Es ist wirklich nicht alles in Ordnung in unserer Gesellschaft. Für das Volk muß was geschehen. Schicken Sie Matzke mit Tochter mal zu mir, in mein Privatkontor.“

Aufatmend ließ Türkheimer sich in den Polstern nieder.

„Februar, und schon so warm. Sie können einem viel vormachen, an die Vereisung glaub ich nicht.“

„Ist wohl sicher nur Mumpitz“, bestätigte der Baumeister entgegenkommend.

Andreas lüftete den Hut, die Pferde zogen an. Doch winkte Türkheimer seine beiden Begleiter nochmals an den Wagenschlag. Er holte ein Fünfmarkstück aus der Hosentasche und legte es appetitlich in die Rundung zwischen Daumen und Zeigefinger.

„Kennen Sie das, Kokott? Machen Sie mal Ihre Judenfratze!“

„Geben Sie mir Ihren Klemmer, Herr Generalkonsul“, erwiderte Kokott. Er drückte sich das Glas auf die plötzlich plattgewordene Nasenspitze, schob die Lippen wulstig vor und zog die Stirn in schmutzige Falten. Sein Gesicht bekam unversehens einen schlaff gierigen, besorgten und hinterhältigen Ausdruck.

Türkheimer schüttelte sich.

„Bravo, Kokott! Sie haben ein schönes Talent.“

„Ich habe viel Talent, aber leider kein Geld.“

Und er haschte, während er die Brille zurückgab, mit der andern Hand nach dem Silberstück. Unter dem angeregten Lachen der Herren setzte sich das Gefährt in Bewegung.

XII.
Die leben, die genießen!

Auf dem Rückwege von der Lützowstraße, wo sie Andreas' noch unfertige Wohnungseinrichtung besichtigt hatten, bemerkte Köpf:

„Sie haben wirklich eine großartige Karriere gemacht, mein Lieber.“

„Finden Sie?“ fragte Andreas.

„Oh, kein Zweifel. Ich habe Ihnen zwar einen hübschen Erfolg vorhergesagt, Sie werden sich erinnern. Aber soviel hatte ich Ihnen denn doch nicht zugetraut."

„Sie müssen mich doch noch unterschätzt haben. Ich will Ihnen mein Geheimnis verraten. Es ist eine einfache psychologische Wahrnehmung: Man braucht im Schlaraffenland bloß glücklich auszusehen, um es sehr bald wirklich zu werden."

„Und eine fröhliche Vergeßlichkeit gehört auch dazu", meinte Köpf im stillen. Denn er war sich bewußt, den Freund einst eigenhändig in diese Tiefen psychologischer Erkenntnis hinabgeleitet zu haben. Er sagte:

„Bewahren Sie sich nur Ihre harmlose Genußfähigkeit. Damit können Sie noch Ungeahntes erreichen."

„Harmlos? Ah bah!"

Andreas machte ein blasiertes Gesicht.

„Was heißt harmlos? Neulich, an dem großen Tage, als ich nach der Börse mit Türkheimer die Linden entlangging, da habe ich ihm ins Gesicht gesagt, er sei ein Renaissancemensch, ein Eroberertypus. Nun, ich glaubte es momentan vielleicht selbst. Ich will nicht leugnen, daß ich begeistert war durch das künstlerische Motiv, das in den Gaunereien der Finanzleute liegt. Finden Sie nicht auch?"

„Oh, bitte. Aber jetzt urteilen Sie wieder anders?"

„Was wollen Sie? Unsereiner führt doch ein Zweiseelenleben. Wir möchten uns wohl den Erscheinungen hingeben, möchten wie die andern genießen und bewundern. Aber unser Literatentum, die Kritik, mit der wir vollgesogen sind, zeigt uns immer wieder das Unerquickliche, Kleine an den Dingen. Haben Sie es nicht auch schon bemerkt? Wir leiden unter dem zweifelhaften Vergnügen, die Menschen zu durchschauen. So zum Beispiel mit dem Renaissancemenschen ist es ja gar nichts."

„Tatsächlich?"

„Fauler Zauber, werter Kollege. Als ich ihm auseinandersetzte, die Ehrenfunktionen des Herrschers, etwa auch von Anarchisten ermordet zu werden, kämen eigentlich nur ihm zu, da kriegte er einen Schreck. Nun frage ich Sie, wenn er ebensogut Borgia wie Türkheimer heißen könnte, dann durfte er doch keinen Schreck kriegen? Nein, wir sollten uns stets unsere Überlegenheit über diese Leute bewahren; es sind ganz gewöhnliche Ausbeuter."

„Sie sind streng, Herr Kollege."

„Aber gerecht. Sie stecken ja das Nationalvermögen in die Tasche.

Das Nationalvermögen!" wiederholte er mit Nachdruck.

Dieses Wort, auf das er stolz war, feuerte ihn an und schärfte sein Urteil.

„Ein anderes Beispiel: Türkheimer wünscht einen Krach herbeizuführen, einen Konkurrenten aus der Welt zu schaffen und ganze Bevölkerungsmassen auszuplündern. Er nennt das: die Verhältnisse sanieren. Beachten Sie dies. Bevor er sich zu einer großen Tat entschließt, sucht er nach einem beschönigenden Wort dafür. Ebenso macht er's mit dem kleinen Arbeitermädchen, wovon ich Ihnen erzählt habe. Wenn er sie und den Alten zu sich ins Kontor bestellt, so findet er dafür die Bezeichnung: etwas für das Volk tun. Was meinen Sie dazu?"

„Ich bin ratlos."

„So will ich es Ihnen erklären. Der arme Mann fürchtet sich vor seinem Gewissen!"

„Ah!"

„Denn er würde vom schlechten Gewissen gequält werden, sobald er nicht allen seinen Streichen ein moralisches Mäntelchen umhängte. Glauben Sie meiner Erfahrung: bei Türkheimers steckt man, soviel Zynismus der gute Ton auch vorschreibt, im Grunde doch voll moralischer Bedenken. Es sind schließlich nur Bürgersleute."

„Was Sie sagen! Woher nehmen Sie nur so viel Scharfblick!"

Köpf blinzelte verdächtig. Er genoß die Freude des uneigennützigen Mentors, seine Lehren, mit denen er des Jünglings erste Schritte auf schlüpfriger Bahn einst geleitet hatte, im Munde des erfolgreichen Schülers alle wohlbehalten wiederzufinden. Er äußerte:

„Hüten Sie sich nur, Ihre reichen Freunde merken zu lassen, daß Sie ihnen in die Karten sehen."

„Bah! Was liegt mir daran." Andreas schnippte mit den Fingern. „Als ob sie meine Freundschaft nicht nötiger hätten, als ich die ihrige."

„Nein wirklich?"

„Türkheimer hat es mir selbst gesagt. Ich habe mir sogar vorgenommen, ihn bei nächster Gelegenheit einmal kräftig hineinzulegen. Wenn ich nur wüßte –“

Mit Eroberermiene spähte er ins Weite, wie nach einer Möglichkeit, den Beherrschern des Schlaraffenlandes seine Macht zu beweisen. Ein durchbrechender Sonnenstrahl blitzte auf dem Geschirr der Pferde und in der Laterne eines Wagens, der, noch weit entfernt, die Königgrätzer Straße heraufkam.

Köpf schüttelte leise das Haupt, voll unausgesprochener Besorgnisse. Wohl hatte er vorausgesehen, daß der sanguinische junge Mann seine Stellung in der Gesellschaft sehr bald überschätzen werde. Sein glückliches Selbstbewußtsein kleidete ihn gut, man ertrug es immerhin eine Weile. Aber wenn er irgendeine übermäßige Unbesonnenheit beging, die zu viele verletzte Interessen gegen ihn aufbrachte? Wenn man sich seiner entledigte? Dann war eine hoffnungsvolle Laufbahn vorzeitig unterbrochen; die Frage, wie weit ein möglichst günstig ausgestatteter Zögling, ein unschuldiger Streber und Genießer, ein unbewußter Spekulant in dem für ihn vorbereiteten, fetten Boden des Schlaraffenlandes fortzukommen vermöchte, diese interessante Frage blieb dann leider unentschieden. In trüben Ahnungen befangen, bereitete auch der wohlmeinende Freund sich auf ungewöhnliche Dinge vor. Welche Gefahr mochte wohl heraufziehen, dazu bestimmt, den armen Hans Dampf zum Stolpern zu verleiten?

Er fühlte den Schritt seines Begleiters zögern; dann sah er, wie Andreas vorgestreckten Halses, mit aufgerissenen Augen die Insassen des herrschaftlichen Fuhrwerkes begaffte, das sich mittlerweile genähert hatte. Eine junge Dame saß darin, deren blasser Kopf von lauter brennenden Farben umwogt wurde. Ein ungeheures, hochrotes, gefiedertes Gebäude neigte sich mit Wiegen und Wippen auf das etwas heller getönte Haar, das locker gewellt um ihre Schläfen wehte. Sie trug über ihrem grünsamtenen Visitenkleid ein weißes Golfcape, gegen dessen steil aufgestellten taubengrauen Pelzkragen die feurige Pracht von Frisur und Federhut doppelt grell aufloderte. Zwischen den Knien hielt sie ein Spazierstöckchen mit silbernem Griff, und ihre weiß behandschuhte Rechte strich über das lange seidene Fell eines großen Hundes, der, das kleine, bekümmerte Hyänenhaupt ergebungsvoll gesenkt, den Ehrenplatz neben ihr einnahm. Auf dem Rücksitz befand sich ein rotbärtiger, feingekleideter Herr. In ungeschickter Haltung, die auffallend stark entwickelten, mit gelbem Leder überzogenen Hände auf den Knien, musterte er stier und aufgeblasen die Fußgänger.

Andreas hatte den Rand seines Hutes angefaßt, doch ließ er ihn wieder los; er schien im Zweifel zu bleiben. Aber die Dame erhob das Lorgnon. Anstatt es ans Auge zu führen, schwenkte sie es in der Luft. Sie winkte mit beiden Händen und nickte, herzlich lächelnd, voll Eifer den Freunden zu. Unter dem gedämpften Hufschlag ihrer Rosse entschwand sie wie in einer aufleuchtenden, verlöschenden Flamme.

Die jungen Leute sahen sich an. Köpf zuckte ein wenig mit der Wimper.

„Das war sie wohl, die kleine – die kleine –"

„Die kleine Matzke", ergänzte Andreas feierlich. „Sie war es."

„Sie haben übrigens, gelinde gesagt, verdutzt dreingeschaut, lieber Kollege."

„Nun, ist das denn nicht auch ganz was Großartiges!"

„Das läßt sich allerdings kaum leugnen."

„Ganz was Großartiges", wiederholte Andreas, wie in abwesenden Gedanken. Während des Restes ihres gemeinschaftlichen Weges gab er nur durch kurze Ausrufe die Bewegung seines Innern zu erkennen.

„Nein, solche Range! Wie sie schon mit dem Lorgnon zu arbeiten versteht!"

„Meinen Sie, daß sie es ganz richtig anfaßte?"

„Und das alles in weniger als zwei Wochen!"

„Oh, keine Frau gehört einer bestimmten Klasse an", bemerkte Köpf, ohne eine Miene zu bewegen. „Vornehmsten Anstand und tiefste Canaillerie, alles besitzen sie von Hause aus. Man zieht ihnen ein neues Kleid an, und flugs entdecken sie in sich die dazu passenden Sitten."

„Und der Alte?"

„Er scheint sich mit den Gummirädern ausgesöhnt zu haben?"

„Und er war doch ein gefährlicher Revolutionär!"

„Jetzt tritt er offenbar für das Bestehende ein. Türkheimer wird ihn dafür gewonnen haben."

„Wenn selbst die Genossen sich jetzt im Schlaraffenland ansiedeln!"

„Dann kann noch alles gut werden."

Als sie sich trennten, versetzte Andreas mit erneutem Erstaunen:

„Die Equipage! Ich bitte Sie, Herr Kollege, und die rot-goldene Livree! Das Fuhrwerk war ja feiner als Frau Türkheimer ihres!"

„Schon deshalb, weil es noch ganz neu war", erklärte Köpf.

Das Bild der kleinen Matzke, die mit Dogge und Lakai, Vater und Kutscher farbenprächtig und voll Pomp an ihm vorbeigeflogen war, das beunruhigende Bild ward Andreas keinen Augenblick mehr los. Er besuchte in diesen Karnevalstagen mehrere Ballsäle und verschönte seine Nächte durch Weingenuß und Liebe. Aber inmitten des festlichsten Rausches trat etwas Peinliches an ihn heran, etwas wie eine langweilige Pflicht. Bei ihrer ersten Begegnung, am Neubau in der Markgrafenstraße, hatte die kleine Matzke ihm, Andreas, herausfordernd zugelächelt. Türkheimer war damals nichts als ein Stoß vor den Magen zuteil geworden; heute aber besaß er sie. Es wäre das bequemste gewesen, sich dabei zu beruhigen, doch fürchtete Andreas hierdurch eine Einbuße an seiner Ehre zu erleiden. Durfte Türkheimer ihm, nur vermittels der gemeinen Lockungen seines Geldes, ein Mädchen wegfangen, das sicherlich viel lieber die seinige gewesen wäre? Ein so tief stehendes Individuum wie Türkheimer, ein beschränkter Bürger, ein sozialer Schädling und ein armer Diabetiker! Wenn er zu solcher Behandlung schwieg, dann hätte Andreas möglichenfalls jene zweideutigen Namen verdient, mit denen ihn die joviale Laune der Mächtigen im Schlaraffenland zuzeiten belegt hatte. Er wäre alsdann vielleicht eine Art Pulcinell gewesen, ein Spaßmacher und ein persönlicher Pflegling, ein magerer Zeitvertreib und ein liebenswürdiger Plauderer, der aus der Rolle fiel, wenn er etwas übelnahm. Aber er würde sich endlich rächen! Alle die wohlwollende Geringschätzung, deren er die Reichen beargwöhnte, vergalt er ihnen im voraus mit seiner grenzenlosen Verachtung. Beim Sekt, zu vorgerückter Stunde und in heiterer Damengesellschaft, häufte er auf Türkheimers Haupt eine Reihe der erniedrigendsten Bezeichnungen. Er erkundigte sich bei Werda Bieratz.

„Wo hat er denn seine knochige Liebe einlogiert?"

„Knochige Liebe ist gut. Du reißt auch egal Witze. Türkheimer hat sie doch möbliert, das weißt du noch nicht?"

„Wo denn?"

„Westend, Villa Bienaimée. Eigene Villa, mein Meiseken. Geld spielt keine Rolle.“

„Gleich ein ganzes Haus für das bißchen, was an ihr dran ist! Wie kommt die Göhre zu soviel Glück?“

„Das frage ich ja gerade. Und so verschwuddert wie sie mit ihren siebzehn Jahren schon aussieht!“

„Und Bienaimée? Was meint sie damit?“

„Das ist ihr neuer Name, der gehört mit zu ihrer Brautausstattung. Achnes war ihr nicht mehr gut genug, sie ist fein geworden, du verstehst, und ekelt sich so leicht.“

Schon am nächsten Tage fand Andreas sich vor dem vergoldeten Gartengitter ein, in das mit barocken Lettern der wohlklingende Name des Besitztums hineingeschlungen war. Das Wohngebäude, klein, elegant und luftig, entdeckte der Besucher in der Tiefe des Parkes, hinter Veranden und gläsernen Orangerien versteckt, wie eine Stätte heimlicher Zärtlichkeiten. Er wechselte einen Blick mit dem Leidenschaft atmenden Moseskopf, der über der vierflügeligen Windfangtür aus der Mauer herabschaute; dann öffnete ein Diener in der Livree des Hauses Matzke ihm das Empfangszimmer.

Sein Herz klopfte heftiger; beim Anblick von so viel Reichtum vermochte er sich einer Regung von Achtung vor der Besitzerin zu seinem Ärger nicht zu erwehren. Er strich gespitzten Fingers behutsam über die hellgrüne Seide, mit duffem Atlas von derselben Farbe gestreift, womit Wände und Möbel bezogen waren. Er prüfte das Gewicht der Stühle: schwere Mahagonigestelle von weit ausladenden Formen und mit echten Bronzebeschlägen. Er ließ sich einen Augenblick im Winkel vor dem großen Tisch nieder. Bronzene, geschweifte Füße trugen die dreieckige Mahagoniplatte, in deren Mitte, auf eingelegter grüner Seide, ein hoher Diskuswerfer aus Bronze seine Muskeln zeigte. Bronze, Mahagoni und grüne Seide: alles verkündete den schweren, beruhigenden Geschmack altgewohnter Wohlhabenheit. Nichts war zu spüren von den aufdringlichen Launen eines Emporkömmlings, und nichts von der reklamemäßigen Wollust in der Häuslichkeit einer Hetäre. War es möglich, daß hier ein Wesen namens Matzke wohnte?

Andreas trat vor den Nippesschrank; hinter den Scheiben blitzten lauter Kleinodien: Ein Omnibus in Filigranarbeit mit silbernen Pferdchen, eine goldene

Kinderklapper, eine mit Brillanten übersäte Bonbonniere. Venus, voll und schlank in einen Onyx geschnitten, hielt sich vor das Gesicht einen Spiegel, der eine große Perle war. Indes er sich vor dem Genius Claudius Mertens verneigte, ging die Tür auf. Die Herrin dieses Raumes hüpfte lebhaft herbei, um ihm die Hand zu schütteln wie einem Gefährten ihrer Jugend. Das feurige Haar starrte ihr noch immer ebenso zwanglos um die Schläfen wie damals vor dem Neubau in der Markgrafenstraße; dafür aber rauschte jetzt, weit hinter ihr, die Schleppe eines himmelblauen Schlafrocks mit Applikation von weißen, goldumrandeten Rosen, der unten geöffnet den rosaseidenen Ausschnitt eines intimen Gewandes sehen ließ. Die kleine Matzke machte auf ihren Gast den unmittelbaren Eindruck, als sei sie demoralisiert vom Glück, als bewege sie sich haltlos und vor übermächtigem Erstaunen immer zwischen Lachen und Weinen inmitten eines Zauberfestes, in das sie hineingeraten war, sie wußte selbst nicht wie.

„Guten Tag“, sagte sie. „Wie bin ich erfreut, mein Herr, Sie wiederzusehen. Wir haben doch schonst neulich den Vorzug unserer Bekanntschaft genossen.“

Andreas verbeugte sich achtungsvoll.

„Es macht mich glücklich, daß Sie sich meiner erinnern, Fräulein Bienaimée.“

„Un ob. Kokott hat mir auch verraten, wer Sie sind. Meinen hohen Gönner wollte ich lieber nich nach Ihnen fragen. So'n älterer Knickstiebel, man weiß, wie die manchmal sind, er könnte es falsch auffassen. Sie verstehn?“

„Soviel Güte, liebes Fräulein Bienaimée –“

Ihr Antlitz verklärte sich dankbar, sooft er ihren neuerworbenen Namen aussprach. Sie bemerkte:

„Ich habe sogar bestimmtest darauf gerechnet, daß Sie hier bei mir in meiner Villa Bienaimée antanzen würden, und zwarstens balde. Sie sind doch 'n berühmter Dichter, un so was muß man sich von nahebei besehen, es gehört zur Bildung. Türkheimer will nämlich, daß ich mich bilden soll.“

„So, das verlangt er auch noch?“

„Er is ganz närrsch drauf. Nich wahr, es is zu vill? Denn was er sonst noch von mir will, das is ja gerade schon eklig genug.“

Sie unterbrach sich, gewandt wie eine Weltdame.

„Aber wozu der ganze Salm? Platzen Sie sich doch auf einen von meine grünen Fotöchs.“

Er sah entzückt umher.

„Sie sind wirklich reizend eingerichtet, Fräulein Bienaimée. Solch ein vornehmer Geschmack, wie man ihn in den besten Häusern nicht häufig antrifft."

„Oh, das is noch gar nischt. Ich will Ihnen nachher was zeigen, daß Ihnen die Oogen übergehen sollen. Haben Sie sich schon meine Elektrizität besehen?"

Sie lief an die Konsole, die vier kindlich geformte durchsichtige Mädchengestalten aus Alabaster trug. Auf hoch erhobenen Händen hielten sie weiße Blumenkelche, in denen die kleine Matzke das Licht entzündete. „Hier is nämlich egal alles elektrisch", erklärte sie. „Un nich, daß das Ding da stehenbleiben muß. Bewahre, ich kann es wegschleppen, wohin ich will."

Sie eilte mit einer der Lampen an den Tisch und machte sich daran, den Strom zu schließen, zu öffnen und wieder zu unterbrechen. Sie tat es mit leisem Finger, voll Überlegung und nicht ohne Ängstlichkeit, den Oberkörper über die Mahagoniplatte gelegt, die Lippen aufmerksam aufeinandergepreßt und ganz ihrer rätselvollen Beschäftigung hingegeben.

„Was sagen Sie nu?" fragte sie. „Und wenn Sie sich denken, da drüben geht es nich! Allemal geht es!"

Und sie hopste, die Schleppe zusammengerafft, über den am Boden liegenden Draht hinweg, daß es aussah, als spränge sie noch über die Kordel, mit derselben Anmut hier auf dem bunten Smyrnateppich wie ehemals im Rinnstein. Einmal versagte das Spielzeug; die Flamme blieb aus.

„Du Aas", versetzte Bienaimée, doch verbesserte sie sich sofort. „Ich wollte sagen, es geht doch nich allemal. Na, laß ihm."

Sie stellte die Blumenträgerin beiseite und kehrte zu Andreas zurück.

„Sagen Sie mal, un Ihr Freund, der is wohl auch Dichter?"

„Welcher Freund?"

„Tun Sie man nich so. Der, wo Sie neulich Königgrätzer Straße mit langgegangen sind, als Sie noch zugesehen haben, wie ich mit alle meine Hoppheikens ausgefahren bin."

„Ach der?"

Es befremdete ihn einigermaßen, daß sie Köpf überhaupt bemerkt und ihn im Gedächtnis behalten hatte. Er äußerte:

„Ich kenne ihn nur oberflächlich, wahrscheinlich dichtet er auch, ist aber wohl nur unbedeutend."

„Wie heißt er denn?"

„Wie er heißt? Ja, liebes Fräulein Bienaimée, Sie fragen mehr als – Ich verkehre nämlich mit so vielen verschiedenen Leuten, und er gehört gar nicht mal der exklusiven Gesellschaft an, in der ich mich gewöhnlich bewege."

Sie sah ihn verschmitzt an und verließ den Gegenstand.

„Aber ich lasse Ihnen hier ins ungelüfte Zimmer hinsitzen", rief sie, vom Stuhl aufschnellend. „Nu muß ich Sie wirklich in meine gute Stube nötigen."

Sie zog die Portiere von der Mahagonitür; die obere Hälfte war ein Spiegel, durch Messingstäbe in kleine quadratische Scheiben geteilt. Bienaimée blieb davor stehen, blinzelte ihrem Bilde zu und schoß im Glase ein schelmisches Lächeln auf den hinter ihr wartenden Andreas ab. Dann erschloß sie die Pforte zu ihrem Prunkgemach. Unter feierlichem Schweigen betrat sie die Schwelle; sie räusperte sich und sah ihn mit Spannung an. Er vermochte sein Urteil nicht sogleich zu formen.

„So etwas kenne ich allerdings noch gar nicht", sagte er endlich, hingerissen wider Willen. Sie atmete auf.

„Nich wahr, nu imponiere ich Ihnen erst? Und was meinen Sie denn zu die nacklichen Geschöpfe da oben?"

Die ovale Decke wurde reich belebt von rosigen Leibern, die zwischen schwankenden Blütengewinden durch den reinen Azur schwammen oder auf großen schimmernden Muscheln gewiegt einander in den Armen ruhten. Sinnreich verkürzt, zeigten sie bald nur eine Schulterpartie, bald allein die Hüften. Vereinzelte Schenkel glitten schwellend aus verschlungenen Gliedermassen hervor; Haarsträhnen, man wußte nicht, von wessen Kopfe, flatterten wie goldene Banner durch die Luft.

„Es is gewiß vill schwerer, als es aussieht", bemerkte die kleine Matzke mit fühlbarer Ehrerbietung. Andreas kehrte zu der Gesamtwirkung des Raumes zurück.

„Und wie hier alle die roten Farben zusammengestimmt sind! Haben Sie das ganz allein gemacht, Fräulein Bienaimée?"

„Sie Schäker. Sie wissen doch ganz genau, daß ich in solchen Sachen von Kieks und Kaaks nischt weeß. Nee, wer mir das alles angeschafft hat, das is ein Mann namens Liebling, 'ne Seele von Mensch."

„Er ist mein guter Freund."

„Na, denn wissen Sie ja, wie er aussieht in seinem langen schwarzen Dreckstipper. Bloß daß er es immer mit Moral hat und einen mit Redensarten besoffen macht. Aber auf die Jroschens is er durchaus nich, und wozu auch, denn es sind ja nich seine."

„Es war mir allerdings schon bekannt, daß mein Freund Liebling einen hochgebildeten Geschmack besitzt."

Die Hände auf dem Rücken, in der Haltung eines Kenners, musterte Andreas die Ausstattung des Zimmers. Wandhohe Spiegel, aus deren geschliffenem Glase Kandelaber sich reckten gleich kristallenen Armen, lagen eingelassen in den Tapeten aus bordeauxrotem Damast. Dazwischen warfen die erdbeerfarbenen Vorhänge der fünf Fenster ihre seidenen Falten. Den Erard-Flügel, in der Mitte des Parketts, bedeckte eine Stickerei von schillernden Sträußen auf pfauenblauem Grunde. Die tanzenden Figuren einer großen, geschnitzten Elfenbeinschale neigten sich lächelnd über ihren mattgelben Widerschein in dem dunkeln Spiegel eines Ebenholztisches. Wenige Möbel, kleine vergoldete Sofas und Sessel, standen an den Enden des Gemaches und vor dem Kamin, dessen Sims den Nacken weißmarmorner Jünglinge drückte. Droben wölbten emaillierte Vasen, mit Messing eingelegt, ihre orientalischen Bäuche, und es hingen in zart getönten Rahmen zwei spanische Gemälde darüber: eine Kirchenszene, bei der weiße Schleier und schwarze Augen, Orangenblüten, Mosaiken, Meßgewänder und Myrtenkränze in Kerzenschein und Weihrauchwolken durcheinanderflirrten, und eine Gitarrespielerin von weitgehender Natürlichkeit; an ihrem netzartigen Kleide unterschied man jeden Faden.

„Un scheen bunt is es!" äußerte die kleine Matzke, die ernsthaft, einen Finger im Mundwinkel, davor verweilte. Andreas deutete auf die Lücke zwischen den beiden Bildern.

„Da fehlt wohl noch etwas?"

Sie nickte.

„Es kommt noch was Extrafeines."

„Was denn?"

„Sie ahnen es nich. So'n Ding, wo ich mir schon immer nach aufgehängt habe, als ich noch 'n Wurm war und eingesegnet wurde."

Sie seufzte leise und schüttelte den Kopf. Er suchte sie aufzuheitern.

„Musizieren Sie ein wenig, Fräulein Bienaimée?"

„Sie wollen woll wieder ulken?"

Mit einem Satz war sie am Flügel, sie stemmte die Tafel in die Höhe und riß an den Saiten, daß sie schrillten. Dann schlug sie die Tasten an; sie entdeckte, eine nach der andern, sechs Noten von „Heil dir im Siegerkranz".

„Hat ihm schon", bemerkte sie. „Es stimmt. Nu zeigen Sie aber mal selber Ihre Kunststücke, und was Sie mang den feinen Leuten gelernt haben. Denn Sie sind doch soviel länger bei als ich."

Andreas errötete. Sogleich fiel er ingrimmig über die Klaviatur her. Er haschte nach melodiösen Erinnerungen, fand nur eine Polka und begann zu hämmern. Er entlockte dem Instrument ein so wütendes Getöse, daß die Scheiben klirrten und die Armleuchter gläsern klingelten. Ein Knistern und Rascheln kam aus den Falten der seidenen Vorhänge, eine Tür sprang auf, und die kleine Matzke ward davongefegt wie im Sturm. Sie drehte sich, hingerissen von der jähen Tobsucht einer Mänade, die Arme in der Luft, den Kopf im Nacken, die roten Haare verweht über das käseweiße Gesicht, mit geschlossenen Augen, weit offenem Munde und umrauscht von der Schleppe ihres Schlafrockes, die wie ein riesiges blaues Gefieder fortwährend aufflatterte und sich senkte. Ein blinder Zusammenstoß mit dem Ebenholztisch, der die Schale aus Elfenbein von ihrer Staffelei herabwarf, rief die Eigentümerin der Villa Bienaimée aus ihrem Taumel zurück. Sie blieb stehen, eine Hand aufs Herz gepreßt, keuchend und noch halb bewußtlos, und sie flüsterte, selig lächelnd:

„Det war doch mal 'n Jefiel."

„Das hätten wir genossen", meinte sie, ein wenig erholt. „Nu geht es erst los."

Durch das Speisezimmer, wo silbernes Prunkgerät über der dunkeln Täfelung und auf den Borten des geschnitzten Büfetts sein weißes Licht verbreitete, und durch einen Salon mit eichenen Säulen, bernsteingelben Samtmöbeln und blühenden Pomeranzenbäumen am Fenster, gelangten sie zur Treppe. Droben verneigte sich ein Lakai. Bienaimée nickte ihm zu.

„Das is mein Diener Friedrich", sagte sie. „Is er nich ein wirklich scheener Mann? Er könnte mir gefährlich werden. Aber Anton, den sollen Sie auch noch zu sehen kriegen, er hat noch mehr Forsche. Anton is nämlich mein Kutscher."

„Haben Sie hier auch schon reinegemacht?" fragte sie, mit einem Anflug von Strenge. Doch wandte sie sich sogleich wieder Andreas zu.

„Friedrich stäubt nämlich alle disse ollen Klamotten ab, er is eklig geschickt uff de Fingern un kann 'ne Seifenblase anfassen, ohne daß se kaputt geht. Ich selbst rühre natürlich nischt an."

Dabei wies sie nach den zierlichen Bronzen, nach den Meißener und Sèvres-Figürchen hin, die den dunkelrot dekorierten Korridor entlang auf den eingelegten Lederplatten kleiner metallener Tische standen.

Vor der Schwelle des Schlafgemaches sagte sie:

„Immer rin ins Vergnügen."

Aber Andreas schrak zurück; es stand jemand vor ihm, eine glatte, speckige Matrone mit geöltem schwarzem Scheitel über der milchweiß geschminkten Stirn, und Arme, Brust und Bauch ganz beladen mit funkelnden Schmelzperlen. Sie grüßte gefällig, während die kleine Matzke erklärte:

„Disse Dame is Frau Kalinke, meine Haus- und Jardedame, Sie verstehn? Frau Kalinke, dies is ein genauer Freund un Bundesbruder von Türkheimer. Mein Gönner schickt ihn mir her, daß er sich meine Villa Bienaimée soll besehen."

Die Matrone erwiderte: „Ei, ei, Kindchen, geben Sie sich man keine Mühe, Ihre Kalinke zu bemeiern, sie weiß doch, wie die jungen Leute sind, und was ihre Herzchen für Wünsche haben."

Sie seufzte ein wenig, drohte schalkhaft mit dem beringten Finger und drückte sich, die rote Wand entlang, unter dem Geklimper ihres falschen Jet, voll diskretem Eifer beiseite.

„Die gute Kalinke", meinte Bienaimée, „ich muß ihr bisken was schenken für das gute Herz, was sie hat. Aber wie finden Sie Türkheimer, daß er mir so eine wie die Kalinke als Jardedame mitgibt? Nu tanzen ihm zweie auf 'm Kopf rum, anstatt sonst bloß eine, das hat er davon. Un son Mann soll auch noch gerissen sein. Hat sich was. Taprig is er un nischt weiter, das können Sie *mir* glauben."

„Merkwürdig", dachte Andreas. „Vor den Augen eines solchen Mädchens vereinfacht sich alles. Der größte Mann wird dumm bei ihr. Respekt hat sie vor keinem von uns."

Diese Beobachtung stimmte ihn ärgerlich; er versetzte ziemlich kühl:

„Sie haben es hier ja recht gemütlich."

„Nich wahr? 'ne ganz nette Schlafgelegenheit."

Auf der blauen Seide, womit der Raum ausgeschlagen war, schwammen schwarze Bilderrahmen wie große Insekten im sommerlichen Firmament. Ein Spiegel in mächtigem Ebenholzgestell erhob sich mitten auf dem goldenen Gewebe des Teppichs. Der Kamin aus nero antico trug eine Gruppe bronzener Ringer.

Unter seinem Baldachin, zwischen den schweren, schneckenförmig gewundenen Säulen war das Bett ein wenig geöffnet. Andreas gewahrte inmitten der blauseidenen Falten etwas Weißes, ein wenig Linnen, das zarte Abdrücke unlängst umfangener Glieder zu bewahren schien. Doch erzeugte der monumentale Prunk eine Kälte, die alle innigeren Regungen ausschloß. Sicheren Schrittes, ohne das listige Blinzeln seiner Begleiterin zu beachten, durchmaß der junge Mann das Gemach.

Nebenan lag grünliche Dämmerung. Eine kristallene Ampel hing von der Decke; die hellgrauen, mit goldenen Leisten umzogenen Mauern wurden durch kein Fenster unterbrochen. Sie bildeten ein Achteck, dessen Flächen sich unter dem Druck der Herrin öffneten. Andreas fuhr zusammen, als er ihre Garderobe erblickte. So eingebürgert er sich im Schlaraffenland fühlte, es hatte dennoch bisher keine der Bewohnerinnen ihm ihren Kleiderschrank erschlossen. Und der weibliche Luxus, die Sorglosigkeit, mit der irgendein Wesen, vielleicht ein häßliches, das Vermögen einer Familie auf dem Leibe trug, besaß für ihn einen zehrenden Reiz.

Er strich mit leisem Finger über eine Atlasrobe, ließ einen Samtärmel durch seine Hand gleiten und betastete neugierig eine Spitzentaille. Er fragte sich, woher dies alles in solcher Eile beschafft worden sei. Es waren möglichenfalls die Toiletten Lizzi Laffés; hatte Türkheimer sie für die kleine Matzke um die Hälfte verengern lassen? Sie schob eine letzte Kulisse zurück:

„Disse mieserigen Dinger da, die muß ich anziehen, wenn mein Gönner auf Kaffeebesuch kommt, un denn muß ich ihn was vortanzen."

„Das glauben Sie woll nicht?" setzte sie hinzu. „Na, was son Krippensetzer verdorben is, da macht sich 'n einfacher Mensch überhaupt gar keine Begriffe von."

Er vermied vorsichtig die Berührung der seltsamen, hemdartigen Kleidungsstücke, deren Korsage nur ein schmaler Gürtel war, und die, in tausend gerade Fältchen zerknittert, bei jedem Lufthauch wie Spinngewebe hin und her wehten. Ihre blassen Nuancen, mit goldnen und silbernen Körnchen beworfen, berückten ihn. Er mußte an den schmunzelnden Türkheimer denken, der den lasziven Verrenkungen eines weißen, von schimmernden Fähnchen und roten Haaren umflatterten Geschöpfes zuschaute. Es ward ihm ein wenig schwül zumute. All die beunruhigende Weiblichkeit, die in diesen auf Verführung berechneten Hüllen verborgen schien, drang aus den Schränken hervor, von allen Seiten auf ihn ein. Hinter ihm kicherte die kleine Matzke. Seine Gelassenheit war etwas beeinträchtigt, als er weiterging.

„Hier mache ich meine Toahlette", erklärte Bienaimée. „Was meinen Sie zu meiner Badewanne?"

„Höchst originell", sagte er.

„Sie haben ja was Eisiges, Siel Ich denke immer, jeder, den ich meine Badewanne zeige, muß dreimal hurra schreien un auf 'n Puckel fallen."

In der Mitte des großen, mit farbigen Kacheln ausgelegten Zimmers öffnete sich das Bassin. Es hatte die Form einer Muschel, in deren rosige Tiefe drei Stufen aus duffweißem Marmor hinabstiegen. Jenseits des goldenen Geländers, von dem das Becken eingefaßt wurde, zwischen den Fenstern aus Kathedralglas und hinter hellen, gestickten Vorhängen standen lange weißlackierte Tische, auf denen die elfenbeinernen Gegenstände sich häuften.

„So 'ne Masse Kämme", äußerte die kleine Matzke. „Un denn die Dosen, un die Bürschten, un die Quaste, un die Schalen, un die Tiegel, un die Büchsen, un die Pinsel, un die Flaschen, un denn all die Mätzken, wo ich gar nich weiß, wie es heißt. Un nich mal Kalinke weiß es, un sie is doch schon lange in dem Geschäft."

„Das da sind wohl Parfüms?" fragte Andreas, und er wies auf die gläsernen Borte, auf denen kristallene Flakons sich aneinander reihten.

„Stimmt", erwiderte sie. „Un ich schmiere mir mit alle disse Wohlgerüche eegal die Haut voll.. Wenn ich so in den warmen Wasser rumpaddele, dann muß Kalinke mir erst aus eine un dann aus 'ne andere Flasche besprützen. Dann rieche ich vorne meinswegen so un hinten wieder anderscht. Es is sozusagen großartig."

„Ist es auch", sagte er, ganz gedankenlos. Die vermischten, schweren Düfte des überheizten Raumes stiegen ihm zu Kopfe, seine Stirn rötete sich. Die von Bienaimée soeben ausgemalte Szene erregte seine Einbildung, er fühlte sich zu einem Handstreich aufgelegt.

„Un scheen warm is es hier auch", versetzte sie. Die Zungenspitze im Mundwinkel, prüfte sie ihn mit ihrem lasterhaften Seitenblick.

„Nu jlupschen Sie aber auffallend", bemerkte sie.

Plötzlich hatte er den Arm um ihre Hüften geworfen, er riß sie an sich und suchte mit den Lippen ihren Hals zu erreichen. Aber sie bog den Oberkörper weit hintüber, und mit demselben schmerzhaften Stoß vor den Magen, der Türkheimers erste Huldigungen belohnt hatte, entwand sie sich ihm.

„Hände weg, oder ich kratze!"

Er war bestürzt.

„Aber Fräulein Bienaimée, so habe ich es ja gar nicht gemeint. Sie glauben doch nicht –"

„Sie werden mir doch nich sagen, was 'ne Sache is. Sie haben mir ja so gewiß die schuldige Achtung versagen wollen. Es is Ihnen aber vorbeigelungen, Kleiner."

Sie tat einige würdevolle Schritte, indes sie sich mit einer Puderquaste das Gesicht betupfte. Unversehens stäubte sie ihm den ganzen Inhalt der Schachtel über die Stirn.

„Sie scheinen es nötig zu haben", erklärte sie. „Daß Sie sich man wieder erholen!"

Sie zog ihn, während er sich noch die Kleider abklopfte, aus der Tür.

„Nu verfügen wir uns aber in mein Budoah, da wird sich anständig betragen. Sie verstehn?"

Er fand sie jetzt ganz besänftigt, sogar entgegenkommend, und er erlaubte sich die Frage:

„Sie wollen also nicht?“

„Ich habe ja nischt gesagt“, erwiderte sie, voll Güte. „Man bloß kalt Blut un warm angezogen, das is die Hauptsache. Übrigens sind wir zwei beide gewiß dazu bestimmt, uns noch vill näher kennen- und schätzenzulernen.“

Mit Befriedigung sagte er sich, daß seine Werbung so gut wie genehmigt sei.

„Hier ist es wirklich gemütlich“, meinte er, angeheimelt von der Stimmung des matt erhellten Wohnzimmers. Auch hier hatten die hohen Fenster kleine, in Blei gefaßte Scheiben. Bequeme Samtsessel, durch bunte Handstickerei in Felder geteilt, standen auf weichem, rotem Teppich um bronzebeschlagene Tische. Von der silbergrauen Stofftapete herab lächelte, selbstzufrieden und wohlwollend, das lebensgroße Bildnis Türkheimers.

Als sie in zwei niedrigen Sofas versunken einander gegenübersaßen, sagte Bienaimée:

„Tja, tja.“

Er sah sie erwartungsvoll an. Sie wiederholte:

„Tja, tja. Wie die Natur spielt. So 'n Schenie, es kommt von oben.“

„Wen meinen Sie?“ fragte er, vor Vergnügen errötend. Er flößte ihr also dennoch Respekt ein!

„Ihr Freund, wo Sie neilich Königgrätzer Straße mit lang gegangen sind, muß ein wirklich großes Schenie sein.“

„Oh, lassen Sie man!“ rief sie lebhaft, als er, tief enttäuscht, einen Einwand versuchte. „Sie sind ja 'n ganz feiner Mann un haben auch was Äußerliches, aber wenn Sie meinen, Ihr Freund is als Dichter man unbedeutend, denn sage ich Ihnen: Scheibe, mein Herzken. Bei Ihnen liegt es ja gar nich drin.“

„Aber bei Ihnen?“ erwiderte er gekränkt. Sie lehnte vornehm ab.

„Keine Deutlichkeiten, bitte, mein Herr. Ich verstehe mich auf so was, das können Sie mir glauben, un was ein Schenie is, das erkenne ich schonst ganz von weitem. Alleine, daß ihm sein schwarzer Rock ein bißken zu enge is, daran sehe ich es schon. So was Ärmliches und dabei so 'ne edle Haltung, als ob er zu euch lackierte Affen spräche: Ihr könnt mir mal 'n Fennig wechseln.“

Sie senkte die Stimme.

„Ich habe nämlich so 'n Riecher, daß er woll von vornehmer Abkunft könnte sein."

„Sie glauben wirklich?"

„Ich habe meine Gründe. Er hat nämlich 'ne genaue Ähnlichkeit mit einem scheenen Prinzen, den ich mal gekannt habe, ganz in blau Atlas mit große Puffärmel und blauweiß gestreifte Trikothosen. Es war der scheenste Mann, den ich je hab gesehn, und nie, nie kann ich ihn vergessen."

Andreas betrachtete sie.

War das dieselbe kleine Matzke, die über den elektrischen Draht wie über eine Kordel gehüpft war, die nach seiner Polka getanzt und ihn mit Poudre de riz beworfen hatte? Sie schwärmte, mit aufgerissenen, wässerigen Augen, ein einfältiges Lächeln auf dem Gesicht.

„Wo haben Sie ihn denn kennengelernt?" fragte er.

„Es war in meiner frühsten Jugend, un ich war 'ne kleine Jöhre, un wenn Mutter bei die Leute zum Waschen ging, denn nahm sie mich mit. Un einmal, in eine Waschküche bei einen Geheimrat, da habe ich ihn gefunden. Er war nämlich auf 'ne alte Seifenschachtel aufgemalen, die da ins schmutzige Wasser rumtrieb. Ich kleines Wurm verliebte mich zum Sterben in den scheenen Prinzen un wollte ihn haben. Aber 'ne andere, Berta hieß sie, nahm ihn mir weg. Ich hasse ihr noch heute."

Die kleine Matzke schien in ihren Erinnerungen verloren. Andreas ermunterte sie.

„Und Ihr Seifenschachtelprinz und mein Begleiter von neulich sehen einander ähnlich?"

„Ich sage es ja. Wie zwei faule Eier. Un bloß, daß Ihr Freund Puffärmel und blauweiße Trikothosen anhaben muß."

„Das gehört allerdings zum Märchenprinzen."

„Sehn Sie woll? Drum habe ich auch 'ne klassische Idee un will hier in meiner Villa Bienaimée ein Maskenfest veranstalten, wozu ich Türkheimern seine Bande und den ganzen Klimbim zusammenlade. Denn sollen Sie sich meinen Prinzen besehen, un was er scheen is. Wie finden Sie diß?"

„Erstaunlich."

„Ich habe meine klassische Idee nämlich gerade wegen Ihrer gekriegt, un weil Sie mir in meiner guten Stube was vorgespielt haben. So'n scheener Tanzboden, habe ich gedacht. Hier muß er mit mir polken. Es gibt doch ein Erdenglück."

Sie war plötzlich bei ihm auf dem Sofa; sie stieß, dicht an ihn gedrängt, ihre Hüfte gegen die seinige.

„Nu sei'n Sie mal nich so", bat sie, „und sagen mir mal, wie heißt er, un wo wohnt er?"

„Ich weiß es nicht."

„Ich schenke Ihnen auch was."

„Wie der Kalinke?"

„Natürlich was Feineres."

„Aber ich weiß es nicht."

Sie seufzte.

„Denn stimmt es erst recht. Gewiß weiß keiner, wer er is. Das is das Geheimnisvolle un die vornehme Herkunft. Mir wird ganz andersch, wenn ich bloß an denke."

Mit eiligem Entschluß lief sie an den Schreibtisch, öffnete die gepunzte Ledermappe und kehrte mit einem Papier zu ihm zurück.

„Ich habe schon einen Brief an ihn geschrieben, denn soll'n Sie ihm geben, wenn Sie ihn das nächstemal sehen. Sie tun mir doch die Güte?"

„Sehr gern", sagte er mit kalter Wut.

„Ich wußte es ja. Sie sind 'n netter Mensch. Un nu müssen Sie mir auch noch die Schreiberei durchlesen. Sie verstehn, vielleicht stimmt es nur teilweise, und wie komme ich ihm vor, wenn Schreibfehler drin sind."

„Ich verstehe."

„Warten Sie, ich brenne Ihnen meine Elektrizität an, es is hier man 'n bißken duster."

Sie rückte den Tisch mit der Lampe in seine Nähe und schob ihm eifrig das Rückenkissen zurecht. Er durchlief flüchtig ihre sorgfältig stilisierten Linien. Voll empörter Gedanken biß er sich auf den Schnurrbart. Darum also hatte sie ihn durch die Üppigkeit ihres Schlafgemaches entnerven wollen, darum ihn den Kopf in ihren Kleiderschrank und in ihre Badewanne stecken lassen! Er sollte, zum Liebessklaven geworden, der Austräger ihrer zärtlichen Botschaften sein. Aber sie unterschätzte ihn. Er, der die Rivalität eines Türkheimer nicht scheute, würde wohl auch einen zu Taten unfähigen Gemütsmenschen wie Köpf aus seinem Gehege zu vertreiben wissen. „Schlaue Kröte", sagte er heimlich, „du wirst niemals an der Brust deines Märchenprinzen ruhen. – Oder vielleicht doch?" setzte er hinzu. Ein teuflischer Plan begann sich in ihm zu formen. Dazwischen drangen einzelne Sätze der kleinen Matzke in sein Bewußtsein.

„– und sind Sie gewiß edel und hochherzig, was mich ungemein freuen würde.

Sie haben es, geehrter Herr, in so kurzer Zeit verstanden, sich meine Neigung zu erringen, und sind Sie darum gewiß von vornehmer Geburt, ohne es selbst zu wissen. Dies kommt häufig vor, und werden Sie es schon noch erfahren.

Arm und edel wie Sie bin ich früher auch gewesen und jetzt in meinem Fett durchaus nicht stolz geworden."

Andreas sagte sich, daß alles da sei: die Gossensentimentalität des guten Mädchens und ihre volkstümliche Kolportagephantasie. Kaum auf den Kissen ihres Landauers, mit Kutscher, Dogge, Vater und Lakai, verliebte sie sich voll Rührung in den ersten abgetragenen Gehrock, der ihr begegnete – und verwandelte ihn ohne weiteres in blaue Seide.

Bienaimée fuhr in der Anrede ihres Ideals fort:

„Wenn Sie unsereinen auf Jummirädern fahren sehen, denn rufen Sie gewiß aus: „Die leben, die genießen!", was ein Kopist immer sagte, der Zimmerherr bei uns gewesen is, als Mutter noch lebte, wenn er nachts aus der Destille kam und die Herren in der Friedrichstraße mit die Mächen gehen sah. Womit ich Sie jedoch nicht mit jenem Elenden auf eine Stufe stellen will. Bloß, daß Sie sehen sollen, daß die, welche leben und genießen, auch ein Herz für die Armut haben, un hege ich eine unzweifellos christliche Gesinnung, obschonst daß ich keine Frömmlerin bin un kenne keinen Vanatismus wie gewisse Leute, un die Faffen hasse ich und bin wirklich zu aufgeklärt, als daß ich –"

Die Schreiberin verlor sich in entbehrliche Einzelheiten. Zum Schlüsse brachte sie die Einladung zu ihrem über acht Tage stattfindenden Maskenfeste vor.

„Ich rechne also allerbestimmtest auf Sie, und bin ich, mit bestem Dank im voraus, Ihre treuergebene Bienaimée Matzke."

„Sie verstehn sich mit großer Sicherheit auszudrücken“, sagte Andreas, indem er sich erhob. Sie erwiderte:

„Das freit mir ungemein. Un denn besorgen Sie mir den Brief und bringen nächsten Mittwoch ihn samt Puffärmel und Trikots hier in meine Villa Bienaimée?“

„Ich werde keine Zeit verlieren.“

Er verabschiedete sich förmlich und fuhr sogleich zu Herrn Behrendt, wo er sich das von der kleinen Matzke beschriebene Kostüm bestellte. Er hoffte dadurch, daß er ihr die volle Seligkeit ihrer Kindheitserinnerung vor Augen führte, Köpfs fadenscheinigen Leibrock in Vergessenheit zu bringen. Es war sein Plan, ihrem Traumbilde seine eigenen Reize unterzuschieben. Warum sollte sie schließlich nicht ebensogut ihm wie einem andern eine diskrete Prinzlichkeit zutrauen?

Andererseits kränkte es ihn, ein Ideal verkörpern zu müssen, das in einer Waschküche auf einer Seifenschachtel entsprossen war. Aber behufs Gewinnung eines Proletarierkindes hieß es nun einmal, zum Gemütsleben des Volkes hinabsteigen. Mit klarem Kopfe und nicht mehr unter dem Einflusse der Düfte und der luxuriösen Verführungen ihres Heims, gestand Andreas sich ein, daß die kleine Matzke eigentlich gar nicht sein Geschmack sei. Was den dürftigen jungen Mann im Schlaraffenland entzückt hatte, war die Fülle, die üppige Gewöhnung von Jugend auf, ein Fleisch, feiner als es anderswo erhältlich war, genährt mit zarten Gerichten, von teuren Essenzen durchtränkt, und unermüdlich gepflegt und erhalten durch Hilfsmittel von ungeahnter Künstlichkeit. Dagegen hatte aus dem Loch an der Schulter von Achnes Matzke nichts anderes hervorgesehen als die verkümmerte Haut der armen Leute. Vor ihrem fünfundzwanzigsten Jahre würde sie Runzeln bekommen. Aber diese magere und schon den Verfall ausatmende Jugend hatte eine letzte Flamme entzündet in dem erloschenen Auge Türkheimers! Es mußte etwas dahinter stecken. Das Wort des großen Mannes, „wie viel so einem jungen Menschen doch noch abgehe“, erregte Andreas' Ehrgeiz. Er betrachtete es als ernste Pflicht, durch den Besitz Bienaimées seine weltmännische Erziehung zu vervollkommnen.

Als er zum ersten Male im blauen Atlaswams mit ungeheuren, gelbgeschlitzten Kanonenärmeln, in gepufften Höschen und blauweißen Trikots vor seinen Trumeau trat, da stutzte er und war geblendet. Er stülpte das Barett aus blauer

Pelüche auf die lange blonde Lockenperücke, befestigte den Degen und legte das blausilberne Mäntelchen um. Herr Behrendt hatte die reichsten Stoffe gewählt; die Brillantagraffe an der weißen Reiherfeder war echt. Andreas sagte sich, daß der Märchenzauber wohl kaum weitergetrieben werden könne, und daß in Zeiten bunter Sinnenfreuden schwerlich schönere Menschen auf Erden gewandelt seien.

Am Abend des Festes verspätete er sich, weil der Gedanke an Adelheid ihn befiel. Erschüttert sank er auf einen Stuhl. Dies war also die schon längst vorhergesehene Stunde, in der, den höchsten Zielen zuliebe, der Künstler die verbrauchte Geliebte von sich wies. Ah! Das weinende Weib, das sich an ihn klammerte, würde ihn nicht zurückhalten. Er nahm sein weiches Bärtchen noch einmal in das heiße Eisen und brach auf.

Das Vorzimmer stand leer, aber zwischen den roten Damasttapeten des Salons schien sich eine unerhörte Menge kostbar gekleideter Gäste zu bewegen. Die einander gegenüberliegenden Spiegel täuschten dem Auge eine Flucht von Sälen vor, in denen gleißende Seide, durchsichtige Gaze und blasse Spitzen auf strotzendem Samt unabsehbar dahinfluteten. Die schimmernden Nacken der Frauen über den schweren Farben ihrer Gewänder, der Glanz ihrer Augen und alle ihre Juwelen mit blauen, gelben, roten, grünen und violetten Gluten tauchten unter in einer blitzenden Ferne wie in einem Riesenstrauß elektrisch sprühender Blütenkelche.

Er suchte, von der Schwelle aus, nach der Hausfrau. In einem Kreise drehender Paare, an der Seite eines dicken Herrn, dem sie eben die Zunge ausstreckte, verharrte sie in ungewohnter Reglosigkeit. Andreas durchschaute bald den Grund davon. Um ihre halbnackte Büste schlang sich nur ein Silbergürtel; vom Magen abwärts aber stak die kleine Matzke in einem mit glänzenden Schuppen bedeckten Futteral, dessen Verlängerung in steifen Windungen hinter ihr am Boden schleifte. Unten sahen aus einer sehr engen Öffnung die Füße hervor, und wie sie von ihnen Gebrauch zu machen gedachte, schien ein Rätsel. Sobald sie jedoch die Anwesenheit des Märchenprinzen bemerkte, begann sie in sichtlicher Erregung sich mit winzig kleinen, überhasteten Schritten fortzubewegen. Sie schleuderte die Arme geschmeidig in die Luft, daß einige der goldenen Reifen bis unter die Achselhöhlen zurückklapperten. In ihrem Drange, den behinderten Beinen vorauszueilen, warf sie den Leib vornüber. Die mit großen blauen Blumensternen durchflochtenen Haarsträhnen ringelten gleich feurigen Schlangen um Bienaimées spitze Schultern.

Sie schob ihn in das grüne Empfangszimmer zurück und schloß hinter ihnen die Tür. Dabei ließ sie ihn keinen Augenblick los, als fürchtete sie, er möchte ihr unversehens entgleiten wie ein allzuschöner Traum. Sie betrachtete ihn, beglückt und ängstlich.

„Sind Sie es denn nu wirklich?“ sagte sie, mit bebender Stimme. Aber gleich darauf stutzte sie. Andreas versetzte:

„Ich bin es, schöne Melusine.“

„Nanu?“

Sie sah ihm starr in die Augen. Plötzlich stemmte sie die Hände auf die Hüften.

„Aber so'n Ulk! Sie sind es ja gar nich!“

„Ich bin der Märchenprinz Fortunato in eigner Person“, versicherte er mit ritterlicher Anmut. Doch war er nicht imstande, ihre zornige Enttäuschung zu besiegen.

„Ich will Ihnen mal sagen, was Sie sind, 'n ganzer fauler Kopp sind Sie, wenn Se was Neies wissen wollen, Sie!“

Er zog ihren Brief aus seinem Stulphandschuh.

„Da habt Ihr Euer Pergament zurück, schönste Herrin. Ich habe es dem Fürsten, an den Ihr mich absandtet, nicht überreichen können. Er war bei der Polizei nicht angemeldet.“

„Un denn meinen Sie woll, Sie können Ihre Bienaimée beblaßmeiern un mir Ihre eigene dämliche Person als Märchenprinz andrechseln? Oh, wie haben Sie sich aber geschnitten!“

„Schöne Melusine, erlaubt mir nur –“

„Was haben Sie denn immer mit Ihrer Melusine? Ich verbitte mir Ihre Anzüglichkeiten. Jüngling, wie kommen Sie mir vor?“

Er taumelte zurück; er war nicht darauf gefaßt gewesen, das schreckliche Wort der faden Büfettdame im „Café Hurra“ noch einmal von Frauenlippen fallen zu hören. Es traf eine zu schmerzhafte Stelle in seiner Seele, und er empörte sich.

„Schließlich kann ich mich wohl anziehen, wie ich mag“, meinte er. Sie lachte verächtlich.

„Un geschminkt hat er sich auch noch ganz rosenrot ins Gesichte. Ich würde Ihnen gebieterisch die Türen meiner Villa Bienaimée weisen, aber Sie lassen mich gänzlich kalt, mein Herr, Sie können meinswegen hierbleiben."

„Danke schön", erwiderte er, und er folgte ihr. Es dauerte lange, bis sie in ihrem Käfig aus Pappe den Salon erreicht hatte. Mit schriller Stimme rief sie:

„Platz for Aujust. Hier kommt der Märchenprinz Faulkopp!"

„Fortunato", verbesserte Andreas bescheiden.

Kaflisch vom „Nachtkurier" lief singend herbei:

„Du kommst, doch fängt es an, zu spät zu sein."

Er trug einen malerischen Räubermantel und einen spitzen Hut, und er klimperte unausgesetzt auf seiner Mandoline. In seinem Munde verwandelte sich alles in Melodie.

Ein weibliches Wesen, klein und übertrieben kurzröckig, sprang zwitschernd vor Andeas' Füßen umher. Vorne schlug weißer Atlas gegen ihre Beine, hinten schwarzblauer Samt. An den Schultern saßen riesige Flügel und oben auf der Frisur ein großer Vogelkopf mit langem Schnabel und gläsernen Augen. Die Larve, schmal wie eine Brille, bedeckte das Gesicht kaum von den Brauen bis auf den Nasenrücken.

„Kennst du mich, schöner Prinz?" fragte sie.

„Noch nicht."

„Ich bin die Schwalbe, ich verkünde allenthalben den Sommer mit seinen Blumen und lauen Lüften!"

Kreischend und mit den Armen fuchtelnd, flatterte sie davon. Ihre Schwingen trafen jedermann in die Augen, beschädigten den Haarputz der Damen und erregten überall Feindseligkeit.

„Das war ja Werda Bieratz", meinte Andreas. „Guten Abend, Herr Liebling."

Ein persischer Zauberer im schwarzen Mantel, den Stab und die turmhohe Mütze von mystischen Zeichen bedeckt, strich mit blasser Hand durch seinen Bart von der Farbe des Ebenholzes.

„Die leben, die genießen!" sagte er, mit einer weiten Geste. Sofort setzte er hinzu:

„Sehen Sie, mein lieber junger Freund, so schön könnten Sie es auch haben."

„Wieso?"

„Sie richten sich neu ein, in der Lützowstraße, leugnen Sie es nicht, Freund. So etwas erfährt man gar bald, die Welt ist ja so klein. Nun, was will ich sagen? Hätten Sie mir, Ihrem ältesten Freunde, ihr Vertrauen geschenkt, alles wäre längst getan. Was sage ich? Zum halben Preise wäre es getan und dennoch viel schöner. Fragen Sie den Herrn Generalkonsul selbst! Fragen Sie unsere freundliche Wirtin, das Fräulein Bienaimée Matzke. Was habe ich ihr nicht besorgt? Ihren neuen Namen habe ich ihr besorgt, und alles übrige hat sie ebenso billig."

Das unsichtbare Orchester spielte einen Sir Roger. Eine reinliche Zigeunerin, in Satin-Duchese und mit vielen Brillanten behangen, ward von Pimbusch in anmutigen Wendungen vorübergeführt. Der Schnapsfeudale, in Frack und Domino, winkte von weitem:

„Die leben, die genießen!"

Pimbusch litt niemand im Saale, den er nicht in diese Formel eingeweiht hatte. Auf seinen Lippen ward sie sakramental. Wenn heute ein Bemitleidenswerter mit dem einst glänzenden Wort von der lieben Unschuld sich verspätet hätte, unter Pimbuschs Blicken hätte er fühlen müssen, daß er deklassiert sei.

Lizzi Laffé zeigte sich am Arme des Herrn von Rcszscinski, pomphaft umflossen von den weißsamtnen Falten ihres Renaissancekostüms, die Taille spitz, die Ärmel riesig gewölbt, und vom Hals bis zu den Füßen bestickt mit goldenen Arabesken.

„Sie ist zu eng geschnürt", sagte Andreas zu einem gähnenden Nachbarn, „aber sehr diskret ausgeschnitten. Und weshalb sollte sie mehr tun? Sie hat recht, wenn sie es verschmäht, Vorzüge zur Schau zu stellen, die ohnehin niemand unbekannt sind."

Seitdem Astas für Lizzi so verderblicher Herzenstrieb mit seiner Hilfe erstickt worden war, brachte er Türkheimers ehemaliger Freundin eine selbstlose Zuneigung entgegen.

„Es ist gut", meinte er, „daß sie uns durch Rcszscinski wenigstens teilweise erhalten bleibt. Was wäre das Schlaraffenland ohne sie?"

„Gnädigste Frau sind die Königin des Festes", sagte er, als sie dicht an seiner Schulter vorbeitanzte. Sie schlug dankbar mit dem Fächer nach ihm.

Aber die Männer drängten sich, mit gereckten Hälsen, in dichtem Kreise um die Hausfrau. Unfähig, sich von der Stelle zu bewegen, unterhielt sie ihre Verehrer durch bacchantische Verrenkungen des Oberkörpers.

„Is es nich ein Leben wie im Sommer?" rief sie.

„Un allens is da, un wenn einer sonst noch was nötig hat, braucht er es bloß zu sagen. Beschafft wird allens, wenn't auch schwerfällt. Besehn Sie sich mal das scheene bunte Bild da hinten überm Kamin."

Alle Köpfe wandten sich. Ein wenig niedriger als die Prachtstücke der Benlliure und Villegas, auf dem Ehrenplatze zwischen ihnen, hing jetzt in schwergoldenem Rahmen ein scheußlicher Öldruck, die gemütstiefe Darstellung schlichtbürgerlichen Familienglückes. Gerührt erklärte Bienaimée:

„Das is ja das Dings, wo ich mir schonst nach aufgehängt habe, als ich noch 'n Wurm war un eingesegnet ward. Det mußte ich haben, un wenn't auch fümf Fennig kosten dhäte. Mein hoher Gönner hat sich dessentwegen auf 'n Kopp gestellt, un Herr Liebling hat alleine fufzig Märker für Droschkenfahren veraast, bis er das Dings hatte. Na, un nu? Da is es, wie Sie sehn!"

Diederich Klempner, der Andreas die Hand schüttelte, bemerkte:

„Und zu sagen, daß unsere viehischen Instinkte uns dermaßen kopflos machen, daß wir die krasse Lächerlichkeit dieser Weiber momentan vergessen können. Aber passen Sie auf, ich will es ihnen nächstens geben!"

Seitdem Klempner, auf Herrn von Rcszscinski gestützt, nur noch eine lose Verbindung mit dem Schlaraffenland unterhielt, gefiel er sich, seinem staatserhaltenden Äußern zum Trotz, immer entschiedener in demagogischen Anschauungen. Andreas fürchtete, durch einen öffentlichen Verkehr mit ihm seinem Rufe zu schaden; er entfernte sich von der Seite des Kollegen. Doch hatten die lauten Reden der kleinen Matzke auch ihm einen peinlichen Eindruck hinterlassen. Es ahnte ihm, als erwecke er selbst, mit all seinem Märchenzauber, in der Seele des glücklichen Proletarierkindes ganz ähnliche Vorstellungen wie jener gefühlvolle Schund. Das Familienglück und der Märchenprinz, sie entstammten möglichenfalls einer und derselben Waschküche. Wie war das beschämend! Wie viele muffige Erinnerungen an Hinterhäuser mochten mit der

Tochter des Genossen Matzke hier eingezogen sein, um in den Prunkgemächern umzugehen als armseliger Spuk!

Allmählich erstreckten seine übelwollenden Betrachtungen sich auf die ganze Gesellschaft Die den Sommer verkündende Schwalbe war keineswegs der poesiereichste unter den Einfällen der Damen. Eine Köchin in rosaseidener Robe, tief ausgeschnitten und mit nackten Armen, in Spitzenschürzchen und Mullhäubchen, ließ im Takte ihrer wiegenden Hüften die hölzernen Löffel, Pfannen und Reiben klappern, die inmitten wehender Bänder um ihren Leib und um ihre Rockkante baumelten. Satanella sprang im feurigen Kleidchen, aus dem gelbseidene Flammen schlugen, mit teuflischer Zuchtlosigkeit umher. Sie verlor regelmäßig einen ihrer roten Schuhe und versengte den Unvorsichtigen, der ihn zurückbrachte, mit einem ihrer berufsmäßigen Seitenblicke. Ihre Kappe loderte, und sie schwang den Dreizack. Mild und fromm aber gingen die holden Kinder des Lenzes einher, die auf dem Kopfe ein vergrößertes Stiefmütterchen oder eine Riesenheckenrose trugen. Der Vierländerin reichte ihr purpurner Rock kaum bis an die Knie, und er wippte in die Höhe bei jedem ihrer Schritte. Ihr schwarzes Mieder glänzte von lauter bunten Flittern, die großen Schleifen an ihrem Hinterhaupte und auf ihren Lackschuhen wurden von Brillantagraffen gehalten. Auch das Samtkostüm eines italienischen Bauernmädchens, ungefähr aus der Gegend, wo man an immerwährendem Hunger und Fieber dahinsiecht, war mit Edelsteinen üppig besternt. Eine untersetzte Blondine hatte ihr weißes Atlaskleid mit einer schwarzen Stickerei versehen lassen, die das Notensystem vorstellte. Balken und Striche waren ohne Bedenken überall verteilt, und als Grundmuster dienten Violinschlüssel. Auf der Frisur türmte sich ein kunstvolles Gebäude aus Notenpapier. Sooft das Orchester einen neuen Tanz zu spielen begann, blieb sie stehen und erhob, träumerisch lächelnd, ihren Taktstock. Andreas erkannte mühelos in dieser Dame die fleischgewordene Musik; doch wußte er weniger anzufangen mit einer ihr ähnlichen Erscheinung, deren Gewand statt der Noten wahllos mit großen und kleinen Lettern übersät war. Über ihren ganzen Rücken rauschte eine schwere Schleppe hernieder, von aufgeschlagenen Buchdeckeln lose umklappert. Schultern und Kopf prangten in Zieraten von derselben Form. „Vielleicht will sie die deutsche Bildung sein", meinte Andreas, aber sie hatte kaum bemerkt, daß sie ihm ein Rätsel sei, als sie auch schon erklärte:

„Ich bin der Bücherwurm."

„Ah! Das hätte ich mir denken können. Und ist das da auch voll von Büchern?" fragte er, indem er sich anschickte, den Inhalt ihrer Korsage zu untersuchen, das ihm zu stark entwickelt vorkam. Doch nahm sie es übel.

„Du bist ja 'ne nette Biele! So 'n Märchenprinz meint woll, unsereiner geht bloß Sonntags feinangezogen."

Und sichtlich verstimmt ließ sie ihn stehen.

„Ich habe heute abend kein Glück", sagte er sich. „Fortunato war ein verfehlter Name."

Mehrere weibliche Masken, die ihm freundlich entgegenkamen, enttäuschte er durch seine höhnische Kälte. Er meinte, die Entscheidung darüber wäre schwer, wer dümmer sei, die anständigen Frauen, denen man im Türkheimerschen Salon begegnete, oder die hier auftretenden Geschöpfe. Möglichenfalls gebührte diesen der Preis. Sie tollten in erkünsteltem Übermut durcheinander, sie breiteten mit verzweifelter Freigebigkeit alle ihre Reize aus und kreischten dazu wie besessen – um die ausgelassene Miene unversehens in ihre alten bösen, verlebten und gierigen Falten zurückfallen zu lassen, wenn Satanellas Drachenflügel ihnen eine Straußenfeder geknickt hatten oder ihre fliegenden Chiffons von einer ungeschickten Hand zerrissen waren.

Die Männer boten keinen erfreulicheren Anblick. In einen Domino gehüllt, glaubten sie sich anders betragen zu müssen als gewöhnlich, nur wußten sie nicht wie. Sie unternahmen einen launigen Sprung oder wagten eine leicht mißzuverstehende Gebärde, aber darauf entschuldigten sie durch ein zweifelhaftes Lächeln ihren Anfall von Wildheit. Sie zerdrückten eine Träne der Langeweile und feuerten sich an, indem sie einander zuriefen: „Die leben, die genießen!" – mit dem Stoßseufzer jenes betrunkenen Kopisten, der durch die Vermittelung der kleinen Matzke das geistige Bürgerrecht im Schlaraffenland erlangt hatte.

„Ihre Fröhlichkeit ist herzbrechend", bemerkte Andreas. „Wie sollte es anders sein? Einen richtigen Mummenschanz haben sie nie gesehen."

Und er schwelgte im Bewußtsein der älteren und leichteren Kultur seiner Heimat, wo jeder seßhafte Bauer ein Aristokrat war, verglichen mit diesen vergoldeten Landstreichern aus dem wilden Osten. Aber eine fremde Berührung störte ihn, wie die eines Taschendiebes, der sich an ihm zu schaffen machte. Er wandte sich um: es war die Hausfrau, sie schnüffelte, still und aufmerksam, an seiner Kleidung umher. Als sie sich ertappt sah, erklärte sie:

„Entschuldigen Sie man, ich wollte bloß herauskriegen, ob es auch so riecht. Aussehn tut es ja ganz so, aber riecht es auch so? Das is die Frage."

„Wie soll es denn riechen?"

„Nu, wie die Seifenschachtel, Sie wissen schon, wo mein Ideal aufgemalen war. Sie roch noch so süß, un nu schlag einer lang hin, ich müßte gänzlich auf dem Holzwege sein, wenn diß nich ebenso riecht."

Andreas sagte sich im stillen, daß der Zauber der Erinnerung mit Bienaimée durchgehe. Er stützte die Rechte mit kraftvoller Anmut auf die schmale Hüfte, legte die Linke an den Degenknauf und warf sich in die Brust, so daß das Wams in den Nähten krachte.

„Ich komme Ihrem Ideal also doch ziemlich nahe", sagte er.

Sie verschlang ihn mit den Blicken, ernsthaft, blaß und sichtlich verschüchtert.

„Un ob", erwiderte sie träumerisch.

„Warum haben Sie sich dann vorhin so unpassend gegen mich benommen?"

„Sind Sie noch böse mit mir? Ich habe leider 'n bißken kodderiges Mundwerk, das liegt in der Familie. Was wir Matzkes sind, wir haben es alle, Sie verstehn? Aber darum keine Feindschaft nich. Sie bleiben doch immer ein wirklich scheener un feiner Mann."

„Sehen Sie wohl?"

„Da gibt's nischt, un von alle, die hier rumwimmeln in meiner Villa Bienaimee, sind Sie nu schonst gewiß der Scheenste."

„Na also."

Er wandte sich gleichmütig von ihr weg.

„Wo bleibt denn Türkheimer?" fragte er.

„Sehn Sie man mal dorten hinter dem seidenen Ofenschirm mit den scheenen bunten Bildern zu. Da muß er stecken. Er hat seinen schlechten Dag. Un was will er denn auch? So'n Krippensetzer."

Türkheimer schien durch den niedrigen Paravent von allen Freuden des Lebens abgeschieden zu sein. Die blaue Seide seines Kaftans gleißte, die weiten

Hosen aus kirschrotem Atlas fielen in schillernden Falten bis auf die grünen Schnabelschuhe. Seinen Bauch umspannte eine purpurne Schärpe, ein weißer Turban nickte im blutigen Lichte eines Halbmondes aus Rubinen auf seinem Haupte. Aber müde des eigenen Glanzes, senkte er die geschwollenen Lider; die Unterlippe hing über das Kinn herab; mutlos zerdrückten sich die rötlichen Favoris auf der Brust, umspielt von den Arabesken der Gold- und Silberstickerei, umfunkelt von den Brillanten des Sonnenordens von Puerto Vergogna. Die Lichter aller Juwelen eines Sagenreiches blitzten durcheinander an der breiten Scheide des ungeheuren Krummsäbels; doch ruhte eine welke Hand am Gehenke. Dumpf in sein Leiden ergeben, kauerte der Sultan auf seinem Easy-chair.

„Wie soll es gehen?“ erwiderte er auf Andreas' dringliche Erkundigung. „Faul, faul. Fragen Sie Klumpasch. Klumpasch, hörense mal!“

Der weltmännisch geschulte Arzt kam eilig herbei. Türkheimer fragte:

„Immer noch ebensoviel?“

„Vierzig Gramm, Herr Generalkonsul.“

Türkheimer dachte nach.

„Es ist ja nicht viel“, seufzte er.

„Na, es reicht für den Anfang. Bloß Diät müssen Sie halten.“

„Und kein Sekt?“

„Seien Sie vernünftig, Herr Generalkonsul, Sie haben doch schon genug Sekt getrunken in Ihrem werten Leben.“

„Ich sage ja auch nichts. Es ist nicht wegen des Sektes, aber ich komme mir selbst so vor, wie soll ich sagen, so – süß, mit all dem Zucker –“

„Reinster Traubenzucker, verehrter Herr Generalkonsul.“

Türkheimer schwieg, er kraute sich am Kinn. Dann äußerte er:

„Wenn er noch zu was zu brauchen wäre!“

„Auch noch? Freuen Sie sich, daß Sie ihn haben.“

„Es müßte eigentlich mehr sein. Sagen Sie, Doktor, könnte man ihn nicht für irgendwelche industriellen Zwecke verwerten?“

„Das ist ein Gedanke, Herr Generalkonsul, daran muß gearbeitet werden.“

„Ja, daran muß gearbeitet werden."

„Also wünsche erfolgreiche Arbeit, Herr Generalkonsul."

Klumpasch entfernte sich. Andreas dachte:

„Vierzig Gramm Zucker. Der Bedauernswerte!"

Er sagte:

„Sie haben übrigens eine vortreffliche Farbe, Herr Generalkonsul."

„Am Leibe meinen Sie wohl? Na, lassen Sie man. Was tue ich hier? Warum gehe ich nicht zu Bett? Ja, wenn ich nicht meiner kleinen Bienaimée helfen müßte, ihr Villachen einweihen. Wie kann sie es ohne mich? Das gute Kind, sehn Sie sie an, da steht sie. Sieht sie nicht aus wie 'n Lilienstengel?"

„Wie 'ne Feuerlilie, Herr Generalkonsul", rief Süß, der den Kopf hinter die seidene Wand steckte.

Türkheimer lächelte blaß.

„So ist es, Süß, Sie haben es raus. Sie sind mein Freund, Süß, ich beteilige Sie an – na, es findet sich nächstens, an was ich Sie beteilige. Ich glaube, jetzt sollen wir essen. Was heißt essen? Kann ich essen?"

Auf der Schwelle des Speisezimmers zeigte sich Frau Kalinke, im schwarzen Atlaskleid, das knisterte, knatterte und zu bersten drohte. Sie legte die speckigen Hände über dem Magen zusammen und trippelte, den Kopf zärtlich auf die linke Schulter geneigt, der kleinen Matzke entgegen.

Die Hausfrau sagte, sobald sie sich niedergelassen hatte:

„Jetzt kriegen wir mein Souper zu essen."

Ihre Stimme war fest, und sie sah mit großen, leuchtenden Augen in der Tafelrunde umher. So zwanglos sie sich bisher betragen hatte, kam doch eine gehobene Feierlichkeit über sie, als sie sich in ihrem massiv silbernen Tafelgerät spiegelte. Leda mit dem Schwan, ein mächtiges Schaustück aus der Werkstätte Claudius Mertens, stand zwischen ihr und Türkheimer. Von dem Gefühl hoher Verantwortlichkeit ganz erfüllt, nahm sie ihrem Nachbarn, dem Freiherrn von Hochstetten, sein Glas aus der Hand, um es mit ihrer Serviette auszuwischen. Sein Widerspruch bestärkte sie in ihrem Eifer.

„Reinlichkeit muß sind", erklärte sie.

Und zum Entsetzen der Frau Kalinke begann sie, soweit ihr Arm reichte, alle die blitzenden Kristalle, die Bordeaux-, Rheinwein- und Sherrygläser und die flachen, geschliffenen Champagnerkelche mit ihrem Tuche zu bearbeiten. Vor den Kannen mit silbernem Deckel, in denen der Rotwein funkelte, schrak sie zurück, und sie ergriff mit beiden Händen ihren mattweißen, mit Monogramm und goldener Mäanderborte versehenen Teller, indem sie sich entschieden weigerte, irgend etwas anzunehmen, bevor nicht alle ihre Gäste versorgt seien.

Der Direktor Kapeller war für seine Umgebung der Gegenstand ungewöhnlicher Aufmerksamkeit. Diederich Klempner fragte ihn:

„Ist es wahr, Herr Direktor, daß Sie zum Leiter des „Deutschen Volksballetts" ausersehen sind?"

„Ich schmeichle mir, einige Aussichten zu besitzen", erwiderte der Schauspieler, bescheiden lächelnd.

„Ja, wie kommen Sie denn dazu?" rief Lizzi Laffé. Andreas meinte verwundert:

„Wer Ihnen das vor vier Wochen gesagt hätte, Herr Direktor!" Aber Kaflisch versetzte:

„Warum soll er nicht Direktor vom „Deutschen Volksballett" werden? Im Schlaraffenland kann doch jeder alles werden."

„Ich bitte Sie, meine Herren." Kapeller rutschte voll Furcht, den Neid der andern zu erregen, auf seinem Stuhl umher.

„Was kann ich denn dafür, meine Herren, sagen Sie es selbst. Kann ich für die Dummheiten der andern? Warum muß sich der unglückliche Direktor Nothnagel in seinem Direktionszimmer an einen Nagel hängen?"

„An einen Notnagel", ergänzte Kaflisch.

„Ein Schmeerbauch, der sich entleibt, und ein Nothnagel, der sich an sich selbst aufhängt. Zu dumm."

Kapeller schlug ein breites Gelächter an, aus Dankbarkeit gegen den Journalisten. Er fühlte, daß die ihn umgebende Eifersucht mit sich reden lasse.

„Genug, meine Herren, was sage ich? Der bedauernswerte, in unübersteigliche finanzielle Schwierigkeiten tief verwickelte Mann erhängt sich, und als der Herr Generalkonsul Türkheimer, der, wie Sie wissen, das „Deutsche Volksballett" finanziert, von diesem Unglücksfalle Kenntnis erhält, da bin ich zufällig zugegen.

Ein einfacher Besuch, Sie verstehn, bloß um mich bei unserm mächtigen Gönner in freundliche Erinnerung zu bringen. Aber wer da ist, der kriegt es. Habe ich denn irgendwelche Verdienste, meine Herren? Nein, ich habe keine. Aber der Herr Generalkonsul sagt zu mir: Kapeller, was meinen Sie? Und ich antworte: Herr Generalkonsul, ich stehe zu Diensten, und hoffe ich, die Sache günstig zu befingern. Was wollen Sie? Kann ich dafür? Habe ich denn Verdienste?"

Er druckte, demütig lächelnd, das fette Kinn auf das feuchte Vorhemd. Eine innere Stimme sagte ihm, daß es für ein noch so großes Glück am Ende Verzeihung gebe, wenn nur kein Verdienst damit verbunden sei. Dann wandte er sich an. Andreas.

„Ich darf wohl auf Ihre gütige Unterstützung rechnen, mein werter Herr? Eine enge Verbindung mit den Kreisen der Literatur gestaltet sich für unser Institut zu einem unabweisbaren Bedürfnisse. Sie überlassen uns doch Ihre „Verkannte" zur Aufführung?"

Bevor der junge Mann antworten konnte, fielen die Riesenheckenrose, die Köchin und der Bücherwurm über den Direktor her. Sie verlangten engagiert zu werden.

Duschnitzki bemerkte, indem er ein Stück von einer violetten Trüffel in den Mund schob:

„'n ganz netter Ausschank hier."

„Hier kommen wir öfter her", fügte Süß hinzu.

Es gab schwarze, violette und weiße Trüffeln, ganze Trüffeln und Trüffeln in Scheiben, Trüffelsoßen, Trüffeln in Champagner und Püree von Trüffeln. Ein spanisches Ragout von Geflügel, mit Kapern, Oliven und Korinthen in weißer Tunke, nebst Blätterteig und Kresse, entfesselte einige Leidenschaften. Nachdem die Neuheit des Gerichtes von den meisten zugestanden war, ließ Pimbusch sich durch seinen Ehrgeiz zu der Behauptung verführen, er müsse es schon irgendwo gegessen haben. Ein allgemeiner Unwille erhob sich gegen ihn, Liebling ermahnte ihn ernst zur Wahrhaftigkeit. Bienaimée entrüstete sich.

„Wie können Sie denn so aufschneiden, mein Herr. Dies Essen hat ja meine Köchin ganz alleine ausgeknobelt. So was von Köchin lebt nich, sage ich Ihnen, meine Herren. Bloß daß sie man eben noch durch die Türe durchgeht. Un nischt dut das dicke faule A –"

Sie besann sich rechtzeitig.

„Un nischt dut son Mächen, als Mittagbrot kochen. Wenn Sie meinen, daß sie auch mal im Hause was anfieße! Lieber beißt sie sich 'n kleinen Finger ab."

Außer den Speisen vermochte vorläufig nichts der Hausfrau Teilnahme abzugewinnen.

„Die Ente!" rief sie. „Das is was für arme Leute, die's nötig haben. Keule und Brust, sonst kriegen Sie nischt zu essen, das andere is egal ausgequetscht. Drum is die Soße auch blödsinnig kräftig."

Türkheimer seufzte.

„Was tue ich damit?"

Er warf einen neidischen Blick auf den sorglos kauenden Jekuser und legte die Serviette beiseite.

„Ich soll keinen Sekt trinken", sagte er. „Warum gehe ich nicht zu Bett? Bloß weil meine kleine Bienaimée mich braucht bei ihrer ersten Festlichkeit in ihrem neuen Heim. Ist sie nicht jung? Ist sie nicht unerfahren? Und die Versuchungen, wie leicht treten sie heran an solch Kind."

Er wiederholte seine Klagen mehrmals und nickte weinerlich dazu. Bald genoß er nur noch ein wenig Grahambrot und knipste, in trübes Sinnen verloren, mit dem Messer die krossen Splitter fort. Sie machten unerwartete Froschsprünge, und wenn sie einmal ganz verschwunden waren, sah er mit offenem Munde umher. Schräg gegenüber begann Werda Bieratz seine Belustigung nachzuahmen. Sie schnellte ihre Brotrinde so geschickt über den Tisch, daß ein winziges Stück in Türkheimers geöffneten Schlund hinabflog. Er verschluckte sich, hustete, daß ihm die Tränen in die Augen traten, und goß vor Schreck und Unmut ein Glas Champagner hinunter.

Die kleine Matzke hatte in ihrer feierlich bewegten Stimmung mehr getrunken, als bei einem ersten Versuche zulässig erschien. Immer noch in sehr steifer Haltung, aber mit etwas schweren Lidern, musterte sie die Reihen ihrer Gäste. Sie fing an, unbeabsichtigte Dinge zu reden.

„Fiselig bin ich schon", bemerkte sie mit einem gerührten Glucksen. „Aber ich glaub, ich wer noch knille. Man Geduld, oller Geldsack!"

Und sie reckte, nach Türkheimer hinüberblinzelnd, die Zunge aus. Lizzi Laffés Bemühungen, sie in das Geleise der feineren Sitte zurückzuführen, blieben vergeblich. Türkheimer lächelte zärtlich, sooft Bienaimée ihn ihren Geldsack nannte. Kaflisch meinte:

„Wenn ein großer Mensch kaputtgeht, was ist das doch sozusagen für 'n feierlicher Sonnenuntergang!"

„Geldsack ist gut", äußerte Klempner. „Wissen Sie, woran es mich erinnert? An die Dubarry, als sie ihren alten König mit La France anredete. „La France, schmeiß deinen Kaffee nicht um", sagte sie. In beiden Fällen wird ein ganzes Regime in seinem gekrönten Vertreter von so einem Mädchen verulkt und entweiht." "Oh!" flüsterte Liebling dumpf. „Wem sagen Sie dies? Sie berühren meine geheimsten Wunden. Diese Mädchen sind die vorgeschobenen Posten der Revolution in unserm eigenen Lager. Sie schleichen sich bei uns ein, um alles zu besudeln, was uns heilig ist, und den Grund zu unterwühlen, auf dem wir stehen. Wenn ein Türkheimer von einer kleinen Matzke sich Geldsack nennen läßt und geschmeichelt dazu lacht, dann –"

„Dann dauert es nicht mehr lange!" rief Klempner, mit ausbrechendem Jubel. Er prunkte mit Kenntnissen, die außer ihm hoffentlich niemand besaß, und trank mehr als irgendein anderer: beides in der Absicht, sich für sein gesunkenes Ansehen zu entschädigen. Liebling befruchtete seinerseits durch den Genuß von Heidsieck den ihm innewohnenden moralischen Sinn. Dagegen kneipte Kaflisch ohne Hintergedanken. Für ernstere Probleme unempfänglich, erkundigte er sich bei der Hausfrau, wie es ihrem Herrn Vater gehe, und ob er heute nicht mehr erscheinen werde. Vielleicht hatte er erwartet, sie werde seine Aufmerksamkeit anerkennen; doch gab sie ihm ihre Unzufriedenheit zu verstehen.

„Sie ordinärer Mensch meinen woll, Sie können mir ihre dämlichen Witze vormachen? Warten Sie man, wenn ich mir Ihren Ölkopp kaufe! Wer an mir klingeln will, der fliegt raus aus meiner Villa Bienaimée. Hier ist allens mein, ich brauche mir hier nischt zu gefallen zu gelassen un kann euch alle auf 'n Puckel rumhopsen, daß es man so knackt. Is es vielleicht nicht so?"

Man bestätigte es eifrig, und allmählich beruhigte sie sich.

„Klein, aber oho!" bemerkte Kaflisch, noch ganz erschüttert.

Trotz dieser Zwischenfälle ließ die Gesellschaft sich von keiner Festfreude hinreißen. Türkheimers seelische Gedrücktheit lastete auf allen. Nur Pimbusch und Hochstetten führten hinter dem Rücken der Musik, die sich fortwährend mit Gänseleberpastete vollstopfte, ein lebhaftes Gespräch. Die Ähnlichkeit ihres

Schicksals als Gatten hatte sie zu Freunden gemacht, die einander stützten und Trost gewährten. Der Baron, der von Asta, seiner Schwester wegen, nur noch ein ungenügendes Taschengeld bezog, fand bei dem Schnapsfabrikanten eine stets offene Hand. Pimbusch bot ihm jedesmal das Doppelte an von dem, was er brauchte, denn der Umgang mit Hochstetten versorgte seine wahnwitzige Hoffnung auf Aufnahme in den hocharistokratischen Jeuklub mit immer neuer Nahrung. Der Orden, der in Astas Heiratskontrakt ihrem Vater zugesichert war, blieb aus, und Türkheimer schmollte mit Hochstetten. Pimbusch aber fuhr fort, den Freund zu lieben, wie eine schöne Schimäre, an die man glauben möchte.

Zuweilen aber ließ sich nichts vernehmen als irgendein verstohlenes Kichern, das unter dem Tisch hervorzudringen schien, und das niemals unterbrochene, behagliche Schmatzen des Herrn Jekuser. Der Besitzer des „Nachtkurier" war Nichtraucher und Feinschmecker. Inmitten des matten Schweigens seufzte jemand:

„Kellner, einmal Lebensfreude!"

Doch dieser Notschrei verhallte, und es war, als werde er erstickt und verschlungen von den schweren Falten der buntstrotzenden Gewänder, die die Tafel umkränzten. Prachtvoll, festlich und weit, warteten sie, um sich auszubreiten und zu leuchten, auf die mächtigen und leichten Gebärden überschäumender Bezwinger, die im Strahl von Kerzen, Silber und Kristallen, im Dampf der Speisen und im üppigen Atem der Blumen an Weibern und am Wein ihre Kraft gemessen hatten. Nun aber waren sie an zahme und durch wenige Stunden erquälter Tollheit schon verbrauchte Glieder verirrt; sie sanken zusammen auf Brüsten, die nicht jauchzten, sondern weise den Atem sparten, sie verkümmerten auf Mägen, die eine ängstliche Diät innehielten, und ihre Farben erloschen unter den nüchternen Blicken übermüdeter Augen.

Andreas nahm, sobald er sich gesättigt hatte, nacheinander mehrere verführerische Stellungen ein, deren Wirkung auf die kleine Matzke seine Erwartung übertraf. Sie riß die Augen auf, als er ihr, plötzlich die langen Wimpern hebend, sein von goldenen Locken umrahmtes Profil zeigte. Er legte seinen Arm auf die Stuhllehne, so daß die Spitzenmanschette ihm bis über die Finger fiel, er senkte träumerisch das Gesicht, in das die Haare hineinglitten – und Bienaimée seufzte. Aber er richtete sich jäh auf, um, die Faust auf der Brust, mit umwölkter Stirn, stolz und kriegerisch nach einem unbekannten Gegner auszuschauen. Da faltete sie die Hände, und er hörte, wie sie bebend flüsterte:

„Gibt es so was Scheenes! Das kriegt man ja auf keinem Theater zu sehen!“

Niemand achtete der Glücklichen; Kapeller gab gerade einen anziehenden Bericht von seinem Debüt als Künstler vor zwanzig Jahren in Inowrazlaw. Es stellte sich heraus, daß er bereits in jener fernen Zeit mit Lizzi Laffé bekannt geworden war.

„Die schöne Jugendzeit“, sagte er, leise bewegt.

Sie lachte etwas säuerlich.

„Ach ja. Tempi peccavi.“

„Pater passati.“

„Meinen Sie vielleicht, ich weiß das nicht?“ rief sie.

„Selbstredend. Es war nur, um etwas zu sagen“, versicherte er, sich entschuldigend.

„Ein unbedeutendes Mißverständnis, meine Gnädige.“

Aber in Lizzis Gesicht traten die großen roten Flecken unter dem Puder hervor. Sie atmete schwer.

„Tun Sie mir bloß nicht leid!“ versetzte sie mit Nachdruck, indem sie sich erhob, um am Arme des stummen und dienstfertigen Rcszscinski, rauschend und voll Pomp, das Zimmer zu verlassen.

„Trösten Sie sich, mein Liebling“, sagte Kaflisch. „Es ist nicht Ihre Schuld. Die gute Seele hatte sich ja viel zu eng geschnürt, ihre Situation war unhaltbar geworden. Nu hat sie ihren Abgang, was will sie mehr?“

Mehrere Gäste benutzten die Gelegenheit, sich zu verabschieden. Türkheimer behauptete, es sei höchste Zeit, zu Bette zu gehen, und stand ächzend auf. Sogleich entquoll der kleinen Matzke eine neue Lebensfülle.

„Geldsack geht zu Bett!“ rief sie. „Nu wird's gemischt bei Matzkes! Hurra!“

Frau Kalinke, die hüstelte und sich zierte, mußte ihr das mit Schuppen bedeckte Futteral von den Beinen ziehen, und kaum im Besitze ihrer Freiheit, begann sie in großen Sätzen und mit gellendem Geschrei ihren abziehenden Gönner zu umkreisen. Ihr rotseidener Unterrock flog wie vom Sturmwind gepeitscht bis über die Hüften hinauf. Sie warf die nackten Arme nach Türkheimer, ohne daß es ihm gelang, sie zu berühren. Plötzlich schnitt sie ihm, mit der brennenden, zottelnden Frisur dicht an seinem Gesicht, eine erschreckliche Grimasse, und bevor er sich erholte, hatte sie ihm schäkernd drei, vier kräftige Schläge auf den Bauch versetzt. Er nickte ihr mit schiefem Kopf ein Lebewohl voll sehnsüchtigen Bedauerns zu. Mit kleinen Schritten, von dem roten springenden Geschöpf immerfort umkreist, erreichte er die Tür. Dort wandte er sich noch einmal um und sagte, schwermütig und entsagungsvoll:

„Die leben, die genießen!"

Die Zurückbleibenden sahen einander an, als bereiteten sie sich auf eine Veränderung des Tones vor. Aus dem Nebenzimmer, von der Terrassentür her, kam ein matter grauer Schein, der das Kerzenlicht gelb und die Mienen der Gäste fahl machte. Das Bewußtsein, im Ballsaal und bei Tische die ganze Nacht hingebracht zu haben, entzündete in ihnen augenblicklich eine wilde Freude. Diederich Klempner grölte:

„Sind wir nicht zur Herrlichkeit geboren?"

Und alle waren fest davon überzeugt. Durch die trübe Langeweile bis dahin niedergehalten, brach ihre ganze, allmählich aufgestaute Trunkenheit jetzt auf einmal aus. Wer etwas versäumt zu haben glaubte, der holte es in Eile nach, und Duschnitzki goß, ohne besondere Veranlassung, ein Weinglas voll Kognak hinunter. Die kleine Matzke, die es nicht nötig hatte, ergriff eine Karaffe mit der Aufschrift „Malaga" auf silbernem Schilde und setzte sie an den Mund. Kaflisch zermarterte die Saiten seiner Mandoline und krähte dazu wie ein Hahn. Süß versuchte, auf seinem Stuhle Kopf zu stehen, aber die Vierländerin schrie:

„Mit die Klamottenbeene rumangeln is nich!"

Und sie stieß ihn hinab, sosehr er auch zappelte. Er nahm, mit der Hartnäckigkeit des Berauschten, einen neuen Anlauf, und dieselbe unnütze Grausamkeit verwehrte ihm sein Vergnügen, bis er endlich, ohnmächtig und in allen seinen Hoffnungen enttäuscht, laut weinend zu Boden sank.

Werda Bieratz verlangte mit Gezeter nach Anton, dem Kutscher der Hausfrau, doch diese griff ihr sofort mit gespreizten Fingern in die Haare.

„Det könnte dir woll so passen, olle Kreete. Aber so'n scheener Mann is nischt für dein Fannkuchengesichte!"

Nur mit Mühe gelang es Liebling, die Damen zu trennen. Aber der Moralist ließ sich selbst, wenn auch flüchtig, zu ungewöhnlichen Handlungen verleiten. Er hielt seine hohe, mit mystischen Zeichen beschriebene Zaubermütze in die Flammen eines Kandelabers und schleuderte sie in die Luft. Jemand fing sie auf, und unermüdlich warf man die lodernde Fackel einander zu, ohne von Feuersgefahr etwas zu ahnen.

Satanella und die Köchin führten mit Kaflisch und dem Rechtsanwalt Goldherz einen der guten Sitte entfremdeten Tanz auf. Aber obwohl alle durcheinanderlärmten und verschlungen mit bewußtlosem Geheule umherschwankten, so schien dennoch ein jeder in einer tiefen, entrückten Einsamkeit zu leben. Die bleichen, schwitzenden Gesichter mit den glasigen Augen und den weit aufgerissenen Mündern trugen die Maske eines in sich selbst versunkenen, von seiner Idee besessenen Ekstatikers.

Umringt von Weibern, die wie Pfaue kreischten, gab Süß auf dem roten Plüschteppich ganz still einen Teil des Genossenen zurück. Die Musik hatte, am Ende ihrer Pastete angelangt, mit heftigen Erstickungsanfällen zu kämpfen. Man lockerte ihr Leibchen und leerte eine Flasche Sekt in ihre Korsage. Schmerzlich berührt durch diesen Anblick, hängte Bienaimée sich über die Rückenlehne ihres Stuhles. Sie schlug die Hände vor das Gesicht und brach in ergreifendes Jammern aus.

„Oh! Wenn Mutter auf 'n Friedhof Heinersdorfer Straße es wissen däte, daß ich so jung schon an einen alternden Tyrannen geschmiedet."

Die Herren fielen begeistert ein.

„Der alternde Tyrann hurra, hurra, hurra!"

Bienaimée sprang auf.

„Wer da nich aus de Jacke geht! Aber als wie ich, ich habe nu die Nese voll, ich ergebe mich nu –"

„Dem Trunke?" vermutete Klempner.

„Dem Verbrechen?" fragte Goldherz.

„Der Gottlosigkeit?" forschte Liebling.

„Nein, dem Sinnentaumel!" schrie sie, und indem sie die Arme ausbreitete, hintübergelegt wie in Verzückung, umschlang sie die Gestalt des Märchenprinzen mit einem flehenden Blick, zergehend in Zärtlichkeit. Aber die Situation deuchte ihm noch nicht reif, er trat von ihr weg, mit einer geschmeidigen Wendung, die ihr in den blauseidenen Trikots das Muskelspiel seiner Schenkel vorführte.

Unbekümmert um alle diese Einzelheiten kletterte Kapeller auf den Tisch, um mitten unter zerpflückten Blumen, Brotrinden, Zigarrenasche und Weinresten den Prolog zu deklamieren, mit dem er das „Deutsche Volksballett" zu eröffnen gedachte. Er kam nicht weit; vor Schmerz laut brüllend sprang er wieder hinunter, da die Schwalbe ihn mit ihrem langen Schnabel heftig in die Wade gestochen hatte.

Nur Duschnitzki verhielt sich ruhig auf seinem Platze. Ein feines Lächeln erhellte seine Züge, er hatte einen Einfall. Er nahm seinen mattweißen Porzellanteller mit dem Monogramm B M und goldener Mäanderborte prüfend in die Rechte, wog ihn eine Sekunde lang und schleuderte ihn in wohlbedachtem Schwunge, kraftvoll und elegant zur Decke empor. Ein zweiter folgte, und mit einer durch Übung erlangten Gewandtheit hatte Duschnitzki bald ein Dutzend und mehr denselben Weg gesandt. Die Zigarette zwischen den Lippen und ein wenig eitel umherschweifend mit seinen mandelförmigen Samtaugen, doch zielsicher und unverdrossen, arbeitete er fort.

Bienaimée schaute ihm eine ganze Weile zu, ohne zu verstehen, was vorging. Endlich schrie sie auf:

„Nu zertöppert er mir mein Geschirre! Ja, wissen Sie denn, was 't gekost hat, als 't noch nei war?"

Gleich darauf sank sie tränenüberströmt an Andreas' Hals, wo sie liegen blieb. Ihre Gäste aber tanzten, zwei Zeigefinger hoch in der Luft, mit wippenden Frackschößen und flatternden Schleppen, pfeifend, meckernd und aus voller Kehle jubelnd, um Duschnitzki herum. Sie stießen sich gegenseitig in den Scherbenregen hinein, der ununterbrochen vom Plafond herniederging. Wer von einem Bruchstücke des einstigen Matzkeschen Services getroffen worden war, warf sich unter anhaltendem, durchdringendem Gequieke zu Boden und strampelte mit den Beinen.

Klempner und Liebling, die beiden Naturen, in denen die Menschenwürde am tiefsten eingewurzelt war, blickten unvermutet einander an und schlugen die Augen nieder. Liebling hielt noch den Arm erhoben, mit dem er voll ungeahnter knabenhafter Lustigkeit nach einer umhersausenden Schüssel greifen wollte. Er ließ ihn sinken, zuckte bedauernd die Achseln und wandte sich, als sei nichts geschehen, seiner verlassenen Flasche wieder zu. Klempner schlich beschämt zur Tür. Und ganz allmählich kehrten auch die übrigen zur Besinnung zurück. Einer nach dem andern sah sich um, verwundert, als sei ihm alles unbekannt.

Voll Entsetzen bemerkte er plötzlich, daß er sich mitten in einem Tobsuchtsanfall befunden hatte. Dann knickte er zusammen und entfernte sich schweigend, mit schlotternden Knien, gebeugtem Rücken, Schweißperlen auf der blassen Stirne und seelisch ausgeleert. Der Morgen langte mit grauer, lähmender Geisterhand in das Gemach und fegte sie hinaus.

Andreas trug noch immer die Hausfrau am Halse. Er spürte die schmerzlichen Zuckungen ihres schlanken Leibes, er sah die Beängstigungen, die ihr Magen ihr verursachte, und die grünliche Blässe auf ihrem Gesicht. Von Zeit zu Zeit lallte sie, sinnlos und vom Schluckauf unterbrochen:

„Es wär so scheen gewesen."

Er sagte, sooft ein Hinausgehender ihn mit einem bedeutungsvollen Blicke streifte, gedankenlos vor sich hin:

„Warum nicht?"

Aber in der verbrauchten und melancholischen Luft dieser verlassenen Tummelstätte allgemein menschlicher Triebe nährte jeder Atemzug die kläglichste Ernüchterung. Das Fleisch der kleinen Matzke schien ihm überhitzt und verwelkt, es duftete unklar und verdächtig. Ihr Haar und ihre halbnackte Büste fühlten sich feucht an, ihre Oberarme, deren Transpiration durch die Fettschminke hindurchsickerte, klebten an seinen Wangen. Sie hätte sich waschen sollen, meinte er. Übrigens hatte er selbst im Munde einen üblen Geschmack, den er vergebens hinunterzuschlucken trachtete.

„Was fange ich übernächtig und verkatert mit solchem Abenteuer an?" fragte er sich.

„Ich finde das Geschöpf einfach widerwärtig", setzte er hinzu. Doch zugleich dachte er an Türkheimer, und er richtete sich stolzer auf.

„Er soll sehen, wen er vor sich hat!"

Dann fielen ihm Adelheid und Köpf ein. Es wurde ihm ganz fröhlich zumute.

„Hierbei brauche ich nicht zu fragen, wen ich denn betrüge. Warte mal, ich betrüge Türkheimer, ich betrüge Adelheid, ich betrüge Köpf und betrüge die kleine Matzke, die mich mit ihm verwechselt. Oder hält sie mich jetzt allen Ernstes für den Märchenprinzen?"

Er wiederholte, und diesmal mit Entschiedenheit:

„Warum nicht?"

Liebling, der sich als der letzte, in überraschend strammer Haltung, entfernte, nickte ihm leicht mißbilligend, doch verständnisvoll zu. Der Diener Friedrich schaute zweifelnd nach seiner Herrin aus, aber Frau Kalinke, einen Finger auf den Lippen, schob ihn unter dem heimlichen Knistern ihres Atlaskleides zur Tür hinaus. Andreas blieb, eine leise stöhnende Liebeslast an seiner Schulter, in dem leer gewordenen Saale zurück. Den Kopf voll Sekt, mit entschlummernden Sinnen, vernahm er, wie das Haustor ins Schloß fiel.

XIII.
Die hohe Korruption

„Wenn jetzt mein Gönner zur Türe rein käme, ich ginge ja woll aus de Jacke vor Freude", sagte Bienaimée, als sie zum ersten Male Andreas' neue Wohnung in der Lützowstraße betrat.

Nach jedem Stelldichein hatten sie genug voneinander, aber der Gedanke an Türkheimer und an das Gesicht, das er machen würde, wenn er plötzlich auf der Schwelle erschiene, hielt die Liebenden zusammen. Jedesmal, wenn sie eine Schäferstunde verbracht hatten, ohne von ihm überrascht zu sein, entmutigte sie ein schales Gefühl, als hätten sie vergebliche Arbeit geleistet. Doch begannen sie immer wieder.

„Scheener wäre es ja bei mir in meine Villa Bienaimée", sagte die kleine Matzke.

„Wenn er da so mit de Neese druffiele, gerade in 'n feinsten Momang. Ich sage gar nischt mehr."

„Denke mal an seinen schlappen Bauch un an seine Backenkoteletten!" seufzte sie, aus Träumen heraus.

Andreas dachte daran.

„Warum begeben wir uns also nicht zu dir?" fragte er.

Sie wurde ganz ernsthaft.

„Nanu nee! So was machen wir nich. Was denkst du denn!"

„Du bist zu zartfühlend."

„Nich wegen seiner. Aber bei mir zu Hause würde es natürlich rauskommen. Zwar pfeife ich auf die öffentliche Meinung, aber ich scheue den Skandal vor meinen Leuten. Man soll den unteren Schichten kein schlechtes Beispiel geben. Wo bleibt sonst die soziale Ordnung und all der andere Quatsch. Man immer so tun, als wenn bei die feine Welt allens sauber wäre, das is meine Parole."

Den Kopf im Nacken, mit feierlich geschwungenem Lorgnon, rauschte sie zweimal über den Teppich. Er runzelte die Stirn. Wahrscheinlich nahm sie weniger Rücksicht auf die soziale Ordnung als auf die eifersüchtigen Wallungen ihres Dieners Friedrich oder Anton, ihres Kutschers. Es war zu fürchten, daß sie einem von ihnen gewisse Rechte eingeräumt hatte; vielleicht auch beiden. Er wußte nicht, wieviel er ihr zutrauen durfte. Er versetzte wegwerfend:

„Nun, es ist gut, daß du vorsichtig bist. Schließlich hängst du von Türkheimer ab."

„Na, un du?"

Sie setzte die Hände auf die Hüften. Er maß sie, aus stolzer Höhe.

„Ich verdiene mir mein Geld selber."

„Tu dir man keinen Schaden!"

Sie sah sich höhnisch um.

„Un denn grüße deine Olle von mir und sage ihr, das Brautgemach wäre süß, und so unschuldig wie sie kann nich jeder."

Andreas biß sich auf die Lippen. Sie hatte erraten, daß sein Schlafzimmer eine Schöpfung Adelheids war. Schmale goldene Spiralen stiegen die weißseidenen Wände hinan, aus den Winkeln hinaus und verbreiteten sich in Garben über die Decke. Das kostbare Louisquinze-Bett erstrahlte in seiner frischen Vergoldung unter einem Thronhimmel von blauem Atlas. In tiefen weichen Fellen versanken die gekrümmten Füße der buntbestickten Sessel.

Bienaimée nahm einen der zarten rosa Fenstervorhänge zwischen zwei gespitzte Finger.

„Daß sie man nich hinausfliegen", sagte sie. „Weg is weg."

Dann hob sie das schwellende Polster des Diwans auf und schnüffelte in die Tiefen des Möbels hinein. Er wandte sich errötend ab. Er erinnerte sich des feuchten Blicks und der zärtlich gespannten Miene, mit der Adelheid ihm dieses

Gemach erschlossen hatte wie ihr eigenstes Heiligtum. Sie hatte ihre ganze Seele in diese Stoffe gewebt und durch diese schlanken Arabesken geschlungen, und sie erwartete atemlos sein Lob. Natürlich hatte er ihr nur eine kühle Anerkennung gezollt. Ihr Geschmack war überraschend jungfräulich für eine beleibte Matrone. Aber blieb das Zimmer darum nicht wunderhübsch? Er nannte die Witzeleien der kleinen Matzke ungerecht, sie kränkten ihn, und dennoch fand er keine scharfe Erwiderung. Wie oft hatte er Adelheid wegen geringerer Meinungsverschiedenheiten eine Szene gemacht. Aber Bienaimée besaß eine unerklärliche Überlegenheit; sie reizte ihn immerfort und erfüllte ihn doch nur mit einer kindlichen, hilflosen Traurigkeit.

„Ich hätte mich ja auch über die Einrichtung deiner Villa lustig machen können", bemerkte er endlich. „Aber ich entferne mich nicht gern von dem üblichen Anstande, und ich möchte auch in deiner Gesellschaft an meinen Gewohnheiten festhalten."

„Sollst du auch, mein Meiseken!"

Sie sprang ihm an den Hals und riß ihn mit sich fort. Durch das Billardzimmer mit den Ledertapeten und den weißlackierten Likörschränken, durch das ernste Arbeitskabinett mit gepunzten Sesseln, geschnitzter Bibliothek und ragenden Blattpflanzen, tollten sie in den Speisesaal, wo die Tafel, voll Blumen, die Liebenden einlud. Andreas schickte sich mit Würde zur Erfüllung seiner Wirtspflichten an, aber Bienaimée vermochte heute nichts ernst zu nehmen.

„Daß uns die Männekens da an de Wand man nich in de Suppe spucken!" rief sie, und sie reckte die Zunge aus nach den fünf weißen Büsten, die aus den Nischen der pompejanisch bemalten Mauer herniederblickten. Er verschwendete seine Geduld daran, der Tochter des Genossen Matzke zu erklären, wer Heine, Poe, Baudelaire, Nietzsche und Verlaine waren. Er verehrte sie alle; einige nach gewissenhafter Prüfung, andere auf Treu und Glauben, ohne sie zu kennen. Und nun schauten die Geisteshelden im Vereine zu, wie Andreas mit der kleinen Matzke frühstückte.

Häufig genug kam der junge Mann in Versuchung, die Geliebte zur Tür hinauszusetzen. Dann stellte er folgende Überlegung an:

„Wenn sie mich ärgern will, ist es nur ihre Sache; mich regt es nicht auf. Denn ich behalte sie nicht um ihretwillen, sondern gewisser sozialer Vorteile wegen. Heute weiß das ganze Schlaraffenland, daß ich Türkheimers Maitresse besitze. Mir persönlich gefällt sie nicht, aber zu meiner weltmännischen Erziehung ist sie unerläßlich. Adelheids Liebe war zu leicht, jeden Augenblick konnte ich sie haben. Dieses boshafte, dürre und alberne Geschöpf muß ich jeden Tag neu erobern, und was ich erobere, ist nicht der Mühe wert. Aber es hat in Türkheimers erloschenem Blick eine letzte Flamme entzündet! Ich bin verpflichtet, es zu genießen, gerade weil es so reizlos ist. Das ist eben die hohe Korruption."

Der deutlich erkannten Berufspflicht opferte er seine Neigungen. Zuweilen rächten sich seine natürlichen Anlagen, der bäurische Drang nach ungeheurer fleischlicher Fülle übermannte ihn. Dann zwang er sich zu desto größerer Kälte gegen Adelheid.

Sie hatte gehofft, in der Lützowstraße, in diesen Räumen, die das selbsterträumte Kleid ihrer Liebe waren, neue Flitterwochen zu feiern. Seiner bürgerlichen Umgebung, den Klauen gemeiner Menschen, allen möglichen Entweihungen durch den Alltag hatte sie den Geliebten entrissen, um ihn in dieses glänzende und weiche Nest zu betten, das sie beide gemeinsam erbaut hatten, und in das nur sie ihn begleiten durfte, nur sie. Als sie zum ersten Male im weißseidenen Schlafzimmer den Kopf zurücklegte und ihm die so oft geküßte Kinnlinie darbot, da hatte sie alle seine alten, schon ermatteten Umarmungen vergessen und dachte nur an die vielen, immer jungen Zärtlichkeiten, die sie ihm aufgespart hatte, und die für ein langes Leben ausreichen würden, unabsehbar. Aber sie schloß erblassend die Augen; seine Lippen waren kalt.

Sie wollte sie an den ihrigen wärmen; wochenlang ließ sie nicht ab. Endlich mußte sie sich seinem Willen fügen, und sie lebten fortan, ohne einen Vorwurf und ohne einen Herzenslaut, in einer lauen Atmosphäre verjährter Freundschaft, die einen guten Tisch und wohlgepflegte Weine braucht, um bei Laune zu bleiben. Adelheid bestellte eigenhändig seine Tafel, sie benutzte seine Ehrfurcht vor den Künsten des Luxus, um sich verstohlen in sein Dasein einzuschmeicheln, das ohne Umschweife ganz ihr hätte gehören sollen. Sie fuhr selbst zu Huster, um Krammetsvögel zu bestellen, Kaviar holte sie von Schischin und Krebse von Martini. Ihre Gedanken an ihn vereinigten sich ganz und gar mit der Sorge um zarte Bissen, und am Ende tat es ihr kaum noch weh, daß sie ihm am wenigsten ungelegen kam, wenn sie eine neue Leckerei mitbrachte. Beim Nachtisch erklärte sich der Erfolg. Und nachdem Andreas seinen Kognak geschlürft und seine Zigarre angebrannt hatte, sah sie ihn mit Entzücken wieder zum Knaben werden, zu jenem ausgelassenen, frühreifen, kleinen Jungen, der so allerliebst mit ihr gekost hatte, damals am Anfang des Winters, in dem ärmlichen

Studentenzimmer der Dorotheenstraße. Sie gedachte wehmütig der entschwundenen Zeit.

„Wie schön war das doch damals", seufzte sie einmal.

„Ich finde es hier bedeutend netter", sagte er kühl.

Zu seinem Geburtstage, dem fünften Mai, hatte sie ein vollständiges Dejeuner von Chevet aus Paris kommen lassen. Es war ein Fest zu zweien. Er saß ihr gegenüber, im Frack, mit gesticktem Jabot, eine Rosenknospe im Knopfloch und elegante Gefühllosigkeit in jeder Bewegung. Adelheid hatte eine Minute des Schmerzes zu überwinden.

„Wo weilt seine Seele?" fragte sie sich. „Was vermag ich über sie? Ach, ich wirke nur auf seine Zungenwärzchen."

Und das bleibende Verhältnis auf der Grundlage liebevollen Vertrauens, wovon sie geträumt hatte! Es ruhte jetzt auf der Grundlage von Rehpastete und Ochsenmaulsalat.

Als sie aufstanden, ward ein großes Paket gebracht. Es enthielt ein paar Lampen, und Andreas erkannte die schlanken nackten Blumenträgerinnen, mit denen Bienaimée sich belustigt hatte.

„Du hast dich in Unkosten gestürzt?" bemerkte er mit einem schiefen Blick. Sie verstand nicht, was ihn verstimmte.

„Ich fand sie hübsch. Man sagte mir, daß ein zweites ähnliches Paar von einer sehr hohen Persönlichkeit angekauft ist."

„Ah! Die Persönlichkeit hat aber einen Geschmack wie eine Kokotte. Entschuldige, ich halte die Dinger für süßen Kitsch, unkünstlerisch und unanständig lüstern."

„Oh!"

„Ich darf es dir wohl sagen, du hast sie ja nicht gemacht. Kitschig und ohne künstlerischen Ernst."

„Du bist strenge."

„Es handelt sich um ästhetische Prinzipien."

Und noch eine lange Weile verfocht er den Ernst und die Würde der Kunst; so höhnisch und so erniedrigend dünkte ihm der Zufall, daß er von Adelheid dieselben Figuren erhielt, die ihr Gatte der kleinen Matzke geschenkt hatte. Sie flehte umsonst:

„Sage mir nur, mein Schätzchen, womit ich dir eine Freude machen kann."

Endlich unterbrach er sich in seiner Periode:

„Gib mir doch eine billige Kleinigkeit. Der Wert einer Gabe wird für mich dadurch bestimmt, ob sie sich auf meine intime Persönlichkeit bezieht. Ich bin Dichter, nicht wahr? Vielleicht hast du bemerkt, daß ich zuweilen fieberhaft an mir umhertaste, mir fehlt dann ein Stück Papier oder ein Bleistift. Übrigens mache ich dir keinen Vorwurf daraus, wenn du es nicht bemerkt hast. Unser Geist arbeitet fortwährend, weißt du. Die Eindrücke gestalten sich, wir können das Werden des Werkes nicht aufhalten, weder beim Essen noch beim Schlafengehen. In allen Zimmern müßte ich Blocknotes zur Hand haben. Daß ich sie nicht längst angeschafft habe, ist eines der Rätsel, die mir meine Natur aufgibt. Aber so ist der intellektuelle Mensch; jede Tat kostet ihn namenlose Mühe."

Sie kaufte sie ihm, und er riß zuweilen ein Blatt ab, um die Hemden anzuschreiben, die er in die Wäsche gab. Denn er hielt seine Habe zusammen wie ein ländlicher Hausvater. Seinen jungen Groom, der Kompottreste ausschleckte, verjagte er auf der Stelle. Mittags nach dem Bade, im seidenen Schlafrock und die Frühstückszigarette zwischen den Lippen, ließ er sich über die Ausgaben der Wirtschaft berichten, zuweilen besichtigte er den Bestand der Speisekammer. Er speiste um zwei Uhr, machte oder empfing Besuche und pflegte sich gegen Abend in den „Klub der Eroberer" zu begeben. Liebling hatte ihn eingeführt, und er traf dort die Mehrzahl seiner Bekannten: Kaflisch, Blosch, Goldherz und Abell, Stiebitz und den Kommerzienrat Bescheerer, Kapeller, Ratibohr, Bediener, Jekuser, Hochstetten und Claudius Mertens. Die Mitglieder genossen mannigfache Vorzüge; sie fanden stets eine kalte Dusche bereit, einen Masseur und einen Fechtmeister, und durch die Verwaltung bezogen sie, früher als die übrige Welt, die letzten Londoner Neuheiten in Handschuhen, Kragen und Krawatten.

Im Fechtsaal pflegte von sechs bis sieben Uhr der Bankier Ratibohr mit Hahnenschritten umherzugehen. Sein gefährlicher Ruf machte seine Freundschaft begehrenswert. Andreas suchte ihn regelmäßig auf; während des Diners und später im Rauchsalon beim Whisky war er sein dankbarster Zuhörer. Nach Erledigung der Kurse und der Börsenwitze füllten Weibergeschichten den

Rest des Abends, und wenn man im „Klub der Eroberer“ erzählen konnte was man wollte, so blieb es doch eine Kunst, sich Glauben zu verschaffen. Andreas lernte sie von Ratibohr; bald verkündete er mit schneidender Stimme die seltensten Abenteuer, und niemand bezweifelte sie, denn sein Blick drohte wie eine Säbelklinge. Nur als er einmal den Namen Claire Pimbusch nannte, ging über Ratibohrs gelbe Duellantenmaske ein dünnes Lächeln. Der junge Mann tat sofort, als habe er nichts gesagt. Übrigens hatte keiner der andern mit der Wimper gezuckt.

Sein Glück im Börsenspiel schien unbesiegbar, und sobald er nachts an dem Roulett zu verlieren begann, stand er auf und entfernte sich. Man erkannte seine gesellschaftliche Stellung als befestigt an; mehrmals erfuhr er, daß man ihm mehr Kredit und Einfluß einräumte, als er erwartete. In einer Unterhaltung mit dem Doktor Bediener erwähnte er zufällig die schwierige Lage Diederich Klempners, dem er sein Wohlwollen bewahrte. Er erwärmte sich und behauptete, da der Wohllaut der Rede es zu verlangen schien, daß der Name des berühmten Dramatikers jeder Zeitung zur Zierde gereichen würde. Acht Tage später, als er nicht mehr daran dachte, saß Klempner in der Redaktion des „Patriotischen Arbeitsmannes“, einer volkstümlichen Filiale des „Nachtkurier“. Sein eigener Ruhm mußte in seiner fernen Heimat unermeßlich angewachsen sein. Von Zeit zu Zeit stellte sich ihm, mit einer Empfehlung des alten Herrn Schmücke ausgerüstet, irgendein junger Mensch aus Gumplach vor, der, durch das Beispiel seines großen Landsmannes angereizt, sich der Literatur als Broterwerb zu bedienen wünschte. Andreas erteilte ihm gütige und gewichtige Ratschläge, mit vornehm gelassener Handbewegung über seinen monumentalen Schreibtisch hin; seine Büste, von Claudius Mertens' Meißel, stand darauf. Mit viel, viel Arbeit könne es jeder so weit bringen wie er selbst. Man müsse sparsam, nüchtern und praktisch sein, auch tue man gut, sich immer mehr zu vergeistigen. Selbstverständlich gehöre etwas Glück dazu. Schließlich überreichte er dem ehrfürchtigen Neuling seine Visitenkarte mit anderthalb Zeilen von seiner Hand, und schon kurz nachher erfuhr er mit Genugtuung, daß sein Schützling die ersten zwei Mark verdient habe.

Allmählich häufte sich das der körperlichen Veredelung dienende Handwerkszeug auf seinem Toilettentisch wie auf dem der kleinen Matzke. Seine Sammlung von Parfüms wurde im Klub von niemand überboten. In einer schwachen Stunde verriet Liebling ihm das letzte Geheimnis der Hautpflege, eine gelbliche, milchige Flüssigkeit, die er für Frau Türkheimer und wenige andere Erwählte aus Brüssel verschrieb; es hieß, sie sei menschlichen Ursprunges. Bei Anlage der neudeutschen Barttracht kam ihm der schwache Wuchs seines Schnurrbartes zu Hilfe; er vermochte die Haare einzeln nebeneinander zu legen, bevor er sie bis an das untere Augenlid hinaufführte. Die Härte und Entschlossenheit seines Blicks, die er Ratibohr absah, verstand er durch dunkle Schatten, mit Kohle hergestellt, noch wirksamer zu machen. Ebenso verlieh er der Falte über der Nasenwurzel eine scheinbare Tiefe. Einen Monat lang schmollte er mit Herrn Behrendt, dem er Mangel an plastischer Kraft vorwarf; er bringe seine Büste nicht genügend zur Geltung.

Seit den ersten Frühlingstagen bevorzugte er heliotropfarbene und mattblaue Hemdbrüste. Unter seinem breit umgelegten Beinkleide schimmerte die bunte Seidenstickerei auf seinen schwarzen Socken. Er setzte den braunen Juchtenschuh fester als sonst auf das Pflaster der Friedrichstadt und blickte den Vorübergehenden herausfordernd und voll Verachtung unter die Hüte, ohne ihnen auszuweichen. Wenn er einem andern jungen Manne von Welt begegnete, so war es, als schlichen zwei zornige Kater, mit gesträubten Stacheln unter der Nase, umeinander herum. Es galt, sich gegenseitig Furcht einzuflößen durch stark betonte männliche Tugenden, durch Kälte, brutalen Wirklichkeitssinn und äußerste Reizbarkeit. Ein neunzehnjähriger Gardeleutnant, der mit steifem Ellenbogen in der Hoffnung eines Sieges auf Andreas zuschritt, mußte im letzten Augenblick seinen Irrtum erkennen. Unmittelbar vor dem Zusammenprall vollführte er eine schnelle Wendung mit dem Oberkörper und verbeugte sich leicht.

Darauf war es Andreas zumute, als sei er geadelt worden auf dem Feld der Ehre. Er entfernte das Schild von der Tür seiner Wohnung und ließ ein neues befestigen mit der Inschrift „Andreas zum See“. Er fand, daß dieser Name, wenn noch nicht aristokratisch, doch kaum mehr bürgerlich klinge. Ein heraldisches Büro verschaffte ihm sein Wappen: Zwischen steilen Felsen ein See, aus dem ein nackter Frauenarm sich reckte, ein Motiv voll Sagenahnung. Gern hätte er es auf einen Wagenschlag malen lassen; vorläufig mußte er sich mit dem herrschaftlichen Kupee begnügen, das der Cercle nebst seiner Livree seinen Mitgliedern zur Verfügung stellte.

Rasch und mühelos gewöhnte er sich an eine Lebensweise, von der er früher nur eine traumhafte Vorstellung gehabt hatte wie von etwas Auserlesenem und Unzugänglichem. Hin und her zwischen der Hildebrandtstraße, dem Westend, der Lützowstraße und dem Klubhause, zwischen seinem

Blumenhändler, seinem Schneider und seinem Zigarrenlieferanten, zwischen den Theatern, den Restaurants und den Vergnügungslokalen, wo er stets denselben festlichen Freundeskreis wiederfand – immer unterwegs, aber überall zu Hause, geschäftig und doch wie ein gleichmütiger Flaneur fuhr er kreuz und quer durch das elegante Berlin, nicht anders, als schlendere er durch seinen eigenen Rosengarten. Alle Genüsse waren leicht und billig geworden, alles Begehrenswerte bot ihm das Heer der Bedürftigen auf sehnsüchtig erhobenen Händen zum Kaufe dar. Der Mechanismus einer ganzen Kulturwelt bewegte sich, arbeitete und produzierte für ihn, bloß damit er genieße.

„Das Leben stellt unerhörte Ansprüche an mich", sagte er zu Adelheid, der er häufig seine Ideen mitteilte. Sie zeigte sich soviel dankbarer dafür als die kleine Matzke.

„Meine mondänen und repräsentativen Pflichten, meine Position in der Presse und in der Gesellschaft und die stündliche Beherrschung, die jeder öffentlich bekannte Charakter sich aufzuerlegen hat, das alles würde ausreichen, um zehn andere für immer zu beschäftigen. An die Raffinements der Seele würden sie überhaupt nicht mehr denken; ich aber kann nicht darauf verzichten. Man glaubt, mich zu kennen, nicht wahr? Nun wohl, niemand weiß, wer ich bin. Ich besitze, fast möchte ich sagen leider, ein zu empfindliches Organ für den kaum erst wahrnehmbaren Hauch des Zeitgeistes. Ah! wie wenige sind wir im Grunde, in ganz Europa verstreut, die es besitzen. Wir bilden sozusagen einen Geheimbund, mit der Absicht, zu fühlen, was keiner fühlt, die erst zu erfindenden Verfeinerungen, den noch ungeborenen Kitzel einer hohen geistigen Korruption. Fühlen, das ist alles! Was bedeutet es, Gedichte zu verbrechen oder einen Roman zu schreiben?"

Er schrieb keinen. Dagegen scheuchte die Gewöhnlichkeit der kleinen Matzke, die Verbrauchtheit aller Genüsse und die stumpfe Wiederkehr stets glücklicher Tage den Feinfühligen immer häufiger in einen Winkel seines Billardzimmers und tief in das Polster des Ledersofas vor der geöffneten Spiegeltür des weißlackierten Likörschrankes. Wenn er die öligen Schnäpse der Holländer die Zunge entlanggleiten ließ, so tauchten über ihm, dicht vor seinem Gesicht, aus Schleiern, die ihn wie Sommerluft liebkosten, goldige Glieder hervor, schmelzend weich zu berühren und dennoch ungreifbar. Er trank zwei Gläschen grüner Chartreuse, und ein brennender, aufstörender Reiz zwang ihn, die Arme emporgestreckt und das Antlitz verklärt, zur Traumjagd nach den Freuden des Übersinnlichen, nach Weibern, die an unsre Brust geschmiegt nur ein Gedanke sind, oder deren Geschlecht verklärt wird durch die unerhörten Künste entlegener Zeiten, nach Helena in ihrem Grabe und nach der Frau der Zukunft im Schatten des Niegewesenen. Schluchzend vor metaphysischem Bedürfnis sprang er auf; er hatte einen Schluck von Pimbuschs Fusel genommen.

Sogleich verschaffte er sich einige purpurne Kerzen mit Sternchen von Stanniol sowie etwas Weihrauch. Mehrere Tage lang genoß er nur ein wenig Honig aus Athen. Er ließ eine leerstehende Kammer mit mattfarbigen, fadenscheinigen Stoffen behängen, und aus Kisten, die er mit Teppichen verkleidete, ward etwas wie ein Altar. Dann entbot er die kleine Matzke zu sich.

Beim Anblick seiner bleichen, feierlichen Miene verstummte sie; das Gewissen schlug ihr. Vor Verwunderung hielt sie ganz still, als er ihr zwei mächtige, schwer zu Boden wallende Brokatstickereien auf Brust und Schultern legte. Er faßte ihre Hand und führte sie in sein dämmeriges Heiligtum; die Lichter brannten hinter halb geschlossenen Vorhängen. Sie war bereits die Stufen hinangeschritten, sie stand droben zwischen dampfenden Becken. Die Luft verdickte sich vom Duft welkender Blumen und verbrannter Kräuter. Ein Knie gebeugt, schwang er vor ihr den Kessel.

Plötzlich fiel sie dem in Andacht Versunkenen auf den Hals. In ihren byzantinischen Talar verwickelt, kugelte sie mit ihm über den Estrich.

„Nu wirds Dag“, kreischte sie. „Du meinst woll, ich brauche keine Luft zu 'n Leben, daß de mir de Neese vollqualmst.“

„Ruhig! Du beträgst dich würdelos!“

„Ich feife auf Würde. Wenn ich doch geräuchert werden soll wie 'n Stockfisch!“

„Bienaimée! Du weißt nicht, was du in mir zerstörst!“

„Dich reitet woll 'n Dummer? Was bil't er sich für Schwachheiten in?“

Er muß sie ausreden lassen, froh, als sie dem Erlebnis eine belustigende Seite abgewann. Sie ergriff ihn und drehte ihn, trotz seiner Gegenwehr, im Galoppschritt um den Altar. Dabei sang sie mit herzhafter Kinderstimme:

„Dussel muß sterben, is noch so jung, jung, jung.“

Diese Erfahrung verbitterte ihn. Er hatte Stimmungen, in denen er fast geneigt war, es mit dem Geiste der Niedrigkeit und des Aufruhrs zu versuchen. Er fragte sich: „Wie, wenn meine unbefriedigte Seele satanischen Gelüsten anheimfiele?“

Aber wer würde ihm dabei behilflich sein? Adelheid war für solche Dinge zu gutmütig, die kleine Matzke zu profan. Er verzweifelte.

„Ich kann doch nicht ein Inserat in den „Nachtkurier“ rücken: Wo findet feingebildeter Herr gemütlichen Familienanschluß zwecks Abhaltung schwarzer Messen und so weiter.“

Da überlief ihn ein jäher Schauer; er hatte an Frau Pimbusch gedacht. Er sah sie vor sich, wie sie damals im Türkheimerschen Salon die kleine Werda Bieratz abwechselnd umarmte und verwundete, und er hörte wieder das Wort des jungen Dichters aus der Schar der Namenlosen: „Das ist ja der reine Sadismus.“ Oh, ihre höhnische Grimasse, die an jenem Abend des Triumphes, nach der Aufführung der „Verkannten“, sein Fleisch aus seiner Ruhe gepeitscht hatte! Oh, die Flocken ihres karminroten Haares, die gegen seine heiße Stirn geschlagen waren!

„Sie hat mich doch verführen wollen. Warum bin ich ihrer Aufforderung eigentlich nicht gefolgt? Ach ja, das banale Leben hat mir auch dazu keine Zeit gelassen. Übrigens, wer weiß? Vielleicht gehe ich einem Abenteuer voller Rätsel und seltsamen Gefahren entgegen.“

Um sich Mut zu machen, schlug er abends dem Bankier Ratibohr, ohne das dünne Lächeln auf seiner gelben Duellantenmaske zu beachten, eine Wette vor, es werde ihm innerhalb vierzehn Tagen gelingen, Claire Pimbusch zu erobern. Solche Wetten waren vom Wesen des Lebemanns unzertrennlich; sie kamen alle Tage vor, er hatte unzählige Male davon gelesen. Am folgenden Nachmittage fand er sich im Hause Pimbusch ein.

Ein ernster, blasser Diener, schwarz gekleidet und von gemessenem Betragen, öffnete ihm geräuschlos eine gepolsterte Tür. Er stand in einem Gemach, wo im grünlichen Halbdunkel ein Geheimnis zu schlummern schien. In der Mitte, auf der Ottomane, regte sich etwas Weißes. Er näherte sich, und die Hausfrau lud ihn zum Sitzen ein. Sie schwieg; Andreas räusperte sich, er sah erschreckt umher. Jeder Laut verschwand, aufgesogen wie eine Flüssigkeit von der Watte, mit der alles dick ausgelegt war; die weißseidenen Wände, die Möbel, die Teppiche, die Decke. Man fühlte sich allen Härten des Daseins entrückt, frei von Druck und Stoß. Alles wurde weich, leicht, luftig, und es war, als schwimme man, vom Boden emporgehoben, vom Körper befreit, in eine grün beleuchtete Traumwelt hinein, in der Visionen ohne Sinn und Namen die Seele ängstigten und berückten. Phantastische Pflanzen, mit Knollen gleich Gesichtern, bewegten ihre fleischigen Blätter, wie wenn Tiere die Glieder reckten. Sterbende Soldaten, blutend aus gräßlichen, geschlitzten Öffnungen, lagen auf grellem Schnee, über den langbärtige Spukgestalten in schwarzen Kaftanen herbeiflatterten. Sie waren angelangt, sie machten Krallen und griffen in die Wunden hinein, um Kleinode daraus hervorzuholen. Einer biß einem Offizier den Finger ab, der einen widerspenstigen Ring trug. Ein anderer schwang ein Messer und langte nach einem bleichen Kopfe, auf dem die Haare sich sträubten; es hing an dem Halse des Geängsteten ein Amulett an goldener Kette, deren Schloß nicht aufging. Auf einer Estrade, über die ein schwarzsilberner Läufer herabfiel, wand ein behaarter Unhold, möglichenfalls das ersehnte Mittelglied zwischen Affe und Mensch, einen seiner abscheulich langen Arme um eine unreife, vor Furcht vergehende Mädchengestalt mit wehenden roten Flechten. Den anderen schnellte er alle fünf Minuten wuchtig geradeaus, gegen einen unsichtbaren Verfolger. Andreas befand sich auf seinem Platze in ständiger Gefahr, eine Ohrfeige zu erhalten.

„Ich habe geträumt", sagte Frau Pimbusch mit einem Gähnen. „Ätherträume. Ein wenig zu schwer, aber was wollen Sie, man entflieht aus der blöden Wirklichkeit, so gut man's versteht. Sie kennen Ätherträume?"

„Leider nein, gnädige Frau, aber ich vermute, sie würden mir ungemein zusagen."

„Man muß sich daran gewöhnen. Ich habe es auf mehr als einen halben Teelöffel gebracht. Die Welt ist langweilig, nicht wahr? Man erlebt nichts. Aber wenn ich meinen halben Teelöffel verschluckt habe, erlebe ich alles, was ich will. Die Brust wird leer, das Dasein hat kein Gewicht mehr, ich fühle nichts als die Wallungen meines Herzens, hoch und immer höher. Es schlägt weite Wellen, die mich forttragen."

„Wohin, wenn ich fragen darf?"

„Überallhin. Ich fahre durch die Welt, genieße Dinge, die es gar nicht gibt, bestehe Abenteuer und werde manchmal sogar ermordet. Das heißt, ich erhole mich immer gleich wieder."

„Aber das wäre ja ganz mein Fall!" rief Andreas, der sich zu begeistern anfing. Frau Pimbusch sprach mit müder, gläserner Stimme weiter.

„Ich versichere Sie, es gibt weite Reisen, von denen ich durchaus nicht weiß, ob ich sie gemacht habe oder nicht. Habe ich sie nur geträumt? Nun, schließlich wäre es dasselbe."

„Es wäre sogar schöner."

„Wir verstehen uns. Einmal bin ich geradezu von Räubern gefragt worden, ob ich Geld bei mir habe."

„Ah?"

Sie merkte, daß sie ihn enttäuscht habe und setzte hinzu: „Es hätte sogar noch schlimmer kommen können. Ich fuhr mal nach Italien, ein Freund hatte mir von dort geschrieben, die Gegend sei so schön. Wie ich aussteige, ist kein Omnibus da. Ein unheimlich aussehender Kerl bietet mir einen Einspänner an. Na, nachts im Einspänner –. Ich übernachte also im Wirtshaus. Na, das Wirtshaus! Unten sitzen bloß lauter scheußliche Italiener, ganz gelb, und deutsch versteht keiner. Sie geben mir das Galazimmer, es stehen *zwei* Betten darin! Ich bekomme es schon mit der Angst. Ich hebe die Kissen auf, aber es ist nichts darunter. Die Türen schließen nicht, um das Haus läuft ein Balkon; wer will, kann einsteigen. Ich verbarrikadiere mich mit meinem Koffer, aber was hilft das? Ich höre draußen immerfort was kratzen, ich versichere Sie, stundenlang kratzt es, und ich weiß noch heute nicht, was es gewesen ist."

„Vielleicht Mäuse?"

„Oh! Wie können sie das sagen! Als ich am nächsten Morgen aufwache, bin ich ganz verwundert, daß ich noch da bin. Nun fahre ich also mit dem unheimlichen Einspänner, ein anderer ist nicht zu haben. Aber vielleicht hätte ich ihn selbst dann genommen. Sie verstehn? Kolossal schöne Gegend, ich schwelge natürlich. Da dreht sich plötzlich der Kutscher auf seinem Sitz nach mir um, macht eine unheimliche Gebärde und fragt mich was. Ich verstehe nicht, aber mir ahnt, daß ich etwas erleben werde. Schließlich höre ich, daß er nichts von mir will als Geld, der Elende. „Aben Sie Gold?" Ich sage: „Nein, jetzt kann ich Sie nicht bezahlen", und mache ein recht unschuldiges Gesicht dabei. Als wir dann ankommen auf dem Lande bei meinem Freunde, und ich mein Portemonnaie ziehe, da sieht mich der Kerl so an, na, Sie wissen wohl, mit einem so durchbohrenden Blick, als wenn er hätte sagen wollen: „Hätte ich gewußt, daß du soviel Gold bei dir hast – „"

„Unerhört!" stieß Andreas hervor, gekränkt im Rechtsgefühl des Besitzenden. Aber sie lächelte verächtlich.

„Finden Sie? Ich habe es meinem Freunde gesagt, und der hat den Kerl belangt."

„Ah!“

„Sie verstehen mich nicht. Wegen des Raubversuches hätte ich ihn wahrscheinlich gar nicht angezeigt.“

„Sondern?“

„Anfangs, als ich seine Frage noch nicht begriff, da habe ich ja ganz was anderes erwartet. Sie ahnen noch nichts? Nein? Ich glaubte, er wollte mich vergewaltigen.“

„Oh, wie schrecklich!“

„Scheußlich, nicht wahr? Und daß er dann bloß mein Geld wollte, das konnte ich ihm nicht verzeihen. Darum habe ich ihn mit einem besonderen Gefühl der Polizei übergeben, wie soll ich sagen, mit einer Art Wollust –. Es war auch ein schöner Mann, sehr braun und kräftig.“

„Schon wieder der Sadismus“, dachte Andreas. Er äußerte:

„Gnädige Frau haben sich wirklich sehr mutig gezeigt. Haben Sie damals in Italien noch mehr erlebt?“

Sie kicherte.

„Habe ich es erlebt? Wer sagt Ihnen, daß ich nicht Äther genommen hatte. Übrigens interessiert mich Italien nicht weiter, es ist mir zu süß. Wie lebt solch ein Italiener? Er denkt nur daran, die Fremden zu bestehlen und einem andern ein Mädchen wegzunehmen. Er gibt seinem Rivalen einen Stich zwischen die Rippen und holt sich in der nächsten Kirche die Absolution, damit ist es wieder gut. Das alles passiert in einer unverschämt blauen Gegend ohne Stimmung. Nein, ich bin für den Norweger. Er sitzt in einer Holzbude, wo es nach Tran riecht, und quält sich halbtot mit Grübeln über Gott, Satan, alle seine Gedankensünden und die ewigen Strafen, die die Hölle ausdrücklich für ihn erfunden hat. Der Mann hat doch wenigstens eine Seele.“

„Wenn auch eine muffige“, sagte Andreas, Beifall nickend. Er überlegte.

„Der Mann hat mit seiner raffinierten Selbstmarter eigentlich auch etwas Sadistisches. Was halten gnädige Frau vom Sadismus, wenn ich fragen darf?“

„Oh, sehr fein. Hätten sie übrigens dem Direktor Kapeller so was zugetraut? Er weiht das „Deutsche Volksballett“ mit einem „Coucher“ ein.“

„Er konnte wohl nichts Älteres erfinden?“

„Nichts Neueres, mein Lieber. Bei diesem Coucher sieht jemand durchs Schlüsselloch. Die Dame nestelt gerade ihr Kleid auf, da klopft es: ein Liebhaber, der nicht warten kann. Aber sie ist unentschlossen, sie streift den Rock ab. Er lärmt stärker, beginnt zu schelten; sie findet das brutal und macht sich an ihrem Korsett zu schaffen. Plötzlich wird es still, man hört durch das Schlüsselloch seine keuchenden Atemzüge. Sie fängt an, ein heftiges Vergnügen zu empfinden. Sehr begreiflich, nicht wahr? Sie löst ihr Haar, geht daran, sich zu waschen –. Er fleht hinter der Tür, ganz windelweich. Dann wieder ein Wutausbruch, er versucht, das Schloß zu erbrechen; umsonst, und er weint herzzerreißend. Auf einmal stirbt er! Ja, wirklich, er stirbt! Man hört ein widerwärtiges Röcheln. Sie lächelt glücklich ins Publikum und zieht sich langsam und mit Genuß das Hemd über die Schultern. Sehr fein, finden Sie nicht?"

„Sehr fein", wiederholte Andreas. „Überhaupt der Sadismus."

Sie seufzte; dann streckte sie einen Arm aus, um auf einen Knopf am Boden zu drücken. Sogleich setzt der Tisch an ihrer Seite sich in Bewegung. Er rutschte lautlos über den Teppich, verschwand hinter einem Vorhang und kehrte bald aus der gegenüberliegenden Wand ins Zimmer zurück. Er brachte Tee und Zigaretten mit. Frau Pimbusch sog den süßen Duft des verbrannten Tabaks begierig ein.

„Ah! Der Sadismus", bemerkte sie. „Zum Beispiel, wenn ich Fleisch esse. Sie verstehen doch, das Fleisch unserer Mitgeschöpfe!"

Hierauf versank sie in ein Schweigen, schwer von Sinnen und Begehren. Er beobachtete, wie ihre Nasenflügel sich öffneten und sich schlossen. Angesichts ihres Haares gedachte er mit Bitterkeit und Verachtung des feurigen Wergs, das gedankenlos um den Kopf der kleinen Matzke zottelte. Auf Claire Pimbuschs Haupt brütete ein Rausch; die bleichen Leiber verbuhlter Träume stiegen an dem tiefen Karmin ihrer Flechten auf und nieder, mit traurigen, verderbten Gebärden.

„Meine Wette ist halb gewonnen", sagte er sich. „Wozu habe ich mir vierzehn Tage ausgebeten? Ich könnte sie mir schon heute nehmen, gleich wie sie daliegt. Sie wartet vielleicht bloß darauf? Aber ich habe für diesmal genug geleistet, es wird klüger sein, ihre Einbildung sich mit mir beschäftigen zu lassen. Wenn ich wiederkomme, hat sie schon nichts mehr zu verlieren."

Er ging, um im Klub von seinem Erfolge zu berichten.

„Die Frau hat etwas Unmenschliches, das Grauen einflößt. Es gehört Mut zu dem, was ich vorhabe, meine Herren, viel Mut sogar. Sie kommt mir vor wie das verkörperte Laster: ein Symbol."

„Ach was", sagte Doktor Klumpasch, „die Ärmste ist ja überhaupt ganz krank, und Sie, Verehrtester, leisten ihr Vorschub mit ihrer Neurasthenikerphantasie."

Andreas' Blick schüchterte ihn ein, er verbesserte sich.

„Ich meine natürlich mit Ihrem Dichtergemüt. Entschuldigen Sie meine wissenschaftliche Ausdrucksweise."

Bei seinem folgendem Besuche bat sie um Auskunft über die körperlichen Eigenschaften der Herren, in deren Gesellschaft er badete und sich kneten ließ. Der eine verbarg seine ungleichen Hüften, der zweite seine Plattfüße, der dritte einen noch unangenehmeren Schaden unter den kunstvollen Hüllen aus dem Atelier Behrendt. Jede Einzelheit erregte ihre heiße Teilnahme. Allmählich staunte er sie an wie eine Zauberin; unter den Händen der Fee Pimbusch ward alles, auch das Harmloseste, unzüchtig. Sie sprach von dem Kinderreichtum ihrer Freundin Mohr, einer guten Familienmutter.

„Was mich anbetrifft, ich verhüte den Kindersegen durch infame Kunstgriffe", sagte sie langsam und deutlich. Sodann stellte sie eine Frage:

„Ich nehme an, Sie hintergehen Ihre beiden Geliebten, deren Namen jeder kennt, mit irgend jemand, zum Beispiel mit mir. Würde Ihnen das Spaß machen? Was würden Sie dabei fühlen?"

Er antwortete etwas unsicher.

„Es täte mir vermutlich leid, aber die Leidenschaft würde mit mir durchgehen!"

„Weiter nichts? Ich selbst, ich werde ohnmächtig vor Vergnügen, sobald ich mich in ihre Lage versetze. Ich würde mir die beiden Damen vorstellen, zusammen, ich will nicht sagen wie –"

Sie schloß die Augen und drückte auf einen zweiten Knopf am Boden. In der weißseidenen Tapete entstand ein rundes, schwarzes Loch, und eine hohle Stimme begann Verse herzusagen:

> Sur ta chair le parfum rôde
> Comme autour d'un encensoir.

Frau Pimbusch stöhnte.

Et tu connais la caresse
Qui fait revivre les morts.

Sie schnitt plötzlich eine Grimasse, dieselbe, die ihn schon früher so tief beunruhigt hatte. Ihre blutroten Mundwinkel krümmten sich, zwischen den geschwollenen, geröteten Lidern spielte ein grüngelbes Licht. Das grünliche Licht des Gemaches schien nur von ihr auszugehen, sie schwamm darin mit dem mattweißen, fischigen Fleisch ihrer Glieder, es war wie ein heimliches, lüsternes Plätschern, das ihm die Sinne gefangennahm. Von drüben, aus dem Dunkel, tönten dumpfe Worte:

Quelquefois pour apaiser
Ta rage mystérieuse,
Tu prodigues, sérieuse,
La morsure et le baiser.

„Was würden Sie zu einer Geliebten sagen, die, um eine rätselhafte Gier zu stillen, Sie abwechselnd beißt und küßt?“

Er schnappte nach Luft, ohne den verlangten Aufschluß zu geben. Ratlos starrte er das unholde Mittelglied zwischen Mensch und Affe an, das kräftiger als je seinen abscheulichen Arm um die zitternde Mädchengestalt preßte. Der Anblick beschämte Andreas. Eine Gardine blähte sich, der sommerliche Regentag schickte seinen feuchtheißen Atem durchs Fenster.

Unvermutet neigte er seine perlende Stirn tief über die Regungslose. Sie antwortete verfrüht auf eine Bewegung, die er noch gar nicht ausgeführt hatte, und erhob ein verzweifeltes, durchdringendes Gekreisch, voll kopflosen Abscheues und wahnsinnigen Grauens. Das brennende Gesicht zwischen den Fäusten fuhr Andreas zurück; eine kalte, harte Hand hatte ihm einen fürchterlichen Backenstreich versetzt. Er sah sich um; war hier wirklich alles verhext? Woher nahm das schreiende Weib soviel Kraft? Seine Wange blutete. Auf einmal stand er auf, ernüchtert und abgekühlt; es war ja das ekelhafte Mittelglied gewesen, das regelmäßig alle fünf Minuten seine behaarte Tatze gegen einen unsichtbaren Verfolger in Leere schnellte.

Die Tür war geöffnet worden, Pimbusch, der ein wenig Brillantine auf seinem Schnurrbart zerdrückte, kam herbei.

„Was ist denn los, liebe Claire“, fragte er. „Du leidest wohl?“

Er bemerkte den jungen Mann, der sich am Tische zu schaffen machte.

„Ah, Herr Zumsee, sehr erfreut, Sie zu sehen. Sie wollten meiner armen Frau gewiß helfen? Na, lassen Sie man, es ist nichts zu machen, wenn sie schreit. Ich kenne das.“

Plötzlich stutzte er, die verlegene Schwüle belästigte ihn. Seine Gattin gab von Zeit zu Zeit einen rauhen Laut von sich, dann wälzte sie den Kopf in die Kissen und lachte gellend, immerfort. Pimbusch sah Andreas an; sein Schweigen klärte den Ehemann vollends auf. Er zog die anmutig dargebotene Hand fast erschrocken zurück, betrachtete sie ängstlich und führte den langen, zart geschliffenen Nagel des kleinen Fingers an die Lippen.

„Was haben Sie denn gemacht?“ sagte er leise und schnell, mit einem verbindlichen Lächeln. „Ich merke schon, Sie haben – sonst was versucht. Aber Sie irren sich, Verehrtester.“

Er wiederholte eindringlich, und als ob er sich entschuldigte:

„Sie befinden sich tatsächlich im Irrtum.“

Andreas nahm sich zusammen, er erklärte frei und ritterlich:

„Herr Pimbusch, ich erbiete mich zu jeder Ihnen beliebigen Genugtuung für meinen Eingriff in Ihre Rechte.“

Der Schnapsfabrikant hüpfte auf den Absätzen empor.

„Eingriff? Bitte, greifen Sie mal ein! Erst können!“

Die Genugtuung, die er erhalten sollte, erregte ihn sichtlich.

„Sie treten ja mit ganz falschen Voraussetzungen an die Sache heran“, rief er in der Fistel, und belehrend, die Brauen ernsthaft hinaufgezogen, setzte er hinzu:

„Wie gesagt, ich versichere Sie, daß der von Ihnen gewünschte Eingriff überhaupt ganz unausführbar ist. Ich habe gar nicht nötig, ihn Ihnen zu verbieten, er verbietet sich von selbst. Sie verstehn?“

In der heftigen Besorgnis, ganz unnötigerweise seine Ehre rächen zu wollen, wiederholte er mehrmals dasselbe. Endlich mußte Andreas ihn wohl begreifen;

es schien ihm darauf, als ob hier nichts mehr zu tun und nichts zu sagen sei. Er senkte das Haupt und entfernte sich, nicht sehr stolz, verfolgt von dem krampfhaften Gelächter der jäh enträtselten Dame und von dem Geplapper des Gatten mit den unverletzbaren Rechten.

„Ich hatte also doch noch Illusionen zu verlieren", sagte er sich draußen, und der Gedanke erbitterte ihn gegen Frau Pimbusch. Was war das für ein Geschöpf, was für ein Benehmen! Und ihre Ideen! Italien war eine schöne Gegend, die von Briganten unsicher gemacht wurde, nämlich von ein paar Mäusen und von einem Kutscher, der seine Bezahlung voraus verlangte. Dann kam der bekannte schöne Mann, „sehr braun und kräftig", mit dem alle Geschichten der Dame schlossen; andernfalls hätte sie sich für tief gesunken gehalten. Ihre Unanständigkeiten waren gerade so philiströs wie bei andern die Prüderie. Aber was konnte man von den Leuten verlangen? Wie einfältig, dort die hohe geistige Korruption der wenigen erlesenen, in ganz Europa verstreuten Genießer zu suchen, wo nichts zu finden war als entartete Dummheit, schlechte Nerven und krankes Fischblut, und wenn es hoch kam, eine mißratene Formenbildung wie bei dieser Unglücklichen. Diese Leute taten, was sie konnten, um alle ihre bürgerliche Moral loszuwerden, und handelten doch kein Spürchen Geist dafür ein. Griseldis von Hochstetten, die hochnäsige alte Jungfer, die es sich erlaubte, die Leute zu verachten, von deren Almosen sie lebte, hatte im Grunde recht; es gab im Schlaraffenland doch nur brave Bürger.

Frau Pimbusch, deren Kopf einer farbenprächtigen, gedunsenen Giftblume auf einem zu dünnen Stengel glich, was war sie, wenn man näher zusah?

Andreas antwortete hierauf:

„Eine von Hysterie befallene Buchholz."

XIV.
Familienrat

Anfangs fühlte er sich versucht, den Betrag der verlorenen Wette mit der Post an Ratibohr abzusenden. Als er ihn dennoch persönlich überreichte, ganz öffentlich im großen Salon des Klubs, gelang es ihm, dabei so gefährlich auszusehen, daß keiner eine Frage laut werden ließ. Aber die Ehre der Welt vermochte nicht die Einbuße an Selbstachtung zu ersetzen, die jener würdelose

Auftritt mit dem Ehepaar Pimbusch dem jungen Manne zugefügt hatte. Ein schale, tief unbefriedigte Stimmung war zurückgeblieben; er betäubte sie zeitweilig durch ungewöhnliche Einfälle.

„Solche Erlebnisse", meinte er, „verdanken wir dem modernen Wahnsinn, der die Frau zum Individuum erhoben hat. Die einzelne macht sich zu breit in unserm Dasein, wir zeigen ihr zu viel von unserer Seele, das beeinträchtigt ihren Respekt. Ich hätte nicht übel Lust, mir eine Jacht zu kaufen, was jetzt ohnehin jeder anständige Mensch tun muß, und die Kajüte mit Odalisken zu bevölkern."

Inzwischen stellte er Nachforschungen nach dem jungen Mädchen an, das ihm einst, in den Zeiten des „Café Hurra", seine Hemden aus Liebe gewaschen hatte. Mit Freibilletts, auf die sie damals vergeblich gewartet hatte, konnte er sie jetzt überschütten. Wie würde sie glücklich sein und stolz auf ihn! Aber ihre Herrschaft hatte sie weggeschickt, weil sie bei den Kunden mehr auf körperliche und geistige Vorzüge als auf Zahlungsfähigkeit geachtet hatte. Sie blieb unauffindbar.

Die fade Blondine, die ihn einst so tief verletzt hatte, thronte noch immer an dem Büfett in der Potsdamer Straße. Andreas schielte nach ihr, sooft er vorbeiging. Er plante Überraschungen.

„Wenn ich sie des Abends in einer finsteren Seitengasse durch ein paar sichere Leute gefangennehmen und in einen bereitgehaltenen Wagen werfen ließe! Wenn sie, in einem unbekannten Verstecke angelangt, die Binde von den Augen nehmen dürfte und sich inmitten seidener Möbel in geschliffenen Spiegeln wiedersähe, in einem Schlafgemache, wo Gewänder aus Samt und Spitzen sie einlüden! Wenn dann die Tür sich öffnete, und ich, dem sie ehemals ihre Geringschätzung ausgesprochen hat, träte ein mit verschränkten Armen und einem Blick voll Hoheit! Nein, das wäre theatralisch; ich würde tun, als ob nichts geschehen sei."

Auch dies blieb Gedanke. Dagegen schrieb er eines Tages an Fräulein Sophie Levzahn, Dorotheenstraße, er müsse bei seinem Auszuge einen seiner Halskragen dort vergessen haben. Gewiß habe sie ihn aufgehoben, und wenn sie ihn selbst bringen möchte, so werde ihr Besuch ihn ganz besonders erfreuen.

Sie kam, als er die Hoffnung schon aufgegeben hatte. Ihr Gesicht, von der Hitze leicht gerötet, sah weniger müde aus unter dem schwarzen Federhut. Das verschlissene Sommerjackett war nicht fleckenlos, die Handschuhe dufteten nach Benzin. Andreas rief dennoch voll Vergnügen:

„Sie sind mir also nicht mehr bös, Fräulein Sophie?"

„Darum doch man keine Feindschaft", entgegnete sie.

Er tat eine unbedachte Frage.

„Haben Sie denn damals das Geld eigentlich bekommen?"

„Was meinen Sie denn?"

„Na, die – Entschädigung, die sie von meiner – meiner Tante verlangten?"

Sie murmelte:

„Es war doch bloß wegen Muttern. Die alte Frau hat so 'ne Begriffe von Anstand und so weiter. Was ich selbst bin, ich kenne doch den Betrieb, und wie die jungen Herren es alle machen."

Er beschwichtigte sie, indem er den Arm um ihre Hüfte legte und ihren Hals zu küssen versuchte. Sie sträubte sich kokett, aber ihre Miene behielt unter dem gefälligen Lächeln die Verdrossenheit aller ihrer ewig nachgetragenen Enttäuschungen.

„Ihnen ist es seitdem wohl noch immer besser gegangen?" bemerkte sie, und ihre hellen Wuchereraugen schätzten die Einrichtung seines Arbeitszimmers ab.

„Oh, daran fehlt es nicht. Ich habe Glück, wissen Sie, Sophiechen. Es reißt nie ab, es kommt noch immer schöner."

Er führte sie durch die Wohnung, dann nahmen sie an der Frühstückstafel Platz.

„Und Ihnen?" fragte er. „Sie sind noch hübscher geworden, wie steht es denn zu Hause?"

„Wie soll es wohl? Da ist nichts zu wollen. Wer nichts hat, kriegt auch nichts, und Mutter liegt ja nu mit der Wassersucht."

Er ließ ihren Arm los, er vermochte nichts mehr zu essen. Das Schweigen ward erst unterbrochen, als er einige Gläschen Likör genossen hatte. Sie musterte ihn kalt und aufmerksam, indem sie große Bissen verschlang.

Beim Nachtisch machte er sich an ihrer Bluse zu schaffen. Sie ließ ihn gewähren, aber als er den dritten Knopf öffnete, bemerkte sie, indem sie sich ein wenig zurückzog:

„Ich sage ja nicht nein."

„Das hat mir überhaupt noch keine gesagt", erklärte er.

„So? Die waren denn auch wohl danach. Man muß doch wissen, was ein anständiges Mädchen ist. Wenn Sie ehrliche Absichten haben –"

Sie war vorsichtig aufgestanden, indem sie das Kleidungsstück über der Brust offen ließ. Sie überzeugte sich nochmals davon, wieviel grüne Chartreuse in dem Flakon bereits fehle; sie wartete. Zu ihrer Verwunderung verhielt er sich ganz ruhig. Plötzlich fragte er:

„ *Was* soll ich haben?"

Und ehe sie antworten konnte, hatte er zu lachen begonnen, herzlich und aus voller Lunge, den Kopf über die Stuhllehne zurückgeworfen, die Hände auf dem Magen gefaltet, und mit blitzenden Zähnen.

„Ihnen fehlt wohl was? Sie sind wohl brustkrank?" sagte sie, unruhig lauernd. Er wiederholte mit Mühe:

„Ehrliche Absichten! Na gewiß, ein andermal, wenn's wieder so kommt, werde ich ehrliche Absichten haben, bloß heute noch nicht!"

Sie brach in Weinen aus, pfeifend und glucksend, wie eine tonlose Drehorgel.

„Oh! So 'ne Gemeinerei! Er verhöhnt mich! Nicht bloß, daß er sich an mir vergreift, nein, wenn ein anständiges Mädchen ihm nicht in allem zu Willen ist, dann macht er auch noch seine dummen Witze über sie."

Unversehens trat sie zwei Schritte auf ihn zu, in tragischer Haltung.

„Sie müssen mich heiraten! Ich bin aus unbescholtener Familie. Sie haben mich beschimpft, jetzt müssen Sie mich heiraten."

„Ein netter Grund", bemerkte er, auf einmal ganz kühl und vornehm. „Ich denke im Gegenteil nur eine Frau zu heiraten, die ich noch niemals beschimpft habe."

Sophie preßte die Lippen aufeinander, das Spiel war verloren. Sie ordnete ihren Anzug unter wegwerfenden Reden.

„Ich hätte ja doch nur einen Schnapssäufer gekriegt. Was so einer vertragen kann!"

„Nicht wahr?" bestätigte er höflich. „Welch Glück für mich, daß ich soviel vertrage, was würden Sie sonst mit mir jetzt anfangen?"

Beim Schließen des Jacketts zischte sie, mit erneuter Wut:

„Aber es kommt 'n bisken anders, Sie! Ich werde dafür sorgen, das verspreche ich Ihnen."

Er zuckte die Achseln und steckte eine Zigarette in den Mund.

„Natürlich meinen Sie, es muß alles so sein, und Ihnen kann es gar nicht fehlen. Aber wenn die Leute, die bei Ihnen an der Strippe ziehen, mal genug von haben und loslassen, wie stehen Sie dann da, Sie – Hampelmann?"

Er überreichte ihr den Sonnenschirm, mit einer ehrfurchtsvollen Verbeugung.

Dann drückte er auf die Klingel.

„Mein gnädigstes Fräulein", rief er ihr nach, „wollen Sie sich nicht eine Minute gedulden? Sie werden sich ein wenig erhitzt haben, mein Diener besorgt Ihnen einen Wagen."

Er war mit sich zufrieden, und fortan rächte er sich für die bei Claire Pimbusch erlittene Niederlage durch die Demütigung aller weiblichen Wesen, die ihm unter die Hände kamen. Adelheid mußte zuerst darunter leiden; mehrmals verleugnete er sich vor ihr, oder er schickte sie gleich wieder fort.

„Ich habe Migräne und bin sehr beschäftigt, womit kann ich dir dienen?"

„Wir sehen uns so selten."

„Ist es meine Schuld? Pflicht geht natürlich vor Vergnügen. Reist du übrigens nicht ins Bad?"

„Mich von dir trennen, Andreas? Das glaubst du doch nicht. Ja, könnten wir zusammen reisen. Aber so –"

Unter dem Druck seines Schweigens verstummte sie.

„Allerdings hätte ich eine Erholung nötig", setzte sie endlich hinzu. Er sagte:

„Ich finde auch. Du bist angegriffen. Dein Teint hat sich verschlechtert, wir sollten uns nur abends treffen; bei Kerzenlicht siehst du viel besser aus."

Sie stotterte:

„Du willst – Ich soll nur abends –? Aber du weißt, abends kann ich ja gar nicht. Wenn du nicht zu mir kommst –"

Wollte er sie denn ganz und gar loswerden!

Als sie zwei Tage später abermals erschien, fand er sich durch das Rauschen ihres Unterrocks belästigt.

„Es regt mich auf, besonders wenn ich daran denke, daß du nur ein paar Streifen Seide darangenäht hast. Wie kann eine anständige Frau das tun! Ich bitte dich, ein Geräusch verursachen, als wäre der ganze Rock aus Seide, und dabei sind es nur ein paar Streifen. Es ist ja Vorspiegelung falscher Tatsachen."

„Wer trägt denn ganze Seide?" wandte sie bescheiden ein.

„Oh, erlaube mal!"

Die kleine Matzke trug sie, und fast hätte er es ihr laut ins Gesicht gesagt.

Dennoch erging es Bienaimée nicht besser. Bei einem ihrer nächsten Besuche verhielt sie sich still und gedankenvoll. Plötzlich sagte sie im Selbstgespräch:

„Nee, es is nischt los damit. Den ganzen Nordosten habe ich nu auch schon abgesucht."

„Abgesucht? Wonach denn?"

„Ach, ich meine man bloß. Habe ich was gesagt?"

„Wenn du deine Geheimnisse hast –"

„Oh, du mißverkennst mich. Es is man, daß ich meinen Märchenprinzen egal nich finden kann."

„Noch immer! Und nach solchem Dummkopf suchst du ganze Stadtviertel ab?"

Er schritt ärgerlich durch das Zimmer. Sie sah ihm nach mit kleinen, spöttischen Augen.

„Ich kenne zwar Dümmere."

„Wer ist dümmer?"

„Gewisse Leute sind wohl noch reichlich dümmer."

Aufgebracht kam er auf sie zu; sie zeigte sich tapfer:

„Auf meine Ideale lasse ich nischt kommen. So bin ich mal, es liegt in der Familie."

„Ich dachte, du hättest ihn längst gefunden", bemerkte er schroff.

„So? Un wann denn?"

„Ich selbst habe ihn dir doch vorgeführt, auf deinem Maskenfest."

„Ach! Es is woll nich an dem.“

„Du warst damals ganz entzückt, du fandest mich sehr schön.“

„Ich habe ja nischt dagegen. Du bist ja auch 'n Aas uff de Baßgeige, aber es is doch nich an dem, schon weil deine Schenkel zu mager sind.“

„Wenn du dir nicht gerade nach meinen Beinen die Augen aus dem Kopf geglotzt hättest!“

„Er ahnt es nicht! Die Trikots schlotterten ja!“

„Sie schlotterten nicht!“

„Woll schlotterten sie!“

„Nein!“

„Nu gerade!“

„Ich sage nein!“

Bevor sie nochmals widersprechen konnte, hatte eine mächtige Ohrfeige sie vom Stuhl geworfen. Sie hielt die Hände vor das Gesicht, aber zwischen den Fingern hindurch fuhr sie fort zu schreien:

„Doch!“

Da zeigte er ihr die Reitpeitsche.

„Auf die Anmaßungen eines frechen und störrischen Geschöpfes, wie du bist, gibt es nur diese Antwort!“ rief er.

Es war das erstemal, daß er sich empörte, und das erstemal, daß sie ihn ganz ernst nehmen mußte. In diesem Augenblick liebte sie ihn um seiner selbst willen, ohne sich des betrogenen Türkheimer oder des Märchenprinzen zu erinnern. Die zärtliche Angst in ihrer Miene besänftigte ihn halb.

Draußen näherten sich Schritte, Andreas trat in sein Arbeitszimmer und schloß die Tür hinter sich.

„Schon wieder?“ fragte er, als er Adelheid erblickte. „Hat mein Groom dir nicht gesagt, daß ich mit Arbeit überhäuft bin und niemand empfangen kann?“

„Das schon, aber es handelt sich um etwas Wichtiges.“

„Bitte?“

Sie tastete nach einem Stuhl, sie starrte hilflos umher, ohne etwas zu sehen. Endlich brachte sie einige Worte hervor.

„Ich verstehe, natürlich kannst du mich nicht zu jeder Stunde gebrauchen. Ich war ja auch erst gestern hier. Aber wenn ich dich nicht sehe, wird mir die Zeit so lang. Du weißt nicht, ich liebe dich eben wirklich."

„Das sollte ich nicht wissen? Aber liebe Adelheid, das ist ja selbstverständlich, mit so etwas halten wir uns doch nicht auf. Bitte, nimm Platz und komme zur Sache."

Sie wollte sprechen, aber die Stimme gehorchte ihr nicht. Sie hatte gerade eben, vor einer halben Stunde, einen Einfall gehabt, der sie eilig her zu ihm getrieben hatte, voll überwallender Hoffnung. Die arme Hoffnung, sie war schon wieder verzagt. Konnte sie ihn denn zurückerobern? Wie er da vor ihr stand, ungeduldig, mit hartem Blick und fest verschlossenen Lippen, war er ihr so fern. Würde er je zurückkehren?

Seit er die kleine Matzke in byzantinische Brokate gewickelt und auf einen Altar gestellt hatte, lagerte in der Wohnung ein Rest von Weihrauchduft.

„Er begeht also Feste, von denen ich nichts erfahre", sagte sich Adelheid. Sie konnte nicht vergessen, wie er in seiner Mönchskutte an dem fichtenen Tische unter dem blutigen Christuskopfe gesessen hatte, damals in den Tagen ihres vollen Glückes. „Ein Dichter, ein Mystiker wie er, ist so zartfühlend, er schrickt zurück vor jeder fremden, profanen Einmischung. Darum verschweigt er mir das, was ihn am nächsten berührt. Eine ganze Seite seines Innenlebens, die vornehmste und tiefste und empfindlichste, kenne ich gar nicht, und darf sie gar nicht kennen. Ich habe ja nicht einmal denselben Glauben wie er! Wie ist er edel, daß er mir dies noch niemals vorgeworfen hat!"

„Ich kann ja warten", äußerte Andreas, mit einer Gebärde der Verzweiflung. Er ließ sich am Schreibtisch nieder und warf einige Papiere durcheinander. Sie sagte mit jähem Entschlusse:

„Ich möchte nämlich konvertieren."

„Was möchtest du?"

„Konvertieren, zu deiner Konfession übertreten."

„Du möchtest – das ist ja –

Unglaublich", setzte er leise hinzu, indes er von ihr wegsah. Er nahm sich heftig zusammen und faßte irgendeinen Gegenstand, drüben an der Wand, fest ins Auge. Dennoch geriet sein ganzes Gesicht in Zuckungen.

„Wie bist du denn darauf gekommen?" fragte er, tonlos vor Anstrengung.

„Ich tue es deinetwegen, mein Andreas."

Sie fürchtete, ihre Sache zu verderben.

„Das heißt, natürlich fühle ich ein inneres Bedürfnis, wie soll ich sagen? Andererseits kostet es doch gewissermaßen einen Entschluß, den Glauben zu wechseln, nicht wahr? Die Liebe zu dir erleichtert ihn mir."

Er war aufgesprungen, er stand von ihr abgewandt, das Gesicht zur Decke erhoben, und preßte sich die Handgelenke. Sie sah zu ihm auf, erschrocken und ehrfurchtsvoll. „Ah! Kein weltlicher Erfolg hat ihm je soviel Vergnügen gemacht. Er ist geradezu in Ekstase!"

Andreas hatte die deutliche Vision, wie Adelheid im Konfirmandenkleidchen und weißem Schleier, geleitet von ihren Verwandten und allen Standespersonen des Schlaraffenlandes, die Sankt Hedwigskirche betrat. Türkheimer schritt mit ihr zum Taufbecken, er lächelte spaßhaft und strich sich über die rötlichen Koteletten.

Sie fügte noch eine Erklärung hinzu.

„Ich bin nämlich bisher evangelisch."

Da stürzte er mit einem Satze davon. Die Tür klappte auf und zu, er war verschwunden. Gleich darauf vernahm sie unterdrückte Laute, wie wenn er mit einem Erstickungsanfall kämpfte. Sie wollte ihm zu Hilfe eilen, doch fiel sie in den Sessel zurück; jetzt klang es, als ob er lachte. Gewiß, er mußte dicht hinter der geschlossenen Tür stehengeblieben sein, und er lachte, indes er sein Gesicht in irgend etwas Weiches hineinpreßte, vielleicht in die Portiere?

Plötzlich hörte sie ein verhaltenes Kreischen, das Kreischen einer Frauenstimme. Ja, es war etwas Weiches, in das er sein Gesicht hineinpreßte, es war ein Frauenkleid, wer weiß, der Leib einer Frau. Ach, dort im Winkel, an dem Büchergestell, auf der Klappe, die als Schreibpult dienen sollte bei eiligen Aufzeichnungen des Dichters, lag ein großer, roter Gegenstand, ein mächtiger Federhut. „Ich bin blind gewesen, daß ich ihn nicht früher gesehen habe!" Darunter, am Boden, trieb sich auch ein zerknitterter Handschuh umher.

Adelheid wunderte sich kaum noch.

„Wie habe ich daran nur nicht denken können!" meinte sie. „Ich glaubte ihn ganz in Anspruch genommen durch seine künstlerische Laufbahn, durch seine weltmännischen Erfolge, was weiß ich. Daß seine Kälte gegen mich daher rühren könnte, daß er alle Wärme einer andern gibt – das ist mir niemals eingefallen. Es ist unbegreiflich."

Sie ging zum Spiegel.

„Er hat ja ganz recht, ich darf mich nur abends zeigen. Mit ziemlich viel Eau de Lys kann es bei Kerzenlicht noch gehen, oder vielleicht bald auch das nicht mehr. Übrigens ist es jetzt gleichgültig, was will ich noch?"

Beim Verlassen des Zimmers ward sie von seinem gedämpften Gelächter verfolgt und von den gellenden Kehltönen der andern. Wieviel Heiterkeit hatte ihr Opfer erregt, ihr letztes, durch das sie ihn sich zu retten hoffte! Draußen im Flur machte sie eine Wahrnehmung.

„Ich zittere ja an allen Gliedern. Ich muß mich ausruhen, aber wo?"

Gegenüber, im ersten Stock, bemerkte sie an einem Fenster einige verstaubte Haubenstöcke. Die Putzmacherin, eine bekümmerte Person ohne erkennbares Alter, sagte sich beim Anblick der unerwarteten Kundin, daß dieses Sommerkostüm, falls es billig berechnet worden sei, etwa dreihundert Mark gekostet habe. Es war ein schlichtes grauleinenes Kleid. Graue Leinenspitze lag an der Korsage über türkisblauer Seide; eine gefältelte Passe bedeckte Hals und Schultern. Der Hut aus schwarzem Florentiner Stroh hatte Straußenfedern und eine gelbe Rose unter der Krempe, hinten an dem dunkeln Haarknoten. Er flößte der Modistin Furcht ein.

„Sucht sie einen Hut in der Preislage bei mir?" fragte sie heimlich.

Aber Adelheid war mit allem zufrieden, was man ihr vorlegte. Sie besah flüchtig ein paar runde Matrosenhütchen, auf denen drei spärliche Schleifen in die Höhe standen. Dann setzte sie sich auf einen Stuhl am Fenster.

„Welchen wählt die gnädige Dame?"

„Es ist gleich, behalten Sie nur."

Sie schob drei Goldstücke hin; die andere packte sofort sämtliche Hüte ein.

„Darf ich der gnädigen Frau das Paket an den Wagen bringen?"

„Ich habe keinen da."

„Oder an welche Adresse darf ich es schicken?"

Adelheid seufzte ungeduldig.

„Erlauben Sie mir, hier noch etwas zu warten, ich glaube es fängt an zu regnen."

Der Himmel war fast wolkenlos. Die Frau sah ein, daß die Kundin sich nicht vertreiben lasse, sie zog sich zurück. Eben lief Andreas' kleiner Diener über die Straße; gleich darauf bog um die nächste Ecke ein glänzender Landauer. Das Fell der Pferde schimmerte, die Lackierung blitzte in der Sonne, Kutscher und Lakai blähten sich in rotgoldener Livree. Noch zwei Minuten, dann trat aus der Haustür drüben ein ganz in Weiß gekleidetes Geschöpf, aufgeregt und zerzaust wie nach einem Kampfe. Sie wippte, wiegte sich in den mageren Hüften, äugte frech umher und nickte lachend ihren Domestiken zu. Der rote Hut hing von den feurigen Zottellocken schief in das käseweiße Gesicht. Adelheid kannte sie. Mehr als einmal, im Theater und auf Spazierfahrten, wenn ihr Wagen dem der Mätresse ihres Gatten begegnete, hatte sie sie ruhig, ohne Haß und ohne Vorurteil gemustert. Was war diese kleine Matzke sie angegangen? Aber jetzt?

„Die gnädige Dame ist wohl'n bißchen unwohl?" hörte sie die Putzmacherin sagen, dicht an ihrem Ohr. Sie war halb vom Stuhl geglitten und hielt sich an der Lehne.

„Wenn Sie mir eine Droschke holen möchten?" bat sie.

Die Frau kam zurück.

„Die gnädige Dame muß verzeihn, aber es war man bloß noch 'ne zweite Güte da."

Adelheid bestieg das schäbige Gefährt.

„Wohin?" fragte der Kutscher.

Sie befahl barsch:

„Wohin Sie wollen. Aber erst das Verdeck schließen, schnell."

Sie zitterte, doch diesmal vor Zorn.

„Der Undankbare! Der Undankbare!" wiederholte sie immer mit erbleichten Lippen, starr aufrecht in der harten Wagenecke.

Wie tief stak er in ihrer Schuld, seit damals ein paar freundliche Worte aus ihrem Mund den unbeholfenen Fremdling seinem Nichts entrissen hatten; seit sie Eroberergelüste in ihm genährt hatte, die dem armen jungen Manne anfangs als ein unmöglicher Traum erscheinen mußten. Bald zwar hatte er sich über nichts mehr gewundert. Wieviel List und Vorsicht hatte es sie gekostet, bis sie sein Zartgefühl besiegt und ihn mit Geld versorgt hatte. Welche verzweifelte Kämpfe hatte sie seinetwegen bestanden, mit Lizzi Laffé, mit den schmutzigen Levzahns, mit allen ihren mißgünstigen Freundinnen, mit Asta, der sie auf seinen Wunsch die Wahl gestellt hatte zwischen dem Bruch mit Rcszscinski und der Enterbung. Sie hörte seinen Namen, von ihr eigenhändig auf alle Lippen getragen und laut hinausgeschrien auf ihr Geheiß; sie sah ihn nach der Aufführung seines Werkes umschmeichelt, angestaunt, bejubelt. Sie bedachte all die Diplomatie, die Vorstellungskunst und den rücksichtslosen Trotz, dessen sie bedurft hatte, um aus dem in der Linienstraße hausenden kleinen Studenten den einflußreichen und bedeutenden Herrn in der Lützowstraße zu machen.

„Der Undankbare! Jedes Stück in seinen Zimmern muß ihn an mich erinnern. Würde er auch nur einen einzigen Gruß bekommen von den Leuten, die ihm jetzt die Stiefel lecken, würde er von den Mahlzeiten, die er jetzt hält, nur einen Bissen genießen – ohne mich? Bin ich nicht alles für ihn, sein Börsenglück, sein Dichterruhm, seine gesellschaftlichen Erfolge? Alles hat er nur, solange er mich hat! Oder bildet er sich ein, die Unsummen, die seit neun Monaten durch seine Hände gegangen sind, wirklich selbst verdient zu haben? Er gehört mir, wie kann er es wagen, mich zu betrügen, er stiehlt mir mein Geld! Weiß er nicht, daß ich ihn von heute auf morgen vernichten, ganz und gar vernichten kann, der Dieb!“

Es gab einen Ruck, der Wagen stand. Der Kutscher begann zu schimpfen, dann erhob sich die drohende Stimme eines Schutzmannes. Adelheid sah hinaus. Der umgefallene Gaul eines Lastfuhrwerkes verursachte eine Verkehrsstockung. Das Volk stand auf allen Seiten umher, es glotzte durch die Scheiben zu ihr hinein. „Ich kann nie hier gewesen sein“, meinte sie, und plötzlich erfaßte sie die ganze Trostlosigkeit ihrer Lage: allein, verraten, verlassen und verlacht, mit einer letzten Enttäuschung im verarmten Herzen, auf den zerrissenen Plüschkissen einer klappernden Droschke zweiter Klasse, unter den feindseligen Proletariern eines entlegenen Stadtviertels. Sie wurde weich. Als das Pferd wieder anzog, warf der Stoß die Gebrochene in ihren Winkel zurück, beide Hände vor das Gesicht geschlagen.

„Was habe ich getan! Ich habe ihn verleumdet, ihn! Er ist ja ein Dichter, ein echter Dichter, fast ein Kind, ein Sonnenkind, das alles durch eine goldene Brille ansieht. Was weiß er vom Leben. Wie kann er ahnen, woher das Geld kommt. Natürlich glaubt er alles, was ich ihm erzähle. Er ist ja immer noch so unschuldig wie damals in dem einfachen Stübchen, wo ich ihn zuerst besucht habe. Warum habe ich ihn nicht dort gelassen? Wie könnte alles rein und schön sein!"

Ein Paradies stieg vor ihr auf. Sie hielt ihren Dichter, ihr Herzchen, ihren Liebling unter Verschluß wie in einem Schatzkästchen. Kein Mensch wußte etwas von seinem Dasein. Sie besuchte ihn ganz heimlich und kehrte von ihm zurück wie aus einem schöneren Leben. Das dauerte ewig, sie blieb immer jung, er liebte sie unermüdlich. Er kannte nichts anderes, er sah nur sie. Er durfte nicht ausgehen; in ihrem Wagen, dessen Gardinen fest zugezogen waren, führte sie ihn tief in den Tiergarten hinein. Dort, in einem grünen Versteck, von ihr behütet, durfte er Luft schöpfen.

Sie schluchzte laut auf, das Paradies versank.

„Statt dessen habe ich selbst ihn in die Welt hinausgetrieben, allen Lockungen habe ich ihn ausgesetzt. Mußte ich nicht voraussehen, daß er ihnen nicht widerstehen würde? Sein Künstlertemperament ist so fein und reizbar, er und die wenigen, in ganz Europa verstreuten Kulturträger haben es nun einmal mit den raffinierten Genüssen. Was ist dabei zu machen? Es gehört zu seiner Kunst, und seine Kunst ist ihm alles, ich weiß es ja. Armes Herz, du hast kein Recht auf ihn."

„Aber ich liebe ihn!"

Es war ein Schrei, der alle Vernunftgründe erstickte.

„Ich liebe ihn!" wiederholte sie, und sie fand keinen Einwand. „Ich muß ihn doch behalten, er ist doch mein, denn ich liebe ihn ja. Wie konnte sie es wagen, ihn mir wegzunehmen, wie darf eine solche Person mir in die Quere kommen. Es muß doch jemand schuld daran sein."

Sie rückte in ihrem engen Käfig umher. Ihre Wut war zurückgekehrt, wo war der Schuldige, an dem sie sie auslassen konnte?

„Ah! Türkheimer!"

Der Kutscher fragte durch das Fenster:

„Soll's noch weiter geh'n?"

„Umkehren, Hildebrandtstraße!"

„Ich habe mich nie um seine Schönen gekümmert, ich habe geduldig zugesehen, wie sein Geschmack immer pöbelhafter wurde. Jetzt aber ist sein Maß voll, diesen Balg verzeihe ich ihm nicht!"

Die Rachegedanken überstürzten sich, einer wilder als der andere. Öffentliche Züchtigung der kleinen Matzke, Skandal, Scheidung, sie schreckte vor nichts zurück. Konnte man Türkheimer nicht unter Kuratel stellen? Nichts leichter als das, er ward ja kindisch. Ein Mann, der seinen Verstand besaß, verschenkte nicht Villen und Millionen an eine Ausgeburt der Gosse. Nichts leichter als das! Aber als ihr müdes Gefährt die Potsdamer Straße erreicht hatte, begann sie das Unternehmen schwieriger zu finden. In der Königin-Augusta-Straße hatte sie beinahe schon auf die Scheidung verzichtet. Was hätte Asta zu den Streichen ihrer Mutter gesagt? Asta hätte recht gehabt. Und vor ihrer Haustür, den Finger auf dem Knopf des Läutewerks, sagte Adelheid sich, daß man unter den Fabrikschlöten und Arbeiterkasernen, woher sie kam, anders fühlte und dachte als in der Hildebrandtstraße. Es wunderte sie, daß sie sich von Leidenschaften hatte fortreißen lassen, die in ihrer Heftigkeit beinahe volkstümlich waren; sie schämte sich ein wenig. Zwar mußte die Angelegenheit in Ordnung gebracht werden, womöglich vor dem Essen. Sie ließ ihren Gatten zu sich bitten, doch tat sie es kaum noch zornig, sondern mit leidender Stimme.

Sie erwartete ihn im gelbseidenen Teezimmer in der Fensternische. Ach, jeder einzelne Gegenstand bewahrte hier eine Erinnerung an Andreas. Sie setzte ein Knie auf den Stuhl und verschränkte die Arme über die Lehne. Halb geneigten Hauptes, mit weitoffenen Lidern träumte sie in die flackernde Kerze. So hatte er sie einst gefunden, am Abend der „Verkannten", damals, als sie beide endgültig triumphiert hatten. Das war vorbei, es konnte niemals von vorne anfangen. Eine andere hatte ihn verführt und lag in seinen Armen, vielleicht schon morgen wieder.

Adelheid richtete sich auf, sie stampfte mit dem Fuß. Das war durchaus unerträglich, es durfte nicht sein. Dies frevle Glück mußte zerstört werden, es verursachte ihr zuviel Leiden. Türkheimer haftete ihr dafür, daß jenes hergelaufene Geschöpf unverzüglich zurückgestoßen wurde in seinen ererbten Schmutz, weit fort von ihm, dessen Seele ihr Umgang vergiftete. Aber er? Würde er nicht leiden?

„Darf ich ihn leiden lassen statt meiner?"

Sie stieß einen leisen Schrei aus, es war ihr, als hätte sie, eine kurze Sekunde lang, seine geliebte Gestalt erblickt, schlank aufgerichtet vor seinem gewohnten Sessel, neben dem Teetischchen, wo sie so manche Stunde zusammen verplaudert hatten, wo ihre Hände zuerst einander berührt hatten, wo sie ihm bei seinem ersten Five-o'clock-Besuche erklärt hatte, wie modern die Bauernblumen seien, und wie nett es sein werde, wenn er trotz seiner streng katholischen Grundsätze in „Rache!" gehe. Jetzt war er bleich, ganz bleich, und der Aufschlag seiner klaren, von langen Wimpern beschatteten Mädchenaugen raubte ihr alle Fassung. Der Geliebte schien zu flüstern: „Tu mir nicht weh!" Ein schlürfender Schritt näherte sich, Türkheimer trat ein; sie fand ihn ungewöhnlich hassenswert.

„Nu, was ist?" fragte er leise, als er bereits dicht vor ihr stand.

Sie hatte ein unsanftes Wort aussprechen wollen, doch nun flößte er ihr beinahe Schrecken ein, so hoffnungslos unterwühlt, so traurig verfallen sah dieser Mann aus. Die Fettpolster seiner Wangen hingen so tief auf das Kinn herab, daß er die nachlässig gefärbten Koteletten zu verlieren schien, und auch der kleine Spitzbauch war sichtlich gesunken. Plötzlich entdeckte sie, daß das eingetretene Unglück, falls er davon unterrichtet war, ihn ebenso schwer traf, wie sie selbst; das heißt, wenn er die kleine Matzke geliebt hatte. Der arme Mann! Er war nie dazu angetan gewesen, auf andere Weise als durch sein Geld etwas zu erreichen. Und jetzt war es soweit mit ihm, daß er für andere zahlte, ohne selbst noch das Vergnügen genießen zu können, das er bezahlt hatte. Ein Mitleid, durch Verachtung gemäßigt, beschlich sie. Sie erkundigte sich:

„Du hast Verdruß gehabt?"

„Wieso?"

„Vielleicht eine schlechte Börse?"

„Die Börse? Die kann mich liebhaben."

„Du hast recht, manchmal sind die häuslichen Unannehmlichkeiten wichtiger als die geschäftlichen."

„Wichtig? Was heißt wichtig?"

Er verlor sich offenbar in Gedanken über den Begriff wichtig. Adelheid fing an sich zu ängstigen; er mußte sehr krank sein.

„Wieviel Gramm sind es jetzt?" fragte sie. „Ist es mehr geworden?"

Er zuckte die Achseln.

„Frage Klumpasch."

„James Louis, du beunruhigst mich. Du solltest längst in Karlsbad sein, was tust du hier noch?"

„Ja, was tue ich hier noch?"

„Morgen reist du! Hast du mich verstanden?"

„Werde ich morgen reisen."

Seine stumpfe Geduld rührte sie.

„Nimm endlich einen Fauteuil", bat sie. „Deine Knie zittern ja."

Sie ergriff seine schlaff herabhängende Hand.

„Du kannst mir ruhig alles sagen, weißt du. Du hast an deiner Frau eine Freundin, der schon längst nichts mehr unbekannt ist."

Er schnitt eine Grimasse, ihr Mitgefühl stimmte ihn weinerlich. Nach einigem Zögern begann er:

„Ich mache eine Dummheit. Verzeih mir, wenn du kannst, Adelheid, ich mache eine Dummheit."

Er durchsuchte mühsam seine Taschen, überreichte ihr einen Brief und versank aufs neue schwer in seine Kissen.

Der Schreiber versicherte, er werde von seinem Gerechtigkeitssinn gezwungen, zu verhindern, daß ein Mann wie Herr Generalkonsul Türkheimer länger auf so niederträchtige Weise betrogen werde. Und von wem betrogen? Von einer den niedrigsten Kreisen entstammenden Person, die dem aufopfernden Edelmut ihres Wohltäters nicht mehr als alles verdanke, und von einem jungen Menschen, den Schreiber nur mit A. Z. bezeichnen wolle, und der das von dem Herrn Generalkonsul und seiner Frau Gemahlin in ihn gesetzte großmütige Vertrauen auf das ehrloseste getäuscht habe. Man sei ja sonst nicht haberig, aber das Betragen der beiden, oben näher bezeichneten Personen sei gewiß ein schamloses zu nennen, besonders da es fast alle Tage vorkomme. Schreiber könne weiter aus sicherster Quelle berichten, daß das sogenannte Fräulein Bienaimée Matzke ihren väterlichen Gönner mit einer ganzen Menge anderer Leute hintergehe, deren Namen wohl nichts zur Sache täten. Ja, sie treibe ihre Gemeinerei so weit, nachts auf die Straße zu gehn, wie es heiße, um nach einem verkleideten Prinzen zu suchen. Das müsse aber ein komischer Prinz sein, dem man nachts um ein Uhr in der Invalidenstraße auflauere, und gehöre er wohl eher dem Bunde derer mit Ballonmützen an. Diese strengstens auf Wahrheit beruhenden Umstände dürften geeignet erscheinen, den Ekel jedes anständig Denkenden zu erregen, und werde Herr Generalkonsul dem unbekannten Schreiber seine Erkenntlichkeit gewiß nicht versagen.

Unterzeichnet war der Brief: „Mit herzlicher Hochachtung ein edler Freund."

Einige Ausdrücke hatten Adelheid persönlich getroffen, wie ein Andenken an einen bedeutungsvollen Vorfall in ihrem Leben; vielleicht an ihren Streit mit den Levzahns? Sie empfand plötzlich eine Übelkeit. Wieviel Widerwärtiges, wieviel Widerwärtiges! Und alles mußte auf einmal ertragen werden. Sie machte eine Gebärde des Abscheus.

„Das kommt gewiß von einer neidischen Freundin dieses Fräulein Matzke", vermutete sie. Türkheimer sagte:

„Dafür ist der Stil zu gebildet."

„Na, was die Bildung anbelangt –", meinte Adelheid, und sie legte mit schmerzlicher Wonne in diese Worte alle literarische Eitelkeit, die sie je dem Geliebten abgelauscht hatte. Dann forschte sie:

„Was gedenkst du nun zu tun, armer Freund?"

„Was soll ich tun? 's ist mein Los. Man zahlt, und die Lumpen genießen. Die leben, die genießen", murmelte er.

„Du willst diesem Mädchen doch nicht verzeihen?"

„Sie kostet mich –"

Er brach ab, erschrocken über das, was er gesagt hatte.

„Das wirst du nicht tun, James Louis", versetzte sie, ganz kalt.

„Ist es dein Los, betrogen zu werden, so soll es doch nicht *unser* Los sein. Verstehst du mich?"

Er blinzelte sie ratlos an. Unvermutet riß er die Brauen in die Höhe, seine müden Augen mußten sich öffnen. Es war ihm der Gedanke gekommen, daß die Sache seine Frau schließlich gerade so nahe angehe wie ihn selbst. Er hörte ihr mit offenem Munde zu.

„Willst du vielleicht“, sagte Adelheid, „diesem herzlosen kleinen Proletarierkinde nach wie vor dein Geld in den Schoß werfen, damit sie es an ihre Liebhaber weitergibt? Erstens wäre das –“

Sie atmete leichter, entschlossen wandte sie ihm die geschäftliche Seite der Angelegenheit zu.

„Es wäre auf die Dauer unser Ruin. Du weißt wohl nicht, was so eine dürre, mieserige kleine Person, die ihr Lebtag kein Zehnmarkstück in Händen gehabt hat, fertigbringt. Man hat von welchen gehört, die in einem einzigen Jahre mehr anständig erworbenes Vermögen durchgebracht haben, als Ratibohr, Blosch und du zusammen in zehn Jahren beschaffen können.“

Sie stellte die Wirkung ihrer Rede in seiner Miene fest und ward freundlicher.

„James Louis, ich bin dir sehr böse gewesen. Soll ich dir verraten, was ich gedacht habe? Er hat seinen Verstand nicht mehr, habe ich gedacht, sonst würde er nicht Villen und Millionen an solche Ausgeburt der Gosse verschenken, er, der die Geschäfte mit Puerto Vergogna gemacht hat und mit Bloody Gold Mounts. Soll ich dir noch mehr verraten? In meinem verzeihlichen Unwillen habe ich an einen öffentlichen Skandal gedacht, mit Klatsch und Zeitungsartikeln, sogar an Scheidung habe ich gedacht und an Gütertrennung!“

Er streckte beschwörend die Hand aus.

„Adelheid!“

Die Stimme versagte ihm, ihre Geständnisse hatten jäh sein ganzes Innere aufgewühlt.

„Adelheid, die kleine Matzke ist tot und begraben, kannst du einem reuigen Sünder verzeihen?“

Er neigte sich flehend über sie, stolperte und fiel vor sie hin auf den Teppich. Sie legte den Arm um den Nacken des Knienden.

„Du wirst alt, armer Freund“, sagte sie gütig. Er stöhnte.

„Es ist ein Unglück, wir werden alt.“

Sie nahm ihm seine Unvorsichtigkeit nicht übel. Er rief mit hereinbrechender Entrüstung:

„Hat man 'ne Ahnung davon, wie schlecht die Welt ist?“

Sie zuckte zusammen, ihr ganzes Unglück bestürmte aufs neue ihre Seele.

„Wir werden alt“, wiederholte sie, Tränen im Halse. Er schluchzte auf ihren Knien:

„Es ist ein Unglück, es ist ein Unglück.“

Allmählich fühlte sie seinen Kopf auf ihrem Schoße immer schwerer werden; sie fand es nötig, ihn aufzurütteln.

„Morgen reisen wir. Ich gehe mit dir, James Louis, ich brauche es auch, aber vorher muß hier alles in Ordnung kommen.“

Er erhob sich mit einem mutlosen Seufzer.

„Wie willst du es in Ordnung bringen?“

„Und unsere Genugtuung? Fällt es dir nicht ein, dir Genugtuung zu verschaffen?“

„Du hast recht, ich werde mir Genugtuung verschaffen.“

Ein neuer Gedanke belebte ihn, er steckte die Daumen in die Armlöcher der Weste.

„Sie können sich eklig was besehen“, versicherte er mit Nachdruck. „Dieser feine junge Mensch soll mal'n bißchen was erleben.“

Sein entfärbtes, schlaffes Gesicht blähte sich plötzlich dunkelrot, eine heftige Rachgier erfaßte ihn.

„'n Baffze! Nee, was für 'n Baffze. Immer schöne Worte, wenn er einem begegnet, und hinterm Rücken nichts als grober Unfug. Hab ich ihn nicht aufgefüttert? Sag es selbst, hab ich ihn nicht eigenhändig aufgefüttert? Mit 'ner gewissen Liebe sogar. Und das habe ich nu von meinen Gefühlen. So 'n ärmlicher Mensch, was ist er denn? Dich hat er amüsiert, mich hat er amüsiert, alle Leute hat er amüsiert, und jetzt meint so 'n Baffze, er dürfte sich im Ernst benehmen wie 'n feiner Mann und junge Mädchen verführen. Hat ihn denn jemand ernst genommen? Hast du ihn ernst genommen? Hab ich ihn ernst genommen? Er muß doch wissen, wer er ist, so 'n Spaßmacher, so 'n Bajaz, so 'n magerer Zeitvertreib!“

„Doch nicht so wild“, bat Adelheid ängstlich. Soviel Leidenschaft hatte sie nicht vorausgesehen.

„Du gehst ja viel zu weit, besonders, weil es sicher nicht seine, sondern ihre Schuld ist. Er ist ja so harmlos, sie ist ihm wahrscheinlich nachgelaufen, sie ist ja aller Welt nachgelaufen."

„ *Sie?* Das arme Wurm, sie ist erst siebzehn."

„Das sind die Schlimmsten."

„Das glaubst du wohl? Na, ich will dir was sagen, Adelheid: wir Männer sind allemal schuld. Wenn was passiert, sind allemal wir es gewesen!"

Sie sah an ihm herab.

„Du Ärmster", dachte sie. Sie äußerte:

„Tue also etwas bei der Sache. Du brauchst dich nur zurückzuziehen, das übrige macht sich von selbst."

„Selbstredend ziehe ich mich zurück. Meine Hand ziehe ich von ihm."

„Von *ihm*?" rief sie, enttäuscht und angstvoll.

„Von ihm. Von wem denn sonst? Ich habe ihn doch ganz in der Tasche, ohne mich fällt er sofort platt auf'n Rücken. Warte, Männeken, du hast die längste Zeit Börsengeschäfte gemacht. Und im Klub erzähle ich, daß ich böse mit ihm bin. Morgen kennt ihn keiner mehr, paß auf, keiner kennt ihn mehr. Und in vier Wochen liegt er auf dem Pflaster, woher wir ihn geholt haben, und sucht 'ne Hauslehrerstelle, findet se aber nicht, dafür sorge ich."

Adelheid hatte eine Schwäche zu überwinden, sie preßte die Hand auf das Herz. Das arme Herz, es konnte sich nicht von ihm losmachen, es blutete bei jeder Verwundung des Treulosen.

„Und die Person?" sagte sie mit Anstrengung. „Ich meine die sogenannte kleine Matzke. Willst du sie ihr Benehmen nicht im geringsten entgelten lassen?"

Er sah kleinlaut von ihr weg.

„Mache dir klar, James Louis, wie sie sich an dir versündigt. Sie gibt dich dem Gespötte preis. Jeder, der ihren Landauer und ihre unverschämte Livree zu sehen kriegt, fängt an zu lachen und freut sich, daß du reingefallen bist. Die kleine Matzke, so klein sie ist, dem großen Türkheimer ist sie über, wird jeder sagen. Deine Ehre ist im Spiel, James Louis. Willst du es dulden, daß sie weiter in Saus und Braus dahinlebt? Du mußt sie zerschmettern."

„Kann ich es? Die Villa gehört ihr, was drin ist, gehört ihr auch. Geschenkt ist geschenkt.“

Sie sahen sich von der Seite an, prüfend und mit wiedererwachendem Mißtrauen. Das Geräusch eines Wagens, der in den Hof einfuhr, unterbrach die peinliche Pause.

„Es sind die Kinder“, sagte Adelheid. „Sie kommen zum Essen.“

Asta trat ein, gefolgt von Hochstetten. Einen Augenblick später erschien auch Liebling in der Tür. Die junge Frau erklärte halblaut:

„Ich habe ihn mitgebracht, wir können ihn brauchen.“

Sie musterte durch das Lorgnon ihre bekümmerte Mutter, dann kam sie ihrem Vater zuvor, der sich ächzend nach einem zerknitterten Papier bückte.

„Gib dir keine Mühe, Papa“, sagte sie. „Gerade so was habe ich auch bekommen. Meint ihr, daß es dem anonymen Briefschreiber Spaß macht, seine Horreurs euch ganz alleine zu erzählen? Oh, was ihr euch einbildet! In diesem Augenblick klatscht alle Welt über die Geschichte.“

„Gemein!“ rief Türkheimer. „Wie sind die Leute gemein!“

„Ich habe deinem Vater geraten, die Sache in Ordnung zu bringen. Du solltest mich dabei unterstützen“, versetzte Adelheid, und sie versuchte ein wenig mütterliche Autorität in ihre Stimme zu legen. Asta lächelte hochmütig:

„Es ist schwer, euch zu raten, ihr werdet niemals Vernunft annehmen. Es kommt eben auf die Lebensauffassung an. Botho, weißt du einen Rat?“

„Du befiehlst?“ Hochstetten schrak aus seiner Träumerei empor. Er begriff nur langsam, daß man von ihm eine Einmischung in die erstaunlichen Herzensangelegenheiten der Familie verlangte, die die seinige geworden war.

„Natürlich hast du keine Meinung“, bemerkte seine Gattin über die Schulter hinweg. „Wann hättest du jemals eine?“

Türkheimer senkte einen verachtungsschweren Blick auf das bescheiden gezierte Knopfloch des Freiherrn. Hochstettens Ansehen sank rasch immer tiefer, bei Asta wie bei den ihrigen. Türkheimer zieh ihn nachgerade des Betruges, diesen Geheimrat im Ministerium, der dem Vater seiner Frau noch immer keinen Orden verschafft hatte. Adelheid versetzte:

„Dein Vater behauptet, die Person, die ihn bloßstellt, nicht daran hindern zu können."

„Rede nicht, Adelheid", sagte Türkheimer. „Ich will dem Baffzen, der uns Stank macht, eins versetzen. Hinausfliegen soll er, der Boykott soll über ihn verhängt werden, daß er nicht mehr leben kann, der Schlingel – und wer will es nicht? Du, Adelheid."

„Ah, ihr möchtet euch rächen, und jeder nach einer andern Seite? Ihr müßt es anders anfangen, verehrte Eltern."

Asta stützte anmutig einen Arm auf die hohe leierförmige Lehne eines mit Schlangenhaut bezogenen Stühlchens. Ihre untersetzte Figur wurde prall und elegant umschlossen von einem Kostüm aus silbergrauer Crêpe-lisse, unterlegt mit einer etwas dunkleren Seide. Sie hatte den vorn aufgeschlagenen Straußenfederhut nicht abgenommen; sie stand vor ihren Eltern wie eine gnädig vermittelnde Gönnerin aus hohen Kreisen. Freie und gelassene Bewegungen ihrer weiß behandschuhten Rechten begleiteten ihre Worte.

„Zunächst mußt du, Papa, dem jungen Menschen einen kleinen, leidlich bezahlten Posten verschaffen."

„Einen Posten? Ich ihm? Du bist wohl –"

„Du tust mir leid, Papa, aber es geht nicht anders. Überlege einmal, wie lange wir ihn unter uns geduldet haben, und was er unglücklicherweise alles zu sehen bekommen hat. Nicht wahr, liebe Mama, man hat ihm vieles gezeigt? Was war das mit dem Krach der Gold Mounts, Papa? Du hast ihn dabei viel Geld verdienen und möglichenfalls auch einen Blick hinter die Kulissen tun lassen? Könnte er nicht Indiskretionen begehen?"

„Oh, ich fürchte seine Indiskretionen nicht", murmelte Türkheimer, mit einem schiefen Blick auf Hochstetten, der nicht zuhörte. „Aber immerhin, man muß allen verleumderischen Erfindungen die Spitze abbrechen. Du hast recht, mein Kind, ich bin zu weit gegangen."

„Du sprichst vielleicht mit Jekuser wegen einer Stelle am „Nachtkurier"."

„Wird gemacht, wird gemacht, 'ne Stelle, nicht zu fett und nicht zu mager, daß ihm nie zu wohl wird, und daß er doch immer in Angst ist, sie zu verlieren."

„Siehst du, jetzt bist du schon vernünftiger geworden, Papachen. Jetzt kommt erst der Rat, den ich euch zu geben habe. Ihr verheiratet die beiden miteinander."

Adelheid flog in ihrem Sessel empor.

„Wir verheir –"

Sie faßte sich mühsam.

„Du machst Witze. Soll das eine Rache für uns sein? Oder meinst du, daß die gute Sitte es fordert?"

Türkheimer seufzte.

„Ich habe nichts dagegen. Aber erst können. Und dann wozu?"

„Um sie glücklich zu machen", erwiderte Asta, beinahe neckisch. „Sie lieben sich, das haben sie euch doch gezeigt. Macht sie glücklich, die Leutchen verdienen es, nicht wahr, Botho?"

„Ich habe den jungen Mann ganz angenehm gefunden", äußerte Hochstetten. Seine Gattin klopfte ihn auf den Arm, mitleidig und herablassend. Sie wandte sich an ihren Vater.

„Zunächst schickt man dieser Dame – wie heißt sie noch?"

„Die kleine Matzke", erklärte Türkheimer.

„Sie wird Schulden gemacht haben, die kleine Matzke. Zunächst schickt man ihr die Gläubiger. Dann kaufst du die Villa zurück, Papa. Andreas, der süße Junge, ist im Kaufpreis einbegriffen. Sie nimmt ihn, oder sie bekommt gar nichts."

„Und er, und er?" flüsterte Adelheid mit bebenden Lippen, fast unhörbar; und doch war es ein Aufschrei ihres Herzens. Sie wagte den Blick nicht zu wenden, sie fürchtete, ihn an seinem gewohnten Platze zu finden. Er, der ganz ihr gehört und in dessen Seele sie gelebt hatte, wie konnte er fern und ahnungslos bleiben, während ein grausamer Familienrat über sein Schicksal entschied. Gewiß, er stand noch immer drüben am Teetischchen, bleich, traurig, eine stumme Anklage in den klaren, von langen Wimpern beschatteten Mädchenaugen. Asta lächelte zu den Qualen ihrer Mutter.

„Beunruhige dich gar nicht“, bat sie, nahezu zärtlich. „Dafür haben wir Liebling. Er wird die Liebenden einzeln vornehmen und alles befingern, wie Kapeller zu sagen pflegt.“

Liebling, nach dem die anderen sich umwandten, ließ keine Teilnahme merken. Er saß mit einem Zeitungsblatt in Händen voll Zurückhaltung am andern Ende des Zimmers. Türkheimer ächzte leise.

„Dein Rat ist gut, aber teuer. Was kosten mich diese beiden ärmlichen Menschen schon für Geld!“

Asta entgegnete:

„Jetzt weißt du wenigstens wofür, Papa.“

„Weiß ich das?“

„Und eure Rache? Kannst du dir nicht vorstellen, was es für eine Ehe werden wird? Mit seiner feinen Karriere ist es zu Ende, mit ihrer erst recht. Er hat ein Gehalt, das für einen ledigen Menschen mit kleinbürgerlichen Gewohnheiten zur Not ausreicht, dreihundert Mark meinetwegen. Darauf ruht der Hausstand, und mit einer so sparsamen, ordnungsliebenden, an geregeltes Leben gewöhnten Hausfrau, wie die kleine Matzke eine ist, kann es gar nicht fehlen. Nach einem Jahr ist ein skrofulöses Kind da. Die Eltern sind vertrottelt, zänkisch, voll verschämter Bettelgelüste. Wir begegnen ihnen im Tiergarten. Der Vater schiebt den Kinderwagen, hinterher schleppt das zerrissene seidene Kleid der Mutter. Sie trägt Stiefeletten mit Gummizug und einen wollnen Regenschirm.“

„Asta, du bist *mein* Kind! Was hast du für 'nen großen Charakter! Ja, wir rächen uns, und nobel!“

Türkheimer war in Entzücken, er griff der Tochter unter das Kinn, und sie ließ es sich gefallen, so heiter stimmte sie das vorauszusehende Geschick jenes Menschen, der sie gekränkt, übersehen, schließlich sogar in ihrem Liebesleben beeinträchtigt hatte, und dessen Glück für sie eine fortgesetzte Niederlage bedeutete. Jetzt gehörte die Rache ihr, und er sollte es merken. Sie entfaltete plötzlich eine bestechende Liebenswürdigkeit, die niemand kannte. Sie nahm den Arm ihres Vaters; der Haushofmeister öffnete eben die Tür, um das Diner anzumelden.

„Und dein Befinden, Papachen?“ fragte sie.

„Ausgezeichnet!“ rief Türkheimer, und er bemühte sich, elastisch auszuschreiten.

„Ganz ausgezeichnet. Liebling, ich habe was Wichtiges mit Ihnen zu besprechen.“

Adelheid rang stumm die Hände, sie fühlte, daß kein Wort, keine Erfindung den Verlorenen halten konnte; vor ihren Augen versank er. Sie ließ sich von Hochstetten hinausgeleiten. Liebling stand am Wege und verneigte sich. In seinem dunkeln, seelenvollen Blick las Adelheid ein Mitgefühl, das sie nirgends zu finden gehofft hätte; sie ruhte dankbar darin aus.

Sogleich fragte er sich im stillen:

„Sollte es möglich sein?“

Er verneigte sich nochmals, voll bedingungsloser Ergebenheit, indem er sich zuschwor:

„Ich werde meine Pflicht tun.“

XV.
Liebling

Als Andreas sein Arbeitszimmer leer fand, überkam ihn ein Zweifel:

„Sollte ich zu weit gegangen sein?“

Adelheids Verschwinden sah aus wie ein stummer Protest. Ah, er würde ihre Empörung brechen. Es galt, sich hart zu zeigen. Aber ein herrisches Billett, das er ihr zuschickte, blieb ohne Antwort, und als er sich selbst in der Hildebrandtstraße einfand, ward ihm die kurze Nachricht, die Herrschaften seien abgereist. Zwei Sekunden lang stand er darauf wie erstarrt. Dann besann er sich; die Stimme des Dieners hatte vielleicht nicht die gewohnte Achtung ausgedrückt? Die Rechte begann ihm leise zu zittern, und unvermutet fiel sie klatschend in das Gesicht des Lakaien. Dieser rieb sich die Backe. Andreas betrachtete seine Schmerzensgrimasse: war das nicht derselbe Mensch, der einst Doktor Bedieners Karte von ihm entgegengenommen hatte wie von einem stellungsuchenden Kandidaten? Ein wenig erleichtert wandte er sich zum Gehen. Alles endete mit Ohrfeigen.

„Eine habe ich empfangen, von Claire Pimbuschs äffischem Mittelglied; aber zwei habe ich ausgeteilt, an diesen Laffen und an die kleine Matzke. Das Ergebnis darf wohl als ein befriedigendes gelten."

Er bewunderte seine Kaltblütigkeit.

„Ich bin größer als die Ereignisse", bemerkte er, während er sich daheim auf der Ottomane ausstreckte. Er hatte beschlossen, sich der Wirklichkeit, die ihm in diesem Augenblick verächtlich vorkam, durch Schlummer zu entziehen; da wurde ihm Herr Felix Liebling gemeldet.

Der Gehrock des Moralisten war fest und feierlich zugeknöpft, sein schöner schwarzer Bart glänzte und bebte. Er sah Andreas warm ins Auge und begann:

„Die Angelegenheit, mein lieber jugendlicher Freund, die mich zu Ihnen führt, berührt das Geschick mehrerer trefflicher Menschen, darunter auch das Ihrige."

„Einen Moment!" rief Andreas. Ein kühler Schauer hatte ihn angeweht, von irgend etwas Unheimlichem her, das gerade vor ihm, im unbekannten Dunkel eines Kellerloches, zu lauern schien. Er griff in die Luft, nach einem Gegenstand, den er zwischen sich und das Verhängnis zu schieben vermöchte.

„Mein neuer Curaçao! Sie nehmen doch ein Gläschen?"

„Eigentlich nicht", sagte Liebling. „Ich habe die Gewohnheit, in fremdem Hause nie etwas zu genießen. Ihnen zuliebe weiche ich von meiner Gewohnheit ab und bitte um Ihren Schnaps."

Sie hatten ausgetrunken und saßen einander gegenüber. Liebling lehnte den Kopf zurück, sein Blick kam, wie es Andreas schien, von der Decke herab, oder aus noch höheren Regionen, so sonnig und so still eindringlich traf er den jungen Mann. Unerwartet rief er aus:

„Wie schön! Wie schön, mein lieber jugendlicher Freund, blüht Ihnen das Leben! Darf ich ein Gleichnis gebrauchen?"

„Bitte."

„Ich gebrauche also ein Gleichnis. Ist es nicht, als ob Sie sich auf einem schönen, schönen Eiland befinden. Überall wachsen die modernsten Blumen, große rosenrote Vögel fliegen durch die blaue Luft und singen das Neuste. Dabei riecht es nach Orangenblütenwasser oder nach Maiglöckchenessenz, was Sie wollen ... Die Tische sind gedeckt für die feinste Gesellschaft, die edelsten Frauen, von der liebenden Natur überreich ausgestattet, winken Ihnen. Nun aber kommt es. Plötzlich verbreitet sich ein zweideutiger Duft, und alle ziehen sich einen bis zwei Meter von Ihnen zurück."

„Mein Herr!"

Andreas war aufgesprungen, doch Liebling streckte ihm beschwichtigend die Hand hin.

„Es ist ja nur ein Gleichnis. Übrigens, wenn Sie es lieber sehen, nehme ich den zweideutigen Duft zurück. Tatsache ist, daß man Sie allein läßt. Symbolische Gestalten, aus deren gefräßigen Mäulern Zettel mit den Inschriften „Ich bin der Hunger" und „Ich bin die Selbstzerknirschung" heraushängen, haben es auf Sie abgesehen und drängeln Sie bis dicht ans steile Meeresufer. Schon machen Sie sich auf das Ertrinken gefaßt, da langt eine rettende Hand nach Ihnen und zieht Sie in einen bereitgehaltenen Kahn. Nun frage ich Sie und jeden Menschen, was werden Sie tun? Werden Sie nicht ruhig mitkommen? Und wenn Ihnen die rettende Hand auch kein so ausnahmsweise günstiges Eiland anweist wie das von Ihnen aufgegebene, aber doch eins, wo sich auskömmlich leben läßt, sagen wir mit dreihundert Mark im Monat – ich frage Sie, würden Sie darum Fisematenten machen? Würden Sie mit den Beinen strampeln und den Kahn umkippen? Gewiß nicht. Soll ich Ihnen jetzt was Ernstes erzählen?"

Ehe der junge Mann sich besonnen hatte, stand Liebling ganz dicht vor ihm.

„Die rettende Hand bin ich", sagte er tonlos.

Andreas sah ihn mit erblaßten Augen an.

„Sie kommen von Türkheimer, oder von seiner Frau? Machen Sie mal Schluß, und sagen Sie, was Sie wollen."

Sie setzten sich wieder; bleich und kalt hörte Andreas zu, mit einem Gesicht, als vollführte er eine übergroße Anstrengung.

„Vergleichen Sie nur", bat Liebling, „was hat Türkheimer aus Ihnen gemacht, und was haben Sie ihm dafür beschert? Wie standen Sie da bis gestern? Als ein geachtetes Mitglied der feinsten Kreise, als einer der beliebtesten Dramatiker Berlins, und ich darf wohl sagen ganz Deutschlands, als das verzärtelte Schoßkind der Frauen und der Musen, umhüpft von Grazien und Scherzen."

Andreas war leicht errötet. Liebling atmete tief, er sprach langsam und wuchtig weiter.

„Und dem Gönner, der Ihnen bloß aus Menschenfreundlichkeit so 'ne Lebensstellung verschafft hat, haben Sie zum Dank sein Weib verführt, sein einziges, geliebtes, Sie haben die Zwietracht in sein friedliches Heim getragen, und Ihre Schuld ist es, wenn die Tochter sich gegen die Mutter empört. – Und das ist noch gar nichts“, setzte er schnell hinzu, als der junge Mann eine Gebärde der Abwehr machte. „Den Trost seines Alters haben Sie ihm geraubt, das Heiligtum seiner letzten Tage haben Sie mit sinnlichen Händen in den Schlamm gezogen.“

„Sie meinen doch nicht die kleine Matzke?“

„Jüngling, haben Sie in Greisenherzen geschaut? So ein großer Mensch wie Türkheimer, weise und gerissen wie nur einer, glaubt urplötzlich an die Reinheit eines kleinen Mädchens. Eine allerletzte Illusion, hat sie nicht was Rührendes? Und nun sehen Sie sich den Mann an, wie er aussieht, er wankt ja merklich der Grube zu. Und wer hat ihm von hinten einen Stoß gegeben? Sie!“

Andreas senkte den Kopf. Lieblings Worte atmeten eine so bezwingende Wahrheit, daß der junge Mann sich vorübergehend die Schuld an Türkheimers Diabetes beimaß. Der Moralist sah ihn erweicht, er faßte seinen Arm.

„Und für alles das gibt er Ihnen einen Redakteurposten beim „Nachtkurier“ und verheiratet Sie mit seinem Herzenskinde, seiner Bienaimée. Wie wird Ihnen?“

Er setzte ihm den Hut auf.

„Kommen Sie. Es kann noch alles gut werden. Freundliche Mächte walten über Ihnen, wir machen das Geschäft gleich fertig.“

Andreas sammelte sich mit Mühe.

„Und wenn ich mich weigere?“ fragte er.

Liebling erschrak.

„Daran denken Sie doch nicht! Wie können Sie denn reden! Stellen Sie sich jemand vor, der, mit Türkheimers Fluch beladen, durch die Straßen von Berlin ginge. Die Luft, die er atmete, müßte ihn vergiften, das Holzpflaster, das er beträte, müßte sich öffnen und ihn verschlingen.“

Diese Vorstellung überwältigte Andreas, er ließ sich auf das Sofa fallen und blieb verstört zwischen den Kissen sitzen.

„Ein Narr!“ flüsterte er sich selbst zu, „ich bin nichts weiter als ein Narr. Alle haben recht gehabt, die mich Pulcinello, Zeitvertreib, heiterer Plauderer nannten. Den Ernst des Lebens habe ich nicht verstanden, das ist nun einmal meine Künstlernatur.“

Die Verzweiflung brach vollends herein, er schlug sich vor die Stirn.

„Wenn doch Adelheid die schönste Frau war, die ich je gesehen habe! All meine Tage hätt ich im Fett sitzen können. Statt dessen muß ich auf die kleine Matzke verfallen, ein windiges, spindeldürres Geschöpf, dumm und liederlich. Wenn es mir Spaß gemacht hätte! Aber bloß aus Eitelkeit, um Türkheimer hineinzulegen, und die gute, liebe Adelheid. Und nun liege ich selbst drin.“

Eine Erinnerung an den Gumplacher Schulmeister zuckte in ihm auf.

„Es ist die Hybris der Alten“, murmelte er.

„Was ist es?“ fragte Liebling. Gleich darauf fiel es ihm ein. „Ach so. Sprechen Sie übrigens doch deutsch! Wir Deutsche verstehen jetzt nur noch deutsch und sind stolz darauf.“

„Wie mir das jetzt alles gleichgültig ist“, sagte Andreas, bitter lächelnd.

Liebling griff ihm unter die Achsel.

„Die frische Luft wird Ihnen gut tun“, bemerkte er, und er zog ihn sanft fort.

Der junge Mann überhäufte sich fortwährend mit Vorwürfen.

„Nur die Hybris konnte mich so verblenden. Türkheimer ist doch die Macht, ich der Geist. Natürlich besiegt der Geist die Macht, aber leise, leise, indem er sie heimlich unterminiert. Plötzlich sagt es dann Puff! Der Priester wappnet sich mit Heuchelei, wie der Krieger mit Eisen; das muß ich irgendwo gehört haben. Ich aber habe überhaupt nicht geheuchelt, ich habe meine Schweinereien ja ganz offenkundig betrieben, jeder durfte zusehen.“

Liebling unterbrach seine reumütigen Gedanken.

„Es ist so am besten für Sie, mein Freund, Sie müssen sich rangieren. Das heißt, so würde die Welt es nennen. Ich möchte lieber sagen: Sie müssen den sittlichen Gedanken in Ihr Leben einführen.“

„Was tue ich mit dem sittlichen Gedanken“, meinte Andreas.

Liebling erklärte bereitwillig:

„Der sittliche Gedanke besteht darin, daß Sie dem jungen Mädchen seine Ehre wiedergeben."

„Kann ich es denn? Ich habe sie ihr nicht weggenommen."

„Um so schöner ist Ihre Aufgabe."

Eine Strecke weiter versetzte der Moralist:

„Das Unvermeidliche, mein lieber jugendlicher Freund, das ist der sittliche Gedanke."

Als sie bereits vor dem Portal der Villa Bienaimée standen, fügte er hinzu:

„Und dann ist es auch das Bequemste."

Er ließ den jungen Mann vorangehen, aber beim Überschreiten der Schwelle verspürte Andreas eine tolle Lust, sich umzuwenden, Liebling über den Haufen zu rennen und das Weite zu suchen. Eine Vision, die vor seinem erregten Geiste vorüberzog, hielt ihn zurück. Es lag vor ihm wie eine unabsehbare Hasenheide, wo bei dem Gestank von Schweiß und Fettgebäck, zwischen Schreckenskammern und Riesendamen eine schwarze, fratzenhafte Menge den populären Instinkten, Wollust und Grausamkeit, keuchend frönte. Hier, wo es nach der Volksseele roch, war auch er, Andreas, unterzugehen verdammt. Schon schienen seine Lackschuhe ihren Glanz zu verlieren. Hing nicht von seinem Beinkleid ein Fetzen herunter? Er schüttelte sich, der Alp wich von ihm, und er trat ein.

Liebling begab sich allein in den Salon, Andreas blieb im grünseidenen Vorzimmer sitzen, den Blick auf den Spalt der angelehnten Tür gerichtet. Drinnen rollte die kleine Matzke, in einen Smyrnateppich gewickelt, über den Boden und stieß Dampfwolken aus. Ihre Haare wehten brandrot nach allen Seiten, ihr Gesicht lag als ein käseweißer Fleck im Wachsgelb des Parketts.

„Mir friert nämlich an de Beene", erklärte sie.

„Darum brauchen Sie sich nicht den Mund zu heizen", sagte Liebling. Er nahm ihr ohne Umstände die Zigarette fort und warf sie in den Kamin. Sie schrie weinerlich.

„Mein Piejatz!"

Aber er belehrte sie.

„Ich liebe es nicht, wenn Frauen rauchen. Das Weib sollte seinem natürlichen Berufe als Familienmutter treu bleiben, besonders das deutsche Weib. Dies führt mich übrigens auf die Gelegenheit, in der ich herkomme.“

„Was dennchen?“

„Zuvor setzen Sie sich anständig auf einen Stuhl, Fräulein Matzke.“

„Nanu? Sie langen woll eben von Ihre hinterpommerschen Rittergüter an, Herr Graf, un sind eklig uff die feinen Manieren?“

„Fräulein Bienaimée, die Sache ist ernst und erfordert Ihre ungeteilte Aufmerksamkeit.“

Sie erhob sich.

„Na nu los!“ sagte sie einfach.

Ein leises Geklimper von Schmelzperlen wurde vernehmbar. Frau Kalinke drückte sich, knicksend und die Speckhände reibend, durch die Tür des Speisezimmers und die Wand entlang. Sie entschuldigte sich:

„Sie machen einen ja förmlich neugierig, Herr Liebling.“

„Die Lage wird dadurch gekennzeichnet“, begann er, „daß Herr Türkheimer von allem unterrichtet und willens ist, mit Ihnen zu brechen.“

Die kleine Matzke wurde plötzlich zornrot.

„Das Ekel!“ versetzte sie mit Nachdruck.

„Übrigens weg mit Schaden!“ meinte sie gleich darauf, sichtlich bemüht, eine sorglose Haltung zu bewahren. „Mag er doch brechen, und ich will ihm danken, so lange ich atme.“

„Immerhin schulden Sie ihm ein beneidenswertes Wohlleben und die reichsten Aussichten, die Sie nun allerdings verscherzt haben.“

„Un von wejen so'n bißken Scherzen schmeißt er gleich mit Lehm!“

Es zitterten Tränen in ihrer Stimme. Liebling empfand Mitleid mit dem geängstigten Wesen.

„Trösten Sie sich, liebe Kleine. Es handelt sich von seiten Ihres Wohltäters durchaus nicht um gehässige Reklamationen. Herr Türkheimer ist eine viel zu vornehme Natur, als daß er einem jungen Geschöpf, welches ihm mit sonniger Kindlichkeit sein freudloses Alter verschönt hat, einige Augenblicke leidenschaftlichen Überschwanges nachtragen würde. Sie werden begreifen, daß nach dem Vorgefallenen Herr Türkheimer es seiner persönlichen Würde schuldet, die Beziehungen zu Ihnen abzubrechen. Zugleich aber übernimmt er in großmütigster Weise die Sorge für Ihre Zukunft, indem er Ihnen einen wackeren, liebenswürdigen, Ihnen übrigens nicht unbekannten Jüngling als Gatten zuführt."

„Ist doch ein nobler Mann!" rief Frau Kalinke.

„Un wer is denn der Musterknabe?" fragte Bienaimée.

Liebling neigte den Kopf auf die Schulter, er flüsterte innig: „Sein Name ist Andreas Zumsee."

„Denn gehn Sie man gleich wieder zu Haus."

Frau Kalinke fügte hinzu:

„Denn muß ich doch auch fragen: wozu die ganze Brühe?"

„Zum Wohle Ihrer Pflegebefohlenen", erklärte Liebling mit leiser Zurechtweisung. Sie erwiderte heiter:

„Mir machen Sie nichts vor, Herr Liebling, Ihr Andreas is ja soweit 'n feiner junger Mensch, aber leben tut er bloß von das Taschengeld, das die vornehmen Damen ihm zustecken."

Sofort gab er der Vorlauten die volle Strenge seines Wesens zu fühlen.

„Sie verkennen meine Grundsätze, liebe Frau, wenn Sie mir zutrauen, daß ich mich zu meiner heutigen Mission herbeigelassen haben würde, ohne zugleich die Gewißheit zu besitzen, daß die Beziehungen des jungen Mannes zu einer Dame, die ich nicht nennen will, nur noch der Vergangenheit angehören."

„Na gottlob!" erwiderte die Matrone nüchtern, „dann hat er ja überhaupt nischt mehr."

„ *Die* Falle!" bemerkte Bienaimée. Liebling unterrichtete sie.

„Er wird einen einträglichen Posten erhalten. Übrigens sind Sie selbst ja nicht arm, und Herr Türkheimer wird es sich angelegen sein lassen, Ihre Einkünfte entsprechend zu vermehren."

Die Damen sahen sich zögernd an.

„Ein Engel aus 'm Paradiese", sagte Frau Kalinke. „Man glaubt nich dran, un er is da."

„Natürlich", erläuterte Liebling, „werden Sie diese Villa mit der Einrichtung verkaufen müssen, da Sie –"

„Meine Villa Bienaimée! Daß ich man nich lache!"

Er ließ sich nicht beirren.

– „Da Sie ja künftig in andern, und wie ich hinzufügen möchte, sittlicheren Verhältnissen leben werden. Wenn Sie, liebes Fräulein, das Ihnen entgegengebrachte Wohlwollen zu würdigen wissen, so ist alles in fünf Minuten erledigt, da ich mit der nötigen Vollmacht ausgerüstet bin."

Er entnahm seiner Brieftasche ein Papier, das er bedeutungsvoll entfaltete. Frau Kalinke griff eifrig danach. Sie begann herzlich zu lachen.

„Hunderttausend Mark? Tu'n Sie sich man nich weh! Wenn es doch gern und gut 'ne halbe Million wert is, sagt Baumeister Kokott.

O du liebes Gottchen!" machte sie, kurzluftig vor Vergnügen.

Bienaimée setzte die Fäuste auf die Hüften.

„Nu hab ich Sie aber laufen gehört. Also dadrum reden Sie den Leuten 'n Loch in 'n Bauch! Ihr Freund un Bundesbruder Türkheimer hat sich in seinem Edelmut ausgedacht, daß er ein armes, wehrloses Mädchen in ihrem Kummer klein kriegen will, un ritsch, ratsch, Haut über'n Kopf. Un deswegen die ganze Wichtigkeit un der zugeknöpfte Gehrock un die sittliche Würde. Sehn Se mich mal an: Fatzke!"

„Ich könnte sagen: Matzke. Doch lassen wir dies."

Er war sehr bleich geworden und zog sich, hoch aufgerichtet, drei Schritte zurück. Frau Kalinke rief leise:

„Nein aber! So 'n feiner Mann."

„Ich hab woll 'n Wort zuviel gesagt?" fragte Bienaimée, ein wenig eingeschüchtert.

„Und was für 'n Wort!" bemerkte die Matrone. „So was kennt man ja gar nicht. Woher haben Sie das man bloß, mein Kindchen?"

„Man nich so tun, Kalinke!“ bat Bienaimée. Sie lief auf Liebling zu und klopfte ihn vor den Magen.

„Na, nu sei'n Sie man wieder gut. Sie haben die teuflische Intrige gewiß nicht ausgeheckt.“

„Kein Todfeind traut es Ihnen zu, Herr Liebling“, bestätigte Frau Kalinke. Liebling begann wieder, noch etwas kühl:

„Ich fordere Sie auf, meine Damen, die Sachlage so ruhig und leidenschaftslos zu prüfen, wie sie es verdient, Sie möchten es sonst später bereuen.“

„Keine Drohungen, wenn ich bitten darf!“ sagte die kleine Matzke fest.

„Das Ungünstige Ihrer Lage, mein liebes Fräulein, wird dadurch gekennzeichnet, daß Sie sich Ihres Besitztums auf alle Fälle entäußern müssen, weil Ihre Gläubiger dies verlangen werden. Sie haben doch Gläubiger?“

Bienaimée seufzte.

„Nun also. Stellen Sie sich vor, daß die Meute der Geschäftsleute über Ihr Eigentum herfallen würde; meinen Sie, daß sie Ihnen hunderttausend Mark übriglassen würden?“

„Das is 'ne offne Frage“, bemerkte Frau Kalinke.

„Halten Sie Ihre Einwände so lange zurück, bis Sie alles gehört haben, liebe Frau. Herr Türkheimer übernimmt die sämtlichen Schulden des Fräulein Matzke, ja, er bittet Sie, ihn auch ferner als Ihren väterlichen Freund zu betrachten.“

Bienaimée warf sich in die Brust.

„Sie meinen das doch wohl in streng sittlicher Bedeutung, Herr Liebling. Eine verheiratete Frau –“

„Ach lassen Sie man, Kindchen, das gibt sich“, erklärte die Matrone mit einer liebevollen Umarmung. Die kleine Matzke, war stolz und gerührt.

„Verheiratet, es is doch so 'ne andere Sache.“

Liebling schob den Kaufvertrag vor sie hin, drückte ihr die Feder in die Hand. Aber Frau Kalinke erfaßte ihren Arm.

„Was für edle Menschen!“ sagte sie zärtlich. „Bloß daß man nich weiß, wozu? Herr Türkheimer muß doch wohl so seine Gedanken haben.“

„Sehr richtig", erklärte Liebling. „Er denkt, daran, so viele Menschen wie möglich recht glücklich zu machen, zum Beispiel auch Sie, liebe Frau."

Sie strich mit zwei gespreizten Fingern über ihren glatten schwarzen Scheitel.

„So meine ich es ja doch gar nich, Herr Liebling. Vor de Jewalt nich!"

„Sagen wir zehntausend Mark bar?"

Die Matrone preßte die Hand auf den Busen, sie kicherte verschämt. Bienaimée hatte nachgedacht.

„Un Vatter?" fragte sie. „Er hat sich doch verschworen, daß er in seinem ganzen Leben nich mehr arbeiten will."

„Zehntausend für Ihren Herrn Vater", sagte Liebling ernst.

„Un denn auch für meine Aussteuer. Es is *bloß*, daß man was auf den Leib kriegt."

„Un die Möbel", schob Frau Kalinke ein.

„Sie verstehn, Herr Liebling, alles nur einfach, aber geschmacklos. Un für die Hochzeit und den übrigen Klimbim?" – – –

Er zog die Uhr.

„Als Vertreter des Generalkonsuls Türkheimer handele ich nicht und feilsche ich nicht."

„Kennen wir", bestätigte Frau Kalinke. „In Kleinigkeiten immer ehrlich."

„Ich biete hundertfünfzigtausend alles in allem. Übrigens rate ich Ihnen als Freund, die Gelegenheit nicht zu versäumen. Sie kommt möglichenfalls nicht wieder."

Er rückte ihr nochmals den Kontrakt unter die Augen. Bienaimée neigte sich tief darüber. Mit gekrümmtem Zeigefinger anstrengend arbeitend, malte sie einen steifen, feierlichen Namenszug darunter. Die Matrone seufzte leise dazu.

Dann erhob sich die kleine Matzke auf die Fußspitzen, um Liebling freundschaftlich die Wangen zu klopfen.

„Türkheimer traue ich soviel Gemüt gar nich mal zu, *Sie* sind gewiß mein rettender Schutzmann."

Er erwiderte bescheiden:

„Ich tue, was in meinen Kräften steht. Sie sind ein Kind des Volkes, mein liebes Fräulein, und ich bin immer auf Seiten des Volkes zu finden, mein Herz ist bei ihm.“

„Wenn man der Magen nich wäre“, murmelte Frau Kalinke. „Der verträgt es nich.“

Sie erkundigte sich vorsichtig:

„Sie wollen doch König von Palästina werden, Herr Liebling, hab ich gehört?“

Er zuckte die Achseln.

„Un er is doch wirklich 'n schöner Mann“, sagte Bienaimée, laut träumend. Andreas' Bild war vor ihr aufgestiegen, stolz wie damals, als er noch nicht zufrieden, sie geohrfeigt zu haben, die Reitpeitsche über ihr schwang. In der Erinnerung an jenen Augenblick ward sie von wahrer Liebe bezwungen.

„Wie wäre es wohl?“ meinte Frau Kalinke. Sie kehrte aus dem Speisezimmer mit einer Flasche Champagner zurück. Liebling ließ den Pfropfen knallen.

Andreas erwachte bei diesem Geräusch aus einem Zustande ratlosen Brütens. Der Mund war ihm ausgetrocknet, er sagte sich:

„Es wäre eine Gemeinheit, wenn sie den Sekt allein austränken.“

Aber nebenan erhob sich Lieblings Stimme.

„Jetzt kommen wir zur Sache selbst. Dazu brauchen wir den Bräutigam.“

Er öffnete die Tür des Vorzimmers. Bienaimée sprang kreischend auf den Flügel und wieder hinunter. Frau Kalinke schmiegte sich an sie, der Moralist stand voll Weihe daneben. Wie hypnotisiert, bleich und gerade ging Andreas auf die kleine Matzke zu, die die Arme ausbreitete.

XVI.
Das Bedürfnis nach Reinheit

Die kleine Matzke war, wie Andreas zuversichtlich glaubte, eine einwandfreie Gattin, nur als Haufrau mißfiel sie ihm. Selten bekam er daheim etwas Warmes zu essen, und am Abend legte er sich seufzend auf eine nicht gewendete Matratze. Das Dienstmädchen saß am Küchentisch bei ihrer Herrin, die im offenen Haar und Schlafrock, die Zigarette zwischen den Lippen, mit ihrer Freundin Kalinke Patience legte. Alle drei tranken Weiße mit Strippe.

Die ganze Schuld an den in seinem Heim herrschenden Zuständen maß er der Matrone bei. Gegen ihren Einfluß, den er für zersetzend hielt, fühlte er sich als einzelner Mann machtlos, doch gelang es ihm, in seinem Schwiegervater einen tatkräftigen Bundesgenossen zu gewinnen. Er setzte ihm ein anständiges Taschengeld aus, dafür prügelte Herr Matzke die Pflegemutter seiner Tochter mindestens jeden dritten Tag und warf sie hinaus. Sie war ihm nur ein „dicket, jemeenet Kuppelaas", und in gehobenen Momenten nannte er sie eine „Kapitalistenschklavin". Der ehemalige Proletarier war, seit er nicht mehr auf Gummirädern fuhr, zu revolutionären Anschauungen zurückgekehrt.

Da das Familienleben ihn wenig anheimelte, verbrachte Andreas viele unbeschäftigte Stunden in seinem Redaktionsbüro. Er lehnte sich an den schönen Herbsttagen gern aus dem Fenster. An der Hausmauer blitzten in der Sonne die mannsgroßen Reliefletten, zu denen er einst, nach seinem ersten Besuch bei Doktor Bediener, den betörten Blick erhoben hatte, voll von Hoffnungen und Begierden. Jetzt hatte er sie unter sich; alles war erreicht und erledigt. „Berliner Nachtkurier": so hieß die erste Haltestelle auf seiner Fahrt durch das Schlaraffenland, und so hieß die letzte. Die Reise war beendet. Zuweilen, wenn er über den Gegenstand nachdachte, stellte er sich die Frage: „Wozu?" Er antwortete darauf:

„Wie oft bedienen sich Natur und Schicksal großer Mittel, um ein verhältnismäßig unbedeutendes Resultat zu erzielen. Ich bin Modelöwe, Berühmtheit und, meinen Renten nach, fast schon Millionär gewesen und habe jetzt dreihundert Mark monatlich. Aber die höhere Absicht in dem allen war: ich sollte nicht ein wissenschaftlicher Hilfslehrer am Progymnasium zu Gumplach werden, sondern Redakteur des „Nachtkurier", was denn doch ein Unterschied ist."

Wenn ihn der Drang zu arbeiten überkam, so blätterte er wohl in einem Manuskript, das Köpf ihm zur Prüfung überreicht hatte. Seit er sah, wie Andreas von seinen eigenen Gedichten soviel er mochte in der „Neuzeit" abdruckte, konnte sich der Romancier den Wunsch nicht versagen, durch die Protektion seines ehemaligen Zimmernachbars in das Beiblatt des „Nachtkurier" zu gelangen. Das Vergnügen, die Menschen zu durchschauen, tröstete Andreas leicht über diese unerwartete Niedrigkeit des Freundes. Übrigens hatte sein

Verhältnis zu Köpf seit der Episode des Märchenprinzen eine Trübung erfahren; und wenn er ihn wegen Bienaimées verliebter Laune unmöglich zur Rechenschaft ziehen konnte, so war dies für Andreas begreiflicherweise ein Grund mehr, den Kollegen unangenehm zu finden. Köpfs Roman erregte in ihm ehrliches Mißfallen, das er oft in Worte zu kleiden trachtete. Er fand jedesmal nur einen einzigen Satz, den er eines Abends zu Papier brachte und dem Verfasser übermittelte. „Ihr Werk macht sich leider über die höchsten Güter lustig, und bedauern wir deshalb ergebenst, es für unser Organ nicht verwerten zu können."

Tags darauf trat Köpf, seinen Brief in der Hand, bei ihm ein.

„Kommt dies von Ihnen?" fragte er bescheiden.

„Natürlich. Warum?"

„Ich meinte nur."

„Verstehen Sie mich recht, ich sage nicht, daß Ihr Manuskript nichts taugt, aber das deutsche Volk wird entschieden lieber darauf verzichten."

„Ich glaube es fast selbst."

„Na sehen Sie. Mein persönliches Gutachten geht dahin, daß Sie sich da auf Dinge eingelassen haben, von denen Sie nichts verstehen. Was wissen Sie denn von unserer feinen Gesellschaft? Sie haben das Ganze, wenn ich ein Gleichnis gebrauchen darf, aus der Luft gegriffen."

„Sie haben ja recht, aber ich dachte, mit Talent –"

„Oh, Talent!"

Andreas erinnerte sich an Doktor Klumpasch, den weltmännisch geschulten Arzt.

„Sie meinen Neurasthenikerphantasie. Was Talent anbetrifft –"

Er richtete sich stolz auf, um die modernste unter den ihm bekannten Ansichten von sich zu geben:

„Talent ist das, womit man Geld verdient."

„Dagegen ist natürlich nichts einzuwenden", sagte Köpf.

Andreas empfand Mitleid mit dem Enttäuschten.

„Ich gebe Ihnen harte Wahrheiten zu kosten", äußerte er.

„Bitte darum.“

„Sie sind gallig und unglücklich, mein Lieber, wie Ihre Satire, – und die stimmt nicht mal. ihr Held geht inmitten der Jobberweiber unter. Ja, meinen Sie, daß jemand, der wert war, zu leben, überhaupt untergeht? Ohne Unbescheidenheit: bin ich selbst denn untergegangen? Man unterhält sich, man läßt sich der Wissenschaft zuliebe mit den Leuten im Schlaraffenland ein, man sammelt Dokumente über sie. Himmel, was für Dokumente und was für Leute!“

Er begann durch fingierte Koteletten zu streichen und sich am Kinn zu scheuern. Er setzte sich einen Klemmer vorn auf die Nase und ging mit kleinen, unsicheren Schritten, den Bauch vorgeschoben, auf Köpf zu.

„Mein Name ist Ausspuckseles“, sagte er mit Türkheimers schleppender, leicht näselnder Stimme, „Generalkonsul Ausspuckseles, und hier ist meine Frau, geborene Rinnsteiner.“

Köpf betrachtete leise kichernd den jungen Mann, der sich atemlos, rot im Gesicht, die Seiten hielt.

„Endlich erkenne ich Sie wieder“, bemerkte er.

Langsam gewann Andreas seine Haltung zurück.

„Aber man behält sich doch in der Gewalt“, versetzte er, noch ein wenig mühsam, „man bleibt Herr der Situation. Und wenn man eines Tages genug hat von den Patschuli- und Kloakendünsten – o mein Gott, ich empfand nachgerade ein unwiderstehliches Bedürfnis nach Reinheit.“

„Und da haben Sie das Fräulein Matzke geheiratet.“

Köpf nickte ernst. Es entstand eine kurze Pause. Plötzlich sagte er:

„Tusch.“

„Wie meinen Sie?“

„Hören Sie nicht? Man bläst Tusch.“

Sie lauschten. Es drangen fremdartige Töne zu ihnen, erst vereinzelt; dann ward ein Getöse daraus, ein stoßweises Brausen und Donnern, das die Fensterscheiben erschütterte und die Hörer mit wildem Schrecken und mit kriegerischer Leidenschaft erfüllte, als rührte es von einem epischen Siegeszuge.

Die Tür ward aufgerissen, Kaflisch stürzte herein.

„Sie kommen!“ schrie er.

Sofort hängte er sich, mit den Beinen zappelnd, weit aus dem Fenster.

Köpf und Andreas sahen die Leipziger Straße hinauf. Es nahte ein wimmelnder Haufe, in dessen Mitte sich ein turmartiges Gebäude erhob. Etwas nicht Erkennbares blitzte und funkelte über den Köpfen aller. Kaflisch war der erste, der etwas unterschied. Er zog sein Notizbuch und diktierte sich selbst.

„Um zwei Uhr zweiundvierzig Minuten fuhr ein prächtiger ungarischer Dunkel-Honigschimmel-Viererzug über den Dönhoffplatz und am Hause des Berliner „Nachtkurier“ vorüber.“

„Passen Sie auf!“ rief er über die Schulter hinweg, „wenn Sie dies versäumen, können Sie einpacken. Es kommt nicht wieder.“

„Wer lenkt denn?“ fragte Andreas. „Nanu, Ratibohr?“

Der Lärm setzte aufs neue ein, diesmal ehern, übermächtig und erbarmungslos. Sie entdeckten endlich, was es war. Auf den hinteren Treppen eines pyramidenartig aufgebauten Jagdwagens standen vier grün-silberne Lakaien, die aus schlanken, zwei Meter langen Posaunen über die Häupter der Insassen hinschmetterten. Das Gefährt war voll eleganter Herren, die einen in waidmännischer Ausrüstung, die andern mit Zylinder und hellem Überzieher. Auf der höchsten Bank befand sich Türkheimer, an der Seite eines kleinen schwarzen Menschen. Kaflisch diktierte:

„Zur Rechten des großen Finanzmannes erblickte man die sympathisch fremdartige Erscheinung des Großfürsten der Walachei, der eigens die Reichshauptstadt aufgesucht hat, um für seinen Plan, die moderne Kultur in sein Land einzuführen, die Unterstützung des Bankhauses James L. Türkheimer zu gewinnen.“

„Also nochmal siebzig Millionen“, sagte Andreas ganz überwältigt.

Der Wagen war unter ihrem Fenster angelangt, er mußte einen Augenblick anhalten, das Gewühl ward zu groß. Hunderte von jauchzenden Bummlern umdrängten die Pferde, daß sie scheuten. Ratibohr peitschte auf die Menge ein, das erhöhte ihre Begeisterung. Kleine Mädchen mit Schulranzen kreischten und klatschten in die Hände, Passanten blieben stehen und lüfteten die Hüte, Schusterjungen warfen die Mützen in die Luft, Schutzleute standen stramm und grüßten. In den vorbeirollenden Droschken erhoben sich die Fahrgäste, von der Imperiale eines Omnibusses fiel jemand herunter und geriet unter die Räder.

Auch Kaflisch hätte bald auf dem Pflaster geendet: die andern ergriffen ihn rechtzeitig bei den Rockschößen. Er schrie, mit dem Notizbuch winkend, „Hurra! Hurra!" in alles Toben hinein.

„Sie haben recht", bestätigte Köpf, „es hat was Zündendes."

Der Zug setzte sich in Bewegung. Türkheimer und die Seinigen schwankten dort droben wie auf dem Rücken eines mit Gold, Purpur und Pfauenfedern aufgeputzten Elefanten, der aus einer glücklichen Schlacht heimkehrend, das Blut zehntausend zertretener Sklaven von seinen Füßen spritzt. Es schob sich immer schwärzer und wirrer unter fern grollendem Posaunenschall die Straße hinab. Türkheimers rötliche Koteletten leuchteten noch einmal, vom Licht getroffen, goldig auf wie ein der Anbetung des Volkes errichtetes mythisches Symbol. Dann verschwand unter der strahlenden Bläue des Himmels alles in einer rosig besonnten Staubwolke, gleich der Apotheose am Schluß eines Feenmärchens.

Andreas sagte sich, daß noch vor wenigen Wochen ein bevorzugter Platz im Gefolge jenes Sagenkönigs ihm selbst gehört hätte. Die Überlegung machte ihn unwillig, er fragte Köpf:

„Finden Sie, daß Türkheimer gut aussah? Ich glaube, Karlsbad hat ihm auch nicht mehr geholfen."

„Wenn er doch noch die Kraft in sich fühlt, die Kultur in fremde Länder zu tragen!"

„Ich werde mich auf seinen Nekrolog vorbereiten müssen."

Er sann nach.

„Ich werde den Lesern erzählen, daß trotz glänzendster geschäftlicher Erfolge häuslicher Kummer seinen Lebensabend verbittert habe. Reichtum allein macht nicht immer glücklich, werde ich sagen. Wenn Frau und Tochter nicht guttun wollen. – Wissen Sie, mit so was bringt man die großen Männer dem Volke näher."

Die Idee erwärmte ihn.

„Was meinen Sie? Ich unterzeichne den Artikel mit meinem vollen Namen. So ein Nekrolog auf einen Türkheimer –"

Kaflisch kehrte, durch das Schweben im Äther ermüdet, ins Zimmer zurück. Er entsetzte sich.

„Ein Nekrolog auf –? Na, den nehmen Sie nur gleich unter ihre postumen Werke auf, armer Meister. Türkheimer überlebt uns alle, verstehnse mich? Er schwimmt ja jetzt in Seligkeit!"

„Wegen des Großfürsten?"

„Ach, der Kleine aus der Walachei? Ist ja bloß Staffage, darf hinten am Triumphwagen 'n bißchen mitschieben. Aber der Schlüssel zur Lage dürfte denn doch woanders zu suchen sein."

Er erhob sich auf die Fußspitzen.

„Es verlautet bestimmtest, daß Türkheimer nächsten Ersten 'ne hohe Auszeichnung kriegt. Hochstetten hat ihm einen Orden verschafft."

„Ah! Wissen Sie auch, welchen?"

„Sie werden es nicht glauben! Den Kronenorden vierter Klasse!"

„Vierter –?"

Der Reporter wunderte sich.

„Sind Sie damit nicht zufrieden? Wenn der große Mann es doch ist! Wäre 'ne fünfte Klasse zu haben, er nähme sie auch. Er hat gelitten, wie nur ein Mensch leiden kann, sehr geehrter Herr. Jetzt ist auf einmal alles wieder gut. Asta und ihr Mann sind wieder gut, Türkheimer ist mit Hochstetten wieder gut, Adelheid und die ganze Welt sind wieder gut."

Andreas senkte die Stirn.

In der Stille nach dem Tumult ließ sich draußen das Getrappel herrschaftlicher Pferde hören. Köpf fragte, heftig erstaunt:

„Wer sitzt dort neben Frau Türkheimer? Ist das nicht Herr –?"

Kaflisch schüttelte sich vor Lachen.

„Was haben Sie denn? Sie kennen doch Liebling."

„Ich begreife nicht, wie Liebling in Frau Türkheimers Wagen kommt", murmelte Andreas.

„Ist er nicht Zionist?" bemerkte Köpf. „Nun, dann ist es sein Beruf, die Unglücklichen und Verlassenen unter seinem Volke zu trösten."

Kaflisch grinste.

„Sie Schlauberger! Sie meinen, er gewährt ihr die Tröstungen des Zionismus?"

Andreas bemühte sich, verächtlich zu lächeln.

„Ein Moralbaffze!"

Er sah ihnen nach. Adelheid lehnte gemächlich, in der schönen Fülle ihrer gesättigten Existenz, neben Liebling, wie sie ehemals an seiner eigenen Seite geruht hatte. Unter dem schwarzen Spitzenschleier schimmerte ihr Gesicht breit und mattweiß, eine üppige Verführung. Er trat vom Fenster zurück, erblaßt und zitternd.

„Das habe ich davon", flüsterte es in ihm. „Begierden, nicht zu stillen, und eine endlose Reue."

Es galt, sich zu beherrschen, die anderen verabschiedeten sich.

„Viel Vergnügen!" rief Kaflisch ihm zu.

Er schob sie zur Tür hinaus.

„Soviel ist sicher, die Herrschaften sehen alle recht glücklich aus", sagte Köpf.

„Kunststück! Im Schlaraffenland sind immer alle glücklich", sagte Kaflisch.

„Dumm, ruchlos und glücklich. Meinen Segen haben sie", sagte Andreas.